U0933117

纳 兰 词 全 解

Beijing United Publishing Co.,Ltd.
北京联合出版公司

**图书在版编目（CIP）数据**

纳兰词全解 / 张远编著 . —北京：北京联合出版公司，2015.5（2020.1 重印）
ISBN 978-7-5502-5014-7

Ⅰ . ①纳… Ⅱ . ①张… Ⅲ . ①纳兰性德（1654 ~ 1685）—词（文学）—诗歌欣赏
Ⅳ . ① I207.23

中国版本图书馆 CIP 数据核字（2015）第 069213 号

**纳兰词全解**

编　　著：张　远
责任编辑：崔保华
封面设计：中英智业
责任校对：闫瑞雪
美术编辑：宇　枫

出　　版：北京联合出版公司
地　　址：北京市西城区德外大街 83 号楼 9 层　100088
经　　销：新华书店
印　　刷：北京德富泰印务有限公司
开　　本：720 毫米 ×1040 毫米　1/16　印张：26　字数：620 千字
版　　次：2015 年 8 月第 1 版　2020 年 1 月第 3 次印刷
书　　号：ISBN 978-7-5502-5014-7
定　　价：59.00 元

# 序

纳兰性德，原名纳兰成德，字容若，号楞伽山人。

纳兰性德之父明珠，历任武英殿大学士、太子太傅等要职。性德之母觉罗氏是英亲王阿济格正妃第五女，她是在顺治八年嫁于明珠的，后被封为一品诰命夫人。纳兰家族十分显赫，隶属满洲正黄旗，是清朝初年满族中八大姓氏里最风光、最有权势的家族，也就是后世所称的“叶赫那拉氏”。

追溯纳兰家的兴盛起源，要说到纳兰性德的曾祖父。纳兰性德的曾祖父名叫金台石，是叶赫部贝勒，其妹孟古，于明万历十六年嫁努尔哈赤为妃，生皇子皇太极。这之间的关系令之后的纳兰家族与皇室有了紧密的联系。这场联姻使得纳兰家族的势力节节攀升，当到了纳兰性德出生的时候，纳兰家族在清王朝已经是权贵之家了。可以说，纳兰性德一出生就被命运安排到了一个天生贵胄的家族中，他是衔着金汤匙出生的富贵公子，注定了一生荣华富贵，锦衣玉食。但命运弄人，这样一个贵公子，却偏偏是“虽履盛处丰，抑然不自多。于世无所芬华，若戚戚于富贵而以贫贱为可安者。身在高门广厦，常有山泽鱼鸟之思”。

可惜世事难两全，纵使纳兰性德有归隐之心，家族也难以成全他的心愿，为了自己家族的荣耀和发展，他也只有做自己并不愿意做的事情，留在自己并不愿意留的地方。所幸的是，上天还是眷顾纳兰性德的，在他20岁的时候，娶两广总督卢兴祖之女为妻，赐淑人。是年卢氏年方十八，“生而婉娈，性本端庄”。成婚后，二人夫妻恩爱，感情笃深，美满的婚后生活给纳兰性德的人生多少带来一些安慰。

他在此期间的词作也大多风格明亮，偏于柔美温情。可惜好景不长，婚后三年，卢氏死于产后受寒。爱妻的离去，给纳兰性德精神上带来了巨大的伤痛，从此他“悼亡之吟不少，知己之恨尤深”。作为情深意重的男子，纳兰性德很长一段时间都无法从卢氏的死亡阴影中挣扎出来，这段时间写下了大量的悼亡诗，祭奠他和卢氏之间的情感。古时男子当以事业为重，儿女情长并不是很被看重，所以，纳兰性德的这番悲情，无人能懂。

这一腔的愁绪，纳兰性德无处可诉，只有倾诉于诗词之中，高产的词作还有高质量的诗词，让纳兰性德著称于世。24岁时，他把自己的词作编选成集，名为《侧帽集》。后来因参透世事，又改名为《饮水集》。他的词作非常之多，后人在他原有词作的基础上，进行增遗补缺，编辑一处，名为《纳兰词》。

康熙二十四年暮春，纳兰性德在病榻上与好友一聚，一醉，一咏三叹，然后便一病不起，七日后于五月三十日溘然而逝。度过短短三十一载的岁月，生命在纳兰性德这里如此之轻，又如此之重。

一生挣扎于富贵与自由、家族与爱情之间的纳兰性德，历经悲观心态，走完了人生之路，而他留给后人的除了无尽的哀叹与惋惜之外，还有那部宝贵的《纳兰词》。纳兰词作现存349首（一说342首），内容涉及广泛，包括婚姻爱情、友谊分离、家庭思索、边塞江南、咏物咏史及杂感等方面。虽然词作本身的眼界并不算很开阔，高度上也无法与唐宋那些大词人相比，但他的每一首词都是缘情而旖旎，道出了极为真挚的情感。这让后人沉浸在他的词作中，无法自拔，近代著名的学者王国维就给其极高赞扬："纳兰纳兰性德以自然之眼观物，以自然之舌言情。此由初入中原未染汉人风气，故能真切如此。北宋以来，一人而已。"周颐也在《蕙风词话》中誉其为"国初第一词手"。可见纳兰性德词作的影响力之大。不过，后人虽然热捧纳兰词，但却未必能够真懂纳兰词中的真含义。纳兰性德好友曹寅在《题楝亭夜话图》中就哀叹道："家家争唱饮水词，纳兰心事几曾知？"

纳兰性德享尽了别人眼中的快乐，而他自己内心，却是无法体会到快乐的真谛。纳兰性德死后，纳兰家族似乎也失去了生机，随后便日渐衰落，政治间的权力争斗无声无息，却是无比凌厉，纳兰家族最终落没在了这场争斗中，所幸的是，纳兰性德早逝，没有看到自己的家族落入尘土中，被人遗忘。这也算是不幸中的幸事了。后多年过去，乾隆晚年，和珅为了博得圣上龙颜一悦，献上了一部《红楼梦》，乾隆读罢后良久，掩卷长叹一声："书中所写，不正是明珠的家事吗？"世事无常，纳兰性德最终还是逃离了最残忍的惩罚，没有亲眼目睹家族中道衰败，不然那时，他又该何去何从呢？

# 目录

# 附录

# 临江仙

**点滴芭蕉心欲碎，声声催忆当初。欲眠还展旧时书。鸳鸯小字[1]，犹记手生疏[2]。**
**倦眼乍低缃帙乱[3]，重看一半模糊。幽窗冷雨一灯孤。料应情尽，还道有情无？**

## ◇注释

①鸳鸯小字：指相思爱恋的文辞。《全元散曲·水仙子·冬》：“意悬悬诉不尽相思，谩写下鸳鸯字，空吟就花月词，凭何人付与娇姿。”

②生疏：不熟练。

③缃帙：浅黄色书套。亦泛指书籍、书卷。

## ◇赏析

那是另一个时空雨打芭蕉的夜晚。

心欲碎，不知是芭蕉心碎，还是纳兰心碎。“早也潇潇，晚也潇潇”，古往今来的诗词中，芭蕉似乎总喜欢同雨相伴出现。雨滴芭蕉，入梦，美酒半酣有唐汪遵心恋江湖；入画，王摩诘《雪打芭蕉》令人忘却寒暑，白石老人大叶泼墨酣畅淋漓；入乐声，《雨打芭蕉》淅淅沥沥，似雨滴蕉叶比兴唱和，急雨嘈嘈，私语切切，诉尽人间相思意。

至于这芭蕉心，正如易安所言，“舒卷有余情”。禅语云“修行如剥芭蕉”，如果我们的心已被世间种种欲念所裹，那么修行便是将层层伪装脱去，“觅心”找回纯真的自我，“明心”则是彻悟尘世的一切杂念，方可见性。

纳兰心中，芭蕉心在其不展吧？因其不展，枝枝叶叶才藏得住纳兰梦萦半生的回忆，层层叠叠容得下纳兰多愁又敏感的心。其实何止善感的纳兰，“此夜芭蕉雨，何人枕上闻”，纵是梅妻鹤子的林逋也难掩芭蕉雨下那些撩人的情思。

“忆当初”，短短三字便如一把利剑斩断今生。今生已作永隔，窗外雨声风声入耳，曾有多少夜晚流逝于情意缱绻的呢喃？未来又将有多少不眠的孤夜，唯有旧忆聊以回味？所幸，过去的日子并未消逝于流年，在那发黄的红笺之上仍可略窥一二。

“鸳鸯小字，犹记手生疏”，怕是纳兰也在怀念把笔浅笑的她吧。此语原出王次回《湘灵》：

戏仿曹娥把笔初，描花手法未生疏。
沉吟欲作鸳鸯字，羞被郎窥不肯书。

纳兰与这位明末的才子是颇有渊源的。王次回出身金坛望族，仕宦之家，连他的女儿王朗也是著名的词人。与他的祖上相比，王次回的仕途之路一生不得志，仅在晚年做了松江府华亭县训导，不过是个无名无实的小官。然而他的作品上承李义山，下启清初词坛，对近代的鸳鸯蝴蝶派也颇有影响。纳兰诗词中常见王次回《凝雨集》的影踪，可又有多少人知道，王次回也如纳兰一般，爱妻早丧，不过凉薄人世一孤伶人。若可同世而立，纳兰与次回或许也能成惺惺知己吧。

当年的娇俏语长萦耳畔，那副欲语还休的羞涩模样犹在心头，鸳鸯小字里，似可见这位解语花的身姿若隐若现。然而，以为是一生一世的一双人，所托竟几页满蘸相思意的旧时书。南宋蔡伸曾慨叹，“看尽旧时书，洒尽今生泪”。蔡伸是书法家蔡襄之孙，官至左中大夫。名门之后，位高权重又如何？三更夜，霜满窗，月照鸳鸯被，孤人和衣睡。

旧时书一页页翻过，过去的岁月一寸寸在心头回放。缃帙乱，似纳兰的碎心散落冷雨中，再看时已泪眼婆娑。“胭脂泪，留人醉”，就让眼前这一半清醒一半迷蒙交错，梦中或有那人相偎。

又是一窗冷雨，纳兰看到了半世浮萍随水而逝，如记忆中挥之不去的她，“一宵冷雨葬名花”。还是纳兰身边这盏灯，只是不再高烛红妆，唯有寒月残照，灯影三人。太白对孤灯空长叹，“美人如花隔云端”。故人入梦，又渐行渐远，“是邪？非邪？立而望之，偏何姗姗来迟”。汉武帝为李夫人招魂，灯影明灭处，留得千古一帝不得见的叹息。

罢了，一梦似千年，从来是“人生长恨水长东”。刘禹锡一句“东边日出西边雨”，留多少痴念在人间。已道无情，而情至深处难自已。这般深情厚意，在纳兰心中恐怕已不是简单的有情，而是人生难得的知心人。如果说情是前生五百次的回眸，爱是百年修得之缘，那么知心便是三生石畔日日心血的倾注。

有情无？

纳兰笃定不念今生，料想今生情已尽。一心待来生，愿来生再续未了缘，可有来生？

# 少年游

**算来好景只如斯。惟许有情知。寻常风月①，等闲谈笑，称意即相宜②。**
**十年青鸟音尘断③，往事不胜思。一钩残照④，半帘飞絮，总是恼人时。**

## ◇注释

①寻常：普通，一般。风月：本指清风明月，后代指男女情爱。

②称意：合乎心意。相宜：合适，符合。

③青鸟：神话传说中为西王母取食传信的神鸟。《山海经·西山经》：“又西二百二十里，曰三危之山，三青鸟居之。”郭璞注：“三青鸟主为西王母取食者，别自栖息于此山也。”又，汉班固《汉武故事》云：“七月七日，上于承华殿斋，正中，忽有一青鸟从西方来，集殿前。上问东方朔，朔曰：‘此西王母欲来也。’有顷，王母至，有两青鸟如乌，侠侍王母傍。” 后遂以“青鸟”为信使的代称。

④残照：指月亮的余晖。

## ◇赏析

想来纳兰应是掰着手指写这首词的吧。

细细数来，好景不过只那些时日，翻来覆去地搜寻也不再多。常说人生如戏，其实又何尝不是一种全新的尝试？只是这些尝试不可以倒带、定格或重复，更没有机会再次完善，只有眼睁睁地看错误客观地存在，走过的路难再回首。几千年前，子在川上曰："逝者如斯夫！不舍昼夜。"

是啊，逝者如斯！我们可以征服自然，天堑变通途；可以改造世界，高峡出平湖。而面对奔流不复回的岁月，不见古人，不见来者，悠悠天地间只一句逝者如斯，昼夜间便越过几千年。

好景不长，这是千百年流传的古训。墨菲定理告诉我们，越害怕的事情便越会发生。越渴望，越难求；越珍惜，便越易失去。相知相伴，最是难求。若为友人，"海内存知己，天涯若比邻"；若为爱人，万两黄金容易得，知己一个也难求。如当年的钟子期与俞伯牙，管仲与鲍叔，苏东坡与黄庭坚，可唱和，可调笑，甚至可以意见相左。知己，是求同存异，即使并不赞同也可以理解。

这里的知己，不是纳兰的那些好友，而是她——"寻常风月，等闲谈笑"。她能与他共剪西窗烛，与他同赏夜雨芭蕉，与他依偎着听残荷雨声。她或许没有咏絮才，抑或谈不上停机德。但她懂他，懂他的浅唱低吟，懂他的眉尖心上。只一个"懂"字——芳心重，即使离去，也沉沉地压在纳兰心头。从与纳兰相知相许开始，她便像一棵树深深地植于纳兰心头，狠狠地扎下根去，发芽，长大，平平淡淡的岁月里成长着他们的记忆，而后便永久地定格成一幅画。也有落叶，也有花开，那是三分谈笑，二分思念，一分微嗔，剩下的是半生相忘于江湖。

那些日子虽无大喜，回忆起来却总是沁着丁香一般若有若无的甘甜。何谓幸福？这是人世间无法量化衡量的参数。身处名利场，纳兰占有集权势、财富、地位、才情和皇帝的宠信于一身，却久久难以感到幸福。知己不在，五瓣丁香已伴斯人远去，惟余悠悠清香轻浮人间。这位令他念念难忘的知己，定是如丁香一般的女子吧：

她默默地走近/走近/又投出/太息一般的眼光。

她飘过/像梦一般地/像梦一般地凄婉迷茫。

像梦中飘过/一枝丁香地/我身旁飘过这个女郎；

她默默地远了/远了/到了颓圮的篱墙/走尽这雨巷。

这般女子，比之西湖，比之西子，"淡妆浓抹总相宜"。相宜，陆游曾吟《梨花》，"开向春残不恨迟，绿杨窣地最相宜"。无论是在人生的春秋还是晴雨，遇到她，孤单消弭，一切未知便立刻有了答案——那不是参考，而是确定，是唯一。她随风而过，不似斯佳丽那般疯狂固执的爱，却如一杯陈年女儿红，令人沉溺于往事中久久不愿醒转。可惜，可叹，十年音尘断，连送信的青鸟也无影无踪！

青鸟又名三青鸟，传说女神西王母的使者，“赤首黑目”，一名曰大鵹，一名曰少鵹，一名曰青鸟。古时的“鵹”即“鹂”，听名字便知是三只亮丽轻快的小鸟。其实这三青鸟本是凤凰的前身，为多力健飞的猛禽，后来才转变为一代玲珑小鸟。三青鸟是有三足的神鸟，只有在蓬莱仙山可见。传说西王母驾临前，总有青鸟先来报信。“青鸟不传云外信，丁香空结雨中愁”，可见青鸟也常作为传递幸福佳音的使者出现在诗页中。

送信的青鸟不见，那些陈年往事日日温习，愈思量愈清晰，愈清晰愈徒增烦恼。本是“花有清香月有阴”之时，本应与爱人尽享“春宵一刻值千金”，那千古同月落下的清辉在人间划出一道铜墙铁壁，一边“琴瑟在御，莫不静好”，另一边只剩“一钩残照，半帘飞絮”。所谓“世上本无事，庸人自扰之”，不过未到伤情处。那一份执着的念想，那些共同走过的细细碎碎的日子，她的一颦一笑，他的一言一语，打碎了，搅匀了，和一团泥。捏一个你呀塑一个我，生当同衾，死亦同椁，成就一生的承诺。

# 茶瓶儿

**杨花糁径樱桃落[①]。绿阴下晴波燕掠[②]。好景成担阁。秋千背倚，风态宛如昨[③]。**

**可惜春来总萧索。人瘦损纸鸢风恶[④]。多少芳笺约[⑤]，青鸾去也[⑥]，谁与劝孤酌。**

## ◇注释

①糁径：洒落在小路上。糁，煮熟的米粒，这里是散落的意思。

②晴波：阳光下的水波。唐杨炯《浮沤赋》：“状若初莲出浦，映晴波而未开。”

③风态：犹风姿。宛如：好像，仿佛。

④瘦损：消瘦。纸鸢：风筝。

⑤芳笺：带有芳香的信笺。

⑥青鸾：即青鸟或指女子。唐王昌龄《萧驸马宅花烛》诗：“青鸾飞入合欢宫，紫凤衔花出禁中。”

## ◇赏析

好一派怡红快绿的浓浓春色！

三四点青苔浮于波上，一两声莺啼鸣于树下。已暮春时节，樱桃散漫，柳絮飘扬，风日晴和不够，须要人意好才算得好景。一句“成担阁”，人意便隐身于旧梦中。此去经年，斯人不在，便是良辰好景虚设。

同是花开莺啼、草长鹭飞的时节，因着这“担阁”二字，都黯然失了颜色。困酣娇眼的杨花，飘飘摇摇，萦损柔肠；看樱桃空坠，也无人惜。燕双飞，犹得呢喃低语，“为怜流去落红香，衔将归画梁”，竟是黛玉葬花的心境一般。庭院深深处，小园香径下，唯有幽人独往来。

遥想当年，也似公瑾雄姿英发，也着两重心字罗衣。恍惚间，纳兰似又回初见时刻，他的她，背倚秋千，姣花照水般低头不语，也有伤春的秀眉微蹙，也东风吹乱云鬓。小山犹可闻琵琶弦上相思意，纳兰呢？相思不知说与谁人听。寸心间思绪万千，可容得下这咫尺天涯的天上人间？宛如昨，昨日已弃纳兰而去不可留，今日之日落花独立多烦忧。

去年昨日此门中，人约黄昏后；今年花依旧，不见去年人。纳兰斜倚秋千，抚着冰凉的秋千索，追忆那些朝朝暮暮。往事淌过心头，斯人何在？他望向春雁回彩云归，望向细雨过桃花落，望向角声寒夜阑珊，只望得一怀愁绪空握。天涯一隅，不知她在那一方可也凭栏忆？泪眼望花，花亦无语，“乱红飞过秋千去”。

春如旧，人空瘦。也似当年陆游与唐婉痛作生离，十年邂逅，或许无只言片语，一瞥竟成死别。相思相望终难相守，然而秋千索上的斑斑痕迹，竟抵过了人世间最难挽回的疏离与淡忘。

纸鸢，便是我们现在说的风筝，南方叫鹞，北方称鸢，因此也有“南鹞北鸢”之说。很多地方都有清明前后放风筝的旧俗。清代高鼎有诗为证，“草长莺飞二月天，拂堤杨柳醉春烟。儿童散学归来早，忙趁东风放纸鸢。”这里的“二月天”便是阴历二月。放风筝，更确切的意思是“放晦气”，《红楼梦》中曹公对这一习俗也颇费了一番笔墨。人们将自己的名字写在放飞的风筝上，剪断牵线，便认为是放走了“晦气”。当然，人家剪断的风筝不能再捡，否则便会染上“晦气”。

东风恶，纸鸢飘摇，如纳兰那颗摇摇欲坠的心，堪比黄花瘦。想他们也曾芳笺成约，执手一生吧？如今山盟犹在而锦书难托，斯人已去而此情空待，伤情处，“红笺为无色”。

青鸾何在？怕这世上无人曾见。传说青鸾有着世间无人听过的天籁之声，因为它只为爱情而歌；它亦为爱情而生，一生只为找寻另一只青鸾偕老相伴。它踏遍万水千山，仍是形单影只，因为这世上只有一只青鸾。当它偶然望向镜中的自己，竟以为此生如愿，一曲绝美的歌声响彻云霄。从此，青鸾便成为世间坚贞不渝的爱。

东方的青鸾，西方的纳西索斯，他们终其一生追寻着“知我心者”。纳兰又何尝不是？待友人，他不以贫贱富贵为念；待爱人，终生执着于心间。鸿雁不归，青鸾去也，那一份黯然销魂的痴念，叫他与谁人说？孤酌，对影三人，才知好景难常在，过眼韶华似箭流。

“清樽满酌谁为伴？花下提壶劝：何妨醉卧花底，愁容不上春风面。”先于纳兰一千多年的晁补之，自号归来子，心向东篱却身陷朝野，怕是早存了归去的心思，也看清楚了这繁华尘世间的过眼云烟。“多情总被无情恼”，纳兰也想放下那些恼人的多情吧？同是花间杯盏，月下独酌，太白笑饮“永结无情游，相期邈云汉”，纳兰却敛眉低喟“谁与劝孤酌”。

谁劝孤酌？无解。杨花处处，飞燕双双，融融春意中泛起心头的，是吹不去化不开的悲凉。

# 忆王孙

**暗怜双绁郁金香[①]。欲梦天涯思转长。几夜东风昨夜霜，减容光[②]。莫为繁花又断肠。**

## ◇注释

①绁：拴、缚，此处谓两花相并。郁金香：供观赏的多年生草本植物，叶阔披针形，有白粉，花色艳丽，花瓣倒卵形，结蒴果。

②容光：脸上的光采。

## ◇赏析

初见时，以为只是一首咏物词。

郁金香，冠郁香于花名，只是对这舶来之物一种美好的愿望，却是彻头彻尾的名不副实。郁金香非本土花卉，据说是唐贞观年间王玄策作为官方代表出使天竺，也就是今天的印度时，天竺国王遣使回访将郁金香传入中国，一同带来的还有象征着佛语的菩提树和菠菜。至清康熙初年，郁金香在中国已有一千多年的历史了。历经了漫漫唐、宋、元、明，诗词曲和传奇的背后只在美人、美酒或罗衣绣纹边偶见郁金香倩影。比之花中君子或纳兰所爱清荷，郁金香的确难堪伤怀之情。这首词何故独以郁金香作引？这就不得不提到“双绁”之义。

“双绁”二字历来说法颇多，最常见的便是作双枝之解——成双成对的郁金香，大约有连理枝、并蒂花的意思在其中，以此反衬出纳兰对影成三人时的那些孤寂。还有一种比较有趣的说法是以“双绁”指代女子的袜子。据说，古代有一种女袜有丝带与衣着相连，“绁”本指那起连接作用的丝绳，在此借指整个袜子，而“郁金香”则是袜子上的图案。故而此处“双绁郁金香”应是指女子之物。仔细思量，后者之解似更符合此词中的情思，故而耐人寻味。纳兰对双绁郁金香的感情似乎并不只借花伤怀那么单薄无力，前者“暗怜”，后至“天涯”，怕是纳兰情系之人所遗。一句暗怜，多少陈年旧事，编入西风流年之中，静静地藏于这金织玉绣的罗衣之中。岁月尘封的魔咒被瞬间的一个恍惚打破，只一瞥，便想起了前世今世种种，思如暗流汩汩，终是意难平，欲静又不止。暗怜，不禁有问，这对郁金香的背后凝结着什么样的情思，让纳兰犹抱琵琶，欲语还休，只将这一份无法排解的“怜”深深地埋入一笔“暗”处？

这几分情愫，和着几丝迷情，几缕旧物，近在咫尺，却又迷蒙得如纷飞柳絮，衣袖翩跹过后扬起一地落寞，令人欲作天涯之思。好一个欲梦天涯！何为欲？欲本就一种无奈，就像是给自己一个难以实现的承诺，总想尽力做到，却遥遥无期。想要而未得到的，对纳兰来说，便是盘桓于现实的幽思，是那连白日梦都做不得的桎梏。

古来文人墨客皆寄情于梦，而庄周的蝶梦则更是梦到了物我两忘的空明境地。“重酣后，梦景皆虚谬，庄周化蝶，蝶化庄周”。至少有片刻，庄周可以一种俗事难缨的不羁之态纵情迷梦，可以置身事外笑叹红尘种种。而纳兰呢？纵心向天涯，却好梦难酣，抑或连梦的影子也未曾挨着，便不得不打起精神费尽种种思量。纳兰所思何事，如今已不得而知，或许他为着燕子犹可双飞，为着去岁人面桃花，为着不得不承担的前途而思转，这些都使他难入梦。或者他亦想将这一切羁绊都斩断，理还乱的怕是还有一触即发的“双绁郁金香”。

不知纳兰此调作于何时，竟是几夜东风后忽而霜至。身处乍暖还寒时候，或是另有所指？东风亦作春风，多写生发之象，主风调雨顺的和气之色。这里的东风当然可以理解为“郁金香”的春天。而值得深思的是，纳兰为何以几夜形容东风而非几日？按常理，东风多生于白昼，见尽百花齐放的繁华景象。或者说，郁金香若作花之解，也非昙花般夜间开放，那么这“几夜”又作何理解呢？由此看去，“双绁郁金香”所指大有可能是纳兰情系之人。

曾有高烛照红妆，室内春意盎然。一朝好景终散尽，昨夜霜过，任凭雨打风吹去，只是朱颜改。辗转反侧之下自是容光减，心如冷灰，自言不要再为春尽而伤心落泪。又，是条分缕析的理智与纳兰那颗敏感的心在较量着，几番思忖着莫为繁花过后的残春之景而伤感，内心却挣扎着偏向了诗意的感情。如同前些年，前些日子，前几次一样，断肠人天涯，又徘徊于感情的婉语低喃中。

在那金碧辉煌的栖居中，有几人还能在名利场看清自己不断追逐的心，有几人还能借着东风将灵魂荡涤得如初生般清澈？对自由的向往便是这样，愈是压抑，便愈是渴望。心愈飘愈远，终萦魂于繁花之中，无论花开花谢都为之喜，为之泪，返璞纯真的感情，追寻本真的自我。

# 忆王孙

**刺桐花下是儿家[①]。已拆秋千未采茶。睡起重寻好梦赊[②]。忆交加[③]，倚着闲窗数落花。**

## ◇注释

①刺桐：树名。亦称海桐、木芙蓉。落叶乔木，花、叶可供观赏，因枝干间有圆锥形棘刺，故名。儿家：古代年轻女子对其家的自称，犹言我家。

②赊：渺茫、稀少。

③交加：交错，错杂。此处谓男女相偎，亲密无间。

## ◇赏析

这是一首洋溢着田园气息的小令。区区三十几字便是一个富于生活情趣的小故事，可谓是迷你。

词一开篇，便告诉我们，这是一件花下事，发生在水乡火红的刺桐花下。下一句则是明明白白地点出了时间。过去常有拆秋千的习俗，大约在春城飞花杨柳斜的寒食节之前即农历二月初时，逐渐繁忙起来的农家一般会拆掉小孩子们的秋千。孩子们这时也便不能再优哉游哉地荡着秋千，嬉戏于乡间，而是要随大人一起做些力所能及的农活。而采茶则大约是每年的农历三月左右，想来这首词应作于这春种与采花的短暂间歇之中。怡红快绿，茶香若兰之农闲时刻，才有闲情逸致有此酣然一梦。梦到什么了呢？细思量，忆交加，原来是梦到与心上人相厮守，浓情蜜意，情意缱绻。常言道，日有所思，夜有所梦，想必是相思成久才得以双双入梦，然而醒转之后呢？不过一枕黄粱，梦醒才知万事空，惟余一片相思在心头。由此看来，这首《忆王孙》分明是怀人之作，却不知纳兰心上之人此时身在何方？

陷入了这般无计可消除的相思之中，身倚闲窗，心却如浮云飘向了心上人身边。相思相望难相见，只得默默细数窗外一地落花。宋赵师秀感言“有约不来过夜半，闲敲棋子落灯花”。看似一池春水的闲情下，灯花震落，那是隐不住的失落与焦躁。今斯人入梦，梦而不得，古今同孤寂，只是今人数落花，古人落灯花而已。值得思量的是，花自飘零水自流，落花本是无情物，为何纳兰不以盛开的刺桐花作数，而闲情专指飘零一地的落花？回答这个问题，恐怕要从这刺桐花探个究竟了。

一说到刺桐花，不由得让人想起刺桐城泉州。刺桐原产于印度、马来西亚一带，我国台湾、福建、广东、浙江、江苏等地均有栽培，应该说典型的是南国风物。在一些地方的旧俗里，人们还曾以刺桐开花的情况来预测年成，如头年花期偏晚，且花势繁盛，那么就认为来年一定会五谷丰登，六畜兴旺。历史上还留下了丁渭与王十朋关于这刺桐兆年的一段诗话。耐人寻味的是，这南国宠儿的刺桐缘何闯入了纳兰的梦乡，引得梦中交加，还被亲切地称为“是儿家”？

有史可考，纳兰的妻子卢氏本生长于广东，她的父亲卢兴祖被革职后，按八旗的惯例需进京听宣，卢氏自然随家眷从广州北上京城，可见卢氏本是“南国素婵娟”。而纳兰生命中的另一红颜江南才女沈宛，则是乌程（今浙江湖州）人士。因此，无论是卢氏还是沈宛，都与这刺桐一般，是生长于南国的佳人知己，与北国才子纳兰的相知相伴，尽管一份尘缘短暂得令人扼腕，却是可遇不可求的一段佳话。纳兰看到佳人故乡风物，怀人之心油然而生，便拟小女子口吻写怀春之事，这一副白日里睡懒觉、思盼情郎的娇酣模样令人忍俊不禁。

古人寄情思往往比较隐晦，喜欢以彼人写己。典型的如杜甫的《月夜》“今夜鄜州月，闺中只独看”。柳三变则更是直言“想佳人、妆楼颙望，误几回、天际识归舟”，等等。以彼之相思诉己之衷情，不仅更加婉转含蓄，还正如浦起龙所说：“心已驰神到彼，诗从对面飞来”。作为温文尔雅的东方人，这种欲言又止、眉目传情的写法更容易引发那种吹皱一池春水的神思遐想。

纳兰专情于落花，怕是答了唐五代严恽的落花之问：“尽日问花花不语，为谁零落为谁开？”纳兰心头所系之花自有公论，但这多情公子必是故事中的王子。思及匆匆的现代人，纵是没有这般花谢花飞花满天的才思，类似地，也须作“花儿为什么这样红”之问罢。

# 忆王孙

**西风一夜剪芭蕉。倦眼经秋耐寂寥？强把心情付浊醪[1]。读《离骚》[2]。愁似湘江日夜潮。**

## ◇注释

①浊醪：即浊酒。醪，带糟的酒。

②《离骚》：中国古代最长的抒情诗。屈原的代表作，也是《楚辞》中的名篇。

## ◇赏析

时维三秋，天气转凉。昨夜又是一夜难入眠，只听得西风萧萧，足足吹了一夜。园中芭蕉林，本是绿肥青葱苍翠可爱，岂忍得了这一夜的摧残，尽是遍地皆狼藉。“悲哉，秋之为气兮，肃杀也！”满目望去，没有尽头，所见皆秋色，顿时胸中无限凄凉，人岂能经受如此寂寥？取来一壶浊酒，对窗独自低饮，强将这无限的寂寥倒进杯里，化作无奈，一饮而下，灌入愁肠。岂料“抽刀断水水更流，举杯消愁愁更愁”，这心中苦闷何由才得排遣？随手捡起一本《离骚》，漫目读去，字字尽愁语，篇篇有千结。报国有心，立功无门，心怀天下，书生意气，三藩之乱的刀兵战火未安，我心中的愁闷，如那日夜奔腾不息、翻滚的三湘江水一般。

这首词主要是写一种“愁”，先不谈这“愁”到底是为何而愁，先看看纳兰的写法。这首词只短短三十一字，而其中直接间接言及“愁”的，全篇皆是。直接写“愁”的如“倦眼经秋耐寂寥”、“强把心情付浊醪”、“愁似湘江日夜潮”，而第一句“西风一夜剪芭蕉”虽未直接说出情绪，可也能根据传统，理解到词人正要表达一种愁闷。短短三十一字，可谓字字皆愁，孔子说《关雎》“哀而不伤”，这也似乎成为了后世对于诗歌写情中对抒情进行节制的理论依据。然而纳兰这首词明显没有节制抒情，不仅如此，他的词的一个特点就是情感流露不受阻碍，无论是那些他写得委婉动人的，如“一往情深深几许？深山夕照深秋雨”（《蝶恋花·出塞》）、“多情终古似无情，莫问醉耶醒”（《荷叶杯》），还是狂放的，如“德也狂生耳”这样的词句。

可以说纳兰的词在用情方面有些纵情的倾向，特别是那些表现细腻的女性化情感的词。这首词就能体现这样的风格，写愁就全篇写愁，如江水滔滔不绝。西风引起人伤时，第一愁；西风毁坏芭蕉，第二愁；奋力遣愁，借酒浇愁愁更愁，第三愁；停杯读《离骚》，所读尽愁，第四愁；悲于人生山山，第五愁。这样的写法，在读者方面感受起来，确实是感觉一重又一重地压来，颇为压抑。

这首词有考据认为是三藩之乱期间，纳兰因报国有心，立功无门，有感而作。当然可备一说。

三藩之乱其间，纳兰正作为康熙的御前侍卫，因职责所在，虽有立功之心而无立功之门。这首词虽可见得一种同屈原般的忧国忧民的惆怅，却仍可见纳兰自己一贯的细腻情感。在对于主题的理解上，可能难免有不同看法，这些看法多半源于对词人自身的理解，不过正如梁羽生所说，也许因为纳兰容若太善于言愁了，因此一般人对他有个误解，以为他是个消极颓废的词人。其实他的“愁”，正如前一篇所谈过的，乃是在封建压力下，精神苦闷的表现；而且除了“工愁善恨”之外，他也还有激昂悲愤的一面，用百剑堂主的词来说，就是还有“悲慷气，酷近燕幽”。

# 调笑令

**明月，明月。曾照个人离别。玉壶红泪相偎①，还似当年夜来。来夜，来夜，肯把清辉重借②?**

### ◇注释

①玉壶红泪：晋王嘉《拾遗记》卷七：“（魏）文帝所爱美人，姓薛名灵芸，常山人也……时文帝选良家子女以入六宫，（谷）习以千金宝赂聘之，既得，乃以献文帝。灵芸闻别父母，嘘唏累日，泪下沾衣。至升车就路之时，以玉唾壶承泪，壶则红色。既发常山，及至京师，壶中泪凝如血矣。”后因以“玉壶红泪”称美人泪。

②清辉：清澈明亮的光辉，多指日月之光，这里指月光。

### ◇赏析

其实，这首《调笑令》满含自嘲之意。

调笑令又名转应曲、三台令。关于这词牌名，在胡适《词选》中有一段解释：“【调笑】之名，可见此调原本是一种游戏的歌词；【转应】之名，可见此词的转折，似是起于和答的歌词。”纳兰以调笑之名写彼时的红妆相偎，是嘲弄命运无常，也是在自讽西风独自凉。

开篇直呼明月，似谪仙般的邀月？举杯邀明月，对影成三人。不知一向谨慎的他，会不会也拍着玉板月下长歌，对酒当歌，人生几何？明月，明月，纳兰是想劝慰吧？海内存知己，自然天涯共此时，何必以身形羁绊？或者也是在祝福，既不得相守，便不如放开心胸祈祷，但愿人长久，千里共婵娟。

然而那一片月明中，纳兰好似又眼睁睁地看见那个人由远及近渐渐走向了他，咫心之距时，又远远地推开了他，狠狠地退出了他的视野。他们心意相交，却终天各一方。

永远，相守时难以实现的诺言；遥远，离别时执手相看泪眼，一个转身便耗尽了一生的时间。

“玉壶红泪”一说，来自三国时期魏文帝曹丕宠妃薛灵芸。灵芸本是当时东吴浙西常山赞乡人。怀着对父母兄弟和家乡风物的恋恋之情，怀着对那宫廷生活的陌生和恐慌，灵芸从江南远赴洛阳。这一路灵芸泪如泉涌，随从便用玉唾壶给她承接泪水，只见流进壶中的泪水都带着血红。等到抵达洛阳，玉唾壶中已盛满了血泪，因称后世称女子的眼泪为“红泪”。

“夜来”之意还是取自薛灵芸。为了迎接灵芸，曹丕在洛阳城外筑土台，高三十丈，直入云间；在台下四周布满蜡烛，唤名“烛台”，蜡烛沿灵云入城的路线从烛台一路绵延至洛阳城郊。魏文帝在烛台静候佳人之时，远远望见车马滚滚，尘埃翻腾，宛如云雾弥漫，不由感叹：“古人云，朝为行云，暮为行雨，今非云非雨，非朝非暮。”因而改薛灵芸的名字为“夜来”。

到这里，词意也豁然开朗，这个被纳兰以自嘲的笔触留在诗行间的女子，多半应是纳兰思之念之而终不得相守的表妹。不似纳兰发妻卢氏离去时的痛彻心扉，直问“天为谁春”；不似沈宛不告而别返回故乡时，他叹息“等闲变却故人心，却道故人心易变”。他久久珍藏于追忆中的这份情，不似烈火般的热情，却因为凄清更惹人疼惜。不知纳兰回忆起了表妹的哪般，只一句玉壶红泪诉尽相思意。玉壶红泪，盛着互诉衷肠的甜蜜，家族的殷殷期望，对未知前途的恐慌，还有那伴君千日、终须一别的结局。

行至下片，纳兰低叹，来夜，来夜，以轻不可闻的声音，简单得不能再缩略的呢喃，重温那个已经冷却的旧梦，就像东坡轻言“作个归期天定许”。或许纳兰也是怀着几许期待的吧，虽明知好景已逝，却依旧忍不住希望；虽然到头来只落得往事如风信子的花瓣一般，散落一地，惟余“缥缈孤鸿影”。

纳兰希冀的来夜，更多的怕是在追寻那些终成回忆的昨夜，春风拂面灯火阑珊的昨夜，与表妹相知相伴的昨夜，逝去的情意缱绻的昨夜。这一段往事像是中了岁月的魔咒被封在心底，既没有结果，也难以诉说，唯有叹息悠悠时常回荡于心间。多少年过去后，才终于明白，那时光的封印唤为“此情可待成追忆”。

罢了，借一缕清辉，想佳人旧影，凭栏凝望，还是那一轮明月，却是年年新月照旧人。连月色都已变换，谁又能回到过去？没有过不去的，只有回不去的，纵使相逢应不识吧。

记得席慕蓉曾写过，我们也来相约吧，相约着要把彼此忘记。

还是明月如霜，还是好风如水，纳兰不知能否放下那份执着，与表妹相约着，各自走各自的人生。

# 河传

**春浅[1]，红怨[2]，掩双环[3]，微雨花间昼闲。无言暗将红泪弹。阑珊[4]，香销轻梦还。**

**斜倚画屏思往事[5]，皆不是，空作相思字。记当时，垂柳丝，花枝[6]，满庭蝴蝶儿。**

### ◇注释

①春浅：谓春意浅淡。

②红怨：为花落伤感。

③掩双环：掩门，关起门。

④阑珊：精神低落。

⑤画屏：有画饰的屏风。

⑥花枝：开有花的枝条。

### ◇赏析

平心而论，这一首《河传》算不得纳兰词中的精品。大抵是春浅花落、微雨拂面时一捧湿漉漉的清愁，又不过是相思梦醒后几番萦绕不去的哀怨感伤。但择一风和日暖的安静午后诵读出声，耳边却乍响清脆的断裂之音。

这断裂的声音像厚厚的积雪压断干枯的藤枝，又像剔透的美玉坠落在青石板上。韵律之跳跃、意象之翩跹、记忆之转换，让人不由得掩卷沉思，微微叹息。

这是一首节奏感极强的小令，“春浅，红怨，掩双环”，文字婉约如斯，读来却字字皆有生机；句式富于变化，韵脚也未耽于一致，带着些清爽曼妙的灵动，在三三两两的字句间跃动，格律的鲜明感就像江心里、秋月下那一首令白居易过耳难忘的琵琶曲——“嘈嘈切切错杂弹，大珠小珠落玉盘”。

若你沉迷于节奏的明快，便由此期冀品鉴出易安居士早期作品的明媚和单纯，那可就错了。“争渡、争渡，惊起一滩鸥鹭”的简单快乐向来是留不住的，就像最美的人间四月天终会随芳菲陨落而到尽头一样，纳兰词里更多的仍是绵长的感伤和抽丝剥茧般的追忆。

人生就是这样，越是“当时只道是寻常”，“当时”之后便更加五味杂陈。和韶华一起逝去的还有追不回、讨不得的境遇，这种沧桑与无奈便是成长的代价。当代诗人张枣在他的《镜中》里写道：“只要想起一生中后悔的事，梅花便落了下来。”谁人一生之中没有一些只要想起就会感伤的往事呢？

垂柳丝、花枝、满庭蝴蝶儿，既是昔日欢愉景象的见证，也是今日萧索情状的旁观者。往事如向下的流水一般执拗，不肯回头，离开的人也是如此，再难相见。“思往事，皆不是”。人不是，景不是，连心情都不是，斜倚画屏，也就只剩下一个“空”字了吧！

心境虽“空”，脑海中的景象却被纳兰安排得满满当当。我们大抵都有过这样的体验：明明心里空空荡荡，却又像被堵得不留缝隙，想深吸一口气，张开嘴后却是一声止不住的叹息。这斜倚着屏风的人儿也是这样，她所思所想都是伤感的往事，而且是追不回来的往事，明明是一触碰就会心疼的记忆，却又忍不住不想。梦也醒了，春要尽了，相聚的短短数日虽恍如隔世，心里的思念却不知要延续到何日何时。

是啊，春雨渐歇，门扉掩闭，细雨凉风惹恼了庭院里的群花，幽幽小径上尽是缤纷落英，此景之下，怎能不起伤情？这一阕画面感极强的小令，就像一部沉默的纸上影像剧，你看那掩着眉目从一地落花中走过的女子轻叹连连，手掩门环，就连背影都带着清冷。

《河传》这个词牌并不多见，据说这个词牌是由隋炀帝杨广首创，由唐朝才子温庭筠完善，纳兰的《饮水词》有三百四十九首之多，用这个词牌的也仅此一阕。就用这短短的五十余字，纳兰写了一个完整的故事，他没有像大多数词人那样以秋天的黄叶、雁飞、冷风来写悲欢，而是用春愁带伤情，在时间、空间的转换中完成了自己的叙述。

这首词从表到里都是矛盾的，表层的矛盾在于节奏之明朗与内蕴之哀伤，里层的矛盾则是主人公内心的一番纠结，盼归总不能，相思终不得，欲罢又不忍，在纳兰的信笔点染中，词中主人公的满怀思念仿佛要从笔墨间溢出来，这大概也点破了词人自己的心事吧！

只是不知这词中的矛盾是否会引来今人的共鸣，那些倔强地抱着回忆取暖的人啊，是否总觉得四季都是冬天呢?

## 蝶恋花 散花楼送客

**城上清笳城下杵①。秋尽离人，此际心偏苦。刀尺又催天又暮，一声吹冷蒹葭浦②。**

**把酒留君君不住。莫被寒云③，遮断君行处。行宿黄茅山店路④，夕阳村社迎神鼓⑤。**

**◇注释**

①清笳：谓凄清的胡笳声。唐杜甫《洛阳》诗：“清笳去宫阙，翠盖出关山。”城下杵：指捣衣之声。杵，捣衣所用的棒槌。

②蒹葭：蒹和葭都是水草，本指在水边怀念故人，后以“蒹葭”泛指思念异地友人。语出《诗经·秦风·蒹葭》：“蒹葭苍苍，白露为霜。所谓伊人，在水一方。”

③寒云：寒天的云。

④黄茅山店：指荒村野店。黄茅，茅草名。唐白居易《代书诗一百韵寄微之》：“官舍黄茅屋，人家苦竹篱。”

⑤村社：旧时农村祭祀社神的日子或盛会，《旧唐书·文苑传下·司空图》：“岁

时村社雩祭祠祷，鼓舞会集，图必造之，与野老同席，曾无傲色。”

### ◇赏析

这是一首送别诗。

散花楼，单听名字便引得无数遐想。天女散花，也是有来历的。据说在维摩诘住处有一位天女，每听到有人说法的时候就会现身，把天花散向众菩萨和佛的大弟子身上。花落到菩萨身上时便都会坠落，但是落到那些大弟子身上时却不会掉下来。那些大弟子用神力也不能将花拂去。舍利弗说：此花不如法。就是说存有分别心是不如法，说明大弟子们还有畏惧生离死别之心。等修行完成后，五欲不再有，“结习尽者，花不着身”。

在离别心不当存的散花楼送别，或许不止是巧合吧。“天若有情天亦老”，好友间若无别绪，又何来离愁呢？纳兰所送之人，正是张见阳。张见阳字子敏，名纯修，本为内务府包衣，进士及第后先授江华县令，官至庐州知府。张见阳与纳兰结为异姓兄弟，是纳兰的知心故交。这首词即是在张见阳出任湖南江华县令离京时所作。

秋花惨淡的时节，本就易惹人伤感。张见阳此时奔赴千里之外，话别时酒入愁肠，更著凄凉。散花楼上，听得远处胡笳轻唱，城下捣衣声一下接一下单调地重复着，回荡在这清冷的蒹葭浦，在离人的心中挥之不去。

“刀尺”二字历来说法不一，比较普遍的说法是制衣，那么“刀尺又催”便是赶制衣物之义了。古时士兵武器和粮食由朝廷供应，衣物往往是自备。每到秋冬交替时，家人便要为远方的征夫或游子准备寒衣。因此便有了这“万户捣衣声”。宋贺铸也曾在他的词中提到，“砧面莹，杵声齐，捣就征衣泪墨题”。瑟瑟秋风中的捣衣声藏于游子密密缝的身上衣，藏着远征游子对故土的眷恋，藏着故园亲友的不舍和思念。

文行至此，不过是一首普通的送别诗。而纳兰之于张见阳，岂是泛泛之交可比？留君不住，临别定有金玉之言相赠，“莫被寒云，遮断君行处”。江华曾一度为吴世璠所占据，清军刚收复江华不久后张见阳即被派去任职。纳兰深知此时的江华战火未息，民生艰难，且江华历来是多民族交汇地区，冲突时有发生，张见阳所得并非美差。然而作为朋友，纳兰不断勉励张见阳要莫惧寒云，要在满目疮痍中成就一番大业。他在与张见阳的书信中写道：“古来名士多以百里起家者，愿足下勿薄一官，他日循吏传中，籍君姓名，增我光宠。”纳兰年轻时也有建功立业的宏图大志，而他囿于皇宫中难以施展拳脚，便将自己的目标寄托于好友。

纳兰对张见阳不仅有着殷切的期望，也像兄弟一般深情地关怀着他。他曾作五律遗友人：

楚国连烽火，深知作吏难。

吾怜张仲蔚，临别劝加餐。

江华属楚地，故诗中言“楚国连烽火”。彼时，江华时局不稳，纳兰对友人颇为牵挂。临别不赘言“一片冰心在玉壶”，无“天下谁人不识君”的豪情，也没有“天涯若比邻”的宽慰，而像是至亲一般希望他保重身体，二人的友情由此也可见一斑。

古时官员到各地赴任，往往要经历一段时间的长途跋涉。纵使比不得昭君出塞、文成公主进藏，但翻山越岭在所难免，“鸡声茅店月，人迹板桥霜”，个中酸楚不需多言。而纳兰似对行宿黄茅山店这般羁旅生活有着别样的期待。

词中所说的村社应该是指秋社日。古有春秋二社，秋社日是立秋后第五个戊日，大约在秋分前后。此时的农家已经完成了收获，所以立社祭祀土地神。秋社祭神的习俗最早始于汉代，宋代的村社有食糕、饮酒、女归宁的习俗，至今一些地方还有“做社”、“敬社神”、“煮社粥”等传统纪念活动。

纳兰从小便生活在政治斗争的旋涡中，官场的黑暗、人性的扭曲和金钱权力间血淋淋的勾当让他压抑已久，这也使得他更加渴望自由，向往人与人之间真挚的感情，向往朴实的田园生活。“开轩面场圃，把酒话桑麻”，村社神鼓在他眼里便成了自由惬意生活的写照。

“夕阳村社迎神鼓”，是他劝慰友人以豁达之心迎接未来的漫漫长路，“竹杖芒鞋轻胜马，谁怕？一蓑烟雨任平生”；又似他给自己的一个期许，“云无心以出岫，鸟倦飞而知还”。可惜，纳兰的归去来兮终究只是个没有见过阳光的期许。

# 虞美人

**绿阴帘外梧桐影，玉虎牵金井①。怕听啼鴂出帘迟②，恰到年年今日两相思。**

**凄凉满地红心草③，此恨谁知道。待将幽忆寄新词，分付芭蕉风定月斜时。**

## ◇注释

①玉虎：井上的辘轳。金井：栏上有雕饰的水井，一般用以指宫庭园林里的井。

②啼鴂：啼鸣的杜鹃鸟。

③红心草：草名，一说为红心灰之俗称。相传唐王炎梦侍吴王，久之，闻宫中出辇，鸣箫击鼓，言葬西施。吴王悲悼不已，立诏词客作挽歌。炎应教作了《西施挽歌》，有“满地红心草，三层碧玉阶”之句。后以“红心草”作为美人遗恨的典故。

## ◇赏析

提到虞美人，脑海中总躲不过后主的绝笔，“春花秋月何时了，往事知多少”。才忆起故国月明，便有项王一曲悲歌回响耳畔“虞兮虞兮奈若何”。战场上的争斗虞美人无奈，却愿为连理枝再续前缘。传说一战后受到战争蹂躏的土地遍开虞美人，那如鲜血般浓艳的色彩是地下安眠人的呓语。后主也罢，虞姬也罢，那些长眠的精魂也罢，花开艳丽的虞美人背后站立的竟是无情的决绝与分离。

这应是作于春末夏初的一首词吧。

帘外树已成荫，不似那只得遥看的朦胧草色。若是糊上松绿色的软烟罗作为窗纱，更应是春意盎然。说到这号称“百树之王”的梧桐，民间盛传其知时知令，“梧桐一叶落，天下皆知秋”便是知秋的写照。《魏书·王勰传》中曾有言“凤凰非梧桐不栖”，说的便是这百鸟避之的青桐。不同于人们印象中的法国梧桐——那些写在张爱玲笔下秋风里那簌簌的梧桐，那些遍布衡山路淮海路的老树——这绿阴帘外的梧桐，正是“一株青玉立，千叶绿云委”的青桐。

玉虎金井，极尽巴洛克式的奢华，可再精美的雕饰也不过是深井和缠于深井之上用以汲水的辘轳。“玉虎牵金井”的描摹下，看到的是“雕栏玉砌应犹在”的背影，只为等待那宿命般的“朱颜改”。抑或，我们也可以换一个角度思量：纳兰日思夜想的那人今已栖于梧桐枝上，她的命运犹如那看似繁华的辘轳，被紧紧牵于皇家金井之上。今生能让纳兰作此隐晦叹息的，除了他的表妹还能有谁呢？“虞美人”之曲不负其名。

“郎骑竹马来，绕床弄青梅”，纳兰当时或许并不知他的人生中相思相望不相亲的人，不只是他的表妹。梧桐雨，长恨歌，纳兰短暂的生命中几度春秋，“春风桃李花开日，秋雨梧桐叶落时”，竟像是偈语一般，划过他的人生。纳兰与表妹此时虽是生离，却难言再见。思之而不得之，纳兰的周遭似有着一层离情别怨。连那窗外杜鹃之声，似也在用自然的语言诉说着，预言着，让人不忍听闻。

杜鹃，亦花亦鸟，传说是望帝杜宇所化。相传岷江恶龙为害人间，当地的少女龙妹为了解救百姓迎战恶龙，却被恶龙囚禁于五虎山铁笼中。又一个英雄美人的开端，结果也是顺理成章。少年杜宇得仙翁相助救出龙妹，大败恶龙，受拥戴为蜀地王。然而传说到了这里却峰回路转。杜宇被篡位贼臣囚禁，龙妹因不愿为贼人妻也被锁入牢笼。传说杜宇惨死山中，化作一只小鸟，飞到龙妹身边，啼叫“归汶阳！归汶阳！”。龙妹知丈夫已去，芳魂化作杜鹃鸟，从此同丈夫比翼于天地间。

鸟鸣无心，听者有意。听不得杜鹃的啼血声声，它最勾人伤怀。“山无棱，天地合，江水为竭，冬雷阵阵夏雨雪，乃敢与君绝”，纵然没有鸟鸣，年年今日，两人异地相对同相思。此恨谁知？天知，空中划过啼血杜鹃；地知，便开出了似红泪般的红心草。那红心草开于飘过淡淡柳絮的湖畔，开于光影错落的月下荷塘，开于花径绿篱畔。它吐露着新叶，新叶也泛着红晕；它羞涩地绽开小花，小花也羞赧地顶着深红的小帽。低头，不语，晴空过处，只那么寂静地，婷婷而立。

“自在飞花轻似梦”，携红心草梦回春秋，便有一曲《西施挽歌》。相传南宋时湖州太守夜梦侍吴王，闻言西施已香消玉殒，应诏作此诗。“满地红心草，三层碧玉阶。”从此，红心草如那逝去的美人，在“春风无处所”的季节，娉娉婷婷地摇曳于浮云飘过的微风中，微叹“凄恨不胜怀”。

即使是这样凉薄的一叹也难容于尘世。李清照对芭蕉，叹“阴满中庭，叶叶心心舒卷有舍情”。这无端的情愫抑郁于胸中，剪不断，亦载不动；不能大声哭，也不能放声笑。“何处合成愁？离人心上秋。”梦窗以芭蕉说文解字，“不雨也飕飕。”红樱桃，绿芭蕉，云破月来的良宵，漏断人静的春夜，这纠缠于胸的幽幽往事只得寄存于诗行中。风飘飘，雨潇潇，月子弯弯千年同照九州；离人魂，昨夜梦，年年今日，但见流光无情把人抛。

# 虞美人

**曲阑深处重相见，匀泪偎人颤。凄凉别后两应同，最是不胜清怨月明中[1]。**

**半生已分孤眠过，山枕檀痕涴[2]。忆来何事最销魂，第一折枝花样画罗裙[3]。**

## ◇注释

①不胜：受不住，承担不了。清怨：凄清幽怨。

②山枕：枕头，古代枕头多用木、瓷等制作，中凹两端突起，其形如山，故名。檀痕：带有香粉的泪痕。涴：浸渍、染上。

③折枝：中国花卉画的画法之一，不画全株，只画连枝折下的部分。花样：供仿制的式样。罗裙：丝罗织成的裙子，多泛指妇女衣裙。

## ◇赏析

词本为“艳科”，以婉约为主，多写艳情，这是人们对早期词作品的印象。翻开古代词集，男女情爱、风花雪月乃是其中最重要的主题之一，这其中又不乏着重描写妇女的妖娆容貌、娇羞情态、华美服饰的作品。我国文学史上第一部文人词总集《花间词》中便有很多这样的词，所以后人常将其作为“艳词”的早期标本。

词的产生主要是为了表达文人心里那些诗歌所不能承载的细腻情愫，因而内容上自然会打上情感化的烙印，再加上早期词与乐曲相伴而生，其音乐基础为艳乐，多数时候都是由歌姬、妓女在倚红偎翠的环境下吟唱，因而便免不了绵软之气、柔靡之风，所以清代的刘熙载曾在《艺概·词曲概》里将词（尤其是五代时期的词）的特点概括为“风云气少，儿女情多”。

由于作者的气质与秉性使然，所以即使内容同为艳情，词作也往往会呈现出迥异的风格。早期花间词不仅内容空虚、意境贫乏，而且多追求辞藻的雕琢与色彩的艳丽，虽然词人多为男子，但他们写出来的文字却带着极浓重的脂粉气；纳兰的这一首《虞美人》虽然也写男女幽会，却在暧昧、风流之外多了几分清朗与凉薄。

发端二句“曲阑深处重相见，匀泪偎人颤”很明显出自于李煜在《菩萨蛮》中的“画堂南畔见，一向偎人颤”一句。小周后背着姐姐与后主在画堂南畔幽会，见面便相依相偎在一起，紧张、激动、兴奋之余难免娇躯微颤；纳兰词中的女子与情郎私会于“曲阑深处”，见面也拭泪啼哭。但是细细品味，后主所用的“颤”字更多展现的是小周后的娇态万种、俏皮可人，而纳兰这一“颤”字，写出的更多是女子的用情之深、悲戚之深，同用一字而欲表之情相异，不可谓不妙。

李煜前期词作多写宫廷享乐生活，其“冶艳”风格在多首词中都可窥见，比如他的《一斛珠》：“晓妆初过，沈檀轻注些儿个。向人微露丁香颗。一曲清歌，暂引樱桃破。罗袖裛残殷色可，杯深旋被香醪涴。绣床斜凭娇无那，烂嚼红茸，笑向檀郎唾。”

这首词上阕写女子之美，下阕写女子与“檀郎”的调笑，几乎用一种白描的手法来写男女嬉戏、玩笑，但用词的精准和情状描摹之细腻却令整首词都笼罩着一股美艳之色。

与很多花间词相比，李煜的艳词大多做到了艳而不俗，能将男女偷情幽会之词写得生动而不放荡。纳兰的这一首《虞美人》又在李煜之上。

曲阑深处终于见到恋人，二人相偎而颤，四目相对竟不由得“执手相看泪眼”，但接下来纳兰笔锋一转，这一幕原来只是回忆中的景象，现实中两个人早已“凄凉”作别，只能在月夜中彼此思念，忍受难耐的凄清与幽怨。夜里孤枕难眠，只能暗自垂泪，忆往昔最令人销魂心荡的，莫属相伴之时，以折枝之法，依娇花之姿容，画罗裙之情事。

这首词首尾两句都是追忆，首句写相会之景，尾句借物（罗裙）映人，中间皆作情语，如此有情有景有物，又有尽而不尽之意，于凄凉清怨的氛围中叹流水落花易逝，孤清岁月无情，真是含婉动人，情真意切。

从五代到两宋，又及清朝，“花间词”的传统虽有所保留，但那些风花雪月的事，还是被时光这支画笔涂抹上了不同的色彩，或妖艳，或清新，都是词海中的一朵浪花，各有风情。

# 采桑子

**谁翻乐府凄凉曲[1]？风也萧萧，雨也萧萧，瘦尽灯花又一宵。**

**不知何事萦怀抱[2]，醒也无聊，醉也无聊，梦也何曾到谢桥[3]。**

## ◇注释

①翻：演唱或演奏之意。乐府：诗体名，初指乐府官署所采制的诗歌，后将魏晋至唐可以入乐的诗歌，以及仿乐府古题的作品统称乐府，宋以后的词、散曲、剧曲，因配乐，有时也称乐府。

②怀抱：心胸。

③谢桥：谢娘桥，古时称所爱的女子（或妓女）为“谢娘”，称其所居处为“谢桥”。

## ◇赏析

这是一首爱情词，抒写对情人的深深怀念：是谁在翻唱着那凄凉幽怨的乐曲，伴着这潇潇雨夜，听着这风声、雨声，望着灯花一点一点地烧尽，让人寂寞难耐、彻夜不眠。在这不眠之夜，不知道是什么事情萦绕在心头，让人或睡或醒都如此无聊，梦中追求的欢乐也完全幻灭了。

纳兰的词有个特点，虽然读起来平淡无奇，但回味心头时，却是百味杂陈。正如梁启超所说的那样，纳兰的词是“眼界大而感慨深”。的确如此，纳兰深谙词之大义，他

熟练地用一个一个汉字串成最美丽的章篇。

“谁翻乐府凄凉曲？”算是纳兰词中的名句，看似平白易懂，却于深处暗含波涛汹涌的愁绪。谁在唱着那些凄美的歌曲，歌声萧索，居然令“风也萧萧，雨也萧萧”了，而且还凄凉到彻夜无眠，“瘦尽灯花又一宵”了。古人的烛火一般是用羊油做成的，烛芯烧着的时候，有时候会发出小小的爆裂的声音，像烟火一样。

所以，在这里纳兰会用“灯花”来描写，美丽的词汇既能增加词的美感，又能写出意境。这相思也有分类，纳兰的相思就如同燃烧的灯芯，模模糊糊，道不清真切，却是持续不断，烧不尽相思。

上片写完相思的凄凉，下片便转而写无聊的现状。“不知何事萦怀抱”，思念到深处，依然觉察不出什么事情才是牵绊自己思绪的“罪魁祸首”。凄凉的心境令自己整夜无眠，而无眠之夜里，无谓的相思，更是令自己“醒也无聊，醉也无聊”。

词写到这里，意境接近尾声，只是令读词的人还是不甚明了，令纳兰凄苦而又无聊的女子究竟为何人？可能是为了解决读者心中的疑惑，也或许是为了回答自己这一整夜无聊的思索，纳兰最后一句便交代为“梦也何曾到谢桥”。

收笔之句似乎在字里行间悄悄透露了这位不知名的女子的倩影。末尾处的“谢桥”是说谢娘桥，古人用“谢娘”来指代心仪的女子，而“谢桥”便是由谢娘衍生出来的美丽词汇，指代佳人所住的地方。

夜阑更深，夜晚的静谧代替了白日的喧嚣，相思便也蠢蠢欲动，从心底涌上脑海，虽然整首词看不出任何山盟海誓、海枯石烂的决绝，反倒是处处透着几分“聚散无妨，由他去吧”的淡然。纳兰的心在词句中若隐若现，似乎在对这份感情喃喃自语：随风去吧，相思本无期，但凡有一日我不再想起你，那么我们就无需再痛苦了。

戛然而止的诗词并没有隔断纳兰多情多思的思恋，曾几何时，晏几道“梦魂惯得无拘检，又踏杨花过谢桥”，道出了相思的轻薄与随意。而相同的词境，在纳兰的词里，却是透着几分清爽的纯情与率真。这是一种无法言说的情愫，思念中带着自嘲，冷淡中带着自责，想说爱一个人真的不容易，但停止思念一个已经远去的爱人更是不容易。

一场古时候的思念，一个谢娘的故事，或许思念真的是从一座谢桥走向另一座谢桥，在不经意间品味思念似醉非醉的感觉。纳兰的词，无人能够真正的诠释，但这也正是纳兰词的魅力所在，因为不懂，所以悲悯。

因为每个人的梦中深处，都有一份得到却又失去的美丽。

# 采桑子

**而今才道当时错，心绪凄迷。红泪偷垂，满眼春风百事非。**

**情知此后来无计[①]，强说欢期[②]。一别如斯，落尽梨花月又西。**

## ◇注释

①无计：无法。

②欢期：佳期，欢聚的日子。

## ◇赏析

词人作词，多是有感而发，意由心生，纳兰的词总是那么精致，读后你说不清楚他想要表达的具体感情是什么，也说不清楚这首词究竟想要写什么，但每个词、每个字都能让你体会到灵魂深处的战栗，那是一种幸福的忧伤。

在纳兰的词里，这种幸福与忧伤相得益彰的表现形式十分多见，而这首《采桑子》中，更是运用得出神入化。几个词语的铺陈，看上去犹如一幅水墨丹青，清爽宜人，但细细品味，却是能够看出一些意象堆砌出来的情怀。

正如纳兰的另一名句“人生若只如初见”一样，直抒胸臆却不让人感到唐突，脱口而出也不让人觉得造作，不加雕饰，反而更显得纯真无邪，平淡之中，透着几分灵性。

“而今才道当时错，心绪凄迷。”开篇道来，犹如当头一棒，让人灵台一片清明，但细细想来，这句话平淡无奇，现在才知道自己错了，心里迷惘万分。这样的话语实在没有什么值得推敲的地方，如果这句话用在别处，可能就如同脚下的石头，被人们忽视了，但放在纳兰的词里，却又是不一样的。

有些诗词是要历经岁月淘洗的，历久弥新，经过反复的吟诵，才能琢磨出其中的味道，要知道最好的菜肴，往往是那些最简单的菜式，平淡出真章，纳兰的平淡，往往是在第一眼就把人打动，从此让人欲罢不能。

纳兰的词如同纳兰的人生，“当时错”，现在才明白了，才后悔了，可是，当时错的究竟在哪里？错在什么地方呢？古诗有云：“人生自是有情痴，此恨不关风雨月。”爱情最是难以讲究对错的，爱了就是爱了，没有对错。

无论纳兰探究当初是不该爱，还是不该走得太近，总之那段得到又失去的爱情令纳兰内心忐忑不安。一个“错”字，令人百转千回，牵肠挂肚。正因为有了之前的“错”，才有了下面的“泪”——“红泪偷垂，满眼春风百事非。”

前文我们已经讲过“红泪”这个典故，它一般是指女子伤心，纳兰将典故用于此，不知道是否有更加具象的所指。有情人无奈离别，这里的有情人是指他入宫的表妹，还是指江南的沈宛，后人不得而知，也说不清楚。

不过这已经不重要了，下一句“满眼春风百事非”，在春意盎然的时刻，有着悲伤

的心绪，实在是更加令人感到凄凉。纳兰之所以受到人们的喜爱与推崇，就是因为他总是能明明白白地直指人心，轻易地说中每个在情场中辗转的男女心事。

这首词抒写词人凄迷的心绪：如今才知道当时自己是错了，不觉心绪凄迷。春光灿烂，人事全非，怎不叫人暗自垂泪！明知道以后的事情难以预料，却偏偏硬说可以再次欢聚。一别之后果然遥遥无期，如今梨花又落尽了，月亮也已偏西，相思的人唯有在这痛苦中饱受煎熬。

在上片的凄迷心情之后，下片则开始写出无可奈何的心境，在不知所以中还希望着能够相见。“情知此后来无计，强说欢期。”回想当时的分别，就已经知道了今生无缘，无法再相见，但偏偏还要告诉自己，来日方长，或许他日能够重逢。

这里的“欢期”是相见、欢聚的意思，而“强说”一词让这份期待中的欢期变得难以预见。明知道不能相见，却偏偏想要相见的矛盾心情，令这首词充满欲哭无泪、欲诉无言的悲凉。

纳兰自己或许也感觉到了自己的悲怆，他转笔结尾，写道“一别如斯，落尽梨花月又西。”人生或许就是这样，月圆月缺，这都是无可避免的，或许这就是应了那句“欲说还休，却道天凉好个秋”。

纳兰几笔淡淡的勾勒，整首词跃然纸上，令人读罢忍不住放手，这些千古名句如同一轮圆月，在漆黑的夜空，闪着清冷的光芒。

# 采桑子

**桃花羞作无情死，感激东风。吹落娇红[①]，飞入窗间伴懊侬[②]。**

**谁怜辛苦东阳瘦[③]，也为春慵[④]。不及芙蓉，一片幽情冷处浓。**

## ◇注释

①娇红：嫩红，鲜艳的红色。这里指花。

②懊侬：烦闷。这里指烦闷的人。

③东阳：指南朝梁沈约。因其曾为东阳太守，故称。

④春慵：春天的懒散情绪。

## ◇赏析

纳兰的心，时刻都像晶莹剔透的水晶，迎着阳光，透着忧郁的光芒。在这首小令中，纳兰淡淡地写出了伤春自怜的哀伤。这表面上看是一首伤春伤离之作：桃花并非无情地死去，在这春阑花残之际，艳丽的桃花被东风吹落，飞入窗棂，陪伴着伤情的人共度残留的春光。有谁来怜惜我这像沈约般飘零殆尽、日渐消瘦的身影，为春残而懊恼，感到慵懒无聊。虽比不上芙蓉花，但它的一片幽香在清冷处却显得更加浓重。

但事实上却是接着伤春抒写伤怀之情，黄天骥曾在《纳兰性德和他的词》中这样

评价道：“这词表现一种莫名其妙的心情，诗人在风雨中听到凄凉的曲调，不知怎的，变得坐立不安，寂寞、凄凉、失望、空虚的情绪，笼罩着他的心头。他患的是时代的忧郁症。”

上天有时真的很无情，纳兰在写这首词的时候年纪尚轻，早先他拜在名师门下，熟读四书五经，中了举人后纳兰在积极地备考，科举考试最后一关的殿试时，却突然得了风寒，失去了参加由皇帝亲自主持考试的机会。在床榻上无聊躺着的纳兰有感而发，写下了这首《采桑子》，他想如果桃花是有情的，在春天过去的时候，就这样被东风无情地吹落，实在是悲凉。正如同自己，要想等到下一次的殿试，便是三年之后了，此时在别的学子与皇帝侃侃而谈的时候，本是踌躇满志的他，只能守着病榻，看着飘零的桃花，与这残春一起度过。

所以，纳兰在词的上片写到的“懊侬”，正是为了这件事情。花开花落有时，但零落总是让人不甘心的，桃花本是要零落成泥碾作尘的，却正巧一阵东风，吹入了纳兰的小窗，为这个陷入烦闷的才子，聊以慰藉。

看到桃花无可奈何的命运，纳兰也感伤起了自己，从下片开始，“谁怜辛苦东阳瘦”，便是纳兰的自况。

所谓“东阳瘦”说的是南朝沈约的典故，纳兰性德以沈约自况，形容自己像沈约一样病容憔悴、抑郁多疾。

沈约，字休文，吴兴武康人，南朝齐、梁时期著名的诗人，他对近体诗谐韵的发展做出了巨大贡献，他和当时著名诗人谢朓开创了在诗歌发展历史上值得一书的著名诗体——“永明体”，是近体诗派的先声。503年，萧衍逼迫齐和帝禅位，改国号为梁，这就是历史上著名的僧侣皇帝梁武帝，沈约在灭齐的过程中立功，被任命为尚书仆射，受到武帝的宠信。513年，这位诗坛的一代宗师忧惧辞世。死后，被武帝谥为“隐”，世称沈隐侯。沈约在一次书信中谈到自己日渐清减，腰围瘦损，此事便成为了一个典故，习见的用法是“沈腰”或“沈郎腰”。

唐朝初期，著名的史学家姚思廉和他的父亲姚察在所著史籍《梁书·沈约传》中，高度赞誉了他的人品和文品，评价他“高才博洽、一代英伟。”姚思廉在《梁书·沈约传》中记载：“沈约，永明末出守东阳……百日数旬革带常应移孔，以手握臂率计月小

半分。”沈约操劳过度，日渐消瘦后，被世人以“东阳销瘦”、“东阳瘦体”称之。

沈约和纳兰是一样的美男子，有才有德，纳兰以沈约自比，即是说自己风流才俊，更是感伤自己身体单薄。这个典故用的十分贴切自然，交代了心境，也写出了实情。而后所接之句“也为春慵”，更是说出自己的身心之所以如此慵懒，并非是为其他闲杂之事所累，只是春天就要结束了。

为了一个季节的逝去，为了一片桃花的凋零，甚至为了一阵风、一场雨就感伤，这是纳兰词中一贯表达的情绪。这个俊雅的男子用他一颗敏锐多情的心，无时无刻不在感受着这个世界美好的事物。

“不及芙蓉，一片幽情冷处浓。”虽然纳兰认为桃花妖艳，却还是比不上芙蓉的清幽芬芳。芙蓉究竟是指的何花？有着不同的版本，但一般而言，都被看做是指荷花，荷花在诗词中被用到的次数最多，名字也不同，比如菡萏，李璟的名句有“菡萏香销翠叶残”；而在苏曼殊的诗中则是写道“笑指芙蕖寂寞红”，荷花被称为芙蕖。

不过，纳兰这里所指的芙蓉并不是荷花，传说唐朝李固在考试落第之后游览蜀地，遇见一名老妇人，这个老妇人对他说，他明年会在芙蓉镜下科举及第，再过二十年还有拜相之命。于是心灰意冷的李固再次去参加考试，果然中第，而且榜上正好有“人镜芙蓉”一语，正应了那老妇的预言。

纳兰也是因病失去殿试的机会，和落第等同，所以，在这个背景下，他所说的芙蓉应当是指“芙蓉镜”的典故了。于是，自然而然的，接下去的一句“一片幽情冷处浓”，正是写了自己懊恼的“幽情”。

最重要的机会就这样被命运捉弄，白白错过，纳兰的内心苦闷可想而知，但上苍似乎也是眷顾这个才华横溢的年轻人。在他病好之后，翌年便让他拥有了自己人生中的第二个红颜知己——卢氏。

大概这就是命运的奇妙之处吧。

# 采桑子

**凉生露气湘弦润[1]，暗滴花梢。帘影谁摇，燕蹴风丝上柳条。**
**舞鹍镜匣开频掩，檀粉慵调[2]。朝泪如潮，昨夜香衾觉梦遥。**

## ◇注释

①湘弦：即湘瑟，湘妃所弹之瑟。亦指代瑟。瑟，弦乐器。

②檀粉：化妆用的香粉。

## ◇赏析

纳兰虽为男子，却有一种独属于女儿家的细腻心思，所以他写的词才能够动人心弦，催人泪下，单看纳兰那些闺中词，就可以想象得出，这个男人的心思有多么独到。

所以说，纳兰爱人，必然爱得仔细温柔，一颦一笑，他都爱得刻入心扉，这首小词是写女子闺中的神态，但也可以理解为是纳兰为心爱女子所写的爱情词。

夜来凉生，露气浸润了琴瑟，露珠滴在了花梢上。帘外疏影摇摇，原来是小燕子乘着微微细风飞上了柳枝。对镜理妆，自怜自伤，镜匣频开频掩。倦于梳妆，连香粉都懒得调匀。清晨醒来，想起昨夜美梦成空，怎不叫人伤情，不觉泪水就如潮般袭来。

更深露重，夜空寂寥，夜色最是让人神伤的。是谁家的小女子，神色清冷的斜倚闺房中，眉目紧锁，为的是情，还是恨?

整首词有种小资的情调。其实在《饮水词》中，某些爱情词的意境迷离，虽然有种让人说不清、道不明的感觉，让人说不清楚这词到底是写给谁的，但词总是妙句迭出，引人深思，不论这首词时写给少年时期的恋人，还是过早离世的妻子，或者是未能携手的知己，这都不重要，重要的是赏词的时候，能够从中读出别样的味道。

“此情可待成追忆，只是当时已惘然。”情爱虽深，却是只能追忆，李商隐的诗将情爱之痛刻画得恰到好处。而在纳兰的这首《采桑子》中，词旨的风格更是鲜明亮烈，朦胧中的暧昧让人心生暖暖的情愫。

比起李商隐来，纳兰的怅然若失更胜一筹，更有现实的痛楚。“凉生露气湘弦润，暗滴花梢。”直接铺陈，这是纳兰词的一个特点，“凉”、“露气”、“花梢”，这些词织成了一个梦幻般的梦境。在清冷的夜色下，露气沾湿了花蕊，也浸润了琴弦，能注意到这些小细节，将女儿家细腻地心思展露无疑。

限于篇幅，词总是充满想象的叙述，若干看似毫不相干的词语组合，便能够营造出一幅完美的图画。在这里，纳兰将这种功力运用到了极致。女儿家细腻地发现露水低落花蕊之上，而后又注意到帘影重重，门外的柳条在风中摇摆，小燕子停在上面，自顾嬉戏。

这真是好一幅春景图，既将春夜的景象写出，又融入了女儿家羞涩的心思。如梦醒时分的时刻，抬头望月般的惘然，世间的情爱之事总是这样，相爱时并不觉得可贵，但分开后一定会觉得痛心。

下片承接上片，“舞鹍镜匣开频掩，檀粉慵调”。既然相思无意，不如对镜打扮一番，也好对得起这番春光。只是打开梳妆盒，看着镜子，却是没有心思调配脂粉。这里要提到的一个典故是“舞鹍”。

根据《异苑》曰：“山鸡爱其羽毛，映水则舞。魏武时，南方献之。帝欲其鸣舞而无由。公子苍舒令置大镜其前，鸡鉴形而舞，不知止，遂至死。”以鹍入词，也是暗示，女子犹如鹍一般，对镜贴花黄，却是无人欣赏，只能形单影只的顾影自怜，所以，一时之间，女子泪水涌出，觉出现实多么残酷。

“朝泪如潮，昨夜香衾觉梦遥。”以现实开篇，以现实结尾，整首词让人有种恍若梦中的感觉，但词人又无时无刻不在提醒，这不是梦，而是冷冰冰的现状。梦醒时，蓦然回首，早已找不到当初灯火阑珊处的那个人了。

# 采桑子

**明月多情应笑我，笑我如今。辜负春心[1]，独自闲行独自吟。**

**近来怕说当时事，结遍兰襟[2]。月浅灯深，梦里云归何处寻？**

## ◇注释

①春心：春景所引发的意兴或情怀。

②兰襟：芬芳的衣襟。比喻知己之友。《易·系辞上》：“二人同心，其利断金；同心之言，其臭如兰。”襟，连襟，彼此心连心。

## ◇赏析

这首词的写作背景有两种，一是怀友之作，纳兰是极重友情的人，他的座师徐乾学之弟徐元文在《挽诗》中对他赞美道：“子之亲师，服善不倦。子之求友，照古有烂。寒暑则移，金石无变。非俗是循，繁义是恋。”

这番赞美绝非虚假奉承之意，纳兰之友确是“在贵不骄，处富能贫”。纳兰喜欢交朋友，他也善于交朋友，在纳兰短暂的一生中，他有许多志同道合的朋友，所以，词中所写的“结遍兰襟”，并不是夸张的修饰之语。

而纳兰本人也正因为爱交友，善交友，体现出了他性格中多情、重情义的一面。不过，重情又往往成了他的负担。正如词中所写，“近来怕说当时事”，在而今的事实人非面前，纳兰害怕回忆起往昔美好的一切。他将头埋进沙子里，犹如鸵鸟一般，自欺欺人地躲避着一切。但他终是无法逃脱的。

纳兰在词中感伤：明月如果有感情，一定会笑我，笑我到现在都春心未结，独自在这春色中徘徊沉吟。最近很怕说起当年的那些往事，当时高朋满座，彼此惺惺相惜。如今月夜幽独寂寞，只有在梦里寻找往日的美好时光！

他希望不美好的尽快过去，往日的朋友依然能够惺惺相惜，如同他在词中所写的最后一句一样：“梦里云归何处寻？”这一切都仿佛梦一样，难以寻觅，难道，真的只有在云归深处，才能找到当日的美好？

还有一说是，这首词时纳兰为沈宛而写，当日纳兰娶江南艺妓沈宛为妾侍，后来因为家庭的压力，二人被迫分离。这首词就是纳兰在离别之后，思念沈宛的佳作。

纳兰曾在一方闲章里刻有“自伤多情”四字，可见他自己也在为自己的多情而苦恼，在纳兰看来，就连天上的那一轮明月，也在嘲笑他的多情，嘲笑他在如此美好的春光下，却暗自苦恼，不解风情。

这首《采桑子》写得非常细腻，上片写出纳兰低沉黯然的心情，同时还烘托出纳兰怅然若失的心态。“辜负”、“闲行”、“独自”从这些词语中，能够体会到纳兰内心的寂寞和无聊，只有自己吟唱自己的孤独，因为他人无人能懂。

而到了下片的时候，他便解释为什么自己会有如此沉郁的心情，首先是害怕回首往昔，他害怕提起当日的事情。因为往事不堪回首，一切过去的都将不再重来，纳兰面对的回忆不过是空城一座，而他自己，只有在城外兴叹。

这也就是为何纳兰会在月光下愁苦，在灯光下，午夜梦回，依然能够温习往日的岁月。不论这首词是纳兰写给朋友的，还是沈宛的。都是他发自内心的感慨，细腻单纯，干净得几乎透明。

# 谒金门

**风丝袅，水浸碧天清晓。一镜湿云青未了①，雨晴春草草②。**

**梦里轻螺谁扫③，帘外落花红小。独睡起来情悄悄，寄愁何处好？**

## ◇注释

①一镜：指像一面明镜的平水。青未了：青色一望无际。

②草草：忧虑劳神的样子。

③轻螺：指黛眉。螺，螺黛，古人用以画眉的青黑色颜料。扫：描画。

## ◇赏析

这首词以乐景写哀情，凸显了伤春意绪：柔风细细，水面上映出一望无际的云朵。雨过天晴后这春色反而令人增添愁怨。梦中曾与伊人相守，轻轻地为她描画眉毛。梦醒则唯见帘外落花，这一怀愁绪该向何处排解呢？

“风丝袅，水浸碧天清晓。”寥寥数字便写出了春日的美好景色，纳兰写景，一向是如同淡淡的山水画一样，柔风阵阵，水面上倒映出天空的云朵，水清云淡，风和日丽，这是多么美好的春日，纳兰也是沉浸在这春日中，格外享受。

但接下来，纳兰便从这景色中看到了愁绪，他写道：“一镜湿云青未了，雨晴春草草。”所谓“一镜”就是指像一面明镜的平水。水波静止无痕，仿佛一面透亮的镜子，折射出天空美丽的云彩。

“湿云”是一个很好的意象，这要与后面一句联系起来，“雨晴春草草”，刚下过雨的晴天显得湿润怡人，纳兰将仿佛还没干透的天气写入词中，令人读后别有韵味。而这里的“草草”二字，则是忧虑劳神的样子。

虽然这美好的雨后春日令人神清气爽，但是纳兰依然感到疲惫怠倦，这是因为春思扰人，纳兰在思念中，自然无法做到一心去欣赏春日的美景。上片独独写景，写出春日的景物，与别的写景不同，纳兰写景，只是简单的几笔，便能刻画得深入人心。

而在下片，纳兰则是开始写心，既然春光无心欣赏，那便是心中藏着事情，“梦里轻螺谁扫”一句疑问打开下片的开端，也写出纳兰为何事而烦忧。他在担忧一个人，惦念着一位佳人。

词中所写的“轻螺”指黛眉。梦里谁为佳人描眉，当外面落红开始，梦境醒来便飘逝而去，现实依然是孤独一人，这真是让人忧伤的事情，一腔的闲情该如何寄托，只能是付与诗词之中，聊以慰藉。

“帘外落花红小。独睡起来情悄悄，寄愁何处好？”纳兰以反问结束整首词，他自己也不知道，这一腔的幽思该如何化解，提笔像是自问，又好像是寻求答案。这种矛盾的心情让人看后不由得心疼，爱一个人，真的就如此纠结吗？

这百年前的情感，已经由不得后人去妄自揣测了，只能从词的字里行间，去体会词人当时的心境了。

## 菩萨蛮 寄顾梁汾苕中①

**知君此际情萧索②，黄芦苦竹孤舟泊③。烟白酒旗青，水村鱼市晴④。**
**柁楼今夕梦⑤，脉脉春寒送。直过画眉桥⑥，钱塘江上潮。**

### ◇注释

①梁汾：顾贞观，字华峰（一作“封”），号梁汾。江苏无锡人，康熙十一年举人，著有《积书岩集》及《弹指词》。苕中：一名苕水，有二源，一曰东苕，出浙江天目山之阳，东流经临安、余杭、杭县，又东北经德清县为余石溪，北至吴兴县为霅溪，一曰西苕，出天目山之阴，东北流经孝丰县，又北经安吉县，又东经长兴县，至吴兴县城中，两溪合流，由小梅、大浅两湖口入于太湖，相传夹岸多苕花，秋时飘散水上如飞雪，故名。顾梁汾南归后曾寓居苏州此地。

②萧索：萧条，凄凉。

③黄芦：落叶灌木，叶子秋季变红。苦竹：又名伞柄竹，笋有苦味，不能食用。

④水村：水边的村落。鱼市：卖鱼的市场。

⑤柁楼：船上操舵之室，亦指后舱室。因高起如楼，故称，这里借指乘船之人。

⑥画眉：指汉张敞为妻子画眉之故事，喻夫妻和美。

### ◇赏析

细看古来情缘，这缘分千百种，伯牙和子期的高山流水是一种，霸王别姬的生死情缘是一种，嵇康与山涛的挚友决裂是一种，甄妃与曹植的相思相望不相亲是一种，秦叔宝与朋友的两肋插刀是一种。

古人形容知己，用高山流水以喻之。纳兰一生重情，也重知音。纳兰的知己之求，一种神交于千里的相知相惘。顾贞观则是纳兰此生不得不提的知己挚友。中国文化中的知己之情，往往体现于患难之时，离别之际。此词作于顾贞观回无锡为母亲丁忧之时。纳兰全词词眼即在一个“知”字。无此“知”何以纳兰仿佛随顾贞观一路同行？无此“知”，何以字字写景，却句句入情呢？“知君此际情萧索”，纳兰与顾贞观的交契之深，便在这一句——“我知你”。最最平易的一句，却最是显得难得，可贵……“黄芦苦竹孤舟泊”一句，化用白居易《琵琶行》的“黄芦苦竹绕宅生”之句。一语双关，既是写顾贞观于孤舟之景，亦有暗指他同白居易一样是千古的伤心人，如《琵琶行》中所说“同是天涯沦落人”。

转笔一写“烟白酒旗青，水村鱼市晴”。陈廷焯在《云韶集》中评此句：“画景”明明是纳兰所幻想的景物，却最是真实可信，最是云淡风轻。那是一幅淡泊明朗的风景，祥和安宁的停泊之所。名为写景，却是在以安宁的景物安抚挚友的情绪。在你失意的时候，却可停泊在此温柔宁静之所。这一番平抚挚友的心意是不言自明的。

纳兰全词以所幻想之景入句，然而所包含的一路相随慰藉之情，却是在字里行间流动的华彩。“柁楼今夕梦，脉脉春寒送。”柁楼乃船尾舵工庇身之楼。今夕夜里，我身处柁楼之中，我就是那舵工，为你掌舵护航，为你送走这春季寒冷的风。这一具有幻境色彩的叙述之下，不言而喻的深情便是：你我知己，一旦倾心认可，便为你千寻万顾……

“直过画眉桥，钱塘江上潮。”意谓梁汾归去心切，得享和美的家庭快乐和安闲隐居钱塘江畔的生活。直为，犹言只为。画眉桥，梁汾有咏六桥之自度曲《踏莎美人》，谓自删后所留“其二”中有句云：“双鱼好记夜来潮，此信拆看，应傍画眉桥。”自注：“桥在平望，俗传画眉鸟过其下即不能巧啭，舟人至此，必携以登陆云。”

但平望在湖州东北，并不与苕溪相通，而此处却用了画眉桥，则其暗含用汉张敞为妻画眉之故事，喻其家庭美满的用心是很明显的。其中那风趣的宽解和祝愿，却是让人感到朋友之间那肆意而轻松的相互打趣。然而心愿却是美好而纯净的，心意是坚定而明确的，念出来，亦是掷地有声的——“直过画眉桥，钱塘江上潮”。有什么比得上那即将到来的宁静生活呢？过去的终会过去，大悲过后，终究是那一片祥和宁静之所，犹如那水村鱼市，犹如那孤舟夜泊，犹如那钱塘江上。

《饮水词》中的唱和之作，常常与顾贞观有关。纳兰对友情的标准与真挚，对此的执着与追求，是一种心灵的相契。可见此词虽是幻想而写，却如此亲切，如此真实。没有心灵的相同，又怎能做到这样的心相知，就如纳兰在《金缕曲·寄梁汾》中写的：“一日心期千劫在”。这也体现了纳兰与友人相交于“慧业”，慧业是佛教的词汇，意为灵魂方面的事业。他确定地告诉梁汾，我们的心灵与我们所追求的是一样的，不可分割的。既有神交，也有事业。因为我们的灵魂在一起，我们的追求是一致的，我懂你的心意，也明白你的心绪，就如你明白我此词所赠与你时，所表达的慰藉与祝福。求取知音，珍惜知音，那种精神相伴的快乐和恬然，到头来还是只有一个“知”字。“知君此际情萧索”，再回头细细读来，那是恍若叹息的庄重。

就是这一种清澈干净、不舍不弃的千秋情怀；以性命相托，寄身于自然天地的文化内质，成为了文海之中泛着光芒的恒久宝藏。

# 忆江南

**昏鸦尽[1]，小立恨因谁？急雪乍翻香阁絮[2]，轻风吹到胆瓶梅[3]。心字已成灰[4]。**

## ◇注释

①昏鸦：黄昏时天空飞过的乌鸦群。

②香阁：古代青年女子居住的内室。

③胆瓶：长颈大腹的花瓶，因形如悬胆而得名。

④心字：即心字香，一种炉香名。明杨慎《词品·心字香》："范石湖《骖鸾录》云：'番禺人作心字香，用素馨茉莉半开者着净器中，以沉香薄劈层层相间，密封之，日一易，不待花蔫，花过香成。'所谓心字香者，以香末萦篆成心字也。"

## ◇赏析

彤云密布的冬日黄昏，隐约一只瘦小的乌鸦，越飞越远，身影也越来越小，直到融进在那一望无垠、萧瑟的旷野尽头。旷野中，是谁惆怅无尽，若有所思？天宇间，是谁独立寒秋，无言有思？又何事令她难更思量？又何人令她爱恨交加？罢了罢了，"往事休堪惆怅，前欢休要思量"，罢了罢了，"人心情绪自无端，莫思量，休退悔"。

熏香如心，飘起袅袅的青烟，暖香熏透她的闺阁；急雪翻飞，缕缕纷纷，柳絮因风吹般地飘飞而起。雪白色的胆瓶中刚插上的梅花，冬风吹近暖暖的闺房，化作清风，卷起阵阵幽香。这本闲极雅极的适意景致，奈何她的心中竟如何也卷不起一丝快乐的涟漪。冬风益发强劲，心形的盘香燃烧殆尽，地上只留下一道心形的香灰。周体转凉，心中凄凉寂寞，次第已如燃尽的熏香一般，化成死灰。

这首词营造了两种不同而又互相联系的场景。"昏鸦尽，小立恨因谁"，是第一个场景；"急雪乍翻香阁絮，轻风吹到胆瓶梅。心字已成灰"，是第二个场景。前一个场景是在冬天黄昏的野外，从意象上看，"昏鸦尽"和情感主体"小立恨因谁"都能够看出来。第二个场景则在少女的闺房中。也可从意象上看出来，如天气情况是"急雪"，所在地方是"香阁"，感觉上为"轻风吹到胆瓶梅"。当然，情感上也有明显变化，且与环境的变化一致。开始是"小立恨因谁"，后来变为"心字已成灰"，明显感觉情感在承接前面的同时，变得深多了。回头来看，从旷野到香阁，从大环境到小空间，从"小立恨因谁"到"心字已成灰"，在各个层面都能看到这一种变化。而这中间也有一个转变的标志，就是"急雪乍翻"，这交代了词中情感变化的时空转换的交点。前面或许是"秋凉"罢了，而后面明显可以感觉到"凄冷"的环境氛围。

诗词中有种不成文的划分，便是依据字数多少进行的划分。长篇且不必多说，即便是一篇名篇，也未必不允许其中有些败笔赘言。但是所谓的"短篇"、"小制"就不行了，若是名篇，是绝不会允许的，不仅仅是败笔赘言，就算平庸的句子也是不允许的，因为这样一来，就浪费了诗歌给人营造惊奇的“可能性”。诗歌给人以好的感觉，是离不开这种“可能性”的。这首《忆江南》字数极少，是小令中的单调，在诸多词牌名中，也是字数最少之一。这一词牌写得好的，如：温庭筠的“梳洗罢，独倚望江楼。过尽千帆皆不是，斜晖脉脉水悠悠，肠断白蘋洲”。用字上讲求自然少造作，无赘言败笔。

纳兰这首词中“心字已成灰”巧妙而自然地用了双关的修辞手法。一方面在意象上指的是心形的熏香燃烧完后，在地面上留下的心形的灰烬；另一方面又可以来指词中人物的情感上的“心如死灰”。在黄天骥的《纳兰性德和他的词》中，他说这首词“语带双关，耐人寻味，但情调过于灰暗”，似乎觉得不合先贤的“哀而不伤”，可这样真挚的情感表现方式，也正是纳兰的词令人感动的根本。

事实上这里还透露了词人的另一重心境。纳兰出身贵胄，然而他自己受到十分鲜明的汉族文化熏陶，具有极强的归隐意识，这在他内心一直存在。他自己是帝王身边的一等侍卫，父亲是当朝宰相。这些高贵的身份几乎就是被命运安排的，不可更改。一方面有遁世淡薄，另一方面身在朝阙，处在与自己性格极为不别协调的名利中，内心的痛苦与努力的挣扎是多么惨烈。纳兰一语双关的“心字已成灰”一语，是对他所描绘的女子情感的完结，也无意透露出了自己的心态。

# 忆江南

**江南好，怀古意谁传？燕子矶头红蓼月①，乌衣巷口绿杨烟②。风景忆当年。**

## ◇注释

①燕子矶：地名，在江苏南京东北郊观音门外，突出的岩石屹立长江边，三面悬绝，宛如飞燕，故名。红蓼：蓼的一种，多生水边，花呈淡红色。

②乌衣巷：地名，在今江苏南京，是东晋士族名门的聚居区。晋宋时期王、谢等名门望族住于此。

## ◇赏析

这首词还是作于南京。纳兰随康熙帝南巡，十唱江南好，而南京独占三成，足见南京的不凡气度。

南京不是寂寞的，那里有夫子庙的琅琅书声，秦淮河上的莺歌燕舞，帝王将相麾下的金戈铁马，文人墨客胸中的家国情怀。当书卷气、脂粉气、东来紫气在一起汇聚撞击，便融合成这座古老的新城。或许正因为它古老，漫长到坐看千百年来风雨楼台依旧，几代江山易主，一双浊眼洞悉人世间的沧桑，教人恍然一梦后幡然醒悟。前世今生不过虚幻，旧时金陵方孕育了《红楼梦》这样的奇书。

“四百年来成一梦”，临川先生在这一片蓊蓊郁郁中的帝王州见晋代时的衣冠冢，

莫回首，那些尘封在泥土中的往事早已随长江东逝了吧？只是记忆的影子微晃一下，令人便叹息一地。只有台城柳最是无情，十里堤上依旧烟笼。

南京，千年文化古城，一砖一瓦都凝固着流动的岁月希声的歌。正如余秋雨先生所言，鸡鸣寺的钟声，夫子庙的深处，至今可探；而栖霞山的秋叶，紫金山的架势，连同秦淮河的流水，年年依旧。南京，值得纳兰感叹的地方远不止于今人所见。可纳兰没有将笔端流连于这些地方，只是将这一番感慨洒在了燕子矶头。

燕子矶与岳阳城陵矶、马鞍山采石矶，并称“长江三矶”，自古便是登临怀古的去所。燕子矶坐落于南京城郊直渎山上，山石兀立江面，三面临空，如燕子展翅一般，因此得名燕子矶。康熙、乾隆两帝下江南时都曾在燕子矶泊舟览景，特别是乾隆帝六下江南五登燕子矶，并留下了诗文墨宝，更是使燕子矶名满大江两岸。

只是，纳兰坐在燕子矶头所思为何呢？陈子昂登幽州台定是忆起战国时的燕昭王筑此台招贤士的旧典故吧。不过此时此地，不见古人，不见来者，空余一孤人怆然。可就在这悠悠天地间，相信陈子昂是看见了过去的天下兴亡之事循着历史缓缓前行的轨迹，像被安排好剧本的演员，按部就班地一幕幕上演。

纳兰或许也是有此忧思的吧。纳兰身前有明太祖朱元璋将燕子矶比成一秤砣，数江山几多，不知是燕子矶的哪块山石引得这位开国皇帝有此豪迈语。更近的，有明末抗清名将史可法矶头所作血泪之书：

来家不面母，咫尺犹千里。

矶头洒清泪，滴滴沉江底。

这首《燕子矶口占》至今仍流传在燕子矶头。或许史可法滴滴孤泪已随着岁月东去了吧，但它们已滴入历史的那一瞬，就被长久地沉淀保存于那些尘埃落定的日子中了。

“白云悠悠矶头月涌千骢过，往事渺渺江上风清一燕来”，这副楹联不知何时起刻在了燕子矶头。六朝古都，不知染了多少斑斓色彩。最没耐心的便是时光，任凭时人时物如春花般明媚，日历一页页翻过后，纵然有踪迹也便是干花几片。早已凋落的枯黄的颜色，薄薄的似泛黄的古书，却又沉甸甸地隐着多少千古事。那些泛凉的低叹，微凉的浅唱，悲凉的吟啸徐歌，盘桓在长江雾笼的水汽中。沐在阳光，它们蒸腾不见，如云消雾散后的清澈，是清丽雄壮的南京。浸在月光下，那些旧事又笼上心头，聚在眉峰，流转于眼波间，默数心下事，不觉夜已阑珊。

现在的乌衣巷又立起了王谢故居，这是后话。三国时乌衣巷本是吴国驻南京部队的营房所在地。因为那时的军装都是黑色，故称驻军之地为“乌衣巷”。人们熟悉的王谢堂前燕，想来也是在这里的微风细雨中双双飞过的吧。

纳兰也应当曾想过刘禹锡的《乌衣巷》。当年刘禹锡作《金陵五题》时，也曾夕下之时踱过巷口野花。只是，千年过去，秦淮河上的桨声灯影明明灭灭间，燕子依旧似曾相识，却已物是人非。

纳兰说的“风景忆当年”，不知是哪年风物。是否正如现代的我们看燕子矶时便会想起1937年那血染长江的当年，他看到的可也恰是史可法那滴滴沉江泪？“我轻松地说东道西，把我的心藏在语言的后面”，纳兰身对燕子矶，眼前飘过乌衣巷前绿飞烟，而藏在言语中的思绪应已替代了他的形骸，应是游弋于心系的他方了吧。

# 忆江南

**江南好，虎阜晚秋天[①]。山水总归诗格秀[②]，笙箫恰称语音圆[③]。谁在木兰船[④]。**

## ◇注释

①虎阜：即虎丘，山名。在江苏苏州市西北，亦名海涌山，唐时因避讳曾改称武丘或兽丘，后复旧称，相传吴王阖闾葬此。汉袁康《越绝书·外传记·吴地传》："阖闾冢在阊门外，名虎丘……筑三日而白虎居上，故号为虎丘。"其上有虎丘塔、云岩寺、剑池、千人石等名胜古迹。

②诗格：诗的风格，此处指山水极富诗情画意。

③笙箫：笙和箫，泛指管乐器。

④木兰船：木兰舟。南朝梁刘孝威《采莲曲》："金桨木兰船，戏采江南莲。"

## ◇赏析

秋天，到了苏州水边的柔美之地。山山水水，总归要比热闹的城要来得更多。离自然愈近，愈是能够感受到江南独有的水汽氤氲和秀美如画。更有江南之地吴侬软语和那江上雾里的笙箫之声，应和得别有情趣，煞是动听。

对于纳兰这样的词人来说，诗情画意大概是形容柔美景致最美的词。山水秀丽，铺陈在眼前，水墨画无法画出它立体的环绕的惬意，墨汁也书写不出那淋漓而精致的洒脱。人在这山水之中，只想要吟诗作赋一通，淋漓地念它几阕。江南之秀，果然与这词人的气质契合得恰到好处。许是命里注定是与那山水，会有千丝万缕的联系。

此时一叶轻舟划过，纳兰自问：那木兰船里不知渐行渐远的，是何人呢？是被沈宛一并带走的江南风韵，还是自己对这江南女子的惆怅的思念呢？景致柔美，一叶小舟却就让纤细之心又敏感起来。江南之景，总少不了发生些感情之事，历朝历代的诗文里都有所体现。人与自然本就为一体，两者互相影响牵动。因而有了纤细柔和的景色，也便有了柔软细致的心绪。

关于沈宛和纳兰的相遇，典故传说甚多，各有不一，可以肯定的是江南女子确实曾攫取了纳兰之心、之情。为这女子，纳兰苦苦思念，为了那两情可以久长时，深情守候。可因他生于名家的身世，不得不接受很多无可奈何的条规限制，满汉之恋，如何能被接受？大概他从爱上她的那时起，就预料到想要执其手会背负很多的艰辛了吧？不断地错过，时间空间，不知道下一秒两人会分别处在何地，分别多远。"自古多情伤离别"，更何况是朝朝暮暮都难以相见。在思念之中维持的爱恋，也不知道会不会随这木兰船远去。

惆怅之中，纳兰望着水上小舟，轻诵刘孝威的采莲之曲：

金桨木兰船，戏采江南莲。

莲香隔浦渡，荷叶满江鲜。

房垂易入手，柄曲自临盘。

露花时湿钏，风茎乍拂钿。

木兰船要将你带往哪里去呢？

惆怅虽然能读出几分，但总的还是欢愉。纳兰描写的所有景致，措辞融情，都让人感觉到他的喜爱和洒脱。面对江南美景，那时的纳兰对官场已然厌倦无力，疲惫不堪，还是年轻才俊就如同看破红尘确实是有违常情。但纳兰想必注定与官场抵触，功名利禄的追求之心，他并无期冀；人际上淡薄相交，也不至于树敌。可是他对官场生活那般抵触，已演变为无法抑制的逃离之心。决心退离官场隐归田园的纳兰，此时应是充满着期待和向往之心，在山水之间尽享着人间自然之乐。只需在那茶楼酒水之中笑看世间百态，只需在那石桥小屋里静听小桥流水，如此足矣，又何必追求无尽的繁华富贵呢？无尽欲望吞噬了人间乐事，官途再平坦，对于纳兰而言，那仍旧是让他感受到压抑的，不属于他的另一个人间。

于是终究还是下定了决心，重返京城以后，辞官隐退，迎娶沈宛，同心爱之人共同安宁生活，享受人间最淳　朴诚挚的生活，木屋，石凳，竹椅，诗书，茶酒，佳人，足矣。想想，都会觉得有所期盼了。也就带着这么一个美好的念想，游历江南的景色，规划着未来新的平淡的生活，难怪那些景色都着上了欢愉的色彩。只是那一叶小舟，却禁不住勾起了忧虑和遐思。

木兰船上渐远的娇媚，是否会同这江南的风一样？爱人，是否仍旧在那里？皇命难违，只得再次与那纤细的身躯娇柔的身影错过，小舟或许带去他无边的相思之苦和勾勒起的小桥流水人家，又或许带来他对未来的期许，但沉醉着，无边地深思着，不禁想唤它，可否慢一些驶离？

# 忆江南

**江南好，佳丽数维扬①。自是琼花偏得月②，那应金粉不兼香③。谁与话清凉④。**

**◇注释**

①佳丽：美丽。维扬：扬州的别称。《尚书·禹贡》谓“淮海惟扬州”，《毛诗》将“惟”字作“维”，后因截取二字以为名。

②琼花：一种珍贵的花，扬州琼花为绝世之珍，叶柔而莹泽，花色微黄而有香味，有“维扬一枝花，四海无同类”一说。宋宋敏求《春明退朝录》卷下：“扬州后土庙有琼花一株，或云自唐所植，即李卫公所谓玉蕊花也。”宋淳熙以后，多为聚八仙（八仙花）接木移植。此花虽无古琼花异香芳郁，但树姿与花形皆似当年之琼花。

③金粉：黄色的花粉，这里指琼花。

④清凉：凉而使人清爽的。

◇**赏析**

江南之美赏了不少，终于来到了精华之地——扬州。这块宝地，历代总少不了被当作文人墨客吟诗作赋的背景之一，因它清雅不俗的景色和温润宜人的气候，似乎总能令人遐想万千。正如纳兰念道：佳丽数维扬。美中之美，还数扬州。

扬州的景物，最为人称道的，一是琼花，二是月色。琼花为扬州市花，自古有许多名流之士对它爱不释手。相传隋炀帝开凿大运河，其因之一正是为到扬州赏琼花。琼花有“举世无双”之称，欧阳修任太守时在琼花观中曾题下“无双亭”，更是证明了这花坚实的地位。到宋代，仁宗皇帝和孝宗皇帝不忍释手，尝试移栽琼花，但都无法使它成活。大概琼花与扬州，自是不可分离罢。可惜今天琼花已不存在，元兵攻入扬州的时候，琼花便消失了。但扬州人对琼花的喜爱不减，因而有了我们现在见到的“琼花”，实际应该唤为“聚八仙”。琼花之独特而又不乏风韵，引得诸多文人总要驻足称颂一番。扬州的琼花也就自然地与这个城市紧密相连在一起。既下扬州，必寻琼花。

月这一景物，在诗词中应属最为常见了，扬州之月，亦是尤其享有盛名。有杜牧之词“二十四桥明月夜，玉人何处教吹箫”，亦有徐凝的“天下三分明月夜，二分无赖是扬州”，更有陈羽“霜落寒空月上楼，月中歌吹满扬州”。月中扬州，尤雅引人。如今人们熟知的《春江花月夜》，其诗灵感正是来自扬州月夜。由此足以可见扬州月光的特别。也许是雾色的关系，也许是花花草草的映衬，夜间芳香使月光更令人陶醉。古城之月，将纳兰的心柔化了。

此时，有花有月，“竹西亭边花留倩影，月明桥下柳拂清波”（竹西亭楹联），好似万事无缺，舒适惬意。

可在这金粉兼香之地，纳兰却不禁问道：与谁能话得清凉？一个人的景致再美再雅，也无人共赋几曲，对吟几句。寂寥之中，他的思念愈加浓烈。自己在此赏花观月，不知北方佳人，是否垂颜叹息着爱人总无法相伴呢？沈宛这个女子，善于诗词，颇有才气，善解人意，也因此能让纳兰对她真心爱怜。江南女子如何，汉人如何，对于纳兰来说，世俗的阻碍，无法隔断感情的维系。即便远隔千里，思念相携，总能等到与心爱的女子重逢。“若有情，天涯也咫尺。若无情，咫尺也天涯。”可睹物思人，才下眉头，又上心头。

花月历来与美人脱不了关系，加上江南烟雾缭绕，不难由景及人。“人有悲欢离合，月有阴晴圆缺”，蓦然回首，灯火阑珊处，你还伫立在窗前，倚楼看月明。可惜只是相思无数，隔了南北之遥，享受着江南的景致，心却在北方爱人之处，无心再赏和风、细雨、柳絮、琼花。再美之景，只能一人独赏，无处话凄凉。一人的欢愉，哪称得上是欢愉？

对着一番好景，却只能感叹：花前月下，美人何处？

# 忆江南

**江南好，何处异京华[1]？香散翠帘多在水[2]，绿残红叶胜于花。无事避风沙[3]。**

## ◇注释

①京华：国都，京城。

②翠帘：绿色的帘幕。

③无事：无须，没有必要。

## ◇赏析

看惯了京城之景，江南婉约，显得雅致有序。一口气写下江南各地的山水，伫立湖边，自问：到底是什么与京城如此不同，使人如此留恋？这首词写得清丽欣喜，欢愉洒脱，好似少了点纳兰的惆怅在其中，又是何故？

纳兰的官途，因了父亲的缘故，虽然不升不降，也还算是平坦。但才子之心岂能安于现状！即便填得一手好词，作得一手好诗，也不过是康熙身前的一个侍卫，负责保护皇上的安危。

史上有言说，纳兰仕途，实际是康熙防患其父的牺牲之物。贵族势力多为历代君王所惧，明珠家如此繁盛，皇家不得不防。纳兰这侍卫之官，到底是皇上的赏识还是刻意的安排，史上说法不一，也难下定论。但显然，跟纳兰向往汉文化、爱好诗词的初衷是不符的。壮志未酬、怀才不遇的纳兰，无意苦争春，“零落成泥碾作尘”，只有香如故。他目睹险恶官场的真实面目，远观朝中朋党倾轧、小人得志、英才落魄，甚是凄凉。淡泊名利的纳兰最终失望至极，坚决抵触弄权敛财，事亲至孝又不愿效法父亲，只得为着自己的安稳的官职，冷眼看官场沉浮之事，内心却早已厌倦不堪了。

在这样的心境之下，随君王出行，本也并不见得能让他如此豁达，却看：红藕香残，水上徒留翠叶。满眼残绿，满山红叶，掩映一处胜于二月之花。清清朗朗的江南是无需躲避风沙的。

纳兰是生性喜近自然之人，相对于那毫无自由、处处围绕君主之命生活的侍卫生活，江南的小情趣，着实俘获了他一颗感性的心。醉心于泉石的志趣，随着好景一声轻唤，霎时于禁锢的思绪中涌动起来。那一腔对官场的不满和厌倦，化为对闲适田园的无限渴望。

再说这地，江南水雾里，叫他纳兰遇见了今生第一挚交顾贞观，叫他纳兰遇见了红颜爱人沈宛，牵念之景里有牵念之人，挚爱之景中遇挚爱之人，冥冥之中他与烟雨江

南，已经不可分割。忆了十阕江南，看了十个纳兰，每一个，都充满温柔的深情，于人于景，都念念不舍。

对着这景忆起故人，纳兰最终执起笔来，落笔坚定，笑容平和。信件将及之人是知己顾贞观：

恒抱影于林泉，遂忘情于轩冕，是吾愿也，然而不敢必也。悠悠此心，惟子知之。

这“吾愿”，总算是下了决心，悠悠此心，知己定之。

难得在纳兰的词中看到了欢愉的字句，不难品味他虽“身在高门广厦”却常有的“山泽鱼鸟之思”。连府前湖水南岸的两棵卫矛树，都能咏出“阶前双夜合，枝叶敷华荣。疏密共晴雨，卷舒因晦明。影随筠箔乱，香杂水沉生。对此能销忿，旋移迎小楹”这样的诗句，可见他对自然界山水花草的眷恋，也确实十分应和他的细腻柔和。

最后所有的喜欢都融在这“无事避风沙”之中，这又别有一层意味。读来五个字的力量，远比这北方的风沙更让人想要逃避。纳兰欲避之风沙，是那官场之中的恩恩怨怨、是非纠葛、扯不清的含混的人情关系、事权贵的无可奈何。

恰只在这江南，即纳兰心中暗指的隐居生活，才是清清丽丽，没有沾染的空气。

“无事避风沙”，可轻婉地念，亦可洒脱地诵，既可是纳兰内心窃窃的期盼，亦可是其面对江山如画渴望的解脱，淤积依旧的渴望，何时能破茧，从此安定于没有风沙拂面的轻柔的风里呢？

# 赤枣子

**惊晓漏，护春眠。格外娇慵只自怜。寄语酿花风日好[①]，绿窗来与上琴弦。**

## ◇注释

①酿花：催花绽放。

## ◇赏析

这是一首从少女的角度来描写春日心绪的词作。

才是微微破晓天，漏壶却已滴答作响将好梦惊扰。古代没有钟表，只能以漏壶来计时。唐李肇《国史补》：“初，惠远以山中不知更漏，乃取铜叶制器，状如莲花，置盆水之上，底孔漏水，半之则沉。每昼夜十二沉，为行道之节，虽冬夏短长，云阴月黑，亦无差也。”漏壶是中国最古老的计时器。根据史书记载，周代时已有漏壶，到春秋时期，漏壶的使用已相当普遍。初期的漏壶只有一只壶，人们在壶中装上一枝有刻度的木箭。当水从壶底的小孔漏出时，壶中水位下降，木箭会随之下沉，观测刻箭上的水位，便知道是什么时间了。因此，数更漏就是计数水下降到漏壶中箭的哪一个刻度，也就是计数夜晚的时刻的意思，以滴水的多少来判断时辰。

“惊晓漏，护春眠。”开端一个“惊”字，巧妙地把少女酣睡正香时恰被扰醒的嗔怒刻画了出来，民间有一说法“下床气”，指的就是好梦正香时被无端吵醒抑或刚刚睡醒时的人情绪总是不稳定且容易发脾气。此刻被惊醒的少女正好将怒未怒，似嗔未嗔，只被那浓浓的睡意压了下去，辗转翻了几个身，却是一心想把这让自己无比眷恋的好梦继续。此处“护”字婉约写出了少女对于这场春眠的珍惜与依恋，是为：“护春眠”。

俗话说“春困秋乏冬无力，夏日炎炎正好眠。”也刚好是这个早春让人容易感到疲乏的季节，怎料那一声更漏滴答，思绪便在心中缠绵缱绻，愈发辗转便愈发清醒，少女才起得身来，眼前就邂逅了一幅早春之色，王昌龄《闺怨》：“闺中少妇不知愁，春日凝装上翠楼，忽见陌头杨柳色，悔教夫婿觅封侯。”如此看来，女子总是由骨子里带了些伤春悲秋、触景伤情的情愫的。虽然少女不比少妇，却也感叹于自己只身无人怜惜，于是只得“格外姣慵只自怜”。

唐李贺《美人梳头歌》中就有“春风烂熳恼娇慵，十八鬟多无气力”的句子，姣慵，即柔弱倦怠的样子，想来这两位女子也有几分相似，都被那春日暖阳熏软了骨头，抵挡不住浓浓睡意，辗转反侧，反而别有一番风韵。而此处“格外”一词，更是把这位少女的慵懒模样渲染得楚楚动人，仿若千种风情，也尽在此中。诚然，春日恰逢万物复苏，百废待兴之时，也正是女子们春愁暗滋、风情难抑的时候，少女们面对着春日美景而暗自生怜，也是十分自然的事情。林黛玉亦有诗作：“瘦影正临春水照，卿须怜我我怜卿”，也表形影相吊自怜自惜之情。

道是少女情怀总是诗，词作的最后两句“寄语酿花风日好，绿窗来与上琴弦”为点睛之句。少女醒来后看到满园鲜花含苞未放，于是便“寄语酿花”，此处“酿花”意指催花开放，就是指少女对着那满园的花蕾幽幽地说开了话：你们怎还眷恋梦境旖旎，却不知再不醒来就错过了这大好天日了么，阳光如此明媚，要知春日渐短，休要错过之后方才后悔不迭，醒来吧，都开放吧，让这春天也领略一番“草树知春不久归，百般红紫斗芳菲”的明艳。

这一句便将女子年少的姿态描写得灵动了起来，一个怀愁又不懂愁，盼美又不遇美，对好事好物好景充满期待的少女形象跃然纸上。下一句转而写少女回身抚琴，纱窗轻启，琴声悠扬而去，云青青处似环佩微鸣，水澹澹时若绿稠初展，总是将一片情怀托付琴弦。词到此处，已转得悠远朦胧，一切零碎的小思绪随着琴声就长长地漫开了去，便是她如孩童般催花开放的姿态也沾染了些许愁思，似雾非雾，亦真亦幻，可谓言尽意不尽，留白深广，让人生起遐思无限。

这首词简短耐读，字斟句酌，以少女的形象、口吻写春愁春感，写其春晓护眠，娇慵倦怠，又暗生自怜的情态与心理。整首词意境悠长，画面清秀灵动，将少女一片春愁情怀渲染得婉约而又真切，那种淡愁缠绕、将散未散的意境就这么萦绕在心，使得整首词亲切自然，那一片早春之景，怀愁少女宛然在目。

# 玉连环影

（按此调《谱》、《律》不载，或亦自度曲[①]。）

**何处[②]？几叶萧萧雨。湿尽檐花[③]，花底人无语。掩屏山[④]，玉炉寒。谁见两眉愁聚依阑干[⑤]。**

### ◇注释

①自度曲：谓在旧有曲调外，自行谱制新曲，或指在旧词调之外自己新创作的词调。

②何处：何时。古诗文中表示询问时间的用语。

③檐花：屋檐之下的鲜花。

④屏山：屏风，因屏风曲折若重山叠嶂，或屏风上绘有山水图画等而得名。

⑤阑干：同“栏杆”。

### ◇赏析

据考证，纳兰这首《玉连环影》是其自度所作，自姜白石之后，词人自度词作已属平常，但姜白石留下其自度曲谱则是我国重要的历史文献。想必后人自度词作，大都不再以歌咏为重，较多自由了。

这首小词的写作手法是纳兰一贯擅长的，比如景深跨度，都是“一山遮过一山”。此作景物搭配，从屋外写起，直至屋内，再写到屋内之人，显出十分明显的层次感。

这首词，开篇即无端发问：何处？这是古诗文中常常表示询问时间的语句。如李白《秋浦歌》“不知明镜里，何处得秋霜”、晏几道《醉落魂》“若问相思何处歇？相逢便是相思彻”等都有此种表达。何时，下起了几许潇潇细雨。此处几叶想必是以后面“檐花”联想得来。再加上落叶飘飘的神态自然类似于细雨飘零之状，故有此语。

纳兰本是多情而又痴情之人，往往对所爱之人用情很深。“何处？几叶萧萧雨。湿尽檐花，花底人无语。”寥寥数笔就勾勒出一幅凄清哀怨的外景，想那雨无端下起，打湿檐花。那雨不过是花的泪，打湿了自己。想到此处，纳兰自然把笔触写到了伊人身上。“花底人无语”，伊人默默望着细雨垂打的檐下之花，檐花也是默默无语地接受着这被雨打的命运，表现出极凄苦寒凉的意味。

纳兰与妻子卢氏恩爱情深，可是天妒红颜，卢氏双十年华便香消玉殒。此作想必是纳兰描摹回忆之作，写女子其实也自况其身。

接下便描屋内之境。“掩屏山，玉炉寒”此二句，意思是将屏风掩紧，玉炉中所焚之香也已燃尽。张元干《兰陵王》有“屏山掩，沉水倦熏，中酒心情怯杯勺”之句，李贺《神弦》则有“女巫教酒云满空。玉炉炭火香咚咚”之语，纳兰自幼读书颇多，信手拈来，意象纷呈，不费半点功夫。写完屏山、玉炉，最后安排了一个倦妇之形，“谁见两眉愁聚倚阑干”，愁聚眉梢，独自凭栏，显现出一片寂寞无助之态。黄天骥在其《纳兰性德和他的词》中说：这词描写的是一个人孤独无聊的神态。在零星细雨中，屋内炉香燃尽，他也懒得再点，默默地靠着栏杆，不知所想为何？

黄天骥自然深知纳兰行年轶事，想必是作文严谨的原因才不一语道破。想必此处纳兰感境怀人，凑巧遇上雨打檐花，想起了与妻子卢氏那种“曾经沧海难为水，除却巫山不是云”的深厚情感，情发怎会无端？但又有谁能理解他这满怀的凄楚与旷世的寂寞呢？

# 遐方怨

**欹角枕[①]，掩红窗。梦到江南伊家，博山沉水香[②]。湔裙归晚坐思量[③]。轻烟笼翠黛[④]，月茫茫。**

## ◇注释

①欹角枕：斜靠着枕头。欹，通“倚”，斜倚、斜靠。角枕，角制或用角装饰的枕头。

②博山：博山炉的简称，一种香炉。因炉盖上的造型似传闻中的海中名山博山而得名。一说像华山，因秦昭王与天神博于此，故名。通常作为名贵香炉的代称。沉水香：即沉香，指以沉香制作的香。

③湔裙：即浣衣，洗衣。

④翠黛：用青黛淡画的眉毛。黛，古代女子用以画眉的青黑色颜料。

## ◇赏析

夜已阑珊，人犹未眠，青灯已灭，斜倚角枕，红窗紧闭，无限思量，无限怅惘：刚令我醒来的梦啊，又让我去了江南，去了那我爱的江南女子的家中，她家中一派暖融融的气氛，香炉中袅袅升起沉水香燃出的烟，幽香迷人。天色已晚，暮色袭来，她到河边洗裙祈求消灾，现在才回来。她回来闲坐窗前，若有所思，她的心中此刻正思量着我么？沉水香飘起的青烟，缕缕盘旋，缭绕在她浅黛色的蛾眉上，衬得如此美丽。——忽然一阵凉风，遍体生冷，我从梦中惊起，梦中一切已烟消云散，不复存在，唯有惨淡的一轮圆月，洒下一层薄薄的白色月光。

“遐方怨”属于唐教坊曲名。这种词牌有两体式，单调者始于温庭筠，双调者始于顾夐、孙光宪，只有《花间集》有这种词调，宋代词人没有用过此调填词。

这首词写梦，有一种凭吊的色彩，在基本的构局上和苏东坡的《江城子·十年生死两茫茫》有相同的地方：

十年生死两茫茫，不思量，自难忘。千里孤坟，无处话凄凉。纵使相逢应不识，尘满面，鬓如霜。

夜来幽梦忽还乡，小轩窗，正梳妆。相顾无言，惟有泪千行。料得年年肠断处，明月夜，短松冈。

两首词都是写梦然后梦回，主题基本具有相似性。然而两首的情感轨迹却是不一样的，苏东坡词是透透彻彻的凄凉，不仅现实生活中形单影只，孤独凄凉，甚至在梦中仍旧“纵使相逢应不识”，“小轩窗，正梳妆。相顾无言，惟有泪千行”。而纳兰的写法上则倾向于利用现实与梦境的对比，来突出身处现实中的独自痛苦的强烈。王国维所谓“以乐景写哀，倍增其哀”。

这首词写到江南和女子，很容易让人想起纳兰和汉族的江南才女沈宛之间的传言。纳兰一生婚姻也是极为不幸的。他在二十岁时就娶两广总督卢光祖之女淑人为妻，贤惠的卢氏却在三年后就病故，真是红颜薄命，这给纳兰性德极大的触动，他在日后短短的六七年中，写下了大量的怀念妻子的词章。后纳兰又娶妻官氏。也有人说纳兰在他三十岁时，经好友顾贞观的介绍，又娶了江南才女沈宛。沈宛著有《选梦词》集，王国维在谈纳兰时也曾谈到过这个女子。因为二人都爱诗词，如此一来，二人既为夫妻又为诗友，只可惜纳兰一年后就病故了。沈宛字御蝉，浙江乌程人，《众香词》录其五首，今录二首，以管窥其风格：

惆怅凄凄秋暮天。萧条离别后，已经年。乌丝旧咏细生怜。梦魂飞故国、不能前。无穷幽怨类啼鹃。总教多血泪，亦徒然。枝分连理绝姻缘。独窥天上月、几回圆。

——《朝玉阶·秋月有感》

难驻青皇归去驾，飘零粉白脂红。今朝不比锦香丛。画梁双燕子，应也恨匆匆。迟日纱窗人自静，檐前铁马丁冬。无情芳草唤愁浓，闲吟佳句，怪杀雨兼风。

——《临江仙·春去》

也有资料说在纳兰死后，沈宛生了个遗腹子之后就不知去向。也有说沈宛只是纳兰的红颜知己，二人虽互相爱慕，却也并没有结为伉俪。因为沈宛是汉女，且不在旗，那时的法律是反对满汉通婚，所以沈宛要和纳兰结合，就会受到了许多封建礼教的干涉，而且纳兰本是显贵，更会注重自家“清誉”，家里的态度显然也是很难会同意的，所以她的确与纳兰分离了，但是到底是纳兰生前就离开了，还是死后离开，也是有不同说法的，似乎认为死后的说法更多一些。一般也有认为纳兰的三个儿子里，最小的富森就是沈宛生的，因史载其为“遗腹子”，所以才有这样的论断，但这一切都为后人猜测，也为纳兰的词的解读留下更为开放的想象空间，就这一方面来说，是有百利的。

《纳兰性德词新释辑评》上说：“小词而能婉而深，自是妙品。”这倒可以当成是纳兰绝大多数短词的评价。就这一首来说，虽较为清新自然，读来也颇为动人，并非纳兰词中可谓绝妙的。文学上有所谓历史阻拒，也就是说由于历史向前走，社会发生着不断的变化，这导致原来社会条件下的产物变得具有陌生感，这些陌生多产生于词自身使用的意象上。如“博山”、“湔裙”，这些在后代的读者看来，就颇为费解。这种阻拒一定程度上伤害了古代艺术作品的自然感。

# 浪淘沙 望海

**蜃阙半模糊[①]，踏浪惊呼。任将蠡测笑江湖[②]。沐日光华还浴月，我欲乘桴[③]。**

**钓得六鳌无[④]？竿拂珊瑚[⑤]。桑田清浅问麻姑[⑥]。水气浮天天接水，那是蓬壶[⑦]？**

## ◇注释

①蜃阙：即蜃楼。古人谓蜃气变幻成的楼阁。

②蠡测：即蠡酌，以瓠瓢测量海水。比喻见识短浅，以浅见量度人，“以蠡测海”的略语。笑江湖：《庄子·秋水》中，“秋水时至，百川灌河。河伯欣然自喜，以天下之美为尽在己”，后见到大海，则望洋兴叹云：“吾长见笑于大方之家。”

③乘桴：乘坐竹木小筏。《论语》云：“道不行，乘桴浮于海。”

④六鳌：神话中负载五座仙山的六只大龟。相传渤海之东，有一深壑，中有岱舆、员峤、方壶、瀛洲、蓬莱五山，乃仙圣所居之地。然五山皆浮于海，常随潮波上下往还。《列子·汤问》：“帝恐流于西极，失群仙圣之居，乃命禺强使巨鳌十五，举首而戴之。迭为三番，六万岁一交焉。五山始峙而不动。而龙伯之国有大人，举足不盈数步而暨五山之所，一钓而连六鳌，合负而趣归其国，灼其骨以数焉。于是岱舆、员峤二山流于北极，沉于大海，仙圣之播迁者巨亿计。”

⑤珊瑚：许多珊瑚虫的骨骼聚集物，树状，供玩赏。

⑥麻姑：中国神话人物。东汉时应召降临蔡经家，能掷米成珠，相传在绛珠河畔以灵芝酿酒以备蟠桃会上为西王母祝寿，故旧时为妇女祝寿多绘麻姑像以赠，称麻姑献寿。

⑦蓬壶：即蓬莱。古代传说中的海中仙山。晋王嘉《拾遗记·高辛》：“三壶则海中三山也。一曰方壶，则方丈也；二曰蓬壶，则蓬莱也；三曰瀛壶，则瀛洲也。形如壶器。”

## ◇赏析

望海之雄浑，方能有此遮天的恢宏手笔。

古人云，仁者乐山，智者乐水。然而能与上摩天的五千仞岳相比拟的，不是三万里河，而是纳百川之海。海以其宽广能容劝慰失意人，激励青云子，古往今来不知引多少英雄竞折腰。唐孟浩然凌云壮志未酬，问沧洲何在，意以沧海寄余生。海上云帆直挂，那是飘摇的凌云壮志。

康熙二十一年，纳兰随皇帝东巡，时年二月驻扎于蹕山海关。登澄海楼面朝大海，见天之苍茫，海之茫茫，可见纳兰小心翼翼隐匿于胸的豪迈。纳兰作词，向来以明白如话。可当他面朝大海时，这些凝结于胸长长短短的诗句竟难抒胸臆。一首浪淘沙，短短五十四个字，六次用典，这在纳兰毕生的作品中也并不多见的。

纳兰这首词，大约是东临碣石的新篇。建安十二年秋，曹操彻底消灭了袁绍残部班师途中，曾于此地作《观沧海》歌以咏志。千载白云悠然过尽，一千四百多年后的纳兰面对着难得一见的海市蜃楼，那若隐若现的繁华，像极了天上宫阙，似恍然一梦，误入仙境。

这便是海。波涛汹涌的狂暴过后有海市蜃楼的妩媚，水天无边的缥缈背后总惹人追寻流传千年却无人见过的仙人去处。“以管窥天，以蠡测海”，身后入仙境的东方朔不知在嘲讽武帝不识千里马，还是自讽一介书生妄测天威，都是管窥蠡测之事，终见笑于大方之家。《秋水》中的河伯观天上来的黄河之水自诩尽天下之美，行至北海才明白什么是大方之家。河伯望洋兴叹的感慨犹在耳畔，庄生在一片汪洋不见中闻道神语，转录如许仙人事于人间，方才有了纳兰笑江湖的想象。未免惋惜，本应在仙家击水三千的庄子，却囿于尘世结无情游，似又一谪仙屈生人世。

“日月之行，若出其中；星汉灿烂，若出其里。”孟德慨而慷的感叹，满溢踌躇壮志；纳兰也出英雄略同之语。如众生灵一般，大海“集日月之精华，会天地之灵气”，方能纳百川，生万物。“道不行，乘桴浮于海”，孔子的政治理想偏废后也想过散发弄扁舟的吧，连赌气之语都说得诗意盎然。“我欲乘桴”，纳兰以手写心时似也露出了“道不行”的隐痛吧。

海上洪波涌起，似有仙山涌动，似闻踏浪高歌。现代人的思维浪漫早已被剥离，那些令古人充满遐思的潮起潮落被理智与科技分析后仅得一句简明而冰冷的“天体引潮力”。“六鳌骨已霜，三山流安在？”从来语出惊人的太白远望沧海时也不禁有问三山六鳌踪迹何觅。传说渤海之东的仙山竟以巨鳌为载。巨鳌迭三层，六万年轮岗一次，古人的时空观显然要放松缓慢许多。正如桃花源一般，仙人之所难免有凡人闯入。不知何处的龙伯人士不知以什么作饵，竟钓得修炼成神的六鳌。自此岱舆、员峤两山无所依托，“流于北极，沉于大海”，便剩下传统意义上的蓬莱三山。千年前的《列子·汤问》某种意义上是正宗的中国神话，毫不逊于希腊引以为傲的奥林匹斯山。

斗柄转回，人间寒暑屈指可数的几遍，年华便悄悄离去，不带走一片云彩。文人墨客常感慨岁月蹉跎，言沧海桑田却多为夸大之语。凡夫俗子怎敌得道仙人？古有麻姑亲见东海三为桑田。东汉时麻姑应王方平之邀作客人间，点米成珠，仙酒为乐，宴于蔡经家。麻姑言蓬莱之水已减半，“海中复扬尘”。莫不是沧海桑田之事再现？此问始于东汉，千百年来高悬于明月酒杯间没有答案，直到现在沧海依旧水澹澹。

白浪滔天，一片迷蒙中，哪得见蓬壶？纳兰在这万里一色中岂能仅仅赞叹海之壮阔，望而无思？非也，非也。纳兰那颗敏感的心早已澎湃，只是没有一个淋漓的出口释放那些心底隐着的言语吧。“挥手谢人境，吾将从此辞”，千年的穿越也不过一瞬，蓬壶杳然，人间轻换，还有什么值得久久留恋于这真真假假的尘世间？

# 浪淘沙

**双燕又飞还，好景阑珊[1]。东风那惜小眉弯[2]。芳草绿波吹不尽[3]，只隔遥山。**

**花雨忆前番[4]，粉泪偷弹[5]。倚楼谁与话春闲？数到今朝三月二[6]，梦见犹难。**

## ◇注释

①阑珊：残，将尽。

②那惜：不顾惜，不管。小眉弯：皱眉。

③芳草：香草。

④花雨：落花如雨，形容彩花纷飞。

⑤粉泪：旧称女子之泪。

⑥三月二：古代“上巳”节，汉以前以农历三月上旬巳日为“上巳”，是游春之日，这天人们到水边洗濯、饮酒、欢聚等，以为驱邪避祸，消除不祥。故王季桥《上巳》诗：“曲水湔裙三月二。”

## ◇赏析

这是一篇标准的上景下情之作。

双燕又飞还，告诉我们这是在一个静听梁间燕语呢喃的融融春日。燕子斜飞，上下翻覆，嬉戏于杏花烟雨中，如两个不安分的音符，轻掠怀春的心弦，激起一串低语涟漪。又是一年春好处，又是一年伤春时。然而再明媚的春日，一旦钻入了并不完整的梦境，多少会氤氲些伤春的气息。

梨香院落或红杏枝头，流连戏蝶或自在娇莺，都是好景。春一来，驱散了冬日的瑟缩和阴霾，纵使偶然阴雨，也是沁人心脾的润物细无声。纳兰那些缠绕于心的惋惜太难琢磨，是为着易逝的春光，还是为着轻易把人抛的韶华？几百年后著作《人间词话》的王国维似道出了纳兰噙在齿间的叹息，“最是人间留不住，朱颜辞镜花辞树”。无论什么清景，都敌不过这留春不住的决绝。

小眉弯，似面纱遮住了羞涩的容颜，掩住了那挂在唇边的许许情思。眉展，如远山横，想来应是静花照水的美人图；眉蹙，似山峰聚，眉尖心上惹人怜。花开错，东风不解语，怎惜得那新月般的眉眼？怪只怪，东风太泛泛，撩拨得柳絮轻飏，撩拨得繁花似锦，撩拨得酣梦依旧微醺。

吹皱的不应只是一池春水，还有香山居士于冬日残雪未融时看到的芳草萋萋的影踪。除了青青芳草，还有什么能借一楼春风、几滴春雨燎原呢？芳草绿波，一路铺遍蜿蜒小路，绿过大江两岸，却不敌遥山难越。遥山，仅仅是物理尺度上的遥远，纵是魂梦相见终须有期；怕只怕，遥山架在两颗离别的心间。“枝上柳绵吹又少，天涯何处无芳草”，东坡作狂放之态，是真正的豁达，还是自欺欺人地慰藉那颗习惯被愚弄的心？

旧地重游，微雨中的双飞燕似曾相识，如今零落花下只剩伊人独立。小楼又东风，一片春心却泛着凉凉秋意。高楼望断，花雨纷飞中思忆前世今生——不得相守，便信相遇即是缘尽。还记得那首写在银杏叶上，沁着淡淡的哀愁的诗行：

如何让你遇见我/在我最美丽的时刻/为这/我已在佛前求了五百年/求佛让我们结一段尘缘

佛于是把我化作一棵树/长在你必经的路旁/阳光下/慎重地开满了花/朵朵都是我前世的盼望

当你走近/请你细听/那颤抖的叶/是我等待的热情/

而当你终于无视地走过/在你身后落了一地的

朋友啊/那不是花瓣/是我凋零的心

在一棵开花的树下，席慕蓉是作此番叹息，一如每位少女心中藏匿的梦。“从别后，忆相逢，几回魂梦与君同”，低吟着小山心曲，轻轻地，那人入梦来，激荡起纳兰颤抖的情绪；那人于梦中无视而过，恍然间梦醒，飘零一地的花瓣竟似碎落一地的心，香入尘埃。心底不为人知的思念，过往转瞬即逝的温情，曾经的似水柔情催得一人暗泪低垂。客已去，高阁依旧不语，今年落红满径时，惟余葬花人。纳兰，你这番衷情诉与谁人听？

痴儿遥望云中，盼得鸿雁归，却盼不得锦书来。独自倚高楼，去岁离别时的酒香微微可闻，送别时的一曲至今余音绕梁，只是当时离情今成别怨。

数到三月二，即是古时的上巳节。“二月二，龙抬头；三月三，生轩辕”，上巳节本是纪念轩辕生辰的日子。同是炎黄子孙，九州内各民族都有独特的上巳节习俗。能歌善舞的壮族在这一天蒸五色糯米饭，办歌会；侗族的上巳节又名花炮节，抢花炮、斗牛、对歌，亦是欢乐海洋。而一向矜持的汉族男女也会在上巳节这一天光明正大地相会河畔，互诉衷肠。沉郁顿挫如杜甫也曾有艳语，“三月三日气象新，长安水边多丽人”，可想上巳节的鲜艳明媚。

只是，一个人的三月二，隐在心底的歌如涓涓溪流淌过时，谁能听到那汩汩呜咽？那是纳兰与她相约的日子吧，决计执手相伴的日子，或誓将相忘于江湖的日子？那人负他而去，酒入愁肠后似闻小山言，“梦魂纵有也成虚，那堪和梦无”。

# 诉衷情

**冷落绣衾谁与伴？倚香篝[①]。春睡起，斜日照梳头。欲写两眉愁，休休[②]。远山残翠收[③]，莫登楼。**

## ◇注释

①香篝：古代室内焚香所用的熏笼。

②“欲写”二句：意思是本来想要画眉，然而却双眉愁锁，算了还是不画了。休

休，不要、不用，表示禁止或劝阻。

③“远山”句：意为远处山峦的翠色消散了。收，消失、消散。

## ◇赏析

世人总说花间词，艳丽奢华，透出一股脂粉气。反观纳兰此作，则比之花间词却有相似之处，更与温庭筠“梳洗罢，独倚望江楼”有几分相似。

《诉衷情》原为唐教坊曲，为温庭筠所创，后用为词牌名。温庭筠创制此调时取《离骚》诗句“众不可说兮，孰云察余之中情”之意。后来，毛文锡词有“桃花流水漾枞横”句，故又名为《桃花水》。纳兰这首词秉承温词一脉，描写思妇春日无聊的情状。着墨不多，因此看似清淡，实则蕴藉有致。

“冷落绣衾谁与伴？”首句发问其实也是设问，自问自答。因无人相伴，看那绣衾衣裳，就算华美艳丽，也只让人觉得了无思绪。因为无人相伴，此情此景自然易解了。后两句：“倚香篝。春睡起，斜日照梳头”。香篝本是古代室内焚香所用的熏笼。一般来说，古代官宦人家，或者大家闺秀闺房中才有能力燃此香笼，因此，倚香篝则再次点到此女子的身份。“春睡起，斜日照梳头”则点到时间，初日迟迟，已经倾斜到满屋子，“睡起晚梳头”，毫无心绪。一副慵懒形象跃然纸上。如果在此处还描写到女子动态特征呈现慵懒姿态的话，“欲写”二句则把这种慵懒之态又向前推进一步，说那女子本想画眉，却看到自己双眉愁锁，算了还是不描了，描来有谁看呢？“休休”则是这种心语的集中体现。

可想此场景：春日迟迟，少妇因幽枝独依，显得百无聊赖，则赖床度日，迟睡起，斜阳已至，更算是薄暮，因此无心打扮，只有深锁愁眉，无奈中更不知怎么排遣寂寞之念。因此想起温词倚楼断肠之句，更不敢登楼了。

自然，此处“远山残翠收”是实景虚写之笔。也由此可以看出，景色已经极熟悉，不必登楼就已知晓，想那断肠处自然是不宜多去的。

这首词纳兰承袭花间词风，因为他温文尔雅，少年风流而又擅长小令，此种词类自是写法娴熟，笔墨点至，形象刻画往往呼之欲出，细腻生动。但比之温飞卿《望江南》则有不足之处。

想来，温飞卿此词中摘取瞬间和纳兰自有时间延续上的联系，但飞卿词则更契合情感最浓郁的部分，那登高望远思人之境，自然是描写此种风情形象的绝时。虽都是斜晖残翠，纳兰自然无所突破，况飞卿断肠句一出，已经极其简洁而深刻地写尽了人物内心，纳兰描写的思妇心理之笔却不如这一个词力量深厚。而花间词集更写尽了思妇孤独伤春念远之情。

总之，纳兰为清词人，写思妇自然与自身身世之境相连。若非如此，则不过是磨炼前人之笔，亦无创新罢了。

# 如梦令

**正是辘轳金井[1]，满砌落花红冷。蓦地一相逢，心事眼波难定。谁省？谁省？从此簟纹灯影[2]。**

## ◇注释

①辘轳:古代安置在井上用来汲水的起重装置。

②簟纹：指竹席之纹络，此处借指孤眠幽独之景况。

## ◇赏析

清晨睡起，启窗看见：清凉的石板水井旁，汲水后留下一片湿漉漉的地面，井上的辘轳也湿透了；晨风夹杂着微寒，吹拂而过。昨夜掉落的红花已经冰冷地铺满树下井旁的砌石地面。正在这时，我与她眼神蓦然交汇。她立刻神情紧张起来。“可爱的人儿，你的心事，我岂能从你的迷离不定的眼神中猜透呢？”又究竟谁能猜透你这“眼波难定”的心事呢？又究竟谁知晓我此刻的心事呢？自与你那一刹那的眼神交汇，我心动荡，钟情于你。从今以后，无论独枕席上，抑或静坐灯下，你都会是我思念的那个人。

这首《如梦令》在构思上颇下心思：介入了基本连贯的叙事。中国传统诗词有一重要倾向就是重抒情而轻叙事。唐代是诗歌的极盛时期，诗歌写景上，蔚为大观，让读者应接不暇，叹为观止。即使如此，唐诗写景也多是为抒情服务的，所谓“借景抒情”，并非营造叙事背景；也属继承《诗经》中比兴传统，也就是所谓的“诗言情”。一般来说，叙事性诗歌的数量远远少于抒情性诗歌；整体质量上看也是如此。这首词就叙事来说，是如何展开的呢？这一点上，这首词同《诗经》中《蒹葭》很相似：

蒹葭苍苍，白露为霜。所谓伊人，在水一方。溯洄从之，道阻且长；溯游从之，宛在水中央。蒹葭凄凄，白露未晞。所谓伊人，在水之湄。溯洄从之，道阻且跻；溯游从之，宛在水中坻。蒹葭采采，白露未已，所谓伊人，在水中涘。溯洄从之，道阻且右；溯游从之，宛在水中沚。

首先都是抒情主人公邂逅了一位“伊人”，且与之一见钟情，但由于主观上“一厢情愿”，客观环境条件的束缚，二人始终没能够结合，似乎朦胧中还有种不可能的决绝似的悲哀。如果没有这情感的真挚深刻与二人结合困难这一重深沉的心理矛盾，就没有《蒹葭》，也没有纳兰的《如梦令》，抒情主人公正在进行那种因求之不得而“寤寐思服”“辗转反侧”咏叹。当然《蒹葭》和《如梦令》抒情原因上是大同小异的，但是两首诗读来，明显可感觉其间很大的差异。这差异来源于抒情主体的性格。《蒹葭》中的男子并非一个受过很多文化教育的文人，而是一个朴实善良真诚憨厚的“氓”，性格典型就是“蚩蚩”，他表达自己爱意，看起来很“迂”，他没有许多知识来想办法，以讨女孩子开心，只是不顾一切地“从之”，无论“伊人”在哪儿，他都只是“从之”，虽

也有些害羞，可仍不弃不馁地追求所爱。纳兰则不一样，他自己学识很广，受了深刻的汉族文化熏陶，具有了传统文人所共有的忧郁情氛。这样一来，他出现在这种环境中，表现出的行为就和《蒹葭》中那个男子大相径庭了。何况二人所处时代不同，也会引起巨大差异的。《蒹葭》中的男子受到礼教束缚并不是特别明显，甚至那时没有十分苛刻的礼教，有的只是羞耻感衍生出的害羞。而清代的纳兰则不同，他精通汉族文化，受道学影响，社会也是道学笼罩下的，男女之间，稍不注意就会“越礼”，就会引起非议。更何况纳兰家族显赫，族内更不允许出现“有辱门楣”的“丑事”。这些也就是两首词虽异实同的原因。

这首词结尾也颇为意味深长，“谁省？谁省？从此簟纹灯影”，问了，却无人来相答，最后自己把一句本想让所思知道的话，“从此簟纹灯影”给了自己，让自己去受那无尽的伤痛怅惘，这是怎样的苦闷啊！所以，这句话是词本身的戛然而止，更可以说是词人和词所传达的情感的真正开始。盛冬铃《纳兰性德词选》有言：“在落花满阶的清晨，作者与他所思的女子蓦然相逢，彼此眉目传情，却无缘交谈。从此，他的心情就再也不能平静了。此作言短意长，结尾颇为含蓄，风格与五代人小令相似。”

# 如梦令

**木叶纷纷归路，残月晓风何处。消息半浮沈，今夜相思几许。秋雨，秋雨，一半西风吹去**[①]。

## ◇注释

①“秋雨”句：清朱彝尊《转应曲》诗句：“秋雨，秋雨，一半回风吹去。”

## ◇赏析

天已经凉秋，秋风吹落一树的黄叶，纷纷扬扬，如漫天蝴蝶纷飞，归来的道路上，铺上了厚厚的一层落叶。一层秋意一层凉，晓风残月人独立，今昔又是独对孤影而酌，难料此身何在，所爱又何在？生涯凄苦，人也沉浮，飘零如萍，今夜有多少相思呢？又一场秋雨凉风，天也一日日地冷，心也一日日地凉。过往一切，相思、伤感、红花、绿叶，都纷纷被这西风吹去了，心中若有所失，难以释怀。

这首词写的是相思之情，词人踏在铺满落叶的归路上，想到曾经与所思一道偕行，散步在这条充满回忆的道路上，然而如今却只有无尽的怀念，胸中充满惆怅。暮雨潇潇，秋风乍起，“秋风秋雨愁煞人”，吹得去这般情思么？这首词写得细致清新，委婉自然。委婉自然外，还有另一特点，纳兰的词最常用到的字是“愁”，最常表现的情感也是“愁”，正如梁羽生说的，“纳兰容若的词中，‘愁’字用得最多，几乎十首中有七八首都有个‘愁’字。可是他每一句中的‘愁’字，都有一种新鲜的意境，随手拈几句来说，如：‘是一般心事，两样愁情’、‘几为愁多翻自笑’、‘倚栏无绪不能愁’、‘唱罢秋坟愁未歇’、‘一种烟波各自愁’、‘天将愁味酿多情’、‘将愁不去，秋色行难住’，或写远方的怀念，或写幽冥的哀悼，或以景入情，或因愁寄意，都是各个不同，而且有新鲜的联想。”这一首就情感来说，是一贯的，然而在写法上却没有用一个“愁”字，这和他一贯多用“愁”字很不相同。那这首词表现“愁”是如何进行的呢？范成大有词《鹧鸪天》：

休舞银貂小契丹，满堂宾客尽关山。从今嫋嫋盈盈处，谁复端端正正看。

模泪易，写愁难。潇湘江上竹枝斑。碧云日暮无书寄，寥落烟中一雁寒。

这首词虽出现了“愁”，却有和纳兰相同的写法，就是要写愁而不直接写愁，而是通过其他意象的状态来体现这种情感。

这首词还有个很重要的地方，也是造成这词本身在感觉上给人一种熟悉而又清新的重要原因，那就是化用了前人的许多意象以及名句。如“木叶”这一经典意象最早出于屈原的《九歌·湘夫人》“袅袅兮秋风，洞庭波兮木叶下”，曹植的《野田黄雀行》就说：“高树多悲风，海水扬其波”，庾信在《哀江南赋》里说：“辞洞庭兮落木，去涔阳兮极浦”，到杜甫，他在《登高》中说：“无边落木萧萧下，不尽长江滚滚来”。这一意象具有极强的艺术感染力，予人以秋的孤寂悲凉，十分适合抒发悲秋的情绪。“晓风残月何处”则显然化用了柳屯田的《雨霖铃》中“今宵酒醒何处，杨柳岸，晓风残月”，“一半西风吹去”又和辛弃疾的《满江红》中“被西风吹去，了无痕迹”同。

这首词和纳兰的其他词比起来，风格也没有什么不同，仍然是婉约细致，但从版本上看却大有可说之处。这首词几乎每句都有不同版本，如“木叶纷纷归路”一作“黄叶青苔归路”，“晓风残月何处”一作“屧粉衣香何处”，“消息半浮沉”又作“消息竟沉沉”。

且不谈哪一句是纳兰的原句，这考据，现下还难以确定出结果来，但这恰好给读者增加艺术对比的空间。比较各个版本，就“木叶纷纷归路”一作“黄叶青苔归路”两句来看，“黄叶”和“木叶”二意象在古典诗词中都是常见的，然就两句整体来看“木叶纷纷”与“黄叶青苔”，在感知秋的氛围上看，显然前者更为强烈一些，后者增加了一个意象“青苔”，反而导致悲秋情氛的减弱。“晓风残月何处”与“屧粉衣香何处”则可谓各有千秋，前者化用了柳永的词句，在营造意境上比后者更有亲和力，词中也有悲哀的情感迹象；“屧粉衣香何处”则可以在对比下产生强烈的失落感，也能增强词的情感程度。

# 浣溪沙

**十里湖光载酒游，青帘低映白蘋洲[①]。西风听彻采菱讴[②]。**

**沙岸有时双袖拥[③]，画船何处一竿收[④]。归来无语晚妆楼。**

## ◇注释

①青帘：旧时酒店门口挂的幌子，多用青布制成。白蘋洲：泛指长满白色花的沙洲。唐李益《柳杨送客》诗：“青枫江畔白蘋洲，楚客伤离不待秋。”

②采菱讴：乐府清商曲名，又称《采菱歌》、《采菱曲》。

③沙岸：用沙石等筑成的堤岸。双袖：借指美女。

④一竿：宋时京师买妾，一妾需五千钱，每五千钱名为“一竿”。李煜《渔父》：“浪花有意千重雪，桃李无言一队春。一壶酒，一竿身，世上如侬有几人。”故此处之“一竿”亦可指渔人。

## ◇赏析

史上文人词句，各有风格。纳兰之词，可谓是情由景生，情景交融。这一首词，读罢内心充满美好的期待。目光所及，如诗如画。

景是湖边之景，文人向来喜爱以湖景为背景，兴许是由于湖之温和、宁静，令人心境平和。甚是喜爱朱自清的《桨声灯影里的秦淮河》，灯火酒家，映于湖面之上，悠扬醉心令人留恋不已。携酒游于湖面之上，风是江南之风，水为江南之水，酒家门面上的青布幌子掩映着白色的沙洲，好一幅惬意的佳景。

和着西风在小舟之上饮酒，醉心之趣，好似听见采莲曲悠扬地在湖面上拂过，又有沙岸上美女水袖飘然，翩跹起舞，自是美不胜收。此时纳兰又借李后主《渔夫》中“浪花有意千重雪，桃李无言一队春。一壶酒，一竿身，世上如侬有几人”一句，表达身在舟中，好似渔夫撑竿，尽享自然情趣的美好感触。当年李后主身为君王身不由己，只得写这样一阕词，画饼充饥，以抚慰自己疲惫无奈之心。在美景之中，纳兰是否也如后主一般惆怅地期待，我们并不能身临其境地大胆猜测，但至少从这词看，基调明朗闲适。纳兰对山山水水尤其喜爱，心心念念想要回归自然，为天地之间的一名酒客便可。这心愿，从满首词间漫溢的情趣就可窥见。

纳兰这词，写得清新、雅致，写景之词历代文人有不少佳作，纳兰写景却依旧不让人觉得雷同厌倦。勾勒这描绘的图景，秦淮河的灯火之夜又于脑中浮现，朱自清轻柔的笔触淡描：“醉不以涩味的酒，以微漾着，轻晕着的夜的风华。不是什么欣悦，不是什么慰藉，只感到一种怪陌生，怪异样的朦胧。朦胧之中似乎胎孕着一个如花的笑——这么淡，那么淡的倩笑。淡到已不可说，已不可拟，且已不可想；但我们终久是眩晕在它离合的神光之下的……”湖面、小舟、酒家、沙堤、美女、灯火都有了，便觉人间万千之美，都已获得。纳兰之心，想必也是这般。田园之趣，之于生活，已然足够，不需更多。

读一阕写景之词，读出如此欢愉，纳兰之心，了然于世。

仔细读罢，好似亲眼目睹其人笑容满面。

# 浣溪沙

**脂粉塘空遍绿苔[①]，掠泥营垒燕相催。妒他飞去却飞回。**

**一骑近从梅里过，片帆遥自藕溪来[②]。博山香烬未全灰。**

## ◇注释

①脂粉塘：溪名。传说为春秋时西施沐浴处。《太平御览》卷九八一引南朝梁任昉《述异记》："吴故宫有香水溪，俗云西施浴处，又呼为脂粉塘。"这里指闺阁之外的溪塘。

②片帆：孤舟，一只船。

## ◇赏析

写离愁，往往写闺怨。

尤其温庭筠的词作，常见触及闺怨，以《更漏子》为最：

玉炉香，红蜡泪，偏照画堂秋思。眉翠薄，鬓云残，夜长衾枕寒。梧桐树，三更雨，不道离情正苦。一叶叶，一声声，空阶滴到明。

守望空阶的女子，哀婉凄楚，惹人心碎。

纳兰这阕词，主人公亦是女子。开篇便是景色的渲染，写脂粉塘空旷只剩铺满的绿苔，早失却了昔时景象。这脂粉塘，相传正是春秋时候西施沐浴的溪塘，南朝梁任昉《述异记》有言："吴故宫有香水溪，俗云西施浴处，又呼为脂粉塘。吴王宫人灌妆于此溪上源，至今馨香。"纳兰句中的脂粉塘，实为女主人公闺阁之外的溪塘。女子之心细腻敏感，心有戚戚，窗外的溪塘，都如同着了凄凉的颜色。还未到分别之时，那溪塘都如同脂粉塘那般令人迷醉，可相离许久，溪塘都不再繁华，逐渐萧条。眼中之景，都像蒙了灰。

此时又见大地春回，看燕子掠泥而飞，好像是相互催促着，一片生机盎然的景象，可伫立至此，等不到思念之人执手相看，净是看燕子双双来去，分明高兴不起来。连燕子都有相伴的幸福，为何迟迟等不到你的归来？

离情凄凉。心爱之人在这景色里不能相伴，连那燕子都想要去嫉妒一番。

可嫉妒又有何用？无奈凄凉，只得怨那离别，让人愈发想念。恍惚，思念愈深，好似幻觉中他正轻骑从近处的梅园出现，又像是坐着小舟，从遥远的藕溪归来。晏殊之词浮于脑际："无穷无尽是离愁，天涯地角寻思遍"，弱女子的相思之情，全都寄托在那

天涯地角的期待里，哪天心爱之人将从哪里归来，想象连连，好似梦了一场，醒来之时，恐怕甚是凄楚。臆想之辞，尤其感人。痴心人如此，怎能不让人动容？人生自是有情痴。这相思近痴的女子，不知道爱人归来之日是何时，也只得想象重逢之景，一次一次，念了一千遍，痴了一千遍，再见会是怎样的场景。好似要把所有的可能，都罗列一遍，要让自己重逢之时，不至于情绪失控，号啕大哭一般。

最后一句，博山炉中香已烧完，却未燃尽。言有义，意无穷。女子大概是注视着炉里升起的袅袅香烟，心里是比这缭绕的轻烟更剪不断理还乱的愁绪。香未燃尽这一意象，充满让人沉醉的力量。烟未散尽，女子的愁绪不能穷尽，等待归期到来的日子也不知到何时才尽。凄清之至，读罢也觉眼前轻烟袅袅一般，哀婉无奈。

忍不住想要去猜测，纳兰写如此一名痴情的女子想要诉说的是如何的深情？这女子写的是他日夜思念的爱人，还是他自己内心成痴的愁？

遥寄相思，等待的爱情最是苦痛，却又让人欲罢不能。

# 浣溪沙 小兀喇①

**桦屋鱼衣柳作城②，蛟龙鳞动浪花腥③，飞扬应逐海东青④。**
**犹记当年军垒迹⑤，不知何处梵钟声⑥，莫将兴废话分明⑦。**

## ◇注释

①兀喇：亦作乌喇，即今吉林省吉林市。

②鱼衣：用鱼皮做衣服。

③蛟龙：传说中能使洪水泛滥的一种龙。

④海东青：一种凶猛而珍贵的鸟，属雕类，产于黑龙江下游及附近海岛。宋庄季裕《鸡肋篇下》：“鸷鸟来自海东，唯青鸡最佳，故号海东青。”《元史·地理志二》：“有俊禽海东青，由海外飞来，至奴儿干，土人罗之以为土贡。”

⑤军垒：军营周围的防御工事。《国语·吴语》：“今大国越录，而造于弊邑之军垒。”

⑥梵钟声：佛寺中的钟声，僧人诵经时敲击。

⑦兴废：盛衰，兴亡。

## ◇赏析

纳兰其家族——纳兰氏，隶属正黄旗，为清初满族最显赫的八大姓之一，即后世所称的“叶赫那拉氏”。纳兰先祖可上溯至海西女真叶赫部，居吉林松花江流域，后南迁至辽河流域。这年纳兰扈驾东巡，经过兀喇，这兀喇一带，正是纳兰家族曾经的领地。往事悠悠，思古讽今，怀古之思读来并不仅仅是今昔之感，兴亡之叹。

身处家族故地，目睹人们以桦木建构屋宇，用鱼皮做衣服，扦插柳木作为城围，生活简朴。蛟龙鳞动，江边看浪花逐着海东青，一片壮阔景观，却百感萧条，不禁回想起当年叶赫部被爱新觉罗部灭族的往事。上片描绘的，看似是写兀喇的特异景色和风俗民情，实是那郁结之心的爆发前奏。看纳兰所取之景，尽可感受这环境凛冽。似是这蛟龙，传说是使洪水泛滥之龙，再似那海东青，据说是凶猛而珍贵的鸟类，再看浪花是“腥”，蛟龙是“鳞动”，寒山恶水，好一番沉郁的喟叹！

有景的铺设，下片转为抒情。“犹记”一词，引得回忆当年军垒之迹。“当年军垒”，正是海西遗迹。恰逢这时，不知哪里响起梵钟声，历史滚滚往事，随这钟声飘荡回转，悠远冗长。这时感慨，莫将兴废话分明，怕是不知如何话分明罢。以此作结，后人揣测不得，说不清纳兰心中愁绪，算否为恨。前扬后抑，似寓有难言的隐恨。

性德曾祖金台石之妹孟古是清太祖努尔哈赤之皇后、清太宗皇太极之生母。然而为争夺疆土，反目成仇，叶赫部被努尔哈赤吞灭，金台石自焚身亡，其子尼雅哈归降，被划归满洲正黄旗，尼雅哈之子正是纳兰之父明珠。

因而有人说，纳兰其人，潜意识里深藏着对爱新觉罗氏的世仇。这种宗族之仇灭门之恨是否存在，不得而知。但读这词，确实似有潜藏的隐怨。故《饮水词笺注》前言有分析如此：“纳兰塞外行吟词既不同于遣戍关外的流人凄楚哀苦的呻吟。又不是卫边士卒万里怀乡之浩叹，他是以御驾亲卫的贵介公子身份扈从边地而厌弃仕宦生涯。一次次的沐雨栉风，触目皆是荒寒苍莽的景色，思绪万端，凄清苍凉，于是笔下除了收于眼底的黄沙白茅、寒水恶山外，还有发于心底的‘羁栖良苦’的郁闷。”“几乎是孤臣孽子的情绪了”（严迪昌《清词史》）。这话说得切中肯綮。

这贵公子之心，本是敏感多情，只为尽孝而听从家庭的安排，游于官场，实际无心于此。他注定是这家族的人，遵循着官途尽臣子之忠，为君王出生入死，但不巧有颗“为人之心”，生来抵触奴才之命。服侍君王，并非他所要的诗书人生，太坎坷，太不自由。再加之这祖先史前的恩怨，今昔甚远，叫人郁结。这隐恨，隐得辛苦，恨得怅惘。生是惆怅客。

## 浣溪沙 姜女祠[①]

**海色残阳影断霓[②]，寒涛日夜女郎祠[③]。翠钿尘网上蛛丝[④]。**
**澄海楼高空极目[⑤]，望夫石在且留题[⑥]。六王如梦祖龙非[⑦]。**

**◇注释**

①姜女祠：又称贞女祠，在山海关欢喜岭以东凤凰山上。据民间传说，在秦始皇时，孟姜女的丈夫被强迫修筑长城，一去几年音信全无。她不远千里去送寒衣，然而却未找到丈夫。她在城下痛哭，城墙因而崩裂，露出了丈夫的尸骨。孟姜女痛不欲生，投海而死。姜女祠就是为纪念她而建，相传始建于宋，明代重修。

②断霓：断虹，称虹为霓。

③女郎祠：即姜女祠。

④翠钿：用翠玉制成的首饰。

⑤澄海楼：楼名。在河北旧临榆县南宁海城上，明兵部主事王致中建。

⑥望夫石：辽宁兴城西南望夫山之望夫石，相传为孟姜女望夫所化。留题：参观或游览时写下观感、题诗。

⑦六王：指战国齐、楚、燕、韩、魏、赵六国之王。祖龙：指秦始皇。

## ◇赏析

康熙二十一年壬戌（1682年）二月至五月纳兰扈从东巡，作了一系列的写景词。期间作为臣子的纳兰，寻访古迹途中心灵受到不少冲击。因纳兰家族先世恩怨、本身的特殊经历和处境，纳兰对历史的怀思亦颇有意味。

这词因景而起，落日残阳挂在薄薄的西天，余晖映在海面上，贴着涌动的浪涛，成一段虚渺的霓虹。冷冽的潮水不辞疲惫，姜女祠里日日夜夜听闻浪涛拍打礁石的动静。这祠又叫贞女祠，据说是为纪念那痴情哭动长城的孟姜女而建。距这痴守女子的年代已去甚远，汪洋与孤守的祠堂相望也不知过了多少个日夜，庙中的孟姜女，盘髻上的翠翘金钿依然网上层层细密的蛛丝与尘埃，翠玉光鲜的着色随着女子投海，一同沉没在历史长卷之中。姜女追随爱人而去，光鲜的历史随时代终结而去。

立于澄海楼上眺望苍茫之景，望夫石一如往昔等待之妻，坚守于南宁海城上。传说孟姜女当年苦等丈夫不归，几番立于此地守望远方，又抱寒衣远赴长城寻找爱人，久之于此化为望夫之石，从此不论风雨都将停留于此，等候一个归期。归期无尽，望夫石伫立至今，已然可见文人墨客参观游览时写下的观感题诗，点滴墨迹都是岁月流淌的痕迹，随着这长久坚守在此的石像一同见证历史长河，流淌不息。

一转眼，“六王如梦祖龙非”。此“六王”，即指战国燕、赵、韩、魏、齐、楚六国。这说法出自唐朝杜牧的《阿房宫赋》，之曰：“六王毕，四海一。”再有《集解》云：“苏林曰：‘祖，始也；龙，人君象。谓始皇也。’”故秦始皇又叫祖龙。纳兰感叹，六王毕、四海归一的大业，恍然只如梦了一场，悄无痕迹，秦始皇的英姿也业已长眠于地下。

这词题为“姜女庙”，写尽壮阔之景，博大之感，但事实并非单纯记游之作，而是借游此庙发往古之幽思，抒今昔之感，欲抑先扬。纳兰饱读诗书，写词看似直白易懂，实际用典巧妙，字字珠玑，不论写景抒情，都是发自肺腑。忧郁沉敛的骨子里是对历史和现实更加敏感的认知和反思。单就这词，六王如梦祖龙非，思考就甚是凝重。

再细究：为何纳兰要用姜女祠来作为抒情的寄托和引子呢？

为修建长城，流的是百姓的血与泪，哭的是百姓的累或亡。战争带来悲剧连连，人们却依旧为改朝换代互相争夺残杀。参照纳兰祖先的恩怨，也不难理解。历史长卷不断翻看，目光所及，都是泊于苦痛之中的艰难百姓，叫人怎么忍心再读？

沉思至此，难怪这本该尽享荣华的贵公子，一生忧心郁结。

# 天仙子

**梦里蘼芜青一剪[①]，玉郎经岁音书断[②]。暗钟明月不归来[③]，梁上燕，轻罗扇[④]，好风又落桃花片。**

## ◇注释

①蘼芜：又名蕲、薇芜、江蓠，据辞书解释，苗似芎，叶似当归，香气似白芷，是一种香草。叶子风干可以做香料，亦可以作为香囊的填充物。古人相信蘼芜可使妇人多子，然而在古诗词中蘼芜一词多与夫妻分离或闺怨有关。《玉台新咏·古诗》中有："上山采蘼芜，下山逢故夫。"

②玉郎：古代对男子的美称，也可为女子对丈夫或者情人的爱称。

③暗钟：即昏暗夜晚里的钟声。

④轻罗扇：质地极薄的薄纱制成的扇子，多为女子夏天纳凉所用。

## ◇赏析

看到这里，忽然觉得纳兰作词，常有一种隐隐约约的悲哀。若说千古以来做文章者大都有文学主题的话，"悲哀"则必定是一个恒之久远的话题了。无论是《诗经》里边"今我来思，雨雪霏霏"，还是现代诗歌中遇到一个"结着愁怨的丁香一样的姑娘"，这霏霏落雪和丁香一样的姑娘，都像具有丁香一样的叹息般蕴藏着文人莫大的悲哀在里边。纳兰此首《天仙子》便是如此。

梦里，蘼芜已经青青葱葱，岁月恒逝，春来秋往自是一年，想必这蘼芜上微微泛青的色彩不是经过时间底色的，而是以思念浇灌，酿得更浓了。时过境迁，去年春天离开到现在，你的书信是越来越少了，以至于此刻早是相隔天涯，更无一纸鸿雁，倒真是显得寂寞无助了。

春梦无痕，夜晚墓钟寂然中几声清响，听似有声，染出的却是一片静寂，妇人思夫之形悄然伫立。"暗钟明月不归来，梁上燕，轻罗扇，好风又落桃花片。"此处却真是惹人叹息，偏偏是午夜时分，偏偏是梦醒，却偏偏听来几声晚钟，大概是经岁杳无音信的丈夫回来了吧。想到此处，看到梁上燕子已经春归，叽叽喳喳闹个不停，他几笔画出的春燕还留在罗扇上，一种莫大的哀愁一瞬间袭来。忽然想到晏殊《浣溪沙》的句子："无可奈何花落去，似曾相识燕归来。"确实梁上旧燕都已经归来，归人呢？郑愁予《错误》中写道：

我打江南走过
那等在季节里的容颜如莲花的开落
东风不来，三月的柳絮不飞
你的心如小小的寂寞的城
恰若青石的街道向晚
跫音不响，三月的春帏不揭
你的心是小小的窗扉紧掩
我达达的马蹄是美丽的错误
我不是归人，是个过客……

作为一首可以给予任何时代背景的现代浪漫主义诗歌，郑愁予心目中闺怨、惆怅的主题在这诗歌中便有着纳兰相通的地方。细看此诗，纳兰笔下的晚钟自然是我"达达的马蹄"声了，"归"的期盼在这不同的表达中显示出同样的情感生发。在郑愁予心中，思妇的怅然之情在我所指代的外来者抑或是第三种感情载体上得以发挥，所以显示出一派诗歌般浪漫的凄凉之感，而结句"我不是归人，是个过客……"也无以复加地把诗歌中另一方的情感还原在她的他身，让美丽的错误散发出古典文人的哀婉垂怜的艺术感召力。纳兰此处也是如此，晚钟声指代的归人预兆，并没有随着思妇之念而变成现实，只不过，纳兰瞬间便抽开笔调，描写景物了。

好的诗词一定是经得起岁月筛选的，千百年来人们一直传诵的便是那些真正打动人的诗句，纳兰因为有了"人生若只如初见"的感叹，让世人才经过这么多的历史断代找到了他，把他从那些浩如烟海的文章中找到，逐个描绘出他的五官，以此来纪念他。由此可知诗词对诗人的生命是多么重要。

# 天仙子

**好在软绡红泪积[1]，漏痕斜罥菱丝碧[2]。古钗封寄玉关秋[3]，天咫尺[4]，人南北，不信鸳鸯头不白。**

### ◇注释

①软绡：即轻纱，一种柔软轻薄的丝织品，此处指轻薄柔软的丝质衣物。

②漏痕：草书的一种笔法，谓行笔须藏锋。宋姜夔《续书谱》："草书用笔，如折钗股，如屋漏痕。"斜罥：斜挂着。菱丝：菱蔓。

③古钗：亦作"古钗脚"。比喻书法笔力遒劲。玉关：玉门关，代指遥远的征戍之地。

④咫尺：周制八寸为咫，十寸为尺，谓接近或刚满一尺。形容距离近。

### ◇赏析

写信用的软绡上，依旧满是我的眼泪。混同热泪，字迹斑驳。这封饱含深情的信要寄向何方？在那遥远的玉门关，那守边的征人，那个我日日夜夜都想守着的人。秋日凄凉，大雁南飞，我这封信却像一只离群的鸟，独往北边。天际咫尺相隔，人却南北千里，人生有限，鸳鸯岂不会老去么？

这小令是纳兰写给爱妻卢氏的，短小精悍，读之味道十足，刘熙载《词概》中说："小令之作'虽小却好，虽好却小'"，这词正如此。纳兰二十岁时与卢氏成婚。卢氏出身名门，是两广总督卢兴祖之女，知书达理，才貌双全，许配给纳兰后赐淑人，诰赠一品夫人。在纳兰看来，最重要恐怕是二人互为知音，因为卢氏也是一位解诗情、识风雅的知性女子，能与纳兰产生心灵上的共鸣。因此，纳兰与卢氏夫妇琴瑟和谐，甜蜜无限。但是作为康熙皇帝的殿前侍卫，纳兰身不由己，须经常入值宫禁，或者随皇上南巡北狩，这就导致纳兰常与爱妻分居两地，两人只能以词抒怀，发其幽恨。这首《天仙子》就是词人纳兰在扈从出塞期间写就的。

此词开头两句用典可谓十分恰当，以浑朴古拙之笔写妻子寄来的轻纱，浅叙白描，却不失情真意切，深致动人。且看，你寄来的轻纱上凝聚的泪痕还依稀可见，那斑斑点点的红泪，犹如菱蔓斜挂一般的行行草字。此处用一锦城官妓灼灼之典，《丽情集》中说："灼灼，锦城官妓也，善舞《柘枝》，能歌《水调》，御史裴质与之善。后裴召还，灼灼以软绡聚红泪为寄。"显然，此处软绡，饱含款款相思之情。"古钗封寄玉关秋"亦用古钗之典，深切委婉地表达了归乡之思，表达了他对爱妻的深情思念。而结句犹显含婉深细，"不信鸳鸯头不白"，是反用李商隐的《代赠》中"鸳鸯可羡头俱白"，也有欧阳修《荷花赋》中句子："已见双鱼能比目，应笑鸳鸯会白头"，亦是"梧桐相待老，鸳鸯会双死"之意。常言咫尺天涯，何况词人已和妻子遥隔千里。然而不管相隔多远，词人始终坚信，他和他的妻子一定会像鸳鸯一样，一起白头，一起相守终老。

## 天仙子 渌水亭秋夜[1]

**水浴凉蟾风入袂[2]，鱼鳞触损金波碎[3]。好天良夜酒盈樽[4]，心自醉，愁难睡。西南月落城乌起。**

### ◇注释

①渌水亭：纳兰性德家中的池畔园亭。

②凉蟾：指水中秋月。

③金波：指水中反射着耀眼光芒的月光。

④好天良夜：好时光，好日子。

## ◇赏析

“电影越圆满，就越觉得伤感。”想来形单影只时看到的物事越发光鲜亮丽，心内就愈发凄凉。纳兰在这首《天仙子》里写的，刚好就是他面对渌水亭秋夜的良辰好景，却暗自怀愁难寐的心绪。

纳兰的府邸在今北京什刹海后海，渌水亭即是纳兰府上池畔园亭，虽然如今已荡然无存，但是当年这里却是纳兰读书、写作、会客的地方。他虽早逝，但在其短暂的一生中，却是高朋满座，著作丰厚的。

关于渌水亭，纳兰曾在《渌水亭宴集诗序》中这样描绘：

予家，象近魁三，天临尺五。墙依绣堞，云影周遭，门俯银塘，烟波混淆滉瀁。蛟潭雾尽，晴分太液池光，鹤渚秋清，翠写景山峰色。云兴霞蔚，芙蓉映碧叶田田，雁宿凫栖，秔稻动香风冉冉。设有乘槎使至，还同河汉之皋，倘闻鼓枻歌来，便是沧浪之澳。若使坐对亭前渌水，俱生泛宅之思，闲观槛外清涟，自动浮家之想。

由此，不难感受到这渌水塘与渌水亭的美好，道是堪与仙境相较。居于如此地方，也难怪造就了纳兰一身清奇的骨骼。

纳兰一生重知音，渌水亭作为纳兰行文会友的地方，自然也是纳兰生命中不可或缺的重要事物之一，这也就解释了渌水亭频频出现在纳兰词作当中的原因。

这首词作于秋夜时分，开头便描绘出了一片幽凉动人的画面：“水浴凉蟾风入袂，鱼鳞触损金波碎。”池塘水波清澈将月色倒映，秋风徐徐，撩起一片涟漪，月色如媚，水面上映射出细碎金光。

在这里，“凉蟾”指的是月亮，传说月亮之上有广寒宫、玉蟾蜍，大抵用典于此。而“鱼鳞”并不是指真的鱼鳞，而是指水面反射出月光的耀眼。

不消细品，单单只看到“凉蟾”、“鱼鳞”、“金波”这几个词，一幅秋夜静好的画面就已呈现眼前。

于此，我们不妨来看纳兰另外一首专门描写渌水亭的小诗《渌水亭》：

野色湖光两不分，碧云万顷变黄云。

分明一幅江村画，着个闲亭挂夕曛。

诗中所描写的是日落时分的渌水亭，水天一色已是融入画中的景，却看着那青天中的云彩因日落而染成金黄色，灿烂地铺满了天空。这分明是一幅静好的江村落日图，还有一座悠闲的渌水亭用来挂住那夕阳的光辉。这其中一个“闲”字，一个“挂”字，淡淡两笔把整个亭子的那种淡泊恬静状勾勒生动，让观者看来，这如画景色似在眼前。此刻渌水亭所承载的不仅仅是纳兰的知己诗词，更是一种心向往之的恬静生活理想。

再回到本词中，如此好天良夜，本该邀三两朋友，饮酒谈心，工词写赋，纳兰却笔锋一转，只写樽中酒满，却只斟满不饮，颇有些李白的“花间一壶酒，独酌无相亲”的落寞之感，纳兰一生未经风雨，只得情伤，又因种种自身矛盾：如他身为满族人，却痴迷汉家文化，并结交了许多大龄汉家落魄文人；他身为宰相公子，皇帝身边的一等侍卫，心却向往着淡泊恬静的生活；他文武双全，骨子里却更衷情笔墨。因着这种种矛盾，而在纳兰身上形成了一种娇柔的气质，使得他即使身为武将，也难能有太白“举杯邀明月，对饮成三人”的豪情。

独赏这一幅秋夜之景，心是早早醉了的，却偏偏有一股莫名的愁丝涌上心头，使得“心自醉，愁难睡”，直至看尽月升月坠，目见天际破晓，竟是通宵未眠。这一腔怅惋忧郁之情与这月色清凉闲庭静好形成鲜明的对比，那景色愈是良美，心内愁怀便愈是深重。

想来夜深易怀愁乃人之常情，至于何愁，本词含而不露，到底点到为止，如若打破砂锅强加附会，反而失了词作雅致。也便就随着纳兰抵达天明，而昨夜所愁之事，渐渐留白，朦胧成美丽的烟波淡雾，轻萦心间。

# 好事近

**帘外五更风，消受晓寒时节。刚剩秋衾一半[1]，拥透帘残月。**
**争教清泪不成冰[2]，好处便轻别。拟把伤离情绪[3]，待晓寒重说。**

## ◇注释

①剩：与“盛”音意相通。此“盛”犹“剩”字，多频之义。
②争教：怎教。
③伤离：为离别而感伤。

## ◇赏析

本篇是纳兰的一首简短小词，上片写相思，似乎是在回忆中找寻往昔的欢乐，又像是在怀念妻子，在她离去后产生了伤感之情，词意扑朔迷离，耐人寻味，有着重情重义之感，也有迷惘哀伤的纠结。

开头便直言了生命的不可承受之重，“帘外五更风，消受晓寒时节”。竹帘之外传来五更的寒风，在这清秋寒冷的早晨实在让人难以消受。这首词写与妻子乍离之后的伤感，写的如此直白动人，只怕是纳兰的内心真的是无法再忍耐下去了，爱情对于他来说是精神的一种很大寄托，但当他所依赖的爱情一份一份都离他而去的时候，再坚强的人，只怕也会难以承受了。

词一开始便颇有自怨多情之意。不过语言虽然直白粗浅，但是却真挚感人，情感不就是这样才最真实吗？越是直白简洁，便越是入情至深。而后接下去便说道：“刚剩秋衾一半，拥透帘残月。”独自孤眠，秋夜冷冰冰的被子因多出了一半，而晓寒难耐，于是拥被对着帘外的残月。夜半孤枕难眠，只能望着明月去回忆往昔，但可惜，月亮似乎也知道他的心事，窗外所对的只是一轮残月而已。

欢乐和幸福都是短暂的，世上没有什么事情是长长久久、永不变更的。纳兰而今只剩下独自一人，孤独无依，现在对着窗外的残月，更是加重了这种孤独感。纳兰自然是情难自禁，泪流满面。

故而下片便写道“争教清泪不成冰”，自然承接了上片的情绪，没有什么过渡，也没有任何的引申，依然是简单的描述，将心情的糟糕写得入木三分。直白的描述有时起到的作用不可小觑，纳兰将人生苦短、情短苦多的情感纠葛写得让人无法不去动情。

想起往日的种种，而今自己独自一人赏月，怎教清泪不长流，空自凝噎呢？这句中的“成冰”更是写出清冷孤寂的意味了。泪流至结成冰，这该是怎样的一种哀愁，纳兰的孤独和寂寞，在卢氏离去后便更加明显，但凡卢氏之前用过的衣物、住过的楼阁，对纳兰来说，都是一种折磨。

所以，纳兰才会说“好处便轻别。拟把伤离情绪，待晓寒重说”。纳兰自己也知道，面对这样铺天盖地的哀伤，最好的方法就是不把离别之事放在心上。这离愁别绪待到天亮以后再去想吧。

如此哀伤， 似真非真，似幻非幻，极富浪漫色彩。在词的最后，纳兰从回忆中抽身，回归现实，他知道现今已经是人去楼空，物是人非了，与其在回忆中痛苦挣扎，不如转身睡去，让梦境和睡眠赶走孤寂和寂寞。

这首悼亡词写痛苦写得淋漓尽致，既然相爱的人总有一天会因为生老病死种种原因而分开，那当初为何还要用情那么深，以至于到如今还难以消解遗忘？这恐怕是所有有情人的困惑和疑问，纳兰在这首词的最后做了解答。既然相爱，就去爱，一旦当爱不起的时候，便是再后悔也无用了。

相爱本身并没有错，错的是上天给相爱的人时间太短。纳兰这首词的最后以无言地睡去结束，一句话，便让一切尽在了不言之中。全词平铺直叙，却是递进层深，读来令人黯然神伤。

对于岁月的无情和短暂，纳兰作为一个失去至爱的男人，将自己的感慨抒发得令所有人都为之动容。情爱的神秘之处便在于无法控制，不可预知，你永远都无法知道，会在什么时候，什么地点，爱上一个什么样的人。

同样的，你也无法知道，会在一个什么地方，什么时候，与你相爱的人彻底分离，无法携手，到那个时候，即便你内心柔情万千，却也是无法跨过生死之间那千山万水的距离。

生死难料，唯独爱永恒，纳兰不但留下了他的词，更是将他的爱留在了世间。

# 好事近

**马首望青山，零落繁华如此。再向断烟衰草[①]，认藓碑题字[②]。**

**休寻折戟话当年[③]，只洒悲秋泪。斜日十三陵下，过新丰猎骑[④]。**

## ◇注释

①衰草：干枯的草。

②藓碑：长满苔藓的石碑。藓，苔藓。题字：为留纪念而写上的字。

③折戟：断戟被沉没在沙里，指惨败。

④新丰：县名，汉高祖七年置，唐废，治所在今陕西临潼西北。猎骑：骑马行猎者。

## ◇赏析

这首词描绘了在北京十三陵的秋猎：越过马头向前望去，眼前是一脉青山，都市的繁华不见了，这里只有萧索冷落的景象。看向被衰草掩盖的石碑，可以辨认出长满苔藓的古碑上的题字。不要寻思那古往今来兴亡之事，就是眼前的秋色便已令人生悲添慨了。夕阳西下，在这十三陵中打猎的人原来也是从京城过来的啊！

严迪昌在《清词史》中写到这首词时："全是凭吊语，绝非新朝新贵的语气。"这样的评价对纳兰来说，并不为过，纳兰总是有着清新独特的气质，令人感到不可亵玩，也不是距离甚远。

这样一个公子哥，他不是沉迷于官场的角斗中，也不是在花花草草的世界中感慨靡靡之音，更不是沉醉在男女之情里不理会世事。纳兰关心一切值得关心的事物，他会写许多情真意切的词去纪念他所爱的人，但同样的，他也会写词去记载他生活的这个世界。

纳兰写词的基调总是沉郁哀婉，这首词也不例外。比起以往的词作来说，纳兰的这首《好事近》风格显得更为粗狂、豪迈一些。在字里行间，显露出他的男儿本色，纳兰身为康熙皇帝的侍卫，想来武功也是了得，他在陪同康熙前往北京十三陵狩猎时，望着眼前一片苍茫景色，与都市里的完全不同。这里没有繁华，只有苍凉，没有人烟，只有寂静。

"马首望青山，零落繁华如此。"停马且住，看到眼前一望无垠的青山，连绵成无尽的屏障，在这里的天地间，繁华显得微不足道，这份苍茫深入人心，纳兰显然是被这份苍茫所感动，才写下了这首词。

"再向断烟衰草，认藓碑题字。"面对眼前这份萧索冷清的景象，看着被枯草掩埋的石碑，纳兰心中感慨万千。"衰草"就是干枯的草，而所谓的"藓碑"则是指长满了苔藓的石碑，被苔藓覆盖了的石碑上，还可以模糊地辨认出之前所刻下的碑文，时光就是这样无情，人们还以为将真实留在石碑上就可以万古长存，其实在时光面前，任何东西都是脆弱、不堪一击的。

想到此，纳兰便心生悲凉。自己的生命也不过是白驹过隙，匆匆几十年犹如流星划过，很快就没了。自己没有去做自己想做的事情，而是整日陪在皇帝身边，做些并不情愿的工作，这样的日子什么时候才能够到头啊？

所以，在下片的时候，纳兰便将遐想止住，他知道无益的多想毫无意义，所以他才会无奈地写道："休寻折戟话当年，只洒悲秋泪。"所谓"折戟"就是断戟被沉没在沙里，指惨败。在这里大概是指古往今来的兴衰往事，正如一开始所言的那样，不要寻思那古往今来兴亡之事，就是眼前的秋色便已令人生悲添慨了。

纳兰看到这迟暮的秋日，想起之前的种种，心中难以言说，故而只能在结尾草草地写上一笔"斜日十三陵下，过新丰猎骑"作罢。这就是纳兰狩猎的心情，这个男人随时随地都会有所感悟，写入词里，以供后人唏嘘感叹。

这首词笔力苍劲，虽然是哀叹往事之词，可是字里行间并不缺乏刚劲，刚力与阴柔结合得十分巧妙，相得益彰，是一首好词。

# 好事近

**何路向家园，历历残山剩水①。都把一春冷淡②，到麦秋天气③。**
**料应重发隔年花④，莫问花前事。纵使东风依旧，怕红颜不似。**

## ◇注释

①历历：（物体或景象）一个一个清晰分明，意思是零落。残山剩水：残存的山岳河流，零散的山水，明灭隐现的山水。

②冷淡：不热情，不热闹。

③麦秋天气：谓农历四五月，麦子成熟后的收割季节。

④隔年花：去年之花。

## ◇赏析

誓言是开在彼岸的花朵，遥看美丽异常，但却无法触及，谁想要到彼岸去寻找这誓言之花，定当是会失望的，因为那之间隔得太过纷繁。不过，誓言却是许多男女愿意去相信的，誓言之所以存在，就是因为人们爱入轮回后，无法自拔，需要誓言当他们的救命索，令他们相信，爱情无价，值得坚守。

纳兰想来是相信誓言的，他写的这首词抒发与妻子的别离、相思之苦。纳兰对他每一个爱过的女子都十分珍惜。这首词里，更是将这种情感抒发到了极致，透过词的本身，仿佛可以看到，纳兰衣衫单薄地站于历史深处，神色苍茫地想念。

哪一条才是通往家园的路呢？眼前的一片都是零落的残山剩水而已。春天过去了，已经到了麦收时节，又一次将大好的春光冷落。料想去年的花今年又开了吧？而花前月下的旧事却不敢回味。即使景色如故，也已是年华老去，红颜不再了吧？

纳兰对于爱情，一丝不苟。是谁说誓言不过是开在舌尖上的莲花？是谁说誓言不过是无谓之人所做的无谓之事？对于纳兰来说，爱情便是此生无悔的誓言，无法更改的约定，所以，纳兰一旦爱上，便是此生此世。

站于路口，纳兰举目四望，“何路向家园，历历残山剩水”。词的一开始，就奠定了伤感的基调。家园无处可寻，回家的道路已经找不到了，抬头望去，满目都是一片残山剩水。

山就是山，水便是水，何来的残山剩水呢？纳兰将山水之景用“残剩”修饰，更显得心境荒凉，犹如残败的风景。

若早知道这只是一场有缘无分的情事，在相遇之时，就会按捺住内心的悸动，那时没有陷入爱的河流，今日便也不会在此苦苦相思了。

“都把一春冷淡，到麦秋天气。”春季转眼就过去了，为了思念，都冷淡了这大好的春光，当回想起来，春日的好风景都已错过，而眼下所看到的已经是萧瑟的秋景了。上片在一片嘘叹声中结束，简明轻快，没有晦涩之意，也不用典，但依然能够写出纳兰愁绪的心情。

下片依然承接上片简单的风格，既然春天都已经被错过了，那春日的花朵也没能看见，“料应重发隔年花”，料想去年的花，今年也再次开放了吧？花可以年年开放，错过了今年的花期，明年只要愿意，依然可以等到花开，遗憾就可以弥补，但是人事呢？只怕是错过一次，就终生无法补救了。

所以，那些曾经美好的花前月下的事情，最好不要再想起，每想起一次，都是折磨，面对无法重演的故事，真的还是“莫问花前事”的好。纳兰不是圣人，他只是一个平凡的、渴望爱的男子，他拒绝今春的这场花事，是为了不看到荼蘼而心痛，但真的就可以躲避开来吗？只有他自己知道。

“纵使东风依旧，怕红颜不似。”景色依旧，物是人非，最后的这句感慨是许多词人都感慨过的，并无什么特别。纳兰写词总是这样，平淡的语气诉尽天下悲情。

人生就是这样错过一场又一场美景，有些人对这些错过不以为然，但对于纳兰来说，每一次错过都是一道伤痕。他用伤痕累累的心，吟咏出这些千年，甚至万年之后都不会被忘记的词。他与他那些隐约的心事，统统被记载了下来。

# 江城子

**湿云全压数峰低[①]，影凄迷，望中疑。非雾非烟，神女欲来时[②]。若问生涯原是梦，除梦里，没人知。**

## ◇注释

①湿云：湿度大的云，指云中满含雨水。

②神女：谓巫山神女。《文选·宋玉〈高唐赋〉序》："昔者先王尝游高唐，怠而昼寝，梦见一妇人曰：'妾，巫山之女也。'"李善注引《襄阳耆旧传》："赤帝女曰姚姬（一作'瑶姬'），未行而卒，葬于巫山之阳，故曰巫山之女。楚怀王游于高唐，昼寝梦见与神遇，自称是巫山之女。"又《神女赋》序："楚襄王与宋玉游于云梦之浦，使玉赋高唐之事，其夜王寝，果梦与神女遇，其状甚丽，王异之，明日以白玉。"

## ◇赏析

巫山上雨雾缭绕，高高的山峰也似被沉沉的云压低下来，山影凄迷，一眼望去，并不分明。并非雾气，也非野烟，正是巫山神女快要腾云驾雾而来。

若觉得这生涯原是一场梦幻，人生美好只有在梦中，除此便没有人能知晓。正如苏东坡所说，"事如春梦了无痕"。

这词有些版本有词题《咏史》，说纳兰写这首词是发历史的感慨。当然，至于具体是否如此并非最重要的，姑且看看纳兰所要咏的这段历史。纳兰是对楚怀王"巫山云雨"的事有感慨了。宋玉的《高唐赋》中讲了这个故事：

曾经，楚襄王曾带着我（宋玉）在云梦台一带游玩，遥望三峡高唐上面的楼台，看到高唐上面飘浮着一团非常独特的云气，形状像山一样突起，并一直往上升，突然又改变了形状，转眼之间，形状变化无穷。楚襄王问我：这是什么气啊？我告诉楚王说：这就是人们所说的"朝云"。楚襄又问道：什么是"朝云"呢？我告诉楚襄王说：过去，您的父亲楚怀王曾经游历高唐，因为困倦就在白天小睡了一会，睡着后梦见一个少女，这个少女对楚怀王说："我是住在巫山的女子，我是从别的地方来到这里的。听说您到这里来游玩，所以我过来向您推荐我自己，愿意陪您同床。"楚怀王于是与之同床。少女离去时向楚怀王告别说："我在巫山南面，最高最险的地方，早晨我是一团云，傍晚时我又变成飘忽不定的阵雨。每天早晨晚上，我都在巫山南面一个高台靠下一点地方。"第二天早晨，楚怀王一看，果然看到一团云在那

里飘动，于是在那个平台上建了一座庙，取名为“朝云”。楚襄王说：朝云刚升起来的时候是什么样子的呢？我告诉楚襄王说：她刚开始出现的时候，茂茂盛盛像松树一样笔直，一会儿后，她光彩照人又像一位美丽的少女，她举起袖子遮住太阳，像在张望她思念的人；突然她又改变面貌，急驰像四匹马拉的战车，车上还插着战旗；你感到像风吹一样的凉，像冷雨一样的凄清。等到风止雨停，云也突然无影无踪了。

这个故事在中国历史上产生了很大影响，历代的诗词中这一典故可谓俯拾皆是。纳兰写这件事也是有原因的，可以当作咏史，更可以看为是他自己在倾诉着自己对人生的看法，以及对昔日爱情的追忆。词中的巫山神女如何不可以当作纳兰的故妻、知己、恋人等呢？而他自己，好比楚怀王，而他们之间的关系，无论多么值得自己怀念，值得后人追忆，但总是一番云雨罢了，烟消云散以后，一切也就幻为无物。结尾“若问生涯原是梦。除梦里，没人知”是词的结尾，更表露出纳兰对于人生的看法，很有悲观主义的倾向，也应该是对于人生愁苦的总结。

纳兰继承了婉约派的传统，这种风格有一个很重要的情感来源，也就是词人自身的情感要细腻委婉，甚至他们个人的人生情感经历颇为坎坷心酸，如柳永、晏殊、李清照，等等。婉约词在取材方面，多写儿女之情、离别之绪，在表现方法上多用含蓄蕴藉方法将情绪予以表达，其风格是绮丽的。大抵以为“诗言情”，不能把文章的社会责任放到诗词上来。在纳兰身上我们可以看到两方面都有体现，也能看到其中差异，便是婉约情感对他的巨大影响。

# 长相思

**山一程，水一程，身向榆关那畔行①，夜深千帐灯。**

**风一更，雪一更，聒碎乡心梦不成②，故园无此声。**

## ◇注释

①榆关：山海关，古称渝关、临榆关、临渝关，明代时改为今名，其地古有渝水，县与关都以水得名。在今河北秦皇岛。那畔：那边。

②聒：吵闹之声。乡心：思念家乡的心情。

## ◇赏析

清康熙二十一年二月十五日，康熙因云南平定，出关东巡，祭告奉天祖陵。纳兰随从康熙帝诣永陵、福陵、昭陵告祭，二十三日出山海关。塞上风雪凄迷，苦寒的天气引发了纳兰对北京什刹海后海家的思念，这首词即在这个背景下写成。

词的开篇即指出到达塞上山水漫长路途遥远，“山一程，水一程”，仿佛是亲人送别了一程又一程，山上水边都有亲人的身影，这漫漫长路终究有亲人一直不舍不弃地萦绕山光水色心间。“身向榆关那畔行”，榆关在这里代指山海关，一行人马由于使命在

身皆是行色匆匆，只全身心地奔赴山海关。“夜深千帐灯”则是康熙帝率众人夜晚宿营，众多帐篷的灯光在漆黑夜幕的反衬下独有的壮观场景。

这里借描述周围的情况而写心情，实际是表达纳兰对故乡的深深依恋和怀念。二十几岁的年轻人，风华正茂，出身于书香豪门世家，又有皇帝贴身侍卫的优越地位，本应春风得意，却恰好也是因为这重身份，以及本身心思慎微，导致纳兰并不能够安稳享受那种男儿征战似的生活，他往往思及家人，眷恋故土。严迪昌《清词史》：“‘夜深千帐灯’是壮丽的，但千帐灯下照着无眠的万颗乡心，又是怎样情味？一暖一寒，两相对照，写尽了自己厌于扈从的情怀。”

“夜深千帐灯”既是上片感情酝酿的高潮，也是上、下片之间的自然转换。夜深人静的时候，是想家的时候，更何况还是这塞上“风一更，雪一更”的苦寒天气。风雪交加夜，一家人在一起什么都不怕。可远在塞外宿营，夜深人静，风雪弥漫，心情就大不相同。路途遥远，衷肠难诉，辗转反侧，卧不成眠。“聒碎乡心梦不成”的慧心妙语可谓是水到渠成。

纳兰思乡心切，孤单落寞，不由得生出怨恼之意：家乡就没有如此吵闹的声音。此处“故园无此声”看似无理实则有理：故园岂无风雪？但同样的寒宵风雪之声，在家中听与在异乡听，感受自然大不相同，在家中无论寒风如何呼啸，心中也是有所归依的暖着的，而如今身处异地，风声也就聒噪了起来，雪花也就凌乱吵闹了起来。纳兰的乡关之思和怨尤之情在此被表露得尤为明显。

“山一程，水一程”与“风一更，雪一更”的两相映照，又暗示出词人对风雨兼程人生路的深深厌倦的心态。首先山长水阔，路途本就漫长而艰辛，再加上塞上恶劣的天气，就算在阳春三月也是风雪交加，凄寒苦楚，这样的天气，这样的境遇，让纳兰对这表面华丽招摇的生涯生出了悠长的慨叹之意和深沉的倦旅疲惫之心。

从“夜深千帐灯”壮美意境到“故园无此声”的委婉心地，既是词人亲身生活经历的生动再现，也是他善于从生活中发现美，并以景入心，满怀心事悄悄跃然纸上。

天涯羁旅最易引起共鸣的是那“山一程，水一程”的身泊异乡、梦回家园的意境，信手拈来不显雕琢，王国维曾评：“容若词自然真切。”

本词既有韵律优美、民歌风味浓郁的一面，如出水芙蓉纯真清丽；又有含蓄深沉、感情丰富的一面，如夜来风潮回荡激烈，深受后人喜爱。

纳兰将塞上风景、行军神态，以及自身的怨思之情婉转道来，画面壮美中不乏相思柔情，正所谓“刚柔相济”，尤其其中“夜深千帐灯”一句，取景新颖豪壮，深受国学大师王国维赞赏。不得不说这是一首描写边塞军旅途中思乡寄情的佳作。

# 相见欢

**微云一抹遥峰[1]，冷溶溶。恰与个人清晓画眉同。**
**红蜡泪，青绫被[2]，水沈浓[3]，却与黄茅野店听西风。**

### ◇注释

①微云一抹：即一片微云。

②青绫：青色的有花纹的丝织物，古时贵族常用以制被服帷帐。

③水沈：即水沉香，用沉香制成的香。这里指这种香点燃时所生的烟或香气。

### ◇赏析

秋色浓郁，远山连绵，一抹淡淡的云彩，笼罩在远山周围。秋气乍起，升起一阵阵凉意。远山、微云，似乎也冷溶溶如水。这般景致，多么与我所思恋的那位女子在清早画眉相像啊！清晨微凉，一派凄美销魂。

是那一豆残焰也令蜡烛顾影自怜，起了思念么？不然它如何会流下殷红的泪水来，沾湿了自己的全身。青色丝被任它不整，也不管它可否盖在身上，沉水香袅绕出浓浓的香烟。这般景致，却如何只我一人独自念想。猛地回头，仍旧独自在这野店茅屋中听得西风一阵紧、一阵严。

这首词有解为是思念妻子的作品，时间尚存争议，但大抵认同创作于边塞。纳兰是个多情之人，对所爱之人往往用情很深。在早年与相恋的表妹失之交臂后，二十岁的纳兰性德娶两广总督、兵部尚书卢兴祖之女卢氏为妻。少年夫妻无限恩爱，可惜好景不长，美好的生活只过了短短三年，爱妻便香消玉殒了。那种“曾经沧海难为水，除却巫山不是云”的深厚情感一直使纳兰无法自拔。纳兰虽只有三十余年生涯，但可以肯定的是，步过了坎坷的感情经历，他可谓已熟谙人生，对于生涯中美好的悲剧性追忆，成为他词中主旨，也完全是情理之中的事情。

纳兰作为一位名士，他是成功的。武，他是皇帝身边的御前侍卫，英俊威武的武官身份；文，历史地理、音乐诗词他均有造诣，朝廷内外都颇负盛名。又加以贵族血统、身份高贵，年轻的他既能随皇帝南巡北狩，游历四方，又可随皇上唱和诗词，译制著述。多少人艳羡的锦绣前途、富贵荣华，可偏偏进不了他的心。或许年少时他也曾愿意出仕以兼济天下，为官以拯救黎民，功名利禄加身，繁华锦簇拥人，但最终的他却是从心底里厌倦了官场庸俗与侍从生活，愿意以一身荣华换取一世清明。富贵容易脱身难，身不由己的无奈又使他不得超脱自在，所以他往往身在边塞，心在故乡，常常在词作中表现出乡关之思和怨尤之情。从他一生在边塞所写的词中便可以看出其思想的转变：早期的他意气风发，具有如唐朝边塞诗人一样的功名情怀；可后来的他看透了功名爵位，厌倦了官场生涯，转而生发出对思乡恋亲、怀友伤别的浓烈情感，情感生活的坎坷又使他产生对人间真情的感慨。

这首词意象选用亦颇为着力，词整体的意象“温度”有一番清凉微冷的感觉，情感上则营造了一种悲哀的秋氛。意象呈现方式也是素描与工笔结合。素描如：微云一抹，雾岚菲薄，山如眉黛，斯人独立，黄昏野店，秋叶西风；工笔如：红烛泣泪，青绫不整。

意象上，觉出了它“温度”的冷，情思上，读之则感同身受，纳兰词的“真”，其感染力便是如此淋漓痛彻。

# 相见欢

**落花如梦凄迷[1]，麝烟微[2]，又是夕阳潜下小楼西。**
**愁无限，消瘦尽，有谁知？闲教玉笼鹦鹉念郎诗[3]。**

## ◇注释

①凄迷：形容景物凄凉迷茫，这里指悲伤怅惘。

②麝烟：焚烧麝香所散发的烟气。

③闲教玉笼鹦鹉念郎诗：此句化柳永“却傍金笼共鹦鹉，念粉郎言语”之句而来。

## ◇赏析

虽然《相见欢》原是唐教坊曲，但由此小令，却不得不提及李煜，南唐后主作此令时已归赵宋。故宫禾黍，感事怀人，诚有不堪回首之悲，因此得名《忆真妃》。又因他这首小令中有“上西楼”、“秋月”之句，故又名《上西楼》、《西楼了》、《秋夜月》。由是观之，其词对此调词牌影响之大。宋人则又名之为《乌夜啼》。（《词苑丛谈》云：“南唐李后主乌夜啼词最为凄婉，词曰：‘无言独上西楼’云云。”另《锦堂春》亦名为“乌夜啼”）；且《秋夜月》亦另有八十二字正调，此所应细辨者也。又有一名曰《月上瓜洲》。

纳兰这首词，因受花间词风影响，其选取视点则为女子身份，笔触所及，词中女子伤春念远之思，尽皆涌现于纸面。如此说来，此首《相见欢》更如小说之流，画微入细，一嗟三叹，实为巧妙。细细道来，这首小令，环境氛围之渲染，动作神态之描绘，心理物态之刻画，鲜明生动，细腻深刻，无不令人叹为观止。

上片中，纳兰先细画女子处境：桃瓣黯凋，满地凄迷，竟如我梦一般，来去匆匆，回味不尽。正值我敛裙移身，才见落红惨淡的影廓。我的过失，就连她最后香消玉殒的离去也要掠夺。暗红氤氲的台阶，我看到她抽噎的痕迹，连我的步履也被浸染。不知何方再度燃起的麝香，青烟袅袅，若隐若现：难道这，就是伴我别离红尘的依傍吗？青砖墙另一边的那个从未曾谋面的燃香的人儿，此时彼地，又是以怎样的心境陪伴我共同凝视这亘古的夕阳沉入幽楼的决绝？

下片转至女子自身：我该以怎样的方式，去何处述说潜埋心底的思念呢？那么深的思念，广袤如斯、深沉如斯，那何以排遣我的愁绪乃至寂寞，想必那寂寞情愁皆可消瘦殆尽，像那落红一般，而我也自然香消玉殒，哀怨深重，人何以堪。然宫门似海，也只能“闲教玉笼鹦鹉念郎诗”来排遣时日。这句显然系柳永“却傍金笼共鹦鹉，念粉郎言语”之句所来，然后放在此处，却别是一般细致传神。它反衬人物内心的波动，感情细腻婉曲，含蕴无限情致，都无不使人滴泪有思。

纳兰此词虽不像他的悼亡之作那样悲凄幽咽，哀怨绵长，但其孤独凄清、别恨悠悠的苦情则依然是灼人心脾，呈现出一种“灰色”的格调，读之令人悒悒不欢。

摹真景，写真意，抒真情，绝无矫作，绝不搔首弄姿。因此，此小令自得王维诗“如诗如画”之境。看似风光明媚，却至凄凉无限，明写闺怨，却道宫怨。字字珠玑，字字欢欣鼓舞却字字含悲。因此，这首《相见欢》实为佳作，尽显纳兰“真纯”词风。正如况周颐说：“真字是词骨，情真景真。所作必佳。”（《蕙风词话》）

纳兰此作，虽为上品，但比之李煜，则逊一筹。与纳兰同为赤子之心，性真之人，重光之悲则在于国，大悲而无言，即如《相见欢·林花谢了春红》这首也无限含悲，艺术之美发及万里，早超脱了一己之身，实为绝唱。另其词境则悠远悠长，不禁世间繁华一瞬，写尽了人世惋惜之情，千年以来，也不失垂怜之目。

纳兰此首，却是个中情怀，虽属佳品，终无过重光之笔。纳兰不曾有过亡国之痛，甚至连家破之日也有幸避过，即有悲愁也常关照于自身，其经历比之后主则无法不薄。由是观之，绝唱之为者，关照天下也。

总之，纳兰词之美，在于清怨薄恨，在于无限低回，无边怅惋，其无终幽怨和无尽的伤感，也是他所生活时代的一种曲折反映。准其如此，人称一部《红楼梦》是时代的写真，那么一部《纳兰词》是其时代的吉光片羽，应该说未尝不可。

# 昭君怨

**深禁好春谁惜[1]？薄暮瑶阶伫立[2]。别院管弦声[3]，不分明。**

**又是梨花欲谢，绣被春寒今夜。寂寂锁朱门，梦承恩[4]。**

**◇注释**

①深禁：深宫。禁，帝王之宫殿。

②薄暮：傍晚，太阳快落山的时候。瑶阶：玉砌的台阶，亦用为石阶的美称，这里指宫中的阶砌。

③管弦声：音乐声。

④承恩：蒙受恩泽，谓被君王宠幸。

**◇赏析**

宫墙高掩，禁苑深深，宫女独坐园中，怅惘独对寂寥，一场肃杀秋冬后，又是一年

好春色。满园名花异草，绿树碧林。直道是天下再没有美过这一角落的春色了，然而这般风景却有何心情来怜惜？暮色四起，薄薄的烟雾淡淡地笼罩着日暮中的园林。久伫瑶阶，一无言语。她是心中郁有千言万语，想要找人一倾衷肠，可又有何人是知音？伫立不动，似在倾听：那是何处琴声，谁人吹笛？只隐隐约约，未见分明。

梨花开了，孤独地开了，她孤芳自赏，而今容颜衰去，随风零落、凋谢，掉落在冰冷的地上，被埋进尘土中，最后连自己也遗忘了自己。今夜不知为何，已是春日却乍暖还寒，冷风钻进小窗，连沉香的缕缕青烟也瑟瑟发抖。绣花被如此单薄，岂能禁得住这突起了寒流？深宫人寂寞，朱门夜无声。恩宠或可得，一觉惊梦中。可怜此身轻，更兼春色冷。

这首词从内容上看，基本属于宫怨词。因为纳兰填词向来重一个“真”字，尤其重“直抒性情”，故有人以为这首词有为填词而填词的败处。其实并非如此，这一问题应该更深地考虑。相传纳兰为了能再见那位从小青梅竹马却被选入宫中的表妹一面，曾不顾杀头的危险，在国丧时装扮成每日进宫诵经的僧人混入宫中，隔着宫廷的帷幔与表妹匆匆见了一面，然而却连一句话都没能说上。纳兰带着无限遗憾怅然而去，这种曾经的爱情痛苦向来纳兰是毕生难忘的。

词牌《昭君怨》，本为琴曲名，《琴曲谱录》云：“昭君恨帝始不见遇，乃作怨思之歌。”渴望却不可见的悲哀，不仅应和了词的内容为孤单宫女“梦承恩”却是朱门紧锁，同时也暗合了作者自己感触，近在眼前，却无法触及，匆匆一瞥，却无法话语，这一份忧愁与悲哀，还有对于命运的深深无奈都浸透其中。

这首词虽是宫怨词，在情感上与唐五代花间截然不同，尤其在词风上，其清丽脱俗与花间派艳丽的词风形成了鲜明的对比。作为花间派的鼻祖，温庭筠也写过不少宫怨词，但其多采用色彩鲜明、感官刺激较强烈的意象，如“香腮雪”，如“凤帐鸳被”。而纳兰的词却自有一股清新之感，似出水芙蓉，清丽自然。没有细致雕琢的痕迹，没有特意甄选的意象，一首诗从头至尾似天然而成。由女子低头感慨春好无人惜为起笔，再从远景简单勾勒出女子孤单伫立的身影。“惜春”是惜春色无人赏，也是“惜己”；“薄暮”是描绘暮色微薄，也是描绘女子单薄的身影。

下片“梨花欲谢”，春色将尽，是不是也暗示着“如花美眷、似水流年”、“弹指间红颜老，刹那芳华”的悲哀？“绣被春寒”，一“寒”字便彻底点明了整首词给人的感受。是薄暮渐至，夜凉如水的“寒”，更是孤寂凄清，无人陪伴的“寒”。“别院管弦声，不分明”，似单纯写景，却又透露出另一番悲凉。歌舞管弦为谁而起、为谁而奏？“不分明”是听不明、听不清，还是不想听、不想明？对应着“歌舞管弦”的是“朱门紧锁”，这是反差，对应着“不分明”的是“梦承恩”，却是顺承。听不清别院的欢歌笑语，却记得清梦中的温柔云雨、情深呢喃。

如此地“一往深情”，如此地“痴痴盼望”，更叫人“寒”透心底。

# 昭君怨

**暮雨丝丝吹湿[1]，倦柳愁荷风急。瘦骨不禁秋，总成愁。**

**别有心情怎说？未是诉愁时节。谯鼓已三更[2]，梦须成。**

## ◇注释

①暮雨：傍晚的雨。

②谯鼓：谯楼更鼓。

## ◇赏析

这首《昭君怨》情景交融，悲秋伤怀。讲的是纳兰对伊人不在、夜深独立的一片哀怨心绪。

《昭君怨》本琴曲名。相传古四大美女之一的王昭君作怨诗入琴谱，乐府吟咏曲，便是本调调名之来由，故而词牌《昭君怨》也是家国怨和闺中怨结合的经典。

细观上片，自然是“瘦骨成愁”的刨心之痛了。作者一片之中连用两个“愁”字，可见其寂苦心绪。王国维语“有我之境，以我观物，则物皆著我之色彩”，于是，此处，暮雨之形，实为愁之形、柳之倦、荷之愁、风之急，更非实景，全自词人心中出罢了。

都道纳兰对表妹情深之至，然表妹最终辗转进宫，侯门尚且深似海，更何况紫禁宫闱。于是只余得两人漫长相思却不能相守的煎熬，是夜，纳兰独看暮雨丝丝，秋雨凄苦，夜风凉薄凌厉，便是那柳树、荷花也是倦极愁极，国学大师王国维曾在《人间词话》中言：“一切景语皆情语。”如是看来，却是纳兰由着这凄风苦雨中生出对表妹的无尽相思愁绪。

却有另一说言道：纳兰自幼饱受汉文化教育，封建伦理观念耳濡目染，由此他们和汉人一样，五服之内同姓男女绝对不婚，且从堂兄妹姐弟之间，更不可能有婚恋关系婚姻之约。而考证其表妹，入宫为妃享年近八旬，一生“秉志柔嘉”，自以皇帝是非为准，所以，纳兰之于其“表妹”一往深情，实难想象。又从一说，纳兰所思，为孝庄皇后视为掌上明珠的翠花公主。从纳兰借国丧之机，扮成僧人混入宫中得窥所爱之人一面，推断宫中只有翠花公主可与他引为知己：翠花公主自幼聪颖可爱，长大后更是贤良淑德，后康熙追封其为恭悫长公主（恭悫即具有宽和恭谦），这与纳兰妻子卢氏自然有几分相像，旧情新欢，纳兰与翠花公主之约自然不无可能，因此，纳兰之情并非为其表妹了，但终为一家之说，实难考证。

在下片，纳兰承接上景而引发清愁，“别有心情怎说”一问出，万古寂阗，道是家家争唱饮水词，却是纳兰心事几人知。不论是青梅竹马的表妹，抑或是贤良淑德的翠花公主，总是佳人一方，此岸却只身孤影暗销魂。

“未是诉愁时节”则是本词第三次提到“愁”，宋吴文英《唐多令》：“何处合成愁，离人心上秋。”若不是那离情别绪缠绵难去，又如何翻来覆去地拿捏这个字，若不是那伊人回目、嫣然一笑的音容恍在耳畔，又如何会在失去之后生出这无边无尽的愁意来。

而自语“未是诉愁时节”则像是词人恍然发现此情难诉，对应发问那句，于是更显出无奈孤寂之情。是啊，未是诉愁时节，我何来这么多的愁绪。而那愁，却愁进了心底，愁成三更一片“谯鼓”之声。

“谯鼓”之声，则引此愁绪更见升华。谯楼，原为城门之上的了望楼，谯鼓则是望楼上的更鼓了，三更未眠，于此浅道：梦须成。却不点破何来纠结，家国之意若隐若现。于此，此词，言有尽而意无穷，让人无限回味。

纳兰这首词，道尽了相思难眠的愁苦，写尽了婉转不能言语的心境，也隐隐透出作者家国之意，实为词之佳作。

# 清平乐

**风鬟雨鬓[①]，偏是来无准。倦倚玉阑看月晕[②]，容易语低香近。**

**软风吹过窗纱[③]，心期便隔天涯[④]。从此伤春伤别[⑤]，黄昏只对梨花。**

## ◇注释

①风鬟雨鬓：形容妇女在外奔波劳碌，头发散乱的样子。后代指女子。

②月晕：又称“风圈”，月光被云层折射，在月亮周围形成的光圈。

③软风：柔和的风。窗纱：窗户上安的纱布、铁纱等。

④心期：心中相许。引申为相思。

⑤伤春：因春天到来而引起忧伤、苦闷。伤别：因离别而悲伤。

## ◇赏析

宋词里有许多缠绵悱恻的句子，在那些句子背后，隐藏的是一段段悲欢离合、感人至深的爱情故事。那些宋词，大多是写给歌女，因为歌女作为宋代的一个群体，颇受关注，她们有着文化素养，有着艺术才华，是宋代文人十分欣赏的一个群体。

在古代的社会里，女子的任务便是嫁做他人妇，为丈夫家传宗接代，然后相夫教子，扮演贤内助的角色。这样的女子需要温柔贤惠，懂得三从四德，低眉顺眼，事事以丈夫的话为最高指令。

这样的女人自然无法得到男人真正的喜爱，他们便更热衷于去追逐花街柳巷里，或者那些并不常规的爱情。因为有了爱情，生活才有了调味剂。于是，才有了那么多赏心悦目的诗词歌赋，因为有了感情，辞赋便变得更有味道。

纳兰并不是一个贪恋美色的人，但他却是一个最需要爱情的男人，他的爱情曾随着

表妹的入宫一度低沉，随着妻子卢氏的去世差点毁灭，甚至随着沈宛的离去而消散殆尽。不过还好，在他的内心，始终保存了有关爱情的一点追求，而纳兰又将这点追求，放入了诗词中，时刻提醒自己，原来，爱情并未走远。

这首《清平乐》情辞真切，将相恋之中人们想见又害怕见面的矛盾心情，一一写出。“风鬟雨鬓”，本是形容妇女在外奔波劳碌，头发散乱的模样，可是后人却更喜欢用这个词去形容女子。

女子与他相约时，总是不守时间，不能准时来到约会地点。但纳兰在词中却并无任何责怪之意，他言辞温柔地写道：“偏是来无准。”虽然女子常常不守约定时间，迟到的次数很多，但这并不妨碍纳兰对她的宠爱。想到与女子在一起的快乐时光，纳兰的嘴角便露出微笑。

“倦倚玉阑看月晕，容易语低香近。” 记得旧时相约，你总是不能如约而至。曾与你倚靠着栏杆在一起闲看月晕，软语温存，情意缠绵，那可人的缕缕香气更是令人销魂。如今与你远隔天涯，纵使期许相见，那也是可望而不可即了。从此以后便独自凄清冷落、孤独难耐，面对黄昏、梨花而伤春伤别。

过去的时光多么美好，但是美好总是稍纵即逝。在纳兰的回忆里，这份美好过分短暂，好像柔软的风，只是轻微吹过脸庞，便已逝去。“软风吹过窗纱，心期便隔天涯。”与《清平乐》的上片相比，下片的格调显得哀伤许多，因为往昔的美好回忆过后，必须要面对现实的悲凉。

在想过往日与恋人柔情蜜意之后，今日独自一人，看着春光大好，真是格外感伤。纳兰一向是伤春之人，那是因为他内心深处一直藏着一份早已远逝的情感，就如同这春光一样，虽然眼下再怎么美好，总有逝去的那一天。

“从此伤春伤别，黄昏只对梨花。”结局就是这样，有时候，人们往往知道结局是无法逆转的，但站在时光的路口，依然想不自量力地去扭转乾坤。

最终，伤的只有自己。

## 清平乐 弹琴峡题壁

**泠泠彻夜[1]，谁是知音者？如梦前朝何处也，一曲边愁难写。**

**极天关塞云中[2]，人随雁落西风。唤取红襟翠袖[3]，莫教泪洒英雄。**

### ◇注释

①泠泠：形容清凉、冷清，借指清幽的声音。彻夜：整夜，一夜。

②极天：指天之极远处，远处。关塞：边关，边塞。

③唤取：唤得、唤着。

### ◇赏析

这首词抒发了关塞行役之愁：水声清幽悦耳，彻夜回荡，但谁又是它的知音呢？前朝如梦，边愁难写。极目望去，天边的云中，征人与征雁同行于秋风之中。如此悲凉之景，让人不禁伤怀，只好唤来歌女消愁，不要让英雄热泪轻易落下。

纳兰的许多塞外诗词中，不再写儿女情长，但也不是纯粹地抒发情感，而是将两者很好地相结合，写出了别开生面的塞外词。其实，纳兰为人，并不是像他流传下来的词那样婉转羞涩。纳兰有着一副英雄气概，他武艺高强，不过身为御前侍卫，需要他展示武力的机会寥寥无几，但这并不能妨碍纳兰的一颗英雄心。

这首词是纳兰写自己外出塞外的行役之愁，故而悲凉有余，柔情不够。“泠泠彻夜，谁是知音者？”纳兰一生最大的心愿，再一次在这首词中写出，他渴望得到一个知己，可是这天地之间，白日黑夜，谁才是他的知己呢？纳兰不知道，天与地自然也无法回答他这个问题，周围只有猎猎的风声，更使得渴求知己的纳兰，备感寂寞。

“如梦前朝何处也，一曲边愁难写。”联想古今，纳兰想到这塞外经历过千年尘埃的积淀，那些古时的英雄，是否也会如同他一般，来到这天与地之间，问问苍天，是否自己真的会遇到知己。

这样平铺直叙的词，其实在纳兰的作品中并不是占多数，但这也不能否认纳兰这类词的价值，纳兰的词学思想，在他的七古《填词》一诗中，就有明显的体现，那首诗写道：

诗亡词乃盛，比兴此焉托。往往欢娱工，不如忧患作。冬郎一生极憔悴，判与三闾共醉醒。美人香草可怜春。凤蜡红巾无限泪。芒鞋心事杜陵知，只今唯赏杜陵诗。古人且失风人旨，何怪俗眼轻填词。词源远过诗律近，拟古乐府特加润，不见句读参差三百篇，已自换头兼转韵。

他认为填词同作诗一样，一是要重比兴、写忧患，一定是要有寄托、抒真情的。而要这样，就必用比兴之法，寄托自己的思想追求和不平，以抒发自家性情，所以“比兴此焉托”。

说起比兴，纳兰并不陌生，他的许多词中，都有用到过这种手法，这样写词，更使得词意盎然，更显深刻。这首词中，虽未用到比兴，可是纳兰的词学思想，依然是得到了十分深刻的体现。

“极天关塞云中，人随雁落西风。”塞外风景，最大的特点就是苍凉，举目望去，一望无际的全是苍凉。在这苍茫大地之间，纳兰只能与大雁，一同在西风中，感受着寒冷，无所适从。“唤取红襟翠袖，莫教泪洒英雄。”这般感伤，只好叫来歌女助兴，看着歌女挥舞衣袖，跳起舞蹈，这份悲凉才稍微显得淡一些，英雄泪便不会轻易洒落了。

# 东风齐着力

**电急流光[1]，天生薄命，有泪如潮。勉为欢谑[2]，到底总无聊。欲谱频年离恨，言已尽、恨未曾消。凭谁把、一天愁绪，按出琼箫[3]。**

**往事水迢迢[4]。窗前月，几番空照魂销。旧欢新梦，雁齿小红桥[5]。最是烧灯时候，宜春髻、酒暖蒲萄[6]。凄凉煞、五枝青玉[7]，风雨飘飘。**

## ◇注释

①电急流光：形容时间过得极快，犹如电闪流急。

②欢谑：欢乐戏谑。南朝梁刘勰《文心雕龙·谐隐》："怨怒之情不一，欢谑之言无方。"

③琼箫：玉箫。

④迢迢：形容遥远。也作"迢递"。

⑤雁齿：比喻排列整齐之物，常比喻桥的台阶。

⑥蒲萄：即葡萄酒。

⑦五枝青玉：指灯。《西京杂记》谓，咸阳宫有青玉玉枝灯，高七尺五寸，作蟠螭，以口衔灯，灯燃，鳞甲皆动。

## ◇赏析

纳兰在这首词里诉说了自己透彻心扉的伤感与苦情：时光飞逝，人生苦短，又加上天生福薄，想到这些不觉泪如雨下。即使强颜欢笑，最后也是百无聊赖。想要将胸中的愁苦写下，然而所有的语言都已说尽，但心头之恨仍然未消。

是谁在吹奏玉箫？那箫声如此凄切，更使人销魂。那窗前的明月，又一次照着月下这销魂之人。往事如同江水般连绵不断地涌上心间，梦里、回忆里都是你我往日的欢会，那最宜人的是元宵佳节，可以久久地欣赏你那形状美丽的发髻，饮着那暖人的葡萄美酒。如今梦已醒，忆成空，只有凄风冷雨，寂寞孤灯，怎不叫人断肠伤情！

词的上片写人生苦短，泪眼蒙胧之凄迷感受。"电急流光，天生薄命，有泪如潮。"短短十二个字，就将内心的愁苦通通宣泄出来，纳兰写苦情的词，最为感人，原因便在于此，他从不将情绪复杂化，越是白描的词，越容易打动人心。

"泪"是此片的关节。后面所写，虽然都是与泪无关，但可以看出，纳兰的这首词里，字字句句，都藏着眼泪。"勉为欢谑，到底总无聊。"在伤心的时候，欢乐也变得无聊了，勉强的笑容，总是难以持久的，放下面具，自己真的无法遏制悲伤。

"欲谱频年离恨，言已尽、恨未曾消。"离恨就是这样，就算千言万语一切都已消失，但离愁却不会消失。纳兰写自己的悲戚，默然无语，千愁万怨似乎随着两行泪水咽入胸中，无法言说。

在上片的最后，纳兰写道："凭谁把、一天愁绪，按出琼箫。"一怀愁怨，触绪纷来，胸中的郁闷无法排遣，于是只得吹箫排解。在词的下片开始，纳兰便更是将清愁写入骨髓深处，让它们同寂寞一起流淌。

"往事水迢迢。窗前月，几番空照魂销。"提到离愁，便不能不写到往昔，一个过去丰富的人，往往最有忧愁的资格，纳兰就是这样的人，他的"旧欢新梦，雁齿小红桥"，都是他的忧伤来源，这首词在这里声情凄苦，词音细滑，似满心而发出的感慨，读过之后，令人感到悲伤欲绝。

"最是烧灯时候，宜春髻、酒暖蒲萄。凄凉煞、五枝青玉，风雨飘飘。"结尾两句，融情入景，表达了绵绵无尽的哀愁。这首词可以因声传情，声情并茂。纳兰将词演绎得通篇宛转流畅，环环相扣，起伏跌宕，真是一首好词。

# 满江红

**代北燕南[①]，应不隔、月明千里。谁相念、胭脂山下[②]，悲哉秋气[③]。小立乍惊清露湿，孤眠最惜浓香腻。况夜乌啼绝四更头，边声起[④]。**

**消不尽，悲歌意；匀不尽，相思泪。想故园今夜，玉阑谁倚？青海不来如意梦[⑤]，红笺暂写违心字[⑥]。道别来浑是不关心，东堂桂[⑦]。**

**◇注释**

①代北：泛指汉、晋代郡和唐以后代州北部或以北地区。今山西北部及河北西北部一带。燕南：泛指黄河以北地区。

②胭脂山：即燕支山。古在匈奴境内，以产燕支（胭脂）草而得名。匈奴失此山，曾作歌曰："失我燕支山，使我妇女无颜色。"因水草丰美，宜于畜牧，一向为塞外值得怀念的地方。

③秋气：指秋日的凄清、肃杀之气。

④边声：边境上的马嘶、风号等声音。范仲淹《渔家傲》："四面边声连角起，千嶂里，长烟落日孤城闭。"

⑤青海：本指青海省内最大的咸水湖，蒙古语为"库库诺尔"意即"青色的湖"。在青海东北部大通山、日月山和青海南山之间，北魏时始用此名。后比喻边远荒漠之地。

⑥红笺：红色笺纸。多用以题写诗词。违心：跟心愿相违背，不是出自本心。

⑦东堂桂：语出《晋书·郤诜》：郤诜以对策上第，拜仪郎。后迁官，晋武帝于东堂会送，问诜曰："卿自以为何如？"诜对曰："臣举贤良对策，为天下第一。犹桂林之一枝，昆山之片玉。"后因称科举考试及第为"东堂桂"。

◇**赏析**

塞上秋寒，月夜，军营里的人们都已沉沉睡去，唯有纳兰辗转反侧，不得入眠，索性披衣而出，走出军帐，徘徊间，填了一首《满江红》。

这首词写的是塞上月夜怀妻：上片写你我天南地北，然而却不能阻隔千里明月，天涯此时。我伫立在寒夜风中，承受着这寒冷凄清，孤枕难眠。已近四更，城乌夜啼，边声四起，此刻谁又在远方挂念塞外苦寒的我呢？悲歌不胜消受，悲泪暗流不止，在家乡的故园里，谁又在独倚着栏杆同样神伤呢？只恨无梦可慰相思，唯以违心之字的书信自慰。

纳兰的妻真是个幸福的女人。

世上的男人，口口声声都会说“爱”，可落实到生活中，很少有人能一笔一画细细将这个“爱”字写完全。一个男子追求一个女人时，说不尽的体贴细致，吃橘子为你剥去皮，不忘细心地扯去橘瓣上的白丝络；盛一碗粥专挑浓的盛，还不忘小心吹凉，生怕烫口。这一切，让女人受宠若惊，以为一生一世就这样被宠爱着了。事实是，一旦你爱上了他，这种关爱与被关爱就瞬间完成了逆转，男人一夜间从奴隶到将军。

你会觉得奇怪，原来很勤快的男人，怎么会变得这么懒？他会窝在沙发里，等着你送上橘子；会一边往嘴里填饭，一边吆喝你赶快去盛那碗粥。女人啊，是一只鸟，你爱上他之前，不过是停留在他肩上，他小心伺候，生怕你飞走。而你爱上了他，便如同进入了他精心编织的笼子，再也无法飞走，也无心飞走，他又怎么会在你身上再费多大的心思？虽说是人之常情，想想毕竟可恨。纳兰不同，真正是男人中的异类。妻已不是初识，不是新婚，不是热恋，可他还是全心地爱着她，关心着她，甚至在一个凄清的夜晚想起她——这样的感情待遇，放到今天，似乎只有第三者能媲美。人间不是无真爱，只是我等不经心。

夫妇二人，难的是心意相通。如何相通？不过是彼此爱着、彼此挂念罢了。他爱她，熟悉她，知晓她一切细腻的小心思与小习惯。他知道在这样的月夜，她也会辗转反侧不得成眠，悄悄地来到檐下扶栏边小坐，眼中盛满了哀怨与相思。而她，一个人在凄清的月夜甜蜜地怀念夫君，说不尽的缱绻情浓，也是因为知晓夫君即使行路到遥远的北方，也会对她时时挂怀。

世上的功名利禄、富贵荣辱，说重也重，说轻也轻。至少在纳兰看来，这些东西在生命中的意义，远不如枕边人宝贵。随驾远行，在别人看来是尊荣至极的差事，纳兰却以此为苦。不是嫌行程劳苦，是嫌这种工作没意义。做皇帝的近侍，有远大的前程（纳兰的父亲明珠就是做侍卫发迹的），可无法实现心中的理想，还得和心爱的人饱受相思

的煎熬，纳兰认为得不偿失。不要说这位富贵公子“饱汉子不知饿汉子饥”、“身在福中不知福”云云。王国维曾说纳兰“未染汉人风气”，恐怕指的是他能自由地表达自己的真实情感，意境天成，没有因袭模拟的毛病。

# 满江红

**为问封姨[1]，何事却、排空卷地。又不是、江南春好，妒花天气。叶尽归鸦栖未得，带垂惊燕飘还起。甚天公不肯惜愁人，添憔悴。**

**搅一霎，灯前睡；听半晌，心如醉。倩碧纱遮断[2]，画屏深翠。只影凄清残烛下[3]，离魂飘缈秋空里[4]。总随他泊粉与飘香[5]，真无谓。**

## ◇注释

①为问：犹相问、借问。封姨：古时神话传说中的风神，亦称“封家姨”、“十八姨”、“封十八姨”。唐谷神子《博异志·崔玄微》载，唐天宝中，崔玄微于春季月夜，遇美人绿衣杨氏、白衣李氏、绛衣陶氏、绯衣小女石醋醋和封家十八姨。崔命酒共饮。十八姨翻酒污醋醋衣裳，不欢而散。明夜诸女又来，醋醋言诸女皆住苑中，多被恶风所挠，求崔于每岁元旦作朱幡立于苑东，即可免难。时元旦已过，因请于某日平旦立此幡。是日东风刮地，折树飞沙，而苑中繁花不动。崔乃悟诸女皆花精，而封十八姨乃风神也。

②倩：乞求、恳求。碧纱：碧纱窗、绿色的窗户。

③只影：谓孤独无偶。

④离魂：指远游他乡的旅人。飘渺：隐隐约约，若有若无。

⑤泊粉：指少许的残花。

## ◇赏析

“闲倚胡床溯新月，时停团扇受微风”，“昨夜凉风又飒然，萤飘叶坠卧床前”，“微风拂掠生春思，小雨廉纤洗暗妆”……古诗词中几多与风有关的绮丽诗句，为雕栏画栋下的才子佳人增添了不少情趣幽思。自古即说“风花雪月”，可见风之于浪漫，有着何其多扯不断的关系。同为浪漫的标志，花与风的关系颇为微妙，袅袅熏风助花之娇媚，宛若佳人巧笑丛中；飒飒烈风却毁花之容颜，顷刻间乱红委地，满目狼藉。

民间故事里，风神与花神似乎就是一对冤家。《博异志·崔玄微》载，崔玄微曾夜遇石醋醋、杨氏、李氏、封家十八姨诸美人，与之共饮。封家十八姨与醋醋龃龉，次日醋醋求崔玄微于花园中立朱幡，避风摧折之祸。这是风神欺负花神，诸花神借助崔玄微得以幸免。

在神幻小说《镜花缘》中，风姨是个喜欢抖精神且喜爱挑事的角色。王母蟠桃会，百兽、百鸟、百介、百鳞四位大仙让手下鸟兽起舞助兴，嫦娥仙子撺掇百花仙子也让百花盛放为蟠桃会添彩，百花仙子以花开有时为名拒绝了。“当不起风姨与月府素日亲密，与花氏向来不和，在旁便说出一段话来”——与嫦娥一起挑唆百花仙子发下重誓。后心月狐下界为武则天颠倒乾坤称帝，因与嫦娥约让百花齐放，誓应，百花仙子下贬凡间，引出《镜花缘》百回故事。后文中，诸花仙子们投生成才女，风姨还曾上门找事哩！

塞上的秋日，不若京城的秋天红叶堕地，硕果满枝，却是一片苍冷景色，连风也不若紫禁城里的秋风飒爽中带着温婉，而是“排空卷地”而来。纳兰这位惜花人，自然几多抱怨。这首《满江红》便是写塞上秋风横卷之景和自己的凄清无聊之情：

想问秋风，因何这般排空卷地而来。现在又不是江南的妒花时节，为何要如此狂风大作？狂风将树叶吹落，使归来的乌鸦无处栖息，使小燕惊飞，几欲坠落，又被风吹起。老天不肯怜惜愁苦的旅人，偏要为他增添憔悴。在灯前刚刚睡去，便被狂风声搅醒。耳旁的狂风吹了半晌，心如酒醉一般混沌不明。指望那绿窗与画屏能遮挡住狂风。孤灯残影，离魂缥缈，吹残的花瓣与飘散的花香都随之而去，怎不叫人备觉伤情！

苦旅天涯者，怕的便是萧瑟之景。马致远一曲《天净沙·秋思》吟得多少断肠客潸然泪下。纳兰所见，非“枯藤老树昏鸦”、“古道西风瘦马”之哀景，而是更胜一筹，愁苦中带着毁灭与悲摧：“叶尽归鸦栖未得，带垂惊燕飘还起”，连秋之悲哀中仅有的可停泊心的宁静也丧失了，乌鸦归而无处栖息，小燕子被吹得在风中惊恐扑腾，煞是可怜。诗人目睹这一切，叹息说“甚天公不肯惜愁人，添憔悴”。

可是，一位飘零天涯的旅人，连自己的命运尚且无从把握，又怎能奈何得了这呼啸而来、肆意而去的狂风呢？他只能眼睁睁看着残花委地，自己身世的飘零，也如这落花一般无可奈何。

真是“总随他泊粉与飘香，真无谓”吗？无可奈何而已。

# 满庭芳

**堠雪翻鸦[1]，河冰跃马，惊风吹度龙堆[2]。阴磷夜泣[3]，此景总堪悲。待向中宵起舞[4]，无人处、那有村鸡。只应是、金笳暗拍[5]，一样泪沾衣。**

**须知今古事，棋枰胜负，翻覆如斯。叹纷纷蛮触[6]，回首成非。剩得几行青史[7]，斜阳下、断碣残碑。年华共、混同江水[8]，流去几时回。**

## ◇注释

①堠：古代望敌情的土堡，或记里数的土堆。

②龙堆：白龙堆的略称，古西域沙丘名。汉扬雄《法言·孝至》：龙堆以西，大漠以北，鸟夷兽夷，郡劳王师，汉家不为也。

③阴磷：即阴火，磷火，鬼火。唐李益《从军夜次六胡北饮马磨剑石为祝殇辞》：“水流呜咽幽草根，君宁独不怪阴磷。”

④中宵起舞：中夜起舞。《晋书·祖逖传》："（祖逖）与司空刘琨俱为司州主簿，情好绸缪，共被同寝。中夜闻荒鸡鸣，蹴琨觉曰：'此非恶声也。'因起舞。"

⑤金笳：胡笳的美称，古代北方少数民族常用的一种管乐器。

⑥蛮触：《庄子·则阳》："有国于蜗之左角者，曰触氏；有国于蜗之右角者，曰蛮氏，时相与争地而战，伏尸数万。逐北，旬有五日而后反。"后有"触蛮之争"之语，常以喻指为小事而争斗者。

⑦青史：古时用竹简记事，所以后人称史籍为青史。

⑧混同江：指松花江。

## ◇赏析

纳兰随康熙帝巡幸关外，到了混同江一带，写下了这首《满庭芳》。这一带，正是满族各个部族入关前互相吞并斗争的地方，诗人面对古代战场抒发了一腔幽情：

站在这古代战场的遗址之上，看如今寂寞荒凉之境，升起荒寒阴森之感。本有祖逖闻鸡起舞的爱国之心，但村鸡却已踪迹全无，无处寻找。只听得金笳声声，不觉泪湿衣襟，徒增伤感。要知道古往今来，胜败得失，都如翻云覆雨般变化无常，虚无短暂。一切纷争、一切功业，到头来只不过徒留几行青史，除了夕阳下斜矗的断碣残碑之外，什么都剩不下。年华就如同这松花江水一般，流去之后不知什么时候能够再回来。

表面看起来，这是普通的怀古诗，但若联系纳兰身世看，远非字面意义那么简单，它潜藏着祖先被杀戮的隐痛。

纳兰性德现可考的始祖名星恳达尔汉，蒙古人，姓土默特，发展壮大后一举歼灭女真纳喇部，移居其地，改姓纳喇。后族众繁衍，人多势盛，迁至叶赫河岸，形成拥有十五个部落的叶赫部，被称为叶赫纳喇（又译纳兰、那拉）氏，为满洲八大姓之一。当时清太祖努尔哈赤尚势薄兵寡，势力强大的叶赫部长杨吉砮十分器重努尔哈赤的才干，将幼女孟古许配给他，孟古后生清太宗皇太极，被尊为孝慈高皇后。努尔哈赤在关外建立基业后，姻眷之间却因争夺疆土变成了水火不容的仇敌。

叶赫部长杨吉砮在对抗努尔哈赤统一东北女真的战争中，城陷身死。天命四年，努尔哈赤大败叶赫部，纳兰的曾祖父叶赫部首领贝勒金台石被困城楼台，宁死不降，自焚身亡。并诅咒："我叶赫那拉氏，就算只剩下一个女子，也要灭你们满洲国！"清末的慈禧太后，即出于叶赫那拉氏。因此，世俗有一说：这正是应验了金台石的诅咒，以致慈禧倒行逆施，果然使大清因她而亡国。其子尼雅哈束手归降，尼雅哈即为纳兰祖父。此后，金台石劫后的子孙就被划为满洲正黄旗。

这段历史，对年轻的纳兰来说看似久远，其实并不久远。纳兰的曾祖父金台石败死于天命四年（1619年），纳兰出生于顺治十一年（1655年），中间相隔不过三十六年。对于这段历史，纳兰不可能不知晓。我们知道，纳兰是个内心充满矛盾冲突的年轻人，他这首词很可能表达了对前清与叶赫部恩怨的态度以及对当年部落混战的态度。

昨日还是不共戴天的仇敌，今日，叶赫族的后人纳兰已经成为清廷的近臣。残碑满地，荒烟冉冉，什么功，什么名，放入历史的洪流中万千生命不过激起瞬息的浪花，转眼就消失得无踪无影。当年血泪横流的拼杀，不过是蛮触相争，棋局翻覆便转眼成空。

“斜阳下、断碣残碑”，纳兰笔下的茫茫边愁，让人心惊。

# 水调歌头 题西山秋爽图[①]

**空山梵呗静[②]，水月影俱沉。悠然一境人外，都不许尘侵。岁晚忆曾游处，犹记半竿斜照，一抹映疏林[③]。绝顶茅庵里[④]，老衲正孤吟[⑤]。**

**云中锡[⑥]，溪头钓，涧边琴。此生着几两屐，谁识卧游心[⑦]？准拟乘风归去，错向槐安回首[⑧]，何日得投簪[⑨]？布袜青鞋鞵约[⑩]，但向画图寻。**

## ◇注释

①西山：山名，北京西郊群山的总称。南起拒马山，西北接军都山。有百花山、灵山、妙峰山、香山、翠微山、卢师山、玉泉山等峰，林泉清幽，为京郊名胜地。秋爽：秋日的凉爽之气。

②梵呗：佛教徒作法事时念诵经文的声音。

③疏林：稀疏的林木。

④茅庵：茅庐，草舍。

⑤老衲：年老的僧人。亦为老僧自称。亦有借用于道士者。唐戴叔伦《题横山寺》诗：“老衲供茶盌，斜阳送客舟。”

⑥锡：即锡杖，谓僧人出行。

⑦卧游：指欣赏山水画、游记、图片等代替游览。

⑧槐安：槐安国或槐安梦的省称。唐李公佐《南柯太守传》载淳于棼饮酒古槐树下,醉后入梦见一城楼题大槐安国。槐安国王招其为驸马,任南柯太守三十年,享尽富贵荣华。醒后见槐下有一大蚁穴,南枝又有一小穴,即梦中的槐安国和南柯郡。后因用来比喻人生如梦,富贵无常。宋范成大《次韵宗伟阅香乐》：“尽遣余钱付桑落，莫随短梦到槐安。”

⑨投簪：丢下固冠用的簪子，比喻弃官。晋陆机《应嘉赋》：“苟形骸之可忘，岂投簪其必谷。”

⑩布袜青鞵：多指隐者或平民的装束，借指隐居，语出唐杜甫《奉先刘少府新画山水障歌》：“青鞋布袜从此始。”

## ◇赏析

在人们的印象中，题画诗似乎可供发挥的空间不大，多为应景之作，但是也不乏佳品，譬如苏东坡的《惠崇春江晚景》，就有“春江水暖鸭先知”的佳句。题画诗中我们最熟悉的当属王维的《画》：“远看山有色,近听水无声。春去花还在,人来鸟不惊。”浅淡生动，情境、意趣无一不足。

纳兰的这首《水调歌头》也是题画之作：上片侧重景与境的描写。空山梵呗，水月

洞天，这世外幽静的山林，不惹一丝世俗的尘埃。还记得那夕阳西下时，疏林上一抹微云的情景。在悬崖绝顶之上的茅草屋中，一位老和尚正在沉吟。下片侧重观画之感受与心情的刻画。行走在云山之中，垂钓于溪头之上，弹琴于涧水边，真是快活无比。隐居山中，四处云游，一生又能穿破几双鞋子，而我赏画神游的心情又有谁能理解？往日误入仕途，贪图富贵，如今悔恨，想要归隐山林，但是这一愿望要到何日才可以实现呢？只希冀从这画中得到安慰。

"只在此山中，云深不知处"的隐士生活为许多古代士人所倾慕。空山不见人，青枝茂密，绿叶扶疏，一个简朴的小茅棚里，老僧正微闭双目虔诚地念诵经卷。他是念诵的《金刚经》还是《心经》不可而知，只听到梵音声声在静谧的山林中悠远回荡，把寂静的夕阳无限拉长。诗人对这种生活产生了无限向往，看着这幅画作，禁不住神游开去，觉得官宦日子真是受罪。这种心态类似于今天的城市白领梦想着去乡下承包一块土地，开垦自己的一块菜园，养一群鸡鸭。

纳兰为我们描述的美景，确实美若天外，让我们心生向往。有些东西，包括某些生活的方式，我们一生也不可能真正拥有，但是，这并不妨碍我们去体味、去追求。向往美、向往一种极致的洒脱，到底比追求一些黑暗的、无聊的生活要好。

## 水调歌头 题岳阳楼图①

**落日与湖水，终古岳阳城②。登临半是迁客③，历历数题名。欲问遗踪何处，但见微波木叶④，几簇打鱼罾⑤。多少别离恨，哀雁下前汀。**

**忽宜雨，旋宜月，更宜晴。人间无数金碧⑥，未许著空明⑦。淡墨生绡谱就⑧，待倩横拖一笔，带出九疑青⑨。仿佛潇湘夜，鼓瑟旧精灵⑩。**

**◇注释**

①岳阳楼：湖南岳阳西门古城楼。相传三国吴鲁肃在此建阅兵台，唐开元四年中书令张说谪守巴陵（即今岳阳）时，在旧阅兵台基础上兴建此楼。主楼三层，巍峨雄壮。登楼远眺，八百里洞庭尽收眼底，为古今著名风景名胜。唐代著名诗人李白、杜甫、白居易、李商隐等都有咏岳阳楼诗。宋庆历五年滕子京谪守巴陵时重修，范仲淹为其撰《岳阳楼记》，名益著。其后迭有兴废。

②终古：往昔，自古以来。

③迁客：遭贬迁的官员。

④微波：细小的波纹。木叶：树叶。《九歌·湘夫人》："袅袅兮秋风，洞庭波兮木叶下。"又，元萨都剌《芙蓉曲》："鲤鱼吹浪江波白，霜落洞庭飞木叶。"

⑤鱼罾：渔网。唐杜甫《寄刘峡州伯华使君》诗："林居看蚁穴，野食待鱼罾。"

⑥金碧：金黄和碧绿的颜色，此处指金碧山水画。

⑦空明：空旷澄澈。

⑧生绡：未漂煮过的丝织品。古时多用以作画，因亦以指画卷。唐韩愈《桃源图》诗：“流水盘回山百转，生绡数幅垂中堂。”

⑨九疑：亦称“九嶷”，山名，在湖南宁远南。《山海经·海内经》：“南方苍梧之丘，苍梧之渊，其中有九嶷山，舜之所葬，在长沙零陵界中。”郭璞注：“其山九溪皆相似，故云‘九疑’。”

⑩鼓瑟：弹瑟，这里指“湘灵鼓瑟”，谓湘水女神弹奏古瑟。《楚辞·远游》：“使湘灵鼓瑟兮，令海若舞冯夷。”明张景《飞丸记·芸窗望遇》：“我也曾见湘灵鼓瑟曲里称神。”精灵，指湘灵。

## ◇赏析

“庆历四年春，滕子京谪守巴陵郡。越明年，政通人和，百废俱兴……”这个开头，恐怕没有人不知，没有人不晓。范仲淹一篇《岳阳楼记》，让洞庭湖畔的古城楼永远镌刻在了中国文学史上。

岳阳楼与江西南昌的滕王阁、湖北武汉的黄鹤楼并称为江南三大名楼，自古就有“洞庭天下水，岳阳天下楼”之誉。

岳阳楼距今已有两千多年历史，据说其前身为三国时期东吴大将鲁肃的“阅军楼”。唐开元四年，张说被贬到岳州。张说想在鲁肃阅兵台旧址修造一座与洞庭湖壮丽景观相得益彰的“天下名楼”，于是张榜招揽能工巧匠。潭州青年木工李鲁班手艺高强，对楼台建筑也颇有心得，张说就请他出手设计一座三层、四角、五梯、六门、飞檐、斗拱的楼阁。一个月过去了，李鲁班拿出的设计图纸让张说非常失望：不过是一座小亭子。张说表示，这个设计完全不行，再给你七天时间，一定要给我设计出一座气势宏大的阁楼。

李鲁班犯了愁，七天时间，设计一座华丽的大阁楼，怎么可能呢？李鲁班蹲在洞庭湖边上苦不堪言，这时，溜达过来一位背着包袱的白发老人。老人看李鲁班愁眉苦脸的样子，问清缘由，说：“这不难，你把这些木块拿去把玩，兴许就能琢磨出些门道来。”说着，老人从包袱了拿出了一堆大大小小带着编号的木块。李鲁班拼来拼去，果然鼓捣出一座宏伟阁楼的模型。旁边的百姓围着看热闹，都说是祖师爷鲁班显灵，老人笑着说，他不是鲁班，是鲁班的徒弟，姓卢，说完就消失不见了。

李鲁班的新设计让张说非常满意，不久，气象万千的岳阳楼就拔地而起。

岳阳楼自建成之日起就受到了文人骚客的无限喜爱。人们不时高登楼上，把酒言欢，或吟诗，或长啸，或抒胸中之块垒，或抒发满怀豪情。可浏览八百里洞庭湖湖光山色的岳阳楼，是艺术创作中被反复描摹、久写不衰的一个主题。

纳兰的这首《水调歌头》为题画之作，所题之画的主题，正是岳阳楼。纳兰在诗歌中赞美图画，感慨人事：这岳阳楼的落日与湖水自古以来都是岳阳城的名胜。来到这里的大都是迁客骚人，留下了无数不朽的诗句。但要问寻他们的遗踪，却只能看到洞庭微波，木叶凋零，几处渔网横卧。人世间多少离恨，都如同这寂寞哀雁飞下孤洲。无论风雨晴空，无论明月暮霭，都各具风情。人间无数精美的金碧山水画，都不及它的澄澈空明。只用淡墨生绢摹画，巧妙地横向拖出一笔，那九疑山青青的风神便呈现出来，就如同在这潇湘夜色中，那湘水之神正弹奏着古瑟般栩栩如生！

这首词可谓是题画词中的翘楚，意境空灵，将画面中的景色与岳阳楼、洞庭湖的典故、名句融于一处，丝毫不见雕琢痕迹。观诗如览画，且词句铿锵，更富音律之美感，读过之后，满口辞藻的余香。

# 凤凰台上忆吹箫 守岁[①]

**锦瑟何年[②]，香屏此夕[③]，东风吹送相思。记巡檐笑罢[④]，共捻梅枝。还向烛花影里，催教看、燕蜡鸡丝[⑤]。如今但、一编消夜，冷暖谁知?**

**当时。欢娱见惯，道岁岁琼筵，玉漏如斯[⑥]。怅难寻旧约，枉费新词。次第朱幡剪彩[⑦]，冠儿侧、斗转蛾儿[⑧]。重验取[⑨]，卢郎清鬓[⑩]，未觉春迟。**

## ◇注释

①守岁：农历除夕一夜不睡，送旧迎新。

②锦瑟：漆有织锦纹的瑟。借喻往日的好时光。李商隐《锦瑟》：“锦瑟无端五十弦,一弦一柱思华年。”

③香屏：华美的屏风。南朝梁简文帝《美女篇》：“朱颜半已醉，微笑隐香屏。”

④巡檐：来往于檐前。

⑤燕蜡鸡丝：即燕蜡与鸡丝，旧俗农历正月初一所做的节日食品。明瞿佑《四时宜忌·正月事宜》谓：“洛阳人家，正月元日造丝鸡、蜡燕、粉荔枝。”

⑥琼筵：盛宴、美宴。玉漏：古代计时漏壶的美称，唐苏味道《正月十五夜》诗：“金吾不禁夜，玉漏莫相催。”

⑦次第：依次地。朱幡：指显贵之家所用的红色旗幡。剪彩：古代正月七日，以金银箔或彩帛剪成人或花鸟图形，插于发髻或贴在鬓角上，也有贴于窗户、门屏，或挂在树枝上作为装饰的，谓之“剪彩”。

⑧斗转：乱转。宋康与之《瑞鹤仙·上元应制》：“闹蛾儿、满路成团打块，簇着冠儿斗转。”蛾儿：古代妇女于元宵节前后插戴在头上的剪裁而成的应时饰物。

⑨验取：检验、查看。

⑩卢郎：传说唐时有卢家子弟为校书郎时年已老，因晚娶，而遭妻怨。宋钱易《南部新书》云：“卢家有子弟，年已暮犹为校书郎，晚娶崔氏女，崔有词翰，结褵之后，微有慊色。卢因请诗以述怀为戏。崔立成诗曰：‘不怨卢郎年纪大，不怨卢郎官职卑。自恨妾身生较晚，不见卢郎年少时。’”后用为典故。

## ◇赏析

纳兰的词多悼亡之作。

这首词也是借写节序抒发怀人之感：什么时候才能再有那美好的时光啊，今岁的除夕只剩有锦瑟相伴，东风吹来则更增添了相思。还记得当年你我共度除夕的情景，那时你我欢笑着往来于檐下，之后又共捻着梅枝，在灯影里催看手中的蜡燕、丝鸡做得如何。如今我却手持着一卷书来消磨着除夕，我的伤心寂寞还有谁能知晓？那时见惯了欢娱的情景，没想到会有今日的孤寂。当时还说以后年年都会有美宴，漏壶的滴答声也会永远如此。如今却难以实现旧时的愿望，如何不叫人惆怅。家家户户挂起朱幡彩旗，人们高高兴兴地戴上了迎新的装饰。再来看看我，虽然仍是青春年少，然而心却已老。

还是我们熟悉的那个纳兰。华美的辞藻，生动的情节，细腻描绘的小儿女情态之下，是人间欢宴后无尽的悲凉。

少时读《红楼》，见其中说黛玉“向来是个喜散，不喜聚的”。那时觉得，她天性不喜热闹。年纪大些再读《红楼》，忽地想到，每次聚会她疯玩疯闹兴奋劲儿不比谁差，她受不得的，是喜乐过后的离散吧，索性不聚。散，有韶华盛极的荒凉，氤氲着凄苍的美，似乎如此，日本人才喜爱“樱花庄重凋落”超过喜爱“樱花盛放”——这其中的差别需要细细体味，整棵樱树从开花到全谢大约十六天左右，甚至给人形成樱花边开边落的错觉。日本人有坚强的武士道精神垫底儿，才能在冉冉落花下畅饮着“悲”之酩醴；而中国敏感纤弱的文人神经受不得“悲”的冶炼，他们感时花溅泪，恨别鸟惊心。

散，源于聚。《浮生六记》沈复与芸娘被高堂双双逐出家门，芸娘病弱，不久于人世，强颜笑曰：“昔一粥而聚，今一粥而散；若作传奇，可名《吃粥记》矣。”纳兰与妻子的散聚，在除夕新岁，元宵佳节。

除夕前后的欢愉，多少人写得。辛弃疾写《青玉案》“蛾儿雪柳黄金缕，笑语盈盈暗香去”，李清照作《永遇乐》“铺翠冠儿、捻金雪柳，簇带争济楚”。纳兰说“次第朱幡剪彩，冠儿侧、斗转蛾儿”。辛弃疾情念的是红尘路上擦肩而过的绝世女子，李清照怀念的是自己逝去的年华正艳时的欢颜，纳兰怀念的是曾与自己举案齐眉、你侬我侬的发妻。同是缅怀一种逝去，辛弃疾体会更多的是一种失落。那女子如流水落花，被命运的风吹至书生面前，又随命运之风翩然而去，书生心中几多怅惘，却并不哀伤。李清照有感于自己飘零的身世，有感于青春的荣枯，失去了赵明诚，失去了岁月的往昔，已然是“凋萎了”。心都枯了，哪还有什么悲喜？纳兰是爱那女子的，他的心悬系在那女子身上，整个人都痴了，记得“巡檐笑罢，共捻梅枝”，记得“烛花影里，催教看、燕蜡鸡丝”。所谓相思，最怕的是一人把心生在伊人的身上，伊人的生命凋零，那颗心也随之枯萎化灰。

黛玉作歌曰：“试看春残花渐落，便是红颜老死时。一朝春尽红颜老，花落人亡两不知。”人亡，花落，凄苍的情景勾起几多心底的伤悲。人们独独忘记的，是那惜花人，消隐在岁月的哪个角落里啜饮相思的苦酿。

## 金菊对芙蓉 上元

**金鸭消香[①]，银虬泻水[②]，谁家玉笛飞声。正上林雪霁[③]，鸳甃晶莹[④]。鱼龙舞罢香**

**车杳[5]，剩尊前袖掩吴绫[6]。狂游似梦，而今空记，密约烧灯[7]。**

**追念往事难凭。叹火树星桥，回首飘零。但九逵烟月[8]，依旧胧明。楚天一带惊烽火[9]，问今宵可照江城[10]。小窗残酒，阑珊灯灺，别自关情。**

## ◇注释

①金鸭：一种镀金的鸭形铜香炉，多用以熏香或取暖。唐戴叔伦《春怨》诗："金鸭香消欲断魂，梨花春雨掩重门。"

②银虬：亦作"银蚪"，银漏、虬箭。古代一种计时器，漏壶底部的银质流水龙头。

③上林：上林苑，古宫苑名。一为秦旧苑汉初荒废至汉武帝时重新扩建。故址在今西安市西及周至、户县界；一为东汉光武帝时建造，故址在今河南洛阳市东汉魏洛阳故城西，东汉永平十五年冬车骑校猎上林苑即此；一为南朝宋大明三年建造，故址在今江苏南京市玄武湖北。后泛指帝王的园囿。

④鸳甃：用对称的砖瓦砌成的井壁，亦借指井。宋秦少游《水龙吟》词："卖花声过尽，斜阳院落，红成阵，飞鸳甃。"

⑤鱼龙舞：古代百戏杂耍节目，亦称鱼龙杂戏、鱼龙百戏。唐宋时京城于元宵节盛行此戏，唐张说《侍宴隆庆池》诗："鱼龙百戏分容与，凫鹢双舟较溯洄。"鱼龙，指古代百戏杂耍中能变化为鱼和龙的猞猁模型，亦为该项百戏杂耍名。香车：用香木做的车，泛指华美的车或轿。

⑥吴绫：古代吴地所产的一种有纹彩的丝织品，以轻薄著名。

⑦烧灯：点灯，指举行灯会或灯市，指元宵节，旧俗于正月十五晚张灯结彩供人通宵观赏，故称。

⑧九逵：四通八达的大道，后多指京城的大路。

⑨楚天：古代楚国在今长江中下游一带，位居南方，所以泛指南方天空为楚天。烽火：古时边防报警的烟火，比喻战火或战争。

⑩江城：临江之城市、城郭。唐崔湜《襄阳早秋寄岑侍郎》诗："江城秋气早，旭旦坐南闱。"

## ◇赏析

唯有这样华丽的词句，才配得上这样华丽的佳节吧。所谓金鸭，是古人用来熏香或取暖的鸭形铜香炉，镀金镶翠，更显其华丽。银虬是古代计时器漏壶底部的银质流水龙头，放到今日，便可被赞为"华贵典雅的家居设计"。他人作此类句子，多是出于美好的想象，大胆地使用华美的修辞。于纳兰，却是实打实的写实、描绘眼前景象。权相明珠府，吃穿用度必然不同凡响。这种锦绣堆就的日子，却只能让纳兰荒苍的内心更显落寞。这首词抒写上元之日的感怀：

元宵佳节到来，看香炉中轻烟袅袅，漏壶滴水，不知哪里传来了玉笛之声。现在园囿中正是大雪初霁，飞檐碧瓦分外晶莹。街市上热闹非常，鱼龙杂耍，香车宝马，只有我一个人对酒独坐。记得当初相约今日一起赏灯，如今却恍然成梦。怀念往事，心中难平。那满眼的灯火璀璨，却是不堪回首。那京城的通衢大道上，烟云缭绕，月色朦胧。如今南方战事未平，不知今日是否也会有如此热闹的灯火相照？而我却对着小窗残酒，望着微弱的烛光，感慨万千。

今天我们的娱乐项目越来越多，对节日的感觉已经淡漠了。古代时，没有电视、电影、网络，文化活动也不如今日这么繁多，逢年过节便成了一大乐事。人们都纷纷走出屋去，走上街头，看街上花灯盏盏、烟火片片。民间观灯之热闹，在黄梅戏《夫妻观灯》中有生动的描述：“东也是灯，西也是灯，南也是灯来北也是灯，四面八方闹哄哄。长子来看灯，他挤得头一伸。矮子来看灯，他挤在人网里行。胖子来看灯，他挤得汗淋淋。瘦子来看灯，他挤成一把筋。小孩子来看灯，他站也站不稳。老头儿来看灯，走起路来戳拐棍。”那么，街上的花灯都有什么样式呢？“观长的，是龙灯。观短的，狮子灯。虾子灯，犁弯形。螃蟹灯，横爬行。鲤鱼灯，跳龙门。乌龟灯，头一缩，颈一伸，不笑人来也笑人，笑得我夫妻肚子痛。”可见古时的花灯花样繁多，十分有趣，兼具观赏性与娱乐性。除了花灯，还有焰火：“冲天炮，放得高。火老鼠，地下跑。”这是非常俚俗的描述方式。关于上元节焰火，辛弃疾的描述则文雅多了，也较为经典：“东风夜放花千树。更吹落，星如雨。”（《青玉案·元夕》）纳兰则一笔带过，只说“火树星桥”。毕竟，他的心思不在佳节之上。

这样的好日子，他想到的不是上街游乐，想到的是离别的故人，甚至想到了远方的战事。

纳兰写作此诗时，吴三桂已死，但是他孙子吴世璠继续称帝，康熙帝派大军围剿湖南，所以有“楚天一带惊烽火”之说。

欢乐的节日再热闹，也感染不了一颗孤寂的灵魂。“小窗残酒，阑珊灯灺”，诗人对着小窗独酌，一杯残酒就度过了一个良宵。世上最悲的描写，不是以悲写悲，而是以乐写悲。纳兰性德用全城人的欢乐衬托一个人的孤寂，让我们看到的，是一个孤寂的人在孤寂的夜晚，任由名为孤寂的幽灵在他灵魂深处狂欢。

## 琵琶仙 中秋

**碧海年年[①]，试问取冰轮[②]，为谁圆缺？吹到一片秋香，清辉了如雪。愁中看好天良夜，争知道尽成悲咽。只影而今，那堪重对，旧时明月。**

**花径里戏捉迷藏，曾惹下萧萧井梧叶[③]。记否轻纨小扇[④]，又几番凉热。止落得填膺百感[⑤]，总茫茫不关离别。一任紫玉无情[⑥]，夜寒吹裂。**

**◇注释**

①碧海：此处指青天。

②冰轮：即圆月。

③井梧叶：井边梧桐的树叶。

④轻纨小扇：指纨扇，即用细绢制成的团扇。

⑤填膺：充塞于胸中。

⑥紫玉：古人多截取紫玉竹为箫笛，因以紫玉为箫笛之代称。

### ◇赏析

抒发哀怨的感情时，幽怨的人最先想到的往往是月亮。唐明皇夜会梅妃，杨贵妃得知自己深爱的男人心中还装着别的女人，满怀忧伤，饮酒独醉，开口便是“海岛冰轮初转腾，见玉兔，玉兔又早东升。”（《贵妃醉酒》）纳兰思念起心头的人儿，起首也是“碧海年年，试问取冰轮，为谁圆缺”。

这首词描绘了中秋月下的景致：年年岁岁，问那天上的明月在为谁圆缺？夜风吹得桂花飘香时，那月色更加清净如雪。这花好月圆的美好景色，在满怀愁绪的人看来也只觉伤感呜咽。形单影只，该如何去面对那旧时的明月？曾记得我们在鲜花小径追逐嬉戏，惹得梧桐树叶纷纷飘落，还记得那轻纱团扇陪伴了几个寒秋。如今却只落得胸中百感交集，无处申诉。任凭那幽咽的笛声唤起旧梦，吹到天明。

想必，纳兰所思念的，是他青梅竹马的恋人。看他所回忆的情节，“花径里戏捉迷藏，曾惹下萧萧井梧叶”。钟鼎人家的青年男女，家教甚严，举止必然大方稳重，及笄的丫头、弱冠的小伙儿必然不好意思跑来跑去地捉迷藏。能做这种游戏的，当是“郎骑竹马来，绕床弄青梅”的年纪。小小的姑娘一定还是“妾发初履额”，一点儿不懂得羞呢，会“折花门前剧”。

那真是不会再来的美好时光，我们玩得多么畅快，撒了欢地在满是花朵的小路上奔跑，连梧桐树的叶子都被我们夸张的笑声与叫声惊落了几片。我们曾经共同走过的美好日子，并不短暂，“记否轻纨小扇，又几番凉热”。用细薄的纨素糊就的小团扇，陪伴我们在漫长的夏日赶凉风，扑流萤，经历了几多华年？那时，我们天真烂漫，亲密无间。

回忆再美，也只是一片虚幻。诗人希望自己永远沉浸在美好的往昔中，可惜总有醒来的时刻。事实是，他们有个美好的开始，却没能继续让生命在幸福中浸淫下去。满洲女子成年后，都会有选秀的机会，这是她们的权利，也是她们的义务。传说，纳兰初恋情人就不得已参加了选秀，进宫去了。境由心生，美好的秋夜在诗人眼中，是一片悲凉。

冰轮出碧海，美则美，却美得冷入骨髓。夜风吹动盛放的桂花，清冷的月光下，甜香的桂花竟然映现了白雪般冷艳的气质，让夜色更觉凄清。这样清冷的夜、清冷的心，唯有清冷的曲子才能与之相配。诗人用一支紫玉笛吹出哀婉的曲子，表达内心浓浓的抑郁与伤怀。

## 御带花 重九夜[①]

**晚秋却胜春天好，情在冷香深处[②]。朱楼六扇小屏山[③]，寂寞几分尘土。虬尾烟消[④]，**

**人梦觉、碎虫零杵[5]。便强说欢娱，总是无心憀绪[6]。**

**转忆当年，消受尽皓腕红萸[7]，嫣然一顾。如今何事，向禅榻茶烟[8]，怕歌愁舞。玉粟寒生[9]，且领略月明清露。叹此际凄凉，何必更满城风雨。**

## ◇注释

①重九：即重阳，阴历九月九日。旧时在这一天有登高的风俗。

②冷香：指清香的花。唐王建《野菊》诗："晚艳出荒篱，冷香着秋水。"

③朱楼：谓富丽华美的楼阁，《后汉书·冯衍传下》："伏朱楼而四望兮，采三秀之华英。"屏山：屏风。

④虬尾：指盘曲若虬的盘香。虬，古代传说中有角的小龙。

⑤碎虫零杵：断续的虫声和杵声。

⑥无憀：空闲而烦闷的心情。

⑦皓腕：洁白的手腕，多用于女子，三国魏曹植《洛神赋》："攘皓腕于神浒兮，采湍濑之玄芝。"红萸：指重阳节插戴茱萸。

⑧禅榻：禅床。宋郭彖《睽车志》卷三："惟丈室一僧，独坐禅榻。"

⑨玉粟：形容皮肤因受寒呈粟状。

## ◇赏析

重阳节这天，天涯孤客，倍思亲人。纳兰独上小楼，啜饮着比天涯孤旅更为孤寒的伤悲。离家者尚有还家之日，远离人世者又怎会有归来之时？这首词写重阳节的无聊心绪，同时忆旧抒怀：

深秋季节的景致要比春天更美好，无限风情尽在秋日的花香深处。小楼的屏风落下些许微尘，却无人打扫。盘香烟消，孤独的人被窗外传来的虫鸣声和捣衣声惊醒，再难成眠。即使强颜欢笑，那百无聊赖的心绪也难以消减。记得当年，有伊人相伴一旁，那嫣然一笑，如今犹自灿烂。现如今，却空寂无聊，独自禅坐，怕见那歌舞繁华。清风雨露，霜华渐生，不觉寒冷。纵使不是满城风雨，而是胜却春天的美好秋夜，也已经只能感受到无比的凄凉冷清了。

"冷香"一处，有两种说法。一说指菊花、梅花等傲寒之花清幽的香气，譬如"晚艳出荒篱，冷香着秋水"（唐王建《野菊》）。还有一种说法，指女人香。如侯方域在《梅宣城诗序》中写道："'昔年别君秦淮楼，冷香摇落桂华秋。'冷香者，余栖金陵所狭斜游者也。"

女人香在中外文化中都占有一席隐秘之地。欧洲学者曾这样写道："女人的气息令男人陶醉，一如既往，从来就是对她们个人整体的一种神化，在描写年轻貌美的布兰奇弗萝时，我们读到这样的诗行，大意为她的气息如何芬芳怡人，会令所有闻到的男人一周之内既感觉不到痛，也感觉不到饥饿。"清代戏曲家李渔的传奇集《笠翁十种曲》中《怜香伴》一篇（有的版本索性将这篇记作《美人香》），石笺云嗅到风中逸来的女子气香，与曹语花一见倾心，可见女人香魅力之大，连女性也无法抵挡。

我们最为熟知的冷香当属薛宝钗。《红楼梦》第八回宝玉与宝钗比识通灵宝玉、金

锁，与宝钗坐得近了，“只闻一阵阵凉森甜丝丝的幽香，竟不知系何香气”。宝钗身上的冷香，源自奇妙海上方，洋溢中医文化与巫文化的神秘氤氲的气息，为宝钗之美点染了浪漫玄幻的色彩。

似乎在纳兰的印象中，妻子的气息就是这般带着凉意的甜蜜，除了这首《御带花》，他在一首《齐天乐·塞外七夕》中也用冷香代指自己的妻子：“羁栖良苦，算未抵空房，冷香啼曙。”能萦绕着这样神秘幽艳香气的女子，是一位怎样的可人啊！难怪纳兰魂牵梦绕。任凭新人在侧，任时光在脑海中怎样反复冲刷，他依然记得当年“皓腕红萸，嫣然一顾”。

重阳佳节，秋菊盛放，本来是“萧疏篱畔科头坐，清冷香中抱膝吟”（《红楼梦·对菊》）的日子，如今的纳兰却只能自问“圃露庭霜何寂寞，鸿归蛩病可相思？”（《红楼梦·问菊》）没有快乐，只有哀愁。当年与妻子嬉戏欢愉的小楼，如今盛满的不再是欢快的笑声，而是沉重的寂静。虽未曾常伴青灯，没了你的陪伴，人世繁华也褪去了光彩。爱人生命凋萎，纳兰的心便也寂灭了，寻常日子由一幅青绿山水瞬间褪色成了黑白水墨。

纵然晚秋却胜春天好，能使人在这人间好景中感叹“此际凄凉”的，恐怕也只有爱情了。这样的爱情，我们读来心醉；那身处爱情中的人，却是无尽的心碎。此情此景此爱恋，闻者悲戚，说者断肠。

# 生查子

**东风不解愁，偷展湘裙衩①。独夜背纱笼②，影著纤腰画③。**
**爇尽水沈烟④，露滴鸳鸯瓦⑤。花骨冷宜香⑥，小立樱桃下。**

## ◇注释

①湘裙：指用湘地丝绸制作的裙子。

②纱笼：纱制的灯笼。

③纤腰：细腰。

④爇：燃烧。水沈：即水沉香、沉香。

⑤鸳鸯瓦：指成对的瓦。

⑥花骨：即花骨朵，花蕾。

## ◇赏析

这首《生查子》为一篇咏愁之作，想来古诗词咏愁之构，佳作迭出，何其浩繁，如李煜的“问君能有几多愁？恰似一江春水向东流”，欧阳修的“离愁渐远渐无穷，迢迢不断如春水”均以春水喻愁，形象地写出了愁之绵长，有悠悠不尽之感；贺铸《青玉案》“一川烟草，满城风絮，梅子黄时雨”，层层递进的三种事物喻愁更于秦少游的

"春去也，飞红万点愁如海"一样于夸张、比喻的结合中表达了愁之多、愁之深，而宋代著名女词人李清照的"只恐双溪舴艋舟，载不动，许多愁"，则于夸张与比较中衬出了愁之多、愁之重。想必在如此多的佳句面前，纳兰作词咏愁岂非易事。但这首生查子写来却也不落窠臼，显得较为别致。

且看上片，词人几笔便勾勒出一位浅浅女子的哀婉伤春形象。纳兰作词，大多评家谓之"尤善小令"，此处可见一斑。在这里，作者没有再直接描绘女子的容貌，而是以清朝贵族女子的平素所穿的湘裙和其纤纤腰身入手，从侧面展现出女子的姿态容貌，给人无限遐想的空间，想来此女何其俊秀，何其温柔。古人作诗，最高境界在于，造景塑性常在于言与不言之间的遐想，此作上片便有"深山不见寺，唯听暮鼓声"的效果。

细细品来,东风既是春风，写东风的不解风情，此处便是东风的人格化了。东风却是在偷看湘裙，一个"偷"字写尽了东风之态，可谓珠玑。湘裙表明了主人公的身份，此处偷看再次暗示出女子的美貌。猜想诗人应该是以东风的视角和身份来观视女子，东风也是女子寂寞的见证吧？下句"独夜背纱笼，影著纤腰画"则交代了时间是晚上：春夜，女子一人在室，视线渐移，细看女子姿态，背靠着丝纱的灯罩，灯光勾勒出女子的纤腰，孤独一影，此画面静谧优美，也有动静映衬，试想软弱的灯光若隐若现，女子的倩影也在摇曳着寂寞，却是那背影伫立安静。一细腰让人浮想，此女子是何等的纤细体态，轻柔娇媚，也让人看到她是如此地娇柔，似有"衣带渐宽终不悔，为伊消得人憔悴"之感。俨然一副思妇相，绝无半点造作情。让人想入画探视，猜想女子为何人而愁，在这孤独的夜里一个人难诉愁情。

上片，几笔文字落在女子身上之物，而非景物描写，在于刻画女子形象，给读者以朦胧之女子容颜，清晰之愁情丝绪。此谓画人。

下片文笔重在写景，描写女子身边环境。景入眼眸的是沉香燃尽的一瞬，香烟袅袅升腾，然后弥散在空气中，犹如女子的愁丝飘散，烟已断，情不断。此处说明夜已深，女子还在孤独徘徊。又转向鸳鸯瓦，露滴已沾瓦片，再次说明夜深难眠。鸳鸯瓦自成双，而女子却是形单影只。此处以双反衬单、以喜衬悲的效果油然而生。已是愁情极致，却还有"花骨冷宜香，小立樱桃下"的冷美景象。作者以花骨比喻女子，立于樱桃花下，静谧而清俗，因愁情而美丽动人。

此首《生查子》主题为咏愁之曲，作者上片画人，下片写景，无一愁叹之词，却处处渗透着情愁的气息，字里行间给读者感同身受的触觉。画面上，冷静优美，刻画人物形象上没有冗长的词句，寥寥数笔勾画出内涵丰富女子，笔法细腻。环境的衬托与渲染更是给形象增添了愁绪的内涵，让读者通过环境这一介质直通女子的心里。情与景的融合自然而舒适，优美的字句涂抹出一幅清晰的画面，画中之人，人之内心，与整体俨然相符，女子内心的愁绪也迷漫画卷，令人酸楚。

# 生查子

**鞭影落春堤①，绿锦障泥卷②。脉脉逗菱丝，嫩水吴姬眼③。**

**啮膝带香归④，谁整樱桃宴⑤。蜡泪恼东风，旧垒眠新燕⑥。**

## ◇注释

①鞭影：马鞭的影子。

②障泥：即马鞯。垂于马腹两侧，用于遮挡泥土的东西。

③嫩水：指春水。吴姬：指吴地的美女。

④啮膝：良马名。

⑤樱桃宴：科举时代庆贺新进士及第的宴席。始于唐僖宗时期，后来也指文人雅会。

⑥旧垒：旧时的堡垒、营垒。

## ◇赏析

骑一匹骏马，驰过长堤，步步催马，鞭影横飞，我要看尽这春色的美。骏马飞奔，马鞍两边垂障上的轻尘腾飞。路旁女子含情脉脉，目光炯炯有神，好比吴地佳丽的眼波。我游遍全城，骑马归来，带回一缕春日芬芳。是谁主持了一场樱桃宴会，要来庆贺新科进士们。东风徐徐，蜡烛被吹得跳跃起来，弄得它“泪流满面”。去年的燕巢中钻进了新来的燕子，一切似乎如此春风得意。

这首词作于清康熙十五年（1676年），纳兰性德以殿试考中“二甲七名”后的“春风得意马蹄疾，一日看尽长安花”的潇洒姿态。

纳兰的仕途并未遇到什么阻碍，一方面得益于他的门楣，另一方面，他的个人才情与极深的汉学修养也助他步步高升。无论是儒学汇编《通志堂经解》还是涉猎广泛的《渌水亭杂识》，都显示了他的广博的学识。这样的文武英才，自然备受皇帝器重，前途无量。

这首词恰逢其二十二岁仕途腾达的起点上，词中体现了纳兰初期的入世意识和豪放气魄。古人云“相由心生”，此词中的意象正符合了年少时豪放张扬的纳兰心中的狂喜之情。春色正浓，是一年中生机勃勃的开始，孕育了无限生机，在这个时候横鞭策马，即便是飞驰的马蹄溅起春泥，沾湿绿锦，也是不足惜的。除却美景相伴，还有佳人含情的目光，无需多做形容，一双“嫩水吴姬眼”就把女子的美貌描绘得生动形象，不由得让人想起一双波光水嫩的大眼睛。“鞭影”、“绿障”、“春堤”、“菱丝”、“嫩水”，各种充满了动感、孕育着生命力的事物重合，将词人激动的心情，舒畅的感受表达得淋漓尽致。如此张扬放纵、豪气冲天，难怪人都言“少年得志、金榜题名”是人生三大幸事之一。

由策马游城为起，描绘途中美景佳人，而后下片承接写至“归”。“归”为“啮膝带香归”，踏尽繁花，享受了众人艳羡的目光，即使归来，依旧满身余香。而为了迎接归来，又有人备好了“樱桃宴”，觥筹交错，均是庆贺之词，哪能不叫人心动流连！烛光闪烁，天色已晚，流年似水，这场宴会不知举办过多少次了，但今年却是轮到“新燕”。“蜡泪”本多为悲凉之意象，但在此，一个“恼”字却将红烛也写得俏皮了起来，红烛不再是孤独垂泪，顾影自怜，却似怨恼东风不该，更为人性化，与“东风”恰似一对冤家。最后一句以“新”“旧”对比，暗喻光阴流逝，“旧垒”住进“新燕”，虽有感慨，却依旧积极明媚，因为今年的词人，正是入眠的新燕，也正是如此循环往复，世界才得以生生不息。

《生查子》作为纳兰前期的代表作之一，我们可以从中看到年少的他意气风发，与往后纳兰厌倦官场后的缱绻之词有很大的差异，也正是这种差异，我们才可以看得出一个人的成长历程。

# 生查子

**惆怅彩云飞[①]，碧落知何许[②]？不见合欢花[③]，空倚相思树[④]。**
**总是别时情，那得分明语。判得最长宵[⑤]，数尽厌厌雨[⑥]。**

### ◇注释

①彩云飞：彩云飞逝。

②碧落：道家称东方第一层天，碧霞满空，叫作“碧落”。后泛指天上（天空）。

③合欢花：别名夜合树、绒花树、鸟绒树，落叶乔木，树皮灰色，羽状复叶，小叶对生，白天对开，夜间合拢。

④相思树：相传为战国宋康王的舍人韩凭和他的妻子何氏所化生。据晋干宝《搜神记》卷十一载，宋康王舍人韩凭妻何氏貌美，康王夺之，并囚凭。凭自杀，何氏投台而死，遗书愿以尸骨与凭合葬。王怒，弗听，使里人埋之，两坟相望。不久，二冢之端各生大梓木，屈体相就，根交于下，枝错于上。又有鸳鸯雌雄各一，常栖树上，交颈悲鸣。宋人哀之，遂号其木曰“相思树”。后以象征忠贞不渝的爱情。

⑤判得：心甘情愿地。

⑥厌厌：绵长、安静的样子。

## ◇赏析

《生查子》这个词牌，句句仄韵，历来多用来写愁。吴梅在《词学通论》中有言："惟词中各牌，有与诗无异者。如《生查子》何殊于五绝？此等词颇难著笔。又需多读古人旧作，得其气味，去诗中习见辞语，便可避去。"纳兰的这首《生查子》，也是写愁之作，却是颇得五绝精髓所在。

此词颇像悼亡之词。上片首句一出，迷惘之情油然而生。"惆怅彩云飞，碧落知何许？"彩云随风飘散，恍然若梦，天空这么大，会飞到哪里去呢？可无论飞到哪里，我也再见不到这朵云彩了。此处运用了托比之法，也意味着诗人与恋人分别，再会无期，万般想念，万分猜测此刻都已成空，只剩下无穷尽的孤单和独自一人的凄凉。人常常为才刚见到，却又转瞬即逝的事物所伤感，云彩如此，爱情如此，生命亦如此。"合欢花"与"相思树"作为对仗的一组意象，前者作为生气的象征，古人以此花赠人，谓可消忧解怨。后者却为死后的纪念，是恋人死后从坟墓中长出的合抱树。同是爱情的见证，但诗人却不见了"合欢花"，只能空依"相思树。"更加表明了纳兰在填此词时悲伤与绝望的心境。倘若从典故来看，也证明了此词的悼亡之意。

下片显然是描写了诗人为情所困、辗转难眠的过程。"总是别时情"，在诗人心中，与伊人道别的场景历历在目，无法忘却。时间过得愈久，痛的感觉就愈发浓烈，越不愿想起，就越常常浮现在心头。"那得分明语"，更是说出了诗人那种怅惘惋惜的心情，伊人不在，只能相会梦中，而那些纷繁复杂的往事，又有谁人能说清呢？不过即使能够得"分明语"，却也于事无补，伊人终归是永远地离开了自己，说再多的话又有什么用呢。曾经快乐的时光，在别离之后就成为了许多带刺的回忆，常常让诗人忧愁得不能自已，当时愈是幸福，现在就愈发地痛苦。

然而因不能"分明语"那些"别时情"而苦恼的诗人，却又写下了"判得最长宵，数尽厌厌雨"这样的句子。"判"通"拼"。"判得"就是拼得，也是心甘情愿的意思，一个满腹离愁的人，却会心甘情愿地去听一夜的雨声，这样的人，怕是已经出离了"愁"这个字之外。

王国维在《人间词话》中曾提到"愁"的三种境界：第一种是"为赋新词强说愁"，写这种词的多半是不更事的少年，受到少许委屈，便以为受到世间莫大的愁苦，终日悲悲戚戚，郁郁寡欢。第二种则是"欲说还休"， 至此重境界的人，大都亲历过大喜大悲。可是一旦有人问起，又往往说不出个所以然来。而第三种便是"超然"的境界，人入此境，则虽悲极不能生乐，却也能生出一份坦然，一份对生命的原谅和认可，尔后方能超然于生命。

纳兰这一句，便已经符合了这第三种"超然"的境界，而这一种境界，必然是所愁之事长存于心，而经过了前两个阶段的折磨，最终达到了一种"超然"，而这种"超然"，却也必然是一种极大的悲哀。纳兰此处所用的倒提之笔，令人心头为之一痛。

通篇而看，在结构上也隐隐有着起承转合之意，《生查子》这个词牌毕竟是出于五律之中，然后纳兰这首并不明显。最后一句算是点睛之笔。从彩云飞逝而到空倚合欢树，又写到了夜阑难眠，独自听雨。在结尾的时候纳兰并未用一些凄婉异常的文字来抒写自己的痛，而是要去"数尽厌厌雨"来消磨这样的寂寞的夜晚，可他究竟是数的是雨，还是要去数那些点点滴滴的往事呢？想来该是后者多一些，诗人最喜欢在结尾处带住自己伤痛的情怀，所谓“欲说还休，欲说还休，却道天凉好个秋”，尽管他不肯承认自己的悲伤，但人的悲伤是无法用言语来掩饰住的。

纳兰这首词，写尽了一份自己长久不变的思念，没有华丽的辞藻，只有他自己的一颗难以释怀的心。

# 忆秦娥 龙潭口①

**山重叠②，悬崖一线天疑裂。天疑裂，断碑题字③，古苔横啮。**

**风声雷动鸣金铁④，阴森潭底蛟龙窟。蛟龙窟，兴亡满眼，旧时明月。**

## ◇注释

①龙潭口：说法不一。一说为龙潭山口，地在清代吉林府伊通州西南，即今吉林市东郊龙潭山。康熙二十一年春，作者扈驾东巡过经此地；一说今山西盂县北之盂山亦有“龙潭”，又称“黑龙池”，作者曾几度赴山西五台山，本篇所指或为此地；又或者指北京西山的黑龙潭，作者也曾几次游历。

②重叠：同样的东西层层堆叠。

③断碑：断裂残缺的石碑。

④鸣金铁：形容风雷声如同金钲戈矛撞击之声。

## ◇赏析

纳兰曾扈驾到西山黑龙潭，写下了这首《忆秦娥·龙潭口》。据说这里石色青黑，树木萧森，荫浓苔滑。泉水从深潭底冒出，水势较旺。周围的山林于背阴处更高大繁茂，因为谷中土厚，阴处含水，不似向阳坡上风大干燥。而潭口处黛色石崖下会让人有山岩开裂、潭深难测之感。

这股泉水属于石灰岩地区溶洞，裂隙中的暗河涌出，水量较大，传说东海龙王的七子于此潜居。清代这里一度由皇家敕建黑龙王庙。纳兰游历至此，观其情其景，为其震撼，大发兴亡之叹。

这首词写龙潭口的景致及感受：龙潭口群山环绕，举目望去，天空只露一线，仿佛是天幕要裂开了。断碑上长满了苍苔，那苍苔好像在啃咬着碑文。龙潭口处如同风雷大作，发出了如同金钲戈矛撞击般的巨大声响，那阴森的潭底正是蛟龙的洞府吧。旧时的明月仍在，叫人升起无限怅惘之情、兴亡之叹！

严迪昌在《清词史》中对这首词的评价为：“感慨倍多，遥思腾越。”纳兰是个天生的词人，也是个天生的隐士，他喜爱清净，热衷独处。随着圣驾来到这个黑龙潭，见识了这里的清幽与寂静，纳兰内心打开了一个深深的缺口，他仿佛看到了自己这些年来，无谓的忙碌多么没有意义。

在纳兰的天性中，有着一点浪漫主义的不现实性，他渴望拥有彻底的自由，黑龙潭的山色浸染了他尚未尘封的心灵，更加激发了他胸中那点自由浪漫的天性，遥想古人，可以仗剑走天涯，做自己喜欢做的事，看自己喜欢看的风景，纳兰忍不住也要跃跃欲试。

他在词的上片将黑龙潭的景色描绘得十分到位，令景色栩栩如生地出现在读词人的眼前，闭眼细想，仿佛就能看到那山涧的水天一线，崖壁料峭，布满苔藓的断碑令这里的景色清秀之中透出几分激愤和落寞。

“山重迭，悬崖一线天疑裂。”悬崖好像要断裂开来，纳兰运用夸张的笔法，将景物写到了极致。

清朝词人况周颐在《蕙风词话》中，对纳兰看得透彻而又清晰：“纳兰承平少年，乌衣公子，天分绝高。适承元、明词敝，甚欲推尊斯道，一洗雕虫篆刻之讥。独惜享年不永，力量未充，未能胜起衰之任。其所为词，纯任性灵，纤尘不染，甘受和，白受采，进于沉着浑至何难矣。”

的确如此，纳兰写词，从心而写，所以，无论是写景还是抒情，总是让人能感受到震撼人心的一面。虽然这首写景的词，纳兰并未提到任何抒情，但字里行间，读词的人依然能够感受出那份悲怆和凄凉。

“天疑裂，断碑题字，古苔横啮。”“断碑”、“古苔”都让人感到悲凉。而在下片，纳兰更是将这种悲凉推到了制高点。“风声雷动鸣金铁，阴森潭底蛟龙窟。”如此豪迈的词句在纳兰的词中很少见到，让后人不但感受到了龙潭口的险峻，也同样看到了一个不一样的、内心刚硬的纳兰。

但纳兰毕竟还是感性的，词的最后，他无奈地感叹道：“蛟龙窟，兴亡满眼，旧时明月。”看到旧时的明月，想到今朝的岁月，真是岁月无情，人世无常啊！

# 忆秦娥

**长飘泊，多愁多病心情恶。心情恶，模糊一片，强分哀乐①。**
**拟将欢笑排离索②，镜中无奈颜非昨。颜非昨，才华尚浅，因何福薄？**

### ◇注释

①强分哀乐：指喜怒哀乐分辨不清。强分，勉强分辨。

②离索：指离群索居的萧索之感。

### ◇赏析

这首词里，纳兰感慨自己的人生：长年漂泊在外，又加上这多愁多病之身，心情怎么能好呢？喜怒哀乐都分辨不清了，所有的感受交织在一起，模糊不清。想要排遣这离群索居的落寞而强颜欢笑，无奈镜中的容颜已逐渐衰败，今非昔比了。奈何日月蹉跎，人生易老，唯有自叹福薄！

作为词人，纳兰的内心是饱满多汁的，他渴望浪漫生动的生活，但作为臣子，他却只能每日克守陈规，陪在君王左右，日复一日地度过无聊、一眼就能看到头的岁月。都说是寒疾害了纳兰，其实想来，或许是这无望而又无尽头的生活令纳兰的身体，逐渐萎靡，渐渐失去了生活下去的勇气。

纳兰向往着精神生活，他想要过有价值的人生，可是现实和理想之间，总是难以权衡的。纳兰无法选择自己的人生，他从一开始出生就注定了这种锦衣玉食、衣食无忧，但却贫瘠单调的日子。

每天陪在皇帝身边，打猎，游历，或是巡视奔波，这种没有尽头、重复性的生活，让纳兰对侍卫这样的生涯彻底失去兴趣，所以，他写下这首词，他不再掩饰自己内心的厌恶感，而是详细地写于纸上，宣泄出自己的无奈与心中的不满。

他大声地、直率地痛斥自己的命运为何如此，他感慨自己常常漂泊在外，又体弱多病。纳兰自幼身体就不好，患有寒疾。这种病发作起来，足以要了他的命，几次纳兰都是死里逃生，所以，他每次发病，都是一次死里逃生的经历。

这样也就可以理解，为何纳兰会在词的开篇写道："长飘泊，多愁多病心情恶。"这样的纳兰，实在是让人心疼，一片无奈的哀伤之中，仿佛能够逆转时光，看到病榻上的纳兰愁容惨淡，目光茫然。

常年的漂泊令纳兰没有家的感觉，而身体的孱弱更是令他每每都要经受病痛的折磨，在这双重的折磨下，如何还能够心情好呢？纳兰反复的一句"心情恶"更是强调出了这一个现实。

但是就算再怎么不情愿，纳兰也是无法挣脱开这样的现实困境，他的家族显赫富贵，同时也就注定了纳兰要为这与生俱来的富贵做出牺牲，付出代价。作为帝王的侍卫，在外人看来无比显赫，无比荣耀，可是在纳兰看来却是枷锁，是束缚，但这都无关紧要，只要纳兰让人看到他尽心尽责，让人看到他的赤诚之心隐然可见，这就足够了。

这或许就是使命，是宿命的归结。纳兰百般挣扎之后，依然还是一道在王权倾轧下的寂寞背影，他明白自己的处境，自然也就不会心情好起来。纳兰只能自我安慰，他在上片的结尾处写道："模糊一片，强分哀乐。"

所谓强分哀乐，指喜怒哀乐分辨不清。纳兰自己也分不清楚自己的心境到底是怎样的，他只能浑浑噩噩地度日。

于是下片时候，他便写道："拟将欢笑排离索，镜中无奈颜非昨。"依然是一如既往地愁绪满怀，在下片更显得沉重和无奈，在下片的词句中，纳兰真实地表达出了想要离群索居的愿望，他想要逃离，但这仅仅是一个愿望罢了。

纳兰自己也知道，容颜易老，自己已经逐渐地老去，不再年轻。而那年轻的梦想，早就随着时光远逝。所以，他在词的最终，也只得无奈写下"颜非昨，才华尚浅，因何福薄"这样一句就草草搁笔。

生命还未走到尽头，但尽头却已经露出端倪，这大概是人生的悲哀吧。纳兰对于这首词的把控很好，平平淡淡中道出内心所想。纳兰在词中有抱怨皇室的情绪，这在后人也有所看出。

对这一类词，《清词史》中的评价为“几乎是孤臣孽子的情绪”。纳兰对皇室的感情是很微妙的，这大概与他的职位和心性有关，不管如何，纳兰这首词的地位，还是不可否认的。

# 阮郎归

**斜风细雨正霏霏[1]，画帘拖地垂[2]。屏山几曲篆香微[3]，闲庭柳絮飞[4]。**
**新绿密，乱红稀。乳莺残日啼。春寒欲透缕金衣[5]，落花郎未归。**

## ◇注释

①霏霏：（雨、雪）纷飞，（烟、云）很盛。

②画帘：有画饰的帘子。

③篆香：像篆字的香。

④闲庭：安静的庭院。

⑤缕金衣：即金缕衣，以金丝编织的衣服。

## ◇赏析

清朝词人周之琦在《箧中词》中这样写纳兰：“或言：纳兰容若，南唐李重光后身也。予谓重光天籁也，恐非人力所能及。容若长调多不协律，小令则格高韵远，极缠绵婉约之致，能使残唐坠绪，绝而复续，第其品格，殆叔原、方回之亚乎？”

同是清朝词人的顾贞观在《通志堂词序》也对纳兰褒奖有加，他认为：“容若天资超逸，悠然尘外，所为乐府小令，婉丽凄清，使读者哀乐不知所主，如听中宵梵呗，先凄惋而后喜悦。”

后人对纳兰的评价都是甚高，当然纳兰也绝对是堪当此评价的。其中顾贞观对纳兰的评价十分中肯。他认为纳兰是先凄婉而后喜悦，这点在这首词中有着体现。

这首《阮郎归》写得细细密密，十分细腻。这首词表达的是伤春伤别的愁情：斜风轻拂，细雨霏霏，画帘垂地，屏风曲回，香烟袅袅，闲庭飞絮，花红柳绿，乳莺啼晚，四处一片春意。春寒料峭，凉透锦衣，春意阑珊之时，为何你还没有归来！

虽然是表达愁绪，但依然能够看出的是，纳兰并非是刻意地为写愁绪而写。他在词句的安排和字眼的打磨上很是讲究，尽量做到淡雅无痕，自然清新。伤春的词在纳兰的作品中不占少数，每一首都各有特色，但主题都是围绕一个“愁”字进行，将愁绪伤别演绎得淋漓尽致，各不相同。

在《阮郎归》这首词中，纳兰将情融于景中，“斜风细雨正霏霏”，开篇一句，并无多大特色，只是单纯地将风雨潇潇写出，但这已经足以刻画出春日的特色了。春天的风携裹着小雨，细细密密地洒落大地，滋润了万物，酝酿了生机，这才是大地新轮回的又一个开始。

“画帘拖地垂。屏山几曲篆香微，闲庭柳絮飞。”画帘垂地，屏风曲折蜿蜒，熏香点燃，散发出袅袅香烟，闲庭前面，柳絮飞舞。俨然一幅大好的春光图，可是就这样的一幅春光里，纳兰却是无心欣赏。

“新绿密，乱红稀。”花红柳绿，大好的春日，可惜无心欣赏，四处虽然是一片春意盎然，但是“乳莺残日啼”的时候，你依然还未回来。等到“春寒欲透缕金衣，落花郎未归。”从白天等到夜晚，为何你始终没有归来?

纳兰词中的“你”是何人，是他的恋人，还是妻子，或者是朋友，纳兰并没有做更细一步的阐释，他不过是哀婉地写道，为何还不归来，便将笔搁放下，这就是纳兰，只管写出自己的心绪，便无需其他了。

纳兰的心，仿佛海底湛蓝的一片，看似透明，但却无法看透。

# 画堂春

**一生一代一双人①，争教两处销魂②。相思相望不相亲，天为谁春?**
**浆向蓝桥易乞③，药成碧海难奔④。若容相访饮牛津⑤，相对忘贫。**

### ◇注释

①“一生”句：语出唐骆宾王《代女道士王灵妃赠道士李荣》：“相怜相念倍相亲，一生一代一双人。”

②争教：怎教。

③蓝桥：在陕西蓝田东南蓝溪上。传说此处有仙窟，相传唐代秀才裴航与仙女云英曾相会于此，求得玉杵臼捣药，终结为夫妇。专指情人相遇之处。

④“药成”句：《淮南子·览冥训》：“姮娥，羿妻，羿请不死之药于西王母，未及服之。姮娥盗食之，得仙。奔入月宫，为月精。”李商隐《嫦娥》：“嫦娥应悔偷灵药，碧海青天夜夜心。”

⑤饮牛津：指天河边。传说海边居民曾乘槎至天河“见一丈夫牵牛饮之”。见晋张华《博物志》卷三。这里指与恋人相会的地方。

### ◇赏析

这是一首爱情词，是词人对可遇不可求的恋情的独白：既然我们是天生一对，为何又让我们天各一方，两处销魂呢？相思相望却不能相亲相爱，那么这春天又是为谁而设呢？蓝桥之遇并非难事，难的是纵有不死之灵药，但却难像嫦娥那样飞入月宫去与你相会。若能渡过迢迢银河与你相聚，便是做一对贫贱夫妇，我也心满意足了。

这首描写爱情的《画堂春》与纳兰以往大多数描写爱情的词不同，以往纳兰的爱情词总是缠绵悱恻，动情之深处也仅仅是带着委屈、遗憾、感伤的情绪，是一种呢喃自语的絮语，是内心卑微低沉的声音。

而这一首《画堂春》却是仿佛换了一个人，急促的爱情表白，显得苍白之余，还有些呼天抢地的悲怆，仿佛是痛彻心扉的呐喊。也许，只有一次痛入骨髓的失去，才能够发出如此地悲怆之声。

古往今来，爱情总是教人欢喜教人愁苦，美好的爱情就好似夜空中兀自绽放的烟火，瞬间的美丽照亮漆黑的天空，但为这一刹那的美好，人们所要付出的往往是很多的。纳兰为爱情付出的更多，他由困顿到解脱，由渴望到爆发，这期间的情绪波动十分大，而这样的心绪，也就是这首《画堂春》。

这样，也便不难理解，为何这首词的气场如此强大，不同于纳兰以往诗词的风格。劈头便是“一生一代一双人，争教两处销魂”，似乎是在控诉，也是在向苍天指问：为何相爱容易，相守就这么难？

纳兰的这句话，毫无点缀，直来直往，犹如一个女子，素面朝天，但因为天资的底蕴，所以，耐得住人去看、去推敲。明明是天造地设的一对佳人，偏偏要经受上天的考验，无法在一起，只能各自销魂神伤，这真是老天爷对有情人开的最大的一个玩笑。

“相思相望不相亲，天为谁春？”既然相亲相爱都不能相守，那么老天爷，这春天你为谁开放？纳兰的指天怒问让人叹息，他真是情何以堪。这悲怆的上片，其实是纳兰化用骆宾王《代女道士王灵妃赠道士李荣》诗中成句：“相怜相念倍相亲，一生一代一双人。”

纳兰将古人诗句加以修改，运用得十分到位。骆宾王的原句想来并无多少后人知晓，但纳兰的这首词却是传遍了大江南北。

下片转折，接连用典。其实小令一般是不会去频繁用典故的，这是禁忌，但是纳兰却偏偏视禁忌于不顾。

“浆向蓝桥易乞”，这是裴航的一段故事：裴航在回京途中与樊夫人同舟，他赠送诗歌表达情意，而樊夫人却是回他一首：“一饮琼浆百感生，玄霜捣尽见云英。蓝桥便是神仙窟，何必崎岖上玉清。”裴航苦思不得其解，后来他去到蓝桥驿，偶遇一位名叫云英的女子，顿生爱慕。而当裴航向云英母亲求亲时，却遭到一个难题。云英的母亲说只要裴航为她找到一件叫作玉杵臼的宝贝，就将女儿嫁给他。裴航从樊夫人的诗句中得到启示，千辛万苦终于娶到了云英。而纳兰用这个典故，其实是想说像裴航那样的际遇于我而言，也是有过的。但至于纳兰遇到了什么样的往事，后人也不得而知。但想来，他也遇到了如同裴航一样的大难题，可惜，他没有仙人指路，毫无解决办法，故而才苦恼万分。

苏雪林在《清代男女两大词人恋史之谜》中也提到："以为此恋人为'入宫女子'，'浆向蓝桥易乞'似说恋人未入宫前结为夫妇是很容易的；'药成碧海'则用李义山诗，似说恋人入宫，等于嫦娥奔月，便难再回人间；李义山身入离宫与宫嫔恋爱，有《海客》一绝，纳兰容若与入宫恋人相会，也用此典，居然与李义山暗合。"

这里写的"药成碧海难奔"也是一个典故，纳兰之后所写的"若容相访饮牛津，相对忘贫"也是一个典故。

传说大海的尽头就是天河，那里曾有人每年八月都会乘槎往返于天河与人间，从不失期。好奇的人便效仿，也踏上了探险之路，向东而去。漂流数日后，那人见到了城镇房屋，还有许多男耕女织的人们。他向一个男子打听这是什么地方，男子只是告诉他去蜀郡问问神算严君平便知道了。严君平掐指一算后，居然算出那里就是牛郎织女相会的地方。

纳兰用这个典故，是想说自己虽然知道心中爱的人与自己无缘，但还是渴望有一天能够与她相逢，在天河那里相亲相爱。这是纳兰的誓言，也是难以实践的约定，纳兰的爱，注定了漂泊，没有归期。

# 点绛唇 对月

**一种蛾眉[①]，下弦不似初弦好[②]。庾郎未老[③]，何事伤心早？**
**素壁斜辉[④]，竹影横窗扫。空房悄，乌啼欲晓，又下西楼了。**

## ◇注释

①蛾眉：指蛾眉月，新月前后的月相。呈弯形，犹如一道弯眉，故名。

②下弦：下弦月，农历每月二十二日或二十三日之后的月亮。初弦：指阴历每月初七 初八的月亮，其时月如弓弦，故称。古人以蛾眉代指女人的眉毛，又以上弦、下弦之月代指女人的眉毛下垂或上弯。

③庾郎：指南朝梁诗人庾信。

④素壁：白色的墙壁、山壁、石壁。斜辉：指傍晚西斜的阳光。

## ◇赏析

本篇《点绛唇》汪刻有副题：对月。而从词中所抒写之情景看，确如副题，此作是一首对月伤怀、凄凉幽怨之作。

上片写到"蛾眉"、"下弦"、"初弦"，都指代的是明月，而明月在古典诗词中都被历史赋予了相思之情。这样的冷清的下弦月挂在天空，本身就是容易使人伤感的意境，作者又将其与满月比较，便奠定了整首词的悲戚的色彩。古人每每见到残破的、不

圆满的景象都会有一种伤感的情怀。“庾郎未老，何事伤心早”这句中“庾郎”是作者借以自喻，借庾信的人生际遇表现了自己现在的状况，还表明了他自己此时此刻的孤单与寂寞，作者此刻还正值壮年，正是人生的大好时光，本该是意气风发的时候，然而对妻子的思念却让他的心境苍老了几十岁，已经失掉了许多人生中该有的乐趣。这一切都表明了作者此时此刻客居异地时的孤寂思乡之情，看到的这一切景色都让他感到伤心惆怅，以至于产生了难以排解的寂寞。

下片都是写景，以景寓情的手法在宋词中运用得比较多，这句描绘了作者此时居住的地方的景色，作者化情思为景句，将一切的思念都寄托在了眼前的景色之中，寓情于景又含蕴要眇之致。

“素壁斜辉，竹影横窗扫。”月光静静挥洒在淡雅的墙壁上，竹影缭绕，交错地映在上面，让人感觉他们很是孤单。一个“扫”字，更加丰满了这些静物的意象，有一种静中有动的感觉。“空房悄，乌啼欲晓”，静寂的房屋中仿佛又响起了那悲切的啼叫，那悲凉的声音在房间萦绕，久久不能散去，充斥着作者的耳膜，而作者又想到已经亡故多年的妻子，睹物思人，料想她如果还是健在，一定会在家中的楼上盼望自己能够回去，而自己此时却在异地他乡，与她有千里之遥，更是久久不能归家，这一切都说明了妻子对自己的相思之情，作者借妻子来表明自己的思人、思乡难耐的情怀。而此处与其说是描写了一间空荡荡的屋子，不如说是描写了作者的心房，那种心中空空如也、无依无靠的感觉，让读者从更深的层次明白了作者的悲痛。词末句“又下西楼了”，一个“又”字表明了作者对已故妻子的思念之痛每日都在折磨自己。月亮在拂晓时候隐去，这是大自然的规律，千百年来从未变过，然而每当此时，作者的心都会沉浸在一种思念的悲伤中，此处一句，更让通篇那种离愁别绪抒发得淋漓尽致。

就总体而言，这篇词是作者的思乡怀人之作。纳兰性德作为一个富家公子，虽然仕途如意，家世显赫，令许多人羡慕，但自己的感情生活却并不如意。他的前妻卢氏因为难产而死，对他的打击很大。他虽然是“续弦”了的，但“他生知己”之愿，“人间无味”之感，几乎紧攫他最后十年左右的心脉。纳兰对卢氏情真意笃，对和卢氏的恩爱生活没齿难忘，他为之写了许多悼亡词。而这一首，也颇似悼亡之词。这篇词的风格婉丽凄清，通篇虽然只用了几个淡雅的意象，写出几个冷清的场景，但其中所透露出的无形的哀思，却是难以掩饰的。他写词从来不矫揉造作，都是发自内心，情至深处，一草一木在他的词中都会被赋予无尽的情感。

这篇词重在抒发自己的杂感，睹物思人，客居他乡，都是作者此时孤独寂寞的心情的外在表现。作者在百无聊赖之际，能做的只有对故乡的思念和对亡妻的无限缅怀。

也有人说这篇词是作者专门为怀念亡妻之作，从“未老”、“伤心”、“空房”等语看，是为卢氏亡故后作。

# 点绛唇 黄花城早望[①]

**五夜光寒[②]，照来积雪平于栈[③]。西风何限，自起披衣看。**
**对此茫茫，不觉成长叹。何时旦，晓星欲散，飞起平沙雁[④]。**

## ◇注释

①黄花城：在今北京怀柔境内。纳兰扈驾东巡，此为必经之地。一说在五台山附近。

②五夜：即五更。古代将一夜分为甲、乙、丙、丁、戊五段，此指戊夜，即第五更。

③栈：栈道。又称“阁道”、“复道”。中国古代沿悬崖峭壁修建的一种道路。

④平沙雁：广漠沙原上的大雁。

## ◇赏析

点绛唇，又名“点樱桃”、“十八香”、“南浦月”、“沙头雨”、“寻瑶草”、“万年春”等。明代杨慎的《升庵词品》载：“《点绛唇》取梁江淹诗‘白雪凝琼貌，明珠点绛唇’以为名。”最早见于南唐冯延巳《阳春集》。

这首词写词人在异乡漫漫长夜中难以入眠，故披衣起身出门，表达一种空对茫茫、无端寂寥的情怀。盛冬铃《纳兰性德词选》中说：“此词写月照积雪，雁起平沙，而人立西风之中，独对茫茫长夜、茫茫大地，表达了一种空旷寂寞之感。情景相生，颇具感染力。”

词题“黄花城早望”，黄花城在山西山阴北境黄花岭后，地处雁北塞上，而距五台山差不多一天多一点的路程。据记载，清康熙二十二年，纳兰性德曾于二月和九月两次扈从康熙巡幸五台山。而这一次则是受命去大同，途经黄花城宿夜，看到此情此景，有感而发，于是便有了此作。

这首词在情景交融上营造得恰到好处。五夜指的是五更，也成为五鼓，现在指的是早上三点到五点那段时间。这段时间本是每天睡眠的最佳状态，然而这首词的时间恰是这个时间上，以时间的先入为主，点出失眠，以此直接写出了情感的开端。五更十分，月光如水，寒气逼人，旷野无尽，残雪未消，与栈道齐平。北风不止，吹寒而来，薄衣何禁？独自披衣起身，放眼望向这黑色的寒夜，唯见点点月色、残雪白光。所见茫茫，情何以堪，不觉长嗟咏叹。试问这漫漫长夜里，何时才能熬到天明呢？天边星辰，星星点点，好像渐渐淡去，怕这天也真快亮了吧？旷野上一只大雁突然惊起，飞向那不知何方的远方……

这首词和纳兰性德的另一首词《浣溪沙》很相似：

残雪凝辉冷画屏。《落梅》横笛已三更，更无人处月胧明。

我是人间惆怅客，知君何事泪纵横。断肠声里忆平生。

都是半夜难眠，起身独立茫茫夜色中，残雪未消，天寒料峭，月光如水，而在表达的情思上也很相似，前者“对此茫茫，不觉成长叹”，后者“我是人间惆怅客”，都是表现寂寥孤凄的情感。由这一点可以发现，纳兰性德词的另一种风格：纳兰性德善用开阔的意象表现内心的情感，将环境的空旷凄凉映照在情感上，将大的环境空间叠加在深沉而复杂的小的情感上，给读者呈现一种极具艺术感染力的表现方式。这种风格在纳兰性德绝大多数的边塞词中都能多多少少地体现出来。

# 点绛唇

**小院新凉，晚来顿觉罗衫薄①。不成孤酌，形影空酬酢②。**

**萧寺怜君③，别绪应萧索④。西风恶，夕阳吹角，一阵槐花落。**

### ◇注释

①罗衫：丝织衣衫。

②酬酢：主客之间相互敬酒，主敬客曰酬，客敬主曰酢。

③萧寺：佛寺。唐李肇《唐国史补》卷：“梁武帝造寺，令萧子云飞白大书‘萧’字，至今一‘萧’字存焉。”后因称佛寺为萧寺。

④萧索：萧条、凄凉。

### ◇赏析

纳兰性德在给姜西溟赠词《金缕曲·慰西溟》中有“马迹车尘忙未了，任西风、吹冷长安月。又萧寺，花如雪”句，词中即提到萧寺，史料更载：姜西溟到京参加“博学鸿词”考试，在京时曾寓萧寺。而纳兰与其交谊甚厚，姜在京时跟纳兰交游甚密，自然可知这首词多为纳兰怀念姜西溟所作。

提到姜西溟，纳兰与其交游便有一段佳话。

姜西溟是“江南三布衣”中的一位。与纳兰交游时姜西溟是纳兰之父纳兰明珠政敌的门生，常与其父对立，他曾经在纳兰面前摔过杯子，臭骂纳兰家“没有一个好人”。而纳兰却不以为忤，认为姜的牢骚是出于对官场黑暗和龌龊的不满，始终以诚相待。在姜西溟在京考举时毅然不顾父亲反对，将姜接到自己家里居住，以解生活之忧。

另有故事说姜一向狂傲，口无遮拦，甚至几犯欺君犯上的大罪，都被纳兰一一化解。姜也最终发现纳兰性德有一颗金子般的心，并衷心为之感动。在感谢纳兰的信中，他写道：“轸念贫交，施及存殁。使藐然之孤，虽不能尽养于生前，犹得慰所生于地下。”由此可见，他们两人，一个是真诚待朋友，包容朋友，一个是直言不讳，快人快语。这样的友谊，这样的交情在今天读来，亦让人为之动容。

在这首寄词中，纳兰以“小院新凉”起笔，言及天气刚刚转冷，后句有“晚来”自然说到那一天至傍晚时，天气变得凉了，而由“清朝‘博学鸿词’考试一般设于秋季”可知，此处说的应该是秋凉。秋凉便觉有些寒意了。词的上片从自己的感官出发，写怀友心绪：天色已晚，小院里忽然添了几分寒意，便觉得此时衣裳有些单薄了。念及此处，便想起那友人，为下片怀人之言埋下伏笔。此时我只能一个人独饮驱寒，“形影空酬酢”一句便把自己的伤怀念远、孤独寂寞的心情刻画得惟妙惟肖。一个人独饮闷酒，自然是对着自己的影子对饮长歌了。可谁又是主谁又是客，来来去去还不是自己一个人罢了。

下片自然承接到怀念友人处，便提及萧寺。自友人处起笔，想起当初跟友人在萧寺中惺惺相惜之情、对饮长谈之景，对比此刻的自己的形影相吊，忽而不觉黯然。恰巧是在萧寺，虽史说：“梁武帝萧衍笃信佛教，多造立寺院，而冠以己姓，称为萧寺。”其名出自萧姓，但也觉萧索之意，遂有了下句“别绪应萧索”。此处纳兰匠心独运，把自己的情感转而嫁接到随后而至的秋凉之感上，又用萧寺做引子，显得十分巧妙有味。后边几句乃从容道来，一点都不带滞凝之感。

想想此处应是这种风景：西风劲吹夕阳，随着晚风，天气转寒，我怀念友人是否衣缕单薄，不抵风寒呢？想到你处，自是那槐花也承受不起这风寒，萧萧索索，落了一阵，你是否也执酒驱寒，跟我一般寂寞独酌呢？

纳兰此作将自己的思友之情藏起，上片写己，下片转至友人，把笔触瞄准了各种秋景，景语之处，句句怀人，显得尤为真挚感人。

# 浣溪沙

**莲漏三声烛半条①，杏花微雨湿轻绡②。那将红豆寄无聊③。**
**春色已看浓似酒，归期安得信如潮④。离魂入夜倩谁招。**

**◇注释**

①莲漏：即莲花漏。古代的一种计时器。

②轻绡：一种透明而有花纹的丝织品。代指杏花的红色花朵。

③红豆：红豆树、海红豆及相思子果实的统称。鲜红光亮，古人常用来比喻爱情或相思。

④信如潮：即如信潮。信潮，定期而来的潮水。

## ◇赏析

这阕词，是以女子的口吻话离别之情。

词的上片，着重写景，即景抒情。莲花漏，又称浮漏，是宋代发明的计时器的一种。“莲漏三声”点明词人纳兰正处在一个寂静的夜晚。在这个烛光微摇、略带寒意的夜间，寂寞的纳兰打开小窗，任那略带寒意的几许杏花春雨轻打自己的脸庞、发丝和那薄薄的绡衣。蓦然发现，寒食节已经近了。唐代的韩偓曾在《寒食夜有寄》中写道：

风流大抵是伥伥，此际相思必断肠。

云薄月昏寒食夜，隔帘微雨杏花香。

寒食节将近而相思却无计可消除——面对此情此景，刻骨的相思便如同春水一般袭来，紧紧萦绕在纳兰周围。痴心如斯，不由得心生感慨：“那将红豆寄无聊？”红豆是相思的象征。相传，古时有位男子出征，他的妻子每日倚于高山上的树下盼望爱人的归来；因思念远在边塞的爱人，而在树下日日期盼流泪。泪水流干之后，流出来的是粒粒鲜红的血滴。带着相思之苦的血滴凝结成一颗颗鲜红的红豆子，在土地上生根发芽，长成一棵大树，结满了一树红豆子，人们称之为相思豆。唐朝的韩偓在《玉合》诗中写道：

罗囊绣两凤凰，玉合雕双鸂鶒。中有兰膏渍红豆，每回拈著长相忆。长相忆，经几春？人怅望，香氤氲。开缄不见新书迹，带粉犹残旧泪痕。

古代的女子一般会采撷红豆遥寄思念，这里作者运用对写法，虽明写爱人采撷红豆遥寄无聊，实则是为了突出词人在思念远方的妻子，愈见思念之深。

此时的纳兰心中所思念的女子会是谁呢？想必是那“生而婉娈”的娇妻卢氏吧！“戏将莲菂抛池里，种出莲花是并头”；“偏是玉人怜雪藕，为他心里一丝丝”。纳兰的许多华美的词句便是他们爱情的真实写照。纳兰的侍卫身份决定了他要常常跟着皇帝到各地去巡查，因此总免不了与爱人频繁地离别——他总有太多的时间体会与心上人离别的滋味。但是任关山重重，路途迢迢，却剪不断他们相爱的深情。可惜美好的时间总是那样短暂，仅仅三年过后，卢氏就因难产而死去，独留纳兰独自悲切：

谁念西风独自凉？萧萧黄叶闭疏窗，沉思往事立残阳。

被酒莫惊春睡重，赌书消得泼茶香，当时只道是寻常。

而在这首《浣溪沙》之中，纳兰与卢氏的伉俪深情处处可见。

词的下片，从身旁的景物出发，即景抒情。在一派杏花春雨柔美的包裹之中，纳兰不禁感慨：而今的春色，已然如同这香醇的美酒一般浓烈，一般让人沉醉。“已看”二字与“安得”相对比，春色愈浓，愈加体现出纳兰对于离家已久而归期不得的焦急与惆怅，对于远在故乡的卢氏深切的思念。在这如酒如诗的春色里，远方的伊人于脑海之中挥之不去，而遥远的归期却如同潮水一般可望而不可即。心念及此，不由得纳兰万般惆怅迷离的伤情涌上心头，真是“此情无计可消除，才下眉头，却上心头”。那缱绻的情思如同一张晶莹而细致的网，将纳兰紧紧地裹住。良久，纳兰望着这深沉的夜色，知道唯有将这一腔无人可诉的思念寄托在寂寞的夜里，在梦里摆脱这无奈而甜蜜的思念，“离魂入夜”，与卢氏魂灵相依。

这首词运笔如行云流水，描写爱情真挚缠绵，低徊悠渺的情致渗透在字里行间，使读者不知不觉间已被他深深打动。

# 浣溪沙

**消息谁传到拒霜[1]？两行斜雁碧天长[2]，晚秋风景倍凄凉。**

**银蒜押帘人寂寂[3]，玉钗敲烛信茫茫。黄花开也近重阳[4]。**

## ◇注释

①拒霜：花名。木芙蓉的别称，冬凋夏茂，仲秋开花，耐寒不落，故名。

②斜雁：斜飞的雁群。碧天：青天，蓝色的天空。

③银蒜：银质蒜头形帘坠，用以压帘幕。

④黄花：菊花。重阳：节日名，古以九为阳数之极，九月九日故称“重九”或“重阳”。

## ◇赏析

是谁把消息传来，说到秋日拒霜花开的时候就会回到我的身边？它开得如此繁盛了，它告诉我秋天已经如期而至了。长天一色，两行斜雁缓缓向南飞去，这晚秋的景致益发悲凉。

蒜头形制的帘坠压着帘子，寂寞闺中，有人独坐窗前。玉钗轻轻敲着燃烛，人生何其茫茫！今年菊花又开了，大抵重阳又近了罢？

这首词在意象使用上主要采用了渲染法，尤其是对“秋”的渲染。不知何时，思念的人在远方传来消息，说秋天会回到她的身边，所以秋就超出本身作为季节的含义了，秋成为相见的季节，成为期盼的季节。这词中渲染最多的便是“秋”。首先是“拒霜”花开了，然后“两行秋雁”翔“碧天”，后更直接说“晚秋风景”、“黄花开”以及“近重阳”，这些都在刻意点染季节。“秋”这一意象是纳兰性德最常用的，几乎是仅次于“愁”的了。

可以说纳兰性德这首《浣溪沙》是通过渲染秋来突出愁，要表达的正是期待落空的愁思。

除用渲染法表达情感外，词中还恰如其分地运用了点染法，对“闲”进行了很好的点染。“银蒜押帘人寂寂，玉钗敲烛信茫茫。黄花开也近重阳。”人寂寞凄凉，万事无心，百无聊赖，无尽空虚，尤其是“玉钗敲烛”一句，表现得何其空虚。

词中通过渲染和点染的结合，表现出客观世界的“秋”以及浅层心理世界的“闲”，从而将深层次的“凄凉”表达出来。

美的意象在纳兰词中，大多蒙了层灰色，使意象本身更凄迷，进而到人，则益发顾影自怜，惹人喜爱。美的事物常被摧残，被赋予了悲剧氛围，词人恐怕也是为展示悲剧更具备美学价值罢，如王小波所言：“一切喜欢都不可能长久，只有不堪回首的记忆，才被人屡屡提起，难于忘怀。”

# 浣溪沙

**雨歇梧桐泪乍收，遣怀翻自忆从头[①]。摘花销恨旧风流。**

**帘影碧桃人已去[②]，屧痕苍藓径空留[③]。两眉何处月如钩[④]？**

## ◇注释

①遣怀：犹遣兴。翻：同“反”。

②碧桃：桃树的一种。花重瓣，不结实，供观赏和药用。一名千叶桃。

③屧痕：即鞋痕。

④两眉：两弯秀眉，这里指所思恋之人。

## ◇ 赏析

这首纳兰词，以全篇来看，应该是表达怀人之心、寄托相思之意的词作。纳兰所思应为其早年相恋的一位女子，至于词中女子是不是纳兰青梅竹马的表妹，或者患难与共的妻子卢氏就不得而知了。若非卢氏，那又会是哪位惊鸿照影的美人，使得词人“忆从头”久久不能忘怀呢？本篇《浣溪沙》所怀之人已经无稽可考，但这份深切的思念却绵远悠长，穿透时空的阻隔，铭刻在词人的内心深处。

上片写景，纳兰熟练地融情于景，寓境于情，显示出不俗的笔力。

开篇提起梧桐兼雨，自然便令人想起李清照那首《声声慢》中的句子，“梧桐更兼细雨，到黄昏，点点滴滴”。由此，梧桐细雨历来被用来描写萧瑟之景，而这种典型化的意象所蕴含的内在情感向来与离愁别恨紧密相连，推至以前如唐温庭筠《更漏子》：“梧桐树，三更雨，不道离情更苦”。在这里纳兰此句“雨歇梧桐泪乍收”把这雨打梧桐之景和离恨别情融在一个“泪”字上，做到了情景交融。泪为眼中雨，雨是天之泪。雨泪相对，纳兰以我观物，所看之物便皆著我之色彩，自然，在纳兰眼中梧桐也在为其伤心，漫天秋雨也只不过昭示了他的宣泄。“泪乍收”语涉双关，一重理解是梧桐停止滴雨，就好像停止了流泪，如此则梧桐已然通了人性，自是脉脉含情；另一说则是词人听见秋雨暂歇而不再泫然流泪，如此一来，词人伤情，自然显露无遗。但不管作何种解释，词人的伤感在此作中却是不变的。

由此而来的“遣怀”二句也正点明了这种伤感之情。刚收泪眼，就过渡到回忆过往。“遣怀”二句正是承接上边造景时留下的余响加以推进的，此处词人感怀伤情，也自然与故人的一段美好往事有关，在这里，词人应指自己和昔日恋人一起度过的那段美好岁月。杜甫《佳人》有句：“摘花不插发，采柏动盈掬。”词人少年风流，伊人貌美如花，两人相偕，或吟诗作赋，或鼓瑟吹笙。相伴的日子一晃而过，昔日的甜蜜和浪漫随着时间的流逝都成为了“旧风流”，一个“旧”字顿时显出往事尘封的沧桑，这其中有词人的多少感慨。

下片承接上片“旧风流”，笔触描写到眼前之景，一片空寂。

“帘影碧桃人已去，屧痕苍藓径空留”，此句全然写景，影帘招招，桃依旧青涩，藓苍小径上，鞋痕犹在，人却不知何处去了。此句显系唐崔护《题都城南庄》中“人面不知何处去，桃花依旧笑春风”这句化用而来，表达了好景不长的感慨和无限怅惘的情怀。

纳兰写景，虚虚实实，一切景语皆情语，自然可知虚实安排也并非随意为之。在此句中，词人叙及帘影碧桃还在，伊人不在，至于是离去还是改变都化作了满腔悲哀，则为实景实情。“屧痕苍藓”此语表现的意象感觉是伊人离去之后，足迹仍在，这也只能是词人心中所想，不是实景；“径空留”意即小路寂然，依旧在眼前斜陈。“空”并不是外在的虚无，而是内心的空虚，恍恍惚惚，不知所往。

自古以来物是人非，人去楼空都让人无限叹惋，而词人流露更多的是内心的寂寥和孤独。“两眉何处月如钩？”以眉代人，以月抒怀。正是月缺是思，月圆是念。

# 浣溪沙

西郊冯氏园看海棠，因忆《香严词》有感①。

**谁道飘零不可怜，旧游时节好花天②，断肠人去自今年③。**

**一片晕红疑着雨④，晚风吹掠鬓云偏。倩魂销尽夕阳前。**

## ◇注释

①《香严词》：清初诗人龚鼎孳的词集。龚鼎孳，安徽合肥人，官至礼部尚书，与钱谦益、吴伟业并称“江左三大家”。

②旧游：昔日的游览。

③断肠：形容悲伤到极点。

④晕红：中心浓而四周渐淡的一团红色。这里指晕红的花朵。

## ◇赏析

看这海棠凋落，又飘零，谁不会生发一种怜惜的爱意？遥想去年，相偕一同赏花，正繁花时节好天气，而如今，那令我肝肠寸断的人，别我而去已经一年。

一片红晕的花朵，似乎沾上了雨点，那么催人心生爱怜，如我一般楚楚可怜。晚风吹起，天边云朵如鬓，随风飘去。伊人梦魂尽销，独立夕阳欲坠前。

海棠花有多种，纳兰性德说“一片晕红疑着雨”，看样子应该是红海棠或白海棠。海棠历来是一种受文人喜爱的花木，因为它高雅淡然，味淡而近乎无味，色美而不妖艳，被誉为“花中神仙”，唐玄宗还将沉睡的杨贵妃比成海棠。当然也有张爱玲，似乎是个例外，她有三恨：“一恨鲥鱼多刺,二恨海棠无香,三恨红楼梦未完”，不过同时足见她对海棠的倾心，只恨于她所爱的竟不能美到极致。苏东坡对于海棠的喜爱，也是尽人皆知的，“只恐夜深花睡去，故烧高烛照红妆”一句，便可见一斑。纳兰性德这首词中“一片晕红疑着雨”，是对海棠的正面描写，使用了纳兰惯用的意象处理方法，也就是给美的意象增加悲剧元素，这里刻画了一丛楚楚可怜的海棠花。

纳兰性德此首词是重游伤感之作，和晏殊的《浣溪沙》很相似：

一曲新词酒一杯，去年天气旧亭台。夕阳西下几时回？

无可奈何花落去，似曾相识燕归来。小园香径独徘徊。

同一空间，不同时间，而情感似乎还滞后于时间，沉浸在无尽的怀念中，一旦面对物是人非，往往予人以怅惘痛苦，所以王俨斋说：“柔情一缕，能令九转肠回。虽山抹微云君，不能道也。”

王俨斋说的“山抹微云君”指的是北宋著名词人秦少游，其《满庭芳》词中有“山抹微云，天连衰草，画角声断谯门”句，故苏东坡称他“山抹微云君”。《满庭芳》词如下：

山抹微云，天连衰草，画角声断谯门。暂停征棹，聊共引离尊。多少蓬莱旧事，空回首、烟霭纷纷。斜阳外，寒鸦万点，流水绕孤村。

销魂。当此际，香囊暗解，罗带轻分。谩赢得青楼，薄幸名存。此去何时见也？襟袖上、空惹啼痕。伤情处，高城望断，灯火已黄昏。

较之纳兰性德，秦少游词景色凄迷，惹人怜爱；纳兰此词情动于中，催人生怜。秦观不能道纳兰，纳兰未尝又能道秦少游，二者可谓各有千秋，王俨斋的话，大抵该这般解读。

龚鼎孳为当时名士，与钱谦益、吴伟业并称“江左三大家”，他与纳兰相交甚厚，纳兰此时与友人故地重游，本是一件高兴的事，他却触景生情，想起龚鼎孳《香严词》中有“重来门巷，尽日飞红雨”的佳句，并由此想起当年游园时的情景，纳兰从昔日之景着笔，却将今日的悲欢离合寄寓其中，初读时，似感迷茫，再读时，境界尽出。

# 眼儿媚 咏梅

**莫把琼花比淡妆[①]，谁似白霓裳[②]。别样清幽，自然标格[③]，莫近东墙[④]。**

**冰肌玉骨天分付[⑤]，兼付与凄凉[⑥]。可怜遥夜[⑦]，冷烟和月，疏影横窗[⑧]。**

## ◇注释

①琼花：比喻雪花。淡妆：淡雅的妆饰。

②霓裳：谓神仙的衣裳。相传神仙以霓为裳。语本《楚辞·九歌·东君》："青云衣兮白霓裳。"

③标格：风范、品格。

④东墙：东边的墙垣。程垓《眼儿媚·咏梅》："一枝烟雨瘦东墙，真个断人肠。"

⑤冰肌玉骨：用于赞美妇女的皮肤光洁如玉，形体高洁脱俗，这里形容雪中梅花的超逸之态。分付：付与、交给。

⑥凄凉：孤寂冷落。

⑦遥夜：长夜。

⑧疏影：疏朗的影子。形容梅花的形貌。

## ◇赏析

快乐，有时候很简单，有时候却又是永远也无法拥有。

有一个人，他拥有天下所有男人渴望得到的一切，却唯独没有快乐，为此，他闷闷不乐，在全天下男人仰视的目光中，他高昂着头，与他那个高贵的家庭格格不入地前行。

对纳兰来说，精神世界才是最为重要的，就如同他写的这首词，处处透着冰清玉洁的傲骨。

这首词是在吟咏梅花高洁的品格：不要将雪花当成自己淡雅的妆饰，要知道梅花才真的是像白色霓裳那样美丽！别样的幽独清香，高洁的风度格调，不要靠近东墙去玩赏，因为看一眼就能让人魂牵梦萦。她那冰肌玉骨的美丽风采是上天所赋予的，同时也给了她斗寒开放、清幽高洁的孤寂与冷落。可怜在这漫漫长夜之中，伴随着明月清辉，暗香浮动，疏影散满窗棂。

梅花冰肌玉骨，斗寒开放，不与凡花为伍，有着独特的清纯与脱俗，有人称梅花有着"别样清幽，自然标格"的风范，所以，咏梅自古以来也就是文人墨客笔下的不朽主题，被文人们看成是崇高人品的象征。

纳兰自然也不例外，他倾倒在梅花清纯脱俗的品相下，称赞梅花的品格，以此喻己之品格，纳兰其实是自比梅花，将梅花的品格与自己的品格相提并论，花品人品实为一体。他感慨自己如梅花一般，虽有着冰清玉洁的心，却身处寒冷凄苦的境地。

“莫把琼花比淡妆，谁似白霓裳。”纳兰认为梅花比过任何的花，没有花会有梅花的品格，在这首词里，词人将自己在现实生活中的感受带入了词句中，他备受压抑的心灵，在咏梅的时候得到了情感的释放。

纳兰以梅花自比，在词中有所体现，上片的后一句，他写道：“别样清幽，自然标格，莫近东墙。”这与他在《金缕曲》中的“疏影临书卷，带霜华，高高下下，粉脂都遣，别是幽情嫌妩媚，红烛啼痕休泫”格外相似。同样是将梅拟人，清淡雅洁，表达了淡雅高洁、不愿流俗的愿望。

梅花并非是什么名贵之花，不过是冬日里的一抹淡雅，但就是这份淡雅，令纳兰仿佛看到了另一个自己。在开花的季节，那些百花争奇斗艳的时候，梅花孤傲地躲在墙角。可是在百花休眠、寒冬腊月的时候，梅花独独要崭露头角。即便风再冷，雪再大，也要傲然挺立，为冬日带来一抹色彩。

所以，纳兰在词的下片才会写道：“冰肌玉骨天分付，兼付与凄凉。”梅花的这份冰肌玉骨，仿佛是上天赐予的，可是上天赐予了梅花冰肌玉骨，却并未赐予它一个好时候。纳兰想到自己，不也正是如此吗？生不逢时，无法得到心灵上的真正自由，就算锦衣玉食，有着种种别人羡慕的好生活那又如何，还不是活得如同行尸走肉！

纳兰在词的最后感慨：“可怜遥夜，冷烟和月，疏影横窗。”在寂静的夜空，遥望明月，嗅着梅花的清香，度过这漫漫的黑暗！

自古圣贤皆寂寞啊。

# 朝中措

**蜀弦秦柱不关情，尽日掩云屏①。已惜轻翎退粉②，更嫌弱絮为萍③。**
**东风多事，余寒吹散，烘暖微醒④。看尽一帘红雨⑤，为谁亲系花铃⑥。**

## ◇注释

①云屏：有云形彩绘的屏风，或用云母作为装饰的屏风。

②轻翎：蝴蝶。

③弱絮：轻柔的柳絮。

④微醒：微醉。

⑤红雨：红色的雨，比喻落花。

⑥花铃：指用以惊吓鸟雀的护花铃。

## ◇赏析

“蜀弦”泛指蜀中所制的琴。相传汉蜀郡司马相如所用的蜀琴十分精致，后来人们便以此来表示精致的琴。而“秦柱”则是指秦弦，是古秦地（今陕西一带）的一种弦乐器。似瑟，传为秦蒙恬所造，故而得名。

“蜀弦秦柱不关情”，写出伤春之情，关情便是动情之意，在这美妙绝伦的音乐声中，都引不起激动的情感，无法令之动容，可见这忧郁有多么深。既然美好动听的琴瑟之声都无法感化这忧郁，那便只能另想其他办法了。

这首词的写作年代已经不可考了，纳兰是在什么时间、什么地点写下了这首伤春词，还需要后人的猜测与考证。但其实事实如何，并不是很重要的，重要的是，纳兰在写这首词的时候，内心充满着忧伤。

他满怀悲伤地写道“尽日掩云屏”。“云屏”是有云形彩绘的屏风，或用云母作为装饰的屏风。纳兰在屏风后独自忧伤，或许是这春日让他感伤了，“已惜轻翎退粉，更嫌弱絮为萍”。春天虽然是春意盎然的季节，但眼前的蝴蝶褪去粉翅，柳絮也不再飞舞，而是飘落到水中，看来是春逝去了。

从上片来看，这首词就是在写暮春之景和伤春之情的：春日寂寂，百无聊赖，美好动听的琴瑟之声也引不起激动的情感，整日都掩上云母屏独自忧伤。面前蝴蝶已经褪粉，柳絮也飘落水中，已是春事消歇了。尽管春日东风温煦，吹散了余寒，暖意融融令人陶醉，然而也摧残花落。唉！看那花瓣随风飘落，当初的护花铃恐怕已经没有用处了。

春逝一直是许多文人笔下的主题，看到春天逝去，夏日将至，许多人的内心会涌动出躁动不安的情绪，纳兰也是如此。面对春天的逝去，炎炎夏日的即将到来，他莫名地感到忧伤，所以，便躲在屏风后面，独自哀伤。

上片写了春逝的种种景象，下片依然是写景，不过写景之中还融入了些许感悟，“东风多事，余寒吹散，烘暖微酲”。尽管东风将余寒吹散，暖融融的春意让人仿佛喝醉一般有着眩晕的感觉，可是这春意马上就要消失，取而代之的是夏日的气息。

四季轮回本是无可厚非的，纳兰在词中这样感悟，忽然让人觉得对春日的逝去多么不忍，所以，纳兰在词的最后感慨：“看尽一帘红雨，为谁亲系花铃？”花瓣凋零，仿佛下了一场红雨，看着没有了花朵的枝头，纳兰反问道：既然花都凋零了，那那些护花铃还有什么用呢？已经没有了想要保护的东西，护花铃便显得有些多余。

这首伤春词只是纳兰众多伤春词中的一首，读起来琅琅上口，用词讲究，而且将春日逝去的哀伤情思描写得可圈可点，是首佳作。

# 摊破浣溪沙

**林下荒苔道韫家[1]，生怜玉骨委尘沙[2]。愁向风前无处说，数归鸦。**

**半世浮萍随逝水，一宵冷雨葬名花[3]。魂是柳绵吹欲碎，绕天涯。**

**◇注释**

①林下：幽僻之境，引申为退隐或退隐之处。道韫：谢道韫，东晋诗人，谢安侄

女，王凝之之妻。以一句“未若柳絮因风起”咏雪而闻名，后世因而称女子的诗才为“咏絮才”。

②生怜：可怜。玉骨：清瘦秀丽的身架，多形容女子的体态。

③名花：名贵的花，同名花一样的美人。

## ◇赏析

这首词饱含伤悼之意，概为亡妻而作。1674年，纳兰性德二十岁时，娶两广总督卢兴祖之女为妻，赐淑人。那时的卢氏风华正茂，而且史书上记载她是“生而婉娈，性本端庄”。

这样的女子，自然是纳兰的最爱，夫妻二人婚后的感情十分好，恩恩爱爱，情深意切。可是天妒有情人，在他们结婚三年之后，卢氏便因为难产而亡，这给纳兰性德造成极大痛苦，从此“悼亡之吟不少，知己之恨尤深”。

爱妻的去世让纳兰经受了沉重的精神打击，他此后的词一度都是很消极的，他为卢氏写了很多悼亡词，词中多是流露出哀婉凄楚、不尽的相思之情。可是怀念再多，故去的人也是无法生还，这个惨淡的现实令纳兰心灰意冷，日子过得如同行尸走肉，只有在他的悼亡词中，还可以看到昔日纳兰的神采。

在怅然若失的怀念心绪下，纳兰写下了这首《摊破浣溪沙》，这首词意境很美，是纳兰词中的极品之作。词意在晦涩中透着纳兰独有的淡雅气息，仿佛是幽谷深处开放的兰花，清幽淡雅，品格独特。

词的开篇依然是平铺直叙，直接道来，不过纳兰用到了一个典故，这个典故是他在词中多次用到的，便是“道蕴家”。所谓的道韫是指东晋女诗人谢道韫，作为才女，谢道韫以一句“未若柳絮因风起”而成名，之后许多诗词中便将谢道韫引为典故。

在这首词里，纳兰写道 “林下荒苔道蕴家” ，“林下”是指幽静僻静的地方，引申为退隐的去处。在幽僻的地方本来是谢道韫的家，可是如今却是荒芜一片了。曾经的女才子而今也是荡然无存，她的居所也在风吹日晒中破败下去。

纳兰写此，意思是要写出光阴无情。而后一句紧接着写道：“生怜玉骨委尘沙。”依然是在写谢道韫，她曾经美丽的身影，如今已经是被埋葬在了一片黄沙之中，但实际上，纳兰是在隐射自己的妻子，曾经美丽温婉的妻子，如今也是双目紧闭，永远离他而去，不再与他相伴了。

所以，纳兰无计可施，只得“愁向风前无处说，数归鸦。”数不清愁绪，便抬头去数黄昏下的乌鸦。纳兰将自己缅怀亡妻的抑郁心情刻画到了极致。在上片写完景色之后，下片便接着写情。

“半世浮萍随逝水”，感慨自己的命运如同浮萍一样，半生的岁月就这样转瞬溜走，纳兰既是在悼亡妻子，又是在感伤自己。这首词的动人之处在于，他写词并非是纯粹的悼亡，还有写到自己，二者相互结合，更令后人感受到纳兰与卢氏之间的深厚感情。

《摊破浣沙溪》这个词牌，纳兰用过很多次，但这首却是其中写得最好的词之一，林下那僻静之地本是谢道韫的家，如今已是荒苔遍地，可怜那美丽的身影被埋在了一片荒沙之中。这生死离愁无处诉说，只能抬头尽数黄昏归来的乌鸦。半生的命运就如随水漂流的浮萍一样，无情的冷雨，一夜之间便把名花都摧残了。那一缕芳魂是否化为柳絮，终日在天涯飘荡！

极其之美，极其之清冷，极其之动人，下片中的“一宵冷雨葬名花”令人无端地想起了葬花的黛玉，仿佛能够感同身受，看到有情人无法终成眷属的悲伤。最后一句“魂是柳绵吹欲碎，绕天涯。”更是点出这首词的主旨，无论爱的人死去多久，无论她的魂魄飘走多远，爱永远是不能忘怀的。

# 摊破浣溪沙

**昨夜浓香分外宜，天将妍暖护双栖①，桦烛影微红玉软②，燕钗垂③。**
**几为愁多翻自笑，那逢欢极却含啼④。央及莲花清漏滴⑤，莫相催。**

## ◇注释

①妍暖：谓晴朗暖和。双栖：飞禽雌雄共同栖止，比喻夫妻共处。

②桦烛：用桦木皮卷蜡做成的烛。红玉：红色宝玉，古常用来比喻美人的肤色。

③燕钗：旧时妇女别在发髻上的一种燕子形的钗。

④含啼：犹含悲。

⑤央及：请求、央告。莲花：即莲花漏。清漏：清晰的滴漏声，古代以漏壶滴漏计时。

## ◇赏析

这首词有人说是怀友，有人说是追忆与恋人欢度良宵的情景，纳兰的许多词总是给人模棱两可的感觉，既是相思，又是相恋，搞不清楚他到底想要表达哪种情绪。或许这样的词作更好，因为猜不透，所以更显得朦胧。

那天夜里，天气晴好，浓香缭绕，分外宜人，你我双栖双宿。烛光下，你花颜云鬓，不胜美丽。刚笑自己多愁善感，相逢时又喜极而泣。莲花漏声声清脆，良宵苦短，请你莫要催促我离去！

纳兰在静夜起相思。酒不但不能化解他的满腹愁绪，反而更加添增了几分愁绪。情有多长，愁便有多长，比这无聊的春宵还要漫长。因为心中充满了孤寂，上片看是怀伊人，下片读是怀故友。

整首词愁情绵绵不绝，仿佛比春风还要绵绵，比春宵还要长远。在夜色中，心中充满了孤独和无聊，唯有梦里才可与你一会。在一个天气良好的夜里，花开云走，纳兰心中充满寂寞，提笔写下这首词，“昨夜浓香分外宜”，乍一看起来，似乎是一首意境与心境同样欢愉的词，写到美好的天气，还有夜色里浓郁的花香，二者相宜。

“天将妍暖护双栖”，晴朗暖和的天气中，夫妻二人双宿双栖。“妍暖”在这里是

夫妻双宿双栖的意思。问世间情为何物，为伊消得人憔悴。春风无法洗去内心的忧愁，即便再好的春光，再美好的夜晚，也无法抹去夫妻二人之间的情分。

为情而惑，一直是纳兰面临的情结。在这首词中，充分写出了这种情绪，在这个四季轮回的世界，身心竟然不堪其苦。回想起往日的种种，今朝的一切，真的是惨淡。原来的柔情蜜意，在今日看来，竟然如此不堪回首。

当日剪烛西窗，对面絮语之时，谁会想得到有朝一日，会无法再见面，无法再牵手呢？命运以其庞大的、无可扭转的力量，让人们在得到又失去的痛楚中，逐渐明白了人世无常的道理。如果早知道日后的分别，当日是否还会那么用力地去爱，这个问题无人能够回答，纳兰如今孤独地居住在旅馆内，回忆当初的情景，心里真是感慨万千，无法言说。

“桦烛影微红玉软，燕钗垂。”多么温馨的一幕，多么美好的回忆，这一切都因为回忆中的那个人不在身边，而显得犹如一幕惨淡的剧目，不忍去看。情爱就好像是双生花，轻易地将爱情中的两个人纠缠在一起，可是谁能想到，这之后的爱人，是如何面对世事沧桑变幻的呢？

纳兰独居寓所写出的词清淡雅致，虽然伤感，却并不浓烈。纳兰就是这样一个心境淡然的人，不会大悲亦然不会大喜。下片开始写起，可是怎么看都不像是连接上片了，这两片词似乎是分离的，意思不相连接。上片好像在怀念恋人，可是下片更像是在思念故人，想念一个老朋友。

“几为愁多翻自笑，那逢欢极却含啼。”依然的孤寂之感，但少了些香艳的感觉，用情依然深切，却不是你侬我侬的感觉，意境清疏，是词中的好句。人虽寂寞，可是想到与朋友在一起度过的欢声笑语的日子，心里就生出无限的喜悦。

“央及莲花清漏滴，莫相催。”时间过得虽然很快，但相逢总是令人高兴的，不要催着分离。似悲似喜的情感，纳兰这首词并不是为抒情而抒情，因写情而抒情，他的抒情在写景中自然而然地带出，十分自然。

在运笔之间，虽然还有淡淡的转折的痕迹，但用词却十分恰当，华美的言语背后，是纳兰细细密密、不肯轻易透露的心事。在这短短的数十字中，纳兰一生的经历机遇，都仿佛能看到一丝痕迹。

在这里，天涯籍旅客，孤独行走。纳兰华丽而落魄的身影，在清朝的夜晚，历史的河岸上，孤独呈现。

# 天晓角

**重来对酒[①]，折尽风前柳。若问看花情绪[②]，似当日，怎能够。**

**休为西风瘦，痛饮频搔首[③]。自古青蝇白璧[④]，天已早、安排就。**

### ◇注释

①对酒：面对着酒。

②情绪：心情，心境。

③痛饮：尽情地喝酒。搔首：以手搔头，焦急或有所思貌。

④青蝇白璧：比喻谗人陷害忠良。唐陈子昂《宴胡楚真禁所》诗："青蝇一相点，白璧遂成冤。"青蝇，苍蝇，蝇色黑，故称。白璧，平圆形而中有孔的白玉。

### ◇赏析

相逢又离别，离别又相逢，人生似乎就是在这相逢分别中慢慢损去，似乎是命运的轮回而已。看罢，如今眼前竟又是一盏离别酒，又要将它存进惆怅。

河边那一排排瘦瘦的柳树，春意未浓，绿芽始发，却早已攀折殆尽，一任那春风吹啊，却怎么也吹不绿了，春风又何能解憔悴？徒替柳枝伤感罢了。

与早春一道的，那早早的花儿已然开放，卑微，却露出生的希望——遥想那些一共赏花的年华，如水东流，一去不返。如今物是人非，再对花月，睹物思人，何谈情绪，哪有心思，真肝肠寸断。怎能还似当时呢？

可爱的人儿啊，不要在这西风中沉沦，不要为此而憔悴！经历了生涯那么多的坎坷、离别，面对过人生何其多的温热冷暖，难道脆弱的心灵还未粗糙，难道敏感的神经还未因此麻木？

痛饮下这一杯酒罢，让我们一道将离别的痛苦，赤裸裸地一点不留，浸泡在这催泪滚滚的烈酒中罢，还让我们自己也沉沉地败倒在这烈酒的冷寒里罢，让明日醒来时的我们，又回到原来并未相见的空虚中，回到我们从未结识的陌生中去，回到没有挂念的快乐中去。

人生不适，离别圆缺，清白谗邪，纷纷扰扰，永无宁日，自古便是如此啊，这千般烦恼，百般计较，命无不如此，皆由天定啊！

这是一首写饱受人生别离之苦后，借重聚饮酒之机，抒发人生无常之情的词。上片说重逢后，又临别酒，而此时，方寸所感，早与往日大相径庭。下片自己为这人生苦恼提出了解答："自古青蝇白璧，天已早、安排就。"

这首词属于纳兰性德深刻剖露自己精神苦闷，以及苦苦寻求解答与解脱的典型篇目。这词中体现了佛教思想对纳兰性德的影响。我们可以看见：一方面纳兰性德本曾积极进取，敢于直面人生，他早期和一切读书人一样，努力去考取功名，并且由于家族以及自身能力两方面的原因，顺利进阶，仕途可谓一帆风顺，成为帝王身边的武士，前途不可限量；另一方面，他完整人生中的另一面，也就是他敏感而易感伤的心理，坎坷而多遭变故的爱情生活，无常人生的生死、别离，等等，始终像水一样，慢慢浸透他全身。这样一对矛盾一并融入了纳兰性德的命运中，他无比苦闷，寻找出路，终于找到了佛教禅宗思想。然而他并不是一个虔诚的佛教徒，也并不是一个俗家弟子，他只是一个对世俗世界十分留恋又力图从中解脱读书人，一个伤感而敏感的诗人。

纳兰性德思想中的佛教思想有很多表现，如他的《饮水词》便是从“至于有法无法，有相无相，如鱼饮水，冷暖自知”中来的；又如他的词句“一日心期千劫在，后身缘，恐结来生里”，“待把来生祝取，慧业相同一处”等。

这首词写别情，却脱出别情外，终又回到别情上，始终想解脱，故作旷达语，又始终不可解脱，终归于一句对于人生的理解“自古青蝇白璧，天已早、安排就”，以此宽慰自己。全词可谓凄婉哀绝，能催人生出同感来，读之百遍，犹不觉厌。

# 减字木兰花

**相逢不语，一朵芙蓉着秋风。小晕红潮[①]，斜溜鬟心只凤翘[②]。**

**待将低唤，直为凝情恐人见[③]。欲诉幽怀，转过回阑叩玉钗[④]。**

## ◇注释

①小晕红潮：害羞时两颊上泛起的红晕。

②鬟心：鬟髻的顶心。凤翘：古代女子凤形的首饰，或者冠帽上插的鸟羽装饰。

③直为：只是因为。凝情：情意专注，这里指深细而浓烈的感情。

④回阑：即回栏，曲折的栏杆。

## ◇赏析

这是一首描写怀春少女偶遇自己喜欢的男子时的矛盾心理的词。在表现女性情感上，纳兰性德拿捏得恰到好处，如同戏剧一样，将一位可爱的少女生动活泼地展示在读者面前。

上片写相见时的外部举止。或许是一次游春，女子正赏花随游，信足而观，可突然前面走来一位那么熟悉的人——就是我一直暗暗喜欢的那个小伙子——顿时手足无措，语无伦次了，竟然一句话也没有跟他说，脸霎时就红了，像一朵芙蓉花，经过一场秋雨，显出淡淡的红色。两颊因害羞而红晕一片，把脸低下，头上的凤钗往上翘起。

词的下片将主要描写的点转移到了心理上，从女子的心思上着力刻画。非常想要轻轻地叫他一声，和他打个招呼，就是怕被人发现自己是那么爱他，然后说三道四。也想和他一述隐情，把自己想了很久，一直只能自言自语的话跟他倾心一谈。可是他已经远去，游春的雅兴也顿时消失，心中无限思量。只能徒然转身倚栏，百无聊赖，闲敲玉钗。

这首词前面已经说过，在表现女性情感上尤为细腻，盛东玲在《纳兰性德词选》中说："一个少女，与恋人漠然相逢，既不肯轻易放过这一个难得的倾诉衷肠的机会，欲语不语，娇羞之态可掬。这是作者亲身经历的事情，他记下了这一动人的一幕，心中充满了柔情。"那么作者通过两方面结合来写的。

一方面通过女子的外部行为，也就是集中在上片的一连串举止。首先，二人突然遇到，她的思想上一点准备也没有，遇到后必然表现为失语尴尬（即便能说话也是语无伦次，吞吞吐吐），这尴尬中充满甜蜜而心酸的爱情；然后脸色也应心而变，这加强了对前面失语的强调；接着由于前面失语脸红导致的失态，马上又去掩饰，便低垂下头。这些描写，可谓传神，力透纸背。

另一方面，进一步从深层次的心理上着笔。下片"恐人见"、"欲诉幽怀"是她的全部矛盾。可见这个女子受到世俗偏见的束缚，在冷酷的道德环境中战战兢兢，但她内心并没有被封建传统束缚，敢于面对所爱，并且心中跃跃欲试着要突破束缚。但是结果是具有悲剧性的，"转过回阑叩玉钗"，证明她又回到了先前那种相思成疾、百无聊赖的旧轨迹上。这一点具有悲剧性。但是应该看到其中隐含的某种冲击力，可以想见，若是遇到下一次，若上天竟又给了她一次这样的机会呢？她积累了足够的心理能量，就越能突破外界的世俗束缚。

这首词从女子方面来看待这次邂逅，然而词人纳兰性德却是其中的男主角，也就是那个女子邂逅的恋人。所以其实这首词最终还是纳兰性德的自我安慰。他遇到一位心仪已久的姑娘，他们是否相爱并不一定，但可以肯定的是纳兰性德对她确实苦恋已久。纳兰性德通过假设一个女子对他的这般情感，却是来表现自己的这种情感，由此可见纳兰性德是何其痴情。这种安排也是十分巧妙的。

这首词词风上受花间词影响明显，但在表情上却大大突破花间窠臼。在艺术真实上做得相当好，词人在女子和自己双重身份上，立足女性形象，进行自由转换，无论是行为还是心理上，都描摹得恰如其分，读来让人分外感动。

# 减字木兰花

**花丛冷眼[1]，自惜寻春来较晚[2]。知道今生，知道今生那见卿。**
**天然绝代，不信相思浑不解[3]。若解相思，定与韩凭共一枝。**

### ◇注释

①冷眼：冷淡、冷漠。

②寻春：游赏春景。

③浑不解：犹言全不解。

### ◇赏析

纳兰这首减字木兰花是相思之作。只是这相思之中寄托更多的是一份哀婉怅恨之情。上片纳兰用典于唐代风流才子杜牧的故事，彼时杜牧曾作《怅诗》以表怅惋之情：

自是寻春去校迟，不须惆怅怨芳时。

狂风落尽深红色，绿叶成阴子满枝。

晚唐人高彦休《唐阙史》卷上曾记载过与此诗有关的一个故事，即杜牧早年游湖州时，遇到过一个面相极为秀美的十余岁少女，心生喜爱之情，便与少女的母亲约定说等他十年，他若十年未回，再叫女儿出嫁。只是杜牧当上湖州刺史已是十四年后的事了，彼时那女子也已嫁人生子。杜牧怅然以作此诗。当时杜牧没有命题，时人命题为《怅诗》。

纳兰在此沿用此典以表明自己与杜牧相似的情感：原是只能怪自己游赏春景来迟，失了那最好颜色，须怨不得如今花丛冷淡，萎靡相对。只是看着眼前这已经残了的春景，不由思及佳人，纳兰本性多愁善感，触景伤情便更一发不可收拾，一口气叹出，便吟："知道今生，知道今生那见卿。"想来佳人也若这冷眼花丛，不再两颊飞红、盈盈浅笑地出现在纳兰眼前了。

关于纳兰的爱情遭遇，民间传说甚多，其中最广为流传的一个是说他爱过甚至有过婚姻之约的一位"绝色"女子后来被选入宫，相爱顿成陌路，给纳兰留下无尽愁绪。然而民间传说并无可靠的文献证据证实，不能排除演绎的成分，但是从本词上片来看，纳兰似乎确实曾有一位恋人与之失之交臂，至于原因究竟是纳兰如杜牧一般因某事耽搁而误了姻缘，还是佳人被另一更有权势的男子夺去，使得有情人不得眷属，如今已无从考证。但不论过程如何，结果都是一样的。

到如今春色已残，还能有何寄望呢？到了下片，纳兰用了前文提到的"相思树"的典故，关于相思树的故事，还有一首童谣被流传了下来："乌鹊双飞，不羡凤凰；韩凭之妻，不嫁宋王。"想来纳兰自知此生已无再见机会，竟是将再续前缘希望约定在了死后。

"不信相思浑不解"，"浑不解"在这里是全部不知道的意思。曾相知相爱的深挚情意，使得纳兰坚信那绝代芳华的佳人绝对不会忘记自己，而自己的一片相思情深，即使现在彼此已是天各一方，伊人也定然不会一点都不知道。而你若是真的明白我对你的这份情意，就“定与韩凭共一枝”吧。

纳兰在这首词中多寄托怅惋相思的怨愁和生死相许的深情，此外并未更多对世道以及缘分浅薄的怀恨怒意，这刚好迎合了纳兰“怨而不怒”的诗学主张。那到底相思究竟是怎样一种形态呢？元代的徐再思曾在《蟾宫曲·春情》中有过这样的描写：

平生不会相思，才会相思，便害相思。

身似浮云，心如飞絮，气若游丝。

空一缕余香在此，盼千金游子何之。

证候来时，正是何时？

灯半昏时，月半明时。

原来最深的思念是一份离别，两处销魂凋零。也便是如此这般昏惨惨也要继续的相思，消磨了时光，消瘦了伊人，仿佛一个倏忽，就从今生，蔓延到了来世，口里心里，还依旧碎碎念着你的名字。

## 一络索 长城

**野火拂云微绿[①]，西风夜哭。苍茫雁翅列秋空[②]，忆写向、屏山曲[③]。**

**山海几经翻覆[④]，女墙斜矗。看来费尽祖龙心，毕竟为、谁家筑？**

### ◇注释

①野火：指磷火，鬼火。

②苍茫：空旷辽远。

③屏山曲：如屏风一样曲折的山形。此处指绵延起伏的长城。

④山海：山与海。翻覆：巨大而彻底的变化。

### ◇赏析

纳兰在一个庞大而显赫的家族中，似乎他的富贵命运是上天早已经注定好了的。他一出生就被安排在一个贵胄的家庭里，他的出生伴随的便是荣华富贵，锦衣玉食，前程似锦，一生无忧。

但纳兰自己却并不认为这是上天的恩赐，反而认为这是上天的禁锢，他将豪门视为锁链，是牵制他自由的锁链。故而纳兰常常是不开心的，他自己曾在词中写过，“虽履盛处丰，抑然不自多。于世无所芬华，若戚戚于富贵而以贫贱为可安者。身在高门广厦，常有山泽鱼鸟之思”。

纳兰的诗词中，有不少是陪同康熙游历北京四周名山大川的风景而写作的。这些地方至今几乎还都有迹可循。纳兰的才智不但在于诗词，还在于他有丰富的文史知识，以及对客观事物准确的描述。

这首词为怀古之作，体现“风人”之旨：大漠荒野之夜，磷火绿光闪闪，好像与天上的云朵连到了一起，西风猎猎，仿佛鬼神夜哭。秋天苍茫的天空里飞过一行行征雁，想要飞过连绵起伏的长城。沧海桑田几经变化，那城墙依然矗立在那里。看来秦始皇是白费心机了，那万里长城究竟是为谁家所建造的呢?

所谓“风人”之旨，是说诗词中体现出严肃、大气的意境，清词中兴运动中,纳兰性德就以自然深挚的情致和婉丽凄清的风格别开生面,是清初独树一帜的词人。但正因为他的词清新婉约，自然也就无人会想到他有坚硬的一面。

其实，纳兰写怀古的诗词，也很是了得。他写言情诗词，可以极尽阴柔妩媚，令人读罢沉醉其中。而他写的怀古之词，也可以阳刚之气十足，犹如猎猎大风中，迎风而立的铁血将军在凝视前方。

第一句“野火拂云微绿，西风夜哭”，就写尽凛冽战栗之气势，夜晚的荒野上，闪烁着磷火点点，泛着绿光，好像是要与天上的云朵相连接。而四周刮起的西风，阵阵哀嚎，仿佛鬼神在哭泣。

这样的意境在纳兰的词中很少见到，这首词是他陪同皇帝出游时，看到无垠的风景，一时感慨而作。京郊的风景确实不如京城内的繁华，在紫禁城内，宫女如织，锦衣玉食，琳琅满目时，谁能想到，这个世上，还有许多地方是空旷无垠、毫无人烟的呢?

“苍茫雁翅列秋空，忆写向、屏山曲。”纳兰将长城比成“屏山曲”，刻画出了长城连绵不绝、曲折的形状。在苍茫的天地间，连绵曲折的长城蜿蜒走向，看不到尽头。感慨着这人力非凡造就的同时，纳兰也产生了疑问。

“山海几经翻覆，女墙斜矗。看来费尽祖龙心，毕竟为、谁家筑。”下片的词句言简意赅，简明易懂，长城历经风吹雨打，依然伫立不倒，秦始皇费尽心思修筑的这万里的防御，究竟是为了防御谁?

每一个帝王都想让自己的疆土永久保存，秦始皇修筑长城，是为了抵御外敌，但是清兵入关，这长城又起了什么作用呢？人世间的事不正是如此吗？。

# 一络索

**过尽遥山如画，短衣匹马①。萧萧木落不胜秋②，莫回首、斜阳下。**

**别是柔肠萦挂③，待归才罢。却愁拥髻向灯前④，说不尽、离人话。**

**◇注释**

①短衣匹马：短衣，短装。古代为平民、士兵等服装。穿着短衣，骑一匹骏马。形容士兵英姿矫健的样子。

②萧萧：冷落凄清的样子。木落：落叶。

③萦挂：牵挂。

④拥髻：谓捧持发髻。

## ◇赏析

这首词写征途之上和闺阁之中的景色与情思：穿短衣，乘匹马，在外之人奔驰在征途上。不要在夕阳西下时回首怅惘，那落叶纷飞的景象只能让人徒增悲凉。无尽的牵挂只有待到行人归来，才能消除吧？而对灯夜话之时，述说着别离之苦反倒使人生愁增恨。

纳兰是个心思细腻的人，他对待每一份感情都是十分认真的，无论是友情还是爱情，都让他很看重。

康熙二十三年，九月二十八日，纳兰随驾外出的时候，给朋友严绳孙于路途上写了一封信，从这封信中可以看出，纳兰对待友人真是情真意切，倾于肺腑，十分难得。

“兹于二十八日又从东封之驾，锦帆南下，尚未知到天涯何处，如何言期归期耶？汉兄病甚笃，未知尚得一见否，言之涕下。弟比来从事鞍马间，益觉疲顿。发已种种，而执殳如昔。从前壮志，都已灰尽。昔人言：身后名不如生前一杯酒，此言大是……古人谓：好官不过多得金耳。吾哥但得为饱暖闲人，又何必复萌宦情耶？吾哥所识天海风涛之人，未审可以晤对否？弟胸中块磊，非酒可浇，庶几得慧心人以晤言消之而已。沦落之余，方欲葬身柔乡，不知得如鄙人之愿否耳。”

从信中可以看出，纳兰把对于友人的关爱时时刻刻放在心里。而这首词所写的虽然是征途之上的景色，但从中也能窥到情思一二。纳兰睹物思人，从萧萧落木的凄凉景色，联想到远方故人，满心惆怅。

词的上片提笔便是“过尽遥山如画，短衣匹马。”这是多美的一幅意境，走过无数的山，跨过无数的路，只是身着短衣，骑着马匹，行色匆匆走过各路风景，最终停于某地，回首望去，身后早已经路千条、山万座了。

在这句里，纳兰的“短衣匹马”是出自唐代杜甫《曲江》：“短衣匹马随李广，看射猛虎终残年”，形容英姿矫健的样子。纳兰意气风发地停马且住，看落木萧萧，萧索的秋日，在斜阳下徒增悲凉。

前路漫漫，还有多少路要走，走过四季，已经走到了渐渐了无生气的秋季。路在脚下，依然要不断前行，但是过往回首望去，却是一片萧索。“萧萧木落不胜秋，莫回首、斜阳下。”这是纳兰游走在外的真实感受。

此时的他，定当是很想与友人秉烛夜谈、闲话家常。所以，他会写信给自己的朋友，诉说心事，也聊聊见闻。相见的时日不多，那就让信笺带去自己的问候吧！因为“别是柔肠萦挂，待归才罢。”无尽的相思和牵挂，只有回去后，见面才能诉说得尽。

在下片的开端，纳兰便用如此直白的语气写出了对友人的思念，他对待友谊和对待爱情一样饱含热情，充满热忱。正是因为充满无限的热忱，所以在分离之后，更显得孤寂和落寞。在这首词的最后，纳兰自己也写道：“却愁拥髻向灯前，说不尽、离人话。”

闲愁越想越多，只有当友人重新见面之后，才能化解，离人话说不尽，说得尽的只有彼此之间对对方的牵挂。

与纳兰交友，实在是一生有幸，因为，被纳兰认定的朋友，会生生世世存在于他的内心深处。

# 卜算子 塞梦

**塞草晚才青，日落箫笳动[1]慽慽凄凄入夜分[2]，催度星前梦。**

**小语绿杨烟，怯踏银河冻。行尽关山到白狼[3]，相见唯珍重。**

### ◇注释

①箫笳：箫和胡笳。

②慽慽：悲伤的样子。凄凄：形容心情凄凉悲伤。

③关山：关口和山岳。白狼：即白狼河，今辽宁大凌河。

### ◇赏析

《卜算子》又名《百尺楼》、《眉峰碧》、《楚天遥》等。相传是借用唐代诗人骆宾王的绰号。骆宾王写诗好用数字取名，人称“卜算子”。

这首塞梦是纳兰于塞外羁旅时思念妻子之作。

“塞草晚才青”，是日落时分，边塞的草在黄昏的天色里才显出青绿的颜色，此处也暗指白日行军匆忙，杂事诸多，只有黄昏时分陷入安静才开始觉得周围景致的苍凉。

“日落箫笳动”，夕阳才缓缓落下，箫笳之声便在大漠上蔓延开了，这里“箫笳”指的是管乐器。箫声婉转幽凉，笳声沉郁悲切，二者交错，突显出塞上荒凉空远的景色。卢纶《送张郎中还蜀歌》有句：“须臾醉起箫笳发，空见红旌入白云。”也是借箫笳之声延伸出这个大漠的苍凉。

暮色四合，箫笳沉凉，这一个夜入得如此缓慢凄清，我已不忍再看，转回营帐时却一步一回顾天际星光，原来这一场羁旅，所想要逃避的也不过是对你的相思无涯。用情之至，却使得在各自天涯之时噬骨之痛，那么，我若速速睡去，你是否也能赶来见我一面，聊解相思，也告诉我，家乡的柳枝，清河可有了什么变化。

“慽慽凄凄入夜分”一句用典，出自李清照《声声慢》：“寻寻觅觅，冷冷清清，凄凄惨惨戚戚”，描写的是自己在入夜后愁惨的心情，与易安相仿，那么不难理解所隐含的意思也是“乍暖还寒时候，最难将息”。杜甫《严氏溪放歌行》：“况我飘蓬无定所，终日慽慽忍羁旅”，所要表达的也便是这般羁旅生涯惨淡悲愁的心情。

在这般心情的驱使之下，终究相思难耐，只得“催度星前梦”，催促引渡妻子的梦魂来到边塞，与自己相会。此句化用于汤显祖《牡丹亭·游魂》“生性独行无那，此夜星前一个”一句。《牡丹亭》又名《还魂记》，是汤显祖的传世之作，小说描写了杜丽娘与柳梦梅生死离合的爱情故事。汤显祖在该剧《题词》中有言：“如杜丽娘者，乃可谓之有情人耳。情不知所起，一往而深。生者可以死，死可以生。生而不可与死，死而不可复生者，皆非情之至也。”而纳兰在此处用以指代夫妻情深，是以纵使关山阻隔，也愿梦魂相聚。

到了下片，也不知是睡了醒了，妻子那娇影袅袅娜娜地竟真的出现在了眼前，更欲耳畔轻柔情话私语，只是这个时节银河尚冻，路人皆不敢踏足那冰封的小河，杨柳蒙烟，天寒彻骨，却不知伊人独自如何能到得了这塞外边关荒凉之地。

于是紧接着“行尽关山到白狼，相见唯珍重”一句，便解释了妻子魂魄如何抵达塞外，却是将关山踏遍才寻到远在白狼的丈夫，这一句也暗喻了妻子不畏关山路途艰难，思念夫君，想要见到夫君，必要见到夫君的深情。晏几道《鹧鸪天》：“从别后，忆相逢，几回魂梦与君同。今宵剩把银釭照，犹恐相逢是梦中。”与此处有相似的妙处，虽然纳兰并未真正见到妻子，但两首词皆是指情人相见，亦真亦幻，梦里梦外难辨，相见却又不敢确认的恍惚心情。

既是相见了，应是有百般情话关切相问，可是相别之久，相思之深，却让酝酿了这许多年的千言万语在心绪中百转千回，不知从何言起，最终吐出口的，仅仅只有“珍重”二字。想来情到深处反而不能言语，甜言蜜语该多是独处之时盘旋。词到此处，蕴含了一语将破未破的玄机，万里迢迢相聚却只道一声珍重，情意盘旋缱绻，一唱三叹，使闻者不由只觉一片感怀在心，却又不敢妄作言辞以打碎这梦魂相聚的深绵。

这首塞梦，典型而深刻地描写出纳兰常年羁旅在外，厌于扈从生涯，时时怀恋妻子，思念家园，故虽身在塞上而相思不灭，遂朝思暮想而至于常常梦回家园，与妻子相聚。短短数字，将这种凄惘的情怀刻画得淋漓尽致，入木三分。

# 卜算子 午日

**村静午鸡啼，绿暗新阴覆。一展轻帘出画墙，道是端阳酒[①]。**
**早晚夕阳蝉，又噪长堤柳。青鬓长青自古谁，弹指黄花九[②]。**

**◇注释**

①端阳：即农历五月初五日，端午节。

②弹指：形容时间极短，本为佛家语。《法苑珠林》卷三引《僧祇律》“二十念为一瞬，二十瞬名一弹指，二十弹指名一罗预，二十罗预名一须臾，一日一夜有三十须

臾。”后来诗文多作“一弹指顷”，表示极短的时间。黄花：菊花。九：指农历九月初九日，即重阳节。

## ◇赏析

正是午夏时分，鸡鸣之声响起在寂静的村落，阳光下树木的枝叶明暗层次，阴阳错落。那轻帘开处，端阳节的酒香溢满在空气中。

可夕阳终究会到来，那不知疲倦的知了又会在河畔长堤的柳荫中嘶叫不已。不由想到，古往今来，没有谁能够留住鬓边的缕缕青丝，时光急急地流逝，而今也是如此，不过是弹指之间，就又到了那秋意倍浓的黄花时节。

这首词所选取的不过是小山村里夏天正午时候的一幅极为平常的图景，却用层层对照，相互关联的手法写出了词人心中独到的情思和深长的意味。有景，亦有情，景有妙处，情亦有妙处。由景而生情，并没有标新立异用词奇崛的地方，可贵之处就在于这份情思的独到、意味的深长。

从听觉角度打量，在“村静午鸡啼”一句中，词人用鸡的叫声反衬出山村的安静，这与王维的“蝉噪林愈静，鸟鸣山更幽”有异曲同工之妙。我们不禁会想，为何闹中可以取静呢？原因是这些闹声（鸡鸣、蝉噪、鸟叫）本身只是些轻微、细小而不易引起人们注意的动静，因此只能在静谧的氛围中才能引起了人的关注，人的关注最终凸显了周围环境的安静。同样的，“又噪长堤柳”看似写蝉声，却透露出夕阳河畔一缕静谧的乡村气息。但这声蝉叫却不再单单只是“静”的旨归，蝉声在我国古典诗词中承担着时光易逝、年华老去的蕴意；此外蝉声也惯有浓厚的悲凉意味。这些特殊意味的流露最终指向本词咏叹时光易逝的主旨，感慨之情油然而生。

从视觉图景上来看，“午”与“夕”在大处形成鲜明对照，关照时光弹指之间便匆匆流逝的同时，又在小处关联着阴与阳，明与暗的错落和变换。“绿暗新阴覆”一句中，“新”字用得尤为精妙。树叶在午日的阳光下晃动，所投射下的阴影也有所变动，但是如何才能传神地写出这种阴阳交错呢？词人用了这样一个“新”字，有“新”，便有“旧”，阴阳相生，有了“新阴”、“旧阴”，就会有“新阳”、“旧阳”，“阴”有两种，“阳”也有了两种，阴阳之间，种与种之间有着不停的移换，视觉层次便丰富起来。明代散文大家归有光先生写“三五之夜，明月半墙，桂影斑驳，风移影动，珊珊可爱”（《项脊轩志》），也有着同样的丰富和新奇，甚为“可爱”。

青丝易白，时光易逝，弹指一瞬，不知蹉跎了多少光阴。这在很多文人们的诗词中常有流露。庄子的“人生在世，若白驹过隙，忽然而已”是如此，李白的“君不见，高堂明镜悲白发，朝如青丝暮成雪”是如此，苏东坡的“弹指间，樯橹灰飞烟灭。多情应笑我，早生华发”也是如此。关于这点，本词却独独有着一种对于相对性的玩味。从午日到夕阳西下这半天内的跨越，不过是词人对于目前之境的近程写照；而从“端阳酒”到九月黄花时节，却是词人心中更远处的联想和感喟。这两组时光轴上的端点，一大一小、一远一近地照应着词人心之所想、情之所发。而“青鬓长青自古谁”却将这种相对性伸展到更为普遍、更为深邃的人生主题上——生命有限。词人却并没有在此更多地着墨，没有写自己在这有限的人生旅程中，是要报国杀敌，干一番轰轰烈烈的事业，还是茗茶赏花，自得其乐而已，因为他写词的本意并不在此。只是想到秋日很快就会到来，恍然之间，就是一弹指的功夫，手中的酒樽中又会盛满有着浓浓秋意的黄花酒，又是一年将尽啊，年年如是，青丝终将耐不住时光的变迁，心中便觉无限惆怅。

意到而发，所发之意回味无穷；意尽而止，所止之处恰得其妙。

# 雨中花 送徐艺初归昆山[1]

**天外孤帆云外树，看又是春随人去。水驿灯昏[2]，关城月落[3]，不算凄凉处。**
**计程应惜天涯暮[4]，打叠起伤心无数[5]。中坐波涛[6]，眼前冷暖，多少人难语。**

## ◇注释

①徐艺初：纳兰性德座师徐乾学之子，名树谷，字艺初，江苏昆山人，康熙进士。昆山：县名，今属江苏，因境内有昆山而得名。

②水驿：水路驿站。

③关城：关塞上的城堡。

④计程：计算路程。

⑤打叠：整理，准备，收拾。

⑥中坐波涛：此处指触犯朝纲。中坐，即中座，指星犯帝座。

## ◇赏析

纳兰的词中偶然可见美丽却生疏的词牌名，有他和朋友们自创的，譬如《青衫湿遍》、《踏莎美人》；还有很少有人谱度的词牌，譬如这《雨中花》。《雨中花》在《全唐诗·附词》仅有一首，双调，不过九十四字。

纳兰的《雨中花》写得短小清雅，起首一句“天外孤帆云外树”就足以使人倾倒。一点孤帆游于天外，便已经是说不尽的苍茫孤寂了，树影婆娑，影于云外，更显得这云天寂静高远。宋代贺铸《望西飞》有“计留春，春随人去远”之句，纳兰化用之：

离别的时刻，看天外孤帆远影，云外天低树稀，顿觉春天也将伴随着你的离开而远去。从此征途漫漫，无限凄凉。计算行程，收拾心情。虽无意触犯朝纲，但看尽人间冷暖后，也不由得感叹：多少人有苦难诉啊！

上片写景，下片写情，情景交融，浑然天成。这首天籁般的小词是赠与徐艺初的。

徐艺初是纳兰性德的老师徐乾学的儿子。提起徐乾学大家可能感到陌生，但是他的舅父可是无人不知无人不晓：明末清初著名学者顾炎武。据说徐乾学曾得到顾炎武的悉心指点，加之天资聪颖，八岁就能写出漂亮的文章。康熙九年（1670年），徐乾学金榜题名，得中榜眼，从此晋身仕途。没想到康熙十二年（1673年），爆发了“副榜未取汉军卷”案，两个主犯，一个是徐乾学，另一个就是当年和他同榜的状元蔡启僔。那次考试徐乾学任顺天乡试考官，取纳兰性德为举人，因此徐乾学是他的“座师”。徐乾学因为“坐取副榜不及汉军镌级”而被事中杨雍建弹劾，遭到降级调用的处罚，回了老家江苏昆山。当时徐艺初还没有成家，一直陪伴在父亲身边。

纳兰性德对老师之不幸深表同情，故本篇大约作于送老师之时。他所赠虽为艺初，但艺初实为徐乾学之子，可见借题发挥之旨，词中既表达了对座师的同情和安慰，也流露出对自己前程的牢骚和不平。

纳兰性德去世那年，恰逢徐艺初中进士，不知纳兰可曾喝到了朋友那杯及第酒？纳兰的词非但柔美，更有真性情。这首昔年旧词，寓情于景，寄下的多少关切，多少同情。这样的词，每每读起，总是让人感慨不已。

# 鹧鸪天

**雁贴寒云次第飞[1]，向南犹自怨归迟[2]。谁能瘦马关山道，又到西风扑鬓时。**

**人杳杳[3]，思依依[4]，更无芳树有乌啼[5]。凭将扫黛窗前月[6]，持向今宵照别离。**

### ◇注释

①次第：依次，依一定顺序，一个挨一个地。

②犹自：尚，尚自。

③杳杳：犹隐约、依稀。

④依依：恋恋不舍。

⑤芳树：泛指佳木。

⑥扫黛：画眉，女子用黛描画眉毛，故称。

### ◇赏析

这首词是一首相思之作，全词表现出一种清冷且萧瑟的相思之情，可谓是含思隽永、语近情遥。

大雁是一种候鸟，在我国北方每年秋去春来，在中国古代有许多赞美大雁的诗词，例如李清照在《一剪梅》中曾写道：“云中谁寄锦书来,雁字回时,月满西楼”，温庭筠的《瑶瑟怨》中也有“雁声远过潇湘去,十二楼中月自明”的诗句，而在这首词中，纳兰一开篇就为我们描绘出一幅成行的北雁贴着寒云向南飞翔的景象，这不仅点明了季节——秋天已经来到，而且也为全词定下了萧瑟清冷的格调。

大雁一边向南飞翔，一边却在抱怨，它们抱怨的是“归迟”，连大雁都如此思家心切，纳兰自然会联想到自身的处境，接下来我们来看他描绘了一幅怎样的图画。

“谁能瘦马关山道，又到西风扑鬓时”，马并非膘肥体壮，而是瘦弱不堪，道路并非平坦阳关大道，而是崎岖不平的关山道，迎面扑来的并不是和煦的春风，而是萧瑟的秋风，这样一幅图画，让我们不由自主地联想到马致远《天净沙·秋思》中的诗句“古道西风瘦马。夕阳西下，断肠人在天涯”。而此时的纳兰，恐怕与马致远当时的心境是相差无几，他骑在一匹清癯衰疲的马上，冒着凛冽的西风，行进在关山道上，几分苍凉，几分悲寂。

接下来纳兰继续写愁思，“人杳杳，思依依，更无芳树有乌啼”，离人杳杳，相思依依，听到的是树间乌鸦的鸣啼，但是，这写的还是纳兰在行进途中的所见所闻吗？其实，从下片开始，纳兰就已经不再描写征人的所见所闻，而是转而描写思妇的相思之情，下片的所闻所感都是从思妇的角度来写的，尤其是最后两句，纳兰更是用“月亮”这一意象，把千里相隔的征人和思妇联系在一起：那曾在窗前画眉时见到的明月，如今又照在征人的身上了。

在中国古典诗词中，十分讲究意境的创造，情与景是否能够巧妙地结合到一起，是能否构成意境的关键所在。王夫之在《萱斋诗话》说过：“情景名为二，而实不可离。神于诗者，妙合无垠。”而王国维在《人间词话》中也有“一切景语皆情语”的论断。以景托情，寓情于景，在景情的交融中构成一种凄凉悲苦的意境，这在古典诗词中是最常见的写作手法。

纳兰在这首词中，通过“寒”、“瘦”、“西风”这些景语，使浓郁的秋色之中蕴含着无限凄凉悲苦的情调，这些景物既是纳兰征途中的所见，是眼中物，但同时又是其情感的载体，更是心中物，全词中景中有情，情中有景，情景巧妙地结合到一起，自然也就构成了一种动人的艺术境界。

# 鹧鸪天

**别绪如丝睡不成，那堪孤枕梦边城①。因听紫塞三更雨②，却忆红楼半夜灯③。**
**书郑重，恨分明，天将愁味酿多情。起来呵手封题处④，偏到鸳鸯两字冰。**

**◇注释**

①边城：临近边界的城市。

②紫塞：北方边塞。

③红楼：红色的楼，泛指华美的楼房。指富贵人家女子的住房。

④呵手：向手呵气使暖和。封题：物品封装妥当后，在封口处题签，特指在书札的

封口上签押，引申为书札的代称。

## ◇赏析

在中国古典诗词中，有许多缠绵悱恻的诗篇，从“窈窕淑女，寤寐求之”的吟唱到“十年生死两茫茫”的悲叹，再到“才下眉头，却上心头”的相思情愁。我们在欣赏这些诗篇时，所能感受的不仅仅是那种热烈、深沉的感情，更能体味到洋溢在其中的绵绵相思以及幽幽愁丝。

纳兰的这首词是塞上怀远之作，仍然是相思的主题，首句“别绪如丝睡不成”，直抒胸臆，多情公子此时正在塞上，别后的相思之情让他辗转反侧，夜不能寐，而“那堪孤枕梦边城”则更进一步说明了纳兰的愁思之深。按照正常的理解，“梦边城”应该解释为“梦见边城”，但是联系上下文，我们就知道其应该解释为“梦于边城”。

由于孤枕难眠，于是纳兰只好从床上爬起来，去倾听那塞外夜半的雨声，可是这潇潇的夜雨声，就如同愁苦之人拨弄琴瑟的弦声，凄凉震耳，声声敲痛着纳兰那颗充满愁思的心，也越发触动了他的情思，让他不自觉地回忆起家中灯前的妻子，她此时是否也在思念着自己？

紫塞，指的是北方边塞，鲍照在《芜城赋》中有“南驰苍梧涨海，北走紫塞雁门”的诗句。长城之下的泥土呈紫色，相传这是因为修筑长城的老百姓一批批全都死在城下，以至于“尸骨相支拄”，百姓的血肉之躯掺和了泥土，恰是紫色，所以边塞就被称为紫塞。

相思之情此时已如春日的野草一样，迅速地疯长着，于是纳兰拿起笔，铺开纸笺，开始给妻子写信，抒发自己的离愁别绪。“书郑重,恨分明”，纳兰在这里化用李商隐的“锦长书郑重，眉细恨分明”，李诗原是一首《无题》：

照梁初有情，出水旧知名。
裙衩芙蓉小，钗茸翡翠轻。
锦长书郑重，眉细恨分明。
莫近弹棋局，中心最不平。

李商隐当时新婚不久，由于卷入了“牛李党争”，因此在仕途上遭遇了不公正的待遇，新妻子王氏并没有因李商隐在仕途上的不得志而放弃他，而是一直不离不弃，与其患难与共。于是李商隐写下了这首诗。纳兰在此处截取“书郑重”和“恨分明”二语，语义上让人感到十分疑惑，至于他在当时要表达什么含义，我们今人就不得而知了。

接下来纳兰用一句“天将愁味酿多情”，将整夜的情思推向了高潮，人有七情六欲，会感到愁苦，而苍天似乎也在用滴滴答答的细雨声来酝酿自己的愁苦，一个“酿”字，可谓是全词的词眼。

边塞严寒，纳兰好不容易写完信，呵着僵硬的双手封合了信封，在为信封签押的时候，偏签押到鸳鸯两字时，却发现笔尖被冻住了，只有一片冰凉的寒意。在这里，纳兰将自己的心境与天气巧妙地结合在一起，那被冻住的恐怕不仅仅是笔尖，更是纳兰的那颗心吧？

相传卢氏死后，纳兰在二十六岁时续娶了官氏，由于和官氏的婚姻带有政治色彩，所以纳兰一直对官氏非常冷淡，如果真是这样的话，那么这首词就应该不是写给官氏的，那么，我们是否就有理由推测，这又是一首怀念卢氏的悼亡之作呢？从“天将愁味酿多情”、“偏到鸳鸯两字冰”这几句来看，纳兰当时的心中确实有一种难以诉说的愁苦。

# 青衫湿 悼亡

**近来无限伤心事，谁与话长更？从教分付①，绿窗红泪②，早雁初莺。**
**当时领略③，而今断送，总负多情。忽疑君到，漆灯风飐④，痴数春星。**

### ◇注释

①从教：听任，任凭。分付：同“吩咐”。

②红泪：指伤离或死别的眼泪。

③领略：欣赏，晓悟。

④漆灯：灯明亮如漆谓之“漆灯”。风飐：风吹。

### ◇赏析

纳兰自号楞伽山人，在佛教中，“楞伽”是真实的一座山，据佛典故事中说，佛陀进入楞伽山讲说佛法，之后便有了《楞伽阿跋多罗宝经》，即《楞伽经》，这部经书成为了之后中土闻名的禅宗经典。而后，达摩祖师又将这部经书传给了慧可，从而开启了中土佛教的“楞伽师”的时代，又经过了弘忍和慧能两位禅师的努力，禅宗才算在中土定型，成为了中土的一种文化得以发展。

所以，《楞伽经》带来的是禅定的方法。在清朝十分流行，纳兰之所以选择这个自号，想来与此有关。纳兰的妻子死去后，悲伤得难以自禁的纳兰，在万念俱灰的心情下，总是会在佛灯下呆坐，自然也就是需要依靠禅定来分散心头的创痛，结上了《楞伽经》的佛缘。

这首词抒发对亡妻深切怀念的痴情：近来我有很多的心事，你不在了，我要向谁诉说？一切都听凭安排，绿窗之下的离别之泪，春天里的莺歌燕语，这一切都曾经领略过，如今却一去不返，空负这一片痴情。恍惚之间仿佛感受到你来到我的身边，在风中的烛光下默默地数着春夜里的繁星。

“近来无限伤心事”，纳兰的一开篇便写出了自己内心的伤感，最近的无数伤心事，都只得埋藏在自己心里，因为无处可以诉说，你早已离去，我的知己只有你一人，你走了，我的心里话还能对谁说呢？

卢氏不但是纳兰的妻子，更是纳兰的红颜知己，纳兰为卢氏所题写的悼亡词数不胜数，可是每一首，他都能够写出情词中的哀婉，他是真的无法割舍对卢氏的一片情深。不像封建社会里的其他男性，纳兰对女性的爱是发自肺腑、十分真切的，他一旦爱上一

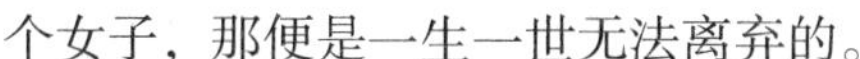

个女子，那便是一生一世无法离弃的。

自然，卢氏是幸运的，她能够与纳兰真心相爱一场，死后，又能够被纳兰如此思念，封建社会里只怕少有女性能够像她这样幸运。但是活下来的纳兰，却是不幸的，他的伤痛，无人诉说，他只能够低沉地与卢氏讲“谁与话长更”，你的离去，对我的打击是多么大，你可知道？

卢氏自然是无法知道，人死如灯灭，卢氏的离别，就注定了纳兰在这个世上的孤寂，“从教分付，绿窗红泪，早雁初莺”。纳兰自然也是知道，自己的思念无济于事，生活还要继续下去，但是纳兰就是无法控制自己内心的思念，他一想到从前，便要忍不住泪如雨下，悲痛欲绝。

“当时领略，而今断送，总负多情。”当时的恩情，今日看来，真是无奈，早知如此，当日便不用多情一片，也会省的今日的难舍难分吧。话虽如此，但纳兰又怎么能够放下那一片深情。过多的思念，让纳兰心生幻觉。“忽疑君到，漆灯风飐，痴数春星。”好像感觉到卢氏又回到了他的身边，仔细一看，却只是孤灯冷风，窗外星星寂寥，也不过是清冷的夜空，哪里有卢氏的影踪呢？

问世间情为何物，便是纳兰这般吧。

# 落花时

（按此调《谱》、《律》不载，疑亦自度曲。一本作《好花时》。）

**夕阳谁唤下楼梯，一握香荑[1]。回头忍笑阶前立，总无语、也依依[2]。**

**笺书直恁无凭据[3]，休说相思。劝伊好向红窗醉，须莫及、落花时。**

## ◇注释

①香荑：柔软而芳香的茅草嫩芽。荑，茅草的嫩芽。

②依依：美丽。

③笺书：信札，文书。直恁：犹言竟然如此。无凭据：不能凭信，难以料定。指书信中的期约竟如此不足凭信，即谓“误期、爽约”之意。

## ◇赏析

这首词刻画恋人相会时的场景：夕阳中，谁把她从楼上唤出，手握一把香草。下得楼来，她却忍着笑意立在阶前，一语不发，尽管如此却依然美丽。信中相约却未如期而至，如今就不要再说什么相思了。劝你沉醉小窗，还没有到落花相见之时呢！

“夕阳谁唤下楼梯，一握香荑。”这首词写下了夕阳西下，恋人相约时，既相爱又娇嗔的场面。纳兰依然是用他典型的直白开场，写下了这个故事的开端，从楼梯上下来，女子手中握着香草。“香荑”是指刚刚长出来的嫩草，带着淡淡青绿色，有着植物特有的芳香，好像男女初恋的味道，青涩，好闻。

本来，恋人相见，应当是欣喜若狂，立即相拥在一起。可是这时，女子却做出了一个令人难以理解的举动。她被恋人唤出，从楼上下来，在楼梯上，手捧香草，微微带笑，准备去和朝思暮想的恋人见面。可是她却忽然“回头忍笑阶前立”，一言不发，叫人摸不着头脑。停在那里，不再走到恋人跟前，看到相爱的人站在楼下，急得抓耳挠腮，这大概是许多女子在恋爱中都喜欢玩儿的一个小花招。

这首词里的女子也是如此，说到原因，无外乎是恋人不守约定，错过了约期。所以，女子才要故作矜持，故作冷淡。她想要惩罚男子，要挫挫男子的锐气，纳兰能够这样描写一个女子，也写出了他的内心想法，作为清朝贵胄，纳兰并不是秉承大男子主义的，在他心里，尊重女性，也关爱女性。纳兰的心里始终充满爱意，他对一切都包含深切的爱，所以，他才会让女子以这样的形态出现。本来是等得着急，急切地想要见到男子，可是在见到男子之后，却又止步不前，无语相对。这是给那些妄自尊大的男人一点教训，告诉那些男人，不要认为女人就是一件附庸品，想怎么样就怎么样，女人也是需要认真去对待、去爱的。

总的来说，上片就是在写二人相会，女子撒娇矜持的场景。纳兰从女子落笔，将其写得活泼可爱，十数字间就将女子的形貌神情、心事点点，都写得清透微妙，惟妙惟肖。纳兰的这首词词风雅致，格调清淡。上片最后“总无语、也依依”六字，更是道出了女子的小小心事。

据传这首《落花时》是纳兰写给自己初恋情人的，不过无法考证，究竟实情如何，也无法确切得知。但这首词确实是写得细致入骨，女子等情郎、见情郎、怨情郎，怪情郎的种种都在短短的一首词中道明。

“笺书直恁无凭据，休说相思。”春光流转不定，春风盎然，但依然会过渡到夏日，四季轮回，无人可阻，感情之间的事情也不外乎如此，没人能够肯定相亲相爱一生一世，但只要当时用情至深，那便是此生无悔了。

不需要立下什么凭证，因为当初书信中所写的约期，男子没有遵守，这样不守承诺，如何还能相信？女子对男子如此埋怨道，她要男子知道，自己也是有血有肉的女人，需要被男子认真地对待。

如果不能被男子珍惜，那也不需要他的相思。女子看似决绝的一面底下，隐藏的其实是真诚的爱恋。看到男子被自己的严厉吓到，女子又于心不忍，她转而安慰男子，“劝伊好向红窗醉，须莫及、落花时”。用风景来过渡，将之前的冷淡场面敷衍过去，毕竟男子还是来了，又何必去计较之前的种种呢？

女子对男子说，春光太好，定要珍惜，不要因为犹豫而错过了两个人相处的好时机。不然等到花落时，定要后悔万分的。言语之中含有“有花堪折直须折”的意思，女子内心的情感不言而喻，她还是爱着男子的，希望得到男子的爱。

精准的用词中，看得出其中缱绻的情意，离愁，离恨，相爱，相守，爱情之中的种种，纳兰尽悉把握词中。生命犹如朝露，虚幻间便很快度过了一生，如果不及时把握，那悔恨的将会是自己。

纳兰是真的懂得爱，所以，他能够将爱写得如此轻描淡写，却如此深入人心，这首词的风流蕴藉之处，很有北宋小令的遗风，亲昵，却又不失庄重，艳丽，但有并不艳情，纳兰的风骨之高，由此可见。

相爱的人在词的结尾，相守在一起，但并未提到之后他们会如何发展，是否会结婚生子，是否会分手离别。故事戛然而止，让人们对这个故事充满了想象与心动，文字是纳兰的生命，与纳兰的血液融化在一起，《落花时》仿佛是纳兰青春年少时的一笔缩写，在偶然的时间，偶然地邂逅一名爱的女子，就不要轻易错过，如同遗失的春光，瞬间的把握，就可以是一辈子的回忆。

# 锦堂春 秋海棠①

**帘外淡烟一缕，墙阴几簇低花。夜来微雨西风里，无力任欹斜②。**
**仿佛个人睡起，晕红不著铅华③。天寒翠袖添凄楚④，愁近欲栖鸦⑤。**

## ◇注释

①秋海棠：多年生草本植物，叶背和叶柄带紫红色，花淡红色，供观赏。

②欹斜：歪斜不正。

③铅华：妇女化妆用的铅粉。

④翠袖：青绿色衣袖，泛指女子的装束，这里指秋海棠的绿叶。凄楚：凄凉悲哀。

⑤栖鸦：乌鸦欲栖息时，指黄昏时候。

## ◇赏析

这是一首咏物词，这首词是吟咏秋海棠。咏物是诗词吟咏中一个永恒的主题，借着咏物而抒发情感，词人们喜爱并一直热衷这样的方式。

其中歌咏海棠的诗词实在是太多了，几乎和歌咏爱情的主题一样在诗词中泛滥成灾，既然是很多人歌咏过的，纳兰为何偏偏还要选择海棠来写呢？这就是纳兰，从来不管别人的眼光，他只做自己喜欢做的事情。

将老话题写出新意，这难不倒纳兰，这首词的主旨是写海棠，但核心却是要写清愁相思的。纳兰填词，一向都是要独抒性灵的，即便落入俗套，也会写出与别人不一样的词境。正所谓情之所至即是词之所处。

即便落进窠臼，那又何妨，大不了不被后人广为传唱，纳兰并不在乎这所谓的身后名声，他在乎的，是自己和自己在乎人的感受。纳兰性情真切，所以，他填词，总是能够写出许多旁人的心声，因为许多人并不敢轻易喊出自己的心声，但是纳兰敢，这个年轻男子，有恃无恐，他不怕任何礼教束缚，他只要追求真诚热烈的情感，于是，纳兰的词，便多了一份生机和活力。

这样的一首《锦堂春》，读起来，让人感到天真无邪、不通世故，但同时又能感受到内心有着蠢蠢欲动的悸动。虽然这首词并非是新意迭出，但是那又何妨，没有人会在乎，人们只会在这首词的情真意切中感动，别无他求。

珠帘外一缕淡淡的轻烟，墙阴处几簇矮矮的鲜花。昨夜秋风吹来一场细雨，花枝无力，任凭风雨将她吹斜。那娇美的神态仿佛美人睡起之后脸上泛起的红色，不施粉黛却娇艳欲滴。寒风中那绿色的衣袖更为她平添了几许凄楚，在黄昏之中徒增无限清愁！

清愁是纳兰抒写不尽的主题，他的每首词，几乎都带有淡淡的愁云，不是很浓厚，只是一抹，就好像天青色的烟云，淡淡地出现在眼帘前方，让人看到后，内心有淡淡的微风吹过，随即消失不见。

词中也是这样写道，“帘外淡烟一缕”，帘外的淡淡烟云，一缕便飘散在风中，好像刚才什么也没有出现。开门见山，便写了烟雾消散，犹如自己的愁绪，淡然一抹，偶尔飘来，随即飘走。

这就是纳兰的词，总是独抒性灵。对于纳兰来说，不论是常见的景物，还是常见的心情，只要他愿意，便总是能够写入词章之中，不求其他，只为娱乐自己。而纳兰在这首词中，也是这样做的。

“墙阴几簇低花”，不过是墙角下的几朵小花，但是纳兰却能欣赏到他们独有的魅力，在墙角的阴凉下，几簇低矮、不被重视的小花，长在那里，它们虽然卑微，但却生命力顽强，只要一点点的阳光，便能自由自在地开放。纳兰是在写花，也是在羡慕花的自由。“夜来微雨西风里，无力任欹斜。”虽然夜晚一场暴雨，会让花朵凋零、倾斜，看似要枯死一般。可是只要第二天照样出太阳，它们便会再次回转过来。

这就是生命的力量。纳兰是渴望这种力量的，于是，这种生命力顽强的花，在他眼中，也别具一番风韵。下片写花的样子，仿佛是在描述一个美貌的女子，“仿佛个人睡起，晕红不著铅华”。好像刚刚睡醒的女子，不施粉黛，素面朝天，但却可爱真实，让人怜惜。就好像这花一样，让人无法不去关爱。

“天寒翠袖添凄楚，愁近欲栖鸦。”寒风中，它们努力绽放，要将最后的颜色在这枯黄的世界中保存得更长久一些，可是它们不知道，看花的人，却在黄昏中，看到它们，更看到了哀愁。

# 海棠春

**落红片片浑如雾，不教更觅桃源路[1]。香径晚风寒[2]，月在花飞处。**

**蔷薇影暗空凝伫③，任碧飐轻衫萦住④。惊起早栖鸦，飞过秋千去。**

## ◇注释

①桃源路：桃源，即桃花源，晋陶渊明在《桃花源记》中描写了一个与世隔绝、安居乐业的好地方，用以比喻不受外界影响的地方或理想中的美好地方。

②香径：花间小路，或指满地落花的小路。

③蔷薇：落叶灌木。有单瓣、复瓣之别，色有红、粉红、白、黄等多种，很美丽，初夏开放。凝伫：凝望伫立，停滞不动。

④飐：颤动、摇动。

## ◇赏析

晋陶渊明在他的《桃花源记》中描写了一个与世隔绝、安居乐业的好地方，称之为桃花源。之后，桃花源似乎就成为了人们心目中的避世理想之所，可惜，这个地方不过是陶渊明的虚构，世间哪里会有这样美好的地方呢?

如果说有，那也只能是世人心目中的一个理想向往罢了。纳兰便是一心向往着这样的世外桃源。这首《海棠春》看似写景，实则抒情，纳兰的心在这首词里表露无遗，他想要逃离这纷繁的俗世，想要去一个清净的地方安度余年。

虽然，这样的愿望对于一般人来说，似乎并不难实现，但对于纳兰，这个天生就富贵的男人来说，却是无法实现的心愿。老天爷总是公平的，他给予你一样东西的时候，也会收走你的另一样东西。

在世间男子为了功名利禄、荣华富贵，舍弃自由，舍弃自我，奋力拼搏的时候，那个一生下来就什么都有了的纳兰，却偏偏想抛弃这些，去找寻自由。当然，这份自由就如同那臆想中的桃花源一样无法触摸得到。

纳兰之苦，在于心苦，所以他的词里，大多是将这种无法言说的苦表达出来，或者借景抒情，或者以物言志。

这首词勾画月夜下孤清寂寞的情景：春风吹过，落花纷纷，如烟似雾，叫人禁不住要去寻觅那世外桃源。花间小径，晚风伴着轻寒，将花瓣吹到月光底下。墙壁上蔷薇的倩影里，有人默默地伫立凝望着眼前的一切，任凭风吹衣袂，花瓣萦绕。清风惊起早醒的晨鸦，使得它们扇动着翅膀飞过秋千去了。

“落红片片浑如雾”，开篇一句便是充满了诗情画意，叫人向往，但随后一句，则是将人从天堂拉入人间，“不教更觅桃源路”，如此美景，忍不住想要叫人去寻找那桃花源的踪迹，可是究竟入口何处呢？无人可知。

在看似美景之下，其实在美丽之外，心头更是藏着一份凄凉的情怀。这首词的总体基调是清冷的，“香径晚风寒，月在花飞处”。每一个字都流露出了不泯的深情，只是可惜，这份情怀无人可寄，故而越发显得凄冷。

清冷孤寂是纳兰心里头始终扣着的一道伤口，无法撼动，无论人生之路如何行走，世情如何变幻，纳兰心头的这道疤痕，都不会褪去。这是命运带给他的伤，而他无能为力，便将这伤带入了词中。

读着纳兰的词，感怀着他的伤，不禁泪流。“蔷薇影暗空凝伫，任碧飐轻衫萦住。”一个孤寂的身影，任凭风将自己的衣衫吹起，身上感到些许的冷，但心里更冷，纳兰最苦的便是没有知己，在苏东坡的《怀渑池寄子瞻兄》说道：“人生到处知何似？应似飞鸿踏雪泥。泥上偶然留指爪，鸿飞那复计东西。”

知己是一个男人最好的解忧酒，可惜纳兰没有，所以，任凭“惊起早栖鸦，飞过秋千去。”他也只能是在大片大片的忧伤中，沿着自己的轨迹，掉入灰暗的深渊，无法逃脱。这是一道美丽的疤痕，让纳兰一生都在写着绚烂孤寂的诗词。

这份情怀，延绵不绝，泅了千年。

# 河渎神

**风紧雁行高，无边落木萧萧[1]。楚天魂梦与香销，青山暮暮朝朝。**

**断续凉云来一缕，飘堕几丝灵雨[2]。今夜冷红浦溆[3]，鸳鸯栖向何处？**

## ◇注释

①“无边”句：描绘深秋的景色，化用杜甫《登高》：“无边落木萧萧下，不尽长江滚滚来。”

②灵雨：好雨。《诗经·风·定之方中》：“灵雨既零，命彼倌人。星言夙驾，说于桑田。”郑玄笺：“灵，善也。”

③红：指水草，一名水荭。浦溆：水滨，水边。唐杨炯《青苔赋》：“桂舟横兮兰触，浦溆回兮心断续。”

## ◇赏析

“风”与“大雁”是纳兰词里常常会选用的意境，风过无声，雁过无痕，或许这两种事物能够准确地表达出纳兰关于寂寞的想象。

寂寞是无声无痕却能攫住人心的。纳兰的寂寞，寒冷了许多人的心，在他的词中，人们仿佛能够感同身受，与纳兰一起在寂寞的苦海中，挣扎沉沦，无法靠岸。这就是纳兰词的魅力，是无法抗拒的。

这首词表达相思之情：西风卷地，落叶无边。你我之情如同楚天云雨般，朝朝暮暮。凉云飘过，灵雨几丝，秋已深，夜已深，水边红草萋萋，寒意袭人，不知那鸳鸯又栖息何处，那爱人又身在何处？

相思是许多诗词中永恒的主题，相思之情，男女之爱，最容易写成，因为这是人世间最为普及的情感。但同时，也最难写好，因为人人都曾经历，便少了些新意和感悟。纳兰偏要迎难而上，他的词，大多是相思相爱之词，或许是爱之深，所以才会感之切，纳兰的相思之词，并不腻歪，反而有些爽口。

“风紧雁行高”，五个字，便是寂寞的形状，宛如天际的白云，看似有形，却是无形。也正是因为如此，寂寞才难以捉摸，时而飘来，进入心里，让人无法释怀。纳兰最是能体会寂寞的，他的心，从始至终，从未曾冰释过。

“无边落木萧萧。”就好像无边的落木，落叶无边，枯寂蔓延开来，无法收拾。而纳兰之所以开篇如此描写，正是要写出相思之苦的痛楚：“楚天魂梦与香销，青山暮暮朝朝。”到底那相爱之情如何才能够化解，让我不再为相思而苦？

无人能够做答，就连纳兰自己，也无法解答。人世间的情情爱爱，本就是因缘际会，这是无法用理性去控制的。纳兰是一个多情之人，他正因为多情，才被情所困，词中虽是写景，但却景中有情，甚是感人。

“断续凉云来一缕，飘堕几丝灵雨。今夜冷红浦溆，鸳鸯栖向何处？”情景交融，云雨反转，无一不让纳兰想到相思之人，今夜寒意袭人，那思恋的人，会在何处呢？是否会被寒冷侵袭，又是否会不懂得加衣？

这种种担忧，无不化进这首词中，尽惹得相思离人泪。

## 太常引 自题小照

**西风乍起峭寒生①，惊雁避移营②。千里暮云平，休回首、长亭短亭。**
**无穷山色，无边往事，一例冷清清。试倩玉箫声③，唤千古、英雄梦醒。**

### ◇注释

①峭寒：料峭的寒意，形容微寒。

②惊雁：犹言惊弓之鸟。移营：转移营地。

③玉箫：玉制的箫或箫的美称。

### ◇赏析

西风乍起，寒峭顿生。写的虽然是塞外风景，但却是字字句句都透露出内心凄苦迷茫的心境。纳兰作为侍卫，时常会随同皇帝外出游视，每次外出，他都会心情低沉，离开那些他所熟悉、所爱的人，让他感到不适。

这是一首题写在画像上的小令，这首词的副标题叫“自题小照”，是当年纳兰出使唆龙的行程中，友人为他绘画的出塞图。在他回来之后，他的许多朋友都纷纷在这幅图上题诗，于是，纳兰自己也自提了这阕小令。

这首小令在纳兰洋洋洒洒数百篇的作品中并不起眼，甚至还有些水平低下等，但是这首词也正是具有典型的纳兰词特征。豪放之情，婉约之形，字里行间还有无尽的迷茫和困顿，在词意上更有难以言说的痛楚，这些都是纳兰写词的特征：上片写塞上之景，秋风吹起，寒意顿生，惊雁移营。蓦然回首，千里暮云之下长亭接着短亭。下片婉转抒情，无穷的山色，无尽的往事都沉浸在这冷冷清清的秋意之中。谁来吹起箫声唤醒英雄旧梦！

“西风乍起峭寒生，惊雁避移营。”秋季总是让人忍不住神伤的季节，纳兰外出执行公务，随着大队人马，浩浩荡荡地行走在塞外的沙漠上。看到眼前一望无际的戈壁、大漠，纳兰内心是更多宽广，还是更多凄惶。

这一句词恐怕就是纳兰当时的心境体现，在西风吹起时，大漠扬起尘沙，让人无法睁开眼睛，在这样一个生存环境恶劣的情况下，纳兰应该是十分想念京城里自己温暖舒适的家。可是，在这里，却感受到了自由和内心无比地空旷，作为男人，还有什么比自由更为重要！尤其是对纳兰来说，这份自由更是难能可贵。

风起寒生，大队人马浩浩荡荡开拔过去，大雁被惊起，四处飞散，在远处的天空化作一个黑点。放眼望去，真是“千里暮云平，休回首、长亭短亭”。塞外的风景在纳兰的笔下，更显得增添几分粗犷和神秘感。上片写完风景，下片自然而然地承接抒情，纳兰习惯了幽思之情，在面对如此旷达的景物时，他却能一改往日的习惯，写出与他大多数词不同的格调来，也可以见得，纳兰的内心，并非是只记挂着儿女情长。

“无穷山色，无边往事，一例冷清清。”这一眼望不到边的无穷无尽的山、无穷无尽的山色就好像自己无边的心事，蔓延开去，满眼荒凉。过去的往事仿佛自己走过的荒漠，寸草不生，因为曾经那么炽热地爱过、恨过，故而现在任何事情都无法再激荡起内心的一点点的涟漪。

爱情本身就是一场天灾，像一种可怕的毁灭，让原本莺歌燕语的世界，变得兵荒马乱。纳兰虽然并未直接在词中提到爱情，但他却让他的词意，表达出了爱情在他生命中所占据的重要地位。

纳兰渴望爱情，但渴望有一份自由，他仰天长叹：“试倩玉箫声，唤千古、英雄梦醒。”真正的男儿，就应当是横刀立马，天地间四处驰骋。纳兰对理想，就这么一点点的要求，可惜，现实告诉他，只有按照既定的轨迹，才是他这一生的道路。

一个人若知道自己一生所要走的路是什么样的，这到底是好事，还是坏事？

# 荷叶杯

**帘卷落花如雪，烟月[1]。谁在小红亭？玉钗敲竹乍闻声，风影略分明[2]。**

**化作彩云飞去，何处？不隔枕函边[3]，一声将息晓寒天[4]，肠断又今年。**

## ◇注释

①烟月：云雾笼罩的月亮，朦胧的月色。

②风影：随风晃动的物影。

③枕函：中间可以藏物的枕头。

④将息：调养休息、保养，这里是珍重、保重的意思。

## ◇赏析

写景一向都是纳兰的强项，这首《荷叶杯》以景喻相思，将落花与月夜结合得相得益彰，清幽淡雅之处隐隐透着些许沉郁，纳兰这首词，读起来如泣如诉，耐人寻味。词如其名，荷叶杯，这是很清丽的词牌名，来源于隋朝人士殷英童《采莲曲》中“荷叶捧成杯”一句，故此后便有了此名。

这首词的情感力量十分强大，虽然只读字面，并不觉得如此。但多留在心底回味几遍，便能感觉到这首词的宛转悠扬、连绵之美了。这是一首写景词，也是一首抒情词，抒发满腔抑郁、闷闷之情。

上片写幻象，在落花如雪的月夜里，朦胧中是谁伫立在小红亭里，偶尔传来几声玉钗敲竹般的声响，看去她身影历历，伫立风中。那身影蓦然化作彩云飞逝，要飞往何处？一切如梦如幻。然而与她在枕边的情义总是无法隔断、难以忘情的，道一声“珍重”，又将天明，断肠人又要在愁苦中度过一年。

唐人以荷叶为杯，将其称之为碧筒酒。古人喜欢附庸风雅，他们“接天莲叶无穷碧”，“淡妆浓抹两相宜”。纳兰将此风雅延续，烟水迷蒙，可以让人们联想到许多艳美之事，“帘卷落花如雪，烟月。谁在小红亭？”一声反问拉开词的序幕，遥远的故事重回心头，纳兰这首词的意境可谓美到了极致，“落花如雪”，落花犹如雪片一样纷纷扬扬飘落，而在月色下，显得十分凄迷，纳兰用一个“烟”字去衬托“月”，使得月夜下这场落花雪更为动人心魄。

在一场华丽的雕琢布景之后，纳兰的心事隆重出场：“谁在小红亭？”一声疑问让后人读词时也疑惑不解，究竟是何种女子，竟然让纳兰如此神醉心迷。按照纳兰写这首词的时间推算，他应当是在怀念卢氏。

卢氏与纳兰的感情至深，感天动地。他们二人都是绝代佳人，真可谓是人似落花如雪，情如烟月。二人之间的情感一直被后世传唱。纳兰的痴情，卢氏的温婉，这二人似乎成了神仙眷侣的代言人，看到他们就看到了完美伴侣。

但是，越是完美的就越容易碎。卢氏的死带给纳兰很大的伤痛，他写了无数的悼亡词，只为纪念自己这位妻子。在这首词中，可以清晰地感受到纳兰内心的伤痛，他带着深深的怀念，写下和卢氏有关的词句。

“玉钗敲竹乍闻声，风影略分明。”这是虚写，是纳兰的想象，他仿佛看到妻子的玉钗在敲动竹竿，发出声响。风声掠过，人影憧憧，妻子似乎就在眼前不远处，向他微微一笑，鲜活的画面让整首词仿佛都活了起来。

但这毕竟是幻境，是纳兰自己的想象。妻子已经去世，怎么可能会在人世间留下任何一点影踪呢？纳兰自然也是明白这点的，于是，他的哀戚，好似天边的云彩，飞往远处，无法回还。

漫漫蓝天，小楼轻上，回忆往昔，那些过去的日子让人心里竟是如此安定。日子曾经是那般温顺，在北方这个荒芜的都市里，也曾有过一对眷侣，双宿双飞，可是而今，一切都不在了，过去的再也回不来了。

“化作彩云飞去，何处？”都化作了彩云飞去，飞往何处呢？放眼望去，找不到踪迹。世间的事，莫非就是如此！红颜命薄，黄沙掩埋玉体，仅仅三载光阴，便天人相隔，永无相见之日了。

在落花如雪的月夜里，纳兰的心思里全是朦胧的想念。卢氏绰绰的身影，仿佛就在眼前。一声叹息，天边尽是断肠人。到底是谁寂寞？是去世的卢氏，还是仍然在世间苟活的纳兰？抑或是，这人世间，种种痴情的男女。

“不隔枕函边，一声将息晓寒天，肠断又今年。”月夜访竹，在一片夜色中思念故人。就仿佛这高洁的竹子，清洁如许，那份情感，天地可鉴。这些竹子，就好像纳兰的感情，日夜站在那里，千年不变。

这世间的情谊竟是如此不稳，忽而就永久地失去，再也看不到踪迹。但也正是如此，才更让那些痴情的人懂得情之艰难。

# 荷叶杯

**知己一人谁是？已矣。赢得误他生。多情终古似无情，莫问醉耶醒。**

**未是看来如雾，朝暮。将息好花天[①]。为伊指点再来缘[②]，疏雨洗遗钿[③]。**

## ◇注释

①好花天：指美好的花开季节。

②再来缘：下世的姻缘，来生的姻缘。

③钿：指用金、银、玉、贝等镶饰的饰物。此代指亡妇的遗物。

## ◇赏析

这首词为怀念亡妻而作：谁是那唯一的知己？可惜已经离我而去，只有来世再续前缘。多情自古以来都好似无情，这种境况无论醉醒都是如此。朝朝暮暮，如烟似雾，那大好的春色不要白白错过。雨中拿着你的遗物睹物思人，但愿能来世相见。

纳兰的诗词中，对荷花的吟咏，描述很多。以荷花来比兴纳兰公子的高洁品格，是再恰当不过的。“出污泥而不染”是文人雅士们崇尚的境界。它起始于佛教的有关教义，把荷花作为超凡脱俗的象征。

而在中国传统文化中，把梅、竹、兰、菊“四君子”和松柏、荷花等人格化，赋

予人的性格、情感、志趣，使其有了特定的内涵。许多文人热衷寄托自己的情思到这些梅兰竹菊身上，例如郑板桥画竹，曹雪芹写石头，这都是代表了他们内心的某种情感图腾。

纳兰也不例外，纳兰就是认定了荷花，在许多词中，他都写到荷花，寄托自己无处可寄托的情感。在这首词中，虽然没有提到荷花，但可以看出纳兰将自己的情感都寄托在了那份景致中。

有人说这是一阕悼亡，是写亡妻，可也有人说是写恋人，怀念与恋人之间无法追回的情感。不论写哪种逝去的情感，都可以说得通。平心而论，无论是妻子还是恋人，纳兰从来都不会偏向哪一方，他将这些女子放在心中，她们各自有各自的位置。

开篇便问："知己一人谁是？""知己"二字，中国古时是十分慎用的，除非彼此之间非常了解对方的心意，不然是不可妄自称为知己的。纳兰的知己，便是那位离他而去的女子，但他也明白，人生得一知己足矣，所以，他会在反问之后，自问自答地写道："已矣。"

的确是这样的，既然此生已经得到了知己，那么便足够了，至于今后独自行走的道路，有着之前的回忆，那还怕什么呢？"赢得误他生。"来生如果有缘，相信还是会走到一起的。多情不必神伤，"多情终古似无情，莫问醉耶醒"。上片在一片混沌中结束，纳兰似醉非醉地混迹人间，没有了知己，他还要继续走下去，如果不糊涂一点，如何能够应对这世间坚硬的种种？

纳兰的好朋友朱彝尊感慨常叹："滔滔天下，知己一人谁是？"可见并不是所有人都能得到知己，从这点来说，纳兰是幸运的。他爱的人不但爱他，更懂得他，就算这份懂得是短暂的，那也是曾经拥有过。

这上片直抒胸臆，真切极了。但是下片却是笔锋勒马，由刚转柔，不再明写，而是用铺垫，写起情感，尤其是最后一句"为伊指点再来缘，疏雨洗遗钿"。缠绵悱恻，诉尽心底伤痛悔恨。

"未是看来如雾，朝暮。将息好花天。"有景有情，全词情意盎然，让人读起来感到飞流直下，但丝毫没有什么不妥的感觉，反倒是让人泪下如雨。"海内存知己，天涯若比邻"，这句诗正好道出了纳兰的心声。

爱情固然是渴望地久天长的，但如果能够拥有一份连生死都无法阻隔的爱情，那也未尝不是一件幸事。正所谓在彼岸花开如初，才更能见到爱情的坚定。

# 寻芳草 萧寺纪梦

**客夜怎生过[1]？梦相伴、绮窗吟和[2]。薄嗔佯笑道[3]，若不是恁凄凉，肯来么？来去苦匆匆，准拟待、晓钟敲破[4]。乍偎人、一闪灯花堕[5]，却对着琉璃火[6]。**

**◇注释**

①怎生：怎样，怎么。

②吟和：吟诗唱和。

③薄嗔、佯笑:假意嗔怒、故作嗔怪。

④准拟：料想，打算，希望。晓钟：报晓的钟声。

⑤灯花：灯心燃烧时结成的花状物。

⑥琉璃火：此指琉璃灯，用玻璃制作的油灯，多用于寺庙中。

**◇赏析**

都说自古英雄出少年。清朝男儿的事业永远都在马上，应当是建功立业，战于沙场，奋勇杀敌。但是纳兰偏偏生就英雄志，又放不下儿女情。纳兰的心始终是柔软的，纵使他武艺高强，领有侍卫之职，也无法在毫无情感的仕途上走得快乐。

“在轻倩的格调后面隐藏着变征之音，使旖旎温馨归于惨淡。这一点，又是大大不同于柳永。”这是黄天骥在《纳兰性德和他的词》中，对纳兰所写词的评价，虽然谈不上贴切，倒也是十分中肯。

纳兰的心是惨淡的，在他所写词的旖旎背后，尽是掩藏了惨淡的心事，这首词为纪梦之作，表达对恋人的怨离之情：这客宿山寺之夜要如何度过？梦里与伊人相会，诗词唱和，故作嗔怪地说：“如果不是太过凄凉冷清，你肯过来陪我吗？”可惜好梦不长，来去匆匆，晓钟敲破晨霭，忽而梦断，灯花坠落，自己却空对着琉璃灯，令人不胜怅惘。

这首词的副标题为“萧寺纪梦”，所谓的萧寺便是指佛寺，纳兰寄宿佛寺，在佛门圣地，寂静暗思，不由得心生感叹。

“客夜怎生过？”在这佛寺中要如何度过，才能不显得这夜晚分外漫长？想来想去，便只有思念恋人，只有想起与恋人相守时的美好时光，这夜晚才不会那么黑暗。“梦相伴、绮窗吟和。”夜里做梦，梦到昔日的恋人，二人相伴窗前，吟诗作对，十分快活，纳兰在寺庙里，做着美梦，可惜，现实是残酷的，他孤独一人，置身山寺，在他的梦境中，那份独独属于他的美好也并没有继续下去。

“薄嗔佯笑道，若不是恁凄凉，肯来么？”恋人一脸娇羞，故意质问纳兰：“如果不是你过于孤独，你会来找我吗？”纳兰无言以对，他平日乏味单调的生活，早已使得他失去了生活的激情，爱情远离他的那日，他便早已是忘记了爱情的模样。

恋人在睡梦中的质问，其实也是纳兰的扪心自问，如果不是自己过于孤寂，是否还会想起往日的恋人，还有往日相爱时的美好情感？必然不会，因为早就已经习惯了一个人的日子，如何还会去让自己再置身于想念之中呢？

“来去苦匆匆，准拟待、晓钟敲破。”不过，容不得他细想，好梦易碎，在钟声里，纳兰醒了，甚至还来不及和恋人告别，就这样匆匆苏醒。看到晨曦从窗口进来，照亮房屋的每一个角落，纳兰暗生悔意。

好梦为何不能多停留片刻呢。可是世事不往往就是如此吗？总是在最美的时候，便戛然而止，留给人们无尽幽思。“乍偎人、一闪灯花堕，却对着琉璃火。”

这美梦忽然醒来，留下自己在冰冷的现实中空对着琉璃灯，看着灯花坠落，犹如看着自己美好的往昔零落，内心凄惶。

## 菊花新 送张见阳令江华①

**愁绝行人天易暮②，行向鹧鸪声里住③，渺渺洞庭波，木叶下、楚天何处？**
**折残杨柳应无数，趁离亭笛声吹度。有几个征鸿④，相伴也、送君南去。**

### ◇注释

①江华：汉置冯乘县，唐置江华县，改曰云溪，寻复故，唐初置县在五保之地，神龙初迁于寒亭北阳华岩之江南，故名江华，在今湖南江华东南，现为瑶族自治县。

②愁绝：极度忧愁。

③鹧鸪声里：鹧鸪声含有惜别之意，同时指张见阳将去的江华之地，地在西南方，故云。

④征鸿：征雁。

### ◇赏析

这首词为送别之作，是纳兰送给他的好友张见阳的一首词，此人是康熙年间名重一时的人物，与纳兰惺惺相惜，结下了深厚情缘。

张见阳的一幅《墨兰图》上，曾找曹寅题过词，曹寅的那首《墨兰歌》中不但夸赞了张见阳的画工了得，也深情描述了张见阳与纳兰之间的真挚友谊和笃厚感情。

“折扇郭风花向左，鸾飘凤泊惊婀娜。巡枝数朵叹师承，颠倒离披无不可。潇湘第一岂凡情，别样萧疏墨有声。可怜侧帽楼中客，不在薰炉烟外听。盛年戚戚愁无谓，井华饮处人偏贵。饧桃敢信敌千羊，孤芳果亦空群卉。张公健笔妙一时，散卓屈写幽兰姿。太虚游刃不见纸，万首自跋那兰词。交渝金石真能久，岁寒何必求三友。衹今摆脱松雪肥，奇雅更肖彝斋叟。”

“太虚游刃不见纸，万首自跋那兰词。交渝金石真能久，岁寒何必求三友。”这句就可以看出张见阳与纳兰之间的深厚感情。纳兰与张见阳和曹寅都有很深的交情，纳兰英年早逝，让二人十分悲痛。

之后张见阳每画一幅画都要在画上题纳兰的词，以纪念纳兰和他的友谊。在纳兰生前，二人就已打下了友谊的根基。

这首词是纳兰为张见阳送行而作的。词的字里行间充满了离别的愁恨，朋友间的友谊不会因为距离和时间的长度而逐渐淡漠，真正的友谊是能够跨越千山万水，抵达人心深处的一种情感。

你就要赴任到遥远的江华，此刻送行为之生愁添恨，而天色也仿佛变得晦暗迷蒙了。故人将去的江华，此时也正是秋色凄凉，令人惆怅。依依难舍，杨柳折断了无数次，本应趁着长亭离宴上的笛声作别，却仍不忍分手离去。天空飞过几只征雁，就让它们陪你远行，与你做伴吧。

“愁绝行人天易暮”，人要走，留不住的尽是相思情，仿佛知道纳兰内心的凄苦，连上天都不忍再看，暮色深重，愁煞赶路人。“行向鹧鸪声里住”这句话里有个说道，便是所谓的“鹧鸪声里”，这是指张见阳将去的江华之地，地在西南方，故云。而且鹧鸪本身也含有惜别之意，是许多词人爱用的一个词。

“渺渺洞庭波，木叶下、楚天何处？”清楚了友人要去的地方，但是自己无法相陪，这真是哀愁的一件事情。上片写到离别之苦，下片别接着写送别之情，依依惜别，不忍分离，可是离别总是要面对的，纳兰只得化悲痛为安慰，对自己说，朋友不过是远去，来日方长，总有见面的一天。

“折残杨柳应无数，趁离亭笛声吹度。”话虽如此，依然是舍不得离开，不知道送过了多少路程，不知道走过了多少亭子，就是舍不得说分手。但是天下无不散的宴席，送君千里，终须一别，自己不能将朋友送到他要去的地方。

但是友人这一路上是否安全，他依然担心，正巧头顶上盘旋几只大雁，那就让大雁为自己护送友人，一路南下吧。“有几个征鸿，相伴也、送君南去。”情感的真挚到最后陡然升起，友人之间的情谊无需再多说，彼此心意了然。

# 南歌子

**翠袖凝寒薄[1]，帘衣入夜空[2]。病容扶起月明中，惹得一丝残篆、旧熏笼[3]。**
**暗觉欢期过，遥知别恨同。疏花已是不禁风，那更夜深清露、湿愁红[4]。**

**◇注释**

①凝寒：严寒。《文选·刘桢〈赠从弟诗之二〉》：“岂不罹凝寒，松柏有本性。”李善注：“凝，严也。”

②帘衣：即帘幕。《南史·夏侯亶传》：“（亶）晚年颇好音乐，有妓妾十数人，并无被服姿容，每有客，常隔帘奏之，时谓帘为夏侯妓衣。”后因谓帘幕为帘衣。

③残篆：指点燃的篆字形的香将要燃尽。

④清露：洁净的露水。愁红：谓经风雨摧残的花，亦以喻女子的愁容。

**◇赏析**

古往今来，写男女相爱、离别苦情的词章不在少数。这些词，大多是你情我愿的甜蜜，或者是生死离别的怅然。总之就是生生死死，情情爱爱，并没有太大的心意。纳兰写词，也无法逃离这个怪圈，他的诗词，也大多是写此类，但纳兰却是能够写出千古情殇人的心事，写得让他们内心滴血。

这首词写离愁别恨：夜幕降临，帘幕里空空寂寂，他不在身旁，不免感到严寒凄冷。明月之下，支撑起这多病之躯，惹得将尽的残香烟雾缭绕。心里明白约定的欢会之日已过，想必你也跟我一样离恨难消。人已经病容满面，弱不禁风了，哪里还禁得起这夜来的愁苦相思呢！

人性最是复杂，从而也造就了文字的复杂。本来文字是反映人的内心所想，但因为人们常常不愿意那么轻易地就被旁人窥破心事，从而将简易的文字，变成了掌心中复杂的游戏。喜爱玩儿文字游戏的人，总能将几句诗词，写得云山雾罩，让人摸不到头脑，更摸不到这诗词中，想要表达何种意思。

其实，戳破文字伪装的一面，就可以看到隐藏在背后的真相。那些词人，总是将自己的心事包装完好，不愿意被别人看到。其实这不过是自欺欺人的一种方式罢了，谁能看不穿呢，唯有自己。

纳兰从不如此，他只要是写词，一向都是直来直去，爱恨情仇，从不隐晦，干脆利落得让人惊愕。这就是纳兰，仿佛孩童一般透明，他愿意将自己的喜怒哀乐通通拿出来与世人分享。

据清《赁庑笔记》载："容若眷一女，绝色也。旋女入宫，顿成陌路。容若愁思郁结，誓必一见，了此夙因。会遭国丧，喇嘛每日应入宫唪经，容若贿通喇嘛，披袈裟，居然入宫，果得彼姝一见。而宫禁森严，竟不能通一语，怅然而出。"之后，纳兰便写下一首《减字木兰花》，抒写当日的忧郁和感伤。"相逢不语，一朵芙蓉着秋雨。小晕红潮，斜溜鬟心只凤翘。待将低唤，直为凝情恐人见。欲诉幽怀，转过回阑叩玉钗。"

纳兰当时的心情、神态，在词中表露无遗。但后人谁又能去嘲笑他的痴情和哀怨呢？问世间情为何物，直教人生死相许。纳兰能够做到痴情不改，后人有多少人可以拍着胸脯说自己也可以呢？

正是因为痴情和纯净，纳兰才敢于大胆地将自己的心事写入词中，与世人一起去看。他的心事，纯净如水，从未改变过。

有时，从此生死两茫茫。绝了心念，也好。

# 南歌子

**暖护樱桃蕊[1]，寒翻蛱蝶翎[2]。东风吹绿渐冥冥[3]，不信一生憔悴伴啼莺。**

**素影飘残月[④]，香丝拂绮棂[⑤]。百花迢递玉钗声[⑥]，索向绿窗寻梦寄余生[⑦]。**

## ◇注释

①樱桃：樱桃属的乔木和灌木。

②翎：翎毛，鸟翅和尾上的长羽毛，这里指翅膀。

③冥冥：形容高远、深远，此处谓绿荫渐渐浓密。

④素影：月影。唐杜审言《和康五庭芝望月有怀》：“雾濯清辉苦，风飘素影寒。”

⑤香丝：指柳条，又指美人的头发。绮棂：饰有花纹的窗棂。

⑥迢递：连绵不绝。唐杨巨源《送绛州卢使君》诗：“朱栏迢递因高胜，粉堞清明欲下迟。”

⑦索向：须向、该向。绿窗：绿色纱窗，代指女子所居之处。

## ◇赏析

遇见她的转眼间，他便心神惊动，无法安宁。相见的那一幕犹如烙印，在他脑海中无法抹去，刻入灵魂深处。难怪他会写下：“人生若只如初见”这样晶莹剔透的词句，原来他早已感受入心。

纳兰与他的爱情，一直是人们口口相传的童话。纳兰与他生命里的几个女子，都是真心相爱，无论是媒妁之言，还是厮守终身，他都是认真对待这些女子。不论这些女子有无陪伴纳兰始终，她们都是幸运的，因为能得到纳兰十分的爱恋，真是当时许许多多女子梦寐以求的奢望。

春暖花开，樱桃花蕊初绽，和暖的春风仿佛在围护着它，而翻飞的蝴蝶犹带着寒意。东风吹着柳丝，春意渐浓，愁亦渐生，不信平生都只能在莺啼中度过。一弯残月升起，几许柳丝拂动。百花丛中不断传来玉钗声，那声声传情，恍如隔世，遁入梦中。

纳兰有感而发写下这首词，看似写春日妩媚的春光，其实是在借景抒情，感怀某人。这名被纳兰想念的女子，站在风中，含情不语，精致的面容好像一朵带着露珠的花朵，摇曳风中。

这样的女子，任谁都会心动，纳兰在文字中丝毫没有提及过有关女子的任何描写，但是人们就是可以通过纳兰的词句，看到女子模糊但却可爱的模样。写男女之情，纳兰的词十分了得，他写的从来不是肤浅、低俗的男欢女爱，也从来不是大义凛然的教义，他的爱在词中宛如露珠般透明，让人内心柔软。

如他自己在词中写的那般：“暖护樱桃蕊，寒翻蛺蝶翎。”春暖花开，樱桃花楚楚绽放，花蕊露出，好不娇羞。翩翩飞舞的蝴蝶还有着几分寒意，慵懒地挥舞着翅膀，这看似写花、写蝶，却又更像写人、写心。

“东风吹绿渐冥冥，不信一生憔悴伴啼莺。”这一句便是彻底表达纳兰这一刻的心神激荡，他用白描的手法使得词境若现，生动地写出春景清丽可观之处。纳兰写到不愿意一生都在莺啼中度过，看来他是想与人共同欣赏这大好春光，而不是要在这美好的春光中，独自老去。

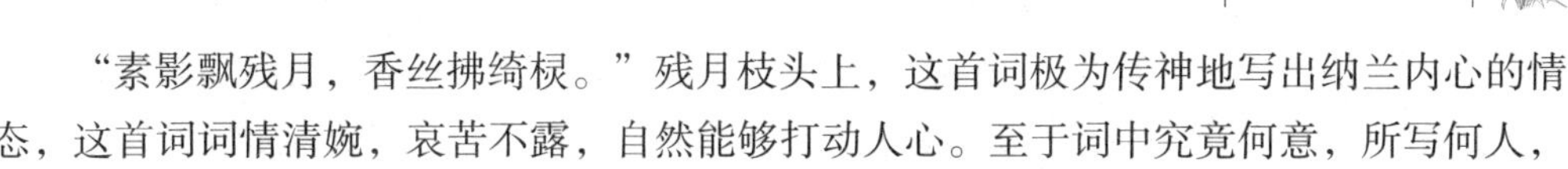


“素影飘残月，香丝拂绮棂。”残月枝头上，这首词极为传神地写出纳兰内心的情态，这首词词情清婉，哀苦不露，自然能够打动人心。至于词中究竟何意，所写何人，已经不重要了，领略纳兰词中意，只看读词人此时的心境了。

“百花迢递玉钗声，索向绿窗寻梦寄余生。”但愿余生能够得偿所愿，与心爱的人一同畅游天地，那便真的是此生无憾了。

# 秋千索 渌水亭春望

（按此调《谱》、《律》不载，或亦自度曲。一本作《拨香灰》。）

**药阑携手销魂侣[1]，争不记看承人处[2]。除向东风诉此情，奈竟日春无语[3]。**

**悠扬扑尽风前絮[4]，又百五韶光难住[5]。满地梨花似去年，却多了廉纤雨[5]。**

## ◇注释

①药阑：即药栏，芍药之栏，泛指花栏。南朝梁庾肩吾《和竹斋》：“向岭分花径，随阶转药栏。”携手：手拉手。销魂：形容伤感或欢乐到极点，若魂魄离散躯壳，也作“消魂”。

②争：怎，怎么。看承：看待，对待，宋黄庭坚《归田乐引》词：“看承幸厮勾，又是尊前眉峰皱。”

③奈：无奈、怎奈。竟日：终日，从早到晚。

④悠扬：飘扬。

⑤百五：寒食日。在冬至后的一百零五天，故名。韶光：美好的时光，多指美丽的春光。

⑥廉纤雨：细微之雨、毛毛细雨。廉纤，细小，细微。

## ◇赏析

在纳兰的诗词中，以景抒情的很多，其中写景状物关于水、荷尤其多。纳兰喜爱清水、荷花，这都是可以理解的。因为纳兰心性淡如止水，他爱荷，想必也是因为荷出淤泥而不染的高雅性情。

不但在诗词中，纳兰有着水、荷情结，在日常生活中，纳兰对此物也是情有独钟。清朝以来，王公贵族在城内兴建私人花园十分流行，他们大兴土木，三山五园，几乎成了中国古代造园史上的顶峰。而纳兰明珠也为自己营造了一所私人花园，其中纳兰也有自己的一个园林。他把自己的别墅命名为“渌水亭”，一是因为有水，更是以慕水之德自比，并把自己的著作也题为《渌水亭杂识》。词人取流水清澈、淡泊、涵远之意，以水为友，以水为伴，在此疗养、休闲、作诗填词、研读经史、著书立说，并邀客燕集，雅会诗书——一个地道的文化沙龙。

渌水亭畔四处都是他的足迹，亲人、朋友、知己、爱侣，无不在这里为他留下过美好的回忆。然而在物是人非之后，这些美好的回忆更让人不堪回首。所以，对于纳兰性德来说，渌水亭既是他人生的乐土，又是其悲伤的根源，同样也是他创作的源泉，在此地纳兰性德留下了许多感人至深的千古佳作。

这首词是纳兰在历经生活万千事物之后写下的，有着他对人生的感慨，但更多的是记录他内心柔若无骨的愁丝。

这首词是怀思恋人之作：记得当年曾拉着你的手，漫步在园亭中的芍药栏畔。当时特意相迎相会的情景怎能不记得呢！如今，除了向东风诉说我的衷情之外便无知己，即使面对这满园的春色，我也终日无语。飘飞的柳絮、满地的梨花依然如昔，但伊人却踪影难觅。寒食日又过去了，美好的时光总是如此短暂，看落花满地与去年无异，只是更多了几许愁雨，怎不叫人怆然！

“药阑携手销魂侣，争不记看承人处。”这里的“药阑”是指花栏，词中以回忆开篇，纳兰温情脉脉地回想他与昔日爱人一同游园的场景，心中充满感激。但可惜物是人非，时光改变了一切，包括爱情。纳兰的爱人早已不能够再陪伴在他身边，所以，他只能“除向东风诉此情”。但令人惋惜的是，东风不识人间情苦，纵使满园的春意盎然，自己也是难得有开口诉说的欲望了。所以，才会有“奈竟日春无语”。

下片开始，依然从春光写起，春色本是盎然生机的，但在纳兰的这首词里，却多少显出了几分寂寥。无论是那悠长的花栏，还是这肆意飞扬的柳絮，真是留得住春色，却独独留不住往昔。

词的最后一句：“满地梨花似去年，却多了廉纤雨。”以怆然的笔调结束了整首词，给人意犹未尽的感觉。一地落花像极了去年的现在，同样的风景，却是不同的人在欣赏，此时几多风雨几多情。

纳兰一直到辞世的时候，也没离开他的渌水亭。与其说是舍不得这里的清水芙蓉，更不如说是舍不得这里曾经带给他的回忆和浪漫。

# 秋千索

**游丝断续东风弱[①]，悄无语半垂帘幕。红袖谁招曲槛边[②]，扬一缕秋千索[③]。**

**惜花人共残春薄，春欲尽纤腰如削[④]。新月才堪照独愁，却又照梨花落。**

**◇注释**

①游丝：指飘浮在空中的蛛丝。

②红袖：女子的红色衣袖，指美女。曲槛：曲折的栏杆。

③秋千索：指秋千的绳索。索，绳索。

④纤腰：细腰。

## ◇赏析

纳兰的悼亡词总是让人欲语泪先流，他的词有着直插心扉的锋利之处，但也有着微风拂面的温柔之处。在他的许多悼亡词里，都流露出了哀婉凄楚的相思之情和怅然若失的怀念之情。这首《秋千索》是纳兰为卢氏所作，是一首抚今忆昔、触景伤情之作。

春风中的游丝断断续续飘来荡去，屋檐下，帘幕半垂，悄无声息。曲折的栏杆边那穿着红色裙衫的女子，正戏玩着秋千。春日将残，惜春不及，留春不住，伤春不已。一弯新月照着独自伤怀的人，又将光影移到散落满地的梨花之上，怎不叫人愈加憔悴！

语浅意深的词句，令纳兰的词句散发出异样的光彩，而简明易懂的白话词，更是不需要任何注释。只要读过一遍，都能清楚纳兰字字句句中所蕴含的感伤。上片的第一句"游丝断续东风弱，悄无语半垂帘幕"，道出了春风中的无奈感，游丝的飘荡，低垂的房帘，还有悄无声息的状态。这一切都是寓意着心境的沉闷，全词以这样的一种意境起篇，而在下片的结尾一句，却是"新月才堪照独愁，却又照梨花落"。以这样的一句结束整首词，新月照在满地的落花上，无限伤心尽在不言中。

世间最痛苦的事情不是生离，而是死别。离别尚且还有希望，能够期待见面之日，但死别却是无法挽回之事了。人与人之间的情愫都是如此，爱上一个人，就希望生生世世和他在一起，一旦爱的人死去，那种感觉，真是生不如死。

纳兰最是懂得爱的人，他与卢氏，情比金坚，而今卢氏逝去，留他一个人独自面对这滚滚红尘，是多么滑稽而又凄惨的境况。纳兰的爱并没有随同卢氏的死去而渐渐减弱，反而愈发深刻。

他不像古代其他的男子，三妻四妾，当女人为玩物。纳兰一旦爱上，那便是海枯石烂，至死不渝。可惜，上天不作美，纳兰而今只能靠着记忆去找寻当日的幸福，正如他词中所写的那样："红袖谁招曲槛边，扬一缕秋千索。"

当日那个红衣飘飘的女子仿佛还在眼前，可现实却是，空荡荡的秋千，只能随风摇摆。这真是："惜花人共残春薄，春欲尽纤腰如削。"爱惜花朵的人总是伤感春日的短暂，但岂不知，时光已逝，万物凋零，这就是世间的规律，谁也无法逃避。

卢氏是幸运的，她获得了纳兰的全部真心，但她也是不幸的，她没能够安守在纳兰身旁，看到他们今后的岁月。柳永的一首词与纳兰的这首悼亡词有着异曲同工之妙，《雨霖铃》中有句话是："此去经年，应是良辰好景虚设，便纵有千种风情，更与谁人说。"

几句话便道尽了离别之痛，生离尚且如此，更何况死别！纳兰所经历的痛楚更是他的百倍。所以，在纳兰的词中，悼亡已经不只是一种追念了，更是一种安抚自己勇敢活下去的勇气。

花开花落终有期，或许有一天，那个所爱的人，会以一种你所不知道的方式，静静地回到你身边。

# 浪淘沙

**红影湿幽窗[1]，瘦尽春光[2]。雨余花外却斜阳[3]。谁见薄衫低髻子[4]？还惹思量。**

**莫道不凄凉，早近持觞[5]。暗思何事断人肠。曾是向他春梦里，瞥遇回廊[6]。**

## ◇注释

①红影：指鲜花的影子。

②瘦尽：以人之清瘦比喻春日将尽。

③雨余：雨后。

④低髻子：低垂的发髻，指低垂着头。髻子，发髻。

⑤持觞：举杯。

⑥回廊：曲折环绕的走廊。

## ◇赏析

泰戈尔哀伤地写道："世上最远的距离不是生与死，而是我站在你面前，你却不知道我爱你。"

纳兰淡然地写道："谁念西风独自凉，萧萧黄叶闭疏窗，沉思往事立斜阳"。

这是清朝贵胄的手笔，清词的普遍成就不大，虽然康熙皇帝大力崇文，但是八旗子弟并不是真的会去认真钻研，诗词写得好的人十分罕见，而纳兰却能用哀伤的调子，将词演绎到这般境界，实在是清词的一个里程碑。

一个一生锦衣玉食的浊世佳公子，偏偏有着如此深沉的哀思。古人说：少年不识愁滋味，为赋新词强说愁。如果说纳兰也是如此，那他这般沉郁的情感，倒也是迸发得恰到好处。

曹雪芹在《红楼梦》中写过许多诗词佳句，其中也不乏幽思之句，凄凉和美丽的意境使人绝倒，但看到纳兰的词，却更能感受到，何为肝肠寸断、满纸凄凉意了。这首词是写哀愁，纳兰写愁，从不强调，只要淡淡几笔，就能让看客心伤神伤，恨不得泪流满面。

这首词描写相思萦怀的幽独伤感：透过小窗望去，春雨打湿了红花，春光将尽。雨停了，却已是夕阳西下之时。谁看到她穿着单薄的衣衫，低垂着头，抱膝思量的孤独身影？把酒独酌，无限凄凉。曾像做梦一样地在回廊里与她相遇，怎不让我伤心断肠？

"红影湿幽窗，瘦尽春光。"纳兰的伤春之词很多，他是最懂春日的人，伤春感怀，并不单单是因为春日的逝去，而是怀念春光里的时光。时光易老，人更易老，老去的岁月无处追寻，只有伤怀，却无法捕捉。这才是最感伤的。

在纳兰的词里，意境十分美。开篇这句实则是与周邦彦的"雨过残红湿未飞。珠帘一行透斜晖"暗合，纳兰随手拈来，将古人的词用在了自己的词里，浑然天成，令人不觉有

何不妥。

周邦彦写的是雨后残红在斜晖下投射于珠帘，而到了纳兰的词里则变得更加简洁洗练，更富美感。“红影”指鲜花的影子。鲜花的影子，透过小幽窗看去，别有风情，被打湿的花朵在暗影下，摇曳出多姿的风采，比起周邦彦的“残红湿未飞”，更显得有韵味一些。

而多出的感叹“瘦尽春光”，其实有着李清照的“绿肥红瘦”的哀怨无奈。同样是感慨春光消瘦，纳兰与李清照到底谁高谁低，难以判决。古为今用的例子，在诗词写作上不算少数，就好比崔颢写的《黄鹤楼》，而后来李白模仿，写成了《凤凰台》，这二者之间到底哪个艺术成就更高，没有固定的评判。

承接上句，“雨余花外却斜阳”。“余”既是后，雨后的花朵在斜阳下，而梦中的她却是穿着单薄的衣衫，挽着低垂的发髻，挺立在暮日下，低头思量。雨后、鲜花、美人、夕阳这些事物构成了纳兰笔下的一幅美丽的画。

上片最后写那位女子“还惹思量”。词中所写的女子为何人，无法考证，但从词面来看，是一位温婉可人的女子，让人忍不住想去怜惜。上片写完雨后景色，下片便转而写情。

“莫道不凄凉，早近持觞。”思念的人不知身在何处，只能自己独自饮酒，这真是无限凄凉的事情啊！纳兰自己也感慨“暗思何事断人肠”。在人世间，还有什么能比相思更苦人心的呢?

想念着远方的佳人，既然无法得见，那便在梦中相会吧。岂料梦醒之后，凄凉更是加深几分，“曾是向他春梦里，瞥遇回廊”。像梦中那样，能够与她在回廊处相遇，该有多好。纳兰的这首词，就在这个卑微的愿望中结束。

相爱相处到最后，留下的仅仅是这些柔弱的回忆，尚能安慰一下内心的伤痛。

# 浪淘沙

**紫玉拨寒灰[①]，心字全非[②]。疏帘犹是隔年垂[③]。半卷夕阳红雨入，燕子来时。**

**回首碧云西[④]，多少心期，短长亭外短长堤。百尺游丝千里梦，无限凄迷[⑤]。**

### ◇注释

①紫玉：指紫玉钗。寒灰：犹死灰，灰烬，这里喻指心如死灰。《三国志·魏志·刘传》：“扬扬止沸，使不烂，起烟於寒灰之上，生华於己之木。”

②心字：心字香，古人将盘香制成心字形。

③疏帘：指稀疏的竹织窗帘。

④碧云：青云，碧空中的云。

⑤凄迷：怅惘，迷惘。

## ◇赏析

本篇是纳兰词中的代表作之一。上片写少妇于闺房之中无聊思春，“紫玉”、“寒灰”可以看出这名少妇的家境似乎不错，而“拔”通“扒”，用玉去扒灰，似乎难以理解，但加上之后一句，便可以迎刃而解了。“紫玉拨寒灰，心字全非”，所谓的“心字”便是心字香烧完后，灰烬落在地上，构成了心字的形状。词中的这位少妇，手持紫玉，拨弄着香燃烧后留下的灰烬，一地混乱，正如少妇那颗无处收拾的芳心。

“疏帘犹自隔年垂”，再看那竹帘，常年未动，去年便是这样垂挂着，而今依旧如此，或许明年也仍旧这样，毫无变化吧？少妇感慨时光如梭的心情在这个句子中赫然呈现，纳兰将一个已过韶华的女人心理描写得淋漓尽致。“半卷夕阳红雨入，燕子来时。”这句话初看显得有些情理不通，夕阳如何能够半卷，而雨又怎么能是红色的呢？

其实承上启下来看，便能理解了，少妇将帘子半卷起来，夕阳透进来，真的就是半卷夕阳了，而在夕阳下的雨，因为映衬，果真便看似红色。纳兰在这里用的词语结构十分巧妙，似乎平淡无奇，但却禁得住回味，能让人隐约感觉到一种美好的意境，但却是无法再用词语去表达。

词中的这位少妇像是在怀念故人，但词意却在此刻又显得格外扑朔，耐人寻味。而到了下片，词意又有了转变，开头便直言“回首碧云西，多少心期”，“回首”便是回望过去，重看往昔的岁月，而“心期”则是指心愿，妇人思念着与故人往昔的美好岁月，也感慨着重新相守，希望故人能够如同燕子归来一样，重回家乡，回到她的身边。

不过从下一句“短长亭外短长堤”可以看出，这个愿望有多么渺茫，即便望断碧云，也是难以实现了。在诗词中，亭子和堤坝通常有两个意向，一是送别，二是思念。在这句话中二者同时出现，大概是纳兰为了表现少妇焦急不安的内心故意设置的，为了能够有足够的力量去表现诗词的意境。

词写到这里，一直都是少妇自怨自艾的个人情绪表达，语言真挚感人，令人为之动容。接下来这句“百尺游丝千里梦，无限凄迷”结束了全篇，也让人体会到思而不得的痛苦有多深，就如美梦一场后，醒来忽然发现，头顶依然是破瓦蛛丝盘结，身边依然是空空荡荡，一无所有。

纳兰的这首词似真非真，极富浪漫色彩，全词曲折跌宕，通篇情景浑融,凄迷动人，读起来让人黯然销魂，内心潮湿。写春怨可以有多种，但纳兰选择了从对方落笔写起，通过少妇在闺中的无聊举动和室外的景象，写出一派伤春伤情的形象。

此调原为唐教坊曲，后来才作为词牌。唐朝时期刘禹锡、白居易等人都有《浪淘沙》之作，而且都是咏浪淘沙者，词牌名就此流传下来。唐朝时期的文人作词本还是平仄不拘的，一直到李煜，始创新声，始为长短句，分了上下片，才将《浪淘沙》分出了不同的体格，形式多样。纳兰所写的《浪淘沙》也很多，纳兰词集中共有十首。

纳兰是最懂得相思之情的人，他能够准确地描写出少妇于闺中寂寞无聊的伤春情思也是因为他经历过这种感情。问世间情为何物，最是相思无奈何，纳兰明白世间的一切相思皆是苦中带甜，虽然绝望，但却还是有着希望。

正如晏几道《虞美人》词中所写的：“去年双燕欲归时，还是碧云千里锦书迟”，相思之中的人都盼望着能够重逢相见，但无奈的是，长亭之外更短亭，相见之路千山万水，思念之人不知道身处何方。纵使千种思念，最终也不得已，只能化作笔下的词句，化作梦中的期盼，希望能犹如百尺游丝，飘至千里之外，让思念的人知道。

苏东坡写道“梦随风万里，寻郎去处”，而纳兰则吟道“百尺游丝千里梦，无限凄迷”，纳兰甚至梦过后便是凄凉的现实，在梦的衬托下，现实更显得凄迷万端。这首词布局清晰，脉络顺畅，词意虽苦，但写法上却是清秀俊逸，格调高雅，不失为一首可以反复吟诵的好词佳篇。

# 浪淘沙

**夜雨做成秋，恰上心头，教他珍重护风流①。端的为谁添病也②，更为谁羞？**
**密意未曾休③，密愿难酬。珠帘四卷月当楼。暗忆欢期真似梦，梦也须留。**

## ◇注释

①风流：风韵，多指美好的仪态。

②端的：究竟、到底。

③密意：隐秘的情意。

## ◇赏析

上片先写环境氛围，烘托无奈之心境，秋雨袭来，愁上心头，离别之时，互道珍重。究竟是为谁相思成疾，又是为谁害羞？下片写她对离人的深怀眷念，相思之情未曾断绝，只是想见的心愿难以实现。明月升起，将楼阁四面的珠帘卷起。不由追忆往事，回味欢聚的快乐，如梦如真，叫人怅惘。

纳兰落拓无羁的性格，天生超逸脱俗的禀赋，还有出众的才华，都让他显得与众不同，他出身豪门，钟鸣鼎食，入值宫禁，金阶玉堂，可是他却有着常人难以体察的矛盾心情和无形的沉重压力。这首《浪淘沙》依然是写愁，写那无边无际、一生无法消除的愁绪。

对亡妻的怀念，对友人的牵绊，还有对自身现状的不满以及无能为力的无奈，都让纳兰感到悲哀。人世间最可悲的事情莫过于明知道无意义，却不得不去做，明明不愿意，又不得不强颜欢笑去做的事情。

对职业的厌倦，对富贵的藐视，还有对他的仕途的不屑，令纳兰身上别具一番气质，他对轻而易举得到的一切荣华富贵都毫不珍惜，甚至抱着厌恶的心态，他想要抛弃身边的一切，包括他那个富贵的家庭，可是他无法做到，早在他出生的时候，上天就将这些沉重地压在了他的身上，让他无法推卸。

秋风秋雨愁煞人。深秋时分，最是人心苦闷之时，看到万物凋零，一切都要归于沉寂，心内自然是不好受的。纳兰自幼体弱多病，他一直身患寒疾，总是会因为天气变幻无常，而卧病在床。这样的季节，孱弱的身体，无尽的人生，一切都让纳兰感到万念俱灰。“夜雨做成秋，恰上心头”，一想到秋天，首先想到的便是连绵的细雨，还有早早就降临的夜晚，愁绪重回心头，但是纳兰究竟是为谁人而愁呢？

“教他珍重护风流。”看似对友人道珍重，希望朋友能够在今后的岁月中过得更好，但细读之下，似乎又不是。“端的为谁添病也？更为谁羞？”思念友人，也不至于会思念成疾，如果是思念恋人，那么这位恋人又会是哪位女子呢？纵观纳兰生平，似乎捕捉不到和这名女子相关的信息。

既然没有踪迹可寻，那边姑且当作是纳兰拟人的一种写法吧。在这首词中，纳兰隐秘的情感得以宣泄，他悄声诉说道：“密意未曾休，密愿难酬。”从未停止过想念，只是这想念无法得以相见，故而遗憾。

明月当空，对夜色叹息，这就是一场虚无的梦幻，“珠帘四卷月当楼”。楼阁上的珠帘卷起，明月照进来，光线黯淡，更加让这思念变得不真实起来，或许“暗忆欢期真似梦，梦也须留”，这一切都只是纳兰在病中，胡思乱想出来的吧，所谓对伊人的思念，也不过是他胡乱所想的。

纳兰的身体每况愈下，在康熙二十四年暮春，纳兰带着他满心的遗憾，抱病与几位好友聚会了一番，饮酒大醉一场后，就此便一病不起，七日后于五月三十日溘然而逝。纳兰终于离开了这个他不喜欢的地方，他用了一种决绝的方式，就此离开。

只是留下了那些爱他的人，和他爱的人，继续在尘世间轮回挣扎，每逢夜雨时，都会想念他。而他是否也会在天的那一端，思念这地上曾经与他共同生活过的人呢？

# 浪淘沙

**清镜上朝云[①]，宿篆犹熏[②]。一春双袂尽啼痕[③]，那更夜来孤枕侧，又梦归人。**

**花底病中身，懒画湘文，藕丝裳带奈销魂，绣榻定知添几线，寂掩重门。**

## ◇注释

①清镜：明镜。

②宿篆：指隔夜点燃的盘香。

③啼痕：泪痕。

## ◇赏析

这首词是借女子伤春伤离写作者的离恨：上片由景而起，清晨，朝云映到了明镜里，夜来焚烧的篆香还未燃尽。“一春”三句翻转折进，写梦里梦外无限伤怀，如此涉笔便更透彻，更动人。下片写相思成病，百无聊赖。想寻求排遣无奈心情的方法，于是拿出以前的绣榻绣上一些新花样来消磨时光。

可是，相思岂是轻易能够消磨得掉的，就算忆尽了平生，到了白发苍苍、两鬓斑白的时候，思念依然还是如潮水般暗涌，让相思的人无处可逃。所以说，思念是永远无法驱逐的一种情感，虽然无言，但却能够永驻心间。

在绮丽中感受寂寞，在喧嚣中独忍孤寂。纳兰总是能够于热闹之中看到清净，这首女子伤春离别的词，正是这样的心态。或许正如那句："若问生涯原是梦，除梦里，没人知。"这可能是纳兰写这首词时的心情。

纳兰，这个清瘦俊逸、仿若传说中的男子，应该是生在烟雨江南，有着画舫与红颜知己相伴身旁。他应该是诗情画意、超脱凡尘的。但实际上，纳兰却是必须要穿着冰冷的官服，在毫无情感的宫墙内当值。

这首女子伤春，其实正是纳兰写出自己伤痕的一首词。"清镜上朝云，宿篆犹熏"，早上的朝云已经映到了明镜中，昨夜夜半焚烧的檀香还没有燃尽，时光过得真快，让人毫无感觉，便已是匆匆溜走。

"一春双袂尽啼痕"一句转折，写尽人心无限哀凉，若是能够在江南，那该多好，与沈宛画舫相伴，人生便足矣，可是如今，却是在毫无人情味可言的官场，混迹度日，没有目标，亦毫无方向。

无奈乎，只得梦中求得解脱，"那更夜来孤枕侧，又梦归人"。但是睡梦中也无法释怀，一入梦便梦到了故人，此处虽未提及纳兰梦到何人，但想来应该是他所珍惜的人，不然也不会悄然飘入他的梦中。

"花底病中身，懒画湘文，藕丝裳带奈销魂。"纳兰此处的行文，容易让人想到黛玉，那个清高、爱读诗文的才女，纳兰与黛玉，同样都是怀才而苦，在这个不容于他们的世界中苦苦行走。这样的道路，必然走得辛苦。

"绣榻定知添几线，寂掩重门。"要是不生在富贵人家、权贵之家该多好，宁可不要那一身的华贵，也不要如今想走无法走的悲哀，只要能够无忧无虑，只要一叶扁舟，与心爱的人一起老去，就好。

可是，只是一场虚妄。在无边的大清胜景之中，纳兰是独自行走的人，他的身后，零落清秋。

# 菩萨蛮

**淡花瘦玉轻妆束，粉融轻汗红绵扑**[①]。**妆罢只思眠，江南四月天**[②]。

**绿阴帘半揭，此景清幽绝**[③]。**行度竹林风，单衫杏子红**[④]。

**◇注释**

①红绵扑：红丝棉的粉扑，妇女化妆用品。

②四月天：指初夏之时。

③清幽：风景秀丽而幽静。

④单衫：单衣。

◇**赏析**

这是一首在纳兰性德所有词中风格比较特殊的一首，集中笔力描写了一位年轻女子出游的事情。风格上和花间词很相似，大抵是纳兰性德早期的作品。

全词展示了这样一组图画：梳妆台前，一个女子正梳妆，女子面容姣好，将一朵淡淡的花朵插在头发上，玉制饰品也挂在身上。红粉融融，年色红润，红丝棉做的粉扑轻轻地抹去香汗。梳妆完毕，竟又犯困起来，只想卸妆回头睡觉，原来江南四月春归，真所谓“春眠不觉晓”。半揭起绿色的帘子，门外一片清凉幽景，好不绝妙。慢慢踱步，随心而行，来到一篇翠竹园下。忽而起了一阵清风，拂面而来，淡薄的衣裳，颇觉嫩寒侵体，不过杏花正浓，景色宜人。

这首词典型地受到了花间词的影响，不是很能体现纳兰性德填词用情真挚的特点，并非佳作，可能属于纳兰性德早期的游戏之作。

从内容上看，纳兰性德这首词仍属于传统花间词的范围，是描写闺中女子的生活细节和心理细节。全词情感上不属于悲情的，带有淡淡的惊奇，这也可以说恰到好处地表现了女子游春的正常情怀。

从意象运用上看，绮靡侧艳，范围并不开阔。词中“淡花”、“瘦玉”、“粉融轻汗”、“红绵”，等等，属于典型的花间词意象，未有创建。

虽然这首词整体风格上难脱花间窠臼，但在表现女子生动可爱这一特点上却还是有一定的可取之处。这一点上和李清照的《点绛唇·蹴罢秋千》有点相似：

蹴罢秋千，起来慵整纤纤手。露浓花瘦，薄汗轻衣透。

见有人来，袜刬金钗溜。和羞走。倚门回首，却把青梅嗅。

比如二者所写的都是年轻女子，她走出禁闭她们的闺房，踏春游玩；意象使用上李清照也显然受到花间派的影响，如“慵整纤纤手”、“露浓花瘦，薄汗轻衣透”等，这些表现女子生活细节的词句。

不过二词虽有相似处，相比之下，却高低各见。从纳兰性德的词句“行度竹林风，单衫杏子红”中能读出一种喜春的情怀，给人一种比较鲜明活泼的形象，而较之李易安的“倚门回首，却把青梅嗅”，则差得太远了。李清照这句直接通过少女的真实行为呈现一个情景，直白清晰，可以说牢牢抓住少女的心理特色和行为特点，将一位又害羞又大方的女子表现得淋漓尽致。今人读来，犹且不胜欣喜，这更在于李清照所赋予的形象中包含了传统美与现代美。

# 菩萨蛮

**催花未歇花奴鼓[①]，酒醒已见残红舞[②]。不忍覆余觞[③]，临风泪数行[④]。**

**粉香看又别，空剩当时月。月也异当时，凄清照鬓丝。**

## ◇注释

①催花：即击鼓催花，用于酒令，鼓响传花，声止，持花未传者即须饮酒。花奴鼓:唐玄宗时汝阳王李琎（小名花奴）善击羯鼓，玄宗尝谓侍臣曰："速召花奴将羯鼓来，为我解秽。"后因称羯鼓为"花奴鼓"。

②残红：凋残的花，落花。

③余觞：杯中所剩的残酒。

④临风：迎风，当风。

## ◇赏析

催促春花盛开的鼓声一直还没有停，酒醒之后已经看见落花纷纷扬扬，感慨这时光何其迅速，而你我又到了饮这离别之酒的时候。不忍倾杯一饮而尽这酒杯中残余的薄酒。面对秋风，离情别绪顿生，情不自禁地流下眼泪。

可爱的人儿啊，如今这离别又出现在眼前，寂空无所依，只留下一轮圆月，独立天际——甚至就连这月亮也与当时我们在一起时不同，你看这凄凉的清光缕缕地照在我的青丝上，如何不催人泪下。

这首词通过临别前和临别时的环境以及心理描写，来渲染相思之情。上片通过临别前饮酒与心绪不宁的矛盾心态，下片更进一步，通过写马上要离别时，突然感到物非人非的强烈情感，表达了面对离别而无法自禁的剧烈情感变化。

这首词表达情感典型特点就是毫不节制，倾倒式地表现情感。

上片情感表现还在自控的范围内，最多是愁肠百结而"不忍覆余觞"，实在不能忍受心中痛苦也只是"临风泪数行"，或许情人问起，她可能还会忍住说是眼中吹进了沙子。

下片就显然增强了情感。眼看马上所爱的人就会很难再看见一次，情感上何以能忍受？原本物是人非都已是催人肝肠寸断的了，她却说就连物也并非原来的物了，天上那轮见证过你我二人爱情事实的圆月也突然冷酷无情起来，这营造了一种极大的内心恐惧感、寂寞感、空虚感。

这种情感表现在纳兰性德是常见的，但中国诗词写作中却并非主流，根本原因在于纳兰性德表达情感的方式是汉族文化的方式，但由于受到自身民族气质影响，表现形式就是自然与真，当然这自然与真是较之汉族文人而言的。汉族文人的诗词在情感表现上多受传统诗歌理论的束缚，如"诗言情"却要求"哀而不伤"，甚至也有"诗言志"等前置的束缚。纳兰性德并不是没有受到汉族文化传统中这些影响很深的传统影响，并不是真正一点也没有“染汉人风气”，而是原来的民族风格也起到了对他整体风格的塑造作用。

这首词中“催花未歇花奴鼓”句引了唐代玄宗时人物李琎的典故。他是大唐睿宗皇帝嫡孙，是唐朝宗室让皇帝李宪的长子，正由于他是让皇帝的长子，所以被封为汝阳郡王。他小名叫花奴，是个长得面容俊美姣好的美男子，并且音乐能力很强，可谓才貌双全。他还擅长弓和羯鼓，聪明敏捷。众所周知，唐玄宗也是历史上一个极富艺术修养的皇帝，在音乐舞蹈方面都是行家，身边有个多才多艺、才貌双全的美男子花奴，玄宗当然对他很是喜欢，并曾亲自教他音律，据说玄宗还亲自教授他羯鼓。

汝阳王李琎亦是杜甫的诗作《饮中八仙歌》里的人名，在诗中排名第二。“汝阳三斗始朝天，道逢麴车口流涎，恨不移封向酒泉。”翻译出来就是“汝阳王李琎饮酒三斗以后才去觐见天子。路上碰到装载酒曲的车，酒味引得口水直流，为自己没能封在水味如酒的酒泉郡而遗憾。”杜甫笔下，可见李琎的风度。天宝六年（747年），杜甫时年三十六岁，赠诗汝阳王李琎。在《赠特进汝阳王二十二韵》诗中，杜甫极力颂美汝阳王，述礼遇之厚，明感颂之由，透出投赠本意，结果做了个李家的门客。

这首词写思恋、写离别，本身用词也巧，典故也大有可玩味处，真可读可感：花奴不鼓，唯见残红飞舞，前欢不再，而其悲则无穷，读之惨然，起身无绪，怅然若有所思。

# 菩萨蛮

**朔风吹散三更雪①，倩魂犹恋桃花月②。梦好莫催醒，由他好处行。**
**无端听画角③，枕畔红冰薄④。塞马一声嘶，残星拂大旗。**

## ◇注释

①朔风：北风，寒风。

②倩魂：少女的梦魂。唐人小说《离魂记》谓：衡州张镒之女倩娘与镒之甥王宙相恋，后镒将女另配他人，倩娘因以成病。王宙被遣至蜀，夜半，倩娘之魂随至船上，同往。五年后，二人归家，房中卧病之倩娘出，与归之倩娘合一。桃花月：即桃月，农历二月的别名。农历二月桃花盛开，故桃月为二月之代称。

③无端：犹言平白无故。

④红冰：喻泪水，形容感怀之深。

## ◇赏析

古代把一天分为十二个时辰，子时即是现在的凌晨零点，而文人墨客总是容易在夜里引发一片怀思的。唐元稹《离思五首·其四》：“曾经沧海难为水，除却巫山不是

云”一句即隐含对过往的怀思之意于诗中。于是，不难看出这便是一首星雪之夜相忆的词作。

这首词很有意思，纳兰分别以闺中女子与塞外征夫的角度描写演绎上下片，使得整首词上下呼应，画面重叠，更显出一对有情人心有灵犀彼此想念的感伤。整幅画面只有清寂的两个各在一方的身影，却由着这相思牵连出了一丝凉薄的暖意。

词的第一句：“朔风吹散三更雪，倩魂犹恋桃花月。”是这样一个夜里，狂风骤起，冬雪未停，人总是由冷思暖，伊人甜梦正香已由那雪花乱舞，狂风呼啸的寒冬转梦到三月暖春百花盛开的景致，于是，无需其他端由，只这一梦，已将闺中人牵引至了思念中。

思念什么呢？思念三月暖春时与夫君轻踏幽静小路，一路花海招摇的明媚；思念烛影摇红，共剪西窗烛的依偎；思念举案齐眉，工词赋歌，彼此相惜的情意。

犹如那卖火柴的小女孩一样，寻着一点点微渺的光芒就再也不肯放掉，于是借着回忆里暖色的旧景就一路踏着夫君的足迹而去，且去，莫让好梦难圆，相思孤眠，鸳鸯成单。就让我追随你，也许这是一条漫长而荒凉的道路，但因为你的存在，让整个冬日整个塞外都发起亮光来。

甜梦中，伊人微微噙起嘴角，期盼与希望交织成的喜悦让人都不忍心再把这冬日赤裸裸地砸在她眼前。仿佛这是她唯一能够抵御严寒噬骨的药酒，不能饮不可饮，却也要拼却一醉。只为得梦里还能再见你的笑貌音容，我亦可存着生命盼着希望。“梦好莫催醒，由他好处行。”

常言道：“花开两朵，各表一枝。”就在伊人甜梦缱绻之时，千里塞外征夫睡梦中因听见画角的声音而转醒，才发现枕畔已因刚才的梦境而沾湿了一片，也不知那是梦中得以相见的欢愉感动，抑或是相见却终须相离的怨恨，倒像是把这一切都打碎了混在一起，再揉进梦里，揉进心里，揉进眼里，才落下那薄如红冰的泪水。

已然转醒，便再无心睡眠，索性披了衣走出帐外，紧接着“塞马一声嘶，残星拂大旗”一句拓开情境，一扫前句的旖旎之风，慷慨沉凉。这一句以动写静，是整首词中最为称道的地方。

塞马嘶鸣，转而却看见夜空中军旗由大风撕扯着猎猎作响，天际星光早已寥落，只余得一些残辉在大旗上隐约欲现。这一系列动景的描写，愈发衬托出了塞外天地清寂空凉的苍茫。而此刻天地的空寂也即是内心的空寂。出征在外，痴心难付，而归期也遥遥不可期，也不知那闺阁中的娇娘是否已被时光侵白了鬓角的青丝，是否也如这塞外景色般，生存着，却失去了光泽。

那思念之情由着这寒风拉扯，遥遥与伊人的梦魂轻轻重合在一起，像一组画面，相距天涯的两颗心，印刻着相思。

纳兰从来都是聪明之人，他选择了以“梦”为意象来抒怀，上片暖色由寒忆暖只写梦境，下片冷色由梦醒看到形单影只、苦不成双的苍凉。上片写闺中人的甜梦，梦见自己怀抱着希望朝着有“他”的地方前行，犹只为相见一面的情意。下片也写梦，却是写征夫在塞上被画角惊醒，梦中因思念而落泪，醒来枕边泪已如冰，出帐后塞马长嘶，星夜寂寥的辽阔的空荡，反衬出空荡无依，只凭相思的心境。两幅画面遥相呼应，相得益彰。

此外，整首词有一点朦胧迷离的味道，可以理解为闺中人怀征人，而理解为征夫思家人也无不可。

# 木兰花

**人生若只如初见，何事秋风悲画扇[①]？等闲变却故人心[②]，却道故人心易变。**

**骊山语罢清宵半[③]，泪雨零铃终不怨[④]。何如薄幸锦衣郎[⑤]，比翼连枝当日愿。**

## ◇注释

①何事：为何，何故。画扇：有画饰的扇子。此处用班婕妤典故。班婕妤为汉成帝妃，被赵飞燕谗害，退居冷宫，后有诗《怨歌行》，以秋扇为喻抒发被弃怨情，后人遂以秋扇喻女子被弃。

②等闲：无端，平白地。故人：指情人。

③骊山：在陕西临潼东南，因山形似骊马，呈纯青色而得名，是著名的游览、休养胜地。清宵：清静的夜晚。《太真外传》载，唐明皇与杨玉环曾于七月七日夜，在骊山华清宫长生殿里盟誓，愿世世为夫妻。白居易《长恨歌》："在天愿作比翼鸟，在地愿为连理枝。"后安史乱起，明皇入蜀，于马嵬坡赐死杨玉环。杨死前云："妾诚负国恩，死无恨矣。"

④"泪雨"句：唐郑处诲《明皇杂录补遗》："明皇既幸蜀，西南行初入斜谷，属霖雨涉旬，于栈道雨中闻铃，音与山相应。上既悼念贵妃，采其声为《雨霖铃》曲，以寄恨焉。"

⑤薄幸：薄情，负心，也指负心的人。锦衣郎：指唐明皇。

## ◇赏析

这是一首拟古之作，纳兰借汉唐典故，以一失恋女子的口吻谴责负心的男子，词情哀怨凄婉，屈曲缠绵。

起句"人生若只如初见"，短短一句胜过千言万语，刹那之间，人生中那些不可言说的复杂滋味都涌上心头，让人感慨万千。开篇一句起到统领全词的作用，其余七句都是为了迎合这一句而存在，同时这一句也代表了纳兰的梦想：人生如果总像刚刚相识的时候，那样甜蜜，那样温馨，那样深情和快乐，该是一件多么美好的事情。

但梦想终归是梦想，如果真能实现，又怎会"何事秋风悲画扇"。在这句中，纳兰提到了班婕妤的故事。

汉成帝时，一代才女班婕妤被选入宫中，由于她文学造诣极高，而且擅长音律，所以深受成帝的宠爱。但这一切在赵飞燕姐妹进宫后就画上了休止符。聪明的班婕妤知道，只要赵氏姐妹在，她就永无出头之日，所以她自请去长信宫侍奉太后，悄然隐退在淡柳丽花之中。

然而，在长信宫的岁月里，班婕妤仍然对成帝念念不忘，因此她发挥自己的才情，写下著名的《团扇诗》：

新裂齐纨素，鲜洁如霜雪。
裁为合欢扇，团团似明月。
出入君怀袖，动摇微风发。
常恐秋节至，凉飙夺炎热。
弃捐箧笥中，恩情中道绝。

在这首诗中，团扇被抛弃的命运，恰是班婕妤自身的真实写照。

“等闲变却故人心，却道故人心易变”，这句的意思是说，两个人在一起本应相亲相爱，但今日却为何要相离相弃？你如今轻易地变了心，反而却说我的心本来就是容易变的。前句的“故人”指的是负心的男子，后句的“故心人”指的是无辜的女子，仅一词之差，就生动地刻画出男女双方的形象。

在下片中，词人提到唐明皇与杨贵妃的典故。“骊山语罢清宵半”是指唐玄宗与杨贵妃在昔日游宴的行宫里盟誓。“泪雨零铃”是指平定安史之乱后，唐玄宗北还，在路上因思念杨贵妃，于是写下了一首《雨霖铃》以悼之。“终不怨”则是指唐玄宗迫于三军众怒，无奈将杨贵妃赐死马嵬坡，杨临死前云：“妾诚负国恩，死无恨矣。”

相传唐玄宗与杨贵妃曾于七月七日夜，在骊山华清宫长生殿里盟誓，愿世世为夫妻，因此全词以“何如薄幸锦衣郎，比翼连枝当日愿”结束，纳兰在这里谴责薄情郎虽然当日也曾与心爱之人订下海誓山盟，如今却背情弃义。

对于这首词，有些词评家认为这首词是以男女情事的手法来描写友情，这种说法也有一定的道理，在这里就不再一一赘述。

# 虞美人

**春情只到梨花薄[1]，片片催零落[2]。夕阳何事近黄昏，不道人间犹有未招魂。**
**银笺别梦当时句[3]，密绾同心苣[4]。为伊判作梦中人，索向画图影里唤真真[5]。**

**◇注释**

①春情：春天的景致或意趣。

②零落：树木枯凋。

③银笺：白色的信笺。

④同心苣：像连锁的火炬状图案花纹，或指织有同心苣状图案的同心结，古人常用以象征爱情。

⑤画图：图画。真真：唐杜荀鹤《松窗杂记》：“唐进士赵颜于画工处得一软障，图一妇人甚丽，颜谓画工曰：‘世无其人也，如可令生，余愿纳为妻。’画工曰：‘余

神画也，此亦有名，曰真真，呼其名百日，昼夜不歇，即必应之，应则以百家彩灰酒灌之，必活。’颜如其言，遂呼之百日……果活，步下言笑如常。”后因以“真真”泛指美人。

### ◇赏析

又是一年春残时，又到了亡妻的忌日，又是触景还伤，又是一首悼亡词。

“春情只到梨花薄，片片催零落”，词一开篇，纳兰就为我们营造出一幅暮春时节梨花四处飘零的凄美场景，他在这里用暮春时节喻指自己目前的境况，用苍白的花朵来代指亡妻，从而铺陈出愁惨凄冷的意境。在中国的古典诗词中，伤春之诗词比比皆是：无可奈何花落去，似曾相识燕归来；流水落花春去也，天上人间；记海棠开后，正是伤春时节……万物复苏的春天本是充满生机的季节，但在这花儿完美绽放的季节，诗人词人们却通常会在这繁华的背后隐约感受到即将到来的美好的消逝，于是往往会产生一种微妙细腻的感伤。

“夕阳何事近黄昏”化用李商隐“夕阳无限好，只是近黄昏”的成句，与妻子虽然只短暂地相处了三年，但纳兰却度过了人生中最快乐的时光，如今人鬼殊途，纳兰的相思之痛苦，自然是不言而喻了。在这里，“夕阳”不仅是时间上的黄昏，更是词人对美好往昔的追惜。

在别人的眼中，夕阳或许是美丽的，但是在纳兰的眼中，夕阳却是丑陋的、无情的，因为他还没有来得及为亡妻招魂，它就要马上消失在黑暗之中，面对这一切，他只能无奈地叹道“不道人间犹有未招魂”。

全词上片由景入情，下片则从往事写起，进而抒发自己浓重的哀思。“银笺别梦当时句，密绾同心苣”，象征着爱情的同心苣，和记载着浓情蜜意的纸笺，这些现实的东西以前在纳兰的眼中证明着恩爱欢娱，如今他再看时，却感到它们都被抹上了淡淡的感伤，面对随处可见的哀愁，纳兰无处可遁，只能赶紧由实入虚，写道：“为伊判作梦中人，索向画图影里唤真真。”为了亡妻，纳兰甘愿长梦不醒，与其在梦中相会，甚至想要整日对着她的画像呼唤，希望能以至诚打动她，让她像“真真”那样从画中走出来与自己相会，这真实地表现出纳兰的忠贞与痴情。

末句化用唐代赵颜的典故，描写对亡妻的思念之情。相传唐朝一个名

叫赵颜的进士从画工那里得到一幅美人图。久而久之，赵颜对画中的美女产生感情，于是就询问画工能否让其变成活人。画工告诉赵颜，这本是一幅神画，画中女子名叫真真，只要赵颜能够呼唤她的名字一百天，她就会出声答应，到时再给她喝下百花彩灰酒，她就能够变成活人。依照画工的指点，百日后，真真果然复活，还在年终为赵颜生下一双儿女。后来，赵颜听信巫师谗言，给真真喝下符水，导致真真不想再留在人间而带着一双儿女返回画中。

纳兰词最让人感动之处，便是纳兰在小情小爱中所表现出的真挚，让人为其心怜不舍、心疼不已。

# 虞美人

**彩云易向秋空散，燕子怜长叹。几番离合总无因，赢得一回僝僽一回亲[1]。**

**归鸿旧约霜前至[2]，可寄香笺字[3]？不如前事不思量，且枕红蕤欹侧看斜阳[4]。**

### ◇注释

①僝僽：烦恼，忧愁。

②归鸿：归雁。诗文中多用以寄托归思。

③香笺：散发香气的信笺。

④红蕤：红蕤枕，传说中的仙枕。唐张读《宣室志》卷六记载，玉清宫有三宝，碧玉环、红蕤枕和紫玉函，红蕤枕似玉，微红，有纹如粟。亦借指绣枕。

### ◇赏析

有些人知道这首词或许不是通过《饮水词》或古代文学史，而是从琼瑶的作品中窥见它的。琼瑶小说《彩云飞》一开篇，作者就引用了这首词：“彩云易向秋空散，燕子怜长叹。几番离合总无因，赢得一回僝僽一回亲。”想来这大概也是小说名称的出处吧。

彩云消散，便没了痕迹，这倒是很符合禅宗的意境。按照佛教的观念，无常是人生的本质，聚散便也成了人生的常态。虽然事事必有因果，能参透聚散离合因由的却毕竟是少数，所以，我们就那样和他遇上了，又这样和他擦肩了，揣摩不透茫茫人海中为何偏偏是这两人相遇，又想不明白既然深爱又为何不能相守，让人徒增烦恼。

天高气爽的秋季，最容易被风吹散开去的岂止彩云而已，还有如藤蔓般生长的相思。独居深闺盼人归的女子满腹心事，想起欢聚时的温馨和离别时的不舍，她不免一会欢喜，一会忧愁。正满腹心事，却又见北燕南去，直惹来声声长叹。两人之前曾有约定，男子许诺霜期之前就会归来。如今归期将至，这女子还是忍不住嗔怨：“无论如何，也该寄封书信来慰相思啊！”怨罢，又无奈地自我开导：“还是不要想以前的那些事了，我不如枕着绣枕看那西下的落日吧！”

闺中女子相思甚苦、愁情难耐的矛盾心理跃然纸上，而这一番小女子的细腻心思、扭捏姿态却出于一个男人笔下，让人不得不感叹纳兰的情愫之敏感、体物之细微。

宋朝词人张先也有一首著名的闺怨词："楼倚春江百尺高，烟中还未见归桡，几时期信似江潮？"这首《浣溪沙》上片一句写闺妇凭栏眺望，尽管她思念心切，但江上还不见丈夫乘船而归，失望之余，她便怨起了那远行之人，觉得他还不如那江潮，江潮还会如期而至，而丈夫却迟迟不归。这首词的意境与纳兰的《虞美人》有诸多相似之处，思妇的急切与落寞都在寥寥几笔间显现出来。

纳兰这首词究竟是随性而作，还是他本人就是许下"旧约"的归人，至今已不得而知。现在很多人趋向于后者，认为这是一首"从对面写起"的佳作，明明自己心中都是相思意，偏偏去写对方的愁情，这种手法可谓"深婉之至"，从艺术上来说是相当成功的。

以"思妇"为主人公的古代诗词历来多见，除李清照等少数几位女文人之外，大多都是男子所作，李煜、周邦彦等人的思妇词中多有佳作，但这些诗词多流露出"以悲为美"的倾向。

这首《虞美人》却略微不同。

这首词最妙之处在最后一句，女子愁罢叹罢，忽而觉得自己的情绪有些莫名其妙，于是自我安慰、自我开解一番，索性侧身看那夕阳去了。正所谓"几味愁多翻自笑"，这般极富生活化的场景真实得仿佛就在我们每个人身边。妙趣冲淡了愁苦，感伤中又带着几分难察的俏皮，词的婉转味道因而又平添了几分，这比起说来说去只有"思念"二字的诗词更容易贴近人心。

纳兰写词善用心眼，他既能从眼前的景象中咀嚼出诸种滋味，又能把心中的情愫转化为具体的意象。纳兰直视眼前之景，直抒心中之情，他所写的愁情总是看似不经意随口说出，却又不会让人觉得肤浅鲁莽，就连他词中的主人公也有了这种性格，这首《虞美人》中女子侧倚红蕤枕，遥望远方斜阳、思念未归人的情状丝毫不会让人觉得轻浮，连她的嗔怨也都有了韵味，这便是纳兰笔墨的功劳了。

# 虞美人 为梁汾赋

**凭君料理花间课[1]，莫负当初我。眼看鸡犬上天梯[2]，黄九自招秦七共泥犁[3]。**

**瘦狂那似痴肥好[4]，判任痴肥笑。笑他多病与长贫，不及诸公衮衮向风尘[5]。**

### ◇注释

①料理：处理、安排，指点、指教，此处含有辑集之意。课：指词作。花间：即《花间集》，为后蜀人赵崇祚编辑的一部词集。集中搜录晚唐至五代十八位词人的作品，共五百首，分十卷，集中作品内容多写上层贵妇美人的日常生活和妆饰容貌，女人素以花比，而该集多写女人之媚，故称"花间"。

②天梯：古人想象中登天的阶梯，此处喻为入仕朝堂，登上高位。

③黄九：北宋诗人、书法家黄庭坚，排行第九，因以称之。秦七：北宋词人秦少游辈行第七，故称。泥犁：佛教语，梵语的译音，意为地狱。

④瘦狂、痴肥：比喻仕途失意与得意。瘦狂：语见《南史·沈昭略传》，昭略答王约云："瘦已胜肥，狂又胜痴。"此处为反其意用之。痴肥：肥胖而无所用心。

⑤诸公衮衮：源源不断而繁杂，旧时称身居高位而无所作为的官僚。风尘：比喻纷乱的社会或漂泊江湖的境况，这里指宦途、官场。

## ◇赏析

纳兰虽为权臣之子、皇帝近臣，然而却是空有满腹才华，只能担当护卫武夫之职，因此与怀才不遇、仕途蹉跎的顾贞观等人大有同病相怜、惺惺相惜之意。顾贞观更可以说是纳兰性德的第一知己，二人不仅交契笃厚，而且志趣相投，有着相同的词学主张。纳兰性德在《与梁药亭书》中说："仆少知操瓢即爱《花间》致语,以其言情入微，且音调铿锵，自然协律。"他与顾贞观诗词唱和颇多，并请他为自己的词作选集付梓，这首词就是二人同怀同道的真实写照。

"凭君料理花间课，莫负当初我"这句话是纳兰在叮嘱好友顾贞观：任凭你辑集我的词作，只要不辜负我的一片真心便可。对于中国古代文人来说，将自己的词作交给他人付梓，无异于是将自己的心血全部托付出去，由此可见顾贞观在纳兰心中的重要地位。在这里，纳兰提到了《花间集》，并非是说自己的词风与《花间集》中的词作相同，而是用其来代指自己的词作。

在"眼看鸡犬上天梯"这句中，纳兰用了"鸡犬升天"这个典故，相传汉代淮南王刘安修炼成仙之后，将余下的药倾洒在院子里，结果鸡和狗吃了之后也都飘然升空，成了神仙，在这里纳兰用"鸡犬上天梯"来比喻那些在仕途上平步青云的小人。"黄九自招秦七共泥犁"，在这句中，纳兰显然用黄庭坚与秦观来比喻自己和顾贞观，但是，泥犁的意思是地狱，纳兰用到这句中，难道是说要和顾贞观共赴黄泉？

《宋稗类钞》中曾记载：黄庭坚早年喜作艳词，有一位法秀禅师劝他不要再作，并警告道"以笔墨诲淫，当堕泥犁地狱。"知道这个典故后，我们也就很容易理解"黄九"句的意思了，纳兰此时已经不再是一个循规蹈矩的贵族公子，他明确地向世人宣称：我们这些仕途失意的人只想填好自己的词作，哪怕最后进入地狱，我们也不会后悔。

下片一开篇，纳兰提到南朝沈昭略的典故，据记载，沈昭略为人放浪形骸，喜好饮酒。有一天喝醉之后，在娄湖苑遇到王约，于是嘲笑道："你就是王约？为什么又肥又痴？"王约反唇相讥说："你就是沈昭略？为什么又瘦又狂？"沈昭略听后，抚掌大笑说："瘦比肥好，狂比痴好。"纳兰在这里反其意而用之，用痴肥来比喻入仕朝堂的小人，用狂瘦来指代自己和顾贞观，表面上是说我们仕途失意之人哪有你们得意之士那么踌躇满志，你们只管嘲笑好了，其实是说：你们这些登上高位的小人也配嘲笑我们？此时的纳兰，既显示出单纯、直率的一面，也显示出狂放、刚强的一面。

尾句"笑他多病与长贫，不及诸公衮衮向风尘"，纳兰用嘲讽的口吻说道：得意之人嘲笑失意之人贫病交加，仕途坎坷，是的，我们与你们这些身居高位而无所作为的官僚确实无法可比。

纳兰虽然身在官场，但是内心却没有被名利所熏染，所以他才能够从官场中悄然脱身，与顾贞观沉溺于诗词之道中，正因为如此，世间才少了一个追求功名利禄的官僚，而多了一位旷达风流的绝世才子。

# 浣溪沙

**五月江南麦已稀，黄梅时节雨霏微**[①]。**闲看燕子教雏飞。**

**一水浓阴如罨画**[②]，**数峰无恙又晴晖。湔裙谁独上渔矶**[③]。

### ◇注释

①黄梅：春末夏初梅子黄熟的一段时期，这段时期我国长江中下游地区连续下雨，空气潮湿，衣物等容易发霉。也叫黄梅天。霏微：雾气、细雨等弥漫的样子。

②罨画：色彩鲜明的绘画。多用以形容自然景物或建筑物等的艳丽多姿。

③渔矶：可供垂钓的水边岩石。

### ◇赏析

江南，是一个遥远的梦境。款款流淌的评弹，悠扬的马头琴，温婉的吴侬软语……江南何在？只需沿着盎然的诗情，打马而过，便是江南。她的气质，是盈盈的春水，朦胧着袅袅薄雾，胜似瑶池，“南朝四百八十寺，多少楼台烟雨中”的忧郁，是你日日踏过的青石板，蜿蜒曲折的小巷深处，蓦然回首间，一个结着愁怨的丁香一样的女子；她的浅笑，是湖畔杨柳岸，绽放的一朵油纸伞，湖光山色，斗转星移，抹不掉的一脉情思。

提到纳兰，无可避免地谈及他显赫的家世、悲戚的情史，以及他英年早逝的遗憾。如果有一天，当所有明艳的光环、绯色的传闻散去，余下的纳兰，应是一位最率真的诗人，吟游江南，纵马边陲。

五月，水墨江南里，青葱的小麦稀疏错落于阡陌，恰逢黄梅雨时节。雨丝簌簌地飘落下来，再有一份闲心静坐，看屋檐下的雏燕恰恰学飞煽动着稚嫩的翅膀。才知生命之中，“落花人独立，微雨燕双飞”的景色，才是平和安定的。

烟波流水就像浓墨泼出来的山水画，山峦静谧，隐隐透露出雨过天晴的阳光。水边布衣女子赤脚踩上鱼矶石，木槌轻举，捣衣声寂静回响在这田园之中。

纳兰如此婉婉道来，一幅泼墨山水田园画便缓缓铺展在眼前，让人沉醉其中，身心轻盈，浮想联翩。颜色浓处，是云青青兮欲雨，墨色淡处，是水澹澹兮生烟。是这样一幅安静的国画，却遇见了“湔裙谁独上渔矶”，捣衣女瞬间点碎了安静，使画面变得生动明晰起来，又添了几分彩墨的跳跃。“湔裙”指古代的一种风俗，旧俗于农历正月元日至月晦，士女酹酒洗衣于水边，以避灾度厄。这里指水边的捣衣女子，也迎合了浣溪沙的词牌。

这首词读来有《诗经》的淡雅之趣，所阐述之事也颇具田园民风，原来生命所需要抵达的从来不是功名利禄，名誉万世，而仅仅是内心的平和与安定。纳兰用他的笔触告诉人们，尘间的确是有这样的地方的。

一直以为，纳兰是孤独的，他的秉性、他的心气、他的才情，注定了他的遗世独立，注定了他留给世人的，将是一个凄婉的故事，一段离愁别苦的情。虚静的一刻，晨曦洒在他的面颊，当他微微展露笑颜时，那份清灵的孤独，那份怡人的忧郁依旧。很难说，这是一种幸运，抑或是不幸。就如同后主一样，若说生在贵胄家是他的不幸，那么若无这一份由盛而衰的经历，又怎能成就他千古词帝的荣光。

其实，就这首诗而言，它是明媚的，清新明丽，俨然区别于纳兰以往情愁感伤之作，带着暮春的阳光。可末一句，仅仅一个“独”字，便给整首词笼上一层无言的失落。像是，在某个月夜，把船儿推出了湖心，徐徐荡漾着，一点点远离了那份心中的美好。

纳兰，让人想到十五世纪，那位叫波提切利的西方画家，他是欧洲文艺复兴早期佛罗伦萨画派最后一位画家，他的一幅名作《春》，涵盖了妩媚、温雅、风流、娇丽、婀娜等美丽的赞誉，可是在明媚的外表之下，一层惘然的哀愁在笼罩。虽然一个是西方的美术，一个是中国的文学，但文学艺术，大抵该是相通的。

在明媚的江南暮春，在静看稚燕学飞的欣喜中，纳兰的身影显露出安适而孤独的姿态，词人是高贵的，敏感的心处处悸动，精神在漂泊不定中寻找一个栖身之地。那暂得的安适，化为文字，就成了手中圣洁的白莲，素心依旧，心灵便总有栖息之地。

若存了一颗人生腥风血雨之后渴望淡泊明志宁静致远的心，在邂逅这一幅画面之后且欣然而坐，清茶徽墨，或许此刻别人用手搭一个框，你我便亦是此中之人，此中之景。

## 浣溪沙 古北口①

**杨柳千条送马蹄，北来征雁旧南飞。客中谁与换春衣②。**
**终古闲情归落照③，一春幽梦逐游丝④。信回刚道别多时。**

**◇注释**

①古北口：长城隘口之一。在北京密云东北，为古代军事要地。

②春衣：春季穿的衣服。

③终古：往昔，自古以来。落照：落日的余晖。

④幽梦：隐约的梦境。游丝：飘荡在空中的蜘蛛丝。

### ◇赏析

纳兰性德身为皇帝侍卫，深受康熙喜爱，“上（皇帝）有指挥，未尝不在侧……上之幸海子、沙河、西山汤泉及畿辅五台、口外盛京、乌喇，及登东岳，幸阕里，省江南，未尝不从”。单单是古北口一处，就曾多次扈驾经过，如康熙十六年十月，扈驾赴汤泉；康熙二十一年二月至五月，扈驾巡视盛京、乌喇等地；康熙二十二年六月、七月，奉太皇太后出古北口避暑；康熙二十三年五月至八月，出古北口避暑等。

这首词写的正是词人扈驾远行的事情，是纳兰词中为数不多的塞北词之一。

上片中写出了此次出行的经过，重点写景。首句交代此次扈驾的前后时间，春天出发，夏天还没到，在杨柳依依的时节，词人骑着骏马踏上了扈驾之路。秋天回京，在春天北来的大雁如今依旧向南飞去，此句可能语带双关，即也指康熙一行仲夏北上，如今向南返归。这一来一回就是一春一秋，期间所受之苦谁人能知？接着是一句反问“客中谁与换春衣”，道出心中一片辛酸。只身在外，已经换了季节，身上还是春天的衣服，哪能像在家里一样，有人更换衣服。

下片则着重于抒情，开头通过落照、游丝把心中苦闷之情跃然于纸上。自古以来，自己的闲情逸致只能寄托在落日的余晖上了。隐隐约约在梦境之中追逐飘荡在空中的蜘蛛丝，这也是作者对自己常年忙于侍卫职责，在消磨青春时光的扈从出巡中难得自由的慨叹。当然也流露出其对这种生活的厌倦，只能通过自然之景消磨时光。

纳兰性德一生短暂，只在人世间留下了三十一个春秋的足迹，他有一首诗这样说过：“予生未三十，忧愁过其半。心事如落花，春风已吹断。”可见其一生愁苦不断，

坎坷不断。他作为皇帝侍卫，虽然有机会接近皇上，得见龙颜，却怀才不遇，无法大显身手为国家社稷、黎民百姓建功立业。这种情形在中国古代文人之中是常常碰到的，从楚国的大夫屈原，到汉朝的贾谊，再到唐朝的杜甫、李白，以至于纳兰同时代的文人蒲松龄，大抵如此。文人的不幸却造就了中国文坛的一大幸事。

再说纳兰，在他尽管简短但枯燥无味的仕宦生涯中只有两种活动，或者是殿前宿卫，或者是随驾出巡。但不管是哪种活动，他都是一个陪同而已。这是词人的不幸，所幸的是他给我们后人留下诸多好词。据历史记载，他和汉族文人顾贞观、朱彝尊、陈维崧等有所往来，也有曾参与营救吴兆骞并发付他的后事的义举。在当

时的满汉关系中，书写了一段难得的友谊之篇章。但尽管如此，可对于那些汉族潦倒文人们来说，谁又能理解他一片赤子之心的背后，有几分是孤独的落寞？又有谁能真正了解他荣华富贵、锦衣玉食下的壮志未酬？词人也曾在《清平乐·弹琴峡题壁》说："冷冷长夜，谁是知音者？"

在纳兰的好友中，顾贞观是亦师亦友的一个。康熙十五年，明珠慕顾贞观的才名，聘其为子纳兰性德授课。纳兰性德亦为清初著名词人，二人遂成忘年交。康熙十七年清廷开"博学鸿词科"网罗汉族士大夫，著名文人学者朱彝尊、陈维崧、严绳孙、姜宸英等人都被荐至京，会试中式任翰林院检讨等职。顾贞观、纳兰性德与他们经常聚会，吟咏唱和，促进了清初词坛的兴盛。顾贞观在京期间，还为纳兰性德编订了《饮水词》集。他死后顾贞观在祭文中以无比痛惜的口气说："吾哥所欲试之才，百无一展；所欲建之业，百不一副；所欲遂之愿，百无一酹；所欲言之情，百不一吐。"

其生命的一大部分完全迷失在苦闷中，我们可以说纳兰是一个不称职的侍卫，却是一个中国词坛上难得的词人。

# 鹊桥仙

**倦收缃帙，悄垂罗幕①，盼煞一灯红小。便容生受博山香②，销折得狂名多少③。**
**是伊缘薄，是侬情浅，难道多磨更好？不成寒漏也相催④，索性尽荒鸡唱了⑤。**

### ◇注释

①罗幕：丝罗帐幕。

②生受：承受、享受。

③销折：抵消、损耗。狂名：狂士的名声。

④不成：表示反诘语气。寒漏：寒天漏壶的滴水声。

⑤索性：直截了当，干脆。荒鸡：指三更前啼叫的鸡，旧以其鸣为恶声,主不祥。

### ◇赏析

作者开篇便忆起了长夜苦读的情景。说长夜不错，说"苦读"却有些不恰当——佳人在侧，这苦也苦得风雅。

古代的读书人都梦想着寂寥长夜，有红袖添香。纳兰性德之类的豪门公子，这样的梦想自然不难实现。可那些寒门子弟连自己的嘴都喂不饱，哪里还能匀出一份口粮找个红袖来添香？只能独对孤灯滴漏长。

陪伴纳兰走过长夜的这位红袖，可不止会掀开博山炉的盖子填几块沉水香就算了，还颇识文字，能伴读。且看，作者说"倦收缃帙"，两人于书斋中秉烛夜读，浪漫温情；而这读书的环境又是"悄垂罗幕"，渲染了几多旖旎的情境，多么暧昧、多么纯净的感情。

诗中的女子是谁，已无从查考，是纳兰那位刻骨铭心的情人，还是他饱含眷恋的妻，她如天空里的一片云，偶尔投影在词人的心中，随即在命运的洪流里消灭了踪影——这其实是一首悼情词，只是显得孩子气十足，所以冲淡了哀伤的意味。从作者不经意写下的这些文字里，我们能探知两点：不管当时他们是怎样爱着，她只是他人生中的过客，“可叹公子无缘”；他们相爱时正是姣花嫩蕊的年纪，纳兰还只是一位青涩少年。

因为年少，便爱得热烈，甚至有些轻狂的意味。“便容生受博山香，销折得狂名多少。”古人忌讳写情爱之事。汉朝张敞为妻子画眉，就招来同僚的嘲笑；沈三白写新婚夜“比肩调笑”、“戏探其怀”就被评价为“十分大胆”。少年纳兰不怕人笑话，把与爱人比肩共读、共赏香道的亲密小事都写出来，纵使有损狂士的名声，也不在乎——这种不在乎，依然是孩子气的、有趣的。

词到下片，孩子气愈发浓郁了。词中那孩儿气的少年，便是失了所爱，也是要显示出男子汉的英雄气的。可因为年少，男人的洒脱没有得到预期的展现，却让我们看到了小儿女的娇嗔、别扭的小脾气。“是伊缘薄，是侬情浅，难道多磨更好？”是咱们缘分浅，是我投入感情少，咱们散了就散了！

常有人说，女人说“是”就是“不是”，说“不是”就是“是”。真的爱了，男人又何尝不是口是心非？校园里梧桐树下两人争吵后，他说着让你“到此为止，永远不要再回来”，心里期望的却是女孩子啜泣着，闭紧眼睛一副豁出去的样子来一个羞答答却决绝的拥抱——若你真的走开了，消失在道路的尽头，夏日月夜繁密的树影下，刚才还豪气干云大叫的小男生，一定会端着肩膀小声啜泣，仿佛一下子光阴倒流回到了五岁。

所以，词里的人儿，未必真的有他说的那么洒脱。说洒脱，这阕词的最后倒真有些破罐子破摔的洒脱：“不成寒漏也相催，索性尽荒鸡唱了。”更漏滴滴答答吵得人睡不着，大不了我不睡了，睁着眼到天亮。一个“不成”，一个“索性”，勾勒出了一个稚气少年伤心的失眠夜。

古人确实离咱们很远，可他们也确实离咱们很近。纵然时间有先后，空间有不同，我们却是在同一片土地上繁衍生息的，星图变幻，草木枯荣，啜饮着同样的文化母奶，延传着类似的情感经验，我们能那么轻易地在情感上懂得彼此。莎士比亚写十四行诗赞美他心目中带点儿邪气的美妇：你的双眼是可爱的伤悼者，穿上黑衣裳，对于我的痛苦，赐予怜悯的目光。（《莎士比亚十四行诗集》一三二）这样的诗句，他写出多少个十四行，中国人也搞不明白其中隐晦曲折的情致。但是一句“关关雎鸠，在河之洲，窈窕淑女，君子好逑”，即使是大字不识几个的莽汉，不知道啥是雎鸠，何为之洲，也能一拍大腿叫道：咳，不就是一哥们儿看上一个漂亮妞儿吗？纳兰性德的这首小词，让我们每每读起，都有感同身受的感觉，仿若进入了一段闭合的时间，一次一次陪伴他走过失眠的长夜。

青春，总是好的，纵使最后幸福流散致尽，它遗留在手上的清芬气味，在一个一个凄清的月夜，还是会撩动心弦。博山炉在，沉水香散，几滴清泪，滴落耳边。那些幼稚的懊恼句子背后，是深深的眷恋和遗憾。

# 鹊桥仙

**梦来双倚，醒时独拥，窗外一眉新月。寻思常自悔分明，无奈却、照人清切[1]。**

**一宵灯下，连朝镜里，瘦尽十年花骨[2]。前期总约上元时[3]，怕难认、飘零人物。**

## ◇注释

①清切：清晰准确，真切。

②花骨：花骨朵，这里形容人的容貌优美俏丽。

③前期：从前的约定。

## ◇赏析

纳兰本人在精神气质上与贾宝玉颇为相似，就连乾隆看过《红楼梦》之后也不禁说道："此盖为明珠家事作也。"纳兰就是贾宝玉原型的可能性并不大，但是从《红楼梦》的遣词造句中，多多少少还是能看到些《饮水词》的影子。

人们常把纳兰当作贾宝玉，不仅是由于相似的身世经历，还有一点就是"身居华林而独被悲凉之雾"的心性气质。情路上的甜蜜与悲伤也是两人相同的体验，宝黛之恋从欢愉走向破灭，纳兰的爱情也随着妻子卢氏的去世成了不可触碰的伤痕。悼亡是纳兰词作的重要主题之一，也是最能展现他内心的作品。

古代悼亡的诗词文章众多，据说纳兰是古代词史上写悼亡词最多的词人，他每每追忆起妻子的温柔体贴，又想到那一份柔情自己已经永远失去了，不免肝肠寸断，这一番痛苦倾注于笔端，令人动容的词作便产生了。

"容若词一种凄婉处，令人不忍卒读，人言愁，我始欲愁。"这是纳兰的好友顾贞观对他的评价，也恰好表明了纳兰悼亡词的主要特点：凄清婉丽。这一首《鹊桥仙》诉说的正是哀婉的怀思和对身世的隐怨。

在梦中与妻子相偎相依，醒来却形单影只，这种从温馨到孤寂的感觉恰如从云端坠落谷底、从暖春跌入寒冬，从头发丝到脚趾尖都摔得疼痛、冰得刺骨，唯有望着窗外的一弯新月思念旧人。

想来月亮大概是古代的伤心人最不应见的物事，李白抬头望了望明月，低下头便开始黯然"思故乡"；范仲淹在高楼独倚观赏明月，哪知几杯酒入了愁肠，就"化作相思泪"；吕本中的《采桑子》里的女子看着那时盈时亏的月亮，忍不住怨念："恨君却似江楼月，暂满还亏，暂满还亏，待得团圆是几时？"

伤心人看到月亮只会更加伤心，纳兰也是如此。那弯新月让他想起了与妻子相伴的时光，月亮依旧，夜风如初，只是佳人已逝，空留思念。物是人非之感顿生，即使月光再分明、再美丽，也只能徒增心中的伤感，悔恨当初竟不懂得珍惜相守的幸福。

又逢照人清切的明月，但已经人事全非，旧日里曾与爱人在镜前画眉挽髻，如今镜子里就只有自己的影子了。思念之情让人消瘦憔悴，只怕即使再有机会与她相见，她也辨认不出这衰老的人儿就是昔日的情郎了。

像这样的“飘零人物”并非只有纳兰一个。只要不是为了嘴上便宜、头顶虚名，那些同样有着失去至亲至爱遭遇的飘零人往往都有传世佳作，如元稹的“曾经沧海难为水，除却巫山不是云”，除你之外世上再无人能令我动情，这般生死之恋可谓刻骨铭心；又如潘岳的“之子归穷泉，重壤永幽隔”，生死殊途的遗恨五字足矣；再如贺铸的“空床卧听南窗雨，谁复挑灯夜补衣”，看似平白叙述，却满腔悲痛，贤妻已去，还有谁记挂着自己的饥饱冷暖呢？这些悼亡词或者语气平淡，或者悲怆难耐，字里行间都是剪不断的爱意幽思、道不尽的柔肠悲歌。

说到悼亡，就不能不提苏东坡的《江城子》，后人多将这首词奉为“千古第一悼亡词”。这首词以记梦的形式写阴阳相隔之苦、夫妻永别之悲。夫妻梦中相会，生者死者重逢，这比起生者单方睹物思人、悲吟苦叹似乎更能打动读者，因为不论梦中的重逢是怎样惊喜与温馨，梦醒之后只会是一枕孤寂、两行清泪。

从这一点来说，苏东坡的《江城子》委实比纳兰的这首《鹊桥仙》多了几分妙处。

## 鹊桥仙　七夕①

**乞巧楼空②，影娥池冷，说着凄凉无算。丁宁休曝旧罗衣③，忆素手为余缝绽④。**
**莲粉飘红⑤，菱花掩碧，瘦了当初一半。今生钿盒表予心⑥，祝天上人间相见。**

**◇注释**

①七夕：农历七月初七的晚上，神话传说天上的牛郎、织女每年在这个晚上相会。

②乞巧楼：乞巧的彩楼。乞巧，旧时风俗农历七月七日夜（或七月六日夜）妇女在庭院向织女星乞求智巧称为“乞巧”。《荆楚岁时记》载：“七月七日为牵牛织女聚会之夜。是夕，人家妇女结彩缕,穿七孔针，或金银石为针，陈瓜果于庭中以乞巧。有喜子（蜘蛛）网瓜上，则以符应。”又，《东京梦华录·七夕》云：“至初六、初七日晚，贵家多结彩楼于庭，谓之乞巧楼，铺阵磨喝乐、花瓜酒炙、笔砚针线。或儿童裁诗，女郎呈巧，焚香列拜，谓之乞巧。妇女望月穿针，或以小蜘蛛安合子内，次日看之，若网圆正，谓之得巧。”

③丁宁：同“叮咛”，反复地嘱咐。罗衣：轻软丝织品制成的衣服。

④缝绽：缝补破绽，这里是缝制的意思。

⑤莲粉：即莲花。

⑥钿盒：镶嵌金、银、玉、贝的首饰盒子。相传为唐玄宗与杨贵妃定情之物，泛指情人间的信物。

## ◇赏析

当我怀念你的时候，不说美貌，不说风情，甚至不提才华。你只是我的妻，朴实、平淡、深情的妻，我忆起你最浪漫的时候，不过是“忆素手为余缝绽”，用柔软温暖的手为我缝补破旧的衣衫。这便是纳兰性德的爱。苏东坡悼念发妻写“十年生死两茫茫，不思量，自难忘”，沉甸甸的相思让人心疼。而纳兰性德一句“今生钿盒表予心，祝天上人间相见”，让人悲从中来，禁不住说声：悲哉，纳兰！

叶芝曾对爱人呓语：“当你老了，头白了，睡意昏沉/炉火旁打盹，请取下这部诗歌/慢慢读，回想你过去眼神的柔和/回想它们昔日浓重的阴影”。这些平实而温厚的爱情啊，无论是叶芝爱人炉火边的小憩，还是纳兰的妻子亲手缝纫的旧衣，莫不印证了《诗经》中的旧句：宜言饮酒，与子偕老；琴瑟在御，莫不静好。

从古至今，无论何方何地，男男女女所求的不过是一句烂俗的吉利话：白头偕老。这话听来实现起来不难，却也不易，只因人人都不是命运的对手。

纳兰性德的妻子卢氏，是锦绣丛中长大，豪门大户中的一朵富贵花。她与纳兰相亲，相爱，却在婚后三年去世。老人们传说，夫妻感情不要太好，太好遭天妒。也许这就是为什么吵吵嚷嚷一辈子的夫妇，倒能携手共赴人生残境；彼此怜爱非常的夫妇，却往往福寿不长，两隔阴阳。

七夕是古代女子的心水节日。《荆楚岁时记》载：“七月七日为牵牛织女聚会之夜。是夕，人家妇女结彩缕,穿七孔针，或金银石为针，陈瓜果于庭中以乞巧。有喜子（蜘蛛）网瓜上，则以符应。”每到七夕，女子们便准备精洁果品，焚香拜月，为自己一双巧手，求一段美满的爱情，嬉嬉闹闹，欢乐非常。去年今日，卢氏楼上拜月的身形犹在，荡舟赏月的波痕却已消隐得无迹可寻。当别人家的楼阁间飘逸着女子的欢声笑语时，纳兰家的亭台池榭间飘逸出的，是诗人忧愁的叹息。

七月正是夏末秋初，池中藕花开了又谢，谢了又开，层层叠叠，新花旧朵次第而生。本是正常的新旧交替，年年若此，诗人却品评说“莲粉飘红，菱花掩碧，瘦了当初一半”。

今人知道“瘦”可形容花朵凋残，多是从“知否，知否，应是绿肥红瘦”开始的。李清照与丈夫赵明诚感情极好，都喜爱诗词歌赋、金石印章，琴瑟和鸣，很有共同语言。赵明诚出去做官，女词人为离别的相思苦痛折磨，写下“红藕香残玉簟秋。轻解罗裳，独上兰舟，云中谁寄锦书来？雁字回时，月满西楼”。红藕凋残的季节，是思念离人的季节吧。无论是李清照还是纳兰，都被坠落的莲瓣勾起了愁思。也许纳兰伤情更甚，他在这满眼残蕊的季节吟诵诗篇时，妻子已是亡人；李清照的丈夫至少身在世间——至少，在诗人写作那首词时，还身在世间。

林语堂为《浮生六记》作序时禁不住暗想："这位平常的寒士（沈复）是怎样一个人，能引起他太太这样纯洁的爱"。纳兰不是平常寒士，若是如沈复一样的寒士，也一定会像沈复一样得到妻子真挚的、深切的爱恋。看"丁宁休曝旧罗衣"一句，王孙公子，家中锦衣轻裘无数，他竟会记得一件旧衣，且反复嘱咐仆人不要将那件旧衣拿出来曝晒，无比珍爱。只因"忆素手为余缝绽"。那件旧衣上载满关于你的回忆，不愿让你逝去之后的时光的尘埃将其沾染。更畏惧的是，衣衫上细碎的针脚牵起我对你痛入骨髓的思恋。

喜鹊能在天河间搭建一条爱的桥梁，却不能在阴间与阳世间搭就一条相思路。生不能执子之手，幸好我们还有生生世世的约定。"钿盒"一句，典出《长恨歌》。纳兰擅化用前人词句，"今生钿盒表予心，祝天上人间相见"脱胎自"惟将旧物表深情，钿合金钗寄将去。钗留一股合一扇，钗擘黄金合分钿。但教心似金钿坚，天上人间会相见。"古人有风俗"定情之夕，授金钗钿盒以固之"。（陈鸿《长恨歌传》）白居易在《长恨歌》中为明皇与贵妃杜撰了一个美丽的约定："七月七日长生殿，夜半无人私语时。在天愿作比翼鸟，在地愿为连理枝。"白居易的长诗偏向叙事，略显拖沓而情不浓足。到纳兰性德处，字字哀伤，声声泣血，所有压抑的相思与苦痛喷薄而出——既然完不成"执子之手，与子偕老"的爱情宣言，就让我衷心祈祷，祈祷一个情比金坚的爱情诺言的实现——我们，天上人间相见！

问世间情为何物，直教生死相许？情，使红莲花瘦，佳节凄凉，使一件薄而软的旧衣能在心头割裂新痕旧伤。平淡的岁月中积淀下的酽酽情谊，让失去爱人后独自行走的人生路变得拖沓冗长。如果爱一个人，一定要让他知道，尽力用真挚的爱情填满你们相处的每一寸时间。命运是河流，生命是不系缆绳的小舟，谁知道下一刻会向哪一个方向漂流？爱，就爱了，深深爱，狠狠爱。"天上人间相见"，不是人人都能承担得住的凄丽哀婉。

# 南乡子 捣衣①

**鸳瓦已新霜②，欲寄寒衣转自伤③。见说征夫容易瘦，端相④，梦里回时仔细量。**
**支枕怯空房⑤，且拭清砧就月光⑥。已是深秋兼独夜，凄凉，月到西南更断肠。**

## ◇注释

①捣衣：古人将洗过头次的脏衣服放在石板上捶击，去浑水，再清洗。明杨慎《丹铅总录·捣衣》："古人捣衣，两女子对立执一杵，如舂米然。尝见六朝人画捣衣图，其制如此。"

②鸳瓦：即鸳鸯瓦。

③寒衣：冬天御寒的衣服。自伤：自我悲伤感怀。

④端相：细看，端详。

⑤支枕：将枕头竖起、倚靠。

⑥清砧：捣衣石的美称。

◇**赏析**

古时捣衣，多在秋夜进行，试想一下，在一个寒冷的夜晚，四下悄无声息，只能听见萧瑟的砧杵声一下一下地响起，这是何等凄凉的意境。因此，在古典诗词中，捣衣往往用来表现征人离妇、远别故乡的惆怅情绪，而在这首词中，纳兰正是借捣衣这一动作，抒发了征夫怨妇的相思情怀。

“鸳瓦已新霜，欲寄寒衣转自伤”，词一开篇，作者就交代了时令，天气逐渐变凉，鸳鸯瓦上已经落满了秋霜，此时的思妇想要为远方的征人寄去寒衣，却又突然开始暗自伤怀。一个“转”字，说明妇人先前的心情并非“自伤”，但是一想到这砧板上的衣服是为远行在外的征人而捣，自然睹物思人，心中已是思念不已。

“见说征夫容易瘦，端相，梦里回时仔细量”，在这里，纳兰想象着思妇怀念征夫时所流露出的纤细感情：都说出门在外的人容易消瘦，不知道是否是真的，下次在梦里相见的时候一定要好好端详端详你。在纳兰所写的词作中，他不仅用种种的具体事物来表达抽象的恋情，更多的时候是通过这种虚幻的梦境来表达挥之不去的思念。

但是思妇并没有入睡，因为自己独守空房，既备感寂寞，也不免会心生胆怯，无奈之下，她只好通过在月光下擦拭捣衣之石来消磨时光。而此时“已是深秋兼独夜”，深秋独夜里，寒月、寒砧，伴随着一颗孤独寂寞的心，词到此处，我们似乎已经看到一个让人怜惜、同情的思妇形象跃然纸上。

尾句“月到西南更断肠”，进一步描写思妇内心中的相思愁苦。夜已经深了，又要与寂寞孤独相伴，连月亮都要落下了，怎能不叫我伤心断肠！

纳兰的这首思妇词写出了满纸的凄苦，可谓是一首“断肠“之作。盛冬铃在《纳兰性德词选》中曾这样评价该词：“秋风一起，戍边军士们的妻子就要忙着为远方的亲人准备寒衣了。水边砧上，清杵声声，那月下捣衣的动人情景，也饱含着思妇们的深情，牵动了骚人们的诗思。纳兰这一首《南乡子》也是以此为题材创作的，且意境凄清，心理描写非常细腻，在众多的同题作品中，有其独到之处。”

# 南乡子 御沟晓发

**灯影伴鸣梭[①]，织女依然怨隔河[②]。曙色远连山色起[③]，青螺[④]，回首微茫忆翠蛾[⑤]。**
**凄切客中过[⑥]，料抵秋闺一半多[⑦]。一世疏狂应为著[⑧]，横波[⑨]，作个鸳鸯消得么[⑩]？**

### ◇注释

①鸣梭：梭子，织具。

②织女：织女星的俗称，位于银河以东与牵牛星隔银河相对。古代神话相传织女与牛郎隔天河相对，每年七夕渡河相会。后人以此比喻夫妻或恋人分离，难以相见。

③曙色：破晓时的天色。

④青螺：喻青山。

⑤微茫：迷漫而模糊。翠蛾：妇女细而长的黛眉，古代女子以青黛描画修长的眉毛，故称，借指美女。

⑥凄切：凄凉悲切。

⑦秋闺：秋日的闺房，指易引秋思之所。

⑧疏狂：豪放，不受拘束。

⑨横波：比喻眼神闪烁流动，如水闪波。

⑩消得：值得、配得。

### ◇赏析

“十里平湖绿满天，玉簪暗暗惜华年。若得雨盖能相护，只羡鸳鸯不羡仙。”1959年，香港导演李翰祥为自己的作品《倩女幽魂》写了这首诗。二十多年过后，这首诗又出现在导演徐克翻拍的同名电影中，被题写在一幅古色古香的画上，徐克将这首诗做了细微改动：“十里平湖霜满天，寸寸青丝愁华年。对月形单望相护，只羡鸳鸯不羡仙。”变更几字，诗的意境便有了不同，但情感仍然是相同的，一句“只羡鸳鸯不羡仙”道破了多少痴儿怨女的情怀。

纳兰也是其中一个被猜透了心思的痴情人。

在这首《南乡子》中，纳兰自称“一世疏狂”，只想“作个鸳鸯”，这一番温情缠绵与风流性情令人心生向往，但无奈他的一生却恰好与这单纯的愿望背道而驰。

虽然一心想过平淡质朴的生活，但皇帝的隆恩厚爱像一道金玉枷锁，即使纳兰从来都不想要，却无从推拒。旁人想要但得不到的荣华富贵反而成了他的噩梦，他对自由人生的向往全被这一道挣不开的缰绳束缚住了，他内心深处的疏狂反而成了心魔，让他在现实中不得安宁，在梦境中难偿夙愿。此一悲。

与妻子做一对生死相守、不离不弃的鸳鸯也是他的梦想，但事与愿违。结婚三年夫妻两人聚聚散散，情深之至不能时时相守就成了遗憾；三年之后，卢氏病逝，纳兰的心也便随着去了。此二悲。

纳兰在写这首《南乡子》时，他的妻子卢氏还在世。或许是陪帝王巡狩，或许外出办差，纳兰因故与妻子有短暂的离别。上片描绘了柳沟清晨晓发时的情景：这天他身在柳沟，天蒙蒙亮正待出发时，天际隐隐还有织女星在闪烁。纳兰没有直接表达自己对妻子的思念之情，而是通过织女“怨隔河”来抒发情感，微茫的远山宛若闺中之人的娥眉，这更引发了作者在下片的感叹：只叹此生多在客中度过，与闺中人大半在别离之中，总是身为行役，但自己却无时无刻不在盼望与闺中之人长相厮守，度过一生，那些

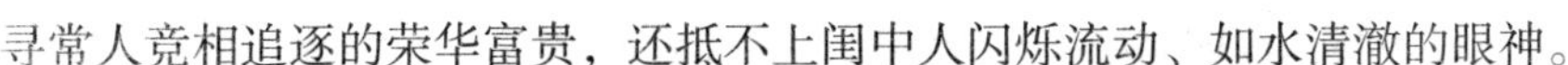

寻常人竞相追逐的荣华富贵，还抵不上闺中人闪烁流动、如水清澈的眼神。

万千富贵，也抵不过红颜一笑，人们常爱在才子之前许以“风流”二字，纳兰这一番表白自然是风流中的极致，纵使如柳永一般“忍把浮名，换了浅斟低唱”的才子，也少有这般“疏狂”的表白。遗憾的是，纳兰的“疏狂”之愿最终还是落了空的。

这首词中有一处需要注意：纳兰虽用了“秋闺”二字，但后世学者多认为此处的“秋”所指的未必是季节。秋天是个倒霉的季节，自从宋玉在《九辩》中用一句“悲哉秋之为气也，萧瑟兮草木摇落而变衰”奠定了悲秋的基调，后世诗人、词人莫不争相效仿，农民眼中这个收获的季节俨然成为了悲凉、感伤、萧索、凋零的同义词。

以“五行论”观四季的话，秋属金，而在七情中，悲也属金，所以这两种意象的融合仿佛浑然天成。去夏迎冬的自然轮回使秋天在文学中成了繁华谢幕和残酷未来将至的讯号，这就与古代文人普遍而深刻的失落、失意心态形成契合。即使在四季如春的好地方，只要文人心中有一片落叶，他便会觉得秋风扫遍了整个世界。

所以纳兰在这首词中用到的这个“秋”字，很有可能只是心境的写照，而非真实的时令。

# 南乡子

**烟暖雨初收，落尽繁花小院幽。摘得一双红豆子[①]，低头，说着分携泪暗流[②]。**
**人去似春休，卮酒曾将酹石尤[③]。别自有人桃叶渡[④]，扁舟[⑤]，一种烟波各自愁。**

### ◇注释

①红豆子：红豆，相思树的种子，果实成荚，微扁，子大如豌豆，色鲜红，古代文学作品中常用来象征相思，也叫“相思子”。

②分携：离别。

③卮酒：犹言杯酒。石尤：传说古代有商人尤某娶石氏女，情好甚笃，尤远行不归，石氏思念成疾，临死叹曰：“吾恨不能阻其行以至于此。今凡有商旅远行吾当作大风为天下妇人阻之。”见元伊世珍《琅记》引《江湖纪闻》。后因称逆风、顶头风为“石尤风”，故后人以之喻阻船之风。

④桃叶渡：渡口名，在今江苏南京秦淮河畔。相传因晋王献之在此送其爱妾桃叶而得名。后人以此指情人分别之地。

⑤扁舟：小船。

### ◇赏析

这又是一首抒写离愁别恨的词作。

“烟暖雨初收，落尽繁花小院幽”，首句描写了刚下过雨后的小院情景。风雨初晴，小院中落花满地，显得十分幽静。正所谓“一切景语皆情语”，在这种幽静的意境中，我们似乎能想象到分别在即的两人相对无语泪满眶的景象。

“摘得一双红豆子，低头，说着分携泪暗流”，爱人采下两颗红豆，低头和词人说着分别的话语，说着说着，不禁泪流满面。“红豆”，古人常用其象征爱情或相思，唐代诗人王维就曾以红豆为意象，写出了脍炙人口的《相思》诗：

红豆生南国，春来发几枝。

愿君多采撷，此物最相思。

短短的二十字，抒写了社会的民族风情：青年男女在确定终身大事时，通常是以红豆饰品作为情物相赠情人。从那以后，红豆就成了纯洁爱情的象征。随着时间的推移，相思红豆的寓意已经不仅仅局限于男女之情，而是逐渐扩展到亲情、友情、民族国家之情、人类相依相爱之情……

全词的上片追忆往昔，下片则描写别后幽情。“人去似春休，卮酒曾将酹石尤”，爱人离开之后，好像连春天也被他带走了，以酒践行时甚至祈祷船在行驶时能够遇上顶头风。“石尤”是纳兰化用的一个典故，相传古时有一个姓尤的女子，嫁给了一个姓石的商人，按照古代的习惯，她就被称为石尤氏。丈夫出外经商多年，未见归还，石尤氏便每天倚门而望，结果思念成疾，在临死时，她慨叹道：“我悔恨当初没有劝阻丈夫留在家中，不然怎会落到今天这种地步，我要化作一阵大风，替天下的妇人去阻止她们商旅远行的丈夫。”石尤死后，在她家门前的那段江面上果然时常刮起大风，阻碍船只通行。纳兰用到这个典故，是说女主人公希望能够效仿石尤，化作大风阻止爱人远行。

但是天不遂人愿，女主人公的愿望终究破灭，爱人最终乘船离去，分开的两人只能独自品尝自己的忧愁。“桃叶渡”泛指送行之所，相传东晋著名书法家王献之曾宠爱一名叫“桃叶”的小妾，她时常往来于秦淮两岸，与王献之相会，王献之害怕她出意外，常常亲自在渡口迎送，并为之作了一首《桃叶歌》。从那以后，渡口名声大噪，久而久之，也就被称呼为桃叶渡了。

淡淡的白描，平实如话，真实地传递出女主人公在爱人即将远行时内心中所表露出的愁苦之情，读后别有一番韵味。

# 南乡子 为亡妇题照

**泪咽却无声，只向从前悔薄情。凭仗丹青重省视[①]，盈盈[②]，一片伤心画不成[③]。**

**别语忒分明[④]。午夜鹣鹣梦早醒[⑤]。卿自早醒侬自梦，更更[⑥]，泣尽风前夜雨铃。**

**◇注释**

①丹青：丹和青是古代绘画常用的两种颜色，借指绘画，此处指亡妇的画像。省视：犹认识、忆起。

②盈盈：形容举止、仪态美好。

③“一片”句：套用唐代高蟾《金陵晚望》：“世间无数丹青手，一片伤心画不

成。”另金代元好问有《家山归梦图》诗：“卷中正有家山在，一片伤心画不成。”

④忒：方言，太、特。

⑤鹣鹣：鸟名，即鹣鸟，比翼鸟，似凫，青赤色，相得乃飞。比喻夫妇情谊。

⑥更更：一更又一更，指整夜。

## ◇赏析

卢氏死后，痴情的纳兰就陷入到无尽的哀伤之中，不分白昼夜晚，他的脑海中全是亡妻的身影。有一天，他突然有所解悟，自己该给亡妻绘一幅肖像了，这样就可以永远与她相会相伴，只可惜丹青未染，已泪眼盈盈，心中又生出无数感慨。于是，这首恰如杜鹃啼血、令人不忍卒读的悼亡词就产生了。

“泪咽却无声，只向从前悔薄情”，这句从字面上解释是说：词人无声地呜咽着，他在为自己以前的薄情而后悔。其实，“薄情”并非真的薄情，只不过卢氏死后，纳兰在这一沉重打击之下，变得十分惘然，他不知该把自己的怨恨指向谁，他的内心极度悲痛，却找不到倾诉的对象，在这种情况下，他只能无奈地自责，他后悔当初没有多抽出一些时间陪伴在妻子的身边，后悔当初没有更好地对待妻子，不断的自责让纳兰产生了极强的负疚感，因此他才会自悔薄情。

为了排解这无边无际的痛苦，纳兰开始寻求解脱的办法，他想要为亡妻绘一幅肖像，最终却是“一片伤心画不成”。元朝诗人元好问有“卷中正有家山在，一片伤心画不成”之句，表达出自己的思乡之情，纳兰在此借用入词，表达自己怀念亡妻的沉痛心情，这足以说明卢氏的故去，已经使纳兰伤心到了极点。

既然人鬼殊途不能再见，内心的痛苦又无法排遣，纳兰索性把希望全部寄托在梦幻中，想象着在梦中与妻子相会。于是他写道：“别语忒分明。午夜鹣鹣梦早醒”，天还没亮，与你双栖双飞的美梦就醒了，但分别时的言语仍然十分清晰分明。

“卿自早醒侬自梦”可谓是传神的一句，纳兰想象着妻子的早逝或许是在脱离苦海，她已经醒了，而我自己却仍然在苦海中饱受煎熬，仍然沉浸在梦中。严迪昌在《清词史》中曾对这句有所评价，他说：“‘卿自早醒侬自梦’也即对‘人间无味’是否醒悟的表述。词人设想爱妻‘早醒’（逝去）也就早离尘海、弃去无味之人间，自己却仍梦着独处其间，了无生趣。怨苦、怨怼转生出离世超尘的幻念，是古代文人通常谋求心态平衡、自我解脱的药剂。”

尾句“泣尽风前夜雨铃”化用典故，马嵬兵变后，杨贵妃被缢死，在平定叛乱之后，唐玄宗北还，一路凄雨沥沥，风雨吹打在皇鸾的金铃上，玄宗此时想起往事，于是写下一首《雨霖铃》来悼念杨贵妃。纳兰借用来表示自己虽然肉体仍然存在，但是内心其实早就已经死了。

多情的纳兰词以情为根本，写下这首缠绵悱恻、凄楚动人的词作。此时的他似乎已经忘却了自我，而将整个生命投入到对死者的怀念之中，全词可谓是字字情牵，句句肠断，读之催人泪下。

# 一斛珠 元夜月蚀[①]

**星球映彻[②]，一痕微褪梅梢雪。紫姑待话经年别[③]，窃药心灰[④]，慵把菱花揭。**

**踏歌才起清钲歇[⑤]，扇纨仍似秋期洁[⑥]。天公毕竟风流绝，教看蛾眉[⑦]，特放些时缺[⑧]。**

## ◇注释

①元夜：即元宵节。

②映彻：晶莹剔透貌。

③紫姑：神话中厕神名。又称子姑、坑三姑。相传为人家妾，为大妇所嫉，每以秽事相役，正月十五日激愤而死。故世人作其形夜于厕间或猪栏边祭之。见南朝宋刘敬叔《异苑》卷五、南朝梁宗懔《荆楚岁时记》。一说她姓何名楣字丽卿，为唐寿阳刺史李景之妾，为大妇曹氏所嫉，正月十五日夜被杀于厕中，上帝怜悯命为厕神。旧俗每于元宵在厕中祀之，并迎以扶箕。事见《显异录》以及宋苏东坡《子姑神记》。

④窃药：传说后羿得不死之药于西王母，其妻嫦娥盗食之，成仙奔月。见《淮南子·览冥训》，后以"窃药"喻求仙。心灰：谓心如死灰，极言消沉。

⑤踏歌：传统的群众歌舞形式，互相牵手或搭肩，以脚踏地为节拍。

⑥秋期：指七夕，牛郎织女约会之期。

⑦蛾眉：美人的秀眉。比喻新月前后的月相犹如一道弯眉，故名。这里喻月食时仍明亮的部分。

⑧些时：片刻，一会儿。

## ◇赏析

纳兰写景是真美，还多有新奇词句。"星球映彻"，此星球非彼星球，形象地描绘了星星点点闪烁花火的球状烟花，与我们今日遣词造句的习惯不同，读起来颇有趣。古时元宵放焰火，这阕词描绘了一个月蚀元宵夜作者之所见，属于咏节序风物：

天空烟火璀璨，梅梢之雪不明，月已初蚀，紫姑欲与人诉说经年的别离之情，而嫦娥却自愧窃药奔月，心灰意懒，以致不愿揭开镜面。月食渐出，地上锣声才歇，人们便开始踏歌庆祝，那月光还像中秋时节一样清澈明亮。老天也是风流之人，为了让人们看到新月如眉的景色，故意将月缺的时间延长了。

诗人的写作手法非常老到，用"一痕微褪梅梢雪"暗示月食的开始。月食，在古代称为天狗食月，人们看到月亮缺一块，以为是被天狗吞了，赶紧敲敲打打发出巨大的声响想吓走天狗。待月食结束，人们便以为天狗被吓跑了，把月亮吐了出来，又敲锣打鼓地庆祝一番。适逢元宵佳节，这种庆祝较以往更为热烈吧。

人热闹，神也不甘寂寞，紫姑就在这个日子与爱人重会。

紫姑是厕所里的神灵。中国人的审美，总是在出人意料处迸发。譬如刺绣，西方人若熟悉这门手艺，必定好好装裱起来悬于高堂细细欣赏。中国人则不同，把那些美丽的丝线艺术品安放到天天穿着的衣服上，而且不在醒目处刺绣，专挑袖口、鞋帮等易于磨损、不为人注意的隐秘地方。仿佛是有意地要让那些本就脆弱的美丽承受更多的磨砺、忍受更多的压抑。中国的神也是如此，中国人的厕所里也会安放一位神，还是位美貌的妇人，这是西方人的想象力再肆意发挥也想象不到的。而且这位厕所里的维纳斯有名有姓有来历：她姓何名楣字丽卿，是唐寿阳刺史李景的妾，是被大老婆虐待致死。一个女人死在污秽的厕所里，并以永生的方式被禁锢于其中，真不知上苍这个出于怜悯而产生的决定对这女子而言是拯救还是折磨。这位女子活着时遭受折磨，死去了还在厕所里展现受难的美——以受难为途径展现美，这个行为艺术西方人是让壮硕的普罗米修斯完成的。

传说紫姑是元宵节那天被虐杀的，所以正月十五那天是她的祭日，家家户户都要祭祀。

英雄不问出处，不论紫姑走入神道的过程是多么不可思议，她已然是一位仙人了。仙人便是美丽傲物的，神话了的紫姑恢复了在世时的美丽容颜，而且时间尽情地倒流，流回到了她做受人欺凌的小妾之前的时光，她依然是一位娇俏的少女，可与月宫里的嫦娥仙子平起平坐。

李商隐道“嫦娥应悔偷灵药，碧海青天夜夜心”。嫦娥，神话中最美的女子，一生背负着一个“窃”字。她本就是天上的神，为了恢复神仙的身份才窃取了丈夫千辛万苦取回的仙药。她回到了天宫，也付出了代价，她的代价就是生生世世的孤单。人间佳节，焰火漫天，人声鼎沸，唯有她在清冷的月宫里苦熬时光，连妆容都懒得打理。白白背负一个污名，却没有得到料想中的美好生活，难怪“窃药心灰”，后了悔。

紫姑是李景亡妾，嫦娥是后羿逃妻，都不是寻常妇人，属风流女仙。几个女仙尚且是风流若此，那么总管天下事的天公更是风流极品了。月食后的月亮并不是迅速恢复浑圆，而是如美人纤纤黛眉，美得动人心魄。风流的天公便故意让这美的瞬间拉长，让天下人同来欣赏这一弯秀眉。

# 临江仙 寒柳

**飞絮飞花何处是？层冰积雪摧残[①]。疏疏一树五更寒[②]。爱他明月好，憔悴也相关[③]。**

**最是繁丝摇落后，转教人忆春山[④]。湔裙梦断续应难。西风多少恨，吹不散眉弯[⑤]。**

## ◇注释

①层冰：犹厚冰。宋辛弃疾《念奴娇·和南涧载酒见过雪楼观雪》词："便拟明年，人间挥汗，留取层冰洁。"

②疏疏：稀疏貌。唐贾岛《光州王建使君水亭作》诗："夕阳庭际眺，槐雨滴疏疏。"

③相关：彼此关连，相互牵涉，互相关心。

④春山：春日的山，亦指春日山中。春日山山色黛青，因喻指妇人姣好的眉毛，这里指代亡妻。

⑤眉弯：弯弯的眉毛。清龚自珍《太常行》词："似他身世，似他心性，无恨到眉弯。"

## ◇赏析

这是一首借咏寒柳而抒伤悼之情的词作，纳兰在词中咏物写人，亦柳亦人，委婉含蓄、意境幽远，可谓是其咏物词中的佳作，陈廷焯在《白雨斋词话》中曾这样评价这首词："余最爱其《临江仙·寒柳》云：'疏疏一树五更寒。爱他明月好，憔悴也相关。'言中有物，几令人感激涕零，纳兰词亦以此篇为压卷。"

词一开篇，纳兰就开门见山地提出一个疑问"飞絮飞花何处是"，在这冰天雪地的严冬，那迎风飘逝的柳絮杨花去了哪里？这一问，十分生动地表现出他的焦虑、寻觅之神态。

有的人可能要问，这不是一首咏柳词吗？怎么凭空多出来杨花这个意象？的确，杨树、柳树本是两种不同的树，但由于它们的种子杨花和柳絮都带有白絮能飞，飞絮期又基本相同，因此杨花和柳絮在古典诗词中常常被认为是代表同一个意象，而纳兰在这里用到"杨花"的意象，估计是想要造成叠音的声音效果。

对于首句提出的疑问，纳兰马上自问自答说"层冰积雪摧残"，原来是严寒无情扼杀了漫天的生机。

"疏疏一树五更寒"照应词题的"寒柳"，在这句中，"疏疏一树"四字本就让人从心底升起一股寒意，何况还是寒气最重的五更天气，这更令人备觉凛冽凄清。

上片的尾句让清冷中浮起了一丝暖意，"爱他明月好，憔悴也相关"，柳树在明月的映照下显得更加憔悴，但也更让人怜爱。

如果纳兰在上片中以柳喻人，勾画出亡妻姣好的外表以及多舛的命运，那么在下片中，纳兰则开始追忆往昔，抒写悼亡之情。

“最是繁丝摇落后，转教人忆春山”，在繁茂的柳丝摇落之时，纳兰想到了亡妻。“春山”一词虽然不着一色，但却让人感觉到春意盎然，从中我们也能猜想到卢氏昔日的风采。如今伊人已逝，即使梦里相见，可慰相思，但却好梦易断，断梦难续。

“湔裙梦断续应难”中“湔裙”的意思是洗裙，相传窦泰的母亲在怀他时候，到了产期却不能分娩，于是就求助于巫师，巫师说：“只要渡河湔裙，就容易产子。”后世用“湔裙”谓妇女有孕至水边洗裙，分娩必易，纳兰在这里用到这个典故，暗指妻子卢氏死于难产。

按照四季更替的规律，寒冬之后便是暖春，那时春山依旧如黛，只可惜在纳兰的心中，一切都已物是人非，自爱妻死后，这样的春天就不再属于他了，所以他才发出“西风多少恨，吹不散眉弯”的慨叹。这一声叹息中，饱含着许多惆怅与悲苦。

# 临江仙

**夜来带得些儿雪，冻云一树垂垂[①]。东风回首不胜悲。叶干丝未尽，未死只颦眉[②]。**
**可忆红泥亭子外[③]，纤腰舞困因谁？如今寂寞待人归。明年依旧绿，知否系斑骓[④]？**

### ◇注释

①冻云：严冬的阴云。宋陆游《好事近》词：“扶杖冻云深处，探溪梅消息。”

②颦眉：皱眉。晋戴逵《放达为非道论》：“是犹美西施而学其颦眉，慕有道而折其巾角。”

③红泥亭子：即红亭，长亭。路途中行人休憩、送别之处。

④斑骓：毛色青白相杂的骏马。唐李商隐《无题》：“斑骓只系垂杨岸，何处西南待好风。”

### ◇赏析

在中国古诗词的大观园里，柳树就像袅娜娉婷的古装美女，获得了历朝历代文人骚客的青睐。

最早的咏柳诗大概出自《诗经》，“昔我往矣，杨柳依依”，诗人借柳絮依依，寄托怀往之情；最著名的莫过于唐代诗人贺知章的《咏柳》，一句“不知细叶谁裁出，二月春风似剪刀”家喻户晓，连几岁孩童都能诵读。

在不同文人笔下，柳树也被赋予了不同的艺术生命。在诗词中但凡出现柳树，就常常伴有离别。折杨柳以送别的民风成了古代送别诗词中最常见的意象，这大概是因为“柳”、“留”二字谐音，所以古人便以此来暗喻离别，有惜别怀远之意，那本来预示着盎然春意的婀娜植物就这样被涂上了浓得化不开的感伤色彩。

纳兰这首《临江仙》也是咏柳之作，不过却更为特别，因为他所吟咏的不是春意枝头闹的春柳，而是冬天落雪后的一株寒柳，这在离别的伤感意境外陡然又多了几分料峭，读来竟让人不由得想掩一掩衣领。

纳兰所写的这一棵柳树处境甚是惨淡，不仅要对抗冬天严酷的寒风，还要经受霜雪的磨砺。纳兰看见它时，干枯的枝干上还带着前夜落下的积雪，望过去就仿佛有片片浮云坠落在了树端，不过浮云毕竟还是飘逸的，这一簇积雪却泛着逼人的寒气。凛冽的寒风吹过，回忆起春风的和煦忍不住心生悲凉，这树的叶子早已落净，但柳丝尚存还没有冻死，只是像病了一般皱着眉头，就好像愁病交加的自己。

所愁为何？仍旧是对亡妻的无尽思念罢了。

在上片写完眼前之景，纳兰便在词的下片照旧陷入了回忆：当初你我在红亭作别时春光正好，那柳树当真是“碧玉妆成一树高，万条垂下绿丝绦”，风拂动柳枝，那垂柳不正是为了我二人而摇曳生姿吗？如今只剩下我自己一人伫立红亭，“寂寞待人归”。

亡人已去又怎能归来，纳兰定然也是明白这个道理的。可是明白又怎样，抑制不住的思念让他在此停留，不肯离去。

思罢往昔又念明朝：待到挨过寒冬，明年春天红亭左右的垂柳依然会变绿，却不知道是否还会有人在那里系上骏马，长亭送别？纵使再有人在此话别，我却也终归是见不到你了。

这是不是一棵所寄之情最伤的柳树呢？前人惋惜的多是天各一方、难以聚首的遗憾，纳兰所叹的却是阴阳相隔、永不聚首的恨事。

一般来说，纳兰的词里绝少家国大事，也从无豪言壮语，甚至连壮丽的山川美景也很少出现。他只是沉浸在一个人的情感世界里，或缅怀、或追悼、或叹息，这个“小我”世界里的他才是最真实的纳兰，他的寂寞无人能懂，只属于自己。因而有人说他霸道，虽然他写出无数绝妙好词供后人欣赏，真正的拥有者只是纳兰；但也有人说他无私，所有词作都直指内心，无关世俗名利纷争。

元明以来的词风呈现出与花间词趋同的态势，追求浮华艳丽之风以致于令人觉得空有华美外表，纳兰走的是一条逆行的路，他只是任由自己的思绪飘飞，又在信笔挥洒间尽显自然之美。就在他的眼里，寒冬的垂柳也有了情感，流逝的每段光阴都值得怀念，真不知这于他究竟是幸，还是不幸。

## 临江仙 寄严荪友[①]

**别后闲情何所寄，初莺早雁相思[②]。如今憔悴异当时，飘零心事，残月落花知。**

**生小不知江上路[③]，分明却到梁溪[④]。匆匆刚欲话分携，香消梦冷，窗白一声鸡。**

### ◇注释

①严荪友：即严绳孙。

②初莺：借喻暮春之时。早雁：借指秋来之日。

③生小：犹自小，幼小。

④梁溪：指严荪友的家乡。

### ◇赏析

严绳孙在二十多岁时，抛弃举子业，游历于山水之间，与朱彝尊、姜宸英被誉为江南三布衣。清顺治六年，参加由江南名士太仓吴伟业主盟的慎交社，结识了一批东南名流。顺治十一年，与邑中顾贞观、秦松龄等十人结云门社，时称云门十子。康熙十四年结识满族词人、大学士明珠之子纳兰性德，成为莫逆，这一首寄赠之作就是纳兰写给他的，表达了对挚友深切的怀念之情。

“别后闲情何所寄”，词一开篇，纳兰便直抒胸臆，表达了对严绳孙的思念之情。自友人走了之后，纳兰便感到失去了寄托，以致于日日夜夜都在思念着他。“初莺早雁相思”则进一步强化了纳兰对友人的思念之情。“初莺”在这里指代暮春时节，“早雁”则借指秋来之日，由此句可以看出，纳兰与严绳孙已经分开很长一段时间了，而在这春去秋来之间，纳兰无时无刻不在牵挂着友人。

此时卢氏已经去世，从纳兰的那些悼亡词中，我们能够想象到他此刻是多么憔悴、悲痛，所以在这首寄赠之中，他的语气也没有了往日的俏皮与轻松，而是充满了思念与伤感，所以他才会感到“如今憔悴异当时”，但是妻子已经故去，友人也天各一方，心中的痛苦无人诉说，纳兰只好“飘零心事，残月落花知”。纳兰说自己的孤独寂寞只有残花落絮能够知晓，其实等于不知，因为这种萧瑟的景象只会使他想起往事，使怀友之心变得更加浓烈。

下片起始两句写梦中的景象。“生小不知江上路，分明却到梁溪”，我自己生来不知江南之路，然而梦里却到了你的家乡梁溪。纳兰由于思友心切，以致于心生梦幻，在梦中与阔别已久的好友重聚，无奈天不遂人愿，纳兰正欲向好友倾诉别后思念之情，窗外却传来鸡鸣之声，惊扰了这美好的梦境，梦中温馨的情谊消逝了，令人不胜怅惘。

# 红窗月

（按《词律》作《红窗影》，一名《红窗迥》。）

**燕归花谢，早因循、又过清明**[1]**。是一般风景，两样心情。犹记碧桃影里、誓三生**[2]**。**

**乌丝阑纸娇红篆**[3]**，历历春星**[4]**。道休孤密约**[5]**，鉴取深盟**[6]**。语罢一丝香露、湿银屏**[7]**。**

### ◇注释

①因循：本为道家语，意谓顺应自然。清明：二十四节气之一，在此节日里人们扫

墓和向死者供献特别祭品。

②碧桃：一种供观赏的桃树，花重瓣，有白、粉红、深红等颜色。三生：佛家所说的三世转生，即前生、今生和来生。

③乌丝阑纸：指上下以乌丝织成栏，其间用朱墨界行的绢素，后亦指有墨线格子的笺纸。

④历历：一个个清晰分明。春星：星斗。

⑤孤：辜负，对不住。密约：秘密约会，秘密约定。

⑥鉴取：察知了解。深盟：指男女双方向天发誓永结同心的盟约。

⑦香露：花草上的露水。银屏：银饰装饰的屏风。

## ◇赏析

这首词写的是离情，有人说是纳兰为其亡妻所作，有人说是为他那嫁入宫中的表妹所作，为谁而作，我们姑且不去研究，但是，我们可以确定的是，这首词都应该算是一首悼亡词，悼念亡妻或者自己与表妹那段有缘无分的感情。

词的上片主要是写景与追忆往昔。“燕归花谢，早因循、又过清明”，燕子归来，群花凋谢，又过了清明时节，首句交代了时令，即暮春时节。纳兰用“燕归”来暗指世间一切依旧，可是自己所爱之人却不能再回来，所以才会“是一般风景，两样心情”。

风景与往年没有什么区别，然而心境却大不相同，只因为伊人不在，所以纳兰很自然地回忆起往事：当是春光正好之时，两人在桃花树下情定三生。这就是“犹记碧桃影里、誓三生”。纳兰在这里用到了“三生石”的典故。相传唐朝名士李源与洛阳惠林寺的圆泽和尚是非常要好的朋友，有一次，两人同游峨眉山，途中圆泽辞世，在临终前他与李源约定十三年后的中秋之夜相见于杭州的天竺寺外。十三年后，李源信守诺言，专程赶往杭州践约，去赴圆泽的约会，在寺外见一牧童骑牛而至，口中吟唱：“三生石上旧精魂，赏月临风不要论，惭愧情人远相访，此身虽异性常存”唱罢，牧童拂袖隐入烟霞而去。纳兰在此处用李源与圆泽的友情来比喻自己与恋人的爱情，极言两人爱情之深厚。

词到下片，纳兰睹物思人，发出了旧情难再的无奈慨叹。“乌丝阑纸娇红篆，历历春星”，在丝绢上写就的鲜红篆文，如今想来，就好像那天上清晰的明星一样。那么，丝绢上到底写的是什么呢？纳兰在“道休孤密约，鉴取深盟”这句中给出了答案，原来记载的是当初二人的海誓山盟，这些文字作为凭证，见证了不要相互辜负的密约。但是，纳兰没有想到，誓言也会有无法实现的一天，如今回忆起往事，情景仍然历历在目，眼泪止不住流了出来，打湿了银屏。词到“语罢一丝香露、湿银屏”时戛然而止，留给人们无限的想象空间。

三生，流露出纳兰对美好爱情的向往，然而往往事与愿违，从小青梅竹马的表妹面对皇权的压力，不得不进入深宫，昔日恩爱的妻子，在天意的安排下，过早逝去。这位文武全才的多情公子，难道真的命中注定得不到一份完美的爱情吗？

# 踏莎行

**春水鸭头[1]，春山鹦嘴，烟丝无力风斜倚。百花时节好逢迎[2]，可怜人掩屏山睡。**

**密语移灯[3]，闲情枕臂[4]，从教酝酿孤眠味[5]。春鸿不解讳相思[6]，映窗书破人人字[7]。**

## ◇注释

①春水：春天的河水。

②百花：各种花。

③密语：秘密的、悄悄的话语。

④闲情：闲散的心情。

⑤从教：任凭、听凭。

⑥春鸿：春天的鸿雁。不解：不懂，不理解。

⑦书破：书写错乱，指雁行不成“人”字形。

## ◇赏析

春水泛绿，满山花红，若应景而生，纳兰这首词当是作于初春时节的吧。

春天踩着冬天的尾巴悄然而至，风里还裹着几丝料峭寒意。柳梢的绿意没来得及闯入人的视野里，那如丝如雾般的柳絮便肆无忌惮地飞舞起来，裹挟着从泥土里钻出来的春的湿润气息。春河开冻，百花盛开，正是外出踏青赏花的好时节，但她却偏偏掩起屏风，孤眠不起。

“孤枕”两字后面向来都是“难眠”，纵使困意再浓、春觉再暖，她也难以成眠。房前屋后已尽是一派春光，屋内却昏昏暗暗，恰如那女子失落的心情。将灯烛移近，墙上便映出自己的身影，可惜与自己成双成对的只能是这摸不到、触不到的虚影，叫她怎能不追忆起往日良宵共度的情景？

昔日甜蜜的话语仿佛还在耳畔，正待细细琢磨，一阵风从窗外吹进来，那甜蜜的回忆便陡然抽离，只留下闲愁与苦涩在空气里弥散开来。这番愁绪难以消遣，索性起身走到窗前，哪知归鸿丝毫不懂得避讳离人的相思，一只只啼叫着从窗外飞过，偏偏又排不成规规矩矩的“人”字，想必这一笔凌乱的书写会令她心中更加烦怨吧！

这首词从明媚的春光写到人物的烦扰，一派欢喜、浪漫的景象都成了闺中人满腹幽怨的背景色，就像在花团锦簇、百芳争艳的花园内，偏偏有一株枯萎凋零的植物；又像在人群喧闹处，几乎所有人都面带喜色、纵情狂欢，偏偏一人兀立中间，满脸怨恼、双眼噙泪。这首词里的女子就是这样，当所有人尽情享受着怡人的春色时，她却感受不到他们的快乐。

王安石之子王雱曾写过一首《倦寻芳慢》，其中有这样两句：“倦游燕，风光满目，好景良辰，谁共携手？”“谁共”二字反诘，意即无人与共。即便是“风光满目”的良辰好景，无人携手同游览，于游燕之事就意懒情倦了。纳兰笔下这名女子也是这样吧，等不到离去的良人，便索性沉睡好了，“可怜人”无聊无绪的情态跃然纸上。即使这女子走出绣楼，也只能在一群人的狂欢中品尝一个人的孤单而已。

“归去后，忆前欢。”世人大抵如此，相伴之时往往只沉浸于甜蜜喜乐之中，竟不知再大的欢喜也有尽头。斯人若去，无论是闺中思妇还是独活的檀郎，剩下的唯有空忆而已。昔日“密语”只是前欢的象征，如今只剩了“孤眠”的滋味。

最易逝去是韶华，人间的春色之美好正如青春，不论是在大自然中最美好的时节，还是在一个女人最璀璨的年华，不能与爱人长相厮守便都是莫大的遗憾。最可怕的未必是衰老本身，而是不能与相爱之人从年少轻狂携手到鬓染霜花的空恨。

在纳兰的诗词中，就有这样一群惆怅伤怀的女子，她们或者独立樱桃树下，或者站在清冷的荷塘月色中，或者倚靠在窗台前，追忆温存的往事，怀念逝去的时光，那些离去的爱人、不归的浪子，在如柳絮般郁郁的思念中渐行渐远，唯有一斛清冷的月光，将她们的思念拉扯得那么漫长，长到像岁月一样悠远。

# 蝶恋花[①]

**辛苦最怜天上月，一昔如环[②]，昔昔长如玦[③]。但似月轮终皎洁[④]，不辞冰雪为卿热。**

**无奈钟情容易绝，燕子依然，软踏帘钩说[⑤]。唱罢秋坟愁未歇，春丛认取双栖蝶[⑥]。**

## ◇注释

①这首与以下三首《蝶恋花》均为悼亡之作，作年不详。

②一昔：一夜。昔，同“夕”，见《左传·哀公四年》：“为一昔之期。”纳兰性德曾在其词序说亡妻曾在梦中“临别有云：‘衔恨愿为天上月，年年犹得向郎圆’”。

③玦：玉，佩玉的一种。形如环而有缺口，借喻月缺。

④月轮：泛指月亮。皎洁：明亮洁白，多形容月光。

⑤帘钩：卷帘所用的钩子。

⑥春丛：春日丛生的花木。认取：辨认，认得。取，语助词。双栖蝶：用梁山伯、祝英台死后化蝶的典故。

## ◇赏析

在幽静的夜晚，人们举目辽阔的夜空，看到那皎洁的圆月照彻大地，或是一弯新月泻着淡淡的青辉，必然会浮想联翩而至，情感勃郁而生，而纳兰这位敏感而多情的才子，又怎会例外。

“辛苦最怜天上月，一昔如环，昔昔长如玦”，开篇三句凄美而清灵，说的是自己最怜爱那天空辛苦的月亮，一月之中，只有一夜是如玉环般的圆满，其他的夜晚则都如玉玦般残缺。在这里，“辛苦最怜天上月”为倒装句。中国古典诗词中常以月的圆缺来象征着人的悲欢离合，所以纳兰在这里说月，实际上是在说人，说的以前自己或是入职宫禁，或者伴驾出巡，与卢氏聚少离多，没有好好陪伴她，说的是卢氏过早地逝去，给自己留下终生的痛苦，而此时我们也知道，这又是一首悼念亡妻的词作。

纳兰曾梦到过亡妻，而且临别时妻子有云：“衔恨愿为天上月，年年犹得向君圆。”所以“但似月轮终皎洁，不辞冰雪为卿热”是纳兰对梦中亡妻所吟断句的直接回答，纳兰想象着那一轮明月仿佛化为自己日夜思念的亡妻，如果梦想真的能够实现，自己一定不怕月中的寒冷，为妻子夜夜送去温暖，从而弥补心中的遗憾。

“不辞冰雪为卿热”是《世说新语·惑溺》里的一个典故，是说荀奉倩与妻子十分恩爱，有一年寒灯腊月，妻子患病，浑身发热，于是荀奉倩就到院子里让风雪吹打自己的身体，然后再回到屋中，用身体为妻子降温。然而苍天无眼，妻子还是去世了，荀奉倩也因为受风寒而病重，没过多久也去世了。后人用到这个典故，常指夫妻恩爱，或用以悼亡。

然而梦想终究难以实现，当一切幻想的破灭后，纳兰的思绪回到了现实。“无奈钟情容易绝，燕子依然，软踏帘钩说”，无奈尘世的情缘最易断绝，而不懂忧愁的燕子依然轻轻地踏在帘钩上，呢喃叙语。此时的纳兰睹物思人，由燕子的呢喃叙语想到自己与妻子昔日那段甜蜜而温馨的快乐时光，于是，他的思绪又开始飘散起来。

尾句“唱罢秋坟愁未歇，春丛认取双栖蝶”是纳兰对亡妻的倾诉，表达了自己的一片痴心。在你的坟前我悲歌当哭，纵使唱罢了挽歌，内心的愁情也丝毫不能消解，我甚至想要与你的亡魂双双化作蝴蝶，在灿烂的花丛中双栖双飞，永不分离。化蝶之说，历代文人大多在诗词中用过，然而，用的最感人的、最真切的，无疑是纳兰。

在这首词中，纳兰仅以明月、燕子、蝴蝶这三种在生活中经常看到的景物，就畅快淋漓地表达了妻子逝去后，自己内心难以消散的愁苦，正因为感同身受，才会写得如此情真意切，而尾句以喜语来强化悲情，这恐怕也是他的特点吧。

# 蝶恋花

**眼底风光留不住，和暖和香，又上雕鞍去[1]。欲倩烟丝遮别路，垂杨那是相思树。**

**惆怅玉颜成间阻[2]，何事东风，不作繁华主。断带依然留乞句[3]，斑骓一系无寻处。**

**◇注释**

①雕鞍：雕饰有精美图案的马鞍。

②间阻：阻隔。

③断带：割断了的衣带。这里用李商隐《柳枝词序》序云：商隐从弟李让山遇洛中里女子柳枝，诵商隐《燕台诗》，“柳枝惊问：‘谁人有此，谁人为是？’让山谓

曰：‘此吾里中少年叔耳。’柳枝手断长带，结让山为赠叔，乞诗。”

◇**赏析**

一个人如果未到死别，就注定会经历无数的生离。所以，从古至今，人间的“离愁别恨”就是一个永远写不完的题材，而纳兰的这首词，就是一首读来令人欲泣的伤别词。

纳兰在这首词中，并没有点明离别的时令，但是从“和暖和香”、“烟丝”、“垂杨”、“东风”这些意象中我们能够得知，此时正是春意盎然之时。纳兰并没有把和伊人离别的春天故意写成一片黯淡，而是如实地写出它的浓丽，从而显现出在这春光大好时离别的难堪之情，以及自己内心的悲苦。“眼底风光留不住”套用辛弃疾的“有底风光留不住。烟波万顷春江橹”，而一个“又”字，则表明分别已经不是一次，而是多次。这个时候，我们就能够知道，“眼底风光”并不是指风暖花香、杨柳依依，而是指即将远行的征人。

面对骑马离去的征人，女主角无力挽留，所以她把希望寄托在被烟雾笼罩的杨柳上，请它们遮住征路，以便将征人留住，但垂柳并不是相思树，它是无情的，自然也不会满足女主角的愿望。

下片转换角度，抒写征人的伤别之情。伊人舍不得征人，征人更不愿离开伊人，但是圣命难违，征人只能离家远行，以至“玉颜成间阻”。此时，征人的心中备感痛苦惆怅，于是开始埋怨东风为什么不能留不住繁华旧梦？其隐喻的意思就是：为什么幸福不能永驻呢？东风“不作繁华主”正是纳兰无可奈何的感慨。

尾句“断带依然留乞句，斑骓一系无寻处”，提到柳枝女“断带乞句”求李义山诗的典故，唐朝有一位十七岁的姑娘叫柳枝，活泼可爱，开朗大方，并且善解音律。李商隐的堂兄李让山与柳枝是邻居，一个偶然的机会，柳枝听到李让山吟咏李商隐的《燕台诗》，心生爱慕，便问他是谁写的。李让山照实回答，柳枝就扯下衣带打上结，请李让山送给李商隐求诗。然而有情人最终没有成为眷属，第二天，柳枝见到李商隐后，与其约定三天后再次约会，但李商隐却因故失约，并且从此再也没有见过柳枝。为了纪念这段感情，李商隐曾写过一组名为《柳枝五首》的诗作。

尾句再次转换了角度，写伊人的相思之情，伊人割断的衣带上还留有当年她求征人写的诗句，可如今征人远行，与自己相隔万水千山，也不知道他的坐骑现在系在何处。

如果说世间还有比离别更悲伤的事，那就是心爱的人走了，可是记载着当初美好时光的物品却留了下来，睹物思人，其中所带来的无穷无尽的空虚、寂寞、惆怅，也就始终环绕在心间，挥之不去。

# 蝶恋花

**又到绿杨曾折处，不语垂鞭，踏遍清秋路。衰草连天无意绪[①]，雁声远向萧关去[②]。**

**不恨天涯行役苦[3]，只恨西风，吹梦成今古。明日客程还几许，沾衣况是新寒雨[4]。**

## ◇注释

①衰草：干枯的野草。意绪：心意，情绪，南朝齐王融《咏琵琶》：“丝中传意绪，花里寄春情。”

②萧关：古关名，故址在今宁夏固原东南，为自关中通向塞北的交通要冲，此处指边关。

③行役：旧指因服兵役、劳役或公务而出外跋涉，泛称行旅出行。

④新寒：气候开始转冷。

## ◇赏析

这又是一首凄凉的塞上之作，与以往不同的是，纳兰这次并没有随驾出巡，而是负皇命行役在外，这是他第一次率队远征，但纳兰的心中并没有作为皇家使者独自率队远征的喜悦，而是与以往一样，心中充满了惆怅之情。

“又到绿杨曾折处”，这里的“绿杨”并不是指杨树，而是指柳树，在中国古代，有折杨柳枝送别的习俗。而一个“又”字，说明是重过故地。过去离家，有伊人折柳相送，而如今再来到这里，伊人已经不见，只剩下自己孤独漫游，这自然引起词人心中无限的惆怅，于是他骑在马背上，沉思着往事，默默无言，任马踏着清秋的道路缓缓前行。

“衰草连天无意绪，雁声远向萧关去”，这两句写的是纳兰所见所闻，“衰草连天”是眼见之景，衰败的秋草直接天涯，这恰是纳兰心中“无意绪”的真实反映，“雁声远向”是所闻之声，天边传来的雁鸣之声显示雁群已飞过了边关，但是雁声过后，是死一样的寂静，此时的词人早已无力抵挡秋意凄凉的侵蚀，这让他烦躁的内心又平添了一分愁苦。

“不恨天涯行役苦，只恨西风，吹梦成今古”，通过上片，我们已经知道此次“行役”的遥远漫长，而纳兰却偏偏说“不恨”，其实这是反语，也为后文的“只恨西风”埋下了伏笔。无端地迁怒西风，表露出纳兰内心中无穷的愤恨。他不仅恨这西风，恨眼前衰败的景象，恨羁旅行役之苦，甚至还恨这无常的命运，它像西风一样，将梦中的那个人、那些往事吹得无影无踪，让它们瞬间变得遥不可及，这是怎样的一种痛楚啊！

词到此处，我们已经无法从纳兰身上找到一丝皇家使臣的自豪感，眼前萧瑟的景象不仅加重了他内心的愁苦，更让他心生愤恨。然而，就算他愤怒得“锉碎口中牙”，他又能改变什么？他无法摆脱被无端放逐的命运，于是，等到内心平静之后，纳兰开始思量明天的征程还有多远，不知不觉间，寒雨已经沾湿了他的衣襟。

王国维曾评价纳兰“以自然之眼观物，以自然之舌言情”，这绝不是溢美之词，在这首词中，纳兰以折柳开篇，以寒雨收尾，直视眼前之景，直抒心中之情，写情时真挚浓烈，写景时逼真传神，表现出极强的艺术创造才能。

# 蝶恋花 出塞

**今古河山无定据[①]。画角声中[②]，牧马频来去[③]。满目荒凉谁可语？西风吹老丹枫树。**

**从前幽怨应无数。铁马金戈[④]，青冢黄昏路[⑤]。一往情深深几许，深山夕照深秋雨。**

## ◇注释

①无定据：没有一定。宋毛开《渔家傲·次丹阳忆故人》词："可忍归期无定据，天涯已听边鸿度。"

②画角：古管乐器，传自西羌。形如竹筒，本细末大，以竹木或皮革等制成，因表面有彩绘，故称。发声哀厉高亢，古时军中多用以警昏晓，振士气，肃军容。帝王出巡，亦用以报警戒严。

③牧马：指古代作战用的战马。

④铁马金戈：形容威武雄壮的士兵和战马。代指战事，兵事。

⑤青冢：指汉王昭君墓，在今内蒙古自治区呼和浩特南。

## ◇赏析

据《吹剑录》记载：东坡在玉堂日，有幕士善歌，因问："我词何如柳七？"曰："郎中词，只合十七八女郎，执红牙板，歌'杨柳岸、晓风残月'；学士词，须关西大汉，铜琵琶，铁绰板，唱'大江东去'。东坡为之绝倒。"这个典故常常被引用来说明豪放词和婉约词的区别。自从豪放与婉约被人们当作划分词风的标志之后，除了李煜、苏东坡、辛弃疾这寥寥几人之外，能够将豪放之情寄寓在婉约之形中的，也就只有纳兰性德了，以至于王国维都评价纳兰词是"北宋以来，唯一人尔"。

从词题中我们能够知道，这是一首出塞词。首句"今古河山无定据"，即是纳兰发出的感叹，同时也道出了自古以来，权力纷争不止、江山变化无常这一无法改变的客观事实。

接下来纳兰用白描的手法为我们描绘了一幅生动的边塞秋景图，"画角声中，牧马频来去"，由于战事连年不断，所以战马在画角声中频繁往来。

因为不停的纷争、不息的战火，所以行走在边塞道路上的纳兰，看到的是西风吹散落叶这样荒凉萧索的景色，那飘荡在空中的叶子，似乎在向他诉说着无穷的幽怨。

汉元帝时，昭君奉旨出塞和番，在她的沟通和调和下，匈奴和汉朝和睦相处了六十年。她死后就葬在胡地，因其墓依大青山，傍黄河水，所以昭君墓又被称为"青冢"，杜甫有诗"一去紫台连朔漠，独留青冢向黄昏"，纳兰由青冢想到王昭君，问她说："曾经的一往情深能有多深？是否深似这山中的夕阳与深秋的苦雨呢？"

作为康熙帝的贴身侍卫，纳兰经常要随圣驾出巡，所以他的心中也充满了报国之

心，但他显然不想通过“一将功成万骨枯”的方式来成就自己的理想抱负，所以在尾句中纳兰又恢复了多情的本色，他以景语结束，将自己的无限深情都融入到无言的景物之中，在这其中，既包含了豪放，又充满了柔情，甚至我们还会体味到些许的凄凉与无奈。

谢章铤在《赌棋山庄词话》中曾说过：“长短调并工者，难矣哉。国朝其惟竹垞、迦陵、容若乎。竹垞以学胜，迦陵以才胜，容若以情胜。”而读完纳兰这首词风苍凉慷慨的词作，我们才发现谢氏此言不虚。

# 唐多令 塞外重九

**古木向人秋，惊蓬掠鬓稠[①]。是重阳何处堪愁？记得当年惆怅事，正风雨，下南楼[②]。**

**断梦几能留，香魂一哭休[③]。怪凉蟾空满衾裯[④]。霜落乌啼浑不睡，偏想出，旧风流。**

### ◇注释

①惊蓬：疾飞的断蓬，喻行踪漂泊不定。也用来形容散乱蓬松的头发。

②南楼：在南面的楼，南朝宋谢灵运有《南楼中望所迟客》诗。

③香魂：美人之魂。

④凉蟾：皎月，指秋月。唐李商隐《燕台诗·秋》：“月浪衡天天宇湿，凉蟾落尽疏星入。”衾：指被褥床帐等卧具，语出《诗经·召南·小星》：“肃肃宵征，抱衾与实命不犹。”

### ◇赏析

这首词写在塞上重阳伤感：深秋重阳，蓬草连飞，塞外一派萧疏荒凉，触动了离愁与相思。记得当年重九日的往事，你在风雨之中走下南楼。梦断忆梦，梦中你音容宛然，但却一哭而别，好梦醒了。都怪那清冷的月光，照得满床清辉，把梦惊醒。窗外满地霜华，城乌夜啼，反反复复不能入眠，于是想起以前的风流旧事，愈加愁怀难耐。

作为一首怀人之作，其间洋溢着一片柔情。上片描绘了秋季的萧瑟寂寥的景象，下片则是描写重阳节伤感的情思，纳兰孤眠愁思的情怀，由景入情，情景交融。纳兰只是单纯地写景写情，却能够抓住秋声和秋色，便很自然地引出秋思。

“古木向人秋，惊蓬掠鬓稠。”写秋季景象，纳兰看到了一叶落知天下秋，他将荒凉写入词中，秋季不需要去描述，只要侧耳倾听那静寂无声的野外，就能够听到秋季寂寞的声音从耳边飘过。这声响不是来自树间，不是来自风声，而是来自于纳兰的内心深处，那一抹寂寞发出的声响。

“是重阳何处堪愁？”一处反问，由重阳感到神伤，由秋声而感知寒意。这里的何

处堪愁，用到了极致。愁在何处，何处又有愁？秋季时节，孤寒处境，心意难平，而后由这眼前的事物，想到了往日的情景；“记得当年惆怅事，正风雨，下南楼”兼写物境与心境。二者相得益彰，令词义在此融洽。

空荡的阁楼上，风雨之中，纳兰思念的那个人走下楼梯，步履轻盈。至于这个人是谁，无从说起，也无需说起。上片在一位女子的脚步声中轻柔结束，这段描写感情细腻，色泽绮丽，有花间词人的遗风，更有一股纳兰自己的风格之气。

这里写到女子轻移步伐走下南楼，女子的娇羞与妩媚尽在词中展露。佳句皆因佳人得，这短短的几个字，就勾画出了一幅美丽的画面，更因为如此，纳兰的相思才更让人心疼，这样的相思，到底是为哪个女子产生？

“断梦几能留，香魂一哭休。”从睡梦中惊醒，脸颊被泪水湿透，冰凉的感觉直入心扉，范仲淹曾在《苏幕遮》中说：“酒入愁肠，化作相思泪。”可是在这里，纳兰不需要酒，那点点相思泪便涌出眼帘。

“怪凉蟾空满衾裯。”在这里，“凉蟾”是指明月，他是化自李商隐的《燕台诗·秋》：“月浪衡天天宇湿，凉蟾落尽疏星入。”愁肠化作相思泪，比起上片来，愁绪在这里又添一折，又进一层，愁更难堪，情更凄切。

“霜落乌啼浑不睡，偏想出，旧风流。”既然无法安然入睡，那些前尘旧事自然是无法控制地涌上心头，过去种种，今日看来，全是眼泪。纳兰的心，被眼泪浸泡得已然脆弱不堪，一击就碎。这个男人，最大的不幸便是太过多情，无法忘情了。

# 踏莎美人 清明

**拾翠归迟[①]，踏青期近[②]，香笺小迭邻姬讯[③]。樱桃花谢已清明，何事绿鬟斜亸宝钗横[④]。**

**浅黛双弯[⑤]，柔肠几寸，不堪更惹青春恨。晓窗窥梦有流莺，也说个侬憔悴可怜生[⑥]。**

### ◇注释

①拾翠：拾取翠鸟羽毛以为首饰，后多指妇女游春。语出三国魏曹植《洛神赋》："或采明珠，或拾翠羽。"

②踏青：清明前后到野外去观赏春景。

③香笺：即信笺，因少女之手，散发香气，故云。临姬：邻家女子。讯：通"信"。

④绿鬟：指乌黑发亮的头发。斜亸：斜斜地垂下来。

⑤浅黛：指女子用黛螺淡画的眉毛。

⑥个侬：犹这人或那人。生：用于形容词词尾。

### ◇赏析

词的爱好者，见过《踏莎行》，见过《虞美人》，《踏莎美人》这样的词牌名恐怕第一次见。这是纳兰性德的好友顾贞观的自度曲，一半《踏莎行》，一半《虞美人》，颇为不俗。

淡淡的春日里，闺房中的女子百无聊赖，意兴阑珊。

漫长的冬天已经过去，柳树吐芽，青草返青，踏青的日子即将来临，这可是年轻女孩们盼了许久的嬉戏游乐的日子。拾翠是踏青的别称。翠，指翠鸟的羽毛。用华美的鸟类羽毛做装饰古今中外并不少见。西方女性流行在帽子上做文章，直到今日，每年英国皇室的赛马会，都是帽子争奇斗艳的天下。曾有一国王室因喜爱某种锦鸡华丽漂亮的尾羽，大量拿来别在帽子上做装饰，害得这种锦鸡几乎绝迹。同样是爱美，与之相比中国古代女子的做法可要环保多了，而且顺应着季节的更替：春日翠鸟蜕去陈年旧羽，女孩子们游春时拾捡起来别在发间，鲜翠亮丽十分好看。

拾翠踏青，别的女孩子求之不得，个个摆出跃跃欲试的模样。"香笺小迭邻姬讯"，隔壁的女子早早就写信相约了。可是这位女主角显然有些与众不同，她陷入了莫名的春愁：清明快要到了，正是游春踏青的好时节，邻家女伴写来信笺相邀游春。然而樱桃花都谢了，清明将过，却不知为了何事而蹉跎。只因疏慵倦怠，本就愁绪满怀，于是不愿再去沾惹新恨了。如此愁绪谁能明了，恐怕唯有那清晓窗外的流莺知晓了。

樱桃有小若珍珠、红艳如玛瑙的果子，因为黄莺喜好啄食，所以名为"莺桃"。樱桃被称为早春第一果，结果既早，可知开花也必是赶先的。樱桃花与樱花很像，粉粉嫩嫩，娇弱可人，洋溢着融融春意。樱桃花谢，清明即将过去，女孩的情绪如樱桃花瓣般萦回飘落。她也追寻不到自己忧愁的缘由，一头流丝般的长发慵懒地垂着，任发钗斜垂发间，也懒得挽起。一双秀美的眉毛也没有用心描绘，清淡如烟，隐含着几多愁绪。这样一副憔悴的模样，连窗外的流莺都忍不住怜惜。

"柔肠几寸，不堪更惹青春恨"一句，点破了女孩的心事——当然，这出于人性使然，也许她自己都未曾发觉。春天万物萌生，百兽交配，人的爱欲也甚于平常。花样年岁的女孩，心中生长出了隐隐约约的欲望。女伴之间的嬉戏，已经无法满足这位女孩孤寂的心了，她需要更多的心灵慰藉，需要一位灵魂的伴侣。但是在那个时代，女子是没有主动追求爱的权利的。一个女子主动说思慕男子，会被认为是没有教养、粗鄙淫贱。但不说春色，不代表没有春意萌动。古代女子大多处于一个封闭的环境中，爱欲有来处，无去处，只能在盈盈春景中独自辗转，将如春草般萌芽的欲望一点一滴地消磨掉。

# 苏幕遮

**枕函香，花径漏[①]。依约相逢，絮语黄昏后[②]。时节薄寒人病酒[③]。刬地梨花[④]，彻夜东风瘦。**

**掩银屏，垂翠袖。何处吹箫，脉脉情微逗[⑤]。肠断月明红豆蔻[⑥]。月似当时，人似当时否？**

### ◇注释

①花径：花间的小路。

②絮语：连续不断地说话。

③薄寒：微寒。病酒：饮酒沉醉或谓饮酒过量而生病。

④刬地：无端地、平白地。

⑤逗：引发、触动。

⑥红豆蔻：植物名。宋范成大《桂海虞衡志·志花·红豆蔻》：“红豆花从生……一穗数十蕊，淡红鲜妍，如桃杏花色。蕊重则下垂如葡萄，又如火齐璎珞及剪彩鸾枝之状。此花无实，不与草豆蔻同种。每蕊心有两瓣相并，词人托兴曰比连理云。”

### ◇赏析

纳兰词以“悲情”见长，伤情别绪，万感情怀皆可由一点小小的引发点而感慨出来。例如在《清平乐》等一些词中，纳兰就是轻而易举，却又如此深刻地将悲情写得十分传神，令人动容。

这首词的词牌“苏幕遮”十分美，这三个的组合有一种莫名的美，用这个词牌来写对昔日恋人的思念，再合适不过了。纳兰的这首词是写怀念恋人的痴情：枕头上还留有余香，花径里尚存春意，那梨花一夜之间在东风中飘落。病酒之后的黄昏恍惚间与她相遇，仿佛来到原来相约的地点，在夕阳下细语绵绵。而今却银屏重掩，影只形单。在孤孤单单中又听到了脉脉传情的箫声。此时，明月正照在那红豆蔻之上。那时曾月下相约，如今月色依然，人却分离，不知她是否依然如旧？

纳兰在回忆往昔的时候，总是柔情蜜意，在他的笔下，过往的岁月带着别样的安好，在时光中百转千回。他的这首词在回忆旧时密约时的情景。虽然相隔时间已经很久远了，但至今还依稀记得。上片明显地点明时间正当春日，微寒未尽，酒后感到困倦。“黄昏后”为下片“月似当时”留了个伏笔。下片略显紧张局促和单调。但细细读之，哀伤惆怅之情，不免也为之感伤。

上片开篇一句“枕函香，花径漏”，写出了春光明媚，芳红草绿的景象，也隐隐道出枕上留有余香，恋人仿佛还在身旁似的。这样的错觉使得纳兰心里充满了愉快的情绪。“依约相逢，絮语黄昏后。”他仿佛和恋人再次相约，在黄昏时分，来到相约定的地点，彼此含情脉脉，看着对方。

纳兰久病的身体十分孱弱，这词是他在一次生病时，百无聊赖时作的，病榻上的无聊，还有春日的美好，令纳兰有了这样一番的想象。他对恋人的思恋令人动容，可是现实毕竟是悲凉的。想象的美好瞬间消失，自己依然还是孤独一人，而恋人也并未出现。那些缠绵缱绻的画面，不过都是过去的影踪罢了。纳兰看着落满一地的梨花，顿时觉得东风刮过，心里起了微微的涟漪。

“时节薄寒人病酒，刬地梨花，彻夜东风瘦。”这里的“病酒”是指饮酒沉醉或谓饮酒过量而生病。纳兰到底是喝多醉倒了，还是因为悲伤过度，饮酒过量而导致了生病，无从知晓。不过纳兰的病体让他无法更清醒地看待这个世界，所以，纳兰只能倒在病床上，看着窗外的一切，扪心难过。

“掩银屏，垂翠袖。”恋人往昔的样貌还在眼前晃动，但却无处触摸，这就是最悲哀的事情。既然情已走远，那么如何能够安慰自己受伤的心呢，只能够“何处吹箫，脉脉情微逗”，自娱自乐，或许能够让心情稍好。

“肠断月明红豆蔻。月似当时，人似当时否？”明月当空，还是往日的明月，可是明月下的人，却早已不是往日的那般模样了。

## 青玉案 宿乌龙江[1]

**东风卷地飘榆荚[2]，才过了，连天雪。料得香闺香正彻[3]。那知此夜，乌龙江畔，独对初三月。**

**多情不是偏多别，别离只为多情设。蝶梦百花花梦蝶[4]。几时相见，西窗剪烛[5]，细把而今说。**

**◇注释**

①乌龙江：即黑龙江。

②榆荚：榆树之荚，榆树结的果实。

③香闺：指青年女子的内室。

④蝶梦：《庄子·齐物论》：“昔者庄周梦为胡蝶，栩栩然胡蝶也，自喻适志与！不知周也。俄然觉，则蘧蘧然周也。不知周之梦为胡蝶与，胡蝶之梦为周与？周与胡蝶，则必有分矣。此之谓物化。”后以“蝶梦”喻迷离恍惚的梦境。

⑤西窗剪烛：犹言剪烛西窗，指亲友聚谈。语出李商隐诗《夜雨寄北》：“何当共剪西窗烛，共话巴山夜雨时。”此指与所思恋的人聚谈。

### ◇赏析

这首词的写作时间和背景，赵秀亭在《纳兰丛话》中有所提到："性德《青玉案·宿乌龙江》上片云：'东风卷地飘榆荚，才过了、连天雪。料得香闺香正彻，那知此夜，乌龙江畔，独对初三月。'此亦清康熙二十一年春夏扈从东巡之作。乌龙江，即松花江，此指驻跸之大乌刺虞村，地在鸡林（今吉林市）下游八十里。圣祖于三月二十八至四月初三皆驻大乌刺,故'独对初三月'云云全为写实。"

看来，这是纳兰外出公干，内心悸动，写下行役在外、思念爱妻的深情，以表达内心的温存之词：乌龙江一带天气早寒，夏天刚刚过去，冬天便立即到来。想必此时闺中正是花香四溢的时候，哪里知道在乌龙江上的离人正独自黯然神伤！并不是因为多情而多了离别，而是因为离别偏就是为多情人而设的。与你身处离别，犹如迷离恍惚之梦境。什么时候才能与你相聚，秉烛夜谈，诉说我的衷情呢！

这首词的艺术成就很高，其中黄天骥在《纳兰性德和他的词》中对这首词的评价很高："冬天，诗人到了乌龙江畔，远离家乡，思念自己的亲人，渴望着团聚。这词一气呵成，不事雕饰，是作者真朴感情的自然流露。"

"东风卷地飘榆荚"，东风刮过，带着寒冷，将地面飘落的榆荚卷起，飞舞空中。这夏天才刚刚过了，冬天就要来了。对于没有秋天过渡的黑龙江，纳兰显得还是十分不适应，来到这个地方，看到"才过了，连天雪"，不禁感慨时光匆忙，天地之大，一不小心，自己竟然与妻子相隔了这么远。

"料得香闺香正彻。"想到妻子的房间里定然是花团锦簇，家里现在正是春暖花开的日子，可是自己却在这天寒地冻的远方。想到这里，纳兰内心也忍不住要不平衡一下了。离开心爱的妻子，离开热爱的家乡，来到这里，难道真的是天意弄人？

上片的最后一句，纳兰似是在问，也似是在回答"那知此夜，乌龙江畔，独对初三月"。在这黑龙江的夜里，想念着远方的妻子，渴望有朝一日的团聚。那时再回想起自己曾独自一人在远方思念亲人，那时的幸福必定会更加强烈。

为什么人世间总是要有离别呢，既然团聚是亲人们最大的幸福，为什么老天总是要时不时地就让亲人们尝尝留别之苦？纳兰在下片对这个问题进行了思索，他写道："多情不是偏多别，别离只为多情设。"

或许这正是上天对相亲相爱人们的一种考验，要用离别去考验他们之间的真情，看这真情是否经得住离别的考验。想到这里，纳兰似乎宽心了许多。他盼望着回去的那一天，便可以和亲人们在窗前，安然地诉说着今日的愁苦。"蝶梦百花花梦蝶。几时相见，西窗剪烛，细把而今说。"

纳兰的心，在自我的不断安慰中，渐渐柔软，变得透明。这个男子的多情，在此时，显得愈发可爱。

# 月上海棠 中元塞外[①]

**原头野火烧残碣[②]，叹英魂才魄暗销歇。终古江山，问东风几番凉热[③]。惊心事，又到中元时节。**

**凄凉况是愁中别，枉沉吟千里共明月[④]。露冷鸳鸯，最难忘满池荷叶。青鸾杳[⑤]，碧天云海音绝[⑥]。**

## ◇注释

①中元：中元节，指农历七月十五日。旧时道观于此日作斋醮，僧寺作盂兰盆会，民俗亦有祭祀亡故亲人等活动。

②残碣：残碑。

③凉热：寒暑，冷暖。

④沉吟：深思吟咏。

⑤青鸾：即青鸟，神话传说中为西王母取食传信的神鸟，借指传送信息的使者。化用李商隐《无题》："蓬山此去无多路，青鸟殷勤为探看。"

⑥碧天云海：形容天水一色，无限辽远。此句化用李商隐《嫦娥》："嫦娥应悔偷灵药，碧海青天夜夜心。"

## ◇赏析

这首词的副标题是"中元塞外"，是作者在塞外鬼节之时的悲慨之作。中元在古代也就是中元节，俗称鬼节，这样一个时节，纳兰身处塞外，陪同皇上出行，远离家乡，远离家人，无法为逝去的人祭祀，这是纳兰内心的悲哀。但他身为皇帝侍卫，随同皇帝出行，保护皇帝的安全是他的职责，他无法推卸。

人生或许就是如此，得到这样，就必须失去那样，纳兰得到了富贵与功名，就要失去自由和理想。他的内心即便再不情愿，也无能为力。在这样的一种心情下，纳兰在塞外，想到城里如今正是家家祭奠亡人的日子，不由得悲怆。

中元时节到来，面对眼前荒漠的残碑断碣，想起古往今来那些浴血沙场的英魂。无论他们的贤愚不肖，都早已成为过去。历史就是如此无情，古今寒暑，胜衰兴亡都成陈迹。身处塞外，恰逢中元之日，但音书阻隔，令人更加孤独寂寞。于是独自沉吟那千里共明月的诗句，虽不免惘然神伤，但却可聊以自慰。

"原头野火烧残碣，叹英魂才魄暗消歇。"词的开篇就与塞外荒凉的景致相吻合，纳兰此刻的心情十分荒凉，所以他的词句也分外凄惶，站在塞外的戈壁滩前，他遥想当年，多少英雄曾在这里浴血奋战，战死沙场。而今古往今来，他们的英名留在人们心中，但谁还会去祭奠他们？这些英魂是否就游荡在这空荡的塞外，悲戚得无法安息？纳兰这首词一开始始终在怀古伤今，他认为历史是无情的，从不会对那些历史中的人存在一丝感情。所以，在这空旷的塞外天地间，纳兰想到那些逝去的人，内心更显得悲凉。

“终古江山，问东风几番凉热。惊心事，又到中元时节。”那些英雄都是如此被遗忘，那么像他这样卑微的无名小卒，岂不更是湮没于历史的尘埃中，无法显露出来吗？想到这里，纳兰更是愁苦。上片就此结束。

而在下片开始，依然是从忧伤中写起：“凄凉况是愁中别，枉沉吟千里共明月。”今日是鬼节，自己无法与家中取得联系，无法得知家里的境况，只能共同欣赏头上的这一轮明月，希望明月能将自己的思念带回去。

“露冷鸳鸯，最难忘满池荷叶。”从这句词可以略微猜到，纳兰思念家人同时，也在思念爱人，鸳鸯戏水，难忘的是满池的荷叶。当日的美好情景浮现眼前，真是令人陶醉，可惜的是，这里是塞外，没有鸳鸯，更没有荷叶，只有猎猎的大风和满目的荒凉。

最后，纳兰无奈地写下：“青鸾杳，碧天云海音绝。”“青鸾”是传说中的一种神鸟，能够送信，这个典故来自于李商隐的《无题》：“蓬山此去无多路，青鸟殷勤为探看。”而“碧天云海”则是形容天水一色，无限辽远。这个也是化用李商隐《嫦娥》：“嫦娥应悔偷灵药，碧海青天夜夜心。”

塞外的这个夜晚，注定难眠。想念家人，思念亡人，既然无法安睡，那便为他们祈福祷告吧。

# 月上海棠 瓶梅①

**重檐淡月浑如水②，浸寒香一片小窗里③。双鱼冻合④，似曾伴个人无寐。横眸处⑤，索笑而今已矣⑥。**

**与谁更拥灯前髻，乍横斜疏影疑飞坠。铜瓶小注，休教近麝炉烟气。酬伊也，几点夜深清泪。**

### ◇注释

①瓶梅：插在瓶中以供观赏的梅花。

②重檐：两层屋檐。

③寒香：清冽的香气，形容梅花的香气。

④双鱼：双鱼洗，镌刻有双鱼形象的洗手器。冻合：犹言冰封。唐李益《盐州过胡儿饮马泉》诗：“从来冻合关山路，今日分流汉使前。”

⑤横眸：流动的眼神。

⑥索笑：犹逗乐，取笑。

### ◇赏析

词的上片通过写闺中人的相思之苦，来抒发伤逝之情。这首词借瓶梅抒发相思和伤逝之情。纳兰写词，总是充满离愁哀怨，这首词的基调也是如此，但却又有些不同，整首词虽然弥漫着一些孤寂之感，但总的来说，还是比较温暖清淡，犹如淡淡的白月光，从窗口轻柔地洒下，让人心头明亮。

月光如水洒在屋檐上，瓶中的梅花开了，小窗里沉浸在一片清香当中。天气寒冷，双鱼洗已经结冰，孤单的人儿不能入睡。回想当时的眉目传情，而今都已一去不返。当初与谁一起在灯下花前，看那梅花的疏影？如今，又是铜瓶花开，麝烟缭绕，而你却不在身旁了，唯有以这几滴相思之泪寄托我的深情。

“重檐淡月浑如水，浸寒香一片小窗里。”月光是古往今来，众多词人抒发思念之情的最佳选用之物。纳兰说淡月如水，月光如水一样清澈，也如水一样冰凉。洒下的月光在屋檐下形成一道冰冷的帘子，隔开了窗内与外面的景物。

而此时，屋子里的梅花开放了，绽放的花朵散发出幽香，小屋内一片暗香，屋外月光冰凉，屋内清香四溢。乍一看来，这首词的意境十分清淡，并无相思之苦，也无伤逝之情，只是对景物的一种白描，可是继续读下去就能发现，原来淡然未必就是平静，不说并不代表不在乎。

“双鱼冻合，似曾伴个人无寐。”这里的一个需要解释的是“双鱼”，是指双鱼洗，镌刻有双鱼形象的洗手器，宋张元干《夜游宫》词：“半吐寒梅未坼，双鱼洗，冰澌初结。”这里是说洗手器皿中的水都已经冻成了冰，凝结在了一起，天气的寒冷程度可想而知。这样的天气，钻进被窝，美美地睡上一觉，是再舒服不过的了。可是满心愁绪的纳兰，却是无论如何也睡不着的。

“横眸处，索笑而今已矣。”睡不着的原因自然是内心有所牵挂，那美丽的眼眸，那动人的微笑，而今看来，都是无法忘怀。在深夜里，独自躺在床上，孤枕难眠，想到恋人的容颜，清晰如昨，可是眼下却是天涯海角，无法相见，这怎能不叫人悲伤！

纳兰这首伤逝词，写到上片，悲伤过度。到了下片的时候，纳兰似乎沉思了许久，慢慢提笔写道：“与谁更拥灯前髻，乍横斜疏影疑飞坠。”回忆往昔，当日与谁一起相拥灯前，与谁一起看花飞花落，与谁一起海誓山盟，与谁一起想着如何去天长地久？

往日的美好，却都早已在岁月的流逝中一同不见了，“铜瓶小注，休教近麝炉烟气。”如今，又是铜瓶花开的时候，可是檀香冉冉升起的烟雾中，再也看不到你笑颜如花的脸庞了。“酬伊也，几点夜深清泪。”我只能在此刻，用泪水祭奠我们共同拥有的过去。

纳兰的这首词以悲情结尾，结束全词，整首词清新自然，虽然是悲切，但却读起来让人没有压抑之感，是首好词。

## 一丛花 咏并蒂莲[①]

**阑珊玉佩罢霓裳[②]，相对绾红妆[③]。藕丝风送凌波去，又低头、软语商量[④]。一种情深，十分心苦，脉脉背斜阳。**

**色香空尽转生香，明月小银塘[⑤]。桃根桃叶终相守[⑥]，伴殷勤、双宿鸳鸯。菰米漂**

**残[7]，沉云乍黑，同梦寄潇湘[8]。**

## ◇注释

①并蒂莲：并排长在同一茎上的两朵莲花。

②阑珊：零乱、歪斜。李贺《李夫人歌》："红璧阑珊悬佩，歌台小妓遥相望。"霓裳：即《霓裳羽衣曲》，唐代著名舞曲，为开元中河西节度使杨敬忠所献，初名《婆罗门曲》，经唐玄宗润色并制歌词，后改用今名。传说中亦有唐玄宗登三乡驿、望女儿山及游月宫密记仙女之歌，归而所作等说。

③绾：盘绕，系结。

④软语：体贴温柔委婉的话。

⑤银塘：清澈明净的池塘。南朝梁简文帝《和武帝宴诗》之一："银塘泻清渭，铜沟引直漪。"

⑥桃根桃叶：桃叶是晋王献之爱妾，桃根是桃叶的妹妹。王献之《桃叶歌》："桃叶复桃叶，渡江不用楫。但渡无所苦，我自迎接汝。"又，"桃叶复桃叶，桃树连桃根。相怜两乐事，独使我殷勤。"

⑦菰米：菰之实。一名雕胡米，古以为六谷之一。

⑧潇湘：指湘江，因湘江水清深故名。相传舜二妃娥皇、女英没于湘水，遂为湘水之神。这里借二妃代指并蒂莲。

## ◇赏析

这首词吟咏并蒂莲，形神兼备：并蒂莲花开了，犹如刚刚跳过舞后玉佩阑珊的美人，两朵莲花盘绕联结在一起。微风摇动，藕丝相连，在夕阳下，窃窃私语，含情脉脉，如同凌波仙子般美丽动人，怎不叫人心生怜爱！明月之下，银塘之中，散发着醉人的清香。池中莲如同桃根与桃叶般姐妹情深，永不分离，又有殷勤的鸳鸯游来做伴。即使风云变幻，花瓣凋落，也会像娥皇、女英般共同进退，生死不弃。

咏物之词，是纳兰的强项，这首词，纳兰歌咏并蒂莲，所谓并蒂莲，也就是并排生长在同一个根茎上的两朵莲花。后人有用并蒂莲形容相亲相爱之人，并蒂莲也是祝福的花朵，常形容天长地久。

在纳兰的笔下，并蒂莲更显得超凡脱俗，"阑珊玉佩罢霓裳，相对绾红妆"这句词中有几个典故需要点名出来，首先"阑珊"是凌乱、歪斜的意思，是纳兰化自李贺的《李夫人歌》："红璧阑珊悬佩珰，歌台小妓遥相望。"而后面的"霓裳"则是取自唐玄宗时期的一首歌舞曲《霓裳羽衣曲》。

并蒂莲就好像是两个相对而视、含情脉脉的人刚刚跳过舞蹈，此时有些歪斜地相互依靠，站在那里。将并蒂莲拟人化，而且还将它们形容为舞者，纳兰的词的确是有与他人不同的过人之处。

"藕丝风送凌波去，又低头、软语商量。"依然是拟人的写法，将并蒂莲描写得如同高贵典雅的仙子一般，在微风吹拂下，她们似乎是在窃窃私语，聊着女儿家的心事。令人看到后，心神荡漾。

咏物词虽然是写物，但实则是写情。这首《一丛花》也不例外，看似是写并蒂莲的美丽芬芳，但实则是纳兰要借并蒂莲来写出自己内心的忧伤和思念。在上片前两句赞美并蒂莲之后，最后一句便是忍不住流露出心声："一种情深，十分心苦，脉脉背斜阳。"

情深之人自然心苦，这点纳兰是最有体会的。借着写并蒂莲的柔情相守，写出自己心情的苦闷。下片的描写有些峰回路转，不再是描写并蒂莲，但依然是淡然的笔调，通过写景，表达内心。

"色香空尽转生香，明月小银塘。"明月之下，荷塘看起来十分空灵，并蒂莲的芬芳在空气中蔓延，让人嗅到后，心里舒缓。写完并蒂莲，写完荷塘，纳兰又写了桃树："桃根桃叶终相守，伴殷勤、双宿鸳鸯。"

在这首词中，不论是并蒂莲，还是桃树，或者是之后的鸳鸯，无不是一双一对，这与孤单的纳兰比起来，幸福很多。而纳兰也正是看到它们的成双成对，更觉得自己的孤单如此寂寞，这首词便是为此而生。

"菰米漂残，沉云乍黑，同梦寄潇湘。"在词的最后，纳兰用"潇湘"这个典故，写出娥皇女英的故事，用娥皇女英的痴情，暗示自己对爱情也是痴心不改，共同进退，与爱人相知相守的决心。

这首词虽然格调不高，但它以咏物抒深情，咏物之间而情则愈浓，读来令人回味无穷，艺术上也不乏可取之处。

# 念奴娇

**绿杨飞絮，叹沉沉院落、春归何许[1]？尽日缁尘吹绮陌[2]，迷却梦游归路。世事悠悠，生涯非是，醉眼斜阳暮。伤心怕问，断魂何处金鼓[3]？**

**夜来月色如银，和衣独拥，花影疏窗度。脉脉此情谁得识？又道故人别去。细数落花，更阑未睡[4]，别是闲情绪。闻余长叹，西廊唯有鹦鹉。**

## ◇注释

①沉沉：幽深的样子。何许：什么，哪里。

②绮陌：繁华的街道，亦指风景美丽的郊野道路。

③金鼓：即钲。《汉书·司马相如传上》："金鼓，吹鸣籁。"颜师古注："金鼓谓钲也。"王先谦补注："钲，铙。其形似鼓，故名金鼓。"

④更阑：更深夜尽，深夜。

## ◇赏析

这首词唱叹的是与故人别后的孤苦寂寞，别去的"故人"是谁无法考证，但从这词中透露出来的低回伤感可知绝非一般朋友，必是词人的红颜或者知己无疑。

"绿杨飞絮，叹沉沉院落、春归何许"，首句的意境极美，深深的庭院中，绿杨悄然抽枝，飞絮自在飘扬，竟没察觉到春意已浓郁至此。一个"叹"字就奠定了全词的基调，淡淡的感伤混迹于字里行间，揣摩可得。

相似的意象，在不同的词人笔下有不同的味道。贺铸的一首《如梦令》中曾写道："莲叶初生南浦，两岸绿杨飞絮。"莲叶初生，绿杨飞絮，词人把春末夏初时节的风光写得生机勃勃，飞动流走。

纳兰也有心寻一份贺铸的怡然心境，但"尽日缁尘吹绮陌，迷却梦游归路"，终日的凡尘俗事让人迷乱，自己想走的那条路便是无论如何也寻不到了。纳兰本人就像一个迷路的孩子，他一生的仕途、情路好像都是注定了的，只要一步步走下去即可，可他偏不，他任性而执着，不满于现状又惰于反抗。出身望族、才华横溢，假以时日定会大有作为，他的未来就是这么脉络明晰，可这不是他想要的，他就这样在似锦的前程里感慨喟叹，试图抗拒最终又无奈接受。

"世事悠悠，生涯非是，醉眼斜阳暮。伤心怕问，断魂何处金鼓？"醉酒之后抬头观天际夕阳，只觉世事变换，人生无常，就连远处传来的金鼓之声，也令人伤心断肠。

从上片"斜阳"到下片"夜来"，不禁唏嘘：就连宣纸上的光阴也是留不住的。月色如银似水，孤独的人却只能和衣独坐在窗前的花影里。知己别离的孤苦无告、幽独寂寞又有谁能够知晓？夜深难眠，空数落花，心绪寂寞如斯，那慨然长叹之声也只有西廊的鹦鹉能听到了。

先秦的琴师俞伯牙与樵夫钟子期偶遇，伯牙善鼓琴，子期善听音，伯牙所念，钟子期必得之。伯牙鼓琴而志在高山，钟子期曰："善哉乎鼓琴，巍巍乎若泰山！"若志在流水，钟子期必曰："善哉乎鼓琴，洋洋乎若江河！"俞伯牙喜上眉梢，哈哈大笑："善哉，子之心而与吾心同。"钟子期死后，俞伯牙摔琴绝弦，终身不操。二人共同成就了"高山流水"的千古佳话。

"脉脉此情谁得识？又道故人别去。"这是本词中最令人伤心的一句，人生最可怕的不是没有知己，而是知我者又别我而去。倘若俞伯牙一生不遇钟子期，也不过因无人能懂自己而黯然，但既得知己又复失去，哀莫大于心死，琴声再美又弹给谁听？人们常说"人生得一知己则死而无憾"，古人惜字如金，"知己"二字简直妙极，不论红颜知己还是生死之交，能懂自己心思者最是难求。

纳兰心思细腻，醉酒时的糊涂与清醒后的残酷让人伤心魂断，他的不快乐似乎只有这位"故人"能懂，可是"故人"此际又要别他而去，难怪他会伤心了。

# 念奴娇 废园有感

**片红飞减[①]，甚东风不语、只催漂泊。石上胭脂花上露[②]，谁与画眉商略[③]？碧甃瓶沉[④]，紫钱钗掩[⑤]，雀踏金铃索[⑥]。韶华如梦[⑦]，为寻好梦担阁。**

**又是金粉空梁[⑧]，定巢燕子，满地香泥落。欲写华笺凭寄与，多少心情难托。梅豆圆时[⑨]，柳绵飘处，失记当初约。斜阳冉冉，断魂分付残角[⑩]。**

## ◇注释

①片红：残花。

②胭脂：一种化妆用的红色颜料，这里指花瓣。

③画眉：画眉鸟，鸣声婉转动听，是著名的笼禽，因有色眼圈而得此名。商略：商讨。

④碧甃：青绿色的井壁，借指井。

⑤紫钱：指苔藓。钗：妇女的一种首饰，由两股簪子合成。

⑥金铃索：护花铃的绳索。

⑦韶华：韶光。

⑧金粉：喻指繁华绮丽的生活。

⑨梅豆：梅花苞蕾。

⑩断魂：灵魂从肉体离散，指爱得很深或十分苦恼、哀伤。残角：远处隐约的角声。唐刘复《夕次襄邑》诗："古戍飘残角，疏林振夕风。"

## ◇赏析

"在文学史上，有人可能风流，可并不富贵；有人可能富贵，但并不风流。有人可能是才子，可讨不来佳人芳心；有人可能很得女人垂青，但作品写得很烂。唯这位纳兰性德，却是兼而有之的幸运儿。"这是作家李国文先生对纳兰的评价，因而他得出结论："大清三百年，有无数出名的和不出名的文人，但没有一位比他更幸运。"

三百多年间，人们大多认为纳兰是不幸的，他想要的得不到，如爱情、自由，他不想要的摆脱不掉，如皇恩、圣意。但细细想来，李国文先生的话也不无道理，谁人都不曾亏欠他，命运给予纳兰的其实很多，财富、地位、名誉、文才、武略……只不过，他太过于关注所得不到的东西了。

就比如在这片废园之中，有人看到的是残垣断瓦下萌生的盎然春意，有人看到的是荒芜破败、满目疮痍，纳兰必定是后者。在萧索景象中黯然神伤也是人之常情，但大多数人的感伤是一时的，不像纳兰的愁绪常是绵延不休的，一株小草引发的哀伤往往会蔓延成一座森林。

在这首词里，纳兰的满腹感慨就是由废园之景引发的：园内残花飘飞，东风沉默地催促着百花的凋谢。石头上已经洒落了一片花瓣，如胭脂一般，画眉在枝头啼鸣婉转，犹如人在闲谈。井壁被杂草深掩，钗头被苔藓掩盖，麻雀还踏在护花铃上鸣啼，往日相游相嬉的踪迹都不见了。

这番景象让纳兰忍不住感叹：“韶华如梦，为寻好梦担阁。”人生如梦，美好的时光易逝，都因为固执地寻找旧梦耽搁了。所谓一语成谶，这不正是纳兰自己一生的缩影吗？他原本可以生活得幸福洒脱的，却为寻“旧梦”而郁郁寡欢，以致在鼎盛之年撒手人寰。

纳兰到这废园中时正是春满人间，原本华美的屋梁已显斑驳，燕子又飞回这里衔泥筑巢了，坠落的花瓣洒了一地。梅花开时，柳絮飘处，曾有他们当时的约许，夕阳西下，残角声起，“欲写华笺凭寄与”，纳兰想给谁写信寄托情思我们不得而知，但“多少心情难托”，这情感想必是深沉而热烈的，只怕用尽所有语言也难以诉尽。

这首词里大有不胜今昔和不胜孤凄之慨，读后便被一种凄凉伤感的氛围所环绕。黄天骥曾在《纳兰性德和他的词》里剖析这首词，认为该词“极写庭院冷落，极写对庭院主人的怀念，同时又隐藏对人生的看法，隐藏着对兴废盛衰的悲哀”，这一解析倒令人陡然想到了纳兰家的兴废衰盛。

纳兰病逝于康熙二十四年，人说天妒英才，但也有人觉得这是上天在宠着他。纳兰逝后不久，其父明珠被弹劾，即便后来被起用，家族也已呈现中落之势，到了明珠晚年，纳兰家族家道更是衰败，纳兰诸弟也纷纷沦为皇权斗争下牺牲的棋子。纳兰有幸，没有见证这一过程，否则，我们实在想象不出这位风流倜傥的翩翩公子怎样蓬头垢面、肩披锁枷，被一群市侩小吏审问，仅仅只是想象这一幕场景，心中也会大恸。

当我们在埋怨造物早早地夺去了纳兰的性命时，不妨庆幸他死得恰逢其时，逃过了家道中落、一蹶不振的悲剧。所有盛衰都是命之常理，所有悲喜也可从反面观之，纳兰耽搁在旧梦里，倒也躲过了之后更加残酷、更加冷漠的人生变数。

“纳兰之死与明珠之败在当日都是惊天的大事，街闻巷议，无不感慨，时至今日，已没有人再去议论明珠的成败，却还有人在读纳兰词。”衰盛兴废的道理也委实难以捉摸。

# 东风第一枝 桃花

**薄劣东风，凄其夜雨，晓来依旧庭院。多情前度崔郎[①]，应叹去年人面。湘帘乍卷[②]，早迷了、画梁栖燕。最娇人、清晓莺啼，飞去一枝犹颤。**

**背山郭、黄昏开遍。想孤影、夕阳一片。是谁移向亭皋[③]，伴取晕眉青眼[④]。五更风雨，算减却、春光一线。傍荔墙、牵惹游丝[⑤]，昨夜绛楼难辨[⑥]。**

### ◇注释

①崔郎：崔护，字殷功，博陵（今河北定县）人。唐代诗人，官至御史大夫、岭

南节度使。据唐孟棨《本事诗·情感》记载：崔护于清日游长安城南，因渴求饮，见一女子独自靠着桃树站立，遂一见倾心。次年清明又去，人未见，门已锁。崔因题诗于左扉："去年今日此门中，人面桃花相映红。人面不知何处去，桃花依旧笑春风。"

②湘帘：用湘妃竹做的帘子。宋范成大《夜宴曲》诗："明琼翠带湘帘斑，风帏绣浪千飞鸾。"

③亭皋：水边的平地。《汉书·司马相如传上》："亭皋千里，靡不被筑。"王先谦补注："亭当训平……亭皋千里，犹言平皋千里。皋，水旁地。"

④晕眉：谓妇女晕淡的眉目。青眼：即柳眼。

⑤荔墙：薜荔墙。游丝：飘浮在空中的蛛丝。

⑥绛楼：红楼。

## ◇赏析

三月水暖，桃花次第开，漫随风，舞清香。古人因此将正月至三月桃花开放的季节取名为桃花春。纳兰这首咏桃花之作便应该是写于这样一个桃花飘香的阳春之日。

《东风第一枝》是词牌名，据传为唐人吕谓老首创，原为咏梅而作，又名《琼林第一枝》。双调，上片九句，押四仄韵，五十字；下片八句，押五仄韵，五十字，共一百字。

"薄劣东风，凄其夜雨，晓来依旧庭院"，"薄劣"是薄情的意思，这里是借用了宋朝张元干《踏莎行》中的一句："薄劣东风，夭斜落絮，明朝重觅吹笙路。"东风薄情，夜雨凄迷，早晨的庭院依然如旧，而深深庭院中多情的桃花却绽开了。词本就贵在委婉曲折，层深跌宕，而咏物之词则又须若即若离，含蓄要眇，纳兰这首词起笔便很有种欲扬先抑的味道。

提起了桃花，就总会让人联想起唐代那个美丽的故事。

唐代孟棨在他那本记录了许多诗歌故事的《本事诗》里这样写道："相传唐崔护清明郊游，至村居求饮。有女持水至，含情倚桃伫立。明年清明再游访，则门庭如故，而人去室空矣。遂题诗云：'去年今日此门中，人面桃花相映红。人面不知何处去？桃花依旧笑春风。'"

风流倜傥的才子偶然经过一户人家， 门扉轻掩，阶前无尘，几枝桃花斜出墙外，在春风里颤动身姿，悄然飘下零落的花瓣。抬眼间，却见一清秀女子倚门而立，嫣然而笑。那一刻，瞬间成千古。一年以后，又是一个明媚的春天，当才子再回故地，人已杳然，只留下那丛桃花，灿然开放在春天里，笑靥正如那心仪的女子。也许这位名叫崔护的才子没有想到，这一阕伤情之作竟绵绵荡荡流传至今，他的名字也因诗而存。

这个儒雅书生并无炫人的财富，但却把一份思念刻成一首小诗，挂在桃花绽放的梢头，在春天的阳光下，与影影绰绰的记忆一起放大成一片片离愁，让今人唇齿之间还摩擦着"人面桃花"的珠溅玉屑，徜徉在花飞花谢的爱情之中。

因而，桃花已然成为一种象征，纳兰在这里唏嘘，此情此景如果崔护看到，应当会发出人面桃花的感叹吧。情绪尚在"人面桃花"的故事里徘徊，至"湘帘乍卷"才猛地回神，看梁间栖燕。纳兰在这里没有点明，却可以推想，彼时看见的定当是双飞双栖的燕子，因此才会一时迷神。

与此同时，清晓黄鹂在枝头啼叫，那细嫩轻柔的啼鸣声最是动人，当它飞去后，桃枝犹自颤抖，别有一种楚楚动人的姿态。“娇”一字描摹出声音的细嫩、清润。前蜀李珣的《望远行》中便有这样的用法：“琼窗时听语莺娇，柳丝牵恨一条条。”

到了这里，词转入下片，纳兰的思绪也由眼前的庭院推延到山郭，他想象桃花在夕阳里的美丽风采。想着想着，却觉得这样的桃花似乎太孤单，“想孤影、夕阳一片”，独立夕阳中，愈美丽就愈显得悲凉。于是词人给桃花找了水边杨柳为伴，从而使它愈加动人迷离。

愿望终归是愿望，“五更风雨，算减却、春光一线”一句将人拉回了现实，夜来的风雨减损了春色，一笔宕开，却紧接着在结尾句点醒题旨，回照了开端。那鲜艳的桃花依傍在薜荔墙下，愈发红艳可爱，牵惹着游丝，与那红色的楼阁互掩难辨。情景在此熔铸合一，有一种悠然不尽的邈远深意，通篇读来，有感可发，有情可叹。

古时的女子偶一回眸，然后羞涩一笑，就绘成一幅“人面桃花”的画卷，不仅让崔护心动，也隔着千百年的时光让纳兰感叹，让今人迷醉，缠绵成一首绝唱。而纳兰这首桃花词写得恰如那女子的涩然一笑，低回婉转之间是艳若桃花的不尽情意。

# 秋　水 听雨

（按此调《谱》、《律》不载，疑亦自度曲。）

**谁道破愁须仗酒，酒醒后，心翻醉。正香消翠被[①]，隔帘惊听，那又是、点点丝丝和泪。忆剪烛幽窗小憩[②]。娇梦垂成[③]，频唤觉一眶秋水[④]。**

**依旧乱蛩声里，短檠明灭[⑤]，怎教人睡。想几年踪迹，过头风浪[⑥]，只消受、一段横波花底[⑦]。向拥髻灯前提起[⑧]。甚日还来，同领略夜雨空阶滋味。**

### ◇注释

①翠被：翡翠羽制成的背帔。

②忆剪烛：语出唐李商隐《夜雨寄北》诗：“何当共剪西窗烛，却话巴山夜雨时。”谓剔烛芯。后以“剪烛”为促膝夜谈之典。元杨载《题火涉不花同知画像》诗：“鹔鹴裘暖鸣鞭疾，翡翠帘深翦烛频。”小憩：短暂休息。

③垂成：事情将近成功。

④秋水：秋天的水，比喻人（多指女人）清澈明亮的眼睛。

⑤短檠：矮灯架，借指小灯。唐韩愈《短灯檠歌》：“一朝富贵还自恣，长檠焰高照珠翠；吁嗟世事无不然，墙角君看短檠弃。”

⑥风浪：比喻艰险的遭遇。

⑦横波：水波闪动，比喻女子眼神闪烁。

⑧拥髻：谓捧持发髻，话旧生哀，是为女子心境凄凉的情态。

◇**赏析**

读纳兰一首《秋水》，禁不住想起林黛玉的一首《秋窗风雨夕》。黛玉病卧潇湘馆，秋夜听雨声淅沥，心下凄凉，遂仿《春江花月夜》之格作词曰："泪烛摇摇爇短檠，牵愁照恨动离情。谁家秋院无风入？何处秋窗无雨声？"字字句句的秋情，字字句句的伤悲。曹雪芹在代书中人作词时拿捏得向来很准，譬如第七十回"林黛玉重建桃花社，史湘云偶填柳絮词"，他让身世飘零的黛玉作词曰："叹今生谁舍谁收？嫁与东风春不管，凭尔去，忍淹留。"人物哀哀凄凄的形象跃然纸上。到了心思缜密、踌躇满志的宝钗则一改倾颓气色："韶华休笑本无根，好风凭借力，送我上青云！"颇有男儿声韵。

黛玉毕竟是闺阁女儿，有悲，无阅历；有情，无情事。一篇《秋窗风雨夕》下来，华美流畅，感动的，却更多是黛玉自己。因她身处秋境，身系飘零，词句引导出的是内心深处的悲伤，但在多数读者身上，难以引发共鸣。纳兰性德不同，同为少年才俊，纳兰毕竟年长些，阅历多些，在这篇《秋水》中引入自己的感情经历，旁人看了更易懂。

这首词写诗人听秋雨而生发的情感：谁说消愁一定要喝酒，酒醒之后，心反而醉了。伊人已不在身边，寂寞无聊，却听得窗外淅淅沥沥地下起了秋雨，可知那雨水是伴着泪水流下的呢！记得当初秋夜闻雨，西窗剪烛，你当时刚要睡着却又被频频唤醒，眼神迷离的情景。现在已经是秋虫哀鸣，灯光明灭，可寂寞却叫人无法入睡。回想这几年的足迹，经历的风风雨雨，只有与你相守的日子最让人安慰。想和灯烛前拥髻的你诉说，又不知什么时候才能再回来，让我们一起领略这秋雨缠绵的无尽秋意！

怀念故人的心碎的词句，偏偏用了让人心碎的典故。"忆剪烛幽窗小憩"一句，典出晚唐李商隐《夜雨寄北》："君问归期未有期，巴山夜雨涨秋池。何当共剪西窗烛，却话巴山夜雨时。"这是李商隐身居遥远的巴蜀写给远在长安的妻子的诗句。唐人的旧句子，或华丽或雄浑，难见这种朴实无华又深情的小文字，多么亲切有味。每每夜深读起，齿颊生香，心下平和，幸福中，裹杂着一些缠绵的思念、小小的忧愁。只是这种小伤悲的词句，用到纳兰的词中，便是大悲痛了，有苏东坡《江城子》"千里孤坟，无处话凄凉"的悲哀——只因李商隐的妻还在世，在远方的长安城等待着丈夫归来，还能有"共剪西窗烛"的日子；而纳兰的妻香魂已逝，纵使世人为她写情词万言也唤不回来伊人的一声回应。

梁何逊写"夜雨滴空阶，晓灯离暗室"；蒋捷说"悲欢离合总无情，一任阶前点滴到天明"；纳兰叹息道"甚日还来，同领略夜雨空阶滋味。"斯人去后，诗人的生命里只剩下"乱蛩声里，短檠明灭"，漫长的秋夜，雨滴敲打着空阶无法入眠。年轻的纳兰不知独自熬过了多少个失眠夜，他也曾想过借酒浇愁，得出的结论却是"谁道破愁须仗酒"？这酒醒后，心反而醉得更深，痛得更多。

妻子离世后，纳兰的日子，秋雨绵绵，恨绵绵。纳兰三十一岁英年早逝，对他来讲，也许其中的裨益远大于遗憾。

# 木兰花慢

立秋夜雨，送梁汾南行。

**盼银河迢递，惊入夜，转清商[1]。乍西园蝴蝶，轻翻麝粉[2]，暗惹蜂黄[3]。炎凉。等闲瞥眼，甚丝丝点点搅柔肠。应是登临送客，别离滋味重尝。**

**疑将。水墨画疏窗[4]。孤影淡潇湘[5]。倩一叶高梧，半条残烛，做尽商量[6]。荷裳[7]。被风暗剪，问今宵谁与盖鸳鸯。从此羁愁万迭[8]，梦回分付啼螀[9]。**

## ◇注释

①清商：商声，古代五音之一。古谓其调凄清悲凉，故称。谓秋雨、秋风之声。晋潘岳《悼亡诗》："清商应秋至，溽暑随节阑。"

②麝粉：香粉，代指蝴蝶翅膀。

③蜂黄：此处代指蜜蜂。

④水墨：浅黑色，常形容或借指烟云。疏窗：雕刻有花纹图案的窗户。

⑤孤影：孤单的影子。潇湘：本指湘江，或指潇水、湘水，此处代指竹子。

⑥商量：斟酌、商讨。

⑦荷裳：用荷叶做衣服，这里指荷叶。

⑧羁愁：旅人的愁思。万迭：形容愁情的深厚。

⑨螀：即"寒蝉"，蝉的一种，比较小，墨色，有黄绿色的斑点，秋天出来鸣叫。

## ◇赏析

开篇小序写得明白，这是一首送别之作。在清朝康熙二十年（1681年）秋天，梁汾南的母亲去世，他还乡奔丧时，纳兰写了这首《木兰花慢》为他送行。

送别本就是伤感的事，而这里所作的送别又偏偏是在"立秋夜雨"之时，这就更加愁上添愁了。词则是紧紧贴合着"立秋"和"夜雨"的题面展开铺叙的，伤离怨别的意味和悲凉凄切的情绪交织在一起，更为细密深透。

纳兰化用前人诗词句子的功力着实让人佩服，"盼银河迢递"显然是化用秦少游《鹊桥仙》："纤云弄巧，飞星传恨，银汉迢迢暗度。""盼银河迢递，惊入夜，转清商。"三句是说盼望着高远的天河出现，入夜却偏偏下起了悲凄的秋雨。清商是古代五音之一，也叫商音，调子悲凉凄切。依照阴阳五行学说，商与秋皆属"金"，因此在诗词中商、秋可以通用，清商即清秋。在这里借指入夜后的秋雨之声凄清。

"乍西园蝴蝶，轻翻麝粉，暗惹蜂黄。"西园，本是某一园林名，后来也泛指园林。又有一种说法，纳兰宅邸的西部（今宋庆龄故居所在地），也称西园。麝粉本来是香粉的意思，在这里代指蝴蝶翅膀。这三句是说秋风乍起，园中蜂飞蝶舞，一片衰飒的景象。三句之后的"炎凉"两字像是概括，也表明了前面所描绘的景象暗喻着仕途的炎凉变幻。

词句到了这里，纳兰才似乎觉出今夜秋雨的愁人之意似的，本以为入秋夜雨是等闲之事，但今夜那丝丝点点之声却令人搅断寸寸柔肠。而后纳兰为这样凄冷的情景找了理由，“应是登临送客，别离滋味重尝”，想来，是因为此时正是别离时，这淅沥秋雨才这样断人肠吧。

疑将是仿佛、类似的意思，将在这里只是助词。唐朝王勃《郊园即事》中有句：“断山疑画障，悬溜泄鸣琴。”

紧随其后的两句，“水墨罨疏窗，孤影淡潇湘”意境很是空淡疏缈。疏窗是雕刻有花纹图案的窗户。潇湘，本指湘江，或指潇水、湘水，在此处代指潇湘景色。和下片开头两字连在一起看，词人是在勾勒这样一幅景象，秋夜雨洒落在疏窗上，那雨痕仿佛是屏风上画出的潇湘夜雨图。“潇湘”二字本就是离愁别恨的代名词，在这里无非是纳兰心事的一种寄托。

“倩一叶高梧，半条残烛，做尽商量”，这句子纳兰说得婉转，倩是请、恳求的意思，宋朝姜夔《月下笛》有：“多情须倩梁间燕，问吟袖、弓腰在否？”而商量不同于现代汉语，在这里是独自斟酌、思考之意。南宋诗人洪咨夔《念奴娇·老人用僧仲殊韵咏荷花横披，谨和》中有：“香山老矣，正商量不下，去留蛮素。”窗外夜雨梧桐、屋内泣泪残烛，怎不让人伤神？因此纳兰说，能否请梧桐和灯烛细做掂量，莫要此时再添人愁绪。

“荷裳。被风暗剪，问今宵谁与盖鸳鸯”，已至秋天，荷塘自然也是一片萧索，此情此景，像极了李商隐那首《宿骆氏亭寄怀崔雍崔兖》里的句子：“秋阴不散霜飞晚，留得枯荷听雨声。”

“问今宵谁与盖鸳鸯”其实可以和纳兰的另外一首词对照着看，纳兰曾在《浪淘沙·秋思》里写道：“端正一枝荷叶盖，护了鸳鸯”，和这里似乎是同一种语境，不过一种是愁苦无依，一种却尚有一丝温情。这种变化，或许也与词人心境不同有关。

到了“从此羁愁万迭，梦回分付啼螿”，纳兰终于将“送别”二字明写在了词面上，螿是蝉的意思，在诗词中是重要意象之一，通常表达悲戚之情，用于离别的感伤。柳永那首著名的《雨霖铃》开头便写道：“寒蝉凄切，对长亭晚，骤雨初歇。”纳兰这三句意谓你将上路远行，从此以后旅途劳顿，离忧恼人，当梦醒的时候，唯有悲切的寒蝉声相伴了。词人把这样的话放在词末，惜别离愁之意溢于言表。

## 水龙吟 再送苏友南还[①]

**人生南北真如梦，但卧金山高处[②]。白波东逝[③]，鸟啼花落，任他日暮。别酒盈觞，一声将息，送君归去。便烟波万顷，半帆残月，几回首，相思否。**

**可忆柴门深闭，玉绳低、剪灯夜雨[④]。浮生如此，别多会少，不如莫遇。愁对西轩，荔墙叶暗，黄昏风雨。更那堪几处，金戈铁马[⑤]，把凄凉助。**

### ◇注释

①荪友：即严绳孙，自号勾吴严四，又号藕荡老人、藕荡渔人。江苏无锡人。清初诗人、文学家、画家。

②金山：山名，在江苏镇江西北。古有氐父、获苻、伏牛、浮玉等名，唐时裴头陀获金于江边，因改名。这里代指严绳孙的家乡。

③白波：白色波浪，水流，此处喻指时光。

④玉绳：星名，常泛指群星，北斗七星之斗勺，在北斗第五星玉衡之北，即天乙、太乙二星。

⑤金戈铁马：金属制的戈，配有铁甲的战马。指战争。

### ◇赏析

纳兰是个至情至性的人，纳兰词中所表露出的情感，无论是恋情、夫妻情、友情，无一不是体现了一种痴的情怀。

眼前这首词所赠之人是他的好友严绳孙。纳兰曾留严绳孙住府邸二年，彼此诗词唱和，“闲语天下事，无所隐讳”。在清康熙二十四年（1685 年）四月，严绳孙请假南归，临去“入辞容若时，（傍）无余人，相与叙平生之聚散，究人事之终始，语有所及，怆然伤怀”。（《致纳兰哀词》）二人之交厚及意气相投可见。

严绳孙长纳兰三十二岁，如此忘年之谊，在纳兰一生中并不少见。本篇是为严绳孙南归所赋的赠别之作，其实在填写这首词的同时，纳兰还有四首诗词赠别严绳孙，故此处说“再送”。

此词牌又名《龙吟曲》、《庄椿岁》、《鼓笛慢》、《小楼连苑》、《海天阔处》、《丰年瑞》等。据《填词名解》说，调名采自李白“笛奏龙吟水”之句，又有说来自李贺“雌龙怨吟寒水光”之句。此调有不同体格，俱为双调，本首为其一体。上、下片各十一句，共一百零二字。上片第二、五、八、十一句，下片第一、二、五、八、十一句押仄声韵。

纳兰起笔不凡，“人生南北真如梦”一句抛出了“人生如梦”这等千古文人常叹之语，其后接以他总挂在嘴边的归隐之思，令全词的意境在开篇时便显得空远阔大。“白波东逝，鸟啼花落，任他日暮”，白描勾勒出的情景或许是此时，也或许是想象：看江水东流，花开花落，莺歌燕语，任凭时光飞逝，这是何等惬意。

在这样逍遥洒脱的词境中，纳兰叹道，“别酒盈觞，一声将息，送君归去”，点出了别情。自古送别总是断肠时，古时不比如今，一别之后或许就是此生再难相见，因而古人或许在自己的生死上能豁达一些，却也总对与友人的离别无可奈何。像苏东坡那样旷达的人，在别离时高唱：“醉笑陪公三万场。不用诉离觞。”

也无非是因为“痛饮从来别有肠”，“别有肠”是怎样一种心情，苏东坡没有说，也不消说，古往今来多少离别伤感，人们自能体会。

眼前你我离别之情充满了酒杯，只能一声叹息，送你离去。而离去之后，天地便换了风光，“便烟波万顷，半帆残月”，岂止是送行人，远行人自身亦是满腔悲愁，的的确确就像纳兰说的，“几回首，相思否”。

下片首句转入了回忆，玉绳是星名，通常泛指群星，这里的意思是说忆起柴门紧闭、斗转星移、夜雨畅谈的时光。之后的一句，多少可以看出纳兰的一些悲观情绪。他说，“浮生如此，别多会少，不如莫遇”，这话说得实在悲凉，纳兰似乎总在相遇时间的问题上自寻烦恼，他曾说“人生若只如初见，何事秋风悲画扇”，但人在时间面前终归是渺小的，时间不可逆转正是种种迷惘痛苦的根由。

“愁对西轩，荔墙叶暗，黄昏风雨。”转笔又是白描写景，如今离别，又兼愁风冷雨，四字小句将气氛层层渲染开去。倒是篇末一句，有种不同于前面词句的雄浑苍凉的味道，“更那堪几处，金戈铁马，把凄凉助”。将国事与友情融为一体，使得这首词境界扩大了不少。

纳兰填完此词一个月后，便溘然长逝了。这次离别之后，两人也便真的没有了再次相见的机会。隔着时间的长河，凝聚在词句中这种怆然伤别的深挚友情依旧令人感叹不已。

# 齐天乐 上元

**阑珊火树鱼龙舞，望中宝钗楼远[①]。靺鞨余红[②]，琉璃剩碧[③]，待属花归缓缓。寒轻漏浅。正乍敛烟霏[④]，陨星如箭[⑤]。旧事惊心，一双莲影藕丝断。**

**莫恨流年似水，恨消残蝶粉[⑥]，韶光忒贱[⑦]。细语吹香，暗尘笼鬓[⑧]，都逐晓风零乱。阑干敲遍。问帘底纤纤[⑨]，甚时重见？不解相思，月华今夜满[⑩]。**

## ◇注释

①宝钗楼：唐宋时咸阳酒楼名，指歌楼酒肆。

②靺鞨余红：红，又称芽，即红玛瑙。相传产于靺鞨国，故名。

③琉璃：用铝和钠的硅酸化合物烧制成的釉料，常见的有绿色和金黄色两种，多加在黏土的外层，烧制成缸、盆、砖瓦等。

④烟霏：云烟弥漫，烟雾云团。

⑤陨星：流星，代指燃放之烟火。

⑥蝶粉：蝶翅上的天生粉屑，唐人宫妆。

⑦忒：副词，太、过于。

⑧暗尘：积累的尘埃，前蜀薛昭蕴《小重山》词：“思君切，罗幌暗尘生。”

⑨纤纤：形容小巧或细长而柔美。这里代指所思念的女子。

⑩月华：月光，月色。

## ◇赏析

“阑珊”一词，极易引人遐想。流光之间，仿若看到生命斑斓的绽放。能够懂得阑

珊的人，定当是生命极为寂寞的人。因为寂寞深处，才愈发能见到旅途中的点滴精彩。纳兰的寂寞，使得他懂得阑珊深处的喧哗，也是寂寞的。

故而这首词，看似写的是热闹，其实是在写热闹深处的寂寞心事。“阑珊火树鱼龙舞”，首句便道出上元节夜里的繁华景象，上元亦是元宵节，元宵佳节，家人团聚，上街观灯赏花，好不热闹。

纳兰此处写的火树鱼龙舞，正是当时社会上，元宵节的热闹场景。而后一句写道：“望中宝钗楼远。”所谓“宝钗楼”是指歌楼酒肆，这首词是描写元宵节欢度之后，人们逐渐散去的场景，热闹过后愈发寂寞。那些本来还人满为患的酒肆饭庄，忽然之间就成了空阁，看到这些，纳兰内心不禁一阵寂寥。

“靺鞨余红，琉璃剩碧，待属花归缓缓。”纳兰的词一向讲究意境之美，这首词也不例外，花灯闹市间的花花绿绿，远看起来，仿佛琉璃般星星点点，十分美丽。可惜，这美丽只是一晚上的光阴而已，在夜深时分，随着夜深人静，这花灯会熄灭，这美丽也会黯淡。这世间上没有什么能够长久地美丽。

“寒轻漏浅。正乍敛烟霏，陨星如箭。”纳兰总是能轻而易举地就从美好的事物中抽身出来，想到凄惨的过往，元宵佳节，本是赏灯愉悦的日子，可是在观赏完花灯之后，纳兰却又想起来过去。

那不堪回首的往事，仿佛一支利剑，穿透他的心，让他感受到了痛彻心扉的疼痛。在美丽的夜色中，“旧事惊心，一双莲影藕丝断”。

夜已深，寒意袭人，漏壶的水也快要滴完了。突然见到一双莲花形的灯影，于是陈年旧事被勾起，如同烟花般骤然升起，并迅速扩散，令人心惊，又令人情思难断。莫怪美好时光太过短暂。

这幸福的时光总是如此短暂，这样的事情该去埋怨谁呢？是否只能够怪上天，不能多给些时间，让世间的有情人，长相厮守。恨过年华无情，纳兰再恨岁月摧残自己，竟然已经到了两鬓生尘的地步。

“莫恨流年似水，恨消残蝶粉，韶光忒贱。”红颜已逝，岁月不饶人，想当日的大好青春时光，是多么意气风发。可现而今，却是人老心老，已经完全找不到当日的影踪了。纳兰暗暗苦闷。

想你当时细声细气地谈笑，吐气如兰，如今我却是两鬓生尘，散落在清晨的寒风里。寻遍栏杆，那帘下的纤纤丽人，何时还能再见？“细语吹香，暗尘笼鬓，都逐晓风零乱。”这词里每一句都透露出纳兰内心的烦忧，与相爱的人相隔千里不能见面，这份痛楚不是人人都能够理解的。

“阑干敲遍。问帘底纤纤，甚时重见？”什么时候才能够重相见，纳兰是在问自己，也是在问苍天，可是，他的痛苦只有他自己知道，因为月亮不知道人的相思，偏偏要在今夜团圆。

“不解相思，月华今夜满。”真是天不知人情恨，偏偏要圆月捉弄，这人世间的情恨，是否果真滑稽如斯？

# 齐天乐 洗妆台怀旧①

**六宫佳丽谁曾见②，层台尚临芳渚③。露脚斜飞，虹腰欲断④，荷叶未收残雨。添妆何处，试问取雕笼⑤，雪衣分付⑥。一镜空蒙，鸳鸯拂破白去。**

**相传内家结束，有装孤稳，靴缝女古⑦。冷艳全消，苍苔玉匣⑧，翻出十眉遗谱⑨。人间朝暮。看胭粉亭西，几堆尘土。只有花铃，绾风深夜语。**

## ◇注释

①洗妆台：指金章宗为李妃所建的梳妆楼，在今北京北海琼华岛上，高士奇《金鳌退食笔记》称之为“广寒之殿”，今已不存。晚明王圻《稗史汇编·地理门·郡邑》谓：“琼花岛梳妆台皆金故物也……妆台则章宗所营，以备李妃行园而添妆者。”其自注云：“都人讹为萧太后梳妆楼。”时人误以为是辽萧太后之梳妆楼，遂多有讹而咏之者，本篇亦如是。

②六宫：古代皇后的寝宫，正寝一，燕寝五，合为六宫。《礼记·昏义》：“古者，天子后立六宫，三夫人、九嫔、二十七世妇、八十一御妻，以听天下之内治，以明章妇顺，故天下内和而家理。”郑玄注：“天子六寝，而六宫在后，六官在前，所以承副施外内之政也。”因用以称后妃或其所居之地。佳丽：美貌的女子。

③层台：重台，高台。芳渚：长有芳菲花卉的水边。

④露脚：露滴。宋周邦彦《早梅芳·牵情》词：“河阴高转，露脚斜飞夜将晓。”虹腰：本意虹的中部，这里指虹桥，拱桥，指今北海太液池之永安桥。

⑤雕笼：指雕刻精致的鸟笼，代指笼中之鸟。

⑥雪衣：白色的羽毛，即雪衣女，泛指某些白色的鸟类，这里指白鹦鹉。《太平御览》卷九二四引唐郑处诲《明皇杂录》：“开元中，岭南献白鹦鹉，养之宫中……忽一日，飞上贵妃镜台，语曰：‘雪衣娘昨夜梦为鸷鸟所搏，将尽于此乎！’”

⑦内家：指皇宫宫廷，或指宫女、太监。装：即帕服，谓盛服。孤稳：玉，古代契丹语的音译。女古：金、黄金，亦为古代契丹语的音译。

⑧冷艳：形容花耐寒而艳丽，也指耐寒而艳丽的花或人物冷傲而美艳。玉匣：玉饰的匣子，亦指精美的匣子，汉代帝王葬饰，亦赐大臣，以示优礼，即所谓“金缕玉匣”。

⑨十眉遗谱：即《十眉图》，十样不同的美女眉型画图。唐玄宗命画工绘制。唐张

泌《妆楼记·十眉图》："明皇幸蜀，令画工作十眉图，横云、斜月，皆其名。"

## ◇赏析

这首词，源自一个误会。

古人喜爱登临吊古，在古迹前怀想先人往事，抒发自己的感慨与情怀。苏东坡著名的《念奴娇·赤壁怀古》、辛弃疾的《永遇乐·京口北固亭怀古》都属于这种情况。《红楼梦》第五十一回中薛宝琴将所经过各省内的古迹为题作怀古诗十首，更是生动地说明了古人这一习惯。

纳兰性德游历的这座梳妆楼，在北京北海琼华岛上，为金章宗为李妃所建。不过不知出于什么原因，纳兰性德那个时代的人们都以为那是辽萧太后的梳妆楼，还有不少人去凭吊吟咏，纳兰性德就是其中之一。这首《齐天乐》有些版本的附标直接记作"辽后洗妆楼"，所以说这首词源自一个误会。

李妃就是李宸妃，说到她大家可能有些陌生，她是金国金章宗的妃子。金章宗对大家来讲也是个陌生的人物，但是说到他下令在中都（金国的国都，即今天的北京）的西边修建的桥肯定不陌生——大名鼎鼎的卢沟桥。金章宗很喜欢汉族文化，他自己能诗擅画，还号令金国的官员百姓都穿汉族服饰，行汉人礼节，提倡女真人与汉人通婚。李宸妃很对金章宗胃口，不但长得美，还写得一手好字，写得一手好诗。夏夜，金章宗曾与李宸妃在这个梳妆台上联对为戏。金章宗出上联："二人土上坐。"（琼华岛是用土堆成的）李宸妃非常机敏，抬头看看天上一轮圆月，即对答道"一月日边明"。妃子以日喻章宗，以月自比，既符合人物身份又暗合此情此景，让章宗大为倾心。难怪章宗如此宠爱李宸妃，甚至专门为她建一座华美的梳妆台。

萧太后是大家都熟悉的人物，伴随着杨家将的故事家喻户晓。萧太后，名绰，小字燕燕，是辽景宗耶律贤的皇后，辽史上著名的女政治家、军事家，历史上被称为"承天太后"。萧太后能够"亲御戎车，指麾三军"，率领数十万大军攻城野战，绝对的人中豪杰、女中丈夫。

纳兰性德的这首词本心是以辽太后往事，抒发以古为鉴之意：往日那六宫中美丽的皇后妃嫔早已消逝，谁又见到过呢？而今只有这太液池畔高高的楼台依稀尚存。雨脚斜飞，水漫拱桥，荷叶田田，残雨潇潇，眼前是一片迷蒙的景象。要问在何处添妆，只有笼中的鹦鹉能够回答。眼前只有一片空蒙碧水，鸳鸯游荡于白水之间。辽代宫中曾以玉饰首，以金饰足，而不再采用汉家宫中的装束样式。如今繁华落尽，玉匣生苔，从中翻出唐代的《十眉图》。人间变换只在朝夕之间，看那曾经的胭粉亭中已是尘土堆积，只有护花铃还摇曳在深夜的风雨之中。

无论是萧太后还是李妃，都有一个炽热的、高潮迭起的人生。她们生命最美丽的时刻，如烟花腾起在黑暗的夜空，绽放出绚烂夺目的花朵。可是，在时间的坐标轴上，没有任何的人和事能够长久地留存或长久地华丽。这些女子从某种程度上，与朝开夕败的花朵没有什么不同——只是与它们的生命相比，她们的青春、生命可能更为绵长、久远一些——不过，她们一样不能拥有"永远"。烟花丧失温度后，消隐了色彩，所有的绚烂繁华都随夜风飘散。这些曾经的美丽高傲的女子，在历史的河流中潜沉，永远逝去了

踪迹。她们曾经馨郁的生命焕发勃勃生机的地方，依然在苍茫的大地上留存。不过，斯人已逝，芳韵流散，留给后来人的，是对人世转换的感慨和对岁月流转的叹息。

# 雨霖铃 种柳

**横塘如练[1]。日迟帘幕[2]，烟丝斜卷。却从何处移得，章台仿佛[3]，乍舒娇眼。恰带一痕残照，锁黄昏庭院。断肠处又惹相思，碧雾蒙蒙度双燕[4]。**

**回阑恰就轻阴转[5]。背风花、不解春深浅[6]。托根幸自天上[7]，曾试把《霓裳》舞遍[8]。百尺垂垂[9]，早是酒醒莺语如剪[10]。只休隔梦里红楼，望个人儿见。**

## ◇注释

①横塘：古堤名，在江苏吴西南，泛指水塘。

②帘幕：遮蔽门窗用的大块帷幕。

③章台：指京城的宫苑。

④碧雾：青色的云雾。蒙蒙：迷茫貌。

⑤轻阴：淡云或疏淡的树荫。

⑥风花：风中的花。

⑦托根：犹寄身。

⑧《霓裳》：就是《霓裳羽衣曲》，唐代乐曲名，相传为唐玄宗所制。

⑨百尺：十丈。喻高、长或深。垂垂：渐渐。

⑩莺语：莺的啼鸣声，或形容悦耳的语音或歌声。

## ◇赏析

《雨霖铃》是一首词牌名，也写作《雨淋铃》。相传是唐玄宗入蜀时，因在雨中闻铃声而思念杨贵妃，故作此曲。曲调自身就具有哀伤的成分，哀婉回转，十分动人。而后人中，以柳永的《雨霖铃》最是打动人心，那一首写尽离别的词，字字仿佛都雕刻在人的心上，让人们无法抹去那痛楚。

“多情自古伤离别，更那堪、冷落清秋节！今宵酒醒何处？”柳永的离别低回特别，好像火焰的余烬，惨烈中带着美丽。纳兰的这一首《雨霖铃》却是别有一番风味在词间。

这首词写相思相忆的恋情：庭院里，水塘边，夕阳下的弱柳依依，如烟似雾。且问是从哪里移来的，张开娇眼，说是从章台而来。此时夕阳残照，仿佛锁住了黄昏的庭院。成双成对的燕子在青色的云雾中飞来飞去，惹起了无尽的相思。轻云随回栏流转，而背风的花朵不受风欺，不知春天的变化。幸而曾寄身于天上，已舞遍《霓裳羽衣曲》。酒醒之后，黄莺宛转，那百尺长条随风飘摇，摇曳生姿。只是不要在梦中出现在红楼之上，看到的人会柔肠百转。

"横塘如练"。这里的"横塘"是古堤名，在江苏吴西南，泛指水塘，这首词的情景感觉范围很小，池塘旁边，门帘之后，一个人在日暮西沉的时刻，隔着门帘，看着水塘边的景色变幻。

"日迟帘幕，烟丝斜卷。"看似惬意，却又寂寞难耐。夕阳西下，柳条依依，在暗黄的光芒下如烟似雾，让人看不清楚。这些柳树是从何处移植过来的，纳兰对于这个问题似乎也并不甚了解，他只是在词中略微的提及，一笔带过。"却从何处移得，章台仿佛，乍舒娇眼。"无法探究柳树的来处，但它们能够在这水塘边，陪伴自己度过夕阳沉落下的黯然时光，彼此之间，也算是缘分一场。

既然是相思相忆之词，那么这首词就势必要提到所思之情，所忆之人，纳兰在上片中只是略微写到自己的伤怀之情，"恰带一痕残照，锁黄昏庭院"。无法与相爱的人相守在一起的感觉，就好像这黄昏中的庭院一样，深深之处，尽是离散之寂静。

夕阳残照，放眼望去，所看到之处，尽是相思不尽的离愁，"断肠处又惹相思，碧雾蒙蒙度双燕"。成双成对的燕子在风中飞来飞去，形影不离。与形单影孤的自己相比，简直是太幸福不过了。

上片在淡然的忧伤中结束。而到了下片，则是情绪稍微地缓转了一些，"回阑恰就轻阴转。背风花、不解春深浅。"自己就好像栏杆后的花朵，在风中摇曳，活在自己的世界中，而不知道春天已经来了。

独自享春，是无法体会到春日的幸福的。无法在现实中看到自己想要的结果，那么便干脆寄托在虚幻中吧。"托根幸自天上，曾试把《霓裳》舞遍。百尺垂垂，早是酒醒莺语如剪。"梦中景色固然是好，可是酒醉之后总要醒来，醒来的时候，凄凉便会加倍呈现。

"只休隔梦里红楼，望个人儿见。"为了能和心爱的人相会，纳兰便不惜忍受梦醒后的凄凉，也要在睡梦中看到心爱的人，只要看到她的摇曳生姿，内心便会生出百转千回的柔情，细细密密，无法割舍。

既然清醒无益，那不如沉醉不醒吧。

## 潇湘雨 送西溟归慈溪①

（按此调《谱》、《律》不载，疑亦自度曲。）

**长安一夜雨，便添了、几分秋色。奈此际萧条②，无端又听、渭城风笛③。咫尺层城留不住④，久相忘、到此偏相忆⑤。依依白露丹枫，渐行渐远，天涯南北。**

**凄寂。黔娄当日事⑥，总名士、如何消得？只皂帽蹇驴⑦，西风残照，倦游踪迹。廿载江南犹落拓⑧，叹一人、知己终难觅。君须爱酒能诗，鉴湖无恙⑨，一蓑一笠。**

### ◇注释

①西溟：即姜宸英，号湛园，又号苇间，浙江慈溪人。康熙三十六年（1697年）

探花，授编修，年已七十。初以布衣荐修明史，与朱彝尊、严绳孙称“三布衣”。慈溪：隶属浙江，因治南有溪，东汉董黯“母慈子孝”传说而得名。

②萧条：寂寥冷落，草木凋零。

③无端：没来由，没道理。渭城：地名，本秦都咸阳，汉高祖元年改名新城，后废。武帝元鼎三年复置，改名渭城，治所在今陕西咸阳东北二十里，唐王维《送元二使安西》：“渭城朝雨更进一杯酒，西出阳关无故人。”此诗又称《渭城曲》，后人以之代作送客、离别。风笛：管乐器，笛子的一种。

④咫尺：比喻相距很近。层城：古代神话中昆仑山上的高城，后指重城、高城。

⑤相忘：即相忘鳞，《庄子·大宗师》：“泉涸，鱼相与处于陆，相以湿，相濡以沫，不如相忘于江湖。”后以“相忘鳞”喻优游自得者。

⑥黔娄：人名。隐士，不肯出仕，家贫，死时衾不蔽体。汉刘向《列女传·鲁黔娄妻》载黔娄为春秋时鲁人。《汉书·艺文志》、晋皇甫谧《高士传·黔娄先生》则说是齐人。

⑦皂帽：黑色帽子。蹇驴：跛脚驽弱的驴子。

⑧落拓：贫困失意。

⑨鉴湖：湖名，即镜湖，又称长湖、庆湖。在浙江绍兴城西南二公里，为绍兴名胜之一。西溟之故里慈溪在绍兴东北，故云。

## ◇赏析

一夜凉雨，便添秋色几分。枯草萧疏，层林尽染，在这样的季节里离别，比柳色青青的春季更多几分凄凉，几分无奈。纳兰性德这首浸满秋之悲凉的作品是赠与姜宸英的。

姜宸英，字西溟，擅词章，工书画。生性疏放，屡试不第。初以布衣荐修明史，与朱彝尊、严绳孙称“三布衣”。康熙三十六年中探花，授编修，年已七十。后因顺天乡试案被牵连而死于狱中。有《苇间诗集》、《湛园未定稿》、《湛园藏稿》等。其山水笔墨遒劲，气味幽雅。楷法虞、褚、欧阳，以小楷为第一，唯其书拘谨少变化。包世臣称其行书能品上。兼精鉴，名重一时。家藏兰亭石刻，至今扬本称姜氏兰亭。

纳兰性德与其相识很早，姜宸英回忆说：“君年十八九，举礼部，当康熙之癸丑岁。未几也，余与相见于其座主东海阁学士公（徐乾学）邸。”姜宸英生性豪迈疏狂，而纳兰性德却并不以其狂怪为戒，且交游甚厚，康熙十七、十八年留居西溟于府邸。二人诗词往还，多唱和之作。

这首词为赠别之作，劝慰与不平并行：京城下了一夜的秋雨，更增添了几分秋色。面对这秋色萧条，正无奈之际，又没来由地传来了声声的别离之曲，这就更增添了离愁别恨。近在咫尺的高城却无法将你留住，昔日你我共处时的优游自得之乐，此后便成了令人思念的往事。你将渐行渐远，从此你我天各一方，心中有无限凄凉孤寂。忽然想起当年黔娄的故事，即使是名士风流，又如何承受得了呢？从此两袖清风，浪迹天涯。虽然你二十年来在江南负有盛名，但至今仍以疏狂而落落寡欢，难逢知己。别后想必会更加且醉且歌，洒脱不羁，独钓于江湖之上。

自古英雄多寂寞。姜宸英成名于江南二十年，然少有知己，徒留世间一狂生名号。纳兰性德之于姜更宸英，颇似钟子期之于俞伯牙，欣赏之、雅爱之。他赞赏姜宸英深厚的学问、过人的才华，更深深地理解他狂放的行径、不羁的言语源之于何——姜宸英是名震江南的才子，却仕途不顺，到七十岁才中了一个探花，授编修。

姜宸英的一生是悲哀的一生。纳兰性德早逝，没能看到这位挚友最后让人嗟叹的结局。康熙三十八年（1699年），姜宸英的编修板凳还没坐热，就被牵连进了科场弊案，锒铛入狱。一生挫折的姜宸英没能承受住生命重压上的最后一根羽毛，饮药自尽。不久康熙发现姜宸英的冤屈，赦免其出狱，发现人已离世，唏嘘不已。一代才子姜宸英最后留给世间的作品，是写给自己的一副挽联：

“这回算吃亏受罪，只因入了孔氏牢门，坐冷板凳，作老猢狲，只说是限期弗满，竟挨到头童齿豁，两袖俱空，书呆子何足算也；此去却喜地欢天，必须假得孟婆村道，赏剑树花，观刀山瀑，方可称眼界别开，和这些酒鬼诗魔，一堂常聚，南面王以加之耳。”

当姜宸英写下这副荒诞悲凉的绝笔掷笔而笑的时候，是否想起当年，年轻的小友纳兰性德曾为他预想的落拓但潇洒的人生结局——“君须爱酒能诗，鉴湖无恙，一蓑一笠。”那样的人生，虽然没有耀眼的梦想，却有着生命静静消隐的余韵，纵使不平、抑郁，依然绵长抒婉，也是一场优美伤凄的人生之旅。比起囚笼中的一杯毒药后痛断肝胆的挣扎，那江上的叹息简直就是轻快的叹咏了。早已往生的纳兰若知爱友结局如此，情何以堪？

# 风流子 秋郊射猎

**平原草枯矣，重阳后，黄叶树骚骚[①]。记玉勒青丝[②]，落花时节，曾逢拾翠，忽听吹箫。今来是、烧痕残碧尽，霜影乱红凋。秋水映空，寒烟如织，皂雕飞处[③]，天惨云高。**

**人生须行乐，君知否，容易两鬓萧萧[④]。自与东君作别，刬地无聊[⑤]。算功名何许，此身博得，短衣射虎[⑥]，沽酒西郊[⑦]。便向夕阳影里，倚马挥毫[⑧]。**

## ◇注释

①骚骚：形容大风的声音。

②玉勒：玉饰的马衔。青丝：青色的丝绳，指马缰绳。

③皂雕：一种黑色大型猛禽。

④萧萧：花白稀疏的样子。

⑤刬地：照样，依旧。

⑥短衣：指带短下摆或短后摆的紧身上衣，指打猎的装束。射虎：指汉李广和三国吴孙权射虎的故事，诗文中常用以形容英雄豪气。

⑦沽酒：买酒。

⑧挥毫：写毛笔字或作画。

## ◇赏析

富家子弟多风流，喜欢“玉勒雕鞍游冶处，楼高不见章台路”。纳兰这位富家子显然有所不同，他确实是玉勒雕鞍，却没有流连于章台路——歌妓聚居之所。他所向往的，是能够尽情驰骋、实现男儿报复的苍茫大地：

重阳节过后，平原上的草都枯萎了，黄叶在疾风中凋落。记得春日骑马来此踏青时，多么意气风发。如今故地重游已是萧瑟肃杀，空旷凋零。秋水映破长空，寒烟弥漫，苍穹飞雕，一片苍茫。人生在世，年华易逝，须及时行乐。春天过后，依旧心绪无聊。想想功名利禄算得了什么，不若沽酒射猎，英姿勃发，在夕阳下挥毫泼墨那是何等畅快！

这首词是词人经邦济世的抱负难以实现的慨叹。纳兰性德并不仅仅是一位只会感伤、吟风弄月的文弱书生。作为满族人的后裔，八旗子弟在清初，还较多保留着善骑射、骁勇尚武的传统习俗，纳兰性德作为御前护卫更是不可能例外。韩划说他“上马驰猎，柘弓作霹雳声，无不中”；徐乾学赞他“有文武才，每从猎射，鸟兽必命中”，可见其武功与身手。特别当他不在帝王身边时，沽酒射猎，更是英姿勃发，神采飞扬。

纳兰性德在京西郊猎时有词《风流子·秋郊射猎》，正表明他血脉中仍有这种武士豪迈激情的涌动，尽管他终想回避尘寰闹市，于宁静淡泊中觅诗寻梦，尽管他诗词有卿卿之情，不乏细腻精致，但柔中不软，悲中不颓。抑或有绵绵凄婉之致，却不同靡靡之音，更没有扭捏之态。

人们喜欢转述张爱玲的话：“也许每一个男子全都有过这样的两个女人，至少两个。娶了红玫瑰，久而久之，红的变了墙上的一抹蚊子血，白的还是‘床前明月光’；娶了白玫瑰，白的便是衣服上沾的一粒饭粘子，红的却是心口上一颗朱砂痣”。殊不知，男人的生命中还有两个梦。一个是女儿梦，梦想的便是美女佳人，希望自己能采得一朵红玫瑰或白玫瑰；另一个梦是男儿梦，梦想自己挥戈四野，马踏苍原。苏东坡都一把年纪了，还想在游猎中找到青春的感觉：“老夫聊发少年狂。左牵黄，右擎苍。锦帽貂裘，千骑卷平冈。”而他梦想的并不是射射兔子、打打鹿，他真正希望的是为国建功立业，“会挽雕弓如满月，西北望，射天狼”。当时他已是“鬓微霜”的年纪，却依然豪气不减。

纳兰性德年纪轻轻，正是有血性的年岁，且又弓马娴熟，又怎会没几分雄心壮志呢？攻打吴三桂时，纳兰以为机会来了，多次请求出征，可是无论是父亲还是皇帝，都没有同意他的请求。他固然是满洲的勇士，更是明珠的儿子、康熙的近臣，他们关爱他，不允许他用生命去冒险。大清国的勇士不缺他纳兰一个，他纳兰的生命却缺少了为国拼杀、男儿志气这一环。

布衣子弟因为贫困出身低贱而郁郁不得志，富贵公子纳兰却因为过于有才有权而郁郁不得志。命运自古以来都是喜欢捉弄人的，有钱没钱都让你憋屈，从这点上说，也算是“众生平等”了。不过这种“平等”，多少有些荒诞。

## 金缕曲 赠梁汾[①]

**德也狂生耳[②]。偶然间、淄尘京国，乌衣门第[③]。有酒惟浇赵州土[④]，谁会成生此意[⑤]。不信道、竟逢知己。青眼高歌俱未老[⑥]，向尊前、拭尽英雄泪。君不见，月如水。**

**共君此夜须沈醉。且由他、蛾眉谣诼[⑦]，古今同忌。身世悠悠何足问，冷笑置之而已。寻思起、从头翻悔[⑧]。一日心期千劫在[⑨]，后身缘、恐结他生里。然诺重[⑩]，君须记。**

### ◇注释

①梁汾：即顾贞观。

②德：作者自指。

③京国：京城，国都。乌衣门第：指世家望族。

④赵州土：平原君好养士，死后虽未葬赵州，但他是赵国公子，又是赵相，故称他的墓为“赵州土”。

⑤成生：纳兰性德自指，纳兰原名成德，故云。

⑥青眼：黑色的眼珠在眼眶中间，青眼看人则是表示对人的喜爱或重视、尊重。相传晋阮籍为人能作青白眼，见愚俗之人为白眼，见高人雅士、与己意气相投者则为青眼。

⑦谣诼：造谣诽谤。

⑧翻悔：对先前允诺的事情后悔而拒绝承认。

⑨千劫：佛教语，指旷远的时间与无数的生灭成败，现多指无数灾难。

⑩然诺：允诺，答应。

### ◇赏析

这首词是词人与顾贞观相识不久的题赠之作，表达了诚挚的友情，顾贞观在此词的后记中记云：“岁丙辰，容若年二十有二，乃一见即恨识余之晚，阅数日，填此曲为余题照。”

词一开篇，纳兰就写道：“德也狂生耳。偶然间、淄尘京国，乌衣门第。”意思是说：我天生痴狂，生长在豪门望族之家，又在京城里供职，这一切实属偶然，并非我刻意追求。在友人面前，纳兰并没有以贵族公子自居，而是自诩“狂生”来打消友人的顾虑，使其不至于因为身份、地位上的悬殊而不敢接近自己，而且纳兰还用“偶然间”三字来表明自己如今所取得的荣华富贵纯属“偶然”，言外之意是希望出身寒门的顾贞观能够理解他，以常人对待他。

接下来纳兰用李贺《浩歌》“买丝绣作平原君，有酒惟浇赵州土”成句，进一步表明自己仰慕平原君的人品，并有平原君那样礼贤下士、喜好交友的品格，但是纳兰感到并没有人能够理解自己的这一片苦心，因此发出“谁会成生此意”的感慨，其中所透露出孤寂之情，也就不言而喻了。

词到此，纳兰的笔锋突然一转，“不信道、竟逢知己”，正当纳兰深感知音难觅时，想不到竟然遇到了顾贞观，“不信”与“竟”的连用，表现出纳兰意外得到知己后的狂喜之情。

随后，纳兰开始写两人相逢时的情景。“青眼高歌俱未老，向尊前、拭尽英雄泪”，相传阮籍能“青白眼”，碰到他尊敬的人，则两眼正视，露出虹膜，为“青眼”，碰到他厌恶的人，则两眼斜视，露出眼白，为“白眼”，这句中，纳兰用到了“青眼”的典故，是说自己与顾贞观彼此青眼相对，互相器重。

上片尾句以景结尾，那一夜，月色如水，照彻晴空，这不仅象征着两人纯洁的友谊，也营造了一种高洁的氛围。

下片首句中的“沈醉”，表明纳兰要和顾贞观一醉方休，甚至要醉得不省人事。之所以要这样做，一是因为“酒逢知己千杯少”，二是因为“且由他、蛾眉谣诼，古今同忌。”在这里，纳兰劝慰顾贞观不要把小人的造谣中伤放在心上（顾贞观在此前三年曾遭人陷害而被罢官），因为这种卑鄙的事自古以来就屡见不鲜，不合理的现实既已无法改变，那为什么不与知己一醉方休，以求解脱?

接下来纳兰由好友想到了自己，“身世悠悠何足问，冷笑置之而已”，纳兰认为，在这个污浊的社会中，自己显贵身份完全不值得一提，只需冷笑置之即可，这也就照应了上片的“偶然间、淄尘京国，乌衣门第”。正是因为对荣华富贵的蔑视和对现实社会的不满，纳兰才会产生“寻思起、从头翻悔”的想法。

在激动之余，纳兰把笔锋拉回，与友人开始正面订交。“一日心期千劫在，后身缘、恐结他生里”，纳兰对顾贞观郑重地承诺：我们一日心

期相许，成为知己，即使横遭千劫，情谊也会长存的，但愿来生我们还有交契的因缘。

尾句“然诺重，君须记”，紧承前两句之意，纳兰表明自己一定会重信守诺，不会忘记今天的誓言。

相传纳兰去世之后，顾贞观回到故里，一天晚上梦到纳兰对他说：“文章知己，念不去怀。泡影石光，愿寻息壤。”当天夜里，妻子就生了个儿子，顾贞观就近一看，发现长得跟纳兰一模一样，知道是其再世，心中非常高兴。一月后，再次梦到纳兰与自己作别。醒来后连忙询问别人，听说孩子已经夭折，这段传说足见两人友情的深厚和生死不渝。

# 金缕曲

再赠梁汾，用秋水轩旧韵[①]。

**酒涴青衫卷[②]，尽从前、风流京兆[③]，闲情未遣。江左知名今廿载[④]，枯树泪痕休泫[⑤]。摇落尽，玉蛾金茧[⑥]。多少殷勤红叶句，御沟深、不似天河浅[⑦]。空省识，画图展。**

**高才自古难通显。枉教他、堵墙落笔，凌云书扁[⑧]。入洛游梁重到处[⑨]，骇看村庄吠犬。独憔悴、斯人不免。衮衮门前题凤客，竟居然、润色朝家典[⑩]。凭触忌，舌难剪。**

### ◇注释

①秋水轩：明末清初孙承泽之别墅，位于都城西南隅。

②涴：污染。

③京兆：指京师所在地区，这里指北京。

④江左：古时在地理上以东为左，江左也叫“江东”，指长江下游南岸地区，也指东晋、宋、齐、梁、陈各朝统治的全部地区。梁汾为江苏无锡人，故云。

⑤枯树：凋枯之树，这里指南朝梁庾信之《枯树赋》。泫：流泪。

⑥玉蛾：白色飞蛾，喻雪花，元薛昂夫《端正好·高隐》套曲：“须臾云汉飘白蕊，咫尺空中舞玉蛾。”金茧：金黄色的蚕茧，比喻灯火，清陈维崧《瑞鹤仙·上元和康伯可韵》词：“看火蛾金茧，春城飞遍。”

⑦御沟：流经宫苑的河道。天河：银河。

⑧堵墙：唐杜甫《莫相疑行》：“忆献三赋蓬莱宫，自怪一日声赫。集贤学士如堵墙，观我落笔中书堂。”此谓围观者密集众多，排列如墙，后多用以为典实。凌云：杜甫《戏为六绝句》之一：“庾信文章老更成，凌云健笔意纵横。”本为赞扬庾信笔势超俗，才思纵横出奇，后遂以“凌云笔”泛指为文作诗的高超才华。

⑨入洛：用陆机、陆云兄弟入洛的典故。陆氏二人于晋太康末自吴入洛，后得以发迹，但最终被谗遇害，见《晋书·陆机传》。游梁：典出《史记·司马相如列传》：“（司马相如）以赀为郎，事孝景帝为武骑常侍，非其好也。会景帝不好辞赋，是时梁孝王来朝，从游说之士齐人邹阳、淮阴枚乘、吴庄忌夫子之徒，相如见而说之，因病

免，客游梁。”后以“游梁”谓仕途不得志。

⑩题凤：南朝宋刘义庆《世说新语·简傲》：“嵇康与吕安善，每一相思，千里命驾。安后来值康不在。喜（康兄）出户延之，不入。题门上作‘凤’字而去。喜不觉，犹以为欣，故作‘凤’字，凡鸟也。”后因以“题凤”为访友的典故。朝家典：朝廷的典策。

## ◇赏析

纳兰性德与顾贞观（梁汾）互相引为知己，赠与顾贞观的作品甚多。此篇《金缕曲》开篇小引中一个“再赠”，说明了二人间稠密融洽的关系。在当时，《金缕曲》这个曲牌很流行，纳兰自己也多次使用，不过这一篇与众不同，它是“用秋水轩旧韵”。

关于秋水轩韵出处，必须追溯到明末清初的一次文坛活动。秋水轩本是明末孙承泽的别墅，位于京城西南隅，有江湖旷朗之胜。清初周亮工之子周在浚居京，孙氏借别墅给他入住。康熙十年秋，周在浚自为座主，主持一个大型唱和活动。参加者有二十多家，由曹尔堪开题首唱，填了一首《贺新郎》。龚孝升响应，今阅《定山堂集》，他先后填了二十三首，可谓洋洋大观了。且皆以“卷”字韵起，以“剪”字韵止。于是海内名士胜流，风起云涌纷纷竞填此调，你寄我，我寄你，邮简为之堆积如山。可见这次词坛盛事，波澜万顷。其后辑为《秋水轩唱和词》。

纳兰这首词是用秋水轩旧韵表现自己的心志之作：一杯浊酒，泪湿青衫，从前在京兆的秋水轩唱和的风雅之事，闲情尚未排遣。你的名声在江南已经有二十多年了，却仍像庾信那样伤感流泪。你的才华如同白雪盈满天空，烟火灿烂散落。只是在朝为官比登天还难，朝廷对于人才并不是真的重用，所以才华难以施展，枉费了你堵墙凌云的旷世才华。仕途坎坷，志向难酬，于是难免斯人憔悴。才华卓越，横空出世的风流人物居然只能为朝廷粉饰太平，怎不叫人愤懑！纵然对朝廷有犯忌之论，以致招灾惹祸，但仍不改刚正不阿的本性。

顾贞观年长纳兰近二十岁，在纳兰这样的年纪，已经是江南才子了。做得了官的，未必有才；有才的，未必做得了官，顾贞观便是后者。此人满腹才华抱负，却不圆滑、不谙官场之道，做官日子不长就被排挤，愤愤挂冠而去。庾信是文坛宗师类的人物，杜甫说他“庾信文章老更成，凌云健笔意纵横”。纳兰以庾信比梁汾，可见对其评价之高。

纳兰出身官宦世家，耳濡目染，对官场上的尔虞我诈、互相倾轧早已看得通透。他自己也是热血男儿，知道男子汉满怀抱负的雄心，然而，这黑暗的官场又怎是梁汾这样的天真书生所能涉足的？他推心置腹地告诉自己的朋友“兖兖门前题凤客，竟居然、润色朝家典”，你这样有真本事的人，去做官也不会给你施展抱负的机会，不过是让你给朝廷装点门面罢了。“题凤客”指嵇康，又是一位古时著名的风流多才的人物。一比梁汾是庾信，二比梁汾是嵇康，梁汾在纳兰心中的地位可见一斑。

清朝时统治者对文化抓得很严，读书人随便发牢骚是要掉脑袋的，纳兰家门高贵，这样公开写诗宽慰朋友也是冒着风险的，他不是不明白，不过他“凭触忌，舌难剪”。纳兰这牢骚，为梁汾而发，也是为自己而发——“润色朝家典”的“题凤客”何其多，纳兰自己，就是其中之一。

# 金缕曲

**生怕芳尊满[1]。到更深、迷离醉影，残灯相伴。依旧回廊新月在，不定竹声撩乱。问愁与、春宵长短。燕子楼空弦索冷，任梨花、落尽无人管。谁领略，真真唤。**

**此情拟倩东风浣。奈吹来、余香病酒，旋添一半。惜别江淹消瘦了，怎耐轻寒轻暖。忆絮语、纵横茗盌。滴滴西窗红蜡泪，那时肠、早为而今断。任角枕，攲孤馆[2]。**

## ◇注释

①芳尊：精致的酒器，亦借指美酒。

②角枕：角制的或用角装饰的枕头。攲：斜靠着。孤馆：孤寂的客舍，唐许浑《瓜州留别李诩》诗："孤馆宿时风带雨，远帆归处水连云。"

## ◇赏析

这首词为怀友之作：入夜起相思，酒不但不能排解愁情，而且只有孤灯相伴，惆怅反而更胜。当时相聚的景象依然，但人却已经分离。愁情绵绵不绝，比这春宵还要更长。红花落尽，花枝萧疏，这花仿佛也是孤独寂寞，但是此时的人又比这疏花还要寂寞。唯有梦里才可与你相见。

请东风消愁不但消不得，反倒是添愁添恨了。本已为离别而瘦损，如今又偏逢这乍暖还寒的时节，于是就更令人生愁添恨了。当年我们一边品茶，一边低声说话，议论纵横。分别时西窗蜡滴红泪，这记忆如今想起，更使人伤心肠断。独自寄寓在孤独寂寞的会馆中，更感四周冷静凄清。

思念友人，最解忧的便是酒水了。就算是纳兰这样的翩翩公子，也抵不住相思的侵蚀，拿起酒壶，只求一醉之后，凡事忘却。"生怕芳尊满"。所谓"芳尊"是指的造型精制的酒容器，在这里则是借指美酒。美酒在手，却怎么也喝不醉，这真是让人难堪而又无奈的事情。或许是愁绪太深，是太多酒都无法浇灭的缘故吧。

"到更深、迷离醉影，残灯相伴。"一直到更深露重，夜深人静时分，依然半醉半醒，无法安然入睡，残灯相伴左右，更显得自己孤立无依靠。借着酒意，看着外面寂静的夜色，无声无物，只有自己，置于天地之间，这份寂寥，无人能懂。

此刻，思念朋友的心情更加剧烈，"依旧回廊新月在，不定竹声撩乱"。回廊上看天，月亮依然，洒落月光，四周竹叶随风摆动，声音扰乱人心，本就烦忧的心，更在这声声竹声中，无法收拾。

所以，纳兰忧伤地自说自话："问愁与、春宵长短。"春宵苦短，这愁绪却漫长无期，"燕子楼空弦索冷，任梨花、落尽无人管"。燕子飞去，人去楼空，就算落花飞尽，也是无人打理。那空空的楼阁，如同纳兰空荡的内心，失去了居住的人，便显得格

外空旷，纳兰珍视友谊，所以，他的友人远去，对他来说，实在也是一件愁苦的事情。

可是，这样的感情却并不是人人都能理解的，而纳兰也并不打算告诉别人，让别人为他分忧，“谁领略，真真唤。”只有自己安慰自己了。

“此情拟倩东风浣。”此情可待成追忆，这份对友人的思念之情，在春风的吹拂下，四处散去，但吹去又生，纳兰的内心，始终无法安抚。“奈吹来、余香病酒，旋添一半。惜别江淹消瘦了，怎耐轻寒轻暖。”分别也有一阵时日了，似乎在日夜的思念中，逐渐消瘦了下去，但纳兰并不在乎这样的消瘦，他只想早日和朋友相聚在一起。

“忆絮语、纵横茗盌。”这些都是和朋友在一起的美好回忆，可是现今却是无法实现的梦想了，所以，纳兰想来，不禁泪流：“滴滴西窗红蜡泪，那时肠、早为而今断。”那时的美好时光中，他们怎么会想得到今日的分别呢？

分离总是让人痛苦的，纳兰虽然生性忧伤，但是这痛苦也让他无法承受，不过既然无法补救，那就只能依靠自己化解自己的愁绪了。“任角枕，欹孤馆”。这独自一人的忧伤时日何时才能够结束呢？

夜深时分，孤寂难耐，纳兰的苦，谁能探知呢？

# 金缕曲

简梁汾[①]，时方为吴汉槎作归计。

**洒尽无端泪。莫因他、琼楼寂寞[②]，误来人世。信道痴儿多厚福，谁遣偏生明慧[③]。莫更着、浮名相累。仕宦何妨如断梗[④]，只那将、声影供群吠[⑤]。天欲问，且休矣。**

**情深我自拼憔悴。转丁宁、香怜易爇[⑥]，玉怜轻碎。羡煞软红尘里客[⑦]，一味醉生梦死。歌与哭、任猜何意。绝塞生还吴季子[⑧]，算眼前、此外皆闲事。知我者，梁汾耳。**

## ◇注释

①简：简札、书信。

②琼楼：形容华美的建筑物，诗文中有时指仙宫中的楼台。

③明慧：聪明，聪慧。汉刘向《说苑·谈丛》：“辩智明慧，不如遇世。”

④仕宦：指做官。断梗：折断的桃梗，比喻漂泊不定。

⑤声影供群吠：语本汉王符《潜夫论·贤难》：“谚曰：一犬吠形，百犬吠声。”后以“吠形吠声”比喻不察真伪，随声附和。形，或作“影”，故以“声影”谓没有根据的谣传。

⑥爇：烧，点燃。

⑦软红尘：飞扬的尘土，形容繁华热闹，亦指繁华热闹的地方。宋卢祖皋《鱼游春水》词：“软红尘里鸣鞭镫，拾翠丛中勾伴侣。”

⑧吴季子：指顾贞观好友吴兆骞。

◇**赏析**

人若没有知己，是多么孤独的事情。管仲没有理解他的鲍叔牙，不过是个人们眼中贪小利的小人；俞伯牙没有懂他的钟子期，一曲《高山流水》奏与谁听？恐怕也只能归之与高山流水。纳兰性德有了顾贞观（梁汾），才觉得人生无憾，一句“知我者，梁汾耳”，说不尽的踏实与欣慰。人生得一知己足矣！

有些事情，是只有知己才能懂的。讲给不相干的人听，徒增烦扰。传说一个孔门弟子在扫地，来了一位客人问：“一年有几个季节？”这位弟子想，我已经跟随老师学习了这么多年，这么简单的问题还回答不出来？他大声说：“四个季节！春、夏、秋、冬。”客人说：“明明三个季节，春、夏、秋！”弟子想，这不找事吗？客人也很生气，于是俩人一起去找孔子评理。没想到孔子说：“一年是三个季节，春、夏、秋。”客人开心地走了，学生蒙了。孔子说：“你没看到这个客人一身翠绿？他是蝈蝈变的，春生秋死，没见过冬天。你跟他讲一年有四季，讲得清楚吗？”

纳兰性德虽为富家子，却多义气，多抱负，内心多烦忧，一般人是理解不了他的。与旁人讲他的烦心事，无异于给“三季人”讲冬天事，说的人烦心，听的人郁闷。还好他有顾贞观，所思所想、所烦所忧都可以说给顾贞观听。这首词就是写给顾贞观，抒发自己的担忧和对现实不满的。

仕宦不利，命多乖舛，未得朝廷重用，错来人世一遭。终于相信了“痴儿多厚福”的说法，可老天为何还要生出那么聪明的人来呢？不要再为世上的浮名所累。仕途为官如同断梗，漂泊无定，本算不得什么，只有那些诬陷和中伤如同群犬吠声，又无法辩诬之事，才是令人悲哀的。还是不要问那么多了！我这里对你深情思念，以致形容憔悴，但也心甘情愿。且听我说，香草易于点燃，美玉易于破碎，忠良之士易受侵害。多么羡慕那些醉生梦死的凡夫俗子，他们哪有那么多的烦恼。眼前最重要的事是吴兆骞自边塞宁古塔归来，其他的都是等闲小事，我自倾尽全力！能明白我的人，也只有你顾梁汾了。

纳兰性德为人至情至性，对朋友更是肝胆相照，即使是对从来没有见过面的吴兆骞也是全力帮助，不求回报。在吴兆骞回京之后，又感到其久经风霜，担心他衣食有忧，于是在他回京后便聘其为馆师，教授其弟学业。1684年10月，吴兆骞病故，纳兰性德回京后，亲自为他操办丧事，出资送灵柩回吴江。他对朋友可谓是仁至义尽，有始有终，而“生馆死殡”的侠义行为也被后世传诵为友谊的楷模。

## 金缕曲 慰西溟

**何事添凄咽[1]？但由他、天公簸弄，莫教磨涅[2]。失意每多如意少，终古几人称屈。须知道、福因才折。独卧藜床看北斗[3]，背高城、玉笛吹成血。听谯鼓[4]，二更彻。**

**丈夫未肯因人热，且乘闲、五湖料理[5]，扁舟一叶。泪似秋霖挥不尽[6]，洒向野田黄**

**蝶[7]。须不羡、承明班列[8]。马迹车尘忙未了，任西风、吹冷长安月。又萧寺[9]，花如雪。**

## ◇注释

①凄咽：形容声音悲凉呜咽。

②簸弄：在手里摆弄，挑动。磨涅：磨砺浸染。

③藜床：用藜茎编织的床。北斗：指北斗七星，北斗星的位置近于天的中心，比喻地位非常尊贵，因常以喻指朝廷。

④谯鼓：更鼓，古代于城门望楼之上置鼓，为鼓楼，用以报时或警戒盗贼。

⑤乘闲：趁着空闲。唐韩愈《复志赋》："时乘闲以获进兮，颜垂欢而愉愉。"五湖：太湖及附近四湖，汉赵晔《吴越春秋·夫差内传》："入五湖之中"。徐天佑注引韦昭曰："胥湖、蠡湖、洮湖、湖，就太湖而五。"春秋时，范蠡佐越王勾践灭吴后，浮舟太湖，易名鸱夷子皮、陶朱公，谓隐退江湖之志。唐李白《留别王司马嵩》诗："陶朱虽相越，本有五湖心。"料理：安排、办理。

⑥秋霖：秋日的淫雨。《管子·度地》："冬作土功，发地藏，则夏多暴雨，秋霖不止。"

⑦野田：田野。黄蝶：黄色的蝴蝶，唐王建《过绮岫宫》诗："武帝去来罗袖尽，野花黄蝶领春风。"谓郊野田间黄蝶蹉跎蹁跹，引申为家园、知己。

⑧承明：即承明庐，汉承明殿旁屋，侍臣值宿所居，称承明庐；又三国魏文帝以建始殿朝群臣门曰承明，其朝臣止息之所，亦称承明庐。班列：指朝廷或朝官，官阶，品级。

⑨萧寺：西溟居京时曾寓萧寺。姜西溟在为纳兰性德撰写的《祭文》中云："于午未间，我蹶而穷，百忧萃止，是时归兄，馆我萧寺。"

## ◇赏析

西溟即姜宸英，这个名字，喜爱纳兰词的人并不陌生，时而可见纳兰与他的酬唱之作。姜西溟，是江南有名望的才子狂士。他才高八斗，却仕途挫折。一心问鼎功名，屡考屡败，屡败屡考，到七十岁才得中探花。那时，已是康熙三十六年。康熙十二年，纳兰与姜西溟相识；至康熙二十四年纳兰去世，中间十二年间稠密友情。我们不难想象，这十二年间，西溟有多少次颓唐落第，细致贴心的朋友纳兰又有多少次及时送上了温暖的慰藉。这首词就是纳兰于康熙十八年安慰姜西溟落第而作的：

为了什么哽咽哭泣呢？既然命运不济，试而不第，那就放开胸怀，任老天爷摆弄，总不能因此而折磨自己。人世间的事本来就是失意的比如意的多，自古以来都是这样。要知道是因为自己才气太高，福气才会减损啊！不若远离繁华闹市，归隐山林，独自高眠，卧看北斗七星，吹笛自乐，听更鼓报夜。大丈夫不要因求仕不得而躁急。虽求官不成，但正好学范蠡，泛游五湖，消闲隐居，怡然自得。纵有伤情之泪，亦当洒向知己者。不要羡慕那些位列朝堂的人，那些京城里的衮衮诸公终日为仕途而忙于奔走，不如以达观处之，任那些得意人儿去奔忙吧！自己闲看萧寺中鲜花盛开，如雪般散落！

《战国策·赵策一》有言"士为知己者死"，西溟可为纳兰抛头颅洒热血了，纳兰当真是西溟的不二知己。 句“须知道、福因才折”，似安慰，更是对西溟才华的肯定与高度赞美。纳兰的性情中，多的是恬淡舒雅。朋友科考失败，他并没有劝慰他“继续努力、从头再来”的语句，而是为他设想了一种贴近理想的非常浪漫的生活方式：如范蠡一般泛舟五湖，享受怡然自得的时光。

纳兰擅长小令，小令看似简单，其实诗词越是短小，越需要诗人于三五字间模景、述情，一击即中，需要敏锐的洞察力与高超的词句把握能力。说纳兰是其中翘楚，当之无愧。他总有一些句子，甚至是简简单单、平平淡淡的几个字，就能让你内心某个地方忽地痛一下，进而泪如雨下。譬如“野田黄蝶”，区区四字，情味无限。

我们不看其引申义，仅看其字面意义：泪似秋霖挥不尽，洒向“野田黄蝶”。蝴蝶，是常见的草虫，凤蝶、绢蝶、蓝灰蝶、铜色蝶、燕灰蝶、蚬蝶……蝶类翅色绚丽多彩，飞舞起来翩翩跹跹，晃得人眼花缭乱。纳兰偏偏没有选择那些大而美丽的蝴蝶进行描述，他专门强调这是“黄蝶”，黄蝶是什么？一种粉蝶科的小蝴蝶，非常普通，田野中最常见的朴素、俏丽的蝶类。每个人的童年，在炎热的洒满阳光的午后，在气味浓烈的花草丛中奔跑，都曾邂逅过的夏日的小小生灵。

回顾以往的生活经历我们会发现，最能打动心灵的，不是华贵的物品或言辞；能给我们最深感动的，往往是非常朴实的、源自内心深处的生命早期的经验。野田黄蝶，广袤的挤满萋萋绿草、落落野花的田野，小小的翩跹而起的粉蝶，都是我们童年浪漫温情的经验。当西溟再次在人生路上痛跌后，纳兰引导他回忆起记忆中最温暖、无害、温情的部分：泪似秋霖挥不尽，洒向野田黄蝶。

严迪昌评价这首词时曾说“慨然长叹，劝慰中透不平”。这话说得不错，纳兰是肯为朋友断头的铮铮汉子，为朋友鸣不平不在话下——可他更是一位温情的人啊。

# 金缕曲 寄梁汾

**木落吴江矣[①]。正萧条、西风南雁[②]，碧云千里。落魄江湖还载酒[③]，一种悲凉滋味。重回首、莫弹酸泪。不是天公教弃置[④]，是才华、误却方城尉[⑤]。飘泊处，谁相慰。**

**别来我亦伤孤寄[⑥]。更那堪、冰霜摧折，壮怀都废[⑦]。天远难穷劳望眼，欲上高楼还已。君莫恨、埋愁无地。秋雨秋花关塞冷，且殷勤、好作加餐计[⑧]。人岂得，长无谓[⑨]。**

**◇注释**

①吴江：吴淞江的别称，县名，属江苏省。梁汾要归于江南居苏州等地，故云木落吴江。

②南雁：南飞的大雁。

③“落魄”句：化用唐杜牧《遣怀》：“落魄江湖载酒行，楚腰纤细掌中轻。”落魄，穷困失意，为生活所迫而到处流浪。

④天公：天，以天拟人，故称，此处指朝廷。弃置：扔在一边，废弃。

⑤方城尉：指温庭筠，温庭筠曾为方城（今河南方城）尉，世称温方城。

⑥孤寄：独身寄居他乡。

⑦壮怀：豪壮的胸怀，唐韩愈《送石处士赴河阳幕》诗："风云入壮怀，泉石别幽耳。"

⑧加餐：慰劝之辞，谓多进饮食，保重身体。

⑨无谓：即无所作为。化用唐李商隐《无题》："人生岂得长无谓，怀古思乡共白头。"

## ◇赏析

清初的词坛有一个很奇怪的现象，便是许多词人竞相用《金缕曲》这个词牌填词，例如当时的词人陈维崧，他一生写下的《金缕曲》大概便有几百首，但是在清代的《金缕曲》中，最引人瞩目的还算是纳兰的这首《金缕曲》了。

这是纳兰初识顾梁汾时酬赠之作。他与顾梁汾情谊深厚，所以写下词章，纪念友谊，顾梁汾对纳兰也是情深意重，他也曾写文曰："其于道义也甚真，特以风雅为性命，朋友为肺腑。"说的就是他和纳兰之间的友谊。

顾梁汾长纳兰近二十岁，他郁郁不得志，住在纳兰府中，纳兰作为相府中的公子，却丝毫没有端起架子，反而与顾梁汾相交甚欢，二人有许多共同语言，虽然地位悬殊，但却是心意相通。

这首词的词境空辽寂寞，这与纳兰自身的心境也有关系，纳兰虽然是门第显赫，但是他却一直认为是命运对自己的捉弄，令自己深陷豪门之中，无法自拔，无法去追求自己喜欢的生活。

所以，开篇头一句便是"木落吴江矣。正萧条、西风南雁，碧云千里。"看似没有写出寂寞的心情，但实际上千言万语都已经融会在了词章中，碧云千里之下，西风大雁，还有萧萧的落木，这些景象，无一不是透露着寂寞。

而后的寂寞便是叠叠加深，"落魄江湖还载酒，一种悲凉滋味"。一种悲凉滋味在心头，纳兰与顾梁汾虽然情谊深厚，但顾梁汾总是要离开的，这首词便是纳兰写与顾梁汾的赠别词，友谊再长久，也抵不过时间和空间的距离。所以"重回首、莫弹酸泪"，这都是天意，何必去计较呢。

只要彼此心中有着牵挂，总还是会有见面的一天的。"不是天公教弃置，是才华、误却方城尉。飘泊处，谁相慰。"这里是纳兰安慰顾梁汾的话，顾梁汾怀才不遇，纳兰必然也是看在眼里的。他告诉顾梁汾，不要怀疑自己，只要坚持，总有雨后天晴的一天。

在下片开始，纳兰便开始感伤自己："别来我亦伤孤寄。更那堪、冰霜摧折，壮怀都废。"在寂寞中，打发时光，这是一件很惆怅的事情，此处的词章，句句写出寂寞，纳兰最擅长写寂寞，此处他虽然没有提及，但每个字眼都让人觉得深入骨髓的清冷。

"天远难穷劳望眼，欲上高楼还已。君莫恨、埋愁无地。秋雨秋花关塞冷，且殷勤、好作加餐计。"天高虽然任鸟飞，但自己却是无法把握自己的命运，词在最后，纳兰也只得悲伤地感慨道："人岂得，长无谓。"是啊，生命总是世事变幻无常，宿命安排，岂是人事能预料的，还是听天由命吧。

据徐釚在《词苑丛谈》中说："此词一出，都下竞相传写，于是教坊歌曲间，无不知有《侧帽词》者。"词境悠远，情谊深厚，想不传唱都难。

# 金缕曲 亡妇忌日有感①

**此恨何时已。滴空阶、寒更雨歇，葬花天气②。三载悠悠魂梦杳③，是梦久应醒矣。料也觉、人间无味。不及夜台尘土隔④，冷清清、一片埋愁地。钗钿约⑤，竟抛弃。**

**重泉若有双鱼寄⑥。好知他、年来苦乐，与谁相倚。我自终宵成转侧⑦，忍听湘弦重理。待结个、他生知己。还怕两人都薄命，再缘悭、剩月零风里⑧。清泪尽，纸灰起⑨。**

## ◇注释

①这首词作于康熙十九年农历五月三十日，为卢氏故去三周年忌日。

②寒更：寒夜的更点，借指寒夜。葬花天气：农历五月下旬，正是落花时节。

③魂梦：梦，梦魂。

④夜台：坟墓，亦借指阴间，南朝梁沈约《伤美人赋》："曾未申其巧笑，忽沦躯于夜台。"

⑤钗钿约：即"金钗"、"钿合"，指夫妻的盟誓。白居易《长恨歌》："惟将旧物表深情，钿合金钗寄将去。钗留一股合一扇，钗擘黄金合分钿。但令心似金钿坚，天上人间会相见。"

⑥重泉：犹黄泉、九泉，旧指死者所归。

⑦终宵：中夜，半夜。

⑧缘悭：缺少缘分。《儒林外史》第三十回："只为缘悭分浅，遇不着一个知己。"

⑨纸灰：给死者当钱用的纸烧成的灰。

## ◇赏析

又是一首《金缕曲》，仿佛已经成为一种习惯，自从妻子卢氏逝去之后，纳兰就一直在自己编造的情网中痛苦地挣扎着，他时常沉溺于对美好往日的追忆中，因此也写下了几十首悼亡之作，而这首则称得上他所有悼亡词中最感人的一首。

词一开篇，作者就化用李之仪《卜算子》中"此水几时休，此恨何时已"的成句，看似突兀的一个反问句，却真实地道出纳兰对卢氏之死所表达出的哀伤痛悼之情，虽然卢氏已经去世三年，但是纳兰对她的思念却一直没有停止，他也曾想开始新的生活，却又始终放不下旧情，在亡妇忌日之时，他的这种郁结已久的矛盾心情终于得以释放，一个"恨"字，点明了全词的主旨。

接下来作者交代了时间、地点，"滴空阶、寒更雨歇，葬花天气"，中国古代诗人写景物，通常是借景抒情，温庭筠在《更漏子》中曾写道："梧桐树，三更雨。不道离情正苦。一叶叶，一声声，空阶滴到明。"与温庭筠所表达的离情别绪相比，纳兰所表达的生死之痛自然显得更加凄苦。

卢氏的忌日是农历五月三十，此时正是绿叶茂盛、花渐凋谢的暮春季节，因此说是"葬花天气"。屋外雨声连连，而纳兰的心情则沉重凄清，所以他虽然身在春季，却感受此时已是"寒更"。

对于卢氏的离世，纳兰始终不能承认这个事实，因此他总希望这只是一个梦，等到梦醒之后，卢氏就会出现在他的面前。但幻想终究是幻想，又会有哪个梦一做就是三年呢？对于卢氏之死的原因，纳兰猜想是因为她"料也觉、人间无味"。因为坟墓虽然冷清孤寂，但是却能够把所有的愁苦都埋葬于地下，这句话就给今人留下了一个疑问，既然卢氏死后与她结婚仅三年的丈夫会留下如此之多的悼亡之作，那在她生前又会有怎样的愁苦让她觉得"人间无味"呢？

上片结尾"钗钿约，竟抛弃"呼应开篇"此恨何时已"，似有怨恨之意，你和我本有钗钿之约，如今你却为何要违背誓言，让我独自一人痛苦地生活在人间？

全词到了下片，纳兰开始倾诉自己的别后生涯。"重泉若有双鱼寄。好知他、年来苦乐，与谁相倚。"纳兰在这里设想阴间如果能通书信，自己也就能够知道卢氏这些年来的苦乐哀思与谁一起相伴度过。

从生前的恩爱，到关心亡妻死后的生活，甚至在其逝去后经常夜不能寐、辗转反侧地思念她，可见纳兰对卢氏的爱已经深入骨髓。"湘弦"一词在这里明指纳兰害怕睹物思人，因此不忍再弹那哀怨凄婉的琴弦，也暗含了他不忍续弦再娶之意。

据记载，纳兰在卢氏死后，"悼亡之吟不少，知己之恨尤多"。由此可见，纳兰不但把卢氏当成了自己的贤内助，更是把她视为知己，这在封建社会中，是一个难能可贵的观念，因此在妻死不能复生、自己又不忍续弦的情况下，纳兰想要和卢氏"待结个、他生知己"，这虽然是一种不切实际的自我安慰，但是纳兰对此无比的执着，甚至还害怕他们两个人即使来生结缘，却也像今生这样命薄，美好的光景、美好的情缘不能长久。

全词写到这里，纳兰也照应"此恨何时已"，表达出三层怨恨，今生无缘在一起，此为第一恨；幻想阴间能通书信，却事不可能，此为第二恨；希望来生能再做夫妻，却又怕两人命薄，仍然人鬼殊途，此为第三恨。

在词的结尾，纳兰终于从内心世界回到现实，在那空阶之上，亲手点燃了祭奠亡妻的纸钱，并且自己心中所有的情感都化成一句话，"清泪尽，纸灰起"。

全词读完，不禁让人潸然泪下，如果世间真能有这样真挚的情感，那么死亡也就变得不再可怖。

# 金缕曲

**未得长无谓。竟须将、银河亲挽，普天一洗①。麟阁才教留粉本②，大笑拂衣归矣。**

**如斯者，古今能几？有限好春无限恨，没来由短尽英雄气。暂觅个，柔乡避[3]。**

**东君轻薄知何意。尽年年、愁红惨绿[4]，添人憔悴。两鬓飘萧容易白[5]，错把韶华虚费。便决计、疏狂休悔。但有玉人常照眼[6]，向名花美酒拚沉醉。天下事，公等在。**

## ◇注释

①普天：整个天空，遍天下。

②麟阁：即麒麟阁，汉代阁名，在未央宫中。汉宣帝时曾将霍光等十一功臣画像置于阁上以表扬其功绩，封建时代多以画像置于“麒麟阁”表示卓越功勋和最高的荣誉。粉本：画稿，古人作画先施粉上样，然后依样落笔，故称画稿为粉本，指图画。

③柔乡：即温柔乡，谓女色迷人之境。汉伶玄《赵飞燕外传》：“是夜进合德，帝大悦，以辅属体，无所不靡，谓为温柔乡。语曰：‘吾老是乡矣，不能效武皇帝求白云乡也。’”

④愁红惨绿：谓经风雨摧残的败花残叶。宋辛弃疾《鹧鸪天·赋牡丹》词：“愁红惨绿今宵看，却是吴宫教阵图。”

⑤飘萧：鬓发稀疏貌。

⑥玉人：指美女。照眼：耀眼，晃眼，指强光刺眼。

## ◇赏析

一句“竟须将、银河亲挽，普天一洗”让人禁不住拍案：好一阕《金缕曲》！这是何等地豪放，堪与苏东坡的“会挽雕弓如满月，西北望，射天狼”一较高下。词风如此沉雄郁勃，谁能想到，这是俊雅的公子纳兰性德的作品？更难想到的是，这首词讲的是仕途失意的故事，抒发的是郁郁不得志的情怀：

追求的理想总是不能实现，这世事不公，确实需要挽来天河，将天空洗净，令世道清明。朝廷要重用之时，却大笑辞受，拂衣而去了。像这样的壮举，古来能有几人？美好的春光总是有限，然而遗恨却是无限的。不由得让英雄气短，于是找个温柔乡不问世事。春天总是无情无义，年年都要弄得落红满地，让人平添愁绪。人生本来苦短，却又把大好的时光都浪费了。于是下定决心，不为自己的疏狂而后悔。有佳人常伴，有美酒常醉。至于天下的事，就由你们去处理吧！

一个英雄，活活地憋屈了。

英雄的悲，不在血染沙场，马革裹尸。能以一腔热血报国家、筹君王是古时英雄的最高荣誉。英雄最悲戚的莫过于三尺青锋不因礫裂敌人的骨骼而断裂，却因岁月的侵染而锈蚀；刚毅的容颜不因大漠的呼号的风沙而粗砺，却被安逸的日子折起道道松懈的皱纹。

读古代英雄的故事，最感觉悲哀的不是曹沫、专诸，也不是岳飞、袁崇焕，而是廉颇，一位老将军。

《史记·廉颇蔺相如列传》记载，廉颇被免职后，去了魏国。赵王想再次起用他，派人去看他的身体情况。廉颇的仇人郭开听说了这件事，偷偷贿赂了使者。

“赵使者既见廉颇，廉颇为之一饭斗米，肉十斤，被甲上马，以示尚可用。”使者与廉颇会面，这位老将军见自己能有重披战甲的机会非常高兴，他吃了一斗米、十斤肉——为了表示自己还不老，身体依旧健硕，老人家当着赵国使者的面吃了十二斤半的米饭、十斤肉——让人看了心酸。他想获得的，不过是再次纵横沙场的机会。可那天杀的使者收了郭开的钱，回来报告赵王说："廉颇将军虽老，尚善饭，然与臣坐，顷之三遗矢矣。"意思是说，廉将军虽然已经老了，还很能吃，但是和我坐了一会儿，就去了三次厕所。言下之意，廉颇已然是个老饭桶了。"赵王以为老，遂不用。"

一代名将，没能用剑夺取自己往日的荣光，在一个收受贿赂的小人面前像个憨傻的孩子般表现自己健壮的身体和笑傲敌阵的野心，他遭到了不公平的世道无情地嘲弄。虽然一心想为祖国出战，但是他一直再没有得到任用，廉颇最终在楚国的寿春（今安徽省寿县）郁郁而终。这样的结局，让人想到陆游。陆游自幼即立志杀胡救国，终身未能如愿，临终时写下了如老剑悲鸣的《示儿》：死去元知万事空，但悲不见九州同。王师北定中原日，家祭毋忘告乃翁！

纳兰性德文武全才，天生才情出众，抱负满怀。再加上初入仕途时正遇上三藩之乱，他报效国家、青史留名的愿望被激起。然而当他请命上战场杀敌，却没有得到君、父的赞同，大有壮志难酬、前途渺茫之感。只是这种豪气却始终没有兑现在亲历亲为的实践中，纳兰性德只有把这一气吞山河的胸怀消磨在仕途官场上，不能建功立业，只能虚度年华，人也变得惆怅消极。

人生就是如此荒诞，有人一生追求"但有玉人常照眼，向名花美酒拼沉醉"而不得，有人却不得不"但有玉人常照眼，向名花美酒拼沉醉"。前者享受这种生活是"小人得志"，后者沉溺于此生活是"英雄失意"。幸耶？非耶？个中滋味，不是旁人可以知晓的。

## 金缕曲 再用秋水轩旧韵

**疏影临书卷。带霜华、高高下下，粉脂都遣。别是幽情嫌妩媚[①]，红烛啼痕休泫[②]。趁皓月、光浮冰茧[③]。恰与花神供写照[④]，任泼来、淡墨无深浅。持素障，夜中展。**

**残釭掩过看逾显[⑤]。相对处、芙蓉玉绽，鹤翎银扁[⑥]。但得白衣时慰藉[⑦]，一任浮云苍犬[⑧]。尘土隔、软红偷免。帘幕西风人不寐，恁清光、肯惜鹴裘典[⑨]。休便把，落英剪。**

### ◇注释

①幽情：深远或高雅的情思。妩媚：姿态美好可爱。

②啼痕：泪痕。泫：下滴貌。

③冰茧：冰蚕所结的茧，为普通蚕茧的美称。这里指蚕茧纸，用蚕茧壳制成的纸，取其洁白缜密。

④花神：指花的精神、神韵。写照：描写刻画，犹映照。

⑤残釭：油尽将熄的灯。

⑥鹤翎：鹤的羽毛，喻指白色的花瓣。

⑦白衣：白色衣服，指白色花朵。

⑧浮云苍犬：白云苍犬，白衣苍狗。喻事物变幻无常。宋杨万里《送乡人余文明劝之以归》诗："苍狗白衣俱昨梦，长庚孤月自青天。"

⑨恁：如此、这样。清光：清亮的光辉，多指月光。鹴裘：即裘。相传为汉司马相如所穿的裘衣，由鸟的皮制成；一说，用飞鼠之皮制成。典：即典当。

## ◇赏析

看题目，便知这是一首限韵词。

提到秋水轩，便不得不提到词史上有名的"秋水轩唱和"。康熙十年，词人周在浚寓居京城，暂住孙承泽的别墅秋水轩，召集词人唱和对答。秋水轩唱和始于曹尔堪，"见壁间酬唱之诗，云霞蒸蔚，偶赋贺新凉一阕，厕名其旁"。一时间，龚鼎孳、纪映钟及周在浚等当时名流纷纷加入唱和，用《贺新凉》词调，限"剪"字韵，历时近一年，风靡大江南北。

纳兰这首词便是用秋水轩唱和中所限的"剪"字韵。"疏影横斜水清浅，暗香浮动月黄昏"，林逋这两句诗将梅花的形象深深定格于国人心中。一开篇的"疏影"二字便告知我们，这是一首咏梅作。

寒冬腊月，白雪皑皑之际正是赏梅好时节。"粉脂都遣"，逊雪三分白的梅换了银妆；霜华下，暗香来，弥补了"雪却输梅一段香"的缺憾。梅花这般身姿，只一轮皓月，便难掩姿色。粉白交加，"白白与红红，别是东风情味"，南宋女词人严蕊《如梦令》中有此言。"冰茧"二字，看似华丽，不过尽言梅花洁白。范成大曾作"龙综缫冰茧，鱼文镂玉英"，极言彩灯琉璃毡的明亮。而纳兰以冰茧比梅花，盛赞其叠影重重，光鲜面面。

梅兰竹菊并称花中四君子，古往今来不知多少文人骚客寄情于斯。作为四君子之首的梅，以其临寒而放的品格和香远益清的精神而备受人们推崇。史上"扬州八怪"几乎人人都擅画梅。其中汪巢林画梅"不论繁简，都有空裹疏香，风雪山林之趣"。汪巢林中年后期的画作刻印曰：左盲生、尚留一目著梅花，那时的汪巢林已是一目病盲。晚年的他更是双目俱瞽，挥写狂草署款"所谓盲于目，不盲于心"。

好个不盲于心！夜中展，画中梅，古今描梅多见其姿绰约，而花神难见。"画梅须高人，非人梅则俗"，巢林想必是以骨作为花干，以志作为花神，以心点画外一段香，方于画中见梅之傲人品格。

佛眼看花，看的是隐在蕊中的花神。掩过残釭，没有红烛摇曳投下的点点昏黄，斑斑烛影，纳兰似融于梅心，聆听梅花于寂静冷月下的款款诉说。那些旧事仿佛化作枝头花瓣，不语婷婷，玉芙蓉一般沉静，鹤翎般无瑕。“鹤翎”本指鹤的羽毛，欧阳修曾以鹤翎比牡丹，“姚黄魏红腰带鞓，泼墨齐头藏绿叶。鹤翎添色又其次，此外虽妍犹婢妾。”牡丹国色天香，自需姚黄魏紫的贵胄之气相配。白牡丹虽冰肌玉骨，却怎能与冰魂玉魄的梅花同日而语？

纳兰感叹这一袭白衣的素梅，似流连于岁月的驻点，回溯人间的沧海桑田，以岿然不动的静夜思感悟已幻化成风的过往。“浮云苍犬”又作白云苍犬，几度穿梭于秋水轩唱和的诗笺中。终身漂泊的陈维岳在《贺新凉·自遣》中言道：“造化小儿纷簸弄，翻覆白云苍犬。”人世间说不清的无常，不知是冥冥中不可逆的宿命，还是一步错步步错的轨迹。

“软红”是温柔之乡，是烦恼之事，是种种尘土杂念。俗世中怎生成这般梅之姿态？那定是跨越了红尘世界的欲念，淘炼得的纯真。“帘幕垂垂月半廊”，溶溶月下，似有幽香撩过，西风卷帘处，往事悠悠如软泥上的青荇，在心底的潭水招摇。

鹴裘相传是司马相如所着裘衣。《西京杂记》记载，司马相如与卓文君月下定情，私奔后自是囊中羞涩，而小资情调难掩。相如以身着鹔鹴裘典酒，与文君灯下把酒欢饮，享尽了畅意人生。司马相如与卓文君不言富贵已成绝唱，虽不见容于时代，终留感动于人间。这一唱，纵身已千年。

不知这寄春君与纳兰诉说了什么，心之交汇处，“呼儿将出换美酒，与尔同销万古愁”。可惜，太白感人生难尽欢时，可无所顾忌地选择散发弄扁舟；纳兰呢，一饮三百杯后，家国天下的包袱可抛向何处？

李义山云，“留得枯荷听雨声”，听空山新雨滴答于心尖上，心却随霜飞散。“休便把，落英剪”，落英下掩映的似纳兰纯真的自我。幽州台已湮灭，却留下了陈子昂的那片悠悠天地。纳兰已省得，物是人非的蹉跎岁月不过转身一瞬，唯有赤子般纯洁的心方得有限的永恒。

# 河渎神

**凉月转雕阑[①]，萧萧木叶声干[②]。银灯飘箔琐窗间，枕屏几迭秋山[③]。**
**朔风吹透青缣被[④]，药炉火暖初沸。清漏沉沉无寐，为伊判得憔悴。**

### ◇注释

①凉月：秋月。雕阑：即雕栏，华美的栏杆。

②干：形容声音清脆。

③枕屏：枕前的屏风。

④朔风：北风。青缣：青色织绢。

## ◇赏析

纳兰词，多是愁苦之作，几乎十首词里有一半以上的词都在写惆怅与悲伤。这首词也不例外，书写相思之苦：秋月转过了雕栏，窗外传来的是萧萧的落叶之声。灯光在窗边摇曳，枕前的屏风如山峦起伏。北风吹透了锦被，寒意顿生，药在炉上沸腾。漏声清晰地回响耳畔，对你的思念即使让我憔悴，也无怨无悔。

纳兰的词大半都是以情为材料，以愁为辅料。但纳兰虽然写了无数的愁绪，却总是能写出新意，让人不会看腻。他能够将一种愁绪写得琳琅满目，多种多样，仿佛一道菜，虽然材料相同，但纳兰就是能够写出不同的风味，这也算是一种才华吧。

不过，纳兰虽然多愁，但他并不是一个颓废消极、无事可做、消磨时光的词人。纳兰有自己的理想和抱负，他在诗词中所表现出来的“愁”，不过是他在现实压力下，无法舒缓情绪的一种发泄。

这首词是好友姜宸英远在他方时，纳兰怀念故人而作的。字里行间，无不透露出了对朋友的关爱和牵挂，同时也写出了自己不愿意逗留官场的情结。

“凉月转雕阑，萧萧木叶声干。”清冷的月光转过栏杆，无边的落木，在风吹动下，发出枝叶萧萧响声。“银灯飘箔琐窗间，枕屏几迭秋山。”将自己关在房间里，看着窗户外的景色，远山连绵，如果姜西溟的内心能如同这般景色一样淡然，那他也就不需要为考不中功名而苦恼了。

姜西溟的才华也算是清朝少有之人，但功名利禄却始终离他太过遥远，纳兰想要好心劝说，但是却不知道该如何开口。旁观者清，当局者迷，姜西溟是否有做官的潜质，纳兰是最清楚的，但作为好朋友，他怎么能开口打击朋友最后的一点自尊心呢?

每个人都有自己所要走的道路，无人可以替代，纳兰一直是对的，在“博学鸿词”科后，姜西溟为人举荐修《明史》，一直到七十岁才考中进士。但他在官场中却始终无法走顺，最后以主持顺天乡试案被牵连丢了官而死狱中。

纳兰的担忧竟然成为现实。这首词的下片中写道：“朔风吹透青缣被。”纳兰是聪明人，他聪明到了晶莹剔透的地步，一眼便洞穿了富贵名利的假象。真相在纳兰的眼中，无比清晰，可惜，并不是所有人都能看到。

风吹透了棉被，寒意顿生，药还在炉火上煎熬，这清冷的天地，什么时候才会有点希望呢？“药炉火暖初沸。清漏沉沉无寐，为伊判得憔悴。”纳兰带着思念，躺在病床上，感慨这世间万物。

这首词写得极好，有景有色，慷慨悲怆，将内心的凄苦和现实的不公得以呈现。纳兰痛惜好友才华，也不忿他的命运不公，这首词有伤情之泪，也有悲情之泪，纳兰自己不愿意被名利所累，却一生无法挣脱名利的束缚。姜西溟一生追求名利，却最终都没能够获得他想要的名利。

这就是命运的安排，无人可逆。

# 浣溪沙

**身向云山那畔行[①]。北风吹断马嘶声[②]。深秋远塞若为情[③]。**
**一抹晚烟荒戍垒[④]，半竿斜日旧关城。古今幽恨几时平[⑤]。**

## ◇注释

①云山：高耸入云之山。那畔：那边。

②马嘶声：马鸣声。

③远塞：边塞。若为：怎为之意。

④荒：荒凉萧瑟。戍垒：营垒。戍，保卫。

⑤幽恨：深藏于心中的怨恨。

## ◇赏析

秋冬的塞外在唐诗里总是有着说不尽的景色，比如李颀的“野营万里无城郭，雨雪纷纷连大漠。胡雁哀鸣夜夜飞，胡儿眼泪双双落”；比如严武的“昨夜秋风入汉关，朔云边月满西山。更催飞将追骄虏，莫遣沙场匹马还”。

入夜的塞外也是那般意味深长。比如岑参的“琵琶一曲肠堪断，风萧萧兮夜漫漫。河西幕中多故人，故人别来三五春”；比如王维的“陇头明月迥临关，陇上行人夜吹笛。关西老将不胜愁，驻马听之双泪流”。

唐人笔下的边关总是那么硬朗萧瑟，他们时而坐拥满怀壮志，时而壮志难酬，时而心念旧恩，时而怀古伤今。而这里，是纳兰的边关，纳兰的秋冬。康熙二十一年（1682年）八月，纳兰受命与副都统郎坦等出使唆龙打虎山，十二月返回。此篇大约作于此行中。纳兰笔下的边塞和他的笔下的闺中女儿一样充满性灵神韵。

此时，纳兰独身走向山的另一边。云山，究竟是一座高耸入云的山呢，还是山顶积雪如云？抑或仅仅是一座名叫“云山”的山？我们无从考证，仅仅能跟随词人穿越时空。这里，我们听到了北风哀号，胯下的战马长嘶，而耳朵里满灌的只有风声。塞外没有江南的湖畔小楼，没有妖姬歌舞，没有红袖长甩，富贵出身的纳兰生于温香软玉之中，如何担待得起这如铁边关！

于是纳兰的边关也携裹了南国的柔软，他选用的词牌也是《浣溪沙》这西子之词。是啊，纳兰的高山如柔水，河有河畔，山也有了山畔；纳兰的风是冷峻的负心人，干净利落地吹断马嘶如同斩断情缘；纳兰的马是悲情的马，那一声嘶鸣如若纱巾在长风中断作两截。而就在几十年前，自己的祖先们曾挥鞭南下，他们的铁蹄曾在这里踏过。这里曾是汉人的疆土，不编辫子的男人们身着盔甲在这里身首异处，血染荒野。自此天下改性，江山易主。纳兰和他的祖先们代替了挽着发髻的汉人怀拥有着三寸金莲的女子。

此时，纳兰倾听风声与马的嘶鸣声，心想，深秋远塞的，山的那一边又是何等形容呢？心怀忐忑，他遥望天外，看到一抹晚烟。

光阴流转，千年不变的是塞外的冷清。此时，一抹晚烟于塞外，恰如一声蝉噪于深林。蝉噪林愈静，而人间烟火则让边塞的冷清更加浓郁。戍边的堡垒因这一缕烟霞而荒凉。这一抹晚烟是边关第一位迎接纳兰的。它说，纳兰啊，你就到任了。你可知道，自此山高路远，故乡难回；自此兵戈铁马，美人不在。纳兰遥望这一抹晚烟，心中顿生寒凉之意：自此身着戎装，心系边关安危，命不再属于自己。

天色已近黄昏，纳兰看到，夕阳落在了旗杆半腰。纳兰的斜阳没有"大漠孤烟直，长河落日圆"的浑厚，却尽是懒倚半竿的破败。纳兰如何得以浑然？逾江山易主不过百年，外有劲敌剑拔弩张索我性命，内有家室娇妻美妾待我归来。古今幽恨集于胸中，这斜阳，如何得以浑厚！

历史原因与环境原因以及词人自身的性格交织在一起，天时、地利、人和，造就了这一曲边塞苍歌。全词除结句外，均以写景为主，景中含情，纳兰的一草一木皆有灵性。虽然作者一直未曾直接抒发要表达的情感，但我们从字里行间揣摩出作者的感受。"吹断"二字写尽了北国秋冬之险恶，"若为情"的发问中带出了作者对到任的迷茫与不安。环境险恶，前途未卜，纳兰胸中风起云涌：怀古之心，恋乡之情，忧虑之思，纷纷扰扰难以平静。此时边关的云烟、堡垒、落日均染上了情绪的色彩。整个边关不再是唐人笔下的雄浑、苍凉、悲壮，取而代之的是满目萧瑟的冷清与破败。

# 浣溪沙

**万里阴山万里沙①。谁将绿鬓斗霜华②。年来强半在天涯③。**
**魂梦不离金屈戌④，画图亲展玉鸦叉⑤。生怜瘦减一分花⑥。**

## ◇注释

①阴山：山脉名。即今阴山山脉。山间缺口自古为南北交通要道。

②绿鬓：乌黑发亮的头发。斗：斗取，即对着。霜花：喻指白色须发。

③强半：大半、过半。

④屈戌：门窗上的环钮、搭扣。指梦中思念的家园。

⑤玉鸦叉：即玉丫叉，一种首饰，像树杈那样交叉的首饰。这里指闺人之容貌。

⑥生怜：产生怜爱之情，可怜。瘦减：犹瘦损。

## ◇赏析

这是一首边塞行吟咏叹的词，表达了词人在荒凉的异地对人生的哀怜，也透露出纳兰性德自身对于官场的厌倦。

康熙二十一年壬戌（即1682年8月），二十八岁的纳兰性德与郎坦出使唆龙。十二月返京，这首词正是在这次旅途中作的。这出使的几个月，纳兰性德的大部分时间都在

这天之涯度过了，面对着连绵的阴山与漫天的黄沙，满头青丝怎能不迅速花白呢?

于是睡梦之中不免魂飞故里，重又看到了家中金碧辉煌的屈戌。恍惚中，头戴玉鸦叉的妻子在缓缓地展开画轴（或许那上面正画着她日夜所思之人），那花容似乎因思念瘦损了很多，令人油然生出怜惜之情。

词中第一句中“阴山”一方面是实指，即是如今也能一睹的阴山，但古代诗词中经常使用这一形象，它已经形成了深刻的文化内涵。如南北朝著名民歌“敕勒川，阴山下，天似苍穹，笼盖四野。天苍苍，野茫茫，风吹草低见牛羊”，又如唐代诗人王昌龄的“秦时明月汉时关，万里长征人未还。但使龙城飞将在，不教胡马度阴山”。它是汉胡分别的地理标志，中原与蛮荒的分野处，文明与野蛮的交汇点，也因此，在这儿的读书人，尤其是汉文化影响下的读书人，都会有一种极强烈的失落感，无端而起怅惘，这是一种丧失归属感的表现。这是纳兰性德每次出使途中所写词中典型的心理。

上片写现实边塞之景，下片写梦中家居之景。阅读这首词时，纳兰的情之真、意之切如在目前。许宗元《中国词史》中这样评价纳兰的词：“纳兰为纯情词人，词以情取胜。纳兰词内容比较单薄，基本上局限在个人抒情的狭小天地里：爱情、友情、乡情等。范围既狭窄，纳兰词之影响面广、感人程度深，固然有赖于其艺术，更重要的在于它具有一种内在美——感情真挚。正是这种内美，使纳兰词生命之树长青。”

边塞诗词属于古代诗词的一个支流，其在情感表现上，大体有两种：一悲一壮。边愁主题则属于悲一类，如王昌龄《从军行》之二：“撩乱边愁听不尽，高高秋月照长城”，又清人吴琪的《送别》有：“霜风醒客梦，笳月起边愁。”纳兰性德这首边塞行吟咏叹的《浣溪沙》，也属于这类。

## 浣溪沙 庚申除夜①

**收取闲心冷处浓②，舞裙犹忆柘枝红③。谁家刻烛待春风?**
**竹叶樽空翻彩燕④，九枝灯灺颤金虫⑤。风流端合倚天公⑥。**

### ◇注释

①庚申除夜：即康熙十九年除夕。

②收取闲心：谓约束心思。

③柘枝：即柘枝舞。柘枝舞是西北少数民族的民间舞，伴奏音乐以鼓为主，间有歌唱，舞姿美妙，表情动人。此舞唐时由西域传入内地。

④竹叶：酒名，即竹叶青，亦泛指美酒。彩燕：旧俗，立春日剪彩绸为燕饰于头部。

⑤九枝灯：古灯名，一干九枝的烛灯。金虫：比喻灯花。

⑥端合：应当、应该。

## ◇赏析

这首词写的是除夕之日贵族家守岁的场景。

片首一句“收取闲心冷处浓”，意为在寒冷的除夕夜里把浓郁的闲情收起，作者回忆起了当年守岁的场景。“舞裙犹忆柘枝红”，意为那柘枝舞女的红裙多么令人怀念啊。范文澜、蔡美彪在《中国通史》中提到“柘枝舞女穿着窄袖薄罗衫”就是此意。作者想起了当年所看过的柘枝舞，柘枝舞年年都有人跳，可是再看到却也没有当年的那样美好了。这两句看似是回忆，却也道出了作者在除夕夜的一种怀念往昔生活的心情。纳兰性德是个怀旧的人，在妻子卢氏去世之后，写了许多悼亡之词给她，仍然不能够忘怀。他对旧的事物有一种天生的敏感和眷恋，所以才会在除夕之夜写自己当年观看柘枝舞的情形。“谁家刻烛待春风”，这里的“谁家”其实指就是纳兰性德自己家。这句是说当年自己家在除夕夜里在蜡烛上刻出痕迹来等待新春的到来。这原本是一件极为普通的事，但纳兰性德还是在词中提起，从这一点也可以看出他对曾经家庭生活的眷恋。

下片“竹叶樽空翻彩燕，九枝灯灺颤金虫”是说青竹酒已经喝尽了，大家都在头上戴着彩绸做成的燕子来欢庆新年的到来；灯烛已经熄灭了，而剩下的灯花仿佛一条条颤动的金虫。这两句写的是大家在除夕夜玩闹的场景，用了酒杯、彩燕和灯这几种意象来衬托出除夕夜的热闹的场景，从这几处简单的事物来反映出整个除夕夜的热闹的街市，让人读过之后能非常形象地想象出当年纳兰性德所处之地除夕的样子。而且这两句还是对仗句。“竹叶樽”对“九枝灯”，“空”对“灺”，“翻彩燕”对“颤金虫”，很是工整，这些丰满的意象让人非常明了地感觉到了除夕的喜庆气氛。“风流端合倚天公”是说风流是自然形成的，而不是人力所能达到的。这句也表明了纳兰性德对当年逍遥自在生活的无限回忆。

通篇来看，这首词写的是纳兰性德对往年除夕的回忆，词中着力描写了柘枝舞和舞女的美妙风流，也深隐地表达了自己的怀念之情。作为当朝宰相明珠的儿子、皇帝身边的红人，纳兰注定会在仕途上一帆风顺，然而，也许是造化弄人，纳兰性德偏偏向往那种怡然自得的田园生活，而后又入太学，考举人，后成皇帝身边的近臣，可谓是顺风顺水的一个阔家公子哥。然而纳兰性德却并不喜欢这种生活，他在内心深处厌倦官场庸俗和侍从生活，无心功名利禄，而后妻子的去世也使他遭受了严重的打击。他怀念年轻时无忧无虑的时光，所以经常写一些这样的怀旧词。他的词风清新隽秀、哀感顽艳，颇近南唐后主。

这一首写除夕的词就是他作为一个富家公子，怀念当年风流生活的写照。纳兰性德虽然出身显赫，但在情感上始终不如意，再加上自身多病，所以并不快乐。他的词多是在回忆往事，似乎往昔的事情比现在更加值得留恋和回味。这一首写除夕的词，平淡朴实，是真情的自然流露，但又不落俗套，不拘一格，也是纳兰性德写词的一大风格。他不会矫揉造作地去“为赋新词强说愁”，而是将自己的所感所想融入词中，使得所填出的词更加清新隽永。作为一个富家公子，愈处在繁华中，愈感觉到寂寞，纳兰性德，是一个天生的词人。

这首词，将纳兰性德作为一个多愁善感的富家公子的形象表现得淋漓尽致，而其背后，则是对往昔的无尽的怀念。

## 浣溪沙　红桥怀古和王阮亭韵[①]

**无恙年年汴水流[②]。一声《水调》短亭秋[③]。旧时明月照扬州。**
**曾是长堤牵锦缆，绿杨清瘦至今愁。玉钩斜路近迷楼。**

### ◇注释

①王阮亭：王士祯，字子真，一字阮亭，又号渔洋山人，山东新城人。少时多填词，有《衍波词》。

②汴水：古河名，即汴河。发源于荥阳大周山洛口，经中牟北五里的官渡，从“利泽水门”和“大通水门”流入里城，横贯今之后河街、州桥街、袁宅街、胭脂河街一带，折而东南经“上善水门”流出外城。过陈留、杞县，与泗水、淮河汇集。

③《水调》：曲调名，传为隋炀帝时，开汴渠成，遂作《水调歌》，唐代将它演变为大曲。短亭：旧时城外大道旁，五里设短亭，十里设长亭，为行人休憩或送行饯别之所。

### ◇赏析

卞河桥下，年年依旧，水东流，也无论，春华秋肃杀。一声声《水调》，长亭又短亭，千年倏忽无尽。明月高悬，照古又照今，扬州一梦早乌有。惆怅又惆怅，汴河水无情，究竟流往何方？那隋堤上故去的锦缆牵船，又去了何方？河畔绿杨不禁惆怅。玉钩斜旁便是迷楼，生死富贵，皆作尘土。

康熙二十三年十月，纳兰性德扈驾巡幸江南抵达扬州，为和王阮亭的《浣溪沙》而作此词。

王阮亭即清康熙年间主盟诗坛的王渔洋，本名王士禛，喜结海内好友，不论贫贱，善以诗文会友。在扬州任推官（这种官职只是个闲职）期间，“昼了公事，夜接词人”，“与诸名士游无虚日”，开清代红桥修禊（修禊是古代的一种民俗，于农历三月上旬的巳日到水边嬉戏，以祛除不祥）之先河。他死后，扬州人民把他和宋代欧阳修、苏东坡并列，建“三贤祠”纪念。

“烟花三月”的扬州，素来是东南胜地，清初前朝文士多聚于此，王士禛在扬州为官其间，常与名士诗文饮宴，交往密切，也时常组织名士在红桥相与酬唱，众人“击钵赋诗，游宴不息”，还编过《红桥唱和集》，记载了那时的非凡盛况，一时传为文坛佳话。而纳兰性德所和的这首《浣溪沙》也有可考。那是康熙元年（1662年）春，如往常一般与扬州诸名士集于红桥，王士禛作《浣溪沙》三首，其中就有《浣溪沙·红桥》这首广为流传的名词。

阮亭全词如下：

北郭清溪一带流，红桥风物眼中秋，绿杨城郭是扬州。

西望雷塘何处是？香魂零落使人愁，淡烟芳草旧迷楼。

整首词是针对隋炀帝挖凿汴渠所作。绵延不绝的汴水似乎仍是隋时的样子，没有丝毫变化，但岁月亦如这流水——东流到海不复回了。恍惚中，当年凄婉的《水调》在这个秋季再度响起（传说《水调》是隋炀帝在开凿汴河时创作的），诉说着“长亭连短亭”的离别。隋炀帝为开通运河，征集了大量的劳力，同时也意味着拆散了无数的家庭。明月的清辉仿佛也是旧时的，默默地笼罩着扬州这座古城。

隋堤上的杨柳曾系过华美的锦制缆绳，但却因此清瘦不堪，至今愁苦难言。埋葬着宫女的“玉钩斜”就在“迷楼”旁。在使用对比突出上，与杜甫的“朱门酒肉臭，路有冻死骨”有异曲同工之妙，强烈的对比真是触目惊心。皇族们华贵奢靡的生活是以多少平民的白骨为代价的啊，瘦削的绿杨也正是千万贫病交加的百姓的象征。

上片诉“生离”，下片叹“死别”。整首词“婉而多讽”。

# 浣溪沙

**凤髻抛残秋草生[①]，高梧湿月冷无声[②]，当时七夕有深盟。**

**信得羽衣传钿合[③]，悔教罗袜送倾城[④]。人间空唱《雨霖铃》。**

### ◇注释

①凤髻：古代女子的一种发型，将头发绾结梳成凤形，或在髻上饰以金凤，流行于唐代。此处指亡妻。

②湿月：湿润之月。形容月光如水般湿润。

③羽衣：原指以羽毛织成的衣服，后常称道士或神仙所着衣为羽衣，此处借指道士或神仙。钿合：镶嵌金、银、玉、贝的首饰盒子，古代常用来作为爱情的信物。

④罗袜：丝罗制的袜子，此处指亡妻遗物。倾城：旧以形容女子极其美丽，是美女的代称，此处指亡妻。

### ◇赏析

此词虽为唐明皇、杨贵妃之事而作，实则是借其情事述己悼亡之感。

纳兰词风的形成期，正是与其妻携手双飞的时期，两人弹琴作赋，对弈言欢在纳兰词作中都有擦拭不去的痕迹，但正是两人笃厚的夫妻之情，在妻子卢氏去世后，纳兰“悼亡之吟不少，知己之恨尤深”。沉重的精神打击使他在以后的悼亡诗词中一再流露出哀婉凄楚的不尽相思之情和怅然若失的怀念心绪。这首词，便是为了纪念卢氏而作。

作者以冷色调作起，并未着笔墨写曾经“如花似叶长相见”的美满，“凤髻抛残秋草生”似用了倒笔法，很有些“千古英雄只废丘”的相似感慨，只是那是风云气，这里却是儿女情，是人面不知何处去，但是也没了桃花依旧的景色，而是“秋草生”，斗转星移，物人两非，事事皆休了。起句只是一个引子，后则更入凄凉之境了。一个“高”写出梧桐的孤寂唐突，月是“湿”的，却又不知是月之泪抑或是己之泪了，或者物我两望，各湿一行清泪吧。接下来更点一个“冷”字，四周深秋的气氛渲染着，似乎万般凄冷，任是有情也不得不让人生悲凉之感。这一句通过几个意象的描述，在开篇之时就让全词弥漫着一股凄冷的气息，冷冷的秋月，静静的梧桐，使读者的心境一下就被带入了一种悲伤的情绪中，不能自已。整个上片，伤感之情愈写愈深，愈写愈烈。

“当时七夕有深盟”。此句化用唐明皇与杨贵妃长生殿之典，既有当日之恩爱，又何来后日的马嵬坡之伤情，既有道士传其信物，却更教人悔不当初。通过此景想往情，使人心折骨惊，惆怅其情。彼时两情相望，各据一情；此时天涯人远，不得相亲，伤如之何！如此这般，魂飞魄散，已是天上人间，纵使千万眷恋，纵有《雨霖铃》述明皇之忧伤，却是徒劳，佳人已然难再得了。纳兰却是纵使寄情于千言万语，往昔的红颜与恩爱却是如烟如雾，隔山隔海。

伤理万名，其情却一。纳兰曾因父母之命媒妁之言而娶卢氏，但短短三年时间香魂早早飘逝了。卢氏生时他不懂得珍惜，对她抱有很大的愧疚之情，常常在词中悔己之薄情，为她写过多首悼亡之词，此系其一。甚至曾经“愿指魂兮识路，教寻梦也回廊”，要招那去三冥的魂魄归来重聚，一片伤心，终也附于流水。从这首词可以看，纳兰是个极为重感情的人，所爱之人已经离自己远去，只能在伤心时写下了这首浣溪沙。

纳兰性德作为一个出身显赫的富家公子，虽然身世得到很多人的羡慕，但是自己却并不快乐。他是个率性而自然的人，然而不如意的爱情却让他饱受折磨。他自幼天资聪颖，读书过目不忘，数岁时即习骑射，后又入太学，举进士，成为皇帝的近臣，但是却十分厌恶官场的生活。加之婚姻悲剧事故的摧残，纳兰在之后所作的大部悼亡诗词中一再流露出哀婉凄楚的不尽相思之情和怅然若失的怀念心绪。他的悼亡之词婉丽凄清，真挚深切让人不忍卒读。这一首词也同样如此，毫无矫揉造作的成分，只有一份真情融在其中，令人读罢不禁黯然神伤。

义山有诗“劝栽黄竹莫栽桑”，沧海桑田，有几段感情经得起沧海桑田呢？世人最不愿看见的事往往是最常、最易发生的事。他现在为杨妃而哭、为亡妻而一哭，而其情又有谁可以为之一哭呢？

# 浣溪沙

**肠断斑骓去未还[1]，绣屏深锁凤箫寒[2]。一春幽梦有无间。**
**逗雨疏花浓淡改[3]，关心芳草浅深难[4]。不成风月转摧残[5]。**

## ◇注释

①斑骓：此处以骏马代指征人。

②凤箫：即排箫。比竹为之，参差如凤翼，故名。

③浓淡：指花的颜色。

④芳草：香草。

⑤不成：犹难道。风月：风和月，泛指景色，亦指男女恋爱的事情。

## ◇赏析

痛至肠断的送别场景又如期而至，浮于眼前，久不散去；斑骓马走走停停，徘徊向前，最终留下了一个寂寥的繁春。到如今，斑骓马再也没有出现。从此，丝绸织就的绣屏就再没被打开；往日与情郎恩爱相伴的凤箫也因久未吹奏，而愈来愈让人觉得寒气逼人。躲在深闺的她，也只偶尔地依栏而望。

不识人情的春雨依旧霏霏，掉在稀疏相间的花瓣上，浓如泼墨的花叶好不显眼；打在浅疏且略带有香气的野草上，让人顿生怜惜之心。本该享受春日风光的时节，竟让它令人惋惜地消逝：经受风雨滋润的疏花渐渐地由浓变淡，散发香气的野草也渐由浅到深，茂密地长起来了。一春的风月，也只偶尔地有几番春梦，风月的殒失也渐至令人只有叹息的感慨，难道不由人生出一种怨恨么？

这首词描写的是一位闺中女子在家思念在外出行的情人的生活画面。通篇情感的表达由浅入深，由淡入浓，总体上可由一字来括，即“寒”。此“寒”，非独竹箫的物理属性，更多的是闺中女子的一种心理活动的表现。斑骓马一去不复返，“绣屏深锁”，昔日的双双欢娱，如今只能温馨地刻在还不曾忘却的记忆中，所谓睹物思情，对于这位闺中女子来说，怕是家常便饭，然而这背后却是无尽地重复“肠断”的苦楚。闺中女子尝着这苦楚，却仍抱着等待情郎春日归来的希冀。不过，这希冀也是一种带着淡淡哀伤的期盼。

但自然的无情，一如既往。春雨依然如故地下着，似乎还带着一种挑“逗”的情分。此“逗”非彼平常之“逗”，此“逗”乃是一种以乐写伤的表现，借自然之春之“逗”，来表现自然春雨的活力、青春，而这恰恰又鲜明地与闺中女子青春的凝滞形成鲜明对比。此际，春雨之“逗”，实写了“寒”情，不由让人想起李贺的“石破天惊逗秋雨”，秋雨的“逗”也含有一分“寒”意，这不得不让人见识词人的借用之功。另外，这“逗”雨也表明了春雨的非勇猛如夏雨，丝丝滴下，更让闺中女子愁上更添愁。

丝雨似的愁绪，又让人忆起秦少游《浣溪沙》中：“无边丝雨细如愁”的感慨。的确，这情感是相通的。

再往下，春日时光消逝，带着疏花的由浓变淡、芳草的由浅入深，春色易逝，立即被凸显出来。闺中女子的春日幽梦“有无间”，更难堪这稍纵即逝的春光风月。由此可见，闺中女子的愁更浓，多年的等待渐成一种心“寒”：情郎何时再骑斑骓出现在面前，成了她心中的主题。在这里，“芳草”本身就是一个含愁的意象，自然中的芳草很早就被先人引为一种愁绪的象征，如《楚辞·招隐士》里：“王孙游兮不归，芳草生兮萋萋”，还有诸如“芳草萋萋鹦鹉洲”的表达，大都一理。芳草由浅入深，愁绪又少变多，契合恰当，所谓情景交融，也不过如此，令人清晰地感觉到闺中女子的愁生渐盛。

末句“不成风月转摧残”则是女子胸中情感的一个变化，情至深处，愁至多处，无处排泄，生成一种怨，也是自然，而这又恰当正常地刻画了闺中女子的情感世界。这怨，也实是心内“寒”的一种外露，从这里，不得不让人起了探究情郎因何而去的猜想，是从军行役，还是赶赴科考？不得而知，给读者留下谜团，令人生出无尽的遐想。

纳兰性德的这首闺怨词，很有特色，从词中人角度写思念在外的情郎。这在纳词中有呼应的词作，即同属《浣溪沙·古北口》一首：“杨柳千条送马蹄，北来征雁旧南飞，客中谁与换春衣？终古闲情归落照，一春幽梦逐游丝，信回刚道别离时。”此词写作角度与《浣溪沙·肠断斑骓去未还》相反，从行人思念家中人角度出发，兼有“一春幽梦”，一在“逐游丝”，一在“有无间”，形成对照。从此推测来看，二词似乎作于同一时期。二词相照来读，给人无穷意味。从这里，又不得不让人佩服纳兰性德词作的魅力，一种同而不腻的魅力，令人折服。

# 浣溪沙

**旋拂轻容写洛神[①]，须知浅笑是深颦[②]。十分天与可怜春。**

**掩抑薄寒施软障[③]，抱持纤影藉芳茵[④]。未能无意下香尘[⑤]。**

## ◇注释

①轻容：一种无花薄纱，宋周密《齐东野语》卷十："纱之至轻者，有所谓轻容，出唐《类苑》云：'轻容，无花薄纱也。'"王建《宫词》："嫌罗不着爱轻容。"洛神：中国神话人物，即洛水的女神洛嫔，相传她是宓（伏）羲的女儿，故称宓妃。溺死于洛水，成为洛水之神。

②须知：必须知道，应该知道。浅笑：犹微笑。

③薄寒：微寒、轻寒。软障：即帏子，古代用作画轴。

④纤影：清瘦的身影。芳茵：茂美的草地。

⑤香尘：这里指人间。语出晋王嘉《拾遗记·晋时事》："石崇又屑沉水之香如尘末，布象床上，使所爱者践之。"

## ◇赏析

染指丹青本是高人雅士之事，请看纳兰笔下"旋拂轻容"的作画人有着怎样的风致和忧愁。画者在薄寒的软障下"浅笑深颦"，一如你我穿越繁华的大都市坐在地铁里看窗外忽明忽暗的风景。这是心灵的旅程，你我对坐无垠世界喑哑的一隅，无言地对视着。如是，生命的乱影悄然消隐——心地澄明如水的你我是和洛神同行的。

"旋拂轻容"是一种超然的人生态度，长于绘事，意味着不矫揉造作。摒除一切的杂念、尘嚣，正应了王摩诘"山风吹解带，山月照弹琴"的意境。犹如在宣纸上逐渐化开的水墨，静谧的空间被一颗敏感但不落寞的心灵激发的情愫一寸一寸地细细浸润。"旋拂"有着舞蹈的动感，但不是张扬，而是清丽洒脱。

"写洛神"，也就是在"写自己"。"须知浅笑是深颦"，传神地描绘出了女子的可爱，其实也表明呈露在外的自己和本真状态的自己即使近在咫尺，却拥有遥不可及的距离。这就是生活，情感细腻的此人用易于忽视的"浅笑"，瞬间化解了强力意志带来的灾难，不由得让人心生敬仰之情。

春日使人怜惜，因为它像个体生命那样短促易逝。齐白石有一枚闲章曰"惟愿长绳系日"，大概就是这种心情的自然流露。在纸上画洛神的人，在东晋有一个顾恺之，"阿睹（眼睛）传神"说的就是他画人物画是展现出来的精妙才艺。而作为词人的纳兰则是另一个顾恺之，他把清澈的眼眸用细密的词句直接画进了人心，明快清新，让人眼前一亮！

"掩抑薄寒施软障，抱持纤影藉芳茵"，不像某些格律诗那样是带着镣铐的舞蹈。你看，浓郁的春景借助精谨的词句润泽了人们奔波尘世久惯的枯寂。于是，连"软障"都惊觉了自身的薄寒，青绿如烟的芳草都看到了贴身的浓淡阴影。这是一个魅力十足的世界，足以惊醒万物。他让我们认识自己遮蔽已久的性灵。此时尽管软障轻薄寒冷，芳草纤弱，但毕竟是到了生机蓬勃的春天，让人没有了疲靡委顿的理由。

审美和"看"的距离有关。一幅画作无论怎么精妙，最终也成不了真实。画上女子"未能无意下香尘"，必定不能"下香尘"的。但"未能无意"表明了对尘世生活的强烈向往，美丽的洛水女神是不肯一直呆在纸上的。那能怎么办呢？

纳兰词中这样情意绵绵的开怀之作并不多见，它就像是一个充满隐喻的美梦。弗洛伊德说："梦是愿望的达成"。只要有梦，人就是不死的。

# 浣溪沙

**十二红帘窣地深[1]，才移划袜又沉吟[2]。晚晴天气惜轻阴[3]。**
**珠衱佩囊三合字[4]，宝钗拢髻两分心[5]。定缘何事湿兰襟[6]。**

## ◇注释

①十二红帘：即绣有十二红的帘幕。十二红，鸟的一种，尾羽末端红色，故名。

②划袜：只穿着袜子着地。沉吟：犹豫，迟疑。

③轻阴：疏淡的树荫。

④珠衱：缀珠的裙带。佩囊：随身系带的用以放零星物品的小口袋。三合字：古代阴阳家以十二地支配金、木、水、火，取生、旺、墓三者以合局，谓之"三合"，据以选择吉日良辰。

⑤宝钗：首饰名，用金银珠宝制成的双股簪子。

⑥兰襟：带有兰花芬芳香气的衣襟。

## ◇赏析

细语霏霏，淅淅沥沥，一降便是许久许久，心也郁闷，浓愁不散。昨夜还雨丝不断，伴着雨声，一觉到了天明。一缕难得的暖暖的阳光射入眼睛，我不由用手去遮挡。虽然，连日的阴沉，也早已让我习惯了；不过，晚来的晴日，还是令人感到欣喜的。微风轻拂，十二红帘不住地晃动起来，拂地的红帘，也闪着红彤彤的光，觉到眼前一片火红，一通暖热。

懒散地挣扎着起来，没有穿鞋，行走在地上，推开深堆在地上的红帘，一边向外看去，一边不住地沉吟。看着窗外的晴日，又蓦地伤感起来，竟为这连下数日的阴雨感到可惜了，真是莫名其妙的想法，不解自己。带着淡淡的愁绪，不自觉地挪到妆台前。看着镜中凌乱的自己，又忙碌地梳起头来。浓黑的长发，不情愿地被梳成双髻，再插上宝钗。想到如今已不小，心上人在何方，真是愁煞人。不禁低头抚摸腰带上的珠饰、绣好的佩囊，却无另一半来附送自己的情感，又是愁煞人。晚晴的阳光甚是热烈，身体被晒得微热，可在微风里，心竟不由地渐凉，且愈来愈凉。于是，泪水又如往日一般，悄悄落了下来，一颗一颗，晶莹透亮，打在新换的兰襟上。暖人的阳光都不能温暖我的心，究竟是什么使得我的心如此忧伤呢？

这是一首闺怨词，而且是一首等待出阁的少女的闺怨词。少女的闺怨与少妇的闺怨大不同。这首词中，通篇不见少女的身影，但整首词写的却全是少女的闺怨，整体上给人一种忧郁而又青春的感受。说其忧郁，乃是出于闺中少女虽长大却还未有情郎寄托情感，故而有一种淡淡的苦楚。尽管少女多流泪，但亦无哀感。说其青春，乃是少女自身的一种属性的表现，少女本身的存在就是一种青春。闺中少女的求情之心愈切，其自身的青春活力愈能让读者清晰地察出。少女恐怕青春易逝，所以才有“湿兰襟”之举，更是青春期心情的一种流露。

少妇的闺怨，则似乎都有一种淡淡的哀愁。少妇因有夫君，其闺怨怕只能有两种情况：一是与夫君生活不恩爱，一是与夫君的别离相距甚远，无论何种原因，都是一种愁苦，似乎说其蒙上一层哀愁也不过分。词人着笔点不同，刻画的是少女的闺怨，就其这一点，就异于无数少妇式的闺怨词作，给人眼前一亮之感。

这首词中“红帘”的表达，首先给人一种色彩上的艳丽。“红”色本身就具热烈之义，更与少女身份相合，也与第三句中“阴”形成对照，一热烈，一阴沉，恰好体现了少女的心理活动。“深”字，一表“红帘”之长，亦可表少女愁情之深，连日的阴霾加上心内的愁绪，愁该有多“深”，可想而知。

“珠袚”二句，点出身份，用“三合字”及“两分心”，委婉地表现了少女正等待情郎，而非生硬地赤裸表达，读来可觉一种美感，顷刻间，那亭亭玉立的形象便立即站在了读者面前，随着想象，少女的那种活力、那种青春，就自然地被我们所感觉到，真令人向往青春。

也正是这两句，将这一首闺怨词之境界提升至少一重，本显平常单薄的一首闺怨词，就这样有了无限的意味和思考的空间。这也许正是词人所真正想要表达的那种多面的、立体的心理愁绪。

# 浣溪沙

**容易浓香近画屏[①]，繁枝影着半窗横[②]。风波狭路倍怜卿[③]。**

**未接语言犹怅望，才通商略已瞢腾[④]。只嫌今夜月偏明。**

## ◇注释

①画屏：绘有彩色图画的屏风。

②繁枝：繁茂的树枝。

③风波：比喻纠纷或乱子。狭路：窄小的路。

④商略：商讨、交谈。瞢腾：形容模糊，神志不清。

## ◇赏析

这首《浣溪沙》为爱情词，与大多数纳兰词的冷清凄迷不同，此首词主要描绘恋人初逢的场景，细腻柔婉，缠绵悱恻。

上片前两句写景，“浓香”、“画屏”、“繁枝”，后一句由景转到人，写的是男子看到恋人时微妙的心理变化。画屏逶迤，浓香扑鼻，树影横斜。窗半开着，女子露出

头来，微风过处，杏花微雨，不禁让窗外的人急切赶来的人更生怜爱。

此处，纳兰并没有对女子的容貌进行描写，而是通过描写周围的景物，让我们展开想象，窗后的女子，该是宝钗笼髻，红棉朱粉，或轻颦，或浅笑，或娇嗔，可谓梨花一枝春带雨，薄妆浅黛总相宜，如此那般，不可方物。

再说相逢的场面，“风波狭路倍怜卿”。作者没有用动作描绘，而是从心理入手，看到小轩窗后面焦急等待自己的恋人，在恋情面前不顾险阻的恋人，让前来赴约的纳兰更生怜爱。

风未必大，夜未必冷，但是看到有人在等着自己，窗半开着，香静静燃，女子在枝干的那头隐隐可见，安静或者焦急地等着纳兰前来赴约，所有的东风恶，世情薄，雨送黄昏，都是两个人一同走过。日子天天过，比流水的消逝、落花的凋零更快，但是有几对恋人能够怀着热切的爱情与期盼，一直并肩走下去？

纳兰与恋人虽情投意合，且密有婚姻之约，而他的父母也许不赞成。他们恋爱形迹落在他们眼里，引起他们的嫉妒，遂硬将他的恋人报名入宫，来断绝他的念想。但我们通过前文得知，在那之后，纳兰也曾偷偷混入宫中与恋人见面。

也许我们可以相信即便是入宫，纳兰与恋人仍然是抱着微渺的希望，认为他们依然有前路可走，爱情的力量最后会战胜一切。所以当见到等候自己的恋人，勇敢和自己一起追求真爱、对抗“风波”的恋人，纳兰的心里边对她更加怜爱。

下片紧接上片。对相逢场景进行描绘。“未接语言犹怅望”，可以想象是女子从树影中看见我已经到来，轻声唤我。或者两人是太久没有见面了，或者沉迷在这幅美丽的图画中不能自拔，忘记了怎么说话，要说什么话，只是呆呆地望着。“才通商略已瞢腾”，才刚刚开始交谈，纳兰就已经沉迷陶醉，忘乎所以了。末句“只嫌今夜月偏明”，将描写的视角由叙事转到场景上。“月偏明”，月亮稍稍亮了一点，月亮偏偏是亮的。这小小的抱怨，让纳兰内心深处的欢心喜悦更加暴露无遗。但是正是因为月明，才需要更加小心，这又造成了纳兰内心提心吊胆的情绪。心理的几重复杂，生动传神。

或者天不从愿者太多，在爱情里波折的纳兰，连见恋人一眼都需要扮成僧人偷偷入宫。其实曾经的两小无猜、兰窗腻事，都因鸳鸯零落不复存在了。但是情难忘却，恋人被选入宫，纳兰仍然抱着她会被放出来、他们能够团圆的希望。而此次与恋人的会面又更坚定了他的信念。这就加深了他后来的苦痛。

正是，往事不可再来，袖口香寒。

# 浣溪沙

**十八年来堕世间，吹花嚼蕊弄冰弦[①]。多情情寄阿谁边[②]。**

**紫玉钗斜灯影背[③]，红绵粉冷枕函偏。相看好处却无言。**

## ◇注释

①吹花嚼蕊：谓吹奏、歌唱，引申为反复推敲声律、辞藻。弄：指吹弹乐器。冰弦：冰弦玉柱，筝瑟之类乐器的美称。

②阿谁：谁，这里指自己。

③紫玉：紫色的宝玉，古人以为祥瑞之物。

## ◇赏析

悠悠岁月，似流水，转眼间，又十八载，如今，已翩翩少年。世俗纷扰，红尘牵绊，谁能轻易避开？尽管如此，我仍钟情于丝竹与自然。从小到大，一直喜欢山花。时常穿梭在花丛中，享受自然的熏陶，不时折取令人爱怜的绿叶，卷成曲状，放至嘴边吹拂，一曲仿佛天籁，响彻耳际。一直对乐声的敏锐，不自觉地促使人摆弄琴弦，奏出动听的音乐。弹得累了，就抓起一撮花蕊，香气扑鼻，令人陶醉，竟不觉放进嘴中细细咀嚼，嘴也顷刻香气四溢。

人渐长，渐多情。多情的我已不再满足这山花、这丝竹，这浓情该寄送给何人呢？我苦苦寻找着。终于，功夫不负有心人，今日迎来了人生的大喜。夜色渐浓，房中只有玉人和我，煞是安静。红烛淡红，闪闪烁烁，一屋尽是暖人的气氛。玉人端坐红烛后，端庄娴静，娇小苗条的身影映在淡红中，令人神往。斜镶在发髻上的紫玉钗，散着紫气，好不动人。沙漏细滴，烛身渐短，夜已深了。玉人和我双双躺下了，红绵纤细柔软，似粉般。然而多时的端坐，早已让红绵凉如清水，温热的肌肤触着这红绵，突觉有阵阵凉意袭来，不堪凉意，所以匣状的枕头也被弄得歪歪斜斜。尽管这般，双双卧床的我及玉人，在红影中没有一句呢喃细语，相互凝视着娇媚俊貌，时间仿佛停滞了。

这首词主要描写的是一对夫妇的新婚画面。此词首句即告知“我”已十八岁，尘世行走多年。在此，“十八年”的由来，还颇费一番周折，这里还有一个令人叹惋的故事。在《仙吏传》（东方朔传）中记载，东方朔未死时候，曾对周舍郎说过：“天下没有一个人能够懂得我，真正懂我的人只有太王公一个人。”等到东方朔死后，汉武帝得知此语，马上召唤太王公询问：“你知道东方朔吗？”太王公回答说：“不知道。”汉武帝询问太王公才知，他很擅长星象观测。他告诉汉武帝：“天上诸星都在，单独只有岁星十八年不见，今时才复见。”听此，汉武帝仰天长叹：“东方朔在朕身边十八年，而朕竟不知他是岁星。”然后，汉武帝神色凄惨，郁郁不乐。此典故足可说明“十八年”弥足珍贵，也暗示“我”之将结束岁星式生活，“堕”入世间，但这是注定的，也只有叹惋吁惜可慰“我”。另外，“我”之素爱“吹花嚼蕊”，甚至“弄冰弦”，也只孤单一人，所以发出“多情情寄阿谁边”也属正常。

下片，写新婚之夜最是动人。头戴紫玉钗的玉人，愈发诱人。说起紫玉钗，又牵扯出一曲故事。据唐蒋昉《霍小玉传》知，此紫玉钗是昔日霍王小女欲戴之饰，值万钱，却不知何故丢失，令人费解，终被做此紫玉钗的老人识得。在这里，无论紫玉钗怎样丢失，又怎样复得，全无关紧要，关键之处是其“值万钱”，何其珍贵，如此珍贵之物配玉人，可见玉人有多尊贵，有多娇媚。最动人之处，在末句“相看好处却无言”，玉人及“我”皆情至深处，可见一斑。

纳兰性德这首词，用典较多，是一大特色，让人在不知不觉中对“我”有了更深一层的理解。词中词句工整，第五、六句即是例子。该词上片与下片，情感表达流畅，上片“多情情寄阿谁边”既出，下片即是新婚之夜，中间部分环节虽简略，却刺激读者发挥想象，回味无穷。

词人运用语句之突出，令人赞叹。首句“堕”字，表现心理状态，第二句中“弄”也如此。下片“冷”，生动地写出端坐之久。“多情情寄阿谁边”的发问在下片中得到了最好的回答。究竟“十八年”来“堕”世间，是福是祸，怕是很难说清，据“相看好处却无言”可知：怕是福更多。由此可看出，“我”的早熟，对人世间尘世作“堕”的看法，也由玉人的到来而竟“无言”，可谓尘世间事事事难料，更何况短暂人生。此词美妙，究竟作于何时？有叶舒崇皇清纳兰室卢氏墓志铭：年十八，归十八同年生成德，姓纳兰氏，字容若。据此可知，该词可能作于康熙十三年作者与卢氏新婚之期。

# 浣溪沙

**欲寄愁心朔雁边[①]，西风浊酒惨离筵[②]。黄花时节碧云天。**

**古戍烽烟迷斥堠[③]，夕阳村落解鞍鞯[④]。不知征战几人还？**

**◇注释**

①朔雁：指北地南飞之雁。

②浊酒：用糯米、黄米等酿制的酒，较浑浊。

③烽烟：烽火。斥堠：斥堠亦称斥候，是中国古代对侦察兵的称呼，多为轻骑兵。

④鞍鞯：马鞍子和垫在马鞍子下面的东西。

**◇赏析**

西风乍起，凉意迎面拂来，不觉一阵惊寒：又是一年秋。浸润西风中，手持一壶浊酒，独自饮。这般西风，这般浊酒，不觉浮想联翩。昔日分离景况，立现眼前；悠悠古道，西风悯人，浑浊的黄酒，还有泪眼迷蒙的送行之人，交织在一起，渐行渐远，成了心中一个永远的铭记。

即便珍味无数，也注定是一场凄惨的别宴，今日一别，不知何时再聚，同欢饮。我的思绪越发凌散，忽地一声雁鸣。这北方的大雁，怎能解我的愁绪，依然似有欢意。我只愿将这片愁，寄给这将要南归的雁儿，哪怕也只能暂慰我愁思，姑且这般罢。

伴着思虑，不禁眺望，远处黄灿灿的菊花一片又一片，在微风的抚摸下，似浪般起起伏伏，却也好看，却也心酸。在这黄花绽开的时节，青云块块镶在天穹，就快要把天给缀满了。望着这青云，不觉心内又溢出愁情。蓦地，一股烽烟直逼碧色的云天。历史悠久的斥堠上飘起的狼烟，一股接着一股，伸向远方，这是戍守的兵士发出作战的讯号：敌人又来冒犯了。激烈的厮杀，整整持续了一天。到了黄昏，我随战友一起，在一个偏僻的村子里休整，以备再战。脱下了盔甲，解开了鞍鞯，马儿也累得直喘。饮着浊酒，盯着落日，再回想白日的惨烈。心生感慨：不知道战争结束后，还有几人能回家，与亲人团聚？想着想着，热泪脱眸，满面愁绪，皆是思亲愁情。

这首词描写的是一个在外从军之人思念家人的情景。

全词可分为两部分。前三句为上片，写的是战争前的忆家的情状，下片写的是经过厮杀战斗后的恋家的情景。虽有两片，但却由一“愁”统辖。首句“欲寄愁心朔雁边”，直抒胸中压抑长久的“愁”，在萧索荒凉的边塞，“愁”心无处寄送，秋日望见大雁，不由“我”心生此意。因“愁”而生忆，忆及当年离家别亲的凄惨别宴，恰如就在昨日，故而愁心更添一层愁。独饮浊酒，更添愁绪，所谓“酒入愁肠，化作相思泪”，又有“浊酒一杯家万里”，所以愁情更浓更远。远处美好的灿灿黄花，给“我”视觉上的亮色。一片荒芜之中，突见生机勃勃的黄花，犹如无垠沙漠里的一汪清泉，给人欣喜。但这欣喜，却也是如此短暂，欣喜过后是无尽的苦楚。这里，以艳丽的黄花美景来反衬“我”的内心无比凄凉。

下片中，思绪未定就不得不投入战斗。战斗直到傍晚，片刻的休整，望着受伤的战友，情感陡然升华，由上片的只是内心愁绪，变为内心的担忧。夕阳虽在，却再也没有“长河落日圆”的气概，有的只是一层一层添增的思虑。古来战争，从来就是“一将功成万骨枯”，战争的残酷，让“我”心内生忧，也让读者心生忧虑：“我”能否平安回家与家人团聚？这不可知晓。在这里，“我”虽无直抒胸怨，但怨气慢慢升起：亲人别离，生死未卜，隐隐地表达了对战争的不满。

词仅四十二字，却刻出多个画面，如伫立望雁，浊酒别离，烽烟浓起等。词人善于运用意象，虽多是先人用过之意象，经过词人之手，却别具一格，给人不一般的画面感觉。情感表达也是由浅入深，进而有一种隐怨在内。意象组合出的景与词人所要表达的情，相互融合，情景交融，虽是刻意排布，却不给人以雕饰之感，甚是了得。

# 浣溪沙

**败叶填溪水已冰，夕阳犹照短长亭[1]。行来废寺失题名。**

**倚马客临碑上字，斗鸡人拨佛前灯[2]。劳劳尘世几时醒。**

## ◇注释

①短长亭：短亭和长亭的并称。

②斗鸡：使公鸡相斗的一种游戏，多用来指纨绔子弟游手好闲，不务正业。

## ◇赏析

这首词大约是作者于旅途中见到“废寺”有感而作。词的上片写废寺之外景，荒凉残败，冷然消寂。“败叶填溪水已冰”，这里“败叶”可理解为已经凋零的树叶。“填”字用得极妙，说明败叶之多已将溪水填满，给人一种沉重萧瑟之感。“水已冰”说明已值深秋初冬时节。下一句“夕阳犹照短长亭”说的是荒凉秋季黄昏时分，夕阳斜照长亭短亭。此句表面上写景，实际上写人。因为长亭短亭在古代皆是临别送行之所，含送别之意。此景与前句“败叶填溪水已冰”意境相融，透足凄凉之感。接着引来下一句废寺主题，“行来废寺失题名”，通过正面渲染庙宇上的题字都因为多年来遭受风吹雨打而难以辨认，述说其苍凉之态！

深秋了，满树浓叶开始凋零，秋风萧瑟，卷着这些破败的残叶并将它们吹进寒冷的溪水里。抬头遥望，夕阳尚斜照着这一片苍凉之景，可是那些远走的人啊，早已不见踪影。只余这荒凉寺院上的题名，年年遭受风吹雨打，最终模糊难辨。

上片勾勒出残阳野亭孤庙物人皆非，惹不尽的惆怅。

下片从远景直接拉至废寺内景，笔述残破不堪、香火断绝的现状。“倚马客临碑上字，斗鸡人拨佛前灯。”这两句是写现在会来寺中的人早已不是当初的善男信女，而是前来闲游的过客，或是贵族豪门的公子哥儿。而他们来这里也不是为了上香礼拜，只不过是为了寻找一个可以玩乐的地方而已。

其中“斗鸡人拨佛前灯”，引用的是唐朝玄宗时期的典事。唐玄宗好斗鸡，在两宫之间设立斗鸡坊。遇七岁贾昌，通晓鸟语，驯鸡如神，玄宗任命他为五百小儿长，每天赏赐金帛。贾昌父亲死，玄宗赐他葬器。天下人称其“神鸡童”。于是坊间还有“斗鸡走马胜读书”的言传流出，贾昌被玄宗恩宠四十年。但是天宝年间，安史之乱爆发，玄宗仓皇奔蜀，贾昌换了姓名，依傍于佛寺。其家被乱兵劫掠，一物无存。纳兰这里用贾昌的故事，意在指出这寺庙的命运就如同贾昌一样，所有繁华不过是过眼云烟，荣辱兴衰交替，最终也只能荒凉收场。

此句谓：那些曾经临摹碑石的人也好，斗鸡赌胜的贵公子也罢，还有那些曾经来过这里的文

人墨客、贵廷商贾，纵然尊卑贤愚不同，然而在这劳劳尘世，不过是同归一梦罢了。这份情怀，端的就是人生不过梦一场，权势身份荣耀，梦醒后只可能无限悲凉。

纳兰的这首词，情调非常消沉。于是也有人猜测，这词估计是纳兰随从康熙皇帝出巡时，见到荒郊中荒废了的寺庙时，感伤之下所作。纳兰本身是一位入世极深的士人，然而他所向往的却是温馨自在的生活。在康熙身边多年，他看遍了清廷政治党争倾轧，他想做的事不能做，不想做的事又不得不做。在不停的陪侍出行中耗蚀青春年华，这些都使他厌畏思退。再加上他的父亲明珠，本来是位政治才能杰出的能臣，在统一台湾、平定三藩、治理黄河水患等重大国事中都起了相当大的推动作用，他还坚定地支持天主教会，为闭塞的皇朝打开了与外界交流的契机。这些都足以使他名垂青史，然而势高位重同时也滋长了明珠的腐败作风，他结党营私、贪污受贿，终被罢相。虽然这些在纳兰性德生前尚未发生，然而这位才子却似乎已然预见到了这个结局。面对朝为权贵、暮则家破势尽犹如穷僧的境遇，纳兰自嘲是“斗鸡人拨佛前灯”，透出了看破前程却又无可奈何的忧伤之怀！

# 沁园春

**试望阴山[①]，黯然销魂，无言徘徊。见青峰几簇，去天才尺；黄沙一片，匝地无埃[②]。碎叶城荒[③]，拂云堆远[④]，雕外寒烟惨不开。踟蹰久[⑤]，忽冰崖转石，万壑惊雷。**

**穷边自足秋怀。又何必平生多恨哉？只凄凉绝塞，蛾眉遗冢[⑥]；销沉腐草，骏骨空台[⑦]。北转河流，南横斗柄[⑧]，略点微霜鬓早衰。君不信，向西风回首，百事堪哀。**

**◇注释**

①阴山：内蒙古自治区中部山脉。东西走向，包括狼山、乌拉山、色尔腾山、大青山等。

②匝地：满地，遍地。

③碎叶城：高宗调露元年置，属条支都督府，在今吉尔吉斯斯坦首都比什凯克以东的托克马克市附近，它与龟兹、疏勒、于田并称为唐代“安西四镇”。

④拂云堆：古地名，在今内蒙古包头西北，唐时朔方军北与突厥以河为界，河北岸有拂云堆神祠，突厥如用兵必先往祠祭酹求福，张仁愿既定漠北，于河北筑中、东、西三受降城以固守，中受降城即在拂云堆，故拂云堆又为中受降城的别称。

⑤踟蹰：徘徊，心中犹疑，要走不走的样子。

⑥蛾眉遗冢：指古代和亲女子之墓。此处用王昭君出塞的典故。《汉书·匈奴传下》：“元帝以后宫良家子王嫱，字昭君赐单于。”王昭君墓在今内蒙古自治区呼和浩特南。传说当地多白草而此冢独青，人称“青冢”。

⑦骏骨：据《战国策·燕策一》载郭隗用买马作喻，说古代有用五百金买千里马的马头骨，因而在一年内就得到三匹千里马的，劝燕昭王厚币以招贤，后遂以“骏骨”喻杰出

的人才。

⑧斗柄：构成北斗柄部的三颗星。

## ◇赏析

在一个孤寂的日子，唐朝诗人陈子昂独自登上了位于现北京市大兴的幽州台，感怀抒郁，写下了苍凉的怀古之作《登幽州台歌》：“前不见古人，后不见来者。念天地之悠悠，独怆然而涕下。”一千年后，清朝诗人纳兰性德体会到了与他类似的心境，不过地点不是北京大兴，而是西北边塞。

这首词是纳兰性德康熙二十一年（1682年）出使唆龙所作，抒发凄凉伤感之情：遥望苍凉的阴山，不禁令人黯然销魂，徘徊不前。只见那高高的山峰高耸入云，接近天际，眼前黄沙遍地，却不起一丝尘埃。那唐代的碎叶古城早已荒凉，拂云堆也遥远得看不见。唯见飞翔云外的雕鹰和那寒烟茫茫、愁惨不散的荒漠景象。正徘徊不前之际，忽听得山崖轰鸣，仿佛是巨石滚动，又像是万丈深壑里发出的惊雷隆隆。人生不必有多少遗恨才能伤感，这荒凉边塞看了已经让人愁苦满怀了！想到王昭君凄凉出塞，如今人已死去，但遗冢犹存；而那掩埋在荒漠野草中的，是当年燕昭王求贤所筑的高台。河水依然向北流去，北斗星柄仍是横斜向南。愁苦之人已经未老先衰。你若不相信，只需要在秋风中回首往事，必定愁苦满怀！

看纳兰对边塞风光的描写，会发现非常有趣的现象，他套用了李白《蜀道难》对蜀地的描述。开篇一句“试望阴山，黯然销魂，无言徘徊”，几乎就是对《蜀道难》开篇的意译。“见青峰几簇，去天才尺”，与“连峰去天不盈尺”如出一辙；待到了“忽砯崖转石，万壑惊雷”，岂不是“飞湍瀑流争喧豗，砯崖转石万壑雷”的再造？《蜀道难》是名篇中的名篇，小孩启蒙的必备篇目，也许在幼年纳兰的心中，所谓的凶、所谓的险，就是李白所描绘的样子。纳兰没有进过川蜀，无缘见千年前李白所惊叹的蜀道，不过，他在西北边塞见到了幼年印象里只有诗歌中才会出现的崇山峻岭。

同样是浪漫主义诗人，面对险峻的高山，李白显现出的是洒脱的浪漫，描绘了山有多险，然后说“不如早还家”，俨然一位背包客，看看，赞叹一番就算了。纳兰则心重得多。他追忆了边塞的往昔，想到了昭君出塞，燕王求贤。

王昭君，一位美丽如娇花软玉的女子，可也颇有女中丈夫的气概。当其他初入宫的女子都无奈地涨红了脸凑出银子去贿赂画师时，唯有她骄傲地扬起头颅，对小人不屑一顾。画师毛延寿也是个手黑的人物，你不把她画美就算了，偏偏给她点上一颗“丧夫落泪痣”，害得她入宫三年，无缘君面。到底不是平凡女子，宁可远走荒边，也不老死宫中。一个女人，本身就已经美得惊心了，偏偏她又如此果敢，有生命的活力，纵使年华老去于荒凉的土地，依然引得无数人思慕与怀念。

燕昭王是小国的国君，想使国家强盛起来，可求才不得，遂向老臣郭隗求教。郭隗告诉他，若求千里马而不得，肯花五百金买一副千里马的骨头，自然就有人将千里马送上门。为求良驹，不惜五百金买一副骨头，这份气魄，浪漫得动人心魄。这是只有古人才想得到、做得到的事情。燕昭王竟然照着做了，果然吸引了大量人才，使燕国步入黄金时代。

那些浪漫的理想年代已经过去，那些满怀激情的风流人物已然消隐，存留于世间的只有蛾眉遗冢，骏骨空台。陈子昂于幽州台上之悲，悲的是孤独，悲的是历史的苍凉。纳兰性德之悲，初看悲的是边塞苍凉的景色，说到底，还是悲的历史的天空下已经寂灭的岁月的故事。

# 沁园春

丁巳重阳前三日[①]，梦亡妇淡妆素服，执手哽咽，语多不复能记。但临别有云："衔恨愿为天上月，年年犹得向郎圆。"妇素未工诗，不知何以得此也，觉后感赋长调。

**瞬息浮生，薄命如斯，低徊怎忘[②]。记绣榻闲时，并吹红雨[③]；雕阑曲处，同倚斜阳。梦好难留，诗残莫读，赢得更深哭一场。遗容在，只灵飙一转[④]，未许端详。**

**重寻碧落茫茫[⑤]。料短发朝来定有霜。便人间天上，尘缘未断；春花秋叶，触绪还伤。欲结绸缪[⑥]，翻惊摇落，减尽荀衣昨日香。真无奈！倩声声邻笛，谱出回肠。**

## ◇注释

①丁巳重阳前三日:指康熙十六年农历九月初六日，即重阳节前三日。此时纳兰性德亡妻已病逝三个多月。

②低徊：形容萦绕回荡。

③红雨：指落花。唐李贺《将进酒》："桃花乱落如红雨。"

④灵飙：灵风、神风。指梦中爱妻飘飞的身影。

⑤碧落：天空。语出白居易《长恨歌》："上穷碧落下黄泉，两处茫茫皆不见。"

⑥绸缪：紧密缠缚，缠绵，情意深厚，这里指夫妻恩爱。

## ◇赏析

纳兰与妻子卢氏相处的时间虽然短暂，但是感情却十分深厚，丁巳年即康熙十六年，也就是卢氏逝世这一年。妻子逝世不久，尸骨未寒，所以词人时时思念，幻想能与其再续前缘。这一年重阳节前三天的夜晚，词人竟真的在梦中与亡妻相会，两人相对哽咽，说了许多思念之语，临别之时，妻子赠诗"衔恨愿为天上月，年年犹得向郎圆"于词人。但是，梦境虽美，终究也是一场空幻，醒来之后只会让痛苦进一步加深，于是在感慨无奈之下，词人又提起笔来，写下这首词。

"瞬息浮生，薄命如斯，低徊怎忘"，词一开篇，纳兰就以咏叹的笔法写出了对亡妻的一往情深，人生苦短，瞬息即逝，本来是伉俪情深，无奈妻子却红颜薄命，短暂的三年快乐相处换来的是一生的哀思。

由于对亡妻的思念萦绕在纳兰的心间，纳兰自然也就开始回忆与卢氏新婚后的恩爱生活，"记绣榻闲时，并吹红雨；雕阑曲处，同倚斜阳"，当初相依相偎坐在绣榻上，吹着飘飞的花瓣，在栏杆的拐弯处共同欣赏黄昏的景色，在这句中，以往昔的欢乐对

比，反衬出词人如今的孤单与愁苦。

“红鱼”在这首词中有两种可能的解释，一是指桃花，李贺《将进酒》有“桃花乱落如红雨”之句，二是指落花如雨，刘禹锡《百舌诗》中有“花枝满空迷处所，摇动繁英坠红雨”。

接着纳兰开始倾诉自己失去爱妻之后的痛苦，“梦好难留，诗残莫读，赢得更深哭一场”，人生中最大的痛苦莫过于生死离别，此时的纳兰已经开始纠结起命运来，他珍爱生命，可惜生命最后却是瞬息浮生，他珍惜爱情，可是爱情却得而复失，他想与心爱之人梦中相会，互诉衷肠，结果却只是好梦难留，当所有的一切都化为乌有时，他只能无奈地在深夜里痛哭流涕。这时他又想起梦中妻子的模样，只可惜这梦去得太快，还没来得及仔细端详，亡妻便已“灵飙一转”，词到此，更加平添一份悲痛之情。

下片开篇紧承上片结尾，写梦醒后词人想要重寻梦境，可惜“碧落茫茫”，无迹可寻。在悲愁和痛苦的煎熬之下，纳兰猜想第二天自己的头上一定会增添许多白发，这句与苏东坡的“纵使相逢应不识，尘满面，鬓如霜”十分相似，可是苏东坡要十年才尘满面，鬓如霜，纳兰却是一夜白头，抛却真假不论，其中孰深孰浅，已无须多说。

命运是无法改变的，但是痴情的纳兰却偏偏要与命运做一番抗争，他固执地发出：“便人间天上，尘缘未断；春花秋叶，触绪还伤”，虽然生死相隔，但尘缘并不会就此割断，否则又怎会在梦中相见，那春花秋叶都是触动感伤的琴弦，让人看后不胜凄怆。

一对恩爱的夫妻本想白头偕老，结果妻子却像木叶一样飘然陨落，这恐怕是人生中最大的遗憾，以致于纳兰从此“减尽荀衣昨日香”。“荀衣”有两个典故，一指东汉荀彧嗜爱香气，身带之。所坐之处，香气三日不散。二是《世说新语·惑溺》中记载：荀奉倩与妇至笃，妇病亡，痛悼不已，岁余亦亡。这里两个典故合用，说明自妻子死后，纳兰已经形容憔悴，丰神不再。

词到结尾，“真无奈！倩声声邻笛，谱出回肠”，在无限的愁绪之中我们又听到词人发出一声无可奈何的叹息。在这里“邻笛”亦是一个典故，魏晋之间，向秀经过友人旧庐，闻邻人奏笛，感怀亡友，作《思旧赋》来悼念。而词人此时谱写的，岂不正是这种令人断肠的伤心曲！

纳兰填词并非是一气呵成，而是反复斟酌，反复修改，因此此词也有多个版本，在此就不一一评说。

# 沁园春

**梦冷蘅芜[1]，却望姗姗[2]，是耶非耶？怅兰膏渍粉[3]，尚留犀合；金泥蹙绣[4]，空掩蝉纱[5]。影弱难持，缘深暂隔，只当离愁滞海涯。归来也，趁星前月底，魂在梨花。**

**鸾胶纵续琵琶[6]。问可及当年萼绿华[7]？但无端摧折，恶经风浪；不如零落，判委尘沙[8]。最忆相看，娇讹道字⑨，手剪银灯自泼茶。今已矣，便帐中重见，那似伊家。**

### ◇注释

①蘅芜：香草名。晋王嘉《拾遗记·前汉上》："（汉武）帝息于延凉室，卧梦李夫人授帝蘅芜之香。帝惊起，而香气犹着衣枕，历月不歇。"闽徐夤《梦》诗："文通毫管醒来异，武帝蘅芜觉后香。"

②姗姗：走路从容、不紧不慢的样子。

③兰膏：一种润发的香油。渍粉：残存的香粉。

④金泥：用以饰物的金屑。蹙绣：即蹙金，一种刺绣方法，用金线绣花而皱缩其线纹使其紧密而匀贴，亦指这种刺绣工艺品。

⑤蝉纱：像蝉翼一样薄的纱。

⑥鸾胶：相传以凤凰嘴和麒麟角煎成的胶，可黏合弓弩拉断了的弦，俗称丧妻男子再婚。

⑦萼绿华：传说中的仙女名。自言是九疑山中得道女子罗郁。晋穆帝时，夜降羊权家，赠权诗一篇，火手巾一方，金玉条脱各一枚。见南朝梁陶弘景《真诰·运象》。李商隐《重过圣女祠》："萼绿华来无定所，杜兰香去未移时。"

⑧判：甘愿、甘心。尘沙：尘世。

⑨道字：一种将字拆开的文字游戏。

### ◇赏析

喜新厌旧是世人常态，眼前有娇媚新人，自然将往昔旧人抛诸脑后。纳兰性德眼前有位新人——他的发妻已经故去了。而且，以纳兰府的名望与财富，这位新人必然出身高门大户，貌美如朝露。不过，人们没有听闻纳兰府新人的笑声，纳兰性德的心，显然并没有放在新人身上。他仿佛坠入了时间的迷雾中，时时与旧人相伴：

蘅芜袅袅，似梦非梦，看到你步履轻缓,从容不迫地姗姗走来，这景象是真是幻？眼前你润发用的香油，粉盒中残存的香粉，依旧在妆奁中静静地躺着；装饰用的金屑和没有绣完的绣品还放在那里。面对着这些你曾用过的东西，睹物思人，怎能不怅然心伤！真希望我们不是天人永隔，滞留天涯。你忽然回到我身边，趁着这明月星空，在曾经相约的梨花树下与我相见。纵然是续娶了后妻，但又怎么能与你相比呢？如今让我无端经受这样的打击，如尘沙般孤独零落。最令人伤神追忆的是你读错了字的娇柔之声，和那剪去灯芯、赌气泼茶的柔媚之态。如今一切美好都已结束，即使再次相见，也不是当时的样子了。

看到这首词，续娶的新夫人一定伤心欲绝。"鸾胶纵续琵琶。问可及当年萼绿华？"萼绿华，传说中美丽的仙女。新夫人纵使艳若三春牡丹，也比不过逝去的人儿——她在他的心中是"萼绿华"，天国芳蕊，远胜过人间富贵花。爱，是一种能力。有些人随时随地可以开始下一段恋爱，全心投入其中；有些人此种能力却相对匮乏，他们的爱如春日的草花，与命中注定的人相遇，便如被惊雷催发，伸展枝丫，拼尽全力开出一朵花蕾，花谢了，生命的活力也随之枯竭了。纳兰性德无疑是后者。传说，纳兰曾与表妹相爱，无疑这位表妹扮演了春雷的角色，撼动了少年纳兰心中情欲的芽苗。然

而，他们没能走在一起，最终同纳兰一同完成这段感情经历的，是他的妻子卢氏。

纳兰的性格落拓无羁，禀赋超逸脱俗，才华出众，与他出身豪门，钟鸣鼎食，入值宫禁，金阶玉堂的前程，构成一种常人难以体察的矛盾感受和心理压抑。爱妻的早亡、挚友的聚散，使他内心深处的困惑与悲观难以释怀。对仕途的厌倦和不屑，使他对凡能轻取的身外之物无心一顾，但对求之却不能长久的爱情，对心与境合的自然和谐状态，却流连向往。

纳兰对妻子的爱深刻真切，充满怜惜。妻子去世了，她曾用过的脂粉、发油，她未做完的刺绣，每一样都静静地待在原处，仿佛在等待主人回来。她住过的房间，是他栖息心灵的幽僻之地。他每日流连其中，回忆共同走过的那些日子的点点滴滴的幸福，甚至曾经她念错一个字的娇嗔，都成了今日最值得反复咀嚼的甜蜜回忆。

康熙二十四年暮春，纳兰性德抱病与好友一聚、一醉、一咏三叹，然后便一病不起，七日后溘然而逝。病时，康熙曾派人探望并送御药，闻其亡故之讯，为之惋惜。纳兰性德的业师徐乾学为其撰写墓志铭、神道碑。纳兰性德葬于京西皂甲屯纳兰祖茔，带着无限的爱与娇妻卢氏合葬于山明水秀之境，从此相依相伴、永不分离。

## 摸鱼儿 午日雨眺[①]

**涨痕添、半篙柔绿[②]，蒲稍荇叶无数[③]。空蒙台榭烟丝暗[④]，白鸟衔鱼欲舞[⑤]。桥外路。正一派、画船箫鼓中流住[⑥]。呕哑柔橹[⑦]，又早拂新荷，沿堤忽转，冲破翠钱雨[⑧]。**

**蒹葭渚，不减潇湘深处。霏霏漠漠如雾。滴成一片鲛人泪[⑨]，也似汨罗投赋[⑩]。愁难谱。只彩线、香菰脉脉成千古。伤心莫语，记那日旗亭，水嬉散尽，中酒阻风去。**

**◇注释**

①午日：五月初五日，即端阳节。

②涨痕：涨水后留下的痕迹。柔绿：嫩绿，也指嫩绿的叶子或水色。

③蒲：蒲柳，即水杨。荇：多年生草本植物，叶略呈圆形，浮在水面，根生水底，夏天开黄花，全草可入药。

④空蒙：细雨迷茫的样子。台榭：台和榭，亦泛指楼台等建筑物。

⑤白鸟：白羽的鸟，鹤、鹭之类。

⑥箫鼓：箫与鼓，泛指乐奏。

⑦呕哑：象声词，形容声音嘈杂。柔橹：谓操橹轻摇，亦指船桨轻划之声。

⑧翠钱：新荷的雅称。

⑨鲛人：神话传说中的人鱼。典出《洞冥记》：“（吠勒国人）乘象入海底取宝，宿于鲛人之舍，得泪珠，则鲛所泣之珠也，亦曰泣珠。”后谓神话传说中的鲛人流出泪珠能化作珍珠。

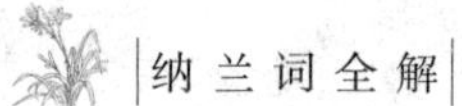


⑩汨罗投赋：战国时楚诗人屈原因忧愤国事投汨罗江而死，后人写诗作赋投入江中，以示凭吊。

### ◇赏析

词的副标题为“午日雨眺”，这首词写于五月初五端午节，纳兰雨中凭眺生情，感怀而作。端午时节，春水涨池，水草丰茂碧绿。烟雨空蒙，楼台掩映，白鸟衔鱼起舞。桥外水路上，一派画船歌舞、桨声“呕哑”的春景图。荷叶新纱，船桨在岸边忽然转过，划破了这一池的碧绿。湖面的小岛，风情不比湘江美景逊色。细雨霏霏，如烟似雾，化为鲛人的眼泪，滴成珍珠，又仿佛是将诗赋投入汨罗江中所溅起的。

而此际闲愁难以述说，只有凭借用彩线缠裹粽子投入江中，以示这千古的脉脉哀思了。记得当初我们在这端午之日的酒楼上，泼水嬉戏、酒醉兴尽而去的情景，回想起此，不由伤心满怀，只有低头不语了。

“涨痕添、半篙柔绿，蒲稍荇叶无数。”涨水后留下痕迹，水草丰茂，春景过渡到夏景的景象在词的开篇展露无疑，宋苏东坡《书李世南所画秋景》诗：“野水参差落涨痕，疏林欹倒出霜根。”纳兰虽然是取意境其中，但也运用得恰到好处。

“空蒙台榭烟丝暗，白鸟衔鱼欲舞。”柳条随风舞动，如烟似梦，而白鹭捕鱼的姿势很是优美，犹如舞蹈一般。纳兰欣赏着这美好的景物，仿佛置身于画中一般，“桥外路。正一派、画船箫鼓中流住。呕哑柔橹，又早拂新荷，沿堤忽转，冲破翠钱雨”。上片是写景，写出景色之美，而让读词的人也深陷其中，感受着这看似普遍，但却别有风味的景物，而到下片开始，则是借景抒情了。

“蒹葭渚，不减潇湘深处。”愁绪蔓延开来，深深荡漾开去，而霏霏细雨，细密如针织，仿佛雾气一样笼罩在四空，“霏霏漠漠如雾。滴成一片鲛人泪，也似汨罗投赋。”如同泪雨一样，好似是在为投江自尽的屈原悼念默哀。

愁绪难以谱写，只有写入词章，以来聊表心意，“愁难谱。只彩线、香菰脉脉成千古。伤心莫语。”无言以对伤心事，看到这美好景色，却难以提起兴致，虽然是借着祭奠屈原来写出心中惆怅，但其实纳兰祭奠的是自己那无法言说的哀愁。

“记那日旗亭，水嬉散尽，中酒阻风去。”记住这美好的景象吧，不要总是记住过去悲伤的事情，那样只能苦了自己。

# 摸鱼儿 送座主德清蔡先生[1]

**问人生、头白京国[2]，算来何事消得。不如罨画清溪上[3]，蓑笠扁舟一只。人不识。且笑煮鲈鱼[4]，趁着莼丝碧。无端酸鼻[5]。向歧路销魂，征轮驿骑[6]，断雁西风急。**

**英雄辈，事业东西南北。临风因甚成泣？酬知有愿频挥手，零雨凄其此日[7]。休太息。须信道、诸公衮衮皆虚掷[8]。年来踪迹。有多少雄心，几番恶梦，泪点霜华织。**

## ◇注释

①蔡先生：蔡启僔，字昆旸，号石公，德清人，康熙庚戌一甲一名进士，授修撰，历官左春坊左庶子，有《存园草》。

②京国：京城，国都。

③罨画：明杨慎《丹铅总录·订讹·罨画》："画家有罨画杂彩色画也。"

④鲈鱼：用南朝张季鹰的典故。刘义庆《世说新语·识鉴》谓："张季鹰辟齐王东曹椽，在洛，见秋风起，因思吴中莼菜羹、鲈鱼脍，曰：'人生贵得适意尔，何能羁宦数千里以要名爵？'遂命驾便归。俄而齐王败，时人皆谓为见机。"后以此为思乡赋归之典。

⑤酸鼻：因悲伤而鼻子发酸，眼泪欲流。

⑥征轮：远行人乘的车。驿骑：骑驿马传递公文的人，或指驿马。

⑦零雨：慢而细的小雨。《诗经·豳风·东山》："我来自东，零雨其蒙。"

⑧虚掷：白白地丢弃、扔掉。

## ◇赏析

纳兰性德写作这首词时，可是春天？他说"酬知有愿频挥手，零雨凄其此日"。蒙蒙烟雨，别意凄凄。驿马即将启程，诗人在苍冷阴郁的天空下对马车中的人挥手作别。

这位车中人不是红颜，不是美人，是白发苍苍的老者——纳兰性德的老师、知己。他是他确确实实的知己。他在成百上千个生员的试卷中将他的作品甄选而出，为之击节赞叹，遂圈为举人。

他是纳兰性德的"座主"蔡启僔。"座主"即科举考试的主考官。按照科场规矩，根据科举时代的惯例，由此他们就有了师生之谊。

同是送别之作，纳兰还有一首《金缕曲·慰西溟》。相比之下，这首《摸鱼儿》更显深切与丰富。姜宸英（西溟）是位才学满怀却屡试不第的狂人，多的是男儿的怀才不遇、满腹壮志未酬的惨烈。蔡先生却不同。他是金銮殿上皇帝钦点的状元，他的人生更像一个封建时代寒门儒生的经典奋斗蓝本——他努力，他成功，他衣锦还乡光耀门楣，他这位天子门生为科考为国事熬白了头发，却在朝臣们的拉帮结派彼此倾轧中成了炮灰，解甲还家。

同样是纳兰的朋友，蔡启僔与姜宸英人生境遇不同，却同样是狷狂之士。蔡启僔是清康熙九年（1670年）中的状元。康熙八年，蔡启僔进京会试，路过淮安府山阳县。山阳县令是他的乡试同年，那个年代，乡试同年便有同窗之谊，且乡人在外，故知难求，少不得一番探望。

彼时的蔡启僔一副穷儒装扮，破衣烂衫，且没有长一张“器宇轩昂”的脸，怎么看都不像是有资格与县太尊平起平坐的友人，也不像是虎落平阳前来求助的潜力股“贵人”，倒像个货真价实的打秋风的穷酸。换作旁人，门房早一脚踢走，好在当时知识分子还真是有些社会地位的，蔡启僔名刺上“举人某某”的字样，使这张名刺平安递到了县太尊手上。

县太尊如今虽早已脱去了一身穷皮，脑满肠肥，念书时的童子功还在，记性颇好，一下子想到了念书时的那位穷朋友。凤凰男遇到穷老乡，满心的不屑与不耐烦，直接回绝又不好，于是在名刺上写下了“查明回报”四字。门房心领神会，利索地把穷儒蔡启僔打发走了。

风水轮流转，不过这风水转得也太快了些，第二年蔡启僔就中了状元，穷酸成了大贵人。山阳县县太尊见一时眼皮子浅活生生给自己立了个冤家，赶紧准备厚礼并修书一封致蔡启僔，想找补找补。新科状元当时送上的不过是一个名刺，如今拿到手的却是一个礼帖。状元郎也学县太尊提笔写字，不过没写“查明回报”，写了一首七绝：“一肩行李上长安，风雪谁怜范叔寒？寄语山阳贤令尹，查明须向榜头看。”

何等才情，何等狂狷！即便是放在今日，也是会被说是不识好歹、不给人面子。毕竟从此大家同朝为官了，吃一个碗里的饭，难保日后谁不仰仗谁。能在官场上混的，谁没有一腔婉转细腻的心思，蔡启僔这般直爽且眼里揉不下沙子，纵然才情万丈，也保不得他在暗流汹涌的清代官场上不翻船。

我们且看蔡启僔的履历：

蔡启僔（1619–1683年），字昆旸，号石公，明末清初浙江湖州府德清县人。幼年去京，随任吏部侍郎、东阁大学士的父亲读书。清康熙九年（1670年）进士，并钦点为状元。充任日讲官。十一年，为顺天（今北京）乡试主考官，号称知人。后历任右春坊、右赞善、翰林院检讨。因病卸职归乡。

可见，蔡启僔并非货真价实的寒门子弟，确切地说，出身书香门第、官宦人家——他的父亲是吏部侍郎、东阁大学士。但是他并没有卖弄自己的门第，而是以孤高傲骨的儒生的标准严格要求自己，山阳县令那类善于钻营的人物竟然不知他的底细。尘世本污浊，怎容君出于污秽且不染纤尘。康熙十二年，即纳兰性德中顺天府乡试举人的第二年，蔡启僔就被卷入了廷内争斗中，因顺天乡试“副榜未取汉军卷”被弹劾。欲加之罪，何患无辞！蔡启僔因为在顺天乡试正式录取名额之外，没有按规定给汉军旗人一定的照顾，就被降级处分。蔡启僔何等风流爽朗人物，纵然让宏图壮志哽了喉，也不愿让尘世污秽脏了眼，飘然挂冠而去。

纳兰性德对老师又敬又爱，他知晓老师的为人，知道老师多年来对事业的付出和高远的志向。“问人生、头白京国，算来何事消得。”这人生在世，算来有什么事值得在京城里熬白了头发？纳兰细腻，善于体贴人意，开篇就是一句宽慰人的话语。蔡启僔

五十中举，到受弹劾为止，为官不过三年。霜染满鬓，所染却并非京城霜雪。纵然蔡启僔为人洒脱，心中也少不了郁闷。纳兰宽慰他说，在这壮阔暗郁的京国，纵使熬白了头发又有什么意义？

蔡启僔的故乡，在风景如画的江南。纳兰用南朝张季鹰的典故劝慰老师。据说张季鹰见秋风渐起北雁南归，思恋起家乡莼菜羹碧绿爽滑，鲈鱼鲜嫩美味，便说道："人生贵得适意尔，何能羁宦数千里以要名爵？"官印一挂，潇洒还家。老师的故乡，有清溪、扁舟，鲈鱼、莼丝。当世界无法满足我们的期望，为什么不寄情于山水，做心灵的逸者？远比在愁苦又抑郁的困境中摸爬滚打要好得多。

世上事，几多期望，几多怅惘。得时便得，舍时便舍，人生洒脱，况味非常。江南的一枝杏花，未必比不上朝堂上一块笏板；天子的几句赞美，未必比得上乡野牧童的一段短萧。看那些在金銮殿上屹立不倒的兖兖诸公，他们确实得到了身外浮名，但是他们的生命都在权势的烤炙中丧失了活力，他们的心灵在官场的大酱缸里浸淫腐坏生满龌龊的蛆虫。老师啊，所谓人生，"有多少雄心"，就有"几番恶梦"，最后不过落得"泪点霜华织。"

挥手自兹去，萧萧班马鸣。今日的挥别，挥去的是一段陈腐无趣的岁月尘烟。

真的希望这是一首写于春日的诗篇，那样，纳兰为老师随诗歌附上的，还会有一枝柳眼初绽的盈盈碧柳。老师此去非是西出阳关，而是由命运的波浪将此身推去生命原始的江南。那里斜风细雨，桃花流水——这未必不是另一段滋味非常的生活的开端。

# 青衫湿 悼亡

（按此调《谱》、《律》不载，疑亦自度曲。）

**青衫湿遍，凭伊慰我，忍便相忘。半月前头扶病[1]，剪刀声、犹共银釭[2]。忆生来小胆怯空房。到而今独伴梨花影，冷冥冥、尽意凄凉。愿指魂兮识路，教寻梦也回廊。**

**咫尺玉钩斜路[3]，一般消受，蔓草残阳[4]。判把长眠滴醒，和清泪、搅入椒浆[5]。怕幽泉还我为神伤[6]。道书生薄命宜将息[7]，再休耽、怨粉愁香。料得重圆密誓，难禁寸裂柔肠[8]。**

**◇注释**

①扶病：带病行动。

②银釭：银白色的灯盏、烛台。

③玉钩斜：古代著名游宴地。在江苏江都，相传为隋炀帝葬宫人处，后泛指葬宫人处。

④蔓草：爬蔓的草。

⑤清泪：眼泪，宋曾巩《秋夜》诗："清泪昏我眼，沉忧回我肠。"椒浆：以椒浸制的酒浆，古代多用以祭神。《楚辞·九歌·东皇太一》："蕙肴蒸兮兰藉，奠桂酒兮

椒浆。”

⑥幽泉：指阴间地府，借指死者。

⑦将息：调养休息，保养。

⑧寸裂：碎裂。

## ◇赏析

在众多点评“纳兰词”的书籍中，普遍认为这首词是纳兰所有悼念亡妻之作的第一首，作于卢氏亡故半月之后，那么，这种观点是否正确呢？

首先来看词的第一句“青衫湿遍”，作者在一开篇就表明了自己的悲伤程度，眼泪已经湿透了所有的衣服，这种意境是何等凄凉。当年白居易无辜遭贬江州司马后，一直郁郁寡欢，有一次，他在浔阳江头偶遇一位来自京都、漂泊江湖的琵琶女，在听其弹奏时，白居易想到了自己在宦途所受到的打击，顿生强烈的天涯沦落之感，长久以来积蓄在心中的沉痛感受，让其流下痛苦的眼泪，甚至连衣服都被眼泪浸湿了，而此时纳兰的心境，与白居易当时的心情相比，恐怕是大同小异。

从“凭伊慰我”开始，到“尽意凄凉”结束，按照字面上的解释，纳兰确实是在悼念一个人，这几句大致意思是说：“我需要你的安慰，你怎么可以忍心将我忘记呢！你走半月以来我拖着愁病之躯，像你在时那样西窗剪烛。我生来胆小，害怕一个人独守空房，到如今却只有梨树花影相伴，冷冷清清，受尽凄凉。”这几句体现了纳兰对这个人的挚爱以及对其浓烈的思念之情，而且从“半月前头扶病”这句中，我们似乎更能认定纳兰悼念的人正是卢氏，于是作者把自己满腔的愁怀，全部都寄托在梦幻之中，希望亡妻的魂魄能认识回家的路，到梦中与自己相聚。

品读完词的上片，我们能体会到纳兰像其他人一样，总是等到最珍爱的东西失去后才懂得珍惜，此时的纳兰已经被一种深深的负疚感所束缚，甚至完全陷入到一种无法解脱的死结之中，因此上片读完，让人顿感肝肠寸断。

下片一开篇，纳兰就化用了“玉钩斜”这个典故，而正是这个典故让我们产生了种种疑问，甚至可以推断出纳兰在词中悼念的并不是亡妻卢氏。

我们首先应该了解“玉钩斜”这个典故的来历。“玉钩斜”在江苏扬州，618年5月，隋炀帝杨广的右屯卫将军宇文化及在江都兵变，勒死了隋炀帝，隋朝至此灭亡。相传炀帝死后，肖皇后和宫人用床板做了口小棺材，将其草草埋葬，宫中的宫女大多数被乱军所杀，也有少数为隋炀帝殉情自杀，这些死亡的宫女就被草草埋葬在蜀冈的斜坡之上，当时的人们就把这里叫“宫人斜”。

到了唐宪宗元仁年间，李夷简奉旨镇守扬州，有一次在这里赏月，发现新月如玉钩，便在此建筑了一座为“玉钩”的亭子，此后，“宫人斜”便改称为“玉钩斜”。

在一些点评“纳兰词”的书籍中，把“玉钩斜”解释为卢氏墓穴所在地，但是据史料记载，卢氏去世后曾停柩在什刹海附近的龙华寺，直到一年后才被安葬在京西纳兰家的祖茔中，如果纳兰在这首词里悼亡的是卢氏，在这里用“玉钩斜”的典故显然是有失水准的。

接着作者为我们描绘了一幅“一般消受，蔓草残阳”的凄凉景象，但是，纳兰的父亲乃是一代权相，他怎么可能让自己的儿媳与隋炀帝时代的那些宫女一样，忍受着“蔓草斜阳”的凄凉况味呢？由此我们能够知道，纳兰在这里悼念的并不是卢氏，而是一位与那些葬身“玉钩斜”的宫女有着相似之处的女子。而且纳兰说的是“咫尺玉钩斜路”，“玉钩斜”位于江苏扬州，与身处京城的纳兰并非“咫尺天涯”，所以作者在这里并不是在表达时空观念上的感受，而是心理上的感觉，而能够让纳兰产生这种感叹的，恐怕就只有那位少年时与纳兰相爱，最后被迫入宫，并且已经消逝在深宫的表妹了。

从这首词中，我们完全感受不到纳兰以往那种从容舒缓的节奏，有缘无分的昔日恋人如今天人相隔，纳兰那颗破碎的心也就开始飘忽游离在现实之中，从此没有了着落，也永远不会再安顿下来。

# 忆桃源慢

**斜倚熏笼[1]，隔帘寒彻，彻夜寒如水。离魂何处[2]，一片月明千里。两地凄凉，多少恨，分付药炉烟细。近来情绪[3]，非关病酒，如何拥鼻长如醉[4]。转寻思不如睡也，看道夜深怎睡。**

**几年消息浮沉，把朱颜顿成憔悴[5]。纸窗淅沥[6]，寒到个人衾被。篆字香消灯灺冷[7]，不算凄凉滋味。加餐千万，寄声珍重，而今始会当时意。早催人一更更漏[8]，残雪月华满地。**

### ◇注释

①熏笼：一种覆盖于火炉上供熏香、烘物和取暖用的器物。

②离魂：指远游他乡的旅人或游子的思绪。

③情绪：心情，心境。

④拥鼻：掩鼻吟的省称。《晋书·谢安传》：“安本能为洛下书生咏，有鼻疾，故其声浊，名流爱其咏而弗能及，或手掩鼻以效之。”后以此指雅音曼声吟咏。

⑤憔悴：黄瘦，瘦损。

⑥纸窗：纸糊的窗户。

⑦灯灺：谓灯烛将熄，灯烛余烬。

⑧更漏：古时夜间凭漏壶表示的时刻报更，所以漏壶又叫更漏。

### ◇赏析

《忆桃源慢》，美丽的词牌，同样美的还有纳兰的词，婉转低回，仿若一曲悠扬的笛音，清脆动人。思念是世上最真最美的情感，却也是最悲最痛的情愫，当人在思念时，总是能感到心中疼痛，而纳兰的厉害之处就在于，他能够让别人为他的思念，而同样感到心痛，这样的词，读起来，泪与疼一起溢出。

这首词为塞上思亲、念友之作：斜倚在熏笼边上，寒气透过帘子袭进来，彻夜如冰水般寒冷。远游他乡的人身在何处，只在明月千里之外。天各一方，两地相思，都交付给了这药炉细烟。近来极坏的情绪不是由于饮酒太多，又怎能暗自吟咏，仿佛酒后沉醉呢！辗转寻思还不如早早睡去，否则到了深夜更无法入睡。

几年来你的消息断断续续，沉浮不定，把相思的人儿都折磨得形影消瘦了。窗外风雨声淅沥，屋内人单衾薄寒冷。篆字形的香都燃尽了，灯烛的余烬也变得凄冷了。千万要记得照顾好自己，寄去一声珍重，如今才能体会到你当时的心意。更漏一遍遍催人入睡，窗外此时已是月光遍地了。

“斜倚熏笼”，自己斜倚在暖炉上，暖炉传递来的热量传遍全身，此刻想到远方的你，是否能够与自己一样，也有暖流在身旁。如果你没有在屋内，那么外面寒风阵阵，你又是如何驱寒呢？

纳兰想着远在他方的人，内心不禁一阵纠结，“隔帘寒彻，彻夜寒如水”。此时隔着门帘望去，外面天寒地冻，这样的天气，想着离人孤身在外，夜里该在哪里过夜呢？夜晚的寒冷将会是白日的百倍，不知道离人如何安置自己。

叹息阵阵，纳兰虽然担忧，但他自己却是无能为力的，只能给予关心和问候，希望远方的人平安健康。想到这里，纳兰似乎安慰了些，虽然远隔千里，但毕竟是在一轮明月下，看到月光，此刻离人也能看到这月光，这样，他们似乎又没有离那么远了。

“离魂何处，一片月明千里。两地凄凉，多少恨，分付药炉烟细。”话虽如此，但两地分隔，还是多少会难过，长久的思念，终于成疾，在煎药的炉子上，冒起烟雾阵阵，看去，让人思绪缥缈，仿佛回到过去。

“近来情绪，非关病酒，如何拥鼻长如醉。转寻思不如睡也，看道夜深怎睡。”但在上片最后，纳兰却并不承认，自己的病是因为思念过度引起的，他说这病并非是思念而起，而这愁绪也并非是因为生病而起。但他骗得了别人，却骗不过自己，夜晚时候，大家都安然入睡，他却是辗转反侧，无法入眠。

上片悲苦，下片淡然，既然无法相聚，那就期望各自都过得好吧。“几年消息浮沉，把朱颜顿成憔悴。”长期的打探彼此的消息，结果只能是让各自憔悴，这又何必呢？“纸窗淅沥，寒到个人衾被。”窗外淅淅沥沥的雨声，带来阵阵寒意，这寒意仿佛穿透棉被，侵入骨髓，这是寂寞的寒。

“篆字香消灯灺冷，不算凄凉滋味。加餐千万，寄声珍重，而今始会当日意。”檀香熄灭，烟尘落满一地，这比起自己内心的凄惶来说，不算什么凄凉的，此刻想到身在外地的人，只希望他能够珍重。

这首怀人的词在最后，也只是以祝福与哀伤融合结尾，“早催人一更更漏，残雪月华满地。”祝福外地的朋友，但想到自己，也只能独自一人待在家里，看到月光满地，愁绪再次涌上心头。

# 湘灵鼓瑟

（按此调《谱》、《律》不载，疑亦自度曲。一本作《剪梧桐》。）

**新睡觉，听漏尽乌啼欲晓。屏侧坠钗扶不起，泪浥余香悄悄。任百种思量都来，拥枕薄衾颠倒。土木形骸[1]，自甘憔悴，只平白占伊怀抱。看萧萧一剪梧桐[2]，此日秋光应到[3]。**

**若不是忧能伤人，怎青镜朱颜便老[4]。慧业重来偏命薄，悔不梦中过了。忆少日清狂[5]，花间马上，软风斜照。端的而今，误因疏起[6]，却懊恼误人年少。料应他此际闲眠，一样百愁难扫。**

## ◇注释

①土木形骸：形体像土木一样自然，比喻人不加修饰的本来面目。南朝宋刘义庆《世说新语·容止》："刘伶身长六尺，貌甚丑悴，而悠悠忽忽，土木形骸。"

②萧萧：风声。一剪梧桐：谓梧桐叶被秋风吹落。

③秋光：秋口的风光景色。

④青镜：即青铜镜。唐李峤《梅》诗："妆面回青镜，歌尘起画梁。"

⑤清狂：放逸不羁。晋左思《魏都赋》："仆党清狂，怵迫闽濮。"

⑥疏起：疏懒而贪睡。

## ◇赏析

纳兰的可爱之处在于他对情感没有半分的掩藏和羞涩，即便是他的词中略有修饰，那也是艺术的效果。在纳兰的内心深处，时刻涌动着真挚的情感，无论是对朋友，对爱人，还是对其他事物，他都尽可能地将这份情感告诉他们知晓，或许在纳兰看来，含蓄并非是矜持，而是阻隔爱蔓延的一道门。

这首词同样如此，这首词以赋法铺叙，表达幽婉深意，是纳兰词中较为普遍，也较为常见的一种表述方式。但这并不妨碍这首词的精妙之处。写刚刚睡起，所看所想所念的景物。"新睡觉，听漏尽乌啼欲晓。"刚刚睡醒，听到漏声断绝，乌鸦啼鸣，天快要亮了。可惜自己却是久病缠身，无法起身。

虽然头脑清醒，但身体却好似不属于自己一般，这样的状态，总是难免心灰意冷的。"屏侧坠钗扶不起，泪浥余香悄悄。"

想着这些，就觉得眼泪上涌，病身难起，不胜愁苦，默默无语，泪痕未消。

梦里一定是有着凄苦的梦境，不然为何眼角还有未干的泪痕，醒来之后，慢慢清醒，万种愁绪便奔涌而来，“任百种思量都来，拥枕薄衾颠倒”。于是任各种愁绪都来侵袭，只在这衾枕间颠倒辗转，挥之不去。

纳兰从不扭捏作态，他的苦便是苦，他从不隐瞒，也从不遮掩，他的苦与乐都是他自己最真实的感受，而他写入词章中，也为读者提供了最真实的感受。“土木形骸，自甘憔悴，只平白占伊怀抱。”纳兰却不是惺惺作态，他只是为了得到爱人的温暖宠爱，所以才憔悴如此。

“看萧萧一剪梧桐，此日秋光应到。”看那秋风将梧桐吹落，便知道秋天已经到了。年华已逝，容颜易老，纳兰不想在大好的年华便虚度过去，他想要抓紧时光，好好享受，上片的愁思，到下片便是开始自醒了。

“若不是忧能伤人，怎青镜朱颜便老。慧业重来偏命薄，悔不梦中过了。”如果不是忧愁能够伤人，那么镜子里面的容颜怎么会日渐衰老？命运真是弄人，想当初年少轻狂，花间马上，意气风发。如今憔悴，疏懒落寞，却怪被愁闷困扰耽误了大好年华，料想他此刻也一样闲来寂寞，愁绪难平吧！

当日的意气风发，与今日的愁绪满怀，满面病容真是两个极端，“忆少日清狂，花间马上，软风斜照。端的而今，误因疏起，却懊恼误人年少。料应他此际闲眠，一样百愁难扫。”但是只能接受，谁也无法改变既定的现实，纳兰躺卧在病床之上，看到自己憔悴的容颜，想到往昔美好的岁月，除了哀叹，还能做什么呢？

# 大　酺 寄梁汾

**怎一炉烟，一窗月，断送朱颜如许。韶光犹在眼，怪无端吹上，几分尘土。手捻残枝，沉吟往事，浑似前生无据[①]。鳞鸿凭谁寄[②]，想天涯只影，凄风苦雨。便砑损吴绫[③]，啼沾蜀纸[④]，有谁同赋。**

**当时不是错，好花月、合受天公妒。准拟倩、春归燕子，说与从头，争教他、会人言语。万一离魂遇，偏梦被、冷香萦住。刚听得、城头鼓[⑤]。相思何益？待把来生祝取。慧业相同一处。**

### ◇注释

①无据：没有依据或证据。

②鳞鸿：鱼雁，指书信。

③砑损：指反复书写，致使吴绫也被碾压得光亮。砑，碾压。

④蜀纸：犹蜀笺。叶葱奇注引《国史补》：“纸则有蜀之麻面、屑末、滑石、金花、长麻、鱼子十色笺。”

⑤城头鼓：战时城上传令的鼓声或报更的鼓声。

## ◇赏析

印象中，纳兰多作些清丽的花间小词，偶尔狂放一回，便让人惊艳，例如那首成名作《金缕曲·赠梁汾》，其狂放悲壮，“不啻坡老、稼轩”（彭孙遹《词藻》）。

梁汾是顾贞观的号。今人知晓梁汾，多因他是纳兰的挚交。其实回到清初，他的名气未必比纳兰小。顾贞观是清初著名的诗人，才高八斗，也是一代俊秀人物，可惜他一生郁郁不得志，早年任秘书省典籍，受人排挤离职。李渔曾作诗对他的经历做过大概描述：“镊髭未肯弃长安，羡尔芳容忽解官；名重自应离重任，才高那得至高官。”（《赠顾梁汾典籍》）可见他的才华，更可见他的憋屈。

顾贞观辞官后，再次上京，是经人介绍做了纳兰的老师。那时的纳兰，正是弱冠年纪，顾贞观已是不惑之年。年龄并没有阻碍一对志趣相投者成为挚友，据顾贞观回忆：“岁丙午，容若二十有二，乃一见即恨识余之晚。”

作为家庭教师，顾贞观与纳兰日日相伴书案，培养了深厚的感情。顾贞观母丧南归后，纳兰写下了这首词表达对这位老师及知己的思念：

每日孤独地面对炉中香烟、窗前明月度过无聊的时光，送走了美好的年华。美好的春光还在眼前，却无端被蒙上了几分尘埃。手捻着凋落的花枝，思怀往日交游之事，禁受这仿佛是前生注定的别离之苦。音书杳渺，想你在天涯之外形单影只，独自承受这凄风冷雨，就算是把绫纸写遍，泪洒相思，但又能与谁人共赋呢！在花好月圆的时候，你我共度，连老天爷也生出了妒忌。会人言语的燕子归来，这便更惹人生起对往日的怀念。梦中与你相遇，这美梦却偏偏又如此冷清寂寞。耳畔传来城头更鼓的声音，梦醒之后再难成眠。相思之情日益增加，于是祈祷来生还能够与你相逢相知，共在一处。

人一生来世上，便投身于熙熙攘攘的人群。有趣的是，与这么多人相处，却很少有人觉得感情充实，大半人无端生出孤独的惆怅。所以，人们如饥似渴地渴求“爱”。这爱，有情爱，有纯爱，有亲情之爱，有友情之爱……纷纷总总，不一而足。浅薄者多以为“爱”只有男女之爱，在孤独之心的驱动下去寻找两情相悦的男女。单纯些的，生出些怨女痴男的故事；放荡些的，四处寻芳猎艳，只可惜肉体的快乐，填不满心灵的空洞。

爱，更多的是种安慰，与肉体无关。漫漫人生路，纵使路边风景晴天碧染，花树横生，也需要一个人和你共同走走停停地赏玩，分享心中的赞叹与快乐。更何况，有几人的生命之路是在平原上一路伸展到远方呢？崎岖、陡峭、波折的山路，占去了人生的大半。纳兰是那个时代一等一的贵公子，依然内心凄苦，所以写下了那么多悲凉顽艳的诗篇。可世人偏偏以为，他什么都有了，什么都不缺少，没人相信他的心中装满了脆弱无奈伤感。某个日子，他出现在他的书斋，瞬间便将这位面若冠玉、谦恭有礼的少年读个通透——真是“金风玉露一相逢”，便知他“胜却人间无数”——请允许这样曲解这么经典的诗句，并原谅我用这么香艳的句子描述他们之间的相逢，他们之间的感情，只因如是。

有爱，便渴望生生世世。所以纳兰会祈祝来生“慧业相同一处”，在《金缕曲·赠梁汾》中亦有“一日心期千劫在，后身缘、恐结他生里。然诺重，君须记”的句子。我的朋友，今生与你共赏，更渴望永生与你共伴。

# 菩萨蛮

**问君何事轻离别，一年能几团栾月。杨柳乍如丝，故园春尽时。**

**春归归不得，两桨松花隔[①]。旧事逐寒潮[②]，啼鹃恨未消[③]。**

## ◇注释

①松花：指松花江，黑龙江最大支流。隔：阻隔。

②旧事：以往的事。

③啼鹃：子规鸟，又名杜鹃，身体黑灰色，尾巴有白色斑点，腹部有黑色横纹。初夏时常昼夜不停地叫。此鸟“规”字与“归”谐音，故后人以此鸟鸣作为思归之声，表达思归之意。

## ◇赏析

关于此词的理解向来有两种解释，一种是基于词人的写作地点环境及家世，认为是怀念其曾祖金台石。据记载明历四十七年（1619年），海西女真叶赫部贝勒金台石败于清太祖努尔哈赤，叶赫遂亡。金台石即纳兰的曾祖。他东巡经祖籍旧地，时距叶赫之亡仅六十余年而已，往事历历，因生感慨。另一种则是考虑到整首诗的前后情感的连贯性和当时政治背景，词人不可能吟诵“啼鹃恨未消”有反动意思的诗句。两种不同的出发点，下面分别从两个方面进行解读。

“问君何事轻别离，一年能几团栾月。”暮春时节，夜晚时分，词人一人独立松花江畔，夜晚微冷的凉风吹过，落花纷纷坠落，随流水荡漾着银色的月光向远处流去。词人仰望天空，只一轮弯月挂在寂寥的天空。在这异乡故地，词人怎能不想起六十年的往事？战场厮杀，鲜血淋漓，败退奔逃的场面，虽然自己也许未曾经历，但是在亲人的讲述中和自己的人生经历，想起曾祖父经历的那段壮烈又惨痛的往事，不禁感慨万分。睹物思人，一年中能有几次团圆之夜，而此伤感之时，偏偏不在月圆之夜。“杨柳乍如丝，故园春尽时。”这两句是这首词中的佳句，也是古时候常被人们经常书写的句子。例如沈约的《杂诗·春咏》：“杨柳乱如丝，绮罗不自持”。温庭筠的《菩萨蛮》词：“杨柳又如丝，驿桥春雨时。”这三句中属纳兰的句子最好，关键在一个“乍”字，胜过了“乱”和“又”。“乍”是会意字，做副词有“刚刚、开始、又、忽然”的意思，具有很强的时间观念，季节转眼之间迅速转换，刚刚冬季被冰冻凝固的枝条在春风的吹拂下，发出了翠绿的小叶，飘散如丝般柔软。下半句“故园春尽时”，不免有所暮春伤怀的基调。

下片就和怀念曾祖父这一主题比较贴近了。“春归归不得，两桨松花隔。”可以理解为词人把不能与曾祖父的再见移情于不可挽回的春季。“两桨松花隔”中的“两

桨”曾在古乐府莫愁乐中出现过：“莫愁在何处，莫愁石城西。艇子打两桨，催送莫愁来。”“松花”指的就是“松花江”，发源于长白山，流经吉林、黑龙江两省。“旧事逐寒潮，啼鹃恨未消。”前半句的意象承接上一句，“两桨松花隔。”而后一句就是最容易引起质疑的地方了，因为当时的词人已经是在康熙手下做事，若再提前朝旧恨，而且付诸文字，估计有些不太现实。但意料之外的情况也不能排除。在这一主题下的此词的思想境界就被拔高了，时空被拉长扩大，与历史人生相连，情感显得更深刻。

若为第二种理解就是指与家人的离别之痛，身处他乡异地的孤独伤感之情，这样就有一个时空转换的存在。上片词人站在家人的立场，从家人的感情出发，以自己的口吻抒发他们内心的离别之情。“问君何事轻离别，一年能几团栾月。杨柳乍如丝，故园春尽时。”君经常在外，一年才能回几次家。在这杨柳乱飞、群花谢落的暮春时节引起家人对游子的思念之情。下片“春归归不得，两桨松花隔。旧事逐寒潮，啼鹃恨未消”，又站在自己的立场，仿佛是对上片的一个回答，我想回家可是身不由己，我们就如这行船被两桨隔开的松花江的流水。想起我们在一起的日子，满心的忧恨不能消解。基于这样的理解，词的思想境界是有所降低了，但是比上一个的解释更加通顺合理。

纵观两种理解，似乎都不能舍弃，词人身处曾祖父曾经拼杀的战场，怎能不怀念往事？看到弯月映水，怎能不想起远离自己的家人？也许这两方面的感情都有所体现。只有将两种观点结合起来，才能不失偏颇。

## 菩萨蛮 为陈其年题照①

**《乌丝》曲倩红儿谱②，萧然半壁惊秋雨③。曲罢髻鬟偏，风姿真可怜④。**
**须髯浑似戟⑤，时作簪花剧⑥。背立讶卿卿⑦，知卿无那情⑧。**

### ◇注释

①陈其年：陈维崧，字其年，号迦陵，江苏宜兴人。

②《乌丝》：指陈其年的《乌丝词》。顺治十三年至康熙七年，陈维崧居京华时所填之词，结集为《乌丝词》，誉满天下，为人称赏。其作品虽不乏早期的“旖旎语”，但词风已转化，颇含湖海豪气。红儿：杜红儿，唐代名妓，《全唐诗·罗虬序》：“广明中，罗虬为李孝恭从事。籍中有善歌者杜红儿，虬令之歌，赠以彩。孝恭以红儿为副戎所盼，不令受。虬怒，手刃红儿。既而追其冤，作《比红儿》诗百首为一卷。”亦用以泛称歌妓。

③萧然：空寂，不蔽风日，形容空虚，四壁萧然，没有任何东西。徐乾学云：其年“所居在城北，市廛库陋，才容膝，蒲帘上铿，摊柱其中而观之”，“时时匾乏困仆而已”（《陈检讨维崧墓志铭》）。

④风姿：风度姿态。

⑤须髯浑似戟：胡须又长又硬，怒张如戟，形容外貌威武。据《清史稿》本传

云："维崧清多髯，海内称陈髯。"又《南史·褚彦回传》："公须髯如戟，何无丈夫意？"须髯：络腮胡子。

⑥簪花：谓插花于冠。

⑦讶：讶然，惊诧。卿卿：男女间表示亲昵的称呼。

⑧无那：无限，非常。

### ◇赏析

这首词是纳兰对友人陈其年画像的题咏。

陈其年，即陈维崧，字其年，号迦陵。出身于讲究气节的文学世家，祖父陈于廷是明末东林党的中坚人物，父亲陈贞慧是当时著名的反对"阉党"的"四公子"之一。

陈其年工诗词文赋，为清初阳羡词派之首，与朱彝尊齐名。少时作文敏捷，词采瑰伟，曾被名士吴伟业誉为"江左凤凰"。他的词风格豪迈奔放，兼有清婉雅致，现存《湖海楼词》。

陈其年长纳兰性德三十岁，两人虽然年龄相去甚远，却交情至深，乃至忘年。康熙十七年戊午闰三月二十四日，陈维崧在扬州时，广东著名诗画僧大汕为他画了小像。秋天，陈维崧入京应博学鸿词科试，将画像带到京城，当时有三十余名才人名士为此图题咏。纳兰的这首词就是其中之一。

是时，陈其年所作词集《乌丝词》，誉满天下，为众人所赞赏，于是纳兰戏称，自从"《乌丝》曲倩红儿谱"后，即使陈其年居处"萧然半壁"，那份才华气概，依然是震惊天下的。

再来看这阕词，"《乌丝》曲倩红儿谱，萧然半壁惊秋雨"。"红儿"，指杜红儿，唐代名妓，《全唐诗·罗虬序》："广明中，罗虬为李孝恭从事。籍中有善歌者杜红儿，虬令之歌，赠以彩。孝恭以红儿为副戎所盼，不令受。虬怒，手刃红儿。既而追其冤，作《比红儿》诗百首为一卷。"此后用红儿泛指歌伎，纳兰戏用"杜红儿"为意象来匹配陈其年的词作，实则是用杜红儿本身气节来暗喻陈其年文风虽然旖旎，却也不乏湖海之气。

此处"萧然"是指陈其年素朴为人，家徒四壁。徐乾学《陈检讨维崧墓志铭》云：其年"所居在城北，市廛库陋，才容膝，蒲帘上铧，摊柱其中而观之"。亦可引申为震动、轰动之意。

是这样的啊，你陈兄的《乌丝》词作才叫那歌女谱唱出来，竟然就传到了天南地北，震动半壁江山，那份被万人相传唱的气势却不由得让人想到李贺的《李凭箜篌引》："石破天惊逗秋雨"。你看看就连那将将歌罢的女子，都似被骤雨狂风所袭，钗发凌乱，形容憔悴，那般姿态绰约，倒叫人平白生出了怜惜之心呐。

这词的上片表面上看是纳兰用裙钗声华打趣陈其年的嗜好，实际上纳兰却正是以此来体现出陈其年的写作风格，以及影响之大。到底是兰心芳质的男子，文心所至较一般人总高一分，所谓剑走偏锋，纳兰明调趣暗褒扬，将陈其年生平所好，文章风格尽数道来，不矫揉造作，又不乏趣味，倒像两个相交多年的老友无所顾忌地畅谈彼此打趣，却处处直击"要害"，又点到即止，一份知己之情暗河般缓缓流淌，撞击着人心最柔软的位置。

纳兰与陈其年交情乃至忘年，其情之深，本词可见一斑，而也可以看出纳兰是极其赞赏陈其年这位“老知己”的。可是这个令纳兰如此赞赏的陈其年又是怎样的人呢？

到了下片，纳兰继续随性之语，略微夸张却无造作地把陈其年的形象呈现在了读者眼前。

首先外貌威武雄浑，“须髯浑似戟”，络腮胡子显出一派丈夫豪气，据《清史稿》本传云：“维崧清多髯，海内称陈髯。”可这男儿气又带了些柔情，是为“时作簪花剧”，人人俱惊讶于你的此番模样，我却知道你此中的无限情怀。“知卿无那情”一语低回，将一片相知相惜的情怀婉转吐露。李煜《一斛珠》：“绣床斜凭娇无那，烂嚼红茸，笑向檀郎唾。”想来陈其年必也是刚柔相济的性情中人，才得纳兰如此赞赏。这样一个与纳兰内在极似之人，也就难怪两人能够跨越三十年的年龄之距，成为忘年之交了。

这首词很风趣别致，颇有玩笑打趣之意，表面看来是写陈其年不乏风流旖旎、声华裙屐之好，其实是赞赏陈其年的人格与创作的，上片写陈其年的词由歌儿舞女谱唱，红儿烈性衬托出陈其年文风慷慨中不乏柔媚，且能够震惊世人，轰动半壁河山，但下片一转“须髯浑似戟，时作簪花剧。”便道出了陈其年集豪迈与绮艳，刚柔并济的性格和作风。故此篇是借题照，借旗亭北里之景，品评、称赞了陈其年其人其作。

另又有抄本（穆艺风抄本）将此篇作《陈其年填词图卷》，词云：“乌丝词付红儿谱，洞箫按出霓裳舞。舞罢髻鬟偏，风姿最可怜。倾城与名士，千古风流事。低语属卿卿，卿卿无那情。”也与本词异曲同工。

## 菩萨蛮 宿滦河①

**玉绳斜转疑清晓②，凄凄白月渔阳道③。星影漾寒沙，微茫织浪花。**

**金笳鸣故垒④，唤起人难睡。无数紫鸳鸯，共嫌今夜凉。**

### ◇注释

①滦河：即古濡水，俗名上都河，在今河北东北部。源于闪电河，自内蒙古多伦县南，折而东南流，入热河境，会小滦河，始名滦河，在乐亭、昌黎之间入渤海。

②玉绳：此处指北斗星。

③白月：皎洁的月光。渔阳：地名，战国燕置渔阳郡，秦汉治所在渔阳（今北京密云西南）。

④故垒：古代的堡垒。

### ◇赏析

这首词是纳兰性德写自己孤身在外，夜宿滦河的行役词。滦河即在今天的河北东北

部，是从北京到山海关的所经之地。作者于康熙二十一年（1682年）三月和八月两次去山海关，这首词描写得是秋冬景色。

上片主要写夜景，在孤独的夜晚，看到斗转星移，天空渐渐明亮，以为天已破晓。其实，那是凄凄的白月光照在了渔阳道上。夜色微茫，星光点点照射在寒沙上，如水上的浪花翻动，一派凄清。这四句把外部环境描写得恰到好处，为下片抒情埋下了伏笔。

下片，写作者的思乡的孤寂之情。金笳就是胡笳，是西北少数民族的典型乐器，声调高扬凄凉，有很强的穿透力，同时有相当强的表现力，所谓“刚柔待用，五音迭进”，在汉代传入中原，逐渐成为一种与胡文化有关的文化符号。金笳悲鸣，伴宿故垒，心中已经足够悲凉，难以入眠。连鸳鸯也怕冷，这里用了侧面描写的手法，从中可见外部环境的恶劣。

词人的情感寓于周围的景中，词人所写的景中又都暗含作者的情感。情景交融，艺术技巧十分巧妙。主要风格上看，用素描来写景。词中的北斗斜转，渔阳古道月微白，星影闪烁，河水微漾，等等，都以点染的方式呈现景。

这不由让读者想起元代散曲作家马致远所作的《天净沙·秋思》：“枯藤老树昏鸦，小桥流水人家，古道西风瘦马。夕阳西下，断肠人在天涯。”因为二者都是以呈现状况给读者看，背后情感都是从作者营造的环境中产生的。纳兰的词中，他没有直写自己羁旅生活的心情是多么无奈，没有直写“枯藤、老树、昏鸦”之类的周遭景色是多么荒凉，也没有直写自己返乡期望是多么浓烈。而似乎是以一种凄美的景致衬托哀情，即使是很恶劣的环境也被词人写得如此之美。这分明是词人内心的一种想象。

“星影漾寒沙，微茫织浪花。”其实，外面的夜晚星星再美丽也比不过家乡的美；“无数紫鸳鸯，共嫌今夜凉。”就算家乡的夜晚再怎么冰凉，也比外面的夜晚温暖。也许从这里我们更能看出纳兰性德对于长期在外扈驾远行的厌倦与无奈之情吧。这也更能显出词人内心苦苦的挣扎，足见其此时此刻的心情。

# 菩萨蛮

**荒鸡再咽天难晓[1]，星榆落尽秋将老[2]。毡幕绕牛羊[3]，敲冰饮酪浆[4]。**

**山程兼水宿，漏点清钲续[5]。正是梦回时，拥衾无限思[6]。**

## ◇注释

①荒鸡：指三更前啼叫的鸡。旧以其鸣为恶声，主不祥，认为荒鸡叫则战事生。

②星榆：白榆树。

③毡幕：即毡帐。

④酪浆：牛羊等动物的乳汁。这里指酒。

⑤钲：古代行军或歌舞时用以指挥进退、动静的乐器。

⑥拥衾：即拥被。

## ◇赏析

这是一首短小的边塞词，提到边塞，便容易让人联想到那句“大漠孤烟直，长河落日圆”。而纳兰没有传统边塞作品中豪放刚健的气质，反而充满了温婉柔美的韵致，看似写景，实则抒情，使得边塞题材与婉约性巧妙结合起来，相形之下，唐时边塞作品荒凉中透出豪迈，纳兰词却是豪迈转向凄凉。

这是一首描绘边塞行役中的基本生活及思念家园的小词。大漠荒野里不辨天日，战事丛生的时节，即至三更天，鸡鸣再三渐已转向沉寂，天空却还是难以破晓，密布的天星在晚秋时节也摇落而尽。“荒鸡”指三更前啼叫的鸡。旧时以其鸣为恶声，主不祥，认为荒鸡叫则战事生。这里“孤帆远影碧空尽”，故人不在，人迹罕至的荒凉之地更加加深了纳兰对家人思念之情的缱绻。

我们可以想象：牧族的绒毡零星地分散立于天地间，牛羊围绕着幕布，自顾觅食，乳浆在这凄冷的晚秋已凝结成冰，颇有天苍野茫的味道。细读纳兰的词总能发现，豪放是其外放的风骨，然而忧伤是内敛的精魂，所以这样的边塞景致却是为他缱绻的感情做了宏大的背景铺垫。

纳兰是重情的，于是他把密密的闺情置于边塞词的核心。他深情，也任情。漫漫长夜，许是凡尘扰人，许是昏鸦叫嚣，尘世中总有夜阑不寐独醒清隽的人。纳兰什么都有了，优于寻常年轻人的出生和待遇，却偏偏就如其父明珠所叹：“这孩子什么都有了，为何还是这么样的不快活？”他是不快活，有言道“爱江山更爱美人”，就算塞外风光奇绝，就算圣驾幸临也抵不住对故园的顾盼。

而顾盼的内容呢，想来也就是在家的妻子了。那零星的星辰亮如你的眼眸，那深邃的苍穹似你迷人的面庞，那牛羊的低吟牵连出我们曾经的耳鬓厮磨，那路途中充饥的面饼怎能和你软细双手做出的佳肴相比，那这漫天的风沙怎么能有你书桌旁香扇轻拂的细风温和呢。你可知，没有你在身边，我是这样思念你呵。

这一路上跋千山涉万水，长时间的行路与孤眠，晨昏不分，万籁俱寂，天地间只剩下漏壶滴下的水声与军中夜巡的击钲声交参连续，这样安寂的夜里不禁浮想联翩，眼前浮现出的是那动人女子不胜的容姿，倚门迎接温婉的笑容。本应是午夜梦酣之时却蓦地惊醒，再也无法入睡。然而有梦可以回环的时光还很好打发，可以回味，可以聊想，可以弥补尘世的遗憾，可以安慰疲惫的心。

但是，最怕的便是梦不成了，忧愁伤感的心态更加使得凄凉哀怨的边塞之行增添了一层压抑之感。于是在这孤寂的夜半，只能抱着衾被，心中升腾起无限思量。那是你的妆容，你的身影，你的俏笑，你的轻语，你我的约定呵，时间蹂躏记忆，人往往身不由己，但是这一路无论多少风景，都比不过你在我心里的那般模样呵，于是这样温暖的归乡梦，怎么不令人备加眷恋而刻骨铭心呢？

一路上风餐露宿，关山阻隔，那个时代的人太过弱小，离别因而显得重大。王国维曾表述纳兰“以自然之眼观物，以自然之舌言情”。这首词中的几个意象：“荒鸡”、“毡幕”、“清钲”等散落随意地组合起来，不加雕饰，纯任性灵，使得不同于中原的异地风情更显真实，为词作增添了荡气回肠的气势，连带出的异地思亲之情也就更加彰显得缠绵悱恻。故蔡高说纳兰：“尤工写塞外荒寒之景，殆扈从时所身历，故言之亲切如此。”

纳兰“一生恰如三月花”，仿佛他的名字就是一阕美好的词，唇间流转，迤逦清香。

# 菩萨蛮

**惊飙掠地冬将半，解鞍正值昏鸦乱[①]。冰合大河流[②]，茫茫一片愁。**
**烧痕空极望[③]，鼓角高城上[④]。明日近长安[⑤]，客心愁未阑。**

## ◇注释

①解鞍：解下马鞍，表示停驻。昏鸦：黄昏时乱飞的乌鸦。

②冰合：冰封。

③烧痕：野火烧过的痕迹。

④鼓角：古代军队中用来发出号令的战鼓和号角。

⑤长安：古都城名，即今西安城。唐以后诗文中常将其当作都城的通称。此处借指北京城。

## ◇赏析

狂风掠起地面的落叶，隆冬已经快过了一半。解下马鞍，系好马，找个野店停留下来，此刻昏鸦乱飞，惊起胸中无限思量。大河已被冰封，千里茫茫一片，愁思无尽。野火烧过的野地里残灰还在，独自站在这空旷的原野中满目怅惘。城楼上战鼓号角长鸣。明日就能回到北京了，为何愁绪仍未缓解半丝？

这首词写的是词人从边塞回来时的状况。至于具体时间，有两种说法，一种认为是觇唆龙后的归途中；另一种说法是清康熙二十三年（1684年）十一月扈从东巡的归途上。词人在严冬将半时策马回乡，在一处留宿，明日就能抵达“长安”了，然而正在这个本应该兴奋不已的时候，词人却泛起无尽的惆怅。

唐朝诗人贺知章和宋之问都写过反映回乡那一刻，内心情感突然发生剧烈变化的诗

歌。贺知章的《回乡偶书》：少小离家老大回，乡音无改鬓毛衰。儿童相见不相识，笑问客从何处来。贺知章在天宝年，辞去朝廷官职，告老返回故乡越州永兴，那时年已八十六岁，这时，离他中年离乡已有五十多个年头了。人生易老，世事沧桑，心头有无限感慨。《回乡偶书》的“偶”字，不只是说诗作得之偶然，还泄露了诗情来自生活、发于心底的这一层意思。所以贺知章这首诗很大程度上说是暮年对于人生的慨叹，情不自禁处，催人泪下。

宋之问的《渡汉江》有：岭外音书断，经冬复历春。近乡情更怯，不敢问来人。当时宋之问被贬为泷州参军，在瘴疠之地不堪忍受。后来他偷偷地从那里逃回家乡。这首诗就是逃跑途中，经过汉江时写的，感情颇为真挚。前两句写了他被流放在岭南，冬夏交替，年复一年，感受到岭南生活艰辛的状况，以及远离家乡所造成的无限思乡之情。下片写回乡后担心连累家人而又迫切想回家的矛盾心态。这首诗淋漓尽致地表现了这种情理之中的矛盾。这种抒写真切可感、富有感情，耐人寻味。后两句“近乡情更怯，不敢问来人”历来为后人传唱。

再回头同纳兰性德的词比较，可以发现这两首都是诗人在特殊环境中，由于客观原因导致的心理矛盾，最终引出的“回乡愁”。那么纳兰的“回乡愁”又从何而来呢？纳兰性德近乡生愁，并不是他由外而内的情感表现，也就是说他产生这种情感，主要原因不是外部事件导致的，是由内而外的，这是由他的忧郁气质决定。纳兰性德偶尔也能写出如《金缕曲》这样的词：未得长无谓！竟须将、银河亲挽，普天一洗。麟阁才教留粉本，大笑拂衣归矣。

这些情感并非他原原本本的内心世界，而属于他的身世、家庭以及社会环境的惯性导致的。他内心甚至会与陶渊明一样，如他的《拟古诗四十首之十》：

天地忽如寄，人生多苦辛。何如但饮酒，邈然怀古人。南山有闲田，不治委荆榛。

今年适种豆，枝叶何莘莘。豆实既可采，豆秸亦可薪。

纳兰的忧郁气质使他词风中充满一种过度用情的感觉，这种情感又直指本心。纳兰性德的爱情词占他词作的三分之一多篇幅，是最具特色、最能代表他个性的作品，这些爱情词大多都是伤情动感的悼亡之作，纳兰的悼亡词借物言情，凄丽欲绝，哀怨伤感。统观纳兰词，或表达凄丽欲绝、哀怨伤感的爱情，或表达友情可贵，又或厌世忧国、咏物边愁，等等，多能体现纳兰性德式的忧郁气质。

# 菩萨蛮

**榛荆满眼山城路[①]，征鸿不为愁人住[②]。何处是长安，湿云吹雨寒[③]。**

**丝丝心欲碎，应是悲秋泪。泪向客中多，归时又奈何！**

## ◇注释

①榛荆：犹荆棘，形容荒芜。山城：依山而筑的城市。

②征鸿：即征雁。

③湿云：谓湿度大的云。

## ◇赏析

此词乍看之下，便让人想起大数边塞之作。台湾著名学者李敖曾说，唐诗里有一半都是思乡的诗。想必，词从范仲淹《渔家傲》一出，苏辛开创豪放词风以来，表达羁旅行役之苦、怀远思乡之情的词作也是词题材中一个重要组成部分。

有人说，人类文明都是在血与火的洗礼中进步的，自从有了人类社会，战争就像它的附带品，中国历史的发展也不能例外。但战争对于战士们来说，他们首先要面对的是两种残酷的现实：一种是与亲人、家乡的远别；另一种是最终的流血与死亡。而当这两种愁思或恐惧同时占据他们的思想时，他们对亲人和家乡的怀念也就分外强烈。因而，在中华民族几千年的历史中，从《诗经》中的《国风·陟岵》、《邶风·击鼓》到唐朝李益的《从军北征》，宋代范仲淹的《渔家傲·秋思》，我们无不可以看到征战所引起的与亲人、家乡的远别，在读者的心灵上引起多么强烈的震撼。

伟大诗人屈原曾说“悲莫悲兮生别离”。在古代，人生最大的悲伤莫过于与亲友远别。而对于战乱诗词来说，“生别离”却是恒久以来重要的表达内容之一。纳兰这首《菩萨蛮》便是在这种文化背景中产生的。

词的上片，开篇纳兰便展现出一派荒芜之境，“榛荆满眼山城路”说的是行役途中所见，榛荆，犹似荆棘，此处便是荒蛮之地了。料想当时应该为纳兰出行途中所作。

山城遥遥，满眼荒芜颓败之景，荆棘一样的植物在这城边的行军道上显得格外刺眼。忽然从远天传来断断续续的几声嘶哑的雁鸣，在丝丝雨声中，它们只顾前进，倏忽间就飞向远方去了，像那断雁前来，却不为愁人暂住片刻，那为何还有“鸿雁传书”的古语呢？想必不过是自己一厢愁情，更无处安放罢了。前路未知，雨还是丝丝缕缕，越加觉得寒冷，但归处何在？

纳兰发此感叹，极易让人想到清朝史事，当时清廷准备与罗刹（今俄罗斯）交战。军情机密一切需要人去打探，康熙于是派出八旗子弟中精明强干之人，远赴黑龙江了解情况，刺探对方军情。正是因为纳兰等人的辛苦侦察和联络，清廷得以在黑龙江边境各民族的支持下，顺利完成了反击俄罗斯侵略的各种战略部署。想必此词就是途中所作。而另一首同词牌的词作中，纳兰提到“明日近长安，客心愁未阑”，想来则是归途中所作了。

下片抒情，承转启合中纳兰表

现出不凡的功力，把上片末句中“寒雨”与自己的心绪结合起来，自然道出“丝丝心欲碎，应是悲秋泪”的妙喻。俗话说：“触景生情”，“睹物思人”。出门在外的行役之人、游客浪子，眼中所见、耳中所闻、心中所感都包含着由此触发的对遥远故乡的眺望，对温馨家庭的憧憬。李白《春夜洛城闻笛》中有：“此夜曲中闻《折柳》，何人不起故园情！”说的便是诗人听到《折柳》曲，生发出思乡之情的佳句。纳兰此处也是如此，看到那断雁远征，奔赴远地而不知暂住。寒雨丝丝，想来自然成了悲秋之泪，凡所苦役沿途所遇景物，都被蒙上了一层浅浅诗意的惆怅。想到此处，不觉黯然泪下，发出“泪向客中多，归时又奈何”之叹。

纳兰一生虽然没有经历战乱之祸，但此期间边庭政治斗争却一直没有停息，由此纳兰作为御前一等侍卫，不免卷入宫廷的政治祸乱中，早是心生疲倦。

那塞上满眼荆棘顽强生存着，昭示着在人间，而自己却只剩一腔怅意结于胸中。呼之不出，是故郁郁。

# 菩萨蛮

**黄云紫塞三千里①，女墙西畔啼乌起②。落日万山寒，萧萧猎马还③。**
**笳声听不得④，入夜空城黑。秋梦不归家，残灯落碎花⑤。**

## ◇注释

①黄云：边塞之云，塞外沙漠地区黄沙飞扬，天空常呈黄色，故称。紫塞：指北方边塞。

②女墙：女儿墙在古时叫“女墙”，包含着窥视之义，是仿照女子“睥睨”之形态，在城墙上筑起的墙垛，后来便演变成一种建筑专用术语，特指房屋外墙高出屋面的矮墙。

③猎马：猎人所乘的马。

④笳声：胡笳吹奏的曲调，亦指边地之声。

⑤碎花：喻指灯花。

## ◇赏析

边塞狂飙横扫，黄沙漫天，这北方的大漠，千里无垠，一望无际，西边城墙上，一只孤独的乌鸦一声促啼响起，惊起我的无限感伤。夕阳渐渐落下，满目绵延的山川渐生寒意，烈马萧萧长鸣，一骑独归来。

胡笳一声声传来，催人泪下，不忍卒听。黑色渐渐笼罩下来，边塞马上就要进入漫漫长夜。离乡千里之外，即便在秋梦中也不能回到家乡。孤灯已点上，灯花如泪，簌簌落下。

这是一首在边塞时写的词，词人身处边塞，离家千里，油然而生思乡之情。严羽

《沧浪诗话》云："唐人好诗，多是征戍、迁谪、行旅、离别之作，往往能感动激发人意。"事实上历代边塞诗词都具有"感动激发人意"的作用，因为边塞诗词的创作在环境上比其他风格的诗词具有更为开阔的视野和感染力，在心理情感上则更显直白性与狂放感。这首词一方面继承了唐朝边塞诗的风格，无论在意象还是情感上。另一方面纳兰性德展示了他自己性格忧郁的特点。

从继承前人的风格上看，词中句子如"黄云紫塞三千里，女墙西畔啼乌起"、"落日万山寒，萧萧猎马还"、"笳声听不得，入夜空城黑"都是典型的边塞诗词中的句子。王国维在《人间词话》中说："'明月照积雪'、'大江流日夜'、'中天悬明日'，此种境界，可谓千古壮观。求之于词，唯纳兰容若塞上之作，如《长相思》之'夜深千帐灯'、《如梦令》之'万帐穹庐人醉，星影摇摇欲坠'，差进之。"这是指的继承的一方面，这也是主要的方面。唐人边塞诗中，如岑参的《塞上听吹笛》：

雪静胡天牧马还，月照羌笛戍楼间。

借问梅花何处落，风吹一夜满关山。

词中写边塞的并不是特别多，写得好的就更少了，因为宋朝时中国北方存在许多少数民族政权，他们长期控制着我们所谓的"边塞"，汉族作家很少又能够到达的，这直接导致词中有关边塞的很少，虽然如此，仍然有少量的佳作留世，也正是这些边塞词开辟了词写边塞的风气。比如范仲淹的《渔家傲·塞下秋来风景异》：

塞下秋来风景异，衡阳雁去无留意。

四面边声连角起。千嶂里,长烟落日孤城闭。

浊酒一杯家万里，燕然未勒归无计。

羌管悠悠霜满地。人不寐，将军白发征夫泪。

到了清朝，客观条件是具备的，因为清朝政治版图最北已经到西伯利亚，而且纳兰性德作为康熙皇帝的一等带刀侍卫，经常扈从康熙皇帝。他写过很多这方面的词。如他的《长相思》：

山一程，水一程。身向榆关那畔行。夜深千帐灯。

风一更，雪一更，聒碎乡心梦不成。故园无此声。

这篇《长相思》与《菩萨蛮》主题都是一样的。纳兰性德的边塞词较之前人的边塞诗词，有个明显的特点，就在于情感上更加细腻委婉，曲折有致，这恐怕也是其独特的艺术特点吧。

# 菩萨蛮

**萧萧几叶风兼雨，离人偏识长更苦[①]。欹枕数秋天，蟾蜍早下弦[②]。**

**夜寒惊被薄，泪与灯花落。无处不伤心，轻尘在玉琴[③]。**

## ◇注释

①长更：长夜。

②蟾蜍：指月亮，《后汉书·天文志上》“言其时星辰之变”，南朝梁刘昭注：“羿请无死之药于西王母，娥窃之以奔月……娥遂托身于月，是为蟾。”后用为月亮的代称。

③玉琴：玉饰的琴。亦为琴的美称。

## ◇赏析

风也萧萧，雨也萧萧，窗外秋叶凋零破碎，人却辗转反侧，久久难眠。异乡漂泊，经年不归，只因那难抑的孤独，故而独独品出了长夜漫漫的痛楚。辗转反侧，忽而望见深秋的月，半月当空，凄冷如水，正如此时的心境。

不知何时已昏昏睡去，也不知道醒来又是何时，只是忽然倍感夜里透骨的寒冷，灯烛摇晃明灭，灯花也随着脸颊上的泪滑落下来。此时此景，处处勾连起心中的伤感，尽付与琴声。

这首词写一位“独在异乡为异客”的离人，适逢深秋之夜，孤枕难眠的凄惶心境。

上片，先展开一幅凄凉萧条的秋夜图卷。“秋风秋雨愁煞人”，秋叶、秋风、秋雨、“秋天”、“蟾蜍”，营造萧索、凄凉的意境。“蟾蜍”代指月亮，“羿请无死之药于西王母，娥窃之以奔月……娥遂托身于月，是为蟾。”这个带着传奇色彩的典故也给月亮增加了离别与相思的蕴意。在这个凄清的深秋之夜，“离人偏识长更苦”，只有处于某种境地的人才懂得特定事物的特定含义。“长更”就是“长夜”的意思，长夜何以“苦”呢？只因心中孤寂难耐，“攲枕”却久久难以无眠。这与范仲淹的“黯乡魂，追旅思，夜夜除非，好梦留人睡”颇有同感。一个“数”字反映词人百无聊赖，无所寄托，唯有无意识地遥望长空残月，更加耐人寻味。

从“数秋天”到下片“夜寒惊被薄”之间存在着一个时间的跳跃。这个空隙中所留下的是词人无意识地昏昏睡去和被夜寒突然惊醒的凄惶境地。设身处地想来，一个“惊”字形象地描绘出了这种半夜醒来、无所依托的孤苦心境。“寒”不仅仅是身体的寒冷，长年别离，孤身在外，心里也生出无尽的寒意。

下片对“情”的经营也是恰到好处。全词上下无一字半言着落在“孤”、“独”之类的字眼上，却透着一份刻骨的孤单之感。“泪与灯花落”一句，有着别样独特的含义。泪珠与灯花相对簌簌落下，营造出人与灯烛相对而泣的情景，人怜灯花，灯花却不知怜人。“泪眼问花花不语，乱红飞过秋千去。”因而生出无限的惆怅，一声悠长的叹息也暗含其中。因而觉出无限的伤心，付与瑶琴，然而，却无人听。一声琴音，一腔愁情，孤寂的色彩也显得更加浓厚。

词人的笔法流畅，仅仅据着眼前所见、心中所感，而一一道来，却在朴素中营造出凄美绝伦的意境。这一点丝毫不亚于李煜在《相见欢·无言独上西楼》中绘出的“寂寞梧桐深院锁清秋”，二者相通之处在于景中融情，上片与下片的连接和互通，情与景的交融也正是本词取胜的关键。

除此之外，本词中从景的描绘到情的抒发是有着一个渐入的过程的。起初词人只觉出长夜漫漫的寂寥，但被深秋之夜的寒冷惊醒后，心底的忧伤被“惊”动，无限伤心被莫名触动，独自对着灯花，泪水相伴而落，自而凄惶不堪，本词的情感在这里也就达到了高潮。继而写“玉琴”，赋予词更加悠长不绝的深刻意味。

有人说，“纳兰多情而不滥情，伤情而不绝情”，他一生有过不少的“悼亡之吟”、“知己之恨”，“家家争唱饮水词，纳兰心事几曾知？”那些不幸的爱情经历为他的创作植入了影影绰绰的凄凉情怀。这首词就是表达心中寂寞之情、孤苦之意的一首代表作，字里行间，景中意外，都是纳兰性德无限孤寂、忧伤的情思。

# 菩萨蛮

**为春憔悴留春住，那禁半霎催归雨[①]。深巷卖樱桃，雨余红更娇[②]。**
**黄昏清泪阁[③]，忍便花飘泊。消得一声莺[④]，东风三月情[⑤]。**

### ◇注释

①半霎：极短的时间。
②雨余：雨后。
③阁：含着。
④消得：禁得起。
⑤三月情：暮春之伤情。

### ◇赏析

如人饮水，冷暖自知。人的一生在很多时候也正如所饮之水，或冷或暖。可是无关冷暖，快乐的依旧快乐，悲伤的依旧悲伤。人世不长，不过是一块石头投入水中，瞬间波澜，终将归于沉寂。世人不都是佛陀，可以笑对众生，超然物外。通俗说来就是不论如何仙风道骨的人，他的生活也还是永远逃不掉柴米油盐酱醋茶。只不过总有那么一点区别，而就是有的人将这一切当作了生活的全部，有的人不是。诗人，同样如此。

爱情在纳兰的诗中占了很大的篇幅。对于此词的注解，只说其中暗含着一段隐情，却无法明言那是一段怎样的往事，让人不得不疑心这也是一首关于爱情的词作，而又关系到他那不能明言的心事和爱人。

关于爱情的疑问有很多，我们无论多少次地问别人或是自己，答案万千，却无一可以让自己满意。其实爱情何尝不是那或冷或暖的水？至于是冷是暖，只能以身试之。瞬息浮生，薄命如斯。对于纳兰性德来说，太多的心气放在了爱情上，太多的感慨——她去得太早了……

“为春憔悴留春住，那禁半霎催归雨。”不正是爱情抵挡不住生命流逝的明证？是如此地千般万般留不住。爱情高于生命，生命却左右着爱情的结果。于是爱情终将不能跳脱生死，即使它可以做到无关生死。然而只要我们还身处人世，终有消亡之日，但这却不是生存的全部意义。人总是在心中永远存留着对现实，对生的希望。这种期望支持着我们或者艰难或者欣喜的生活。所以，哪怕连一阵催归雨都不能抵挡，还是依旧要“为春憔悴留春住”。

深巷中摆弄的樱桃经过雨水的冲洗更显娇艳，充满了新鲜，那样的颗粒，那样饱满，可是现实呢？可是生活呢？是黄昏清泪，还是年复一年飘落凋零的不能长久的花？几声莺啼，只是生活依旧继续的讯号，东风一阵，天暖心寒。再温暖的春天，也终归是一番零落。情之所至，情之至深。“至情”是纳兰的天性，是他对人生的热爱，是他对生命的体悟，所以无法永年，所以早逝。

到了下片，“黄昏”、“清泪阁”、“花漂泊”三个意象将一幅凄婉零落的暮春图泼墨洒开。夜晚将近，是一天终要逝去的时候，而暮春已至，便是好春时节将逝之时，如此雨落花飞，亭台楼阁怀愁，对于纳兰，却只余下一个“忍”字。俗语云：“忍字心头一把刀。”这刀伴着纳兰不为人知的深愁，缓缓从心尖滑过，氤氲出满身的哀伤。

便是在如此荒芜凄婉的心境下，才有“消得一声莺，东风三月情”的结句。所思所怅太多，凝于胸中，却难以吐露，此时一声莺啼，荡开浓雾，颇有种“却道天凉好个秋”的秋意情怀。而对于完美的苛求，对于命运的悲观，对于世事的洞烛，终是令纳兰虽在春暮，身上却聚满了秋气。

可即便是没有催归的阵雨、深巷的樱桃，甚至连莺啼东风也没有，时间依旧还是前行，王维有诗：“涧户寂无人，纷纷开且落。”须知那涧户即使有人，花也只能自开自落，该凋零的，终是不能长生。人也如这春花，凋零盛放终是有时间限制，于是在暮春花残之后，于是在生命凋零之后，所有爱恨情仇都迂回心中，只落得冷暖自知，还能有怎样的言语。

# 菩萨蛮

**晶帘一片伤心白[1]，云鬟香雾成遥隔[2]。无语问添衣，桐阴月已西。**
**西风鸣络纬[3]，不许愁人睡。只是去年秋，如何泪欲流。**

## ◇注释

①晶帘：水晶帘子。形容其华美透亮。

②云鬟香雾：形容女子头发秀美。

③络纬：虫名。即莎鸡，俗称络丝娘、纺织娘。夏秋夜间振羽作声，声如纺线，故名。

## ◇赏析

自卢氏死后，亡妻的影子总也不能从纳兰的生活中消失，而从这首词中的“伤心

白”、“成遥隔”、“愁人”、“去年”这些词语中我们可以看出，这又是一首纳兰悼念亡妻之作。

中国文人，大多有伤春悲秋的情绪，而且秋天在古诗词中往往象征着死亡。在落叶缤纷、大地萧瑟的时节，触景生情，词人难免愁心满溢，恨不能收，追悼故人，涕泗横流，痛断肝肠。

“晶帘一片伤心白，云鬟香雾成遥隔。”水晶帘子寂寞地晃出一片凄白孤清之景，而思念的人已是生死两茫茫，香消玉殒，芳踪杳然。“云鬟香雾”化自杜甫《月夜》诗：“香雾云鬟湿，清辉玉臂寒。”纳兰用此指代自己深深思念的妻子。结合杜诗意境，此词更添一番相思离别之痛。

纳兰遥想当年，玉兔西沉，夜语深深之时，妻子软语温柔，轻轻为自己披上温暖的衣袍，两人依在梧桐的阴影中相谈甚欢，如葡萄架下牛郎织女的私语。此情此景，是如此温馨闲适，“胜却人间无数”。而今独立寒露，听着纺织娘在瑟缩的西风中鸣得凄切，却没有了红袖添衣。“寻寻觅觅，冷冷清清，凄凄惨惨戚戚”，相思成灾，辗转难眠，往事历历，伊人独去，清泪在眼中翻滚欲出。直合易安《武陵春》：“物是人非事事休，欲语泪先流。”此欲彼欲，都是无限惆怅哀恸缠绵心中，诉无可诉，只任柔肠百转，无限思量欲化成泪。

“只是去年秋，如何泪欲流。”风姿卓绝、多情温柔的纳兰，想着曾经美好的时光，终是泪流如雨。此处“只是”、“如何”二词形象地表达出世事难料、无可奈何之感。仅仅过了一年，却是天人永隔，让沉浸在幸福中的纳兰一时不能接受这残酷的现实，而周遭寒冷的空气，眼眶中晃荡的水汽，都在残忍地诉说着事实。纳兰只能被迫接受现实，而又心有不甘，只能伤痛地低语：“只是去年秋啊……”

此词意境哀婉，字里行间灼灼真情天然流动，用极简之语平常地道眼前之景，直率地抒胸中之情。纳兰运笔如行云流水，毫不沾滞，任由真纯充沛的感情在笔端自然流露，出色地用自己的感受来感动读者，让人置身其中仿佛自己就是那个惆怅客，心间万种凄婉百转千回。

纳兰词就是如此动人，因为他的用情至深而又用情至真，如“清水出芙蓉，天然去雕饰”。纳兰词善用白描手法，鲁迅说白描法“有真意，去粉饰，少做作，勿卖弄”。此词就完美地用了白描，用语朴素，情真意切。

清代词人况周颐曾说纳兰词“一洗雕虫篆刻之讥”，“纯任性灵，纤尘不染”。纳兰真情得人如此推崇，并由此交得知己顾贞观、陈维崧，“自古文人相轻”这句话在此却是不适用了。由此也可见纳兰的不一般。

纳兰的头衔甚多，与曹贞吉、顾贞观合称“精华三绝”，被誉为“满清第一词人”，有人甚至把他同“千古词帝”李煜相提并论，“或谓是李煜转生”。中国词坛悼亡词甚多，唯纳兰独树一帜，还形成了“家家争唱饮水词”的局面，毫不逊色于那个一赋引得洛阳纸贵的左思。如此成就，个中缘由从此《菩萨蛮》词中可略见一二，重要的还是“真切”二字。

# 菩萨蛮

**乌丝画作回文纸①，香煤暗蚀藏头字②。筝雁十三双③，输他作一行④。**

**相看仍似客，但道休相忆。索性不还家，落残红杏花。**

### ◇注释

①回文：原指回文诗，此处指意含相思之句的诗。

②香煤：古代妇女用以画眉的化妆品，或指香烟。暗蚀：暗中损伤，谓香烟渐渐散去。藏头字：将所言的事分别藏在诗句的头一字。

③筝雁：筝柱。因筝柱斜列如雁行，故称。

④输他：犹言让他。

### ◇赏析

这首《菩萨蛮》作于清康熙十六年秋，距卢氏之死约三个月。

词的上片借物托比。“乌丝画作回文纸”，乌丝指的是乌丝栏，唐李肇《唐国史补》：“宋亳间，有织成界道绢素，谓之乌丝栏、朱丝栏。”回文，原指回文诗，是诗歌体裁的一种，在这里代指相思兜转回旋的句子。

“香煤暗蚀藏头字”，香煤指略有香气的墨。宋张先《宴春台慢·东都春日李阁使席上》：“金猊夜暖，罗衣暗香煤。”暗蚀即是墨迹渐渐地将诗句要义遮盖了去。明王彦泓（次回）有“袖香暗蚀字依微”之句，藏头字，指藏头诗，诗人会把所要言明的事凝成精简几字，分别藏于每句诗的头一字。宋吕渭老《水龙吟·寄竹西》：“锦字藏头，织成机上，一时分付。”

两句写的是纳兰面前的信纸上相思之句犹然徘徊缱绻，那墨迹却将纸上诗句的几个字遮掩了去，仔细辨别才知那竟是诗句中最重要也是最无法触碰的几个字，这墨色有意无意地浸淫，瞬间便潮湿了心境，前尘往事瞬间便堆上心头。本欲移开视线，起身弹拨古筝将心绪转移，怎料抬眼望去那十三根筝柱前后排列形成整齐的一行，负手一叹，也罢，也罢，就让“筝雁十三双，输他作一行”，且由着它静静成行在侧吧。纳兰双眼轻闭，相思萦回，就此失了弹拨之心。

上片手法欲擒故纵，相思之句若隐若现，要看清却又被墨遮了一些，偏偏遮的那几字刚好又刻骨铭心，引起无边相思挥之不去；古筝之音将弹未弹，本欲弹拨以转移相思之难，起身却又失了兴致，就在这来回反复之间，将纳兰相思难挨、衷情难诉的寂寥形象刻画明朗起来。

到了下片，词意从夫妻分别时的旧景转到现在纳兰独处的新景。

先道“相看仍似客，但道休相忆”，去年离别之时，还能够压制自己的心情，对彼此说着不要相惦记，莫要相思。只是怎的到了如今，却再也压抑不住自己奔涌的思潮，总是只因一个细节就惹起无尽哀思？夜深人独，凄然泪流，纳兰其心愈苦，其情愈深。

出了屋后，干脆就不回家了吧。为什么不回家呢？与既是爱妻又是知己的卢氏永离后，再回家面对满屋子载满卢氏身影，一触碰便牵扯出漫长且令人窒息的相思。可是独行在外，怎料秋日之下景色却是“落残红杏花”，道是新景旧情，俱都逃脱不过这相思的纠缠呵。纳兰满腹凄苦欲诉还休。时卢氏虽然逝去仅三月，但纳兰此情深并不亚于苏东坡的“十年生死两茫茫”。

整首词是一幅适宜远观之画，屋内诗句微浸墨，古筝静默，词人青衫独立在外，落花轻扬，枯残杏花枝丫于秋色之中鲜明。词意低回婉曲，结尾处悠然不尽，将纳兰痛失爱妻、恨意难平、相思无解的复杂心绪婉婉道来。

纳兰词题字“饮水词”便是取“如人饮水，冷暖自知”之意。于是纳兰这阕词，所言之处未尽之意，只得萦回观者心中，悠长回味。

# 菩萨蛮

**春云吹散湘帘雨，絮粘蝴蝶飞还住。人在玉楼中①，楼高四面风。**
**柳烟丝一把②，暝色笼鸳瓦③。休近小阑干，夕阳无限山。**

## ◇注释

①玉楼：指华丽的楼阁。

②柳烟：柳树枝叶茂密似笼烟雾，故称。

③暝色：暮色，夜色。

## ◇赏析

“伤春悲秋”作为中国古代文人一种特有的情结，长久寄居于各种诗词歌赋中，文人总多愁善感，一花一木，一沙一石，大自然里的万物都有可能激起万千思绪，有“小李煜”之称的纳兰心思本就细腻敏感，自然也不例外，这篇菩萨蛮便是他由思妇的角度所写的伤春之作。

是暮色降临云收雨散时，湘妃竹做成的帘子被春风吹得噼啪响，仔细看去，那春色颇有几分“落絮轻沾扑绣帘”的阑珊之色。到底还是起身登楼，想看看这雨后春景生成怎般模样，可是玉楼空阔，却只有四面的风，呼呼地从自己身旁刮过，无从抵挡。

到底那湘妃竹帘还印刻着娥皇女英思念夫君落下的血泪斑斑，如今春风揪扯着它就在耳畔噼啪作响，仿佛就是在提醒着自己，莫忘远方，莫忘尚有未归人在他乡，此时此刻，风中独立的自己，又怎能不被勾起相思之心！

于是到了下片，紧接着便是“柳烟丝一把，暝色笼鸳瓦”。看似描写杨柳若烟，暮色苍茫，实际上写的是这杨柳如烟心事如烟，如果当日我不是那么默默支持让你去远方，如果我坚持要你留下，你又是否会为了我，停下奔赴远方的脚步？那也许不至于如今看着那柳絮如丝，飘扬而起，便牵动我一腔的相思之情。

天色渐渐转青，鸳鸯瓦与这淡青色的天空相衬，显得格外静谧，你看，就连那房梁上的瓦，也是成双成对的呵，而我却只能领略到“鸳鸯瓦冷霜华重”的凄凉。

思妇的心内幽怨之情，由着这景色苍茫愈发深重，那么这泛滥的情怀该如何收拾？末了纳兰一句“休近小阑干，夕阳无限山”，顿时拓开了视野。

还是莫要再凭栏纵目了罢，那夕阳正缓缓落入无限山峦中，而那游子恐怕还要在无限山之外，别人尚可“过尽千帆皆不是”，我却只有这一成不变的山峦相眺望，唯一相同的是，那归人影子从未映入眼帘过。

到此，我们可以对比一下另一首有名的闺怨诗，王昌龄的《闺怨》：

闺中少妇不知愁，春日凝妆上翠楼。

忽见陌头杨柳色，悔教夫婿觅封侯。

这首诗写的是闺阁中少妇在春日独登翠楼远眺，无意间发现杨柳色转青绿，才恍然发现又是一年春来到，不由思及远去求取功名的夫婿，如今年年春色老，却悔当初希望郎君上进而使彼此离别，容颜独消磨，却辜负了好时光。

王诗从思妇赏春时的心理变化来写怨思，而纳兰则是通篇白描写景，然融情于景，那景色都是目之所见，却又凄迷生悲，读者看来，大可自行体味此中滋味，领略之后，便会顿觉心有戚戚焉。纳兰笔触可谓“不洗铅华，而自然淡雅”。谢章铤就曾在《赌棋山庄词话》卷七中如此写纳兰：

纳兰尝曰“花间之词如古玉器，贵重而不适用。宋词适用而少贵重。李后主兼有其美，更饶烟水迷离之致”，又曰 “词虽苏辛并称，而辛实胜苏，苏诗伤学，词伤才”（《渌水亭杂识》），此真不随人道黑白者。

郑板桥有言：“难得糊涂。”那么，我们就且以为这只是写春日暮色的小诗吧，品一杯香茗，单看这点墨泼出的春日暮色，至于诗中情怀，自让它再徘徊于字里行间，说不破，亦不可说破。

# 菩萨蛮 回文

**客中愁损催寒夕[1]，夕寒催损愁中客。门掩月黄昏，昏黄月掩门。**

**翠衾孤拥醉[2]，醉拥孤衾翠。醒莫更多情，情多更莫醒。**

### ◇注释

①愁损：忧伤，犹愁杀。

②翠衾：即翠被。

## ◇赏析

关于这首词，盛冬铃在《纳兰性德词选》中是这样分析："这是一首回文词，每句都颠倒可诵，一句化为两句，两两成义有韵。回文作为诗词的一种别体，历来不乏作者，但要做到字句回旋往返，屈曲成文，并不是容易的事。有些人把这当作文字游戏，不免因词害义，以致文理凝涩，牵强难通，结果是欲显聪明，反而给人以捉襟见肘的感觉。纳兰此作虽然并无特别值得称颂之处，但清新流畅，运笔自如，在同类作品中自属佼佼者，故录之以备一格。"

回文为诗词中的一种修辞手法，其起源说法不一，有说源于南朝梁刘勰，其《文心雕龙·明诗》中云："回文所兴，则道原为始。联句共韵，则柏梁馀制。"有说起自前秦窦滔妻苏蕙的《璇玑图》诗。回文为杂诗的一种，除韵律之外还有一定的思想性、艺术性，历来深受人们喜爱。

纳兰这首词大约作于康熙二十一年（1682年）。当年康熙皇帝由北京出发到盛京告祭祖陵，纳兰以一等侍卫扈从。因而为"客中"，意为身在异乡。人在异乡随君主浩荡的排场漂泊，远离家乡，愁绪无边，独身的寂苦能把周遭的空气都冷却，提前唤来了寒夕，这寒夕的冰冷更让愁绪更显清冷。

说至"愁"字，纳兰《饮水词》中一共出现七十七次，郁结一生，也愁出了千古流传的作品。叔本华在《论天才》中说："所有的天才都是忧郁的。"天性的敏感容易让这类人无端陷入极端的情绪里，心情能被一切的因素左右。天才多寂寞，内心细致思虑太深，却无处诉说，只得执笔与文字为伴，得以少许的解脱和倾吐。

夜晚降临，门中的执笔之客，看月色昏黄，顿觉触景伤情，赶紧掩门躲开这惹泪之景。"同来望月人何在？风景依稀似去年"（唐赵瑕《江楼感怀》），月色皎洁，却总叫人悲伤，还是将此良辰美景，关在门外叫那些相聚之人携手品赏这纯净的月光吧。门内人不忍目睹独悬之月，门外光线柔和、昏黄多情的月光洒在掩上的门框上，倍显落寞孤寂，清冷难耐。月光总让人遥想佳人，独在异乡思念之深便尤其惹人伤感。

关了门只剩灯光冷冷地映着苍白的面容，漫漫长夜，独自捂着翠被寻一场醉。酒入口中，醉意渐袭，怀中拥着翠被，如同拥着深爱之人，却也只能如此自慰。这撩人的月光，读来更是寂寥。

最后，叹说，清醒的时候啊，就不要再想着梦中之事徒增烦恼了。"多情自古空余恨"，感情上的事，情愈痴，苦愈深，多情之人，总会多些徒增的伤感落寞。所以多情之时，就不要让自己醒来了罢。已然是饮醉了吗？是梦着还是醒着，自己都已分不清。

愁苦难耐，只愿长醉不愿醒。

# 菩萨蛮 回文

**研笺银粉残煤画[1]，画煤残粉银笺研。清夜一灯明，明灯一夜清。**

**片花惊宿燕，燕宿惊花片。亲自梦归人，人归梦自亲。**

## ◇注释

①研笺：压印有图案的信笺。银粉：银色的粉末。煤：古代对墨的别称。

## ◇赏析

聂晋人曾评纳兰：“笔花四照，一字动移不得。”纳兰之词，看似句句无意，实际字字泣血。回文体结构巧妙，正能体现其深厚的文字功力。

在压印有图案的信笺上写写画画，百无聊赖，夜色清澈，小灯一盏，一夜便打发过去。“煤”字即“墨”的别称。独自对着这夜里的幽清，无人相伴，竟成了这样一个踌躇迷离的人，净做些打发时间的事情。清夜和明灯，这两个意象用得都备感清寥，同明代的汤显祖《闺中秋》所写：“多少离怀起清夜，人间重望一回圆。”离愁别绪，总易由清夜而起，加之明灯光线寂寥地亮着，陪着失意之人，还无聊地摆弄着银粉残煤，内心思念着什么，入了神，清夜就不知不觉地流逝。

百无聊赖的动作，放在回文的效果里，尤其衬景，好似能亲眼目睹灯下之人对着那印图的信笺眼神游离，反反复复地鼓捣银粉，添添水墨，字字都被附上了深夜里的灯光。不得不令人感叹，这人兴许生来就是为留他的纳兰词于此世间。以景观物，目光所及的一切，都成为情感寄托。

更有下片，“片花惊宿燕，燕宿惊花片。”这话读来好像纳兰从未于此间出现，无我观物，写得神话唯美，仿佛只留那落花宿燕相互惊扰。素来被寄予了太多悲情的落花，和那檐上之燕，低声絮语便可。清幽之境中，只需“清夜一灯明，明灯一夜清”就已足够，不需要明月，不需要和风，只这么坐着，仔细听落花宿燕的动静，幽静典雅，颇有王维“月出惊山鸟，时鸣春涧中”的境界。

读起来这宿燕，也是意有所指。古代文人骚客用典，燕也是常有出现的意象，这是因燕为候鸟之故，随季节变化迁徙，春去秋来，常被引用借以惜叹时光流逝，匆匆过耳。史上感时伤事者不少，“燕”字也是常见。再是古时廊檐下常有燕巢，又见它们出双入对，故又常作寄托相思离愁之用。纳兰这词中，下片首句，燕与花一道出现，叫人想到晏殊的“无可奈何花落去，似曾相识燕归来”之意境。

晏殊之词中，借“花落去”这一自然现象，联想到朝夕之间，以表达哀婉之情。又因“燕归来”，叹道，又是一年春去秋来季节更替，红了樱桃，绿了芭蕉，流光仍旧把人抛。人类与自然相比，渺小无力，只得低吟“无可奈何”。花开花落，一朝一夕，春去秋来，年华似水。可见这里的“花”和“燕”，同是意象。花只开落，自是与那兴亡之事脱不了关系。燕子迁徙，喻年华更替，时光荏苒。

晏殊此句经典，相传也是有个故事。那上半句的“无可奈何花落去”，曾是他心心念念对不出下联的灵感，那下半句的“似曾相识燕归来”，则是出自于他因大明寺壁上好诗结下的友人王琪。志趣相投，互相敬重，才有了这千古名句，也算是伟大友情的见证了。

不知纳兰写花、写燕之时，是否也有对故友之思呢？无奈叹，“亲自梦归人，人归梦自亲”，清夜之人，思念如潮，却为何仍是梦中之人！

# 菩萨蛮

**飘蓬只逐惊飙转[①]，行人过尽烟光远。立马认河流，茂陵风雨秋[②]。**
**寂寥行殿锁[③]，梵呗琉璃火[④]。塞雁与宫鸦[⑤]，山深日易斜。**

## ◇注释

①飘蓬：随风飘荡的飞蓬，比喻漂泊或漂泊的人。

②茂陵：明宪宗朱见深的陵墓。在今北京昌平北天寿山。

③行殿：可以移动的宫殿，犹行宫。皇帝出行在外时所居住的宫室。

④梵呗：佛家语，佛教做法事时念诵经文的声音。

⑤塞雁：塞鸿。宫鸦：栖息在宫苑中的乌鸦，唐王建《和胡将军寓直》：“宫鸦栖定禁枪攒，楼殿深严月色寒。”

## ◇赏析

纳兰叹兴亡的词并不少见，这首写得尤其别致。

写的是茂陵之景，出现得并不突兀。

开头就是那随风飘荡的飞蓬，随着突发的狂风飘零，不知何处。实际说的是人生之不定向，人同飞蓬，漂泊天涯，不知道归处在哪，都是匆匆过客。相比于广袤的大自然，人类不过是渺小的苇草，寄蜉蝣于天地，渺沧海之一粟，丝毫无力掌控生命的方向。主宰的从来是如同“惊飙”的命运，何时急转，何时直下，何时消亡，何时弱化，都不能预知，只能顺从它的变化，跟从它的脚步。人生漫长，实际上却始终心似游子，漂泊沉浮。开头七个字，纳兰完全似旁观陈述之人，写景看似自然随意，却足以读出压抑沉郁，不免有些消极意味。

景色萧条，行人过尽，远方好似全然是烟光一片，看不清将去往哪里，写的是内心极度的无助和孤寂。因用情太深而备感苦楚，因知己太远而无处倾吐郁结的苦水，纳兰也只得感叹，行人过尽。知己聚少，爱人不再，这软弱的身躯仿佛只是愣愣立于世界中心，看周遭一切，都是空旷漫长——这才停下马来，该要认河流，思思去向了。“茂陵风雨秋”已然出现在眼前。

上片构述巧妙，让茂陵的出现颇为合理，亦融进了萧瑟的风。可见纳兰来到此处，有所思，有所虑，有所郁结，像要寻些什么来慰藉自己。

茂陵即明十三陵宪宗朱见深的陵墓，这里应是代指整个十三陵，隐含咏那已逝的明朝。但用的是宪宗之典，又另有意味。宪宗其人，算是史上唯一因贵妃之死抑郁而亡的君主，他与万妃的感情，可谓孽缘一桩。哪怕是因万妃专横，险些断了后，这君主仍是对她死心塌地。虽算不上一代英明的皇帝，也算得上是一个痴心的男人。面对这样一代君主的陵墓，纳兰何思呢？同是痴心思念，身陷丧妻之痛的纳兰，大概是感受到共通的悲凉。

爱情逝去之痛，如落花流水，周遭一切随爱人远去，光华散尽。他与这痴心君王的心是相通的，足可见纳兰对亡妻情深，深至无处不思量，历史之思，不仅大国兴亡，也有小家悲喜。亡妻之死，在他心里留下的伤，痛了一辈子，念了一辈子，任何包含有过去的景致，都能勾起些惆怅来。

下片起写茂陵之景，“寂寥行殿锁，梵呗琉璃火”，白描写景，反复吟读，满是苍凉之感，纸间散发出全是悲苦的气息。行殿之锁，梵呗琉璃，都是历史沉淀的标志事物。历史浩瀚，时光流转，那些兴盛的朝代，早被铜锁锁于时空深宫之中，褪去当年屋瓦楼阁金碧辉煌的琉璃，只剩梵呗声声，琉璃灯微亮，诵着安详的经文，亮着高墙里的微火。最终，只留下塞雁与宫鸦仍旧盘旋，仿佛为找寻昔日之景而聒噪地牢骚满腹。

纳兰道“山深日易斜”，山谷愈深，日易沉落，悖论一语，却无比沉重，字字铿锵有力，直落到心底里去。过往再深远，日终究沉落。

## 点绛唇 寄南海梁药亭①

**一帽征尘，留君不住从君去。片帆何处②？南浦沉香雨③。**

**回首风流，紫竹村边住。孤鸿语④。三生定许，可是梁鸿侣⑤。**

### ◇注释

①梁药亭：梁佩兰，字芝五，号药亭，别号柴翁，晚更号郁洲。广东南海人。顺治十四年乡试第一，后屡试不第，即潜心治学，从事诗歌写作，名噪一时。康熙四十二年被召回翰林院供职，因不识满文而罢。次年返乡，与屈大均、陈恭尹并称为“岭南三家”，有《六莹堂诗集》。

②片帆：孤舟，一只船。

③南浦：南面的水边，后常用称送别之地。《楚辞·九歌·河伯》：“子交手兮东行，送美人兮南浦。”沉香：即沉香浦，地名，在广州西郊的江滨。

④孤鸿：孤单的鸿雁。

⑤梁鸿：指东汉梁鸿。东汉梁鸿家贫好学，不仕，与妻孟光隐居霸陵山中以耕织为业，后避祸去吴，居人庑下为人舂米，归家孟光为之备食，举案齐眉。世人传为佳话。

后以“梁鸿”喻指丈夫，亦喻贤夫。

## ◇赏析

从这首诗副标题“寄南海梁药亭”，可知是寄友人书，确切地说，应该是一首送友人离别诗。送别诗在诗歌中占有一席之地。我们耳熟能详的“桃花潭水深千尺，不及汪伦送我情”、“劝君更尽一杯酒，西出阳关无故人”等均出自那些饱含着深情厚意的送别赠言。

纳兰送诗的这位梁药亭，正是岭南三家之首梁佩兰，广州白云山碑廊还曾有他书写的《行书七言联》。梁佩兰，字芝五，药亭正是年轻时候自号，晚年改号郁州。梁佩兰与岭南三家的另两位——屈大均、陈恭尹一样，都是前朝遗民，却属于完全不同的两类人。屈、陈有着强烈的民族思想，诗书满腹而终生不仕清廷。梁佩兰则倾半生之力热衷功名，其间历尽坎坷，终于在授翰林院庶吉士，当时他已年届六十。然而，梁佩兰在仕途道路上并不顺利，功名屡试不中，终于在花甲年考中进士，次年即告假归里。此后十五年，结兰湖诗社，遍历名山，与海内名士尽情唱和。这首送别诗写于梁佩兰青年时代考试不中返乡之际。

药亭的家乡远在岭南，即广东南海。现代人恐怕很难想象没有飞机火车的古代，由京城南下广东，一路上该是怎样的跋山涉水，可能要受尽与玄奘取经一般的颠沛之苦，因此纳兰感叹“一帽征尘”。不过到底是风华正茂，恰同学少年，书生意气，挥斥方遒。离别虽是依依不舍，却没有太多“断肠人在天涯”的忧思。“留君不住从君去”，一派好男儿志在千里的从容。不似柳三变，手执红板低吟，“执手相看泪眼，竟无语凝噎”。

古有李白叹“孤帆远影碧空尽”，而纳兰也难隐对朋友的关怀，“片帆何处”，自是药亭那有沉香之名的故乡。相传晋时岭南官员无不贪赃枉法，连号称“廉公”的周清廉也不例外。惟吴隐之派往岭南后，清正廉洁，造福一方，因此深得百姓爱戴。离去时，老百姓为了感激他纷纷致送礼品，而吴隐之一一婉拒，于元兴三年两袖清风离开广东。传说归舟在珠江河上行走时，突然间风浪四起，吴隐之急忙查问，但并无收受礼物之人。忽然间，吴夫人想起来手上的沉香扇是百般推辞不下方才收下的一位父老所赠之物。听闻此言，吴隐之马上焚香向天祷告，把沉香扇投入江心，江面立刻风平浪静，江心浮现一座小岛，即现在的沉香浦。

药亭在老家时，曾经有一段悠居乡里的日子，是许多清雅之士求之而不得的，所谓“宁可食无肉，不可居无竹”，说的恐怕就是药亭进京前的这般风雅生活。西风不语，流年偷换，那年的药亭已不再如初到皇城时那般意气风发，尽管文字依旧激昂，却也掩不住屡试不中的怀疑和失落。“孤鸿语”三字，多多少少都会令人联想起东坡先生那首《卜算子》。不知在漏断人静时，药亭是不是也是孤鸿一般，为着阳春白雪的执着，为着曲高则和寡的必然，幽人独往来？应该是吧，否则药亭何必在几十年后高中进士仅为官一年便小隐于山林，尽享南山东篱？如此说来，怕是纳兰也没有想到，孤鸿影冥冥中竟是药亭躲不开的宿命，“拣尽寒枝不肯栖”的背后，挺立着古代之“士”毕生追求的精神脊梁。

或许是纳兰早已深刻地了解这位他乡故人，否则何出“三生定许，可是梁鸿侣”的溢美？说到梁鸿，世人熟悉的梁鸿，多半是因了“举案齐眉”这个古老的故事。传说梁鸿的妻子孟光有德却无容，甚至有好事者将孟光列入四大丑女。不同于以往的士人，梁鸿太学毕业后学而优但不仕，反而隐居山林，不臣天子，不事诸侯。也正是因为他的归隐，才保持了他对现实独立而客观的判断力，才在一片歌功颂德声中有了《五噫歌》这样大胆的讽世作品。当然，《五噫歌》带给梁鸿的却是无家可归的逃亡和流浪。

纳兰将梁鸿比梁佩兰，是比之出世归田，还是比之才华横溢，我们都不得而知。但有一点可以肯定，纳兰并不反对他的暂时淡出，甚至有淡淡的赞许和隐隐的羡慕——毕竟是要回归那一段风流岁月，不必再羁绊于纳兰成日面对的官场争斗中，不必处处留心、步步为营，终日提心吊胆、如履薄冰。尽管并不得志，或许满腹牢骚，然而还有什么比自由更可贵呢？裴多菲感慨生命与爱情终不换的自由，康德将自由与上帝比肩，那么纳兰心中自由又是花瓣几朵呢？不自由，毋宁死，只怕不是人类走到现代才临时觉醒的吧。

# 采桑子

**那能寂寞芳菲节[1]，欲话生平。夜已三更。一阕悲歌泪暗零[2]。**

**须知秋叶春花促，点鬓星星[3]。遇酒须倾，莫问千秋万岁名。**

## ◇注释

①芳菲节：花草香美的时节。

②一阕：一度乐终，亦谓一曲。宋欧阳修《晚泊岳阳》诗：“一阕声长听不尽，轻舟短楫去如飞。”悲歌：悲伤的歌曲。

③星星：形容白发星星点点地生出。

## ◇赏析

这是一首写于春天的词。

春季本应是万物复苏的时节，词里却叹出“寂寞芳菲节”，花草香美，却备感无聊，因而与友人话起了生平。夜至三更，谈到有感而发，禁不住弹唱一阕。悲歌低吟浅唱，竟引得清泪暗零。

暮春之时，悲歌一曲，化作对时光流逝阵阵感叹。这个多情细腻的男子，一曲悲歌，就能够得泪轻弹，有人说，这是否太过女子？一个真性情的文人，并不晦饰压制内心情感，毕竟他那么浓的伤悲、用情至深的感情，叫他从来隐忍于心恐怕会郁结成疾。真是直率之人，才可泪轻弹，用情真。

泪为什么而流呢？春花秋叶，季节更替，年复一年地催促时光流转，人亦由少到老。恍惚间，见那鬓角，已增了白发。这“星星”二字，代指白发星星点点。谢灵运之诗“未厌青春好，已睹朱明移。戚戚感物叹，星星白发垂”也是同样的感慨。心有戚戚感叹事物变迁，星星白发已然暗生，年华蹉跎。物换星移，不胜今昔。人生如此无常，时光的流逝，比流水无情，比落花有声，转瞬即逝。

最后感慨，有酒须饮才是，何必要问那“千秋万岁”之名。功名再有为，仍旧是春梦一场，如今夜已三更，春梦也该散尽。难怪，这一阕悲歌，引得如此愁情满腹，不胜凄凉。

“遇酒须倾，莫问千秋万岁名”一句低吟，与李白《行路难》中的名句“且乐生前酒一杯，何须身后千载名”异曲同工，但纳兰的态度是否是及时行乐就有不同见解了。有人评论说这是及时行乐的夙愿，历经官场劳累，倏然发觉劳碌一生，年复一年跟着时光颠沛流离，至今除去白发暗生以外，一无所有。可叹可悲，追逐一生，到底得到了什么？既然功名利禄如此虚妄，时光流逝丝毫不会顾及它们的情面，又何必非要为此虚妄之物而奋斗终生，忙碌不堪？人生得意须尽欢，纳兰生在富贵，可安享荣华，便“莫使金樽空对月”罢了。

另有一家意解为这“遇酒须倾，莫问千秋万岁名”，念的是百般萧条的凄楚，是纳兰对这半辈子生活的反思。奋斗半生，两手空空，生活的还是禁锢的人生，身在皇城，身不由己，任由命运摆布，随风飘摇。直至鬓角已有白发，还未意识到时光流逝和生活浮躁。恍惚那时间，似是突然加快步伐，让人恐慌不已，怅然若失了。

两家之言，孰是孰非，并不要紧，重要的是纳兰“欲话”之“生平”，让人更觉他的难能可贵。男儿之身历来总要被功名束缚，碌碌一生，难得这本可安享荣华的贵公子，竟能看穿浮名，不重富贵，确是出水之莲，纵看当年，确实少有。

岁月匆匆，一阕悲歌恰巧击中这才子心内的柔软地，禁不住泪流，喟叹人世苦短，世事虚妄。

# 采桑子 九日[①]

**深秋绝塞谁相忆[②]，木叶萧萧。乡路迢迢[③]。六曲屏山和梦遥[④]。**
**佳时倍惜风光别，不为登高。只觉魂销。南雁归时更寂寥。**

**◇注释**

①九日：即农历九月九日重阳节。逢此日，古人要登高饮菊花酒，插茱萸，与亲人团聚。纳兰此时正使至塞外。

②绝塞：极远的边塞。

③乡路：指还乡之路。

④六曲屏山：曲折的屏风。

◇**赏析**

所谓九日，即农历九月九日重阳佳节。这佳节之词，多是写离情的愁苦抑郁之词。

说到重阳佳节，脑中逃不过王维的《九月九日忆山东兄弟》：

独在异乡为异客，每逢佳节倍思亲。
遥知兄弟登高处，遍插茱萸少一人。

作这首诗时，王维正于长安谋取功名。帝都是繁华之地，时值佳节，一片欢愉之景，他却独自一个人流落在外地，人群越是熙攘，游子在外愈是觉得寂苦，因而更想念亲人。王维家乡在华山之东，所以题称“忆山东兄弟”。寥落孤独之中，想象此时家乡亲人旧友，定是登上了旧时时常同去之山，身带茱萸，轻叹“唯独却是少我一人”。

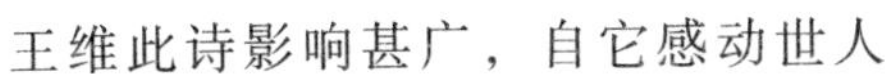

王维此诗影响甚广，自它感动世人起，登高、饮菊花酒、插茱萸、与亲人团聚已然不仅习俗，进而演变成为一种思乡的情结。其后，文人常有重阳思亲友的感叹。

写这词时，纳兰也正是出塞离家，自然是佳节倍思亲。形单影只，内心孤苦寂寞，故为寄乡情而写下这首词。

上片由景入。深秋，边塞偏远之地，落叶萧萧，一片萧索肃杀之气，清冷寥然。还乡之路迢迢，似是只能在梦里才能见到。这里的“六曲屏山”释义为曲折之屏风六曲，由李贺《屏风曲》：“团回六曲抱膏兰”而来。因屏风曲折若重山叠嶂，称为“屏山”，这里指代为家园。

下片道“风光别”，谓逢此佳节，故园风光正好，却觉得与平时有别，不难理解纳兰此时的心情，杜甫有言：“露从今夜白,月是故乡明”，异乡之景，再美不如家乡的田舍。亲友团聚之佳节，独自在外，今日心情，自是与平日有异。也难怪，再好的风光，也不能入眼，再美的景致，也不似故土。应了那王维的“每逢佳节倍思亲”。

只能叹道：“不为登高。只觉魂销。”此言着实令人动容。寥寥数语，写尽内心彷徨凄苦。期盼团圆之日，它却迟迟不来，这本该其乐融融的日子，落为一人看风雨凄迷。魂销，魂销。

结句承之以景，借以雁南归来反衬出此刻的寂寥伤情的苦况。苍穹莽莽，归雁看着尤其动人，这平凡的景致也有别于平日。一片自然风景就是一种心境，纳兰之思，便是这大雁所指代。故人常以雁表达思乡怀人，有李清照《一剪梅》的“云中谁寄锦书来？雁字回时，月满西楼”，又有“乡书何处达，归雁洛阳边”，都是对故土的牵念。纳兰结句，思乡之切，离乡之愁，也就表达得十分鲜明。

这天涯羁客，飘零于此，只叹，何时才可再见到故土的熟悉欢愉啊！

# 采桑子

**海天谁放冰轮满[1]，惆怅离情。莫说离情，但值凉宵总泪零[2]。**

**只应碧落重相见[3]，那是今生。可奈今生[4]，刚作愁时又忆卿。**

## ◇注释

①冰轮：月亮，圆月。

②凉宵：景色美好的夜晚。

③碧落：道教语。指青天、天空。

④可奈：怎奈，可恨。

## ◇赏析

惆怅离情，莫说离情，那是今生，又可奈今生，细细吟诵这样一首词，已分不清身处良宵抑制不住愁思万千的是我还是他。纳兰啊，寥寥看似无意的几笔，就能让人卷入他缠绵的愁绪和恰到好处拿捏有度的情境里。夜空安宁静寂，圆月高悬，本应是如水的温柔景色，然后一派的美景安在，佳人却已远离人间，这尘世之景，又哪有心欣赏？月圆了，家却静了，鸟归了巢，她却再不回来与家人招手微笑。

满心满意都是爱人满眼的温柔，今生的体贴，难忘的惦念，共同生活扶持的日子，有她的笑影啊，身姿啊，和那溢了书页的余声啊，叫他今生如何忘记呢？这匆匆逝离的生命，该有多少的遗憾和来不及，念不完的唠叨，做不完的家事，看不完的书卷，喝不完的香茶，和那难分舍的情谊啊！对着月圆静夜，伫立窗前，每每念及，禁不住那涌动的愁绪，怎剪得断，不忍遂离的那不舍。

可否不再看那夜空，可否不再见那皓月，合窗罢了，不能再这样地痴迷于思念里。倘若是一直这么对着万物优雅，叫人如何克制得住那清泪涟涟。打湿了衣襟，拂手拭面，下一秒还是泪痕尚未干去又已泣不成声。你说这自然界的美好啊，该如何睁眼去看，你说这万千的动人啊，该如何去品拾，良宵再美，没有你在，意义为何？

但是又如何相见呢？只有去到那天空里，才得以再度执手携行么？然而天又这样深远，愣是如此注视着，努力寻找入口，也无法看到，佳人身影一现。才明了，今生，恐是无缘再相见了。忍不住掩面垂首，难耐凄凉。

这痛失你的悲楚，因你而起，又在无边愁绪里，对你不可遏制地思念起来。

纳兰啊，你此情此景，念的是这般呓语般沉痛的思念啊！

卢氏是再也无法回到他的生活里了，良宵美景也都是赘余的了，眼里的水都是苦水，眼里的树都是枯树，对于他来说，那一起住的屋子是记忆，那泼茶的余香是缅

怀，那共赏的花草是思念，周围的环境里，放置着太多太多曾经并肩行走、共同扶持的提示物了。离别无意，将那一切化为了勾起愁思的引子，思念无意，将生活的重心，迷失在了无边的惆怅里了。

挥笔头句就是无奈的质问：是谁在夜空里缀了那么个皎洁的圆月？匆匆一瞥就不禁要令人惆怅起来。美景如水，荡漾的是如烟的轻柔，倒映的是清晰的内心的模样。这惆怅离情，倏然浮起了。正像是东坡痛心念道："料得年年断肠处，明月夜，短松冈"，这明月夜，大概总有些伤情之景，月亮于是成为文人墨客最见不得又最想见的忧愁了。清冷的月亮，短短的山冈，痛断柔肠，也逃不出那思念成疾的时光。而对纳兰来说，这"莫说"又着实是真心么？思念愁苦，离别沉痛，只是倘若不说，他难道就能逃离了触景伤情，丝毫不会念及？这"莫说"二字，像是自言自语，想忘却难忘，想那愁绪停止又无力控制，无奈无奈，说什么才好啊，也只能自己对自己暗许，不再说了，不再说了，唯独思想不停息，无休无止地沦陷在暗黑的沼泽。值良宵而泪零，又有什么办法呢。不思量，自难忘，只是恐怕你越是努力逃离那愁苦，越是将眼眸，停在过往的缠绵之中了。伤时悼亡，人同事物之间，同悲同喜，情也是更加深重了。

既然无力逃脱记忆的深渊，他也只能寻求一些希冀，今生最想实现的事情，不过是再见一面，再走一遭，却已是天上人间，纳兰明白，只应碧落，才有重见的可能，可今生，又如何去到那里啊！她依然消失人世，他只能遥望不舍。这希冀他大概是想了一千一万遍，却也没能想清吧！相思相忘却不相见，故人故情啊！纳兰啊，你怎么就这样执着于这无法实现的重聚呢？可奈可奈！因触景而伤了情，因伤了情，又再回忆了已亡人？这个无限循环的怪圈啊，就这样将一个人折磨得容颜憔悴。

这个多情的男子，该如何逃离那无边的寂苦，该如何逃离那悲楚的回忆。离别的时候，一个人烧纸成灰，离别以后，还要一个人吞咽苦水，对着美景，也是泪水不止。人生这件事，说长不长，说短不短，只怜惜这些多情重情的人，对于逝去的人事，无能为力，又百般苦痛。

生死之事无人可以毫无畏惧，分离之苦也道不清那苦涩的吞咽。亲密的人离世，如同身体里骤然被抽空了一个巨大的位置，空缺的那个影子，无人能够填补，也不知该如何愈合，只能静待时间，将痛失之苦，冲淡一些。

倘若她于碧落能够听见他的浅诵，大概她也会清泪涟涟，祈求时光的力量，能够让他不再那么苦痛吧。

# 采桑子

**白衣裳凭朱阑立[1]，凉月趖西[2]。点鬓霜微，岁晏知君归不归[3]？**
**残更目断传书雁，尺素还稀。一味相思，准拟相看似旧时[4]。**

## ◇注释

①朱阑：即朱栏，朱红色的围栏。宋王安石《金山寺》诗："摄身凌苍霞，同凭朱栏语。"

②凉月：秋月。趁西：向西落去。

③岁晏：一年将尽的时候。唐白居易《观刈麦》诗："吏禄三百石，岁晏有余粮。"

④准拟：料想、希望。

## ◇赏析

秋日天已微凉，风愈渐萧瑟，人也变得踌躇怀旧。

脑子里故人还身着那白色的衣衫依靠着朱红栏杆，秋月带着凉气洒着冷艳的光向西落去，思绪同那皓月也一并沉下来。思念渐深，纳兰眼看鬓角浮起点点的霜白，乱了心绪。年已至末，不知道故人归不归。一声声自问，湿了衣襟。更漏都已滴尽，他亦望穿天际，日日企盼传书的鸿雁，等的书信却迟迟未至。只能一味地思念，料想着，相见的时候故人依旧是迷人的旧时模样。

显然，这是阕岁末怀人之作。怀的是谁，却多猜测。是久思未见的初恋，还是亡故的妻子，抑或红颜知己沈宛，又或者是挚友顾贞观？读来是五味杂陈的思念，像着了过量的盐，尝来有了涩味。

细品这词，颇有意味，善于用典的纳兰，仍旧在短词之中，巧妙化用了前人的每句。词中上片的首句就是取自明代王彦泓的《寒词》十六之一，文曰："从来国色玉光寒，昼视常疑月下看。况复此宵兼雪月，白衣裳凭赤栏干"。

下片借以大雁这一意象来抒发苦等书信的一味相思。大雁有典，取自《汉书·苏武传》。相传当年苏武出使匈奴，被扣留匈奴十九年，后汉使者对匈奴单于说，汉天子上林苑打猎时，打获大雁一只，其脚系有帛书，上写着苏武在匈奴何处，因而匈奴单于放苏武回到汉朝。大雁本是种候鸟，每年秋天要飞往南方过冬，古人掌握这个习性后，通讯不发达的当时，人们也能够开始通过大雁来传送书信了。因而有了鸿雁传书一说，大雁这个意象也在诗歌中蔓延起来。文人写雁，用以表达思乡怀人的情思。

最后，末句引用宋时晏几道《采桑子》："秋来更觉销魂苦,小字还稀。坐想行思，怎得相看似旧时。"秋来销魂之苦，苦之深，思之切，叫人乱了心绪，坐想行思，怎也无法躲避开这纷乱的回忆，对故人的相思。怎得想看似旧时，怀念过去之人深切苦楚，可如何能回到旧时的时光，不再为这时光渐远而伤怀叹息？恐怕时光的脚步还是听不见他心底恰似痴狂的呐喊，无法让他如愿穿梭回到过去吧。

纳兰这词，清清婉婉，秋景静美处，读之如确实能见到纳兰身着秋衫伫立窗前，看月色西沉，盼雁回信至，读来痛心，也觉孤楚。天下苦情之人不少，如此日日夜夜，任世事洪流都冲不掉的思念痴心至此，凄婉之中，更欲垂泪。世事如风而过，故时旧人，穿越岁月洪荒，终究已不在眼前。只能凭空回忆——好似你还站在那里，朱栏依旧，人事依旧，再见你，朱颜不改，情谊仍在。

# 清平乐

**麝烟深漾[①]，人拥缑笙氅[②]。新恨暗随新月长，不辨眉尖心上。**

**六花斜扑疏帘[③]，地衣红锦轻沾[④]。记取暖香如梦[⑤]，耐他一晌寒严[⑥]。**

## ◇注释

①麝烟：焚麝香发出的烟。五代成彦雄《夕诗》："台榭沉沉禁漏初，麝烟红蜡透虾须。"

②缑笙氅：犹如仙衣道服式的大氅。用王子乔于缑山乘鹤成仙的典故。汉刘向《列仙传·王子乔》："王子乔者，周灵王太子晋也。好吹笙，作凤凰鸣。游伊洛之间，道士浮丘公接以上嵩高山。三十余年后，求之于山上，见桓良曰：'奉告我家，七月七日待我于缑氏山岭。'至时，果乘白鹤驻山头，望之不得到，举手谢时人，数日而去。"后因以为修道成仙之典。

③六花：即雪花。雪花结晶六瓣，故名。

④地衣：地毯。

⑤暖香：带有温暖气息的香味。

⑥一晌：指短时间，南唐李煜《浪淘沙》词："梦里不知身是客，一晌贪欢。"

## ◇赏析

这是一首富贵公子的叹息，与现代人相似，越长大越孤单，越繁华越寂寞。

富贵公子定处奢华之地。单看其穿衣用度，便可知不是寻常人家。深漾的麝香，是取自于麝的高级动物香。其味芬芳宜人，香味持久，即使在工业化的现代社会也是一种奢侈品。再看其穿着，"人拥缑笙氅"。氅是古时用于遮寒的外衣，大约就是我们现在所说的披风。这"缑笙氅"可不同于晴雯为贾宝玉夜补的雀金裘，而是源于天下"王"姓的鼻祖——王子乔。

传说王子乔是黄帝的四十二代后人。他本名唤作姬晋，字子乔，是春秋时期周灵王的太子，人称太子晋。《列仙传》记载太子晋不仅善吹笙，"作凤凰鸣"，还可卜生死，最后羽化成仙。有后人依约到缑山相见，但见白鹤，便是仙人王子乔。

由此说来，缑笙氅应是仙家之物，常人思之而不得见之。天寒地冻，难得有闲时候，坐拥冬衣，一任思绪自由驰骋。自由，爱情，尘事难缨，来去无牵挂，纳兰怀揣的这些向往在这红尘中也许并没有太大意义。身为皇亲贵胄，纳兰这一生许多事情都"不得已"而为之；而真正挂怀之人，却如身着缑笙氅的王子乔，令人"望之而不得到"。

"不辨眉尖心上"，显然是脱胎于"才下眉头，又上心头"。说到化用，李清照的《一剪梅》被世人传唱，但又有几人知道这千古绝唱也是化用而来？范仲淹《御街行》中有言，"都来此事，眉间心上，无计相回避。"情相似，而言未尽，这也是古往今来词句化用而佳作迭出的精妙所在。

才女李清照眉尖心上之思久久萦绕，那“一种相思，两处闲愁”伴着流水落花，似要到达心上人所处的他乡，一路蜿蜒不绝。这两处闲愁是思念，更是在期待，“云中谁寄锦书来”。比之李清照的坦然，纳兰的遗憾是刻骨铭心的，是剪不断理还乱的惆怅，是伊人远去后旧愁新恨在心底渐渐堆积成的感情三角洲。李清照感慨“花自飘零水自流”，纳兰却道“新恨暗随新月长”，是旧梦不再，是抱憾终生，是“一寸相思一寸灰”的断肠。

北方的冬季万物萧索，天地间最为活泼的精灵莫过于冰雪，或纷纷扬扬，或雪色皑皑，自古是文人墨客的宠儿。“忽如一夜春风来，千树万树梨花开”，岑参以春色写雪景清丽，令人叫绝；“撒盐空中差可拟，未若柳絮因风起”，谢道韫一语道破是白雪霏霏，小女子的灵秀跃然纸上。

“六花”即雪花，因为古人有“草木之花多五出，度雪花六出”的说法，因此常以六花指代雪花。雪花在诗词当中还有一个动人的名字——未央花。未央取无穷无尽，汉有宫殿长乐未央，也是希望快乐无尽的意思。按现代人的说法，这未央花的花语便是“冰封的爱”，正如那些积年暗长的怅然已随那些回不来的记忆被永久冻结在心底。

雪花轻飘入暖阁，沾在地毯上，落到梳妆台上。一个沾字，轻盈得如纯白的蝴蝶，花开息声，蝶舞翩跹。这样的雪不禁令人联想起了春雨，“随风潜入夜，润物细无声”早已是家喻户晓。又有几人知道，五柳先生早作“倾耳无希声，在目皓已洁”，说的便是地衣红锦轻沾的六花。

红锦，是一样很闺阁的物什，同鸾镜、胭脂、衾凤枕鸳之类常出现在诗词中。词行此处，便也不难猜想这眉尖心上的新恨所为何人了。纳兰也曾有过相依相知以为可以长相守的爱人，也曾与爱人有过赌书泼茶的美满生活，这些不过残存那些零乱的记忆中。暖香入梦，梦中温香软玉，莺声燕语，是何等春光旖旎。这融融春意沉淀在心底，既不敢翻开来轻易触碰，又忍不住日日温习，望梅止渴一般，靠这一抹温存的旧忆聊以取暖。

纳兰与小山词风形神俱似，历来为世人称道，仿佛他二人心意横跨千年自有灵犀。小山曾作《长相思》，不知相思是何人，自问自答“若是问相思甚了期，除非相见时”；纳兰更是不敢奢望相见，凭旧日暖香耐一晌严寒。“梦难成，恨难平”，幽人亦难入梦。即使入梦后又如何呢？纳兰与妻子早已是生死两茫茫，多少年过去，也只道“纵使相逢应不识”。看新月渐长，月圆情难圆，离别苦多，“一生心事在书题”。

# 眼儿媚

**林下闺房世罕俦，偕隐足风流[①]。今来忍见[②]，鹤孤华表，人远罗浮。**

**中年定不禁哀乐，其奈忆曾游。浣花微雨，采菱斜日，欲去还留。**

## ◇注释

①偕隐：一同隐居，诗词中多指夫妻同归故里。

②忍：通“认”，认识。

## ◇赏析

纳兰写田园之趣不少，向隐之心屡有表述，多少与友人相关。

因家族的关系，纳兰生来就接受正统的满族人教育，在优越的家世之下，服从父亲的安排，理所当然过着被规划好的生活。偏偏这才子生性多情，结交知己友人，多是江南之士，即一些诗书满腹的汉人。因而，必是为友人所同化。同是读书写词之人，为何友人如此洒脱不羁，自己却百般羁绊，胸中尽是郁结的禁锢？于是这写给友人的赞美之词中，就能读出纳兰对这种生活羡慕万分。

开头的“林下”二字，本指山林田野的隐居之处，而后被理解为“林下风气”。《世说新语·贤媛》有言：“谢遏绝重其姊，张玄常称其妹，欲以敌之。有济尼者，并游张、谢二家。人问其优劣。答曰：‘王夫人神情散朗，故有林下风气。顾家妇清心玉映，自是闺房之秀。’”故这“林下风气”是赞美妇女之词，与闺房之秀意义相差不远。

偕隐足风流，“偕”字，作“一同”解，有“执子之手，与子偕老”。

这两句谓夫妻二人一同隐居山林，知足保和，风流自适。

后一句，大量用典。先是有忍见，“忍”字同“认”，有“夫国之疑二三子，莫忍老臣”之说。再有描述夫妻的隐居生活，说鹤孤华表，即取鹤生性孤高的特点，词中意为远隔世事，居住在这装饰华美清丽的房子里。罗浮之说，取自一则传说：当年隋赵师雄在罗浮山蒙遇一女郎，与之说话，感到迎面芳香袭人。这女子语言清丽，令人神迷，于是相饮甚欢，最后竟醉去。待到酒力褪去，神志清醒之后，才发觉，原来竟是醉倒在这大梅树之下。往后，咏梅之词，就多见罗浮之典。纳兰用它，意指往日荣华。

纳兰之言，备觉诚恳：如今亲眼目睹你们的隐居仙境，风景撩人，你们住在这华美的房子里，远离尘世的浮躁虚名，安宁闲适，着实令人艳羡不已。

友人的生活情趣和风度，叫他敬佩又羡慕，赞美之词发自肺腑，仿佛远罗浮的田园风光，他也能沾点光来。

下片之言，极尽赞美，说到这自然美

景，必会时时回想，感到美好。“浣花”、“微雨”、“采菱”、“斜日”，都是生动的自然景致，一派田园安详的美好乐土之态。最后发出感叹：“欲去还留”。这耕种之福，直叫人嫉妒不已，怎也看不够，小桥流水。

纳兰这首词，表面上看，更像是首馈赠之词，写给一位隐居的友人，赞扬他对生活的田园之态。字句之中，纳兰表露了对退隐凡尘，隐居林下生活的向往，也无意倾吐了对理想生活的渴望。履贵处丰的公子，却不满于生活轨迹的局限性，出入于俗世丑态，违其志所向。赞美之中同时表达了他所渴望的生活形式，正如这友人的田园情趣，只需小屋一间就可。因而，既有赞美友人豁达之心，又能坦言自身对隐居无限向往，一词双关。

纳兰并无贪心，只求有“种豆南山下，草盛豆苗稀”的净土一方，于他就已足够。

# 眼儿媚 咏红姑娘

**骚屑西风弄晚寒，翠袖倚阑干。霞绡裹处[①]，樱唇微绽，靺鞨红殷。**

**故宫事往凭谁问？无恙是朱颜。玉墀争采[②]，玉钗争插，至正年间。**

## ◇注释

①霞绡：美艳轻柔的丝织物，这里指红姑娘的花冠。

②玉墀：宫殿前的石阶。

## ◇赏析

纳兰之心，细致到微小的野果亦能勾起忧虑重重。

红姑娘一物，指的是元代棕榈殿前曾种植的野果。《元故宫记》中有对其描述道：“金殿前有野果，名红姑娘，外垂绛囊，中空有子，如丹珠，味酸甜可食，盈盈绕砌，与翠草同芳，亦自可爱。”西风瑟瑟惹得些微寒意，翠袖斜倚阑干，清清朗朗的，红姑娘好似少女般温婉可爱。花冠似有丝织之感，美艳轻柔，殷红之色视同红玛瑙，红姑娘形色甚是好看。首句“骚屑”，意为风声，汉时刘向《九议·思古》中有“风骚屑以摇木兮，雪吸吸以湫戾”。

行文至此皆是刻画红姑娘之态，读来惹人喜爱，可以想象一片葱郁之景，引得人心随它沉醉在一片风情之中。故前半部分基调积极，呈现的多是欢愉。

但至下片语意顿转，质问“故宫事往凭谁问”，霎时转为沉重的历史之思，洋溢的许是悲苦之意。朱颜无恙，过往何存？野果如今还依稀尚存，葱葱郁郁美好地保留着，点缀着这个世间，当年王朝却早已沦为陈迹。依稀只记得当年元代至正年间，宫殿前的红姑娘争相娇艳，宫中女子争相采摘插戴，一派活泼场面。而今只留萧条旧宫，美景依旧，对比之下更显得寥落。

至正年间用作背景，自有深意。至正即元惠宗顺帝第三个年号，故时值元末。顺帝昏庸，不谙权术，有一年元朝境内发生通货膨胀，加之为治水加重徭役，以致政治腐败，民不聊生，其后各地义军蜂拥而起。最终，元朝灭亡，政权为朱元璋所夺。故至正年间这一时代背景，读来总觉得隐藏些耐人寻味的意味。纳兰借用此典，表达的仅是今昔之叹，还是另有对时下的深深忧虑？

再细究“无恙是朱颜”，又要联想纳兰对后主词的偏爱。这朱颜一词，正是因李后主的绝笔《虞美人》而出名。

“雕栏玉砌应犹在，只是朱颜改。”每每轻诵此句，都是满怀的怅惘无奈。“欲语泪先流”的凄婉动人，都寄附于犹在的雕栏玉砌上，偏是为了那不再的朱颜。传达之意，是“物是人非事事休”的百般无奈，与纳兰的“故宫事往凭谁问？无恙是朱颜”一句，可谓异曲同工。纳兰迷后主之词，确实得其精髓而不失纳兰之风。

后主句中的“朱颜”单从释义上看，“朱颜，即红颜，少女的代称”，表义上看应指南唐旧日的宫女，当然后人也有理解其还应包括旧日南唐的青山、碧水、明月等一切美好的事物。当年李后主被押到东京，从一个尽享君主之乐的国君沦为亡国之俘，辛酸不已，每日以泪洗面，故感叹，当初“物是”，如今“人非”。

纳兰深得后主词义，物是人非的今昔之叹，叹得沉郁内敛，自有精魂。花草之趣，植株争艳之景，入处虽小，小中见大。历史遗恨，不用说尽往昔风华绝代，只需轻轻勾勒当下的细枝末节，就足够令怀史之人，流尽含恨之泪。

深感今昔之别，变迁之苦，而今之世，也不知能否安定。扼腕之痛，忧心之苦，郁结之人，轻轻问道：“故宫事往凭谁问？”就足够引人哀愁万分。

# 眼儿媚 中元夜有感

**手写香台[1]金字经，惟愿结来生。莲花漏转，杨枝露滴，相鉴微诚。**
**欲知奉倩神伤极，凭诉与秋檠[2]。西风不管，一池萍水，几点荷灯。**

## ◇注释

①香台：烧香之台，佛殿之别称。

②秋檠：在秋日里拱手跪拜。

## ◇赏析

读感于中元夜所作之词，必应先知何谓“中元之夜”。中元节即“盂兰盆节”，现今俗称“鬼节”。唐时韩鄂就有《岁华纪丽·中元》记载：“道门宝盖，献在中元。释氏兰盆，盛于此日”，说的就是这中元节。根据旧俗，农历七月十五，百姓应于水面上放荷灯，以奠亡灵。以灯火形式来祭祀已不是罕事了，人们似乎都愿相信，鬼魂归来故里，需要灯火指路。有趣的是，这盂兰盆节传言在日本也很盛行，他们将火盆置于门口，在室内悬挂灯笼，以给亡灵引路。实际上与荷灯相通。

古人大多在中元节祭祀亡故的亲友。

纳兰作此词时卢氏刚亡故不久，又正值祭祀之日，近年陪伴之人，恍然竟成吊唁之人，怎能不泪零。伤怀处，亲手用金泥抄写金字经，即佛经，一遍一遍，虔诚写那经文，絮絮地祈求，唯愿来生，还能与其再续今生之缘，再结连理。要知自妻子卢氏亡故以后，纳兰对佛学的研究愈加痴迷。也难怪，困于情伤，痛于生死，自会萌生了净化、自慰之心。痴情无奈，苦困相思，只能反复苦写不停，企盼那来世之缘，精诚所至。但不禁揣摩，纳兰是真信了那来生之说吗？还是，仅仅聊以慰藉而已？

只想数着莲花漏的漏滴，扬枝的露水，表明我的心意，一分一厘，都是诚恳深情，真诚祈求。两个典故，取自佛家之说，深刻了心意实诚，让人感动不已。

莲花漏是古时计时器之一，一点一滴，日复一日，纳兰诚心的祈望，正似这漏滴点点，掷地有声的不是他的清泪，而是深情款款。

扬枝水喻指的则是能使万物复苏的甘露。《晋书》中流传下的典故说，石勒之子石斌暴病而终，石勒请来的高僧用扬枝蘸水滴在他儿子身上，这甘露竟真的使石斌生还。这里表达的是深切的愿望，即便是死生之遥，痴心不改。

欲说还休，对那佛堂之中的神明诉说：要知道我诚心供奉，伤痛之至，浮在秋水上的荷灯，自能证明我的痴情我的诚挚。言语之中，好似有万千愁绪，不被理解，只能观景寻找依托之物。想象那场景，渺小的荷灯浮于苍茫的秋水上，微光寂寥，正似纳兰心中，此时百感交集，踌躇万千。这相思，这离愁，这回忆，又有何用呢？故人不再，天上人间，何似当年。

最后一句，更是让人悲恸万分。“不管”一词，读来备感西风无情。“一池萍水，几点荷灯”，又甚是孤寂。又让人想到“萍水相逢”，“萍”是水上漂浮不定的浮萍。看秋水为那一池“萍水”，纳兰又暗比自己是无根之萍，只得飘荡于这无边的惆怅中。爱人已故，自己唯似漂泊客。

无情的西风，和寂寥的池中荷灯，很是不协调，却总有些抑郁在心头。这收束之语，说得无限清冷，却自有冷语之妙，无情之风，反倒让荷灯秋水，带上了更悲恸的思念。

吾心有情，流光无情。

# 满宫花

**盼天涯，芳讯绝[①]。莫是故情全歇[②]。朦胧寒月影微黄，情更薄于寒月。**
**麝烟销，兰烬灭[③]。多少怨眉愁睫。芙蓉莲子待分明[④]，莫向暗中磨折。**

### ◇注释

①芳讯：嘉言，对亲友音信的美称。

②故情：旧情。唐王昌龄《李四仓曹宅夜饮》诗：“霜天留饮故情欢，银烛金炉夜不

寒。”

③兰烬：蜡烛的余烬，因状似兰心，故称。

④芙蓉：即荷花。此句化用《乐府诗集·清商词一·子夜夏歌之八》有“乘月采芙蓉，夜夜得莲子”之句。

## ◇赏析

人间多是惆怅客，更有纳兰痴情人。满腹苦水，叫他如何排解忧愁，唱尽悲歌？

直道：“盼天涯，芳讯绝”，令人联想那“独上高楼，望尽天涯路”之人，不知独倚高楼之景，是否也同纳兰一般苍茫；不知望断天涯路，是否也同纳兰只寻得“芳讯绝”。情意是有共通之处的，读来孤寂，都是悲苦之词。身旁空旷寥落，以为能在天涯那头找寻些什么。

可是想见之人不见面容，想闻之讯未得其踪。莫不是，故人旧情，全然已尽？这“故情”二字，出自唐代王昌龄之诗，曰：“霜天留饮故情欢，银烛金炉夜不寒。”纳兰此问，可解为呓语之言。故情是否安在，他还不清楚吗？只是接受现实这样的事，对脆弱的词人，太显残酷，只能自我麻痹、自我安慰，问：她是否已经不在那里了？答案却是早已知晓，盘旋于心千遍万遍，还是不忍对自己说，她已然消逝在天涯。

于是心头寒意阵阵，看那朦胧的月色，都是寒冷萧条，昏暗微黄。情自凄婉，寒月再美，不过目及之物而已。世人所观之月，都是同样的月，偏偏纳兰眼中，怎就尤其寒冷凄清呢？所谓景语皆情语。心里是白雪皑皑，眼观之物，必不至于五彩斑斓。

这才意识到，麝香烧尽的香烟已散去，燃尽呈兰花之态的烛心也熄灭，怨眉愁睫，该用什么解？自古烟、烛都是描绘朦胧唯美的景色，被赋予消逝之意，只因烟缕轻盈，还没能好好欣赏，风过便散，烛则有残烛烧尽、恰留烛心为证，好似提醒着它曾经的存在。徒留烛心如兰花之态，一切事物消逝之迅疾，非能够轻易掌控，于是更是加深了愁绪。眼前之景都是残破之景，散了轻烟灭了灯烛，还有什么是完好？

最后，“芙蓉莲子待分明”，从《乐府诗集·清商词一·子夜夏歌之八》来：

朝登凉台上，夕宿兰池里。
乘月采芙蓉，夜夜得莲子。
青荷盖渌水，芙蓉葩红鲜。
郎见欲采我，我心欲怀莲。

芙蓉大概取的是其谐音“夫容”，诗中描写情人幽会之景。愁情满腹的纳兰自然取的也是反意，写故人幽会的欢愉，更是自嘲自己的落寞孤楚，反衬得一地凄凉。所谓伊人，着实已“在水一方”，天地之遥，该如何跨越，才能让他不那样痛心？

莫问，莫问！“莫向暗中磨折”，似是自慰，却更多无可奈何。

# 鹧鸪天

**谁道阴山行路难？风毛雨血万人欢[①]。松梢露点沾鹰绁，芦叶溪深没马鞍[②]。**

**依树歇，映林看。黄羊高宴簇金盘[③]。萧萧一夕霜风紧[④]，却拥貂裘怨早寒[⑤]。**

## ◇注释

①风毛雨血：指狩猎时禽兽毛血纷飞的情状。

②马鞍：一种用包着皮革的木框做成的座位，内塞软物，形状做成适合骑者臀部，前后均凸起。

③黄羊：因东汉阴识用黄羊祭祀灶神致富，后世即用以为典，表示祭灶的供品。高宴：盛大的宴会。

④霜风：刺骨寒风。

⑤貂裘：用貂的毛皮制作的衣服。

## ◇赏析

鹧鸪天，又名于中好，据说是来自“春游鸡鹿塞，家在鹧鸪天”的诗句中。上下两片，像极了两首七绝。只是在下片首句处，变作三字两句。这一变，似万绿丛中一点红，霎是满眼鲜艳起来，立刻减了诗的严肃，增了词的灵动。鹧鸪本是南国客，一啼一唱，如闻“行不得也哥哥”，虽不及子规啼血那般凄切，却如晚唐诗人郑谷说“游子乍闻征袖湿，佳人才唱翠眉低”。

这首词据说作于康熙二十二年，纳兰扈驾至五台山时所作。阴山东起大马群山，西至河套地区的狼山，为河套以北、大漠以南诸山的统称，古代北方的许多少数民族游牧生活于此。“天苍苍，野茫茫，风吹草低见牛羊”，天作穹庐地作席的辽阔场面使纳兰暂时忘却身后烦恼与种种执着，豪放之态顿生。

“谁道君王行路难，六龙西幸万人欢”，语出太白《上皇西巡南京歌》，一生不羁的谪仙在御前也不得不作逢迎之词，纳兰又怎能免俗？“风毛雨血”便是他随侍康熙帝狩猎时的情景。清朝马背上得天下，历朝君主都非常重视骑射本领。尽管入关后没有了随心驰骋的草原，皇帝每年秋天都会率臣子围猎，也是取不忘祖训之意。走出四四方方的京城，看山峦起伏，听松涛阵阵，鹰击长空也觉得渺小。

"几处早莺争暖树，谁家新燕啄春泥"，江南犹春风拂面，似解语花，美娇娘；"瀚海潮喷千浪白，天山风吼万林丹"方显阴山磅礴气象。白居易游西湖时正浅春时节，"乱花渐欲迷人眼，浅草才能没马蹄"；朔风一路吹过阴山，乱花浅草也添奇志，卸红妆，"芦叶溪深没马鞍"。

依树而歇，把酒言欢，"黄羊高宴"自不能少。这里的黄羊出于东汉阴识。《后汉书·阴识传》中有记载，汉宣帝时的阴识为人至孝至纯。腊月小年煮早饭时见到灶神元身，忙施礼下拜，并用家里的黄羊祭灶神。祭拜之后，阴识好运连连，一夜间成了当地巨富，三代繁昌。当然，从此以黄羊祭灶神的习俗也随着后汉书的一笔流传下来。

只是，君臣同歌咏能有何真心感慨呢？"皇恩降自天，品物感知春"的唱和而已吧。言不由衷却又不能诉衷情，高处不胜寒的日子，纳兰时时如履薄冰。"深思篱下西风醉，谁羡班超万里侯"，纳兰也曾有少年时的意气风发，但长期的侍卫生涯如牢笼一般将他束于一片金碧辉煌之中，那些建功立业的梦想早已磨灭在乾清门外的台阶下。如今的他，早已不作功名之想，倒是南山五柳才似归去之所。

傍树而歇时，不知已淡泊尘世的纳兰想到了什么。醒时无聊，醉呢？阴山一直是多民族集聚之地，自古多战事。成吉思汗三川席卷收，"一代天骄"的美誉名至实归。"不教胡马度阴山"，世人只赞叹龙城飞将的功成，谁看到史书透光的背面那些血淋淋、白森森的万骨枯？多少征人成边今生，多少将士魂归故里？"醉卧沙场君莫笑，古来征战几人回。"

阴山下，响着成王的欢歌，败寇的绝唱，然而几人听得到羌笛声声怨杨柳？月夜难寐，想来几家欢乐几愁，谁见将君白发征夫泪？

此地不见芭蕉，没有梧桐，纳兰那些思虑可以暂时隐在冷月背后的阴影中，在一片孤寂中聆听萧萧霜风。狂欢，是一群人的孤单；孤单，是一个人的狂欢。漫漫长夜，坐听穿林打叶声，起身踱步走走停停，只有此时纳兰才能得到少有的安宁吧。

夜色阑珊时，早寒已悄然来到。走出帐外，阴山的风寒是貂裘挡不住的，那一片豁达开朗的气派更让人神往。"怨早寒"，与其说是埋怨，不如说这是纳兰始料未及的惊异。不是温柔水乡，不是繁华京城，如此透彻的寒冷，如此酣畅的寒冷，或许只驻足于难得一见的辽远的阴山脚下。

# 鹧鸪天

**小构园林寂不哗，疏篱曲径仿山家[①]。昼长吟罢《风流子》[②]，忽听楸枰响碧纱[③]。**
**添竹石[④]，伴烟霞。拟凭尊酒慰年华[⑤]。休嗟髀里今生肉[⑥]，努力春来自种花。**

**◇注释**

①山家：山野人家。唐杜甫《从驿次草堂复至东屯茅屋》诗之二："山家蒸栗暖，野饭射麋新。"

②《风流子》：原唐教坊曲名，后用为词牌。分单调、双调两体。单调三十四字，仄韵。

③楸枰：棋盘，古时多用楸木制作，故名。唐温庭筠《观棋》诗："闲对楸枰倾一壶，黄华坪上几成卢。"

④竹石：竹与石。

⑤尊酒：犹杯酒。

⑥髀里今生肉：因为长久不骑马，大腿上的肉又长起来了。形容长久过着安逸舒适的生活，无所作为。语出《三国志·蜀志·先主传》裴松之注引晋司马彪《九州春秋》："备曰：'吾长身不离鞍，髀肉皆消。今不复骑，髀里肉生。'"

## ◇赏析

纳兰心中向往的疏篱曲径在朱门富贵的府邸可有安身处？

不过一处面南草屋，檐后榆柳成荫，堂前桃李缭绕。没有纳兰常见的金碧辉煌，更不需要前呼后拥的排场，那明晃晃的色调、媚兮兮的表演不属于寻常百姓家，也不属于纳兰向往的寻常生活。不似北方的园林，初见朱门铜钉，再见宫馆复道，山拟昆仑，池比东海，不时提醒着，普天之下，莫非王土，处处洋溢天皇贵胄的自负和威严，那些都令人太压抑，天威前如临深渊的紧张气氛令人窒息。

疏篱山径，本是寻常人家。这人间再普通不过的场景却是被模仿之物。物以稀为贵呵，如大观园里的"杏帘在望"，"一畦春韭绿，十里稻花香"。权相明珠府邸，山家之景不过是借景取意，雅俗同乐，不得作真。而于纳兰而言，那牢笼中的疏篱曲径似植于金丝笼边的野花，纵使不能翱翔长空，尽情歌唱，至少可以用以观天，用以记忆对自由的向往，用以维持对平淡生活的渴望。

昼长吟罢《风流子》，纳兰便是到了荒山村野也离不开一份诗意的栖居吧。风流子，如"鹧鸪天"一般也是词牌名，分单调、双调两体。纳兰也曾作《风流子》，约略作于康熙十四年，那时的他于一片枯草之上便作得"算功名何似"之语。九年后，纳兰自己怕是没有想到，自己那些功名之心早已被磨平，年轻时一句"沽酒西郊"老来竟成圆不了的冷梦。

楸枰响碧，应是清脆的金石之音。楸木纹理细腻微妙，质轻却不易翘曲，常用于制作围棋的棋盘常见的侧楸枰，楸片用于其纹路古朴典雅，棋盘表面用三百二十四块刮削得很薄而又均等的楸木片，根据楸木片自然纹纵横排列编织而成，自然形成十九格棋路，然后在棋盘四周雕刻有各种吉祥图案。"侧楸敲醒睡，片石夹吟诗"，浑然天成的棋路，令人无限遐思。"烟雨湖山六朝梦，英雄儿女一枰棋"，黑白子的围棋没有被现代人的游戏无情取代，而是裹挟着一个个过去的时代的黄沙，仍游走于世间。纳兰的生活中怎能没有棋呢？就在这一角楸枰中，纳兰悟得功名不过虚妄，悟得幽居山间的乡野之乐。

宁可食无肉，不可居无竹。竹以其空心谦虚飘逸耿直的形态，才百年来承载着文人们忧思天下的思索和精神叹息。有诗为证，文人对竹的情节可见一斑。

与太白斗酒诗百篇不同，纳兰杯中酒难解万古愁，尊酒一杯，聊寄年华。不知纳兰

是否想到苏东坡，想到李白，举杯消愁愁更愁。纳兰的精神家园显然不在错综复杂的井野，他需要一个单纯的地方来滋养诗情画意的灵魂。然而已入红尘的纳兰能否舍下这些繁华小隐于野呢？年华不再，壮志未酬，此时的纳兰已不再是那个一心考取功名的青涩少年了。十几年，纳兰经历人的生离，魂的死别，见惯了月的阴晴圆缺，人的悲欢离合。还有什么放不开的呢？

纳兰的心早已奔波疲倦，对于那些八千里路云与月，他没有力气回头观望。倦鸟尚知还，纳兰需要的是一方余田，倚着闲窗静静地品尝着这半生交加的苦忆。

花田下，一人执锄，行孤芳自赏。或学陶渊明，东皋临啸，清泉赋诗。花木成林时，等到百鸟争来，平添了几分情趣。昔唐伯虎躲进桃花坞自成一统，自号桃花庵主，“但愿老死花酒间，不愿鞠躬车马前”。才子如红颜，半生潦倒的生活早已将生死看淡，死生又何妨？不过是漂流在异乡。

别人笑我忒疯癫，我笑别人看不穿；

不见五陵豪杰墓，无花无酒锄做田。

纳兰此时应当也看穿了吧，却终究只是凡胎。“等闲变却故人心，却道故人心易变”，他可知不久后的未来有天赐慧心人的短暂相伴？自觉淡泊的他可知，不久之后面对离别，他依旧唱着对命运的哀怨？

# 南乡子

**何处淬吴钩①？一片城荒枕碧流②。曾是当年龙战地③，飕飕。塞草霜风满地秋。**

**霸业等闲休④。跃马横戈总白头⑤。莫把韶华轻换了，封侯⑥。多少英雄只废丘⑦。**

## ◇注释

①淬：淬火。吴钩：钩兵器形似剑而曲，春秋吴人善铸钩，故称，后也泛指利剑。

②碧流：绿水。

③龙战地：指古战场。龙战，本谓阴阳二气交战。《易·坤》：“龙战于野，其血玄黄。”后遂以喻群雄争夺天下。

④霸业：指称霸诸侯或维持霸权的大业。

⑤跃马横戈：谓手持武器，纵马驰骋。指在沙场作战。

⑥韶华：美好的年华。封侯：封拜侯爵，泛指显赫功名。

⑦废丘：荒废的土丘。清汤潜《广陵杨花篇》诗：“风流千古隋天子，回首雷塘只废丘。”

## ◇赏析

这也可以算是一首悲凉满溢的边塞诗。

纳兰的一生中曾多次扈从康熙外出边塞，对边塞苦情有一定的了解。他既感慨于边塞风光的雄壮与辽阔，又对边塞的荒芜而伤感。这首词便是后者的抒发。

吴钩，听名字便知道它出自春秋时期的吴国。猜想吴王阖闾应是一位不折不扣的兵器收藏家吧，兵器的背后隐藏着他一统天下的霸业之想。说这是欲望也罢，梦想也罢，那个时代的人，爱好兵器不是偶然的。《吴越春秋》中有记载，阖闾的收藏中有一样已为世人所熟知，那是浸染了鲜血的莫邪剑。阖闾还是不满足，诏告天下，用百金悬赏善制钩的能工巧匠。

自古上行下效，蔚然成风。春秋时五霸的齐桓公喜欢穿紫色的衣服，紫衣便通行全国，以至于五匹白绢不敌一匹紫布。同样的，吴王一声令下，制钩便在全国兴起。重赏之下必有勇夫。有一个做钩者求百金之赏，阖闾不以为然，他问："你的钩与众人的有何不同而求赏呢？"

做钩人语出惊人："吾之做钩也，贪而杀二子，衅成二钩。"以子之血抹于钩上而铸成宝钩。满眼金钩，大同小异，吴王如何能识得浸润过鲜血的那两支？钩师默默转向众钩前，唤二子之名："吴鸿，扈稽，我在于此，王不知汝之神也。"话间刚落，两支钩便飞到钩师胸前。见过这两只钩的神奇，吴王便将之奉为贴身宝物。当然，钩师也得到了二子之血换来的百金之赏。

吴钩作钩之称，而其原形是钩是刀还是剑，至今都是一个未解之谜。然而无论以什么形制出现，它都离不了兵器的核心。多少只吴钩便有多少征夫以性命作抵押，赌一场成王败寇的战役。如果说一公升的眼泪承载着一个花样少女对抗病魔的十年，那么征夫的十年又包含着多少离人泪、亲人泪，多少绝别泪？

龙战。只要是战争，无论是正义的进攻还是罪恶的侵略，留给人间总是生灵涂炭。特别是人类将自然赋予的智慧用于战争时，生命的消逝已使得我们麻木，最后面对的竟是一些冷冰冰的数字来描述内心的哀伤。因此，很难想象那些主行云布雨的群龙兴风作浪时该是如何暗无天日的鏖战。

那些曾经两军对峙万马奔腾的战场，曾经怨声载道民不聊生的城池，曾经被虎视眈眈的领土，如今已平静得只剩一片青冢，一丛衰草，一水绕绿。埋藏于青史的刀光剑影已渐渐黯淡，响彻云霄的鼓角铮鸣早已随风远去。碧云天如江南，黄叶地似京都，那凛冽的霜风横扫千里后才天下瑟缩着明白，已是边塞凉秋。

被荒芜的烽火台幽幽地讲述着那意气风发的少年往事，被湮没的黄尘古道似也久久沉浸于那些战火连天的岁月。跃马横戈，英雄的身姿停驻于一瞬，却用了终其一生将这个形象放大，完善，并牢牢地刻画在了春风不度的边城。

都道韶华易逝，这一生换了什么？

"韶华休笑本无根"，连随风过尽的柳絮也期望着好风上青云，何况学而优则仕的古人？陆游以近半百之年，应邀约"匹马戍梁州"，越万里关山亦不过难免觅封侯之俗。然而仅仅八个月，一纸诏书，英雄卸甲，梦断关山时已身老沧州，抱憾终身。"冯唐易老，李广难封"，千百年来，作此不平之鸣的何止王勃一人？龙城飞将一戍守边境，教胡马望阴山而却步，却因难对刀笔之吏自刎于沙场，多少让人看轻封侯。

以中国文人的性格，对封侯一事似也不是那般执着，说得最明白的莫过戚继光了。想当初戚家军在霄汉天兵一般大败倭寇，也淡泊明志，"封侯非我意，但愿海波平"。

然而被封侯的戚继光身影远去后，倭寇的侵略更是变本加厉。他未曾忘危负年华，倒是年华负他，一生心血终付诸东流水。

风萧萧兮易水寒，壮士一去兮不复返。多少忠魂埋骨他乡，却换得兴亡难定，盛衰无凭。英雄过气，青青河畔草掩映的或许只一座真伪难辨的衣冠冢。一世豪杰，一处废丘，一阵秋风过尽，谁人记得发冲冠？昔人已去，唯见水寒。

# 鹊桥仙

**月华如水，波纹似练，几簇淡烟衰柳。塞鸿一夜尽南飞[①]，谁与问倚楼人瘦？**
**韵拈风絮[②]，录成金石[③]，不是舞裙歌袖。从前负尽扫眉才[④]，又担阁镜囊重绣[⑤]。**

## ◇注释

①塞鸿：有唐王仙客苍头塞鸿传情的故事，因常以“塞鸿”指代信使。

②韵拈风絮：指谢道韫咏雪之典。

③金石：指《金石录》。宋赵明诚撰。赵明诚之妻李清照，号易安居士，宋代著名词人，对金石书画也有相当高的造诣，《金石录》一书，实际是夫妇二人的合著。

④扫眉才：指有文学才能的女子。

⑤担阁：耽搁，耽误。镜囊：盛镜子和其他梳妆用品的袋子。

## ◇赏析

《鹊桥仙》，最有名的应属秦少游之作：

纤云弄巧，飞星传恨，银汉迢迢暗度。金风玉露一相逢，便胜却人间无数。柔情似水，佳期如梦，忍顾鹊桥归路。两情若是久长时，又岂在朝朝暮暮。

流传广泛的有“金风玉露一相逢，便胜却人间无数”和“两情若是久长时，又岂在朝朝暮暮”二句，颂的是牛郎织女七夕相会的伟大爱情，在那金风玉露中相逢，执手泪眼，足以胜却那无数终日厮守却貌合神离的人间夫妻。道是倘若两厢之情都长久坚贞，又何必非要每日厮守共处、亲密无间呢？纵使离多聚少，纵是离愁别恨，又怎样呢？一切的分离放在这坚贞的一对恋人面前，都显得如此微小。只需一年一次重逢日，便能把长久思量诉。

但纳兰这词，取其反意而作。

上片写的是月下美景。月影衰柳，淡烟波纹，景致如水，又是勾起纳兰心绪的氛围。纳兰写景，总是恰到好处。遥望天际，“塞鸿一夜尽南飞”，取自塞鸿传情的典故。塞鸿“尽”南飞，便是情断景荒芜。谁与问，那依靠阑干，因那相思深切而愈渐消瘦的可怜人。

“韵拈风絮，录成金石，不是舞裙歌袖”，连续用典，风絮代谢道韫，金石代李易安。有道韫之“未若柳絮因风起”，又有易安同明诚共撰之《金石录》。两人同是一代才女，不似爱慕虚华之人。纳兰写史上才女，意为追忆其妻。说她生平，自是如此地女子，能让他痴心、让他留恋，正有意趣相投之因。

最后一句，“扫眉才”一词，出自唐代王建《寄蜀中薛涛校书》：“扫眉才子知多少，管领春风总不如”，指有才的女子。一词“负尽”，让人几欲落下泪来，纳兰他果真是负了卢氏么？既是痴心至此，为何会有“负尽”一说？实际上字里行间都是他悔恨万千的苦楚。过去时光美好，妻子温婉有才，饱读诗书，尚能相伴之时，却没能长此相伴；已然人去楼空之时，却叹岁月无情。直怪责自己，辜负了那美好旧时光。生活安逸美满的时候，总觉月是圆的，殊不知它无时无刻不在变幻着样子，终有一天，会被黑夜吞噬。那时才知，见得到圆月之时，认为那是理所应当，都没能记住它的美满。回忆起来，总觉得遗憾。

人啊人，尚且能够拥有的时候，为何忘记回头便已是旧时。

# 望江南 咏弦月

**初八月[①]，半镜上青霄[②]。斜倚画阑娇不语[③]，暗移梅影过红桥[④]。裙带北风飘。**

## ◇注释

①初八月：即上弦月。农历每月的初七或初八，月亮呈月牙形，其弧在右侧。

②青霄：青天，高空。

③画阑：有画饰的栏杆。

④红桥：红色之桥。

## ◇赏析

古诗词中往往有些短章，言少情多，含蓄不尽。词人驾驭文字，举重若轻，而形往神留，艺术造诣极深。纳兰的这首《望江南》即其一例。

这首小词清丽空灵。前两句平淡起笔，以碧空悬半镜喻初八上弦之月，随意着墨之间勾勒出一派清冷素雅景致。后接以倚阑不语的娇人情景，又转而刻画月移梅影极蕴情味的景象。

“红桥”，位于瘦西湖南端，始建于明末崇祯年间，原为红色栏杆的木桥，后在乾隆元年改建为拱形石桥，取名虹桥。清初著名文人吴绮在《扬州鼓吹词序》中是这样描述它的：

“朱栏数丈，远通两岸，彩虹卧波，丹蛟截水，不足以喻。而荷香柳色，曲槛雕盈，鳞次环绕，绵亘十余里。春夏之交，繁弦急管，金勒画船，掩映出没于其间，诚一郡之丽观也。”

戏曲作家李斗亦形容它如“丽人靓妆照明镜中”。在桥上观瘦西湖美不胜收，文人墨客皆好在此凭栏吊古，吟诗赋文。连通两岸的红栏木桥，荷花飘香杨柳映色，春夏之

际空气中浮动着乐声香气，在这精工雕画的红桥四周形成一种令人沉迷的情境。

清代著名诗人王士禛（后人亦称王渔洋）也是为红桥之美深深着迷的人之一，康熙三年春，他与诸名士游赏红桥，一连作了《冶春绝句》二十首，其中脍炙人口的一首是：

“红桥飞跨水当中，一字栏杆九曲红。

日午画船桥下过，衣香人影太匆匆。”

唱和者更众，一时形成“江楼齐唱《冶春》词”的空前盛况。

由此可见，此处所状情景，定是精工华美之至，才能让多少文人才子对它倾心不已。

而在这样一个夜晚，初八之上弦月斜挂天边，雕栏画栋在清辉之下寂寂无声，有不知谁家女子独倚画阑，不语，不言。这清空之中出现的缥缈人迹，在读者尚未回过神来的时候又已渐远，梅枝摇曳，疏影乱，暗香浅。

最后“裙带北风飘”一句，来自唐朝李端《拜新月》一诗：

开帘见新月，便即下阶拜。

细语人不闻，北风吹裙带。

纳兰这一句化用可谓巧妙。李端诗中所写，是为少女拜月的情态。诗中少女因心中许多言语无可诉说，故无奈而寄托明月。而纳兰词中这上弦月夜独立画桥的女子，内心又何尝不是有相似愁绪？其实，月辉清冷空灵，女子对月所思，非愁怨即祈望，直书反失之浅露。现只描摹月下独立，只勾勒心绪悠远，情意更醇，韵味更浓。空街无人，临风对月，缥缈之形，真纯之情，可怜惜之态，不由让人思及《洛神赋》中“飘飘兮若流风之回雪，皎皎兮若轻云之闭月”等句，令人神往。

而纵观全词，这神秘女子于寒风之中，观月，离去，已置读者于似闻不闻、似解不解之间，而末句以风中飘动的罗带，暗指李端《拜新月》诗意，似纯属客观描写，不涉及人物内心，但人物内心的思绪荡漾，却从罗带中断续飘出，使人情思萦绕，如月下花影，拂之不去。自“斜倚画阑娇不语”一句起，接连三句可谓精勾细画，刻意描绘，而笔锋落处，却又轻如蝶翅。

表面看，似即写词人的所见所闻，又全用素描手法，只以线条勾勒轮廓。而空远之景与罗带翻飞的细节彼此映衬，人物亭立的倩影跃然纸上，沁人肌髓，这正是词人高超艺术功力所在。

一词五句而能翻转折进，于平淡中饶蕴深情，确是浑朴超妙。

前后相映之间，词人的无聊心绪、无限愁情，全在其中了。

# 鹧鸪天 离恨

**背立盈盈故作羞，手挼梅蕊打肩头[①]。欲将离恨寻郎说，待得郎来恨却休。**

**云淡淡，水悠悠，一声横笛锁空楼[②]。何时共泛春溪月，断岸垂杨一叶舟[③]。**

## ◇注释

①手挼：用手揉弄。梅蕊：梅花蓓蕾。

②横笛：笛子。即今七孔横吹之笛，与古笛之直吹者相对而言。

③垂杨：垂柳，古诗文中杨柳常通用。

## ◇赏析

纳兰这首小词，借女子的形象和心态抒写“离恨”，通篇都用白描，不加雕饰，显得朴素而清丽。

上片是在追忆往日的幽会，纳兰用轻盈笔触描画了女子娇嗔佯羞的形象，情意婉转但遣词造句间并不让人觉得刻意雕琢。

“背立盈盈故作羞”的“盈盈”二字的确是灵动精巧，将词中女主角的风姿、仪态之美妙动人浓缩在其中。《古诗十九首》之二有这样的诗句：

青青河畔草，郁郁园中柳。

盈盈楼上女，皎皎当窗牖。

娥娥红粉妆，纤纤出素手。

形容词叠字“青青”、“郁郁”、“盈盈”、“皎皎”、“娥娥”、“纤纤”被顾炎武《日知录》誉为和《诗经·卫风》“河水洋洋”一样连用叠字“亦极自然,下此即无人可继”。这里用“盈盈”二字，让人不免想起《古诗十九首》中这位娇美、轻盈、光彩照人的女子。

“手挼梅蕊打肩头”是极能体现纳兰词风的一句化用。女子纤纤素手揉碎了梅蕊，抛向情郎肩头，嗔怪之情与娇羞之态相融，此情此景必是旖旎万分。北宋晏几道《玉楼春》一词中有：“手挼梅蕊寻香径”明代诗人王彦泓诗中则有：“大将瓜子到肩头。”

纳兰词这句中七字，可以说均是化自他人诗句，但比小山词多了分娇羞风情，比彦泓诗多了些静好端庄，不偏不倚正是纳兰境界。赵秀亭在《纳兰丛话》（续）中便这样评价：

“性德词多用王彦泓诗中语，而每能化污为洁，转浊成清。其‘手挼梅蕊打肩头’，即自次回‘大将瓜子到肩头’出，然一雅致，一俗恶；一写闺中静好，一状楼头倡女，情趣高下，了然可见。性德偶有绮腻语，如‘一晌偎人’云云，亦袭用前人而已，就其总体看，则有挚情而无滥欲，词品高华，固非彦泓可及。”

说得刻薄，确是实话。单就这篇而言，上片四句，酷似李煜词“绣床斜凭娇无

那，烂嚼红茸，笑向檀郎唾”（《一斛珠》）所描绘的情景，而在香艳中更觉清新，在婉丽处又现俊逸。

下片转笔写眼见耳闻之景，淡淡之云与悠悠之水，伴和着耳畔的笛声，更烘托出离恨的凄苦。“一声横笛锁空楼”写笛声萦绕在空寂的阁楼中。一个“锁”字形容笛声不绝，仿佛凝滞。笛声与梅花，向来是诗词中道尽凄清的意象，观梅闻笛，便勾起古往今来多少人的愁情。唐朝崔道融就有《梅花》一诗：

数萼初含雪，孤标画本难。香中别有韵，清极不知寒。

横笛和愁听，斜技依病看。逆风如解意，容易莫摧残。

笛声总是清冷空幽，而此时又是离别在即，相见无期，让人怎能不满心愁绪。

结句以虚笔勾画了一幅月夜春泛的美妙图画，并以此虚设之景，进一步抒发了离恨的心曲。“何时共泛春溪月，断岸垂杨一叶舟”，想象中的良辰美景，更衬得当下的离别之苦不堪忍受。

古时不比如今，车行不便，一别之后有可能就是余生难再相见，时间，距离，生死，再如何情比金坚在这样的刁难前也都只能面对。纵是帝王，李煜也要说“离恨恰如春草，更行更远还生”，放之纳兰，又能奈它何。

# 明月棹孤舟 海淀[1]

**一片亭亭空凝伫。趁西风霓裳遍舞[2]。白鸟惊飞，菰蒲叶乱[3]，断续浣纱人语。**

**丹碧驳残秋夜雨[4]。风吹去采菱越女[5]。辘轳声断[6]，昏鸦欲起，多少博山情绪？**

## ◇注释

①海淀：指今北京西郊。即纳兰家别墅自怡园，后自怡园并入圆明园之一的长春园。

②霓裳：即《霓裳羽衣曲》。

③菰蒲：指菰和蒲。水边多年生草本植物，地下茎白，地上茎直立，开紫红色小花。

④丹碧：泛指涂饰在建筑物或器物上的色彩。犹丹青，指绘画。

⑤越女：古代越国多出美女，西施尤其著名，后因以泛指越地美女。

⑥辘轳：安在井上绞起汲水斗的器具。

## ◇赏析

纳兰作为清宰相明珠之子，其家世也与皇亲紧密联系，二十二岁考中进士，皇帝钦赐为三等侍卫。后来纳兰成为御前侍卫伴随皇帝身边，参与战略侦察等国家大事，也经常与文武百官唱和应酬。纳兰为人文采风流、英姿飒爽，与朋友交往，信而真挚，备受时人称颂。

在这首词里，纳兰描述了观荷时所发的千愁万绪。“一片亭亭空凝伫”是说含苞待放的荷花在池水上独自开放，无人欣赏。“亭亭”典出陆游《老学庵学记》十：“卷荷出水面，亭亭植立。”本意是指含苞欲放的荷花在水上亭亭玉立姿态曼妙，这一句也为此意。一个“空”字奠定了这首词的基本格调。秦少游的《满庭芳》中曾说道：“多少蓬莱旧事，空回首、烟霭纷纷。”“空”字的出现往往意味着历史与现实的格格不入或者有“往事如烟不可回首”之味。这里自然也不例外，在下文中，纳兰果然流露出了对红颜易逝、往日难追的感慨。

“趁西风霓裳遍舞”还是在说荷花的美丽。一阵风吹过，如同美女翩翩起舞。霓裳即《霓裳羽衣舞》，据传唐玄宗作此曲，杨贵妃经常随着曲调翩跹起舞。霓裳羽衣曲经常被后人当作寄托爱情的曲调或者亡国之曲。但不论历史评价怎样，在人们的想象中霓裳羽衣曲总是优美无比的，于是后人面对满池荷花时总是将之比成翩翩起舞的女子，让人浮想联翩。本句中的“霓裳遍舞”一语出自卢炳那首《满江红》：“罨画池亭，对十万，盈盈粉面。依翠盖，临风一曲，霓裳舞遍。”

纳兰的词作中写景状物关于水、荷的尤其多。对于水，纳兰性德是情有独钟的。首先其别业就名为“渌水亭”。从题目上看便是一处傍水的建筑，或是有水的园囿。中国传统文化中，把水认作有生命的物质，认为是有德的，并用水之德比君子之德。滋润万物，以柔克刚，川流不息，从物质性理的角度赋予其哲学的内涵。纳兰把属于自己的别业命名为“渌水亭”也便是因慕水之德而自比。

“白鸟惊飞，菰蒲叶乱，断续浣纱人语。”白色羽毛的鸟儿从菰蒲中飞起，留下满地的零乱，这时传来断断续续的声音，原来是浣纱人。浣纱女的意象往往令人想起西施，隔着历史长河，在某个地方，西施也曾似纳兰一般站在这满池荷花面前愁绪万千吧。可是如今早已“丹碧驳残秋夜雨”。

“丹碧驳残”在说绘画上的丹青色彩因为年代久远早已褪色。往日的幸福生活不可再得。这里似乎隐含着诗人对爱妻的怀念。纳兰二十岁时娶两广总督尚书卢兴祖之女卢氏为妻，伉俪情深，不料婚后三年妻子亡故，痛苦之中他写下了不少令人不忍卒读的悼亡之作，为众人传唱至今。

“秋夜雨”往往给人一种飘零、孤寂的感觉，李清照在晚年经常写到如此景象：“梧桐更兼细雨，到黄昏，点点滴滴。”

李清照因为丈夫的早逝，后来国家灭亡，自己也过着颠沛流离的生活，于是当她面对满地黄花憔悴损，回忆起与赵明诚的幸福生活时备觉孤独，凋零之感悠然而生。纳兰在这里用此意象也有相同的心境。他的身世足以令外人艳羡不已，但内心的孤寂有谁能明白，对爱人的怀念恰如易安对赵明诚的思念，对自由充满向往但又不得不整日被公务纠缠。天地之大能够明白了解他的又有几人？

“风吹去采菱越女。”古代越国多出美女，最著名的莫属西施。于是后人因此以越女泛指越地美女。风吹去了春天吹来了冬日，吹绿了树叶又吹落了绿色。风总是无情的，越地的采菱女子怎经得起时光这般如风拂过？她们姣好的容颜在风的一次次到来、离去中消逝，在岁月的长河中渐渐沉淀。时光一去不复返呵，千百年来骚人墨客吟咏的话题总是与此相关。

“辘轳声断，昏鸦欲起，多少博山情绪？”轱辘是安在井上绞起汲水斗的器具。“博山”典出于乐府《杨叛儿》：“欢作沉水香，依作博山炉。”乐府诗中暗指男女欢爱，这里则意为对单纯天真的爱情的追求。古往今来有很多相似的夜晚，然而在这看似平静的寒夜里，不知有多少人看穿了秋水、望断了双眼，纳兰只是这痴人之一。

经过了由荷花引起的忧愁、浣纱女带来的联想到最后一句反问读者“多少博山情绪”，蕴含着纳兰百转千回的思绪：对亡妻难以名状的思念、对理想与现实矛盾的忧郁以及在茫茫宇宙中的飘零之感，等等，这些情感纠缠在一起紧紧包围着他，然而却无人诉说，于是话到嘴边，只能问一句“辘轳声断，昏鸦欲起，多少博山情绪”，细细品来，恰与李煜的名句“问君能有几多愁”有异曲同工之妙。

# 临江仙

**昨夜个人曾有约，严城玉漏三更**[①]**。一钩新月几疏星**[②]**。夜阑犹未寝，人静鼠窥灯。**

**原是瞿唐风间阻**[③]**，错教人恨无情。小阑干外寂无声。几回肠断处，风动护花铃**[④]**。**

### ◇注释

①严城：戒备森严的城池。唐皇甫冉《与张湮宿刘八城东庄》诗：“寒芜连古渡，云树近严城。”

②新月：农历每月初出现的弯形的月亮。

③瞿唐：即瞿塘，峡名，为长江三峡之首，也称夔峡。西起四川奉节白帝城，东至巫山大溪，两岸悬崖壁立，江流湍急，山势险峻，号称西蜀门户，峡口有夔门和滟滪堆。间阻：阻隔，间隔。

④护花铃：为保护花朵驱赶鸟雀而设置的铃。

### ◇赏析

纳兰词总是悲切缠绵，催人泪下。这首《临江仙》也是如此，寥寥语句勾画了他与恋人相约却又未能见面的一段经历，言辞之间情真意切、哀感动人。

“昨夜个人曾有约，严城玉漏三更。”报时的沙漏中，细沙滑下，标志着时间无情流逝。戒备森严的城内街道空无一人，词人独自等待了大半个夜晚，“严城”二字更增添了这孤独凄凉的色彩。相思与等待之苦，确是不堪忍受。

李后主《菩萨蛮》（花明月暗笼轻雾）写与小周后幽会之事，亦可称为男女幽会之名篇，然后主只述小周后匆忙出宫之状，并不提自己心思如何。盖因后主当时为帝，深夜幽会，只图一时之乐，未必懂得普通青年男女恋爱之时的相思之苦。

而纳兰毕竟不同，丞相之子、御前侍卫的身份并未给他带来任何感情上的特权，从开始的刻骨相思到后来的宫闱之隔，唯一甜蜜的回忆怕是只有相遇之初两情欢洽的时光了。

“一钩新月几疏星。”天上的一钩新月，点点疏星，这样的景色在纳兰看来，不过是一番别样的孤寂凄清。人一生又遇上多少个一钩新月天如水的夜？若所等之人如约来到，那此情此景，二人可能会在月下对酌，可能会联词唱和，也可能，只是并肩漫步在如水月色中，任低声耳语惊起了宿鸟剪碎了花影。然而，这样心心念念等待之人终究没有到来，面对新月疏星，只能听凭思念和寂寞在惘然中纠缠不休。

三更时分，风定夜静，相约之人却迟迟不来，心情犹疑不定之中，纵夜阑灯昏，又怎得安然好眠？“鼠窥灯”三字令人想起秦少游《如梦令》中“梦破鼠窥灯，霜送晓寒侵被”一句。四周寂静无声，连小鼠也出来窥探。而无果的等待，一室的悄然，早已让人心内冷凉一片。言语至此，已是沉沉无半点生气，寂寞至极。

等待实在是一种人生苍老的过程，更何况所等之人有约在先的恋人？词人久待不见人来，甚至开始主动为对方寻找爽约原因。“原是瞿塘风间阻”，瞿塘是何景观？长江三峡的瞿塘峡，西起四川省奉节白帝城，东至巫山大溪，两岸悬崖壁立，山势险峻，水流湍急，行船艰难。狂放不羁如李白都曾在《荆州歌》中说：“白帝城边足风波，瞿塘五月谁敢过？”

纳兰在这里设想，恋人一定遭遇了像瞿塘峡的风一样的意外变故，才没来赴约。想必此刻伊人正在独倚高楼，拍遍栏杆，苦无良计。继而强自解嘲道，这岂不是要教人误以为对方无情么。黯然神伤之至，根本便挂不住嘴角那一抹自嘲的笑。横亘在他们之间的是一条何其难逾的鸿沟，纳兰必然是心知肚明，却也无计可施，只得任由情绪陷入长久痛苦的相思之中。

“小阑干外寂无声”，深夜难眠容易让人产生回忆，昔日与恋人在回廊约会的场面历历在目，而此时此刻，只剩下护花铃声颤动，空留断肠人。

循句读来，令人不免忆及《诗经·郑风》那一句：“青青子衿，悠悠我心。”

同是候人不至，诗经中以女子的口吻直述思念，蜕去了一切躯壳，省去所有外在的描述；纳兰则描写细腻，以外部的景物来映衬人物内心的波动焦虑，词中尽是相恋相约而不得相见的哀婉缠绵，婉转低回与《诗经》中的坦然直率很是不同，但情绪毕竟是相通的。蜿蜒在这些诗句中的思念是如何缱绻漫长，让后来的人无不心有戚戚。毕竟在喧嚣尘世对一个人产生这样持久的思念而始终心无厌倦，实在太难。

在《诗经》中，并无交代郑女所等男子因何失约，最终有没有来。不解释，不交代结局，也便能存有一种期待。而纳兰词似乎连这样的渺远期盼也不曾留给读者，人人皆知，现实终归问不得“后来”二字，纵使纳兰深情如是，亦无法避免后来在无奈之中接受了家族的安排，与两广总督卢兴祖之女卢氏结合。至于再后来，即使纳兰旧情不忘，趁国丧期间请僧人入宫念经之机混入宫中，也如愿见到了旧日恋人，却因为宫禁森严，二人只能远远相望，没有能够说上一句话。

# 望海潮 宝珠洞①

**汉陵风雨②，寒烟衰草，江山满目兴亡。白日空山，夜深清呗③，算来别是凄凉。往事最堪伤。想铜驼巷陌④，金谷风光⑤。几处离宫⑥，至今童子牧牛羊。**

**荒沙一片茫茫，有桑乾一线⑦，雪冷雕翔。一道炊烟，三分梦雨，忍看林表斜阳⑧。归雁两三行，见乱云低水，铁骑荒冈⑨。僧饭黄昏，松门凉月拂衣裳⑩。**

## ◇注释

①宝珠洞：今北京西郊八大处之宝珠洞。洞在第七处，是为八大处最高处。

②汉陵：此处指荒凉冷落的陵墓。

③清呗：谓佛教徒念经诵偈的声音。

④铜驼巷陌：地名，即铜驼街，在今河南洛阳古城中，以道旁曾有汉铸铜驼两尊相对而得名。为古代著名的繁华区域。

⑤金谷：古地名，在今河南洛阳西北，泛指富贵人家盛极一时但好景不长的豪华园林。

⑥离宫：古代帝王在都城之外的宫殿，也泛指皇帝出巡时的住所。

⑦桑乾：河名。今永定河之上游。相传每年桑葚成熟时河水干涸，故名。

⑧林表：林梢之外。

⑨铁骑：披铁甲的战马，指精锐的骑兵。

⑩松门：谓以松为门，前植松树的屋门。宋陆游《书怀绝句》之一：“老僧晓出松门去，手挈军持取涧泉。”

## ◇赏析

纳兰性德曾随康熙幸游北京西山八大处宝珠洞，他凭高远望，写下这篇《望海潮·宝珠洞》。

《望海潮》曲调始见于宋柳永《乐章集》，据说调名是以钱塘作为观潮胜地而取其意。此调有不同体格，均为双调。本首为其一体，上、下片各十一句，共一百零七字。上片第三、六、七、九、十一句，下片第一、三、六、七、九、十一句押韵，皆为平声韵。

李煜《浪淘沙》中有一句：“往事只堪哀，对景难排。”这首词可以说正是此情此景的具象化。

宝珠洞位于八大处的最高一处，站在平坡山巅宝珠洞眺远亭上，宜南向、东向眺望。

南望，永定河一线缥缈如带似纱。由它千万年泛滥冲刷形成的西山洪积扇，至今在其两岸仍可见大片荒沙、累累土岗。山下不远是八宝山、老山、田村山、石景山，两千年前的汉墓早已少为人知，山脚下元代翠微公主的陵墓湮没无寻，明代贵戚葬地已被清朝王公坟茔逐渐取代。

南望，辽金残毁的城垣犹在，元大都址上的明清北京城紫气东来。辽宋于会城门北、紫竹院一带进行了高梁河会战，辽军铁骑的驰援，使宋军大崩溃。金兵攻陷辽幽州城，在其上建中都城。元人将金中都付之一炬后，东移城郭建大都城。

历史变迁，王朝更迭，都邑兴废，都引发了词人的无限感慨。

词中情景齐到，虚实相间，一吐无余，气势宏大。通篇采用赋法。上片泛写眼前景及由此生发的“满目兴亡”、“别是凄凉”的今昔之感。“寒烟衰草”借北宋王安石《桂枝香·金陵怀古》“六朝旧事随流水，但寒烟衰草凝绿”词，意指历朝风云变化全都消逝无痕，只有那郊外的寒冷烟雾和衰萎的野草还凝聚着一片苍绿，一语点出兴亡之叹。

随后“往事”三句，引出“铜驼巷陌”和“金谷”两处地名。铜驼巷陌即是铜驼街，原址在今河南省洛阳市古城中，以道旁曾有汉铸铜驼两枚相对而得名，为古代著名的繁华之地。金谷，古地名，原址在今洛阳市之西北，后亦代指繁华之地，游宴之所。南朝梁何逊《车中见新林分别甚盛》：“金谷宾游盛，青门冠盖多。”宋周邦彦《瑞鹤仙》：“寻芳遍赏，金谷里，铜驼陌。”这三句的意思是，最令人伤心惆怅的莫过于往日的繁华兴盛早已消失殆尽，一去不返了。

下片转而写凭眺所见之景，苍凉浑茫，萧疏寥落，虽带有一种凄清伤感的情调，但又不乏豪宕嵚崎的特色。“一道炊烟，三分梦雨，忍看林表斜阳”，炊烟袅袅，树梢残阳，已是说不尽的凄怆悲凉，天边还有归雁三两成行，更是将氛围烘托得寂寥萧索。到“见乱云低水，铁骑荒冈”一句，词境被推向高潮，而词人又在读者尚沉浸在苍茫阔大的悲壮情绪中时，急转直下抛出一个空远的收尾。松门是前植松树的屋门，此指寺庙之门。唐王勃《游梵宇三觉寺》有言：“萝幌栖禅影，松门听梵音。”

这里的纳兰，凉月拂衣，一身悲慨，词中情境收放之间极具张力，的确不愧为纳兰词“苍凉豪宕”风格的代表作品。

# 忆江南

**江南忆，鸾辂此经过[①]。一桨胭脂沉碧甃[②]，四围亭壁幛红罗[③]。消息暑风多[④]。**

**◇注释**

①鸾辂：天子王侯所乘之车。《吕氏春秋·孟春纪》：“天子居青阳左个。乘鸾辂，驾苍龙。”高诱注：“辂，车也。鸾鸟在衡，和在轼，鸣相应和。后世不能复致，铸铜为之，饰以金，谓之鸾辂也。”

②胭脂：指胭脂井，即南朝陈景阳宫的景阳井，故址在今南京市，隋兵南下，陈后主与妃张丽华、孔贵嫔并投此井，故又名辱井，井有石栏，呈红色，好事者附会为胭脂所染，呼为胭脂井。

③红罗：红色的轻软丝织品。

④消息：变化。

## ◇赏析

纳兰作这首小词是回忆清康熙二十三年（1684年）十一月扈驾南巡时经过南京的情况。因词中有“暑风”之语，张草纫推测可能作于二十四年（1685年）四月。

这首词写的是过旧陈宫时的感受。

鸾辂指皇帝车驾。“江南忆，鸾辂此经过”说明当时是扈驾南巡。“一匊胭脂沉碧甃”，则指胭脂井，胭脂井即南朝陈景阳宫的景阳井，故址在今南京市。

南朝陈后主虽然是位昏庸之君，但他与张丽华的爱情故事却一直流传民间。张丽华本是歌妓出身，陈后主对她一见钟情，并在光照殿前，又建“临春”、“结绮”、“望仙”三阁，自居临春阁，让张丽华住结绮阁，龚孔二贵妃同住望仙阁，整日只做饮酒赋诗之事。陈后主还曾作一首《玉树后庭花》，被广为传唱。

隋兵攻入皇城之时，陈后主与张丽华、孔贵嫔三人并作一束，同投井中。在亡国之时，仍选择与张丽华一起，也不能不说此人对陈后主的重要意义。井有石栏，呈红色，好事者附会为胭脂所染，呼为胭脂井。宋周必大《二老堂杂志·记金陵登览》有记载：

“辱井者，三人俱投之井也，在寺之南。甚小而水可汲，意其地良是，而井则可疑。世传二妃将坠，泪渍石栏，故石脉类胭脂，俗又呼胭脂井。”

此处是以事代人，谓当年陈后主与其张、孔二妃洒泪投井，虽已成为历史的陈迹，但当时情景诚可哀悯。

“四围亭壁幛红罗”一句，意谓亭壁四围挂起了红罗，以遮蔽江南多变的暑风。

陈朝繁华的消失和难忘的教训总勾起历代诗人的兴亡之叹。自宋朝开始，王安石有《次韵王微登高斋》诗云：“台殿荒墟辱井湮，豪华不复见临春。”元代萨都剌亦在他的《满江红·金陵怀古》中抒发了对这个汉族王朝的概叹：“玉树歌残秋露冷，胭脂井坏寒蛩泣。”到了清代，郑板桥有《念奴娇·胭脂井》一首，写得颇为感人，全引如下：

辘辘转转，把繁华旧梦，转归何许？只有青山围故国，黄叶西风菜圃。拾橡瑶阶，打鱼宫沼，薄暮人归去。铜瓶百丈，哀音历历如诉。

过江咫尺迷楼，宇文化及，便是韩擒虎。井底胭脂联臂出，问尔萧娘何处？清夜游词，后庭花曲，唱彻江关女。词场本色，帝王家数然否？

从前胭脂井旁的繁华三阁，早已被隋文帝下令毁为平地，砖头搭了蒋州的城墙，早已今非昔比了。就连现时鸡鸣寺里的胭脂井，明朝时也已有人提出，它是后造的，似全为给后世子孙提供历史教训之用。明朝王士性《广志绎》卷二便是证据：

“向余登清凉台，入门见巨井，僧云，此胭脂井也，问台城，则指前冈。今细考之，则知吴苑城据覆舟山之前，对宫门之后，而晋台城即修吴苑为之。华林园在台城内，而临春、结绮、望仙皆华林园中阁，胭脂井在阁前。始知僧言之非也。”

说红颜祸水也罢，说荒淫误国也罢，千载年间，红颜绝色常常是历史鲜亮的一角，引人遐思。往日玉树后庭花的陈宫，在纳兰看时便已只存萧萧风物。但因了张丽华的绝世姿容，这南朝陈宫遗事也与“门外韩擒虎，楼头张丽华”的诗歌一并在时空中回旋。自古江山一局棋，绝世红颜有香消玉殒之时，千秋功业有朝一日也会成断壁颓垣，世事无常，最能永恒的莫过于变化本身。万千思虑至此，纵使纳兰，也只有浅浅地叹上一句，消息暑风多。

# 忆江南

**春去也，人在画楼东[1]。芳草绿粘天一角，落花红沁水三弓[2]。好景共谁同？**

## ◇注释

①画楼：雕饰华丽的楼房。

②弓：旧时丈量地亩用的器具和计算单位。

## ◇赏析

《忆江南》单调共五句，二十七字。第二、四、五句押平声韵。唐段安节《乐府杂录》云：“《望江南》始自朱崖李太尉（李德裕）镇浙日，为亡妓杜秋娘所撰，本名《杜秋娘》，后改此名。”后因白居易词中有“能不忆江南”句，故改名《忆江南》。

《忆江南》小令词牌短小精致，纳兰笔下可以说为数不少。

这篇起句“春去也，人在画楼东”，用白描手法勾勒出一幅春之将暮、词人独立画楼凭栏远眺的图景，令人想起南唐后主李煜一曲《浪淘沙》：

帘外雨潺潺，春意阑珊。罗衾不耐五更寒。梦里不知身是客，一晌贪欢。

独自莫凭栏，无限江山。别时容易见时难。流水落花春去也，天上人间！

“独自莫凭栏”，李煜这一句能成为古今多少凭栏慨叹诗词的注脚。凭栏伤春，最能勾起文人墨客一腔愁绪，就像后主词中所说，“流水落花春去也，天上人间”，水自长流、花自飘落，春天自要归去，而人生的春天也终有完结。都说“自古逢秋悲寂寥”，其实诗人才子每到春末，又何尝不是满心凄凉情绪？看历代伤春之作，无不是字字句句间包含着无尽的留恋、惋惜、哀痛和沧桑。

“芳草“二句意谓碧绿的芳草连到了天边，飘落的红花铺盖在茫茫的水面上。弓是古代的量度单位，时代不同，它所规定的长度亦有别。此处的“三弓”也并非实指，意在说是长长的一大片。

词人用“芳草”、“落红”二词突出了红绿对应给人的视觉带来的强烈冲击力，又使整幅画面绚烂生动。诗词中用这种手法写景状物的不在少数，最有名的应该是杨万里那首《晓出净慈寺送林子方》：

毕竟西湖六月中，风光不与四时同。

接天莲叶无穷碧，映日荷花别样红。

但纳兰这曲小令与杨万里诗在气象上毕竟不同。杨诗中“接天莲叶无穷碧，映日荷花别样红”一句，莲叶无边无际仿佛与天宇相接，既写出莲叶之无际，又渲染了天地之壮阔，气象十分宏大。而纳兰在描画芳草、落红时分别着以“粘”、“沁”二字，便使得词中自有一种清丽幽婉情绪油然而生。

篇末落句“好景共谁同”，应是化自欧阳修《浪淘沙·把酒祝东风》一句：“今年花胜去年红。可惜明年花更好，知与谁同？”

词人用反诘煞住，点到本旨。即春去也，人也天涯，孤寂之情难禁。再细品其芳草、落花对句，既为景语，又是孤凄心绪的烘衬，使这五句小令含思悠婉，蕴藉绵邈。

# 赤枣子

**风淅淅①，雨纤纤②。难怪春愁细细添。记不分明疑是梦，梦来还隔一重帘。**

## ◇注释

①淅淅：象声词，形容轻微的风声。

②纤纤：形容细长。

## ◇赏析

春雨总是惹人愁，这样的天气里，也怪不得纳兰写出这样的词句。

《赤枣子》原来是唐教坊曲，后用为词牌名。“子”含有小的意思，在词调中属小曲。此调为单调，五句，二十七字，第二、三、五句押平声韵。

斜风细雨斜织着，迷蒙一片。“淅淅”是象声词，形容风声。总觉得象声词也是有感情的，像“淅淅”两字，同样是风，却有种柔弱迷惘的情绪在里面。唐朝李咸用《闻泉》诗中有一句：“淅淅梦初惊，幽窗枕簟清。”

似乎是约定俗成，“淅淅”的风总与大喜大悲无关，多是愁绪，即便有些欢乐，也是似有还无的那么一丁点。

“纤纤”两字转而描画春雨的形态，这两个字本是用来描画女子双手柔细之态的，《古诗十九首·青青河畔草》中就有：“娥娥红粉妆，纤纤出素手。”用在这里描摹雨丝，倒也有种婉约雅致的风情。细雨如丝，依然朦朦胧胧地笼罩着一方天地，又慢慢地浸入心底，秋雨愁，又怎么能愁过这连绵的春雨。雨打芭蕉，春雨愁结，于是乎凄凄惨惨切切。

春雨的细腻和夏雨的豪情截然不同，只有春天才会有这连绵的细雨。空气中布满浓浓的湿气，阴阴的灰色，映在眼底，隐在心里，胸口被堵得紧紧的，似磐石般压得使人透不出气来，所有的委屈苦恼全部喷涌而出，伤感瞬间在心底最潮湿的角落里发芽。

因此纳兰才说，“难怪春愁细细添”。风雨凄迷中最是容易自怜，尤其是一人独处，怀思之情便难免。而由这浓重的愁情而致似梦非梦的幻觉生起了。词人喃喃自语着，那过去了的事已记不分明了，是不是只是一场梦？

庄子曾经做梦梦见自己变成了蝴蝶，梦醒之后发现自己还是庄子，于是他不知道自己到底是梦到庄子的蝴蝶呢，还是梦到蝴蝶的庄子。此言一出，便成就了千百年文人墨客心中的一个结。

真实是什么，是眼睛看到的，还是手指触碰到的？如果梦足够真实，人又有什么能力知道自己是在做梦？如今眼前的这一切，或许一朝梦醒皆成幻影。

但纳兰随即苦笑摇头，即使在梦中，也隔着一层厚厚的帘，看不清楚。这种愁绪就像一场没有起点也没有终点的跑步，因为起点便是终点。也像是梦，醒来时分明觉得梦是真的，而再真实的梦也不过只是场梦罢了，与现实永远隔着一重甚至多重的帘。帘里帘外，有的人始终找不到自己的位置。这是一种朦胧恍惚的境界，也从中流露出一种莫可名状的惆怅。

纳兰的词总是意深而情婉，就如这首小令，语句中有“花间”风韵，却更显得清丽自然。寥寥几笔，景致情感都在其中了。

# 玉连环影

**才睡。愁压衾花碎[①]。细数更筹[②]，眼看银虫坠。梦难凭，讯难真，只是赚伊终日两眉颦[③]。**

### ◇注释

①衾花：织印在衾被上的花卉图案。

②更筹：古代夜间报更用的计时竹签，借指时间。

③赚：赚得、赢得。颦：皱眉。

### ◇赏析

初见这一词牌，只是觉着眼生，想了许久才反应过来这原是纳兰的自度曲。待到细看时，却渐渐被这四个字逼得说不出话来，愣着神，眼里脑里晃动的只有那对玉连环清冷的影子。本来词牌和词本身文字的关系是不大的，但是一词牌的产生总是会有个因由。原只是两枚玉环，一旦相扣，即你中有我，我中有你，除非玉碎，否则生生世世不可分，是为玉连环。我们现在已很难去想象当年的纳兰到底盯着这连环看了多久，更难以计算他到底对着连环的影子叹息了多少次，唯一能知晓的只有纳兰留下的两首玉连环影。这篇词是第二首，第一首也不妨放在这里一起看：

何处？几叶萧萧雨。湿尽檐花，花底人无语。掩屏山，玉炉寒。谁见两眉愁聚依阑干。

词很短，也明白如话，描写的是春雨时节一女子相思，但是对女子着墨却极少极淡，似乎这女子留给读者的也只是一个影子，缥缈却挥之不去。

这一首与《玉连环影·何处》的“萧萧雨”、“玉炉寒”相比，总感觉要暖和些了。先来看词：不知道这一晚纳兰又是如何在他那百转千回的惆怅中度过的，好不容易睡下，却辗转难眠……几经反复，算了！披衣坐起，却只剩下一声“才睡”的叹息。想来，纳兰最开始应该强迫自己睡下的，只是“愁压衾花碎”，梦难成，愁却不见少，睡也多愁，不睡也罢！

前人对于“愁”的描述，有说流不尽的李后主《浪淘沙》：“问君能有几多愁，恰似一江春水向东流”。亦有说载不动的李清照《武陵春》：“只恐双溪舴艋舟，载不动许多愁”。而此处纳兰说愁，却只是唯美，让人觉得安静而小心翼翼，一如词人的多情与体贴。

“更筹”是古代夜间报更用的计时竹签，这里借指时间。“银虫”，即烛泪。长夜漫漫，此刻的纳兰却只是坐在时间的边上，看着银烛渐消，烛泪点点，缓缓流下、汇聚、变凉……欧阳澈在《小重山》里说“无眠久，通夕数更筹”，纳兰到底数了多久，一夜？那这样的“一夜”又发生了多少次？我们不知道，只是远远地看着他的影子，让人觉得怜惜而心疼。烛光恍惚，最有梦幻的感觉，难怪晏几道与情人相逢时不禁疑惑“今宵剩把银釭照，犹恐相逢是梦中”（《鹧鸪天》）。此时相逢却犹恐是梦，可见别后，小山曾多少次模拟过这一刻啊。同是多情人，睡梦难凭，那就醒着梦又何妨，纳兰这时大概也在模拟相见的情景吧。“讯难真”，可知纳兰一定是向太多的人问询了“伊”的消息，然而各人各话、消息缤纷混杂，以致真假难辨了，却可怜了纳兰的一片痴心。

最后一句“只是赚伊终日两眉颦”最见纳兰体贴，不禁让人联想到《红楼梦》第三十回“宝钗借扇机带双敲，龄官划蔷痴及局外”中宝玉只顾着提醒龄官躲雨，而全忘了自己也在雨中的事。痴情者总爱忘了自己，纳兰不也如是？之前说这首词比另一首暖和，也正是因此。词里两个人的思念，总抵得过一个人的卑微凄凉吧。

两首《玉连环影》放在一起看，意外地发现第一首恰巧可以作为第二首纳兰遥想牵挂的那个“伊”的注解。第一首中纳兰只简单提了下伊的眉颦，而第二首却是一个想象情景的完全展开。当然硬把两首词搁在一块也许更多的是私下一厢情愿，然而总是执拗地认为那两个相思的剪影，虽然没守候在一起，却也是一对玉连环了。

# 如梦令

**万帐穹庐人醉[1]，星影摇摇欲坠。归梦隔狼河，又被河声搅碎。还睡，还睡，解道醒来无味。**

### ◇注释

①穹庐：古代游牧民族居住的毡帐。

### ◇赏析

大清以武立国，对八旗子弟而言，习武是本业，骑射功夫绝不可荒废。纳兰性德虽以文章得名，却以武职任官。康熙欣赏他文武兼备，若按文官品阶，由进士入翰林院为庶吉士，或实授县令，只得七品，因而任命他为三等侍卫，正五品。因此，纳兰性德虽以“词名”流传后世，在当时，却以武职立功边疆。

为阻止沙俄的南侵，康熙二十一年派都统郎坦、彭春、萨布素等一百八十人，以狩猎为名，沿黑龙江行围，达雅克萨，探敌虚实，测水陆信道，进行战略侦察。纳兰性德即在其列，他奉命出塞，勘察地理形势，详细记录，以为日后用兵参考，并因此行辛劳，拔擢至一等侍卫、三品武官。这一份记录，在后来与俄罗斯一战中，发挥了极大作用。而这段经历成为他生命中的一段华彩。

这首《如梦令》正是作于康熙二十一年二月，奉命出塞侦察之时。在征途中，词人面对着气象豪雄的营地，以奇景入笔，作了这首颇具特色的边塞词。词中景象与心境交织交感，既雄浑又悲凉。

“万帐穹庐人醉，星影摇摇欲坠”一句描写随行人员和保驾的士兵在夜间狂欢畅饮的情景：地上人多声闹，天空繁星闪烁。“星影”一句让人想起唐朝诗人杜甫《阁夜》诗：“三峡星河影动摇”。天悬星河与穹顶下万帐人醉相对，可谓是无限风光惊绝。

“归梦”句却与前句形成强烈的反差，人尚留在“星影摇摇欲坠”的壮美凄清中未及回神，“归梦隔狼河”的现实残酷已逼近眼前，两相对比之下更衬托出词人由于思乡而感到孤单寂寞的心境。就算塞外风光奇绝，也抵不了心底对故园的期盼。一路上的排场也并没有给他带来丝毫的快感和荣耀，只有他自己知道，这所有的一切都及不上家中父母对他的一句叮咛，妻子的一丝笑颜，孩儿的一声呼唤……

狼河远隔，归家既不可能，就连归家之梦也做不成。帐外白狼河的涛声将人本就难圆的乡梦击得粉碎。而醒后反觉无聊，这思乡者又赶紧叮嘱自己再睡一会儿，因为睡着了总比眼睁睁地思乡好过一些。

这首词看似豪放，而在其豪迈壮怀的词形之内弥漫的却是一种悲哀、无奈甚至是哀婉的情绪，意境阔大而带悲凉，的确是独辟蹊径之作。

在三年之后，清军调集军队，水陆并进，与沙俄进行了史称“雅克萨之战”的反击战。该战役取得胜利，迫使沙俄在于我有利的条件下，签订了《中俄尼布楚条约》，阻止了沙俄向南扩张。只可惜，捷报传来时，曾夜阑独醒的词人已因病去世了。康熙特意遣宫使灵前哭告唆龙输款之功，以表扬他的勋劳，词人朱彝尊并有挽诗记此哀荣。

# 天仙子

**月落城乌啼未了[①]，起来翻为无眠早。薄霜庭院怯生衣[②]，心悄悄，红阑绕，此情待共谁人晓？**

## ◇注释

①城乌：城墙上的乌鸦。

②生衣：夏衣。

## ◇赏析

这一首小令，抒发的是纳兰相思孤寂的心情。

开头一句“月落城乌啼未了”，让人自然联想到唐朝张继的那首《枫桥夜泊》的前两句：“月落乌啼霜满天，江枫渔火对愁眠。”

纳兰的化用总是有这种妙处，寥寥几字将人带入一个在他人诗词中已经成形的意境，落月、啼乌、难眠之人，几笔勾勒出一幅凄清寂寥的画面。不说太多的话，却能让读者自己去发散和联想，也算是纳兰的独到之处。

在这样凄迷清冷的月夜，满心愁事的词人辗转反侧不能成眠，起床又为时尚早，最是百无聊赖。而在这样的孤独无聊中，他终究是来到了院中，看到在庭院中已经结了薄薄一层的霜，凉意袭人，不由感觉到夏衣已不胜其寒。生衣即是夏衣，唐朝王建《秋日后》诗中有：“立秋日后无多愁，坚决生衣不著身。”

夏天的衣服想必是较为单薄的，而词人在内心悲凉之中，似乎也忘记了更换衣物，就这样穿着单衣来到庭院中。此时此刻，词人唯觉得心中悄然黯淡，左右环顾，看红色的栏杆围绕四周，欲言又止之下，只是叹了一句，心中这样的情怀不知有谁知道。

纳兰词是含蓄的，而有时甚至略显晦涩。“心悄悄，红阑绕”，若是有人相伴，又怎会到这样孤寂无聊的境地？即使失眠，也能同游庭院中，清谈闲话，或仅仅是陪伴也好啊！这样相比之下，同是月夜无眠，苏东坡就实在令人羡慕了。有文字为证：

“元丰六年十月十二日夜，解衣欲睡，月色入户，欣然起行。念无与为乐者，遂至承天寺，寻张怀民，怀民亦未寝，相与步于中庭。庭下如积水空明，水中藻荇交横，盖竹柏影也。何夜无月，何处无松柏，但少闲人如吾两人者耳。”

元丰六年（1083年），苏东坡正因罹文字狱被贬至黄州，虽为团练副使却形同罪人，过着失意而闲居的生活。困顿失意之中，他也会见“月色入户”便难以成眠，但无眠时能有人同游，却是身为宰相子、享受着荣华富贵的纳兰求而难得的。

再回头看纳兰这首小令，一共只有六句，前五句将夜来无眠、心悄悄的愁人形象做了生动的刻画。通过纳兰耳之所闻、心之所思所感和红阑独绕的无聊无绪行动缓缓勾画出一幅图景，让读者能从中清晰地感受到那种无法言说的“孤寂”，未直言愁绪而愁情四溢。

这首小词通篇都使用了纳兰最为擅长的白描手法，但景情俱到，整首词显得格外空灵自然。在篇末，搁下一个或许已不需要回答的问题，将全词孤清寂寞意境推向了顶点。

# 浣溪沙

**锦样年华水样流，鲛珠迸落更难收①。病余常是怯梳头。**
**一径绿云修竹怨②，半窗红日落花愁。愔愔只是下帘钩③。**

## ◇注释

①鲛珠：神话传说中鲛人泪珠所化的珍珠，比喻泪珠。迸落：散落。

②绿云：如云般繁茂的绿叶。修竹：细长的竹子。

③愔愔：幽深、悄寂貌。

## ◇赏析

纳兰词万语千言总不外乎一个“情”字。柔情一缕，九转回肠，凄婉处令人不忍卒读。

这曲《浣溪沙》，第一句便杀伤力十足。“锦样年华水样流”，这样的话，常挂在嘴边的人往往正值大好年华，所以才能摆出一副满心愁绪的模样，等长大一些之后，再想到这句诗，就只剩感慨万千语塞难言了。

“锦样年华”说的是年华如锦缎一样绚烂，无限美好，却无奈流逝得太快。更要命的是，当你处在锦样年华这个阶段的时候，并不觉得这有什么珍贵的。只有当时光荏苒年华老去，忽然回忆起来，才体会到往昔青春的难能可贵。但那又如何呢？时光不再来。

年华如锦，时光如水，从指间哗哗流淌过去，冲刷得岁月一片泥泞荒乱。繁华烟云散，红颜弹指老，并非是世人所愿。只是你我都应该知道，任凭是谁都敌不过的，这强大的力量，叫时间。

“鲛珠迸落更难收”，是说哭得止不住眼泪。“鲛珠”是眼泪的雅称，典故出自晋朝干宝的《搜神记》卷十二：“南海之外，有鲛人，水居如鱼，不废织绩，其眼泣，则能出珠”。

说南海有鲛人，像鱼一样生活在水里，也和我们一样能纺线织布，当他们哭的时候，眼泪就会结成珠子。将这两句连起来看，意思也很明白：美好年华像水一样流逝得太快，每每想起便哭得止不住。

回过头看历代诗词佳句，因岁月无情而落泪的不在少数。盖世英豪也会有“出师未捷身先死，长使英雄泪满襟”的时候，只是纳兰在这里的情绪未免过于哀婉细腻了一些，虽说境界无大小之分，但一个男人，再如何文气，也该写成“十年书剑老风尘”之类，而不是用杜丽娘一样的口吻哀叹“如花美眷，似水流年”。

其实，这样的写法，可以说是诗词的一个经典主题：闺怨。从魏文帝曹丕到文忠公欧阳修，都颇有过几首哀婉缠绵的闺怨诗。因此，无论是看到“忧来思君不能忘，不觉泪下沾衣裳”（《燕歌行》）还是“泪眼问花花不语，乱红飞过秋千去”（《蝶恋花》），或者是这里的“锦样年华水样流，鲛珠迸落更难收”的时候，都千万别以为这是这些男人们自己在抒怀，而要清楚这是闺怨主题，他们是在做演员呢。

“多愁”、“多病”总是连在一起，词中拟她口吻的这个少女，显然也是多病的。“病余常是怯梳头”，为什么“怯梳头”，可以推想的是病后体虚，一梳头就总会掉头发。古人对头发是视为生命的：“身体发肤，受之父母，不敢毁伤，孝之始也。”《孝经》里便是这样说。而且古代中国女子除相貌外，最注重头发的修饰。传说汉武帝第一次见到卫子夫，就是被她的秀发吸引住了，“上见其美发，悦之，遂纳于宫中”，当然汉武帝也不会是因为谁头发长得漂亮就纳谁入宫，只是由此可见古人对头发的重视程度。因此在词中，“怯梳头”这样的顾虑就可以理解了。

词到这里转换视角，“一径绿云修竹怨，半窗红日落花愁”构成对仗，说少女窗外的景象，有一条小径、一片竹林、半窗落日、点点落花。词人借着女主角的眼睛，看到小径上绿竹如云，只觉得那如云的尽是怨念，看到半窗落日映衬着落花，那飘扬的尽是愁绪。尤其是，风景年年不变，青春却一年年地耗过去了，心里便越发凄楚。

末句“愔愔”一词 是柔弱、忧郁的意思，“愔愔只是下帘钩”是描画词中女子怏怏地放下帘钩，关上窗子，想要把“一径绿云修竹怨，半窗红日落花愁”统统隔在窗外。这又是一个巧妙的修辞：前边说绿云修竹是怨，红日落花是愁，于是想用关窗的办法把这些愁都给隔开，可再怎么琢磨，都有种“抽刀断水水更流，举杯消愁愁更愁”的意味在这里。

平心而论，纳兰这首词算不上是一流作品，即使是在他自己的诗词中，也并不见得能排在前列。但说纳兰起笔着力也好，有句无篇也罢，“锦样年华水样流”却的的确确是一个千古伤心人可以与之共鸣的句子。老去的人缅怀青春，青春的人惧怕老去，这不是一时一地的感觉，而是人类永恒的无奈与悲伤。

# 浣溪沙

**肯把离情容易看，要从容易见艰难。难抛往事一般般[①]。**

**今夜灯前形共影，枕函虚置翠衾单[②]。更无人与共春寒[③]。**

## ◇注释

①一般般：一样样、一件件。

②翠衾：即翠被。

③春寒：春季寒冷的气候。

## ◇赏析

纳兰的悼亡词自是千古独绝的，少有人能及得上他的哀伤。这首《浣溪沙》则又是一纸句句愁情、字字哀婉的悼亡。

“肯把离情容易看，要从容易见艰难。”词人说得直白，旧时情怀若能说忘便忘，这世间不知道要减去多少百结愁肠，即使几番平和了心态去面对过往，也经不住点滴回忆从不胜防的缝隙里一路叫嚣而来。而所有离别情绪中最令人不堪忍受的，便是生死之隔；所有陈年过往中最折磨人的，便是对亡者的记忆。

纳兰在妻子卢氏死后虽然没有追随而去，以后的生命里也有过别的女人，但他的伤痛和寂寞，却没有得到一丝一毫的减少。毕竟，死亡是终极的解脱，而活着，就要选择与寂寞和绝望为伍，在潮水一般的往事里独自忍受，甚至没有一双可以握着的手。

有些痛苦，隐藏在内心的角落，不为人知却深入骨髓，轻轻一碰，就会撕扯血脉一样地疼痛。无可告解，无法遗忘。细碎的往事一件又一件，想要抛开实在太难。

“今夜灯前形共影，枕函虚置翠衾单”，话说到这已是字中带泪，词人仿佛做了一场短暂的梦，醒来之后，世界已经不是原来的样子，孤窗明月，寂寂书案，冰冷而难耐。他知道，从此以后再也没有妻子对他殷勤问暖，为他深夜挑灯，再也没有罗香偎人，盈盈笑语，牵挂他在外的脚步。

夜晚，灯光，总是能勾起人无限思绪。“今夜”、“灯前”，纳兰遥想起过往，也是自然。钱锺书先生说过：“盖生死别离，伤逝怀远，皆于黄昏时分，触绪纷来。”黄昏对人有特殊的意义。而夜晚是黄昏的深化，经过黄昏宁静的沉淀，夜晚进入了沉寂：黄昏独立斜阳，漂泊后心灵疲惫，思考生命与死亡，夜晚则直接进入死亡，开始新的心灵漂泊。而当时独坐灯前的词人，看这夜晚，灯光满满的，记忆满满的，屋里却是空空的——妻子已经死了——“更无人与共春寒”，如花美眷，已做尘土，风雨消磨生死别，要他如何熬过那些枯竹冷雨的不眠长夜，如何面对孤灯明灭的客里茕茕？

比起历代悼亡词，纳兰词语句间总有种超出生活更高层次的追求，他所愿只是一双料峭春寒时能握住的手，只是一个能陪他走到天荒地老的人，这样的情绪反应在词句里，就不同于元稹的“贫贱夫妻百事哀”，也没有苏东坡夹杂的政治失意，诚如叶嘉莹先生所说，“没有大挫折，有清纯的一份纤柔婉转的词心”。

这首小令将悼亡的情绪在夜晚灯火的映照下肆意铺张，在寥寥言语间蜿蜒流转的是一种渗透骨髓的纯粹伤感，一种无法摆脱的心灵痛苦，一种幸福与爱情一去不复返的遗憾。而在这篇以及纳兰几乎所有的悼亡词中，又都有着一种对青春与爱情能够永生的渴望。或许，他的悲剧不在于卢氏的死亡，也不在于卢氏死亡所带来的悲伤，而在于卢氏死亡后他心灵无法摆脱的幻灭状态。字面上心死如灰的背后，是纳兰的迷惘，也是存活于这世间的我们都未看透的，人生的大真实与大虚幻，大欢乐与大悲哀。

# 浣溪沙

**已惯天涯莫浪愁①，寒云衰草渐成秋。漫因睡起又登楼②。**
**伴我萧萧惟代马③，笑人寂寂有牵牛④。劳人只合一生休⑤。**

## ◇注释

①浪愁：空愁，无谓地忧愁。

②漫：副词，莫、不要。

③萧萧：形容马嘶鸣声。代马：北地所产良马。代，古代郡地，后泛指北方边塞地区，《文选·曹植〈朔风诗〉》：“仰彼朔风，用怀魏都。愿骋代马，倏忽北徂。”刘良注：“代马，胡马也；忽，疾也；徂，往也。言驰胡马疾行而北往也。”

④寂寂：形容寂静。牵牛：即牵牛星，俗称牛郎星。

⑤劳人：忧伤之人。《诗经·小雅·巷伯》：“骄人好好，劳人草草。苍天苍天！视彼骄人，矜此劳人。”高诱《淮南子》注：“劳，忧也。”“劳人”即忧人也。

## ◇赏析

身处塞外，秋意渐起，那一夜的纳兰一定过得郁闷无比，不然怎会把词写得如此凄凉甚至怨气十足？

这一首小令，只有六句，却写出了纳兰的一生。身为御前侍卫，在别人看来是青云直上，而其中苦味也只有词人自己知道。一年到头的奔波，鞍前马后的侍奉，自己就像只木偶似的被那根无形的线支来拽去。亲人的聚少离多，爱情的支离破碎，理想的遥遥无期，怨愤终于在这个特定的地点、特定的时刻爆发出来……

首句“已惯天涯莫浪愁”，“浪”是空自、白白的意思，这句一上来便有种自怨自艾的味道，愁什么呢，天遥路远的早就习惯了。满腹的牢骚就这么冲口而出。

接下来“寒云衰草渐成秋”，字面上看，是从心理描写转到景物描写，其实这是用第二句来强化第一句所传达出来的情绪，意思是说：这样的日子总也没个头，看现在天又冷了，草又衰了，消磨消磨地又是一年过去了。

“漫因睡起又登楼”，这句动作描写实则还是起着传达情绪、深化情绪的作用。“登楼”是诗词中的一个套语，若追溯回去，怕是要从王粲的那篇《登楼赋》说起。

《登楼赋》是王粲在荆州登麦城（在现在湖北当阳东南）城楼所作。当时天下动荡，身为“建安七子”之一的王粲纵使文才卓著，也无奈生逢乱世、才能不能得以施展。他长期客居他乡，满心思乡怀国之情和怀才不遇之忧。在登楼远望之时，沧浪感慨之情一发不可收拾，于是便有了这一篇《登楼赋》。赋中抒情意味很浓，“忧”字贯穿全篇。后来，不但“王粲登楼”成了一个典故，历代文人墨客也总有登楼感慨之作，而且感叹的内容也少有跳出岁月蹉跎、壮志消磨这个圈子的。因而在纳兰的这首词里，这样理解自然也是没有错的。

词人告诫自己，不要因为醒来的满心愁绪而又去登楼远眺。这一句，先是“又”字用得好，轻描淡写地就传达出了一种百无聊赖的情绪，“已惯天涯”的自己已经不知多少次梦醒凭栏了。而词人不愿睡起登楼的原因是什么呢？这更是一个巧妙之处：登楼远望，就忍不住思亲怀乡，这样的心理折磨，纳兰想必已经是不堪忍受了吧。

下片以一个对仗句说明自己的处境：“伴我萧萧惟代马，笑人寂寂有牵牛”。“代马”，严格意义上是指代地的马，代是山西北部，古为代郡，这里的马很出名；但到了纳兰的时候，代马就只是一个泛称了，泛指北方的马。“牵牛”，就是稍读过中国传统故事的人都会知道的，那颗和织女星隔河相望的牛郎星。这两句是说：一生劳碌，陪伴我的只有身旁这匹老马，就连天上一年才能相聚一次的牛郎也在笑话我的形单影只。

这两句说得很是凄凉，尤其是第二句，牛郎织女一年一次相会本来就够凄惨了，但无论如何每年总有这么固定的一天，纳兰却连这一天都没有。想想家里的父母妻子，越想越想，但想也没办法，回不去终究是回不去。最后这满腔怨望都化为一声叹息：“劳人只合一生休”——认命般地放弃了。

“劳人”一词语出《诗经·小雅·巷伯》：“骄人好好，劳人草草。苍天苍天！视彼骄人，矜此劳人。”根据高诱《淮南子》注“劳，忧也”，应该解释为“忧劳之人”，而不是字面上理解的劳苦之人的意思。也就是说，不一定是干体力活儿的、行役在外的人，只要心中忧劳，就是劳人。要说纳兰出身豪门，钟鸣鼎食，入值宫禁，金阶玉堂，平步宦海的前程从出生时起便铺在了眼前，但这种种别人羡慕不得的东西对他而言，却构成了一种常人难以体察的矛盾感受和无形的心理压抑。对职业的厌倦，对富贵的轻看，也都可以从这首词里窥得一斑。

最后这句“劳人只合一生休”是全词的高潮。在写完这首词的两年后，词人终于郁郁而终，走完了自己年轻的一生，也印证了那时的一声感叹。

## 采桑子 居庸关[1]

**巂周声里严关峙[2]，匹马登登[3]，乱踏黄尘。听报邮签第几程[4]。**

**行人莫话前朝事，风雨诸陵。寂寞鱼灯[5]，天寿山头冷月横[6]。**

## ◇注释

①居庸关：关名。旧称军都关、蓟门关，长城重要关口，控军都山隘道（军都陉）中枢。据传秦修长城时，将一批庸徒（佣工）徙居于此，故得名“居庸”。

②巂周：本为燕的别名，亦用以称子规鸟。严关：险要的关门，险要的关隘。

③登登：象声词，指马蹄声。

④邮签：驿馆驿船等夜间报时的更筹。

⑤鱼灯：鱼形的灯。

⑥天寿山：天寿山位于北京昌平东北部。山麓一带黄土深厚，原名黄土山，明建十三陵后改名天寿山。地势险要，上陡下缓，南临十三陵盆地；东西扼山口，古为军事要地。

## ◇赏析

在这首词所记载的事情开始之前，纳兰好友姜宸英曾在他行前写诗一首：

吹笳落日乱山低，帐饮连宵惜解携。别梦已经千里雁，征心恨听五更鸡。

侍中诏许离丹禁，都护声先过月题。今看乌孙早入质，蒲桃苜宿正东西。

峥嵘红霞伴着落日把燕郊一带的断山烧得辉煌，耳畔胡笳还在回荡，纳兰的军营里，一群豪气男儿的通宵畅饮替代了依依别情，不觉晨鸡啼晓，出征在即，却是不说别愁，只祝功成。

康熙二十一年，在张勇乞休、奇塔特等赴西域宣抚不力的情况下，纳兰被康熙派遣率兵赴西域“觇唆龙诸羌”，为解决西北问题做准备。以往外出，纳兰都是作为随侍巡幸，然而这次却是实打实的一军之帅，此行目的，一为“宣抚”已经臣服的部落和藩镇；一为“觇”，即侦察了解如唆龙部落尚未臣服或表面臣服而暗中捣乱的“诸羌”，旅途艰险不言而喻。而这首《采桑子》便是作于这次离京途中。

居庸关在北京昌平西北，得名始自秦。相传始皇修长城时，将囚犯、士卒和强征来的民夫徙居于此，取“徙居庸徒”之意，故名“居庸”。孙承泽《天府广记》有记载：“居庸关在（京师顺天）府北一百二十里，昌平州西三十里。南北相距四十里，两山夹峙，一水旁流，悬崖峭壁，最为险要。《淮南子》曰天下有九塞，居庸其一焉。”都是极言其险。当年纳兰就是从此经过，于戎马倥偬间赋得这曲《采桑子》。

词上片主要写景。“巂”，音“希”。据洪兴祖《离骚補注》记载：“《禽径》云：巂周，子归也。”杜鹃啼血本就是凄美至极的传说，再和上驿馆驿船等夜间报时的更筹声，更令人心惊。

险要的关门相对耸峙着，沉默冷峻亦如千年之前，只是这次迎来的是纳兰一行。马蹄声、杜鹃声、军行报时的更筹声相互混杂，于纷乱弥漫的黄尘中若隐若现，像极了一幅落满尘埃的居庸历史画卷。想他日假若有纤手拂去倦尘，纳兰也不过是历史的蜻蜓点水吧，可是谁又知道这轻轻一点，究竟凝结着一些怎样的情愫欲言不得？二十七八的年纪，初次为帅征程，按理正是男儿建立功业豪气冲天的时候，可是在词里，却怎么也寻不到这样的痕迹。一首词要辗转多少读者，经历几番解读，才能窥得纳兰内心的一星半点？

“行人莫话前朝事”，帝王荒冢，历史笑谈，自来是平常事。“风雨诸陵”，极尽苍凉，这或许就是令这词句凄冷苍凉的原因吧。纳兰许是从中看到了自己的影子，看到了自己的生前身后——也是风雨。纳兰一颗心何等敏感寂寞，这样的思量也是自然。

“寂寞鱼灯，天寿山头冷月横”，紧接上句，看来纳兰是执着地将这冷意写到底了。“鱼灯”是帝王陵寝之灯。《史记·始皇本纪》有云：“葬始皇骊山，以人鱼膏为烛，度不灭者久之”此为鱼灯最早出处，曹鄴诗《始皇陵下作》亦有：“千金买鱼灯，泉下照狐兔。”可见“鱼灯”实在是一凄惨阴森得紧的意象。

天寿山据龚自珍《说天寿山》记载：

“由德胜门北行五十五里，曰沙河；出沙河之北门，大山临之，是为天寿山，明成祖永乐十年所赐名也。自永乐至天启，十二帝葬焉，谓十二陵，独景泰帝无陵。崇祯十五年妃田氏死，葬其西麓，十七年，帝及周后死社稷，昌平民发田妃之墓以葬帝后，因曰十三陵矣。山之首尾八十里。”

概而言之，天寿山即为十三陵所在之处。最末一句似全是写景，然词人的所有心绪情怀都无不包括在里边了，也即常语所谓的情景交融，只是这其中的情，平常人还真有点难以言说，即使是意会，也委实太过挑战普通的心理承受力，也许这其中的况味除了纳兰外也就只有那鱼灯或冷月，而且一定得是那天寿山头的冷月才能知晓了吧。

话到了这里，忍不住再提起姜宸英的那首诗，姜宸英在作诗时想必不曾料想，他诗中的祝福在日后成为了现实。但同样任谁也预料不到的是：

“容若尝奉使觇唆龙诸羌，其殁后旬日，适诸羌输款，上于行在遣宫使拊其几筵哭而告之，以其尝有劳于是役也。”

这是纳兰的老师徐乾学亲自给纳兰写的墓志铭，说的是，纳兰死后数日，其侦查、安抚的诸部落来归顺朝廷，即前言“乌孙入质”，可是看起来只让人觉得人世太多变，世事竟如此滑稽！这究竟是老天对纳兰的最后惋惜，还是无情调侃？皇上的嘉赏、亲朋的赞誉都已经是身后名了，事到如今，独对一坟孤冢，还有何用。

# 清平乐

**参横月落[①]，客绪从谁托。望里家山云漠漠[②]，似有红楼一角[③]。**
**不如意事年年，消磨绝塞风烟。输与五陵公子[④]，此时梦绕花前。**

### ◇注释

①参横月落：月亮已落，参星横斜，形容夜深。

②漠漠：紧密分布或大面积分布的样子。

③红楼：指家园的楼阁。

④五陵公子：指京都富豪子弟。五陵，西汉五个皇帝陵墓所在地，长陵、安陵、阳陵、茂陵、平陵五县的合称；西汉高祖、惠帝、景帝、武帝、昭帝的陵园；唐代高祖、

太宗、高宗、中宗、睿宗的陵园。后以五陵代指京都繁华之地。

## ◇赏析

纳兰这样的人，用现在的话讲，真的太缺乏安全感了。他每逢离家在外，都会觉得凄惶无依，而后写下只言片语，隔着几百年的时光，让后来的读者为之心折。

据考证，这篇《清平乐》大约和他的另一首名为《念奴娇·宿汉儿村》的词作于同地，只是写作时间有先后之别。《念奴娇》写于“冰雪里”之日，本篇则作于元冰元雪之时，但确切时日已经难以考知了。

“参横月落，客绪从谁托”，月亮已落，参星横斜，正是天将破晓之际，纳兰已经要从汉儿村出发了。“客绪”两字一出，其他的话便不用多说了。客绪是何种情绪？行旅怀乡的愁思而已。这种情绪已在历代诗词中得到了充分的渲染，唐朝戴叔伦有《暮春感怀诗》：“杜鹃声声唤客愁，故国何处此登楼。”

远行在外的人最怕听见鸟鸣，杜鹃也好，鹧鸪也好，都总能勾起人的满心愁绪。这种情绪过于普遍而广泛，影响力大至杜甫这样的现实主义诗人也会感叹：“眼见客愁愁不醒，无赖春色到江亭。”

这样的哀伤情调在杜诗中虽有，但的确不多见。客愁和人生不常，及时行乐、离别、相思等，都已经成为了中国古典诗词中的一种情绪范畴，它们都是一种笼统而模糊的概念，作者自然而然地将它们放在语句中，凡经过古典文化熏陶的人也便能自然而然地理解。若真的要条分缕析地说明客愁究竟愁些什么，实在是一种破坏诗意的行为了，这其中有思乡，有怀亲，还有些说不清、道不明的怅然若失、迷茫无助，而这些情绪综合起来形成的那个被称为“客愁”的整体，又有着高于它们之和的更深层次的含义。

因而纳兰在这里其实也说得无奈，“客绪从谁托”，这满心的情绪，真真是，又该从何说起呢。在这样的茫然无奈中，词人抛出了虚化的两句，“望里家山云漠漠，似有红楼一角”，太多执着的情绪容易让人产生幻觉，纳兰似乎也并不介意在这里用这种方式变现他思乡之情切。红楼即是指家园的楼阁，显然是想象之语，而在这里，“楼”并不是重点，红楼一角之下，定是有佳人倚栏，翘首企盼着词人的归期吧，此情悠悠，两心知。

下片四句是要连贯在一起看的。

先说后两句。五陵公子，是指京都的富豪子弟。五陵也称五陵原，是以西汉王朝在这里设立的五个陵邑而得名的。汉高祖九年（公元前198年），刘邦接受了郎中刘敬的建议，将关东地区的二千石大官、高訾富人及豪杰并兼之家大量迁徙关中，伺奉长陵，并在陵园附近修建长陵县邑，供迁徙者居住。以后，汉惠帝刘盈在修建安陵，汉景帝在修建阳陵，汉武帝在修建茂陵，汉昭帝在修建平陵之时，也都竞相效尤，相继在陵园附近修造安陵邑、阳陵邑、茂陵邑和平陵邑。当时富家豪族和外戚都居住在五陵附近，因此后世诗文常以五陵为富豪人家聚居长安之地。

这典故最初见于李白的《少年行》一诗：

五陵少年金市东，银鞍白马度春风。落花踏尽游何处？笑入胡姬酒肆中。

后来，在白居易的名作《琵琶行》里也有：

曲罢曾教善才服，妆成每被秋娘妒。五陵年少争缠头，一曲红绡不知数。

做派很是风流洒脱，用更易于理解的话讲，便是纨绔子弟。这样一来，末尾两句就好理解了。纳兰感叹道，的确是比不上此时正在游赏玩乐的京城贵族子弟们啊。

单看这两句自然是无头无脑，要说富家子弟，宰相明珠之子这样的头衔又能有几个？不过连上前面两句，“不如意事年年，消磨绝塞风烟”，就可以看出，纳兰这其实是在抱怨了。此时远行在外孤寂无聊的自己，和在京师里过着悠闲生活的人们相比，在看似情绪平静的表面之下，纳兰实在是忍不住满腹牢骚了。短短四句，言浅而意深。

这样一个结句，也是对上片落句的回照，在整首词里构成了一种前后勾连、回环往复的韵致，清平乐这样短小的词牌能写出这样回环往复的意味，可见纳兰情意之深切，也更让人觉得其中哀伤之情愈加缠绵委婉。

# 清平乐

**角声哀咽①，襆被驮残月②。过去华年如电掣③，禁得番番离别。**

**一鞭冲破黄埃④，乱山影里徘徊。蓦忆去年今日，十三陵下归来。**

### ◇注释

①角声：画角之声，古代军中吹角以为昏明之节。哀咽：悲伤哽咽。

②襆被：用包袱捆上衣被。

③电掣：电光急闪而过，喻迅速、转瞬即逝。

④黄埃：黄色的尘埃。

### ◇赏析

纳兰以风流斯文的诗文之事传世，在当时却以英俊威武的武官身份居于朝堂之上，作为皇帝身边的御前侍卫，他常随皇帝南巡北狩，游历四方，并奉命参与重要的战略侦察。但是，纳兰实在不适合塞外的生活。旁的不说，他在羁旅中的词句读来只觉得字字都是流不出眼泪却堵在心头的哀伤，太让人心疼。

彼时，他对凡能轻取的身外之物无心一顾，对求之却不能长久的爱情，对心与境合的自然状态，却流连向往。这种种情绪，都可以从这首词里窥得一斑。

“角声哀咽，襆被驮残月”，角声即是画角之声，画角是古代一种管乐器，传自西羌。形如竹筒，上端细下端大，用竹木或皮革等制成，因为表面有彩绘，故称为画角。古时军中多用它来警昏晓，振士气，肃军容。帝王出巡时，也用以报警戒严。这种乐器因为发出的声音哀厉高亢，因此在古诗词中常作为边地孤寂空旷的意象。近代廖仲恺《青玉案·泉州道中纪见》词有一句：“西风画角悲征戍，人意也消何处？”也可以看作是画角声在诗词中意象的浓缩表达了。“襆被”是说用包袱捆上衣被。《晋书·魏舒传》有：“入为尚书郎。时欲沙汰郎官，非其才智者罢之。舒曰：‘吾即其人也。’

襆被而出。同僚素无清论者咸有愧色，谈者称之。”

后人以襆被作为谦词，意谓忝列某官列中，此处则是取马背上驮着行李之意。词人一天天地在哀角声中、马背行囊上看日升月落，旅途的艰辛凄清由此可见。

接下来两句慨叹年华尽在番番的别离中飞逝。他讴歌爱情的欢乐与温暖，但这些对他却是那样难得与可贵：“过去华年如电掣”，时间本就留不住，内心敏感如纳兰，更容易觉得时光飞逝，更何况别离时多、相见时少。上片先景后情，写得极是伤感。

“一鞭冲破黄埃，乱山影里徘徊”，下片开头又是一句白描。“一鞭”是指一道残阳，这里是借王实甫《西厢记》第四本第三折《收尾》句：“四围山色中，一鞭残照里。”

纳兰眼前之景，正是黄昏日暮，黄尘阵阵，山影重重，行路匆匆。如此景况则更令人不胜怅惘。

最末两句以追忆去年今日之情景收束，“十三陵”是明代十三个皇帝陵墓的总称，纳兰去年曾去过那里，当时看到想到了什么，这里没有说，但稍一推想其实是很明白的，一代帝王终成尘土，万里河山换了姓氏，古今多少事，当时执着，可却都抵不过时间。在这种惘然失落中，怀归之意便倍加翻出。

一首清平乐短短几句，能够跌宕婉曲，转折入深，这在小令中是极难得的，也因此可见纳兰功力。

# 清平乐

**画屏无睡，雨点惊风碎。贪话零星兰焰坠[1]，闲了半床红被。**

**生来柳絮飘零。便教呪粺也无灵[2]。待问归期还未，已看双睫盈盈。**

## ◇注释

①兰焰：即烛花。

②呪：祈祷。

◇**赏析**

纳兰的痴情，早是声名在外。纳兰词多情善感，也皆因纳兰本是多情痴情之人。

纳兰二十岁时与两广总督卢兴祖之女卢氏成婚，两人情感甚笃，娇妻既是贴己又为知音。二人性格相和，志趣相投，诗词唱和，琴棋互慰，解语知心。

在旧时代，即使是所谓的“康熙盛世”，青年男女也没有恋爱自由，只能像玩偶似的听凭父母之命、媒妁之言的任意摆布；至于皇亲贵胄的联姻往往还要掺杂上政治因素，情况就更为复杂了。身处这样的苦境，纳兰居然能够获得一位如意佳人，实现美满的婚姻，不能不说是一桩幸事。

新婚美满生活激发了纳兰的诗词创作，但也带来了另外的问题。纳兰是康熙的贴身侍卫，经常随帝出巡，这样的离别对他和卢氏来说无疑是痛苦的，每次夫妻离别都恋恋难舍，也便因此多出了许多埋怨。

这次就是这样的情景，别前之夜，夫妻双双不寐，絮语绵绵，空使灯花坠落，锦被闲置。

“画屏无睡，雨点惊风碎”，一切情语皆情语，这里一个“惊”字实在巧妙，分别之际，最痛苦的莫过于遥想别离后的无依无靠之感。本是两心相依，今后要相隔千里，又让人怎能不暗自伤神。

“贪话零星兰焰坠”，“兰焰”也称兰烬，即是烛花，因灯烛余烬状似兰心而得名。唐朝李贺《恼公》诗有：“蜡泪垂兰烬，秋芜扫绮栊。”纳兰这里描画得细致，“贪话零星”四字之间是两人说不尽的缠绵情意，第二天就要走了，不知什么时候能再听见爱人的声音，那随便说些什么都好，一字一句，都想记在心里，这样，日后一人独处时，或许会容易熬得过去一些吧。

话说到这里，纳兰终于忍不住埋怨了，“生来柳絮飘零”，柳絮是何物？苏东坡词中描摹到了神韵：“春色三分，二分尘土，一分流水。细看来，不是杨花，点点是离人泪。”

他们也知道，这种离别皆因王事当头，身不由已，祷告无灵，赌咒也不行，生来就是柳絮漂泊的命了。

既然分别已无可改变，那就只好预想归期了，可是，她还没等开口，早已就秋波盈盈，清泪欲滴了。“待问归期还未，已看双睫盈盈”，纳兰若不是极爱卢氏，断然是写不出这样的句子的，那种小儿女的婉媚娇痴，欲问归期而先已含情脉脉的情态，跃然纸上，俏丽婉媚，实在是传神之笔。

不过造化欺人，到头来他还是被命运捉弄了——称心如意的偏叫你胜景不长，彩云易散。一对倾心相与的爱侣，不到三年时光就生生地长别了，这对纳兰无疑是一场致命的打击。那执手相握、话里春风拂面的时光，恍如昨日。可再无人共纳兰“贪话零星”，也无人在他远行时“双睫盈盈”。

只剩这往昔词句，令当事者伤神，让知情者扼腕。

# 秋千索

**锦帷初卷蝉云绕[1]，却待要起来还早。不成薄睡倚香篝[2]，一缕缕残烟袅。**

**绿阴满地红阑悄，更添与催归啼鸟[3]。可怜春去又经时[4]，只莫被人知了。**

## ◇注释

①锦帷：锦帐。

②香篝：即熏笼。

③催归啼鸟：指杜鹃鸟。

④经时：历久。

## ◇赏析

这是纳兰词众多伤春之作中的一篇，而伤春总与少女伤怀相联系着，细腻的情愫丝丝入扣，如泣的婉约全然融入一个闺中少女。

“锦帷初卷蝉云绕，却待要起来还早。”故事一开始，画面便被轻轻放置在一个暮春的清晨，乍暖还寒中裹挟着浅浅的薄雾。锦帏半掀，有一女子微微欠身，发髻蓬乱。“蝉云”在这里是说女子梳成蝉鬓形的发式经过一夜的睡眠，已松松垮垮的像乌云一样松散地盘绕着。为什么要说“却待要起来还早”，其实时间不早，只缘心境已老。《战国策》有言：“女为悦己者容。”纵然再早也见不到自己心中的那个人，便觉得兴致索然，懒得梳头，余一副憔悴萎靡独对春窗。今天的读者如你我都离这般情景太远，紧张的生活甚至没给我们留下感怀自伤的时间。而此处笔下方寸，没有闹钟，无需日程表，可尽疏慵，有权无绪。便知原来伤感也是一种美丽。

“不成薄睡倚香篝，一缕缕残烟袅。”在这么一个早晨，时间从这里开始，又到这里停止。熏香已凉，残烟空飘，一袭落寞意，醒也无聊，醉也无聊。如不是有意想起，谁能料到营造这满怀愁情的却是一位男子。纳兰性德之所以被称为“满族第一词人”，可见功力之深厚有余。他作为男性却把女子的愁思写到了深至骨髓的境界。自古以来文人写女子感怀题材的实则不少。早至三国曹丕的《燕歌行》中“念君客游思断肠”的茕茕贱妾，再到唐代王昌龄《闺怨》中“悔教夫婿觅封侯”的少妇。但历来文人借女子之口言情都难免流于表面，少不了发出“恨不相逢未嫁时”一般夹杂浅显的喧嚣，而纳兰词的一派清丽空灵却在细心营造女主人公内心的小情感，选取的意境也与婉约词宗李清照不谋而合。

李清照的《凤凰台上忆吹箫·香冷金猊》写道：“香冷金猊，被翻红浪，起来慵自梳头。任宝奁尘满，日上帘钩。”《孤雁儿·藤床纸帐朝眠起》中又道：“藤床纸帐朝眠起，说不尽、无佳思。沉香断续玉炉寒，伴我情怀如水。”两位词中大家都把抒情的时间选在了睡眠的结束点，愁得难眠，一醒来却又是愁云惨淡。燃了一夜的沉香已冷，被子随意地堆在床上，日上三竿却也懒得梳妆，这一切都因为心中的温度早已如水清冷，没了劲头。眉头心头有哪处不愁，就算继续清晨懒懒的浅睡也成奢望。“一沙一世界，一花一天堂”，个人愁着各自的愁，没有生命中的大起大落，也无关他人家国，这一点小心绪足以让人于凄美中见真纯。

目光又从屋里移到了窗外，“绿阴满地红阑悄，更添与催归啼鸟”。本是春意盎然的美好，闺中却看出一片绿肥红瘦、花开荼蘼的消歇春事，就连鸟儿啼叫都衬得这一切更显恬寂。其实诗意至此，女子伤春的主题已经淋漓尽致。到结句一出，味道愈浓。

“可怜春去又经时，只莫被人知了”说的是女子自叹又度过了一年的春日，只是怕被旁人知道了自己伤春的心绪。这一小矛盾和小扭捏便深细地将她彻骨的伤春伤怀展现无余，一面伤春的愁绪连绵不断，一面又和羞矜持，怕让人知道。不知纳兰何以如此深入心声，令人叹服。

纳兰曾说，“诗乃心声，性情中事也”，“作诗欲以言情耳”。说的是诗，其实于词亦然。儿女秋千，索然小事。没有草草杯盘、高举觥筹的豪言之状，亦没有一川烟草、乱拨风絮的无边之寂，有的只是眼前一片红花绿草、耳边几处莺歌缭绕、触手可及的锦帐香篝，一切便已可孕育出“可怜春似人将老”的声声感叹。纳兰笔下的故园女子又何尝不是每个人心中时常自扪的那片心声，有时感怀自伤并不需要区分性别，人性深处寄居着春色也寄居着寂寞。人生怎能时时激昂没有落寞，“试灯无意思，踏雪没心情”何尝不可成为人生常态？谁在青春年少之际不曾感风吟月、轻狂天地，纵然某日萧萧两鬓、老去无成，从前的酒意与诗情、豪情与漠然亦是“说不尽、无穷好”的一番滋味在心头。

## 浪淘沙 秋思

**霜讯下银塘[1]，并作新凉。奈他青女忒轻狂[2]。端正一枝荷叶盖，护了鸳鸯。**
**燕子要还乡，惜别雕梁。更无人处倚斜阳。还是薄情还是恨[3]，仔细思量。**

### ◇注释

①霜讯：即霜信，霜期来临的消息。

②青女：传说中掌管霜雪的女神，此处指冷风。轻狂：放浪轻浮。

③薄情：不念情义，多用于男女之间的情爱。

### ◇赏析

纳兰的愁总是清丽动人，琐碎景物铺陈开去，就有种哀婉的情绪从中蜿蜒而来。

这篇《浪淘沙》题作“秋思”，其实谁又不知道呢，自古逢秋悲寂寥，秋思秋思，实为离伤之情思。

“霜讯下银塘，并作新凉”，依旧是白描起笔，池塘中的水清澈明净，秋霜初现，新凉乍作。“青女”是指神话中霜雪之神。《淮南子·天文训》有记录：“至秋三月……青女乃出，以降霜雪。”根据高诱的注可以得知，青女是天神之一，又叫青霄玉女，主司霜雪。

关于青女，历来有不少的传说，据说当年，武罗姑娘因协助黄帝收服蚩尤的七十二弟兄有功，被封为青要山女神，掌管人间婚姻。她一心要广施爱心，造福人间，但刚刚大战之后，到处是血污腥风，山瘴毒雾，加上天无四季，终年炎热，于是百病滋生，瘟疫流行，世人还是难脱苦海。

武罗女神为了驱邪除污，净化人寰，给人们消灾祛病，特地登上月亮，到广寒宫请来了降霜仙子——青女。

青女本是月中吴刚大仙的妹妹，名叫吴洁，在广寒宫里她是专司降霜洒雪的仙子。这年九月十四日，她下凡来到人间，站在青要山中心最高峰上，手抚一把七弦琴，清音徐出，霜粉雪花随着颤动的琴弦飘然而下，洒在大地上，霜冻雪封，掩埋掉世间一切不洁。于是，邪气污秽，山瘴毒雾，顿时消失，人们的灾灾病病也就全无了。从那时起，每年三月十三日、九月十四日，吴洁仙子要两次降霜。于是，九月霜，腊月雪，来年三月又霜，六月大暑，周而复始，四季乃分，百禾俱生。人们不仅能免灾祛病，而且可以丰衣足食了。

后来在诗文中，便以“青女”代称霜雪。如李商隐《霜月》诗：“青女素娥俱耐冷，月中霜里斗婵娟。”

而纳兰词在这里笔意一转，“端正一枝荷叶盖，护了鸳鸯”，说冷风吹着荷叶，鸳鸯栖于叶盖之下，成对成双，纵霜冷风急也不分离，似乎又流露出一些温暖人心的情绪。风霜凄惶，但有能相依相伴的人或许会好些。纳兰在这里，是羡慕，也是自伤心事。鸳鸯在风霜凄紧时尚能并栖荷叶下，而自己在这样清冷的秋天只能独对新凉。

下片接着写燕子辞梁还乡，飞往南方了。燕子南飞，和初春柳树抽芽一样，一年一度，让人再清晰不过地感到时光的流逝。又见燕还乡，年年依旧，而人已老，物是人非，怎能不令人伤神。

“更无人处倚斜阳”，觉得纳兰这首词，最令人心动的便是这句。无人之处独倚斜阳，这要是一种怎样空阔和寂寥的情绪呵。“倚”字用得尤其巧妙，斜阳本已淡去，但是自己好像可以倚靠它，可以借着它一点点余温暖暖自己的阴冷。冥思之中，断断续续又开始忘我出神，茕茕孑立，只剩下斜阳让人观赏。

面对这样的情景，也不知是怨还是恨，纳兰说，仔细思量。其实仔细思量又如何呢，都是些缠在心里的闲愁，挥之不去散之又来，李清照说得好，“才下眉头，却上心头”。心思细腻敏感的人，在这样秋天的冷风里，恐怕也只能是心中迷惘了。

# 渔父

**收却纶竿落照红[1]，秋风宁为剪芙蓉[2]。人淡淡，水蒙蒙，吹入芦花短笛中。**

### ◇注释

①纶竿：钓竿。

②宁为：乃为，竟为。

### ◇赏析

几乎所有的词评人都赞纳兰的小令是天籁，格高韵远，极缠绵婉约之致。

而眼前这一首是纳兰为友人徐虹亭写的一首题画词。徐釚在《词苑丛谈》卷五品藻篇中曾说："余旧嘱谢彬画《枫江渔父图》，长白成容若为余《渔父》词云云，同人以为可与张志和并传。"

可见是纳兰作这首词时，是对着一幅名为《枫江渔父图》的画卷，将画意凝为诗情，融进了这首曾在张志和笔下大放异彩的词牌。

抛开那首"西塞山前白鹭飞"不说，先来看纳兰的词。

"收却纶竿落照红"，常读《饮水词》的人看见这句便可会心一笑了，纳兰一贯钟情的白描手法在此一显无余。夕阳西斜、晚霞烂漫，渔人悠然收竿，首句铺展在读者面前的，就是这样一幅场景。纶竿即为钓竿。落照，西斜的夕阳。"收却"二字用在全词的开头，别有一番意味。从字面上看，"收却"与"落照红"是同时发生的动作，而纵览全词，则可体味出这两者其实有着暗示的因果关系：即因"落照红"而"收却纶竿"，无需多言，便道出了黄昏中渔人逍遥自得，不假它求，这种自由自在的情绪，为整篇作品奠定了基调，又与下句的描述前后呼应。

"秋风宁为剪芙蓉"承接上句，由落照的色彩写到秋风的声响，由人之主体写到荷花之喻体，仍然是从细节着手，以拟人的手法，描述飒飒秋风之凉意吹飘，不求它物，只为了能轻轻地摆动水中那一簇簇绝美的荷花。此处着一"宁"字，赋予了秋风人的性情与品格，出奇地于平和中凸现词人强烈的感情。

从声韵上讲，"宁"作连词用时，读去声，放在动词的前面或句首，表示在现实情况下对选择某事物坚定的意志和愿望。可以解作"情愿"、"宁可"。如《史记·屈原列传》中有："宁赴常流，而葬乎江鱼腹中耳。"

剪，《说文解字》云："齐断也。"此处为形容词，即剪剪，引申为齐整、摇动貌。如欧阳修《暮山溪》句："纤手染香罗，剪红莲，满城开遍。"

芙蓉是荷花的别称。《国语·招魂》中就有"芙蓉始发，杂制荷些"一句，《古诗十九首》中也有："涉江采芙蓉，兰泽多芳

草。”

荷花自古在诗词曲赋中都代表着一种高洁淡泊、出淤泥而不染的意象，如《离骚》：“制芰荷以为衣兮，集芙蓉以为裳。”

于画于词，我们都能感受到这种以花喻人之高洁和淡泊的情怀，而更让人玩味的是，荷花的花期是在夏天，至秋便开始逐渐残萎，并非处于最清丽娇娆的状态，然而纳兰却依然让秋风执意为凄美的秋荷吹拂，其间之情感暗示与唐人郭恭的《秋池一枝莲》可谓同出一辙，其诗云：“秋至皆零落，凌波独吐红。托根方所得，未肯即随风。”

其中的自持之情与超脱之意都可在纳兰这首词中见得相通之处。

勾勒完了风物，“人淡淡，水蒙蒙。吹入芦花短笛中”一句抛出一个空远淡漠的远景，人影稀，烟水蒙，笛音轻，纳兰将他的“山泽鱼鸟之思”寄托于词中。时人称纳兰题画诗词有种“烟水迷离”之感，从这首小令的诗情画境中也可见一斑。

唐圭璋在《词学论丛·成容若（渔歌子）》盛赞道：“风致殊胜。一时胜流，咸谓此词可与张志和《渔歌子》并称不朽。”

纳兰这首小令，虽算不上前无古人，却的确可以说后无来者了。

## 菩萨蛮 过张见阳山居赋赠

**车尘马迹纷如织，羡君筑处真幽僻[①]。柿叶一林红[②]，萧萧四面风。**
**功名应看镜，明月秋河影[③]。安得此山间，与君高卧闲[④]。**

### ◇注释

①幽僻：幽静偏僻。

②柿叶：柿树的叶子，经霜即红。诗文中常用以渲染秋色。

③秋河：即银河。

④高卧：高枕而卧，比喻隐居，亦指隐居不仕的人。

### ◇赏析

纳兰与张见阳交情很深，在《饮水词》中有很多篇是写给张见阳的，这篇就是其中之一。

张见阳擅山水画，人称其“得董源、米芾之沉郁，兼倪瓒之逸淡”，家藏有名画极为丰富，因此他临摹古画能达到形神逼肖的地步。又工书法，学晋唐人体势，并善刻印。这样的人自然而然成为康熙年间的名士，当时的名流如高士奇、曹寅等都与其交往友好。

张见阳与纳兰的交情可谓深厚，纳兰去世后，张纯修为其辑刻《饮水诗词集》并作序，我们如今所理解的《饮水词》之“饮水”二字，便是因为他说“所以为诗词者，依然容若自言，‘如鱼饮水，冷暖自知’而已”。这二人的友谊，应该说是“互不以贵游相待”，而“以诗词唱酬、书画鉴赏相交契”的那一类。

这一日，纳兰来到好友张见阳的住处，看惯了俗世繁华的纳兰对张见阳在山间的居所很是羡慕，这就像今天我们羡慕在城郊风景秀丽处有幢别墅的人一样，更何况张见阳山居处又有一番柿叶林红、幽静安闲的美景。一心向往之情化在笔端，就成了这首《菩萨蛮》。

“柿叶一林红，萧萧四面风”，看见“柿林”二字就忍不住要笑。

“远上寒山石径斜，白云生处有人家。停车坐爱枫林晚，霜叶红于二月花。”似乎是从唐朝杜牧这首《山行》之后，文人才子便愈发钟情于这漫山红遍之景。但张见阳也未免太占便宜，柿子成林，自然也是红叶满山，虽不比枫叶清高雅致，但也自有一派闲云野鹤的意蕴在其中，想来纳兰看见也要不禁莞尔。

“功名应看镜，明月秋河影”，话到这里语意一转，纳兰又提起了他的“山泽鱼鸟之思”。

对“看镜”二字有两种不同的理解，与后文关联之后，这两句词也就有相应不同的解释。

一种是将语意集中在“镜”字上，谓功名利禄之事无非是镜中之月、河中之影，繁华幻象而已。

另一种则是将“看镜”二字看成是对杜甫《江上》诗意的化用。杜甫诗中有：“勋业频看镜，行藏独倚楼。”

这句诗的意思是，年老勋业无成，频频对镜叹息。功名利禄的确诱人，可有多少得意人，也就有多少失意人。与其整日忙忙碌碌，对镜忧老，叹息不止，倒不如放下心来，“安得此山间，与君高卧闲”更为妥帖。

两种理解在文意上都是通顺的，在情感上虽略有出入，但总体上纳兰那种壮志未酬、无限落寞的伤感也都得到了体现。私下更倾向于第二种理解，尤其此意与前句之“羡君筑处真幽僻”的“羡”字更能够遥相对应，说明正是由于自己放不下功名利禄，才生出“羡君筑处真幽僻”的感叹。

末句“安得此山间，与君高卧闲”让人无端想起李白《独坐敬亭山》诗：

众鸟高飞尽，孤云独去闲。

相看两不厌，只有敬亭山。

同样安宁静谧的场景，一边是“人生得一知己足矣”的洒脱，一边是自身寂寞凄凉的处境，情意脉脉之中别有深意。

纳兰的词总是这样，淡淡几笔，像是嘴角一抹轻笑，却掩饰不住眼中的落寞神色，让人读至篇末，竟不知该说什么好。

## 南乡子 秋莫村居

**红叶满寒溪[1]，一路空山万木齐。试上小楼极目望，高低，一片烟笼十里陂[2]。**

**吠犬杂鸣鸡，灯火荧荧归路迷[3]。乍逐横山时近远，东西，家在寒林独掩扉[4]。**

## ◇注释

①寒溪：寒冷的溪流。

②陂：山坡。

③荧荧：灯光闪烁的样子。唐杜牧《阿房宫赋》："明星荧荧，开妆镜也。"

④寒林：秋冬的林木。

## ◇赏析

普通的暮秋山水田园风光，在纳兰笔下，总能于有声有色、亦动亦静间散发着空旷寂寥的味道。

初读此词，便被它的灵动风格打动。纳兰笔下其他的《南乡子》多为缠绵悱恻之作，或悼亡或回忆，总是与爱情有关。似乎这个词牌无论是结构还是形式都适合表现爱情，但是这首却着实不同，尤其那点睛一般的双音节词语的巧妙运用更是让全篇风景霎时有了层次。于是一幅极具透视效果的风景画跃然纸上。

题注为"秋莫村居"，所谓秋莫即是秋暮。"莫"与"暮"是古今字，即古字表假借义，今字表本义。"莫"的古字是形象日落草莽之中，本义为昏暮；因时常借用为"莫须有"的"莫"，后来便又加日旁新造"暮"字专表本义，"莫"与"暮"构成古今字。像《诗经·齐风·东方未明》中的"不夙则莫"，就是用古字。纳兰在此用了古字，大概有仿古的意味吧，毕竟登临送目的内心悸动是古往今来人皆有之的共通之感。

红叶是北国深秋的标志。当累累果实收获殆尽、世间万物开始褪去繁华始见萧条的时候，唯一能带来亮色的大概就是这山野间曼妙的红枫。然此时此刻，红叶却浸满寒溪，这也预示着寒冬将至，一年即将走到尽头。枫叶落下，深秋的帷幕也算真正落下了，一时间满山树木尽是枝丫，正是"万木齐"的"空山"。纳兰自山外进入山间小村之时沿途所见无非是些光秃秃的枝干，相信以他的敏感多情定会在心中默默感慨"善万物之得时，感悟生之行修"吧。

古来文人都喜欢登高望远，或咏史或抒怀。王羲之《兰亭集序》："仰观宇宙之大，俯察品类之盛，所以游目骋怀，足以极视听之娱，信可乐也。"在抒发了生之快乐的同时，又表现出一种旷达的心境，这确实是魏晋风流名士们的旨趣。到了初唐，失意文人陈子昂作《登幽州台歌》："前不见古人，后不见来者。念天地之悠悠，独怆然而涕下！"诗人孤独遗世、独立苍茫的落寞情怀由此可见一般，比之阮籍的"穷途之哭"现实得多。再看王安石的《桂枝香·金陵怀古》：

"念往昔，繁华竞逐。叹门外楼头，悲恨相续。千古凭高对此，漫嗟荣辱。六朝旧事随流水，但寒烟芳草凝绿。至今商女，时时犹唱，《后庭》遗曲。"

好一个"野狐精"（苏东坡语）般的大政治家、大文豪！深刻历史教训的背后是开阔恢弘的大气意境，这是身处高绝处的独特风景，是不同凡人的独到眼界。但同时与此相比，对于纳兰这样一个对内心体察到如此细微的男人来说，极目远眺只会带给他更多的茫然与伤感。前路漫漫的悲凉，世事无奈的沧桑，加上满溢自灵魂深处的寂寞，和着深秋的萧索肃杀、衰草连天的满目疮痍，为一贯哀婉凄楚的心绪平添新的惆怅。一片薄烟，笼的到底是山，是眼，还是心？

平凡的乡村生活，狗吠鸡鸣是必不可少的生活点缀。普通村人面朝黄土背朝天的日常生活到了不事生产的文人墨客笔下全都成了闲居、归隐的向往。质朴甚至平庸的尘世喧嚣将满篇的寂寥衬托得更加深邃，以动写静的高妙手法，不仅彰显了景物的寂静，也透露了纳兰自己内心的清寂。这是对俗世的向往，就像陶渊明的《归园田居》："狗吠深巷中，鸡鸣桑树颠。"

这两句又是化用汉乐府的《鸡鸣》篇"鸡鸣高树颠，犬吠深宫中"之意。所以说意象的传承也代表了古代文人经年不变的亘古追求。这就好像一场关乎理想与现实的围城，入了仕途的想出世寻求心灵的解放，没入世的偏偏挤破了脑袋地想跳进那个大染缸。然而入了如何，出了又如何？烦恼依旧，惆怅亦然，寂寞经年不消。知己已不在，佳人更难寻，那明灭的灯火可曾照得归路？无非是自寻烦恼罢了。

自古多情伤离别，更那堪、冷落清秋节。在这样肃穆的季节离去，内心的凄迷可想而知。回首遥望连山，看着它们近了又逐渐远去，只有寒林深处中那可称之为"家"的归宿掩映在迷蒙的远山背后，孤孤单单，遗世独立。

《通志堂集》卷三有《桑榆墅同梁汾夜望》诗云：

登楼一纵目，远近青茫茫。
众鸟归已尽，烟中下牛羊。
不知何年寺，钟梵相低昂。
无月见村火，有时闻天香。

有学者认为此诗"颇类此词之境"。但是此五律分明是描绘了生机勃勃的春夏之际，一派其乐融融的黄昏村景。虽也有寂静的意味，但更多的是悠远的禅意和平和冲淡的心态。这同《南乡子》着眼深秋的清冷凄婉之意境是全然不同的。少了一丝淡漠，多了一层怅惘，果然还是应时应景之作，果然还是纳兰之肺腑心声。

# 雨中花

**楼上疏烟楼下路[①]，正招余、绿杨深处。奈卷地西风，惊回残梦[②]，几点打窗雨。**
**夜深雁掠东檐去。赤憎是、断魂砧杵。算酌酒忘忧，梦阑酒醒，愁思知何许？**

## ◇注释

①疏烟：谓香火冷落。

②残梦：谓零乱不全之梦。

## ◇赏析

都说，秋风秋雨愁煞人。纳兰写这首词是否也在这样一个夜晚？几度梦回，看屋内一盏孤灯，四壁的白墙映照那点点的烛火，窗外夜雨，窗内影单。

开头一句“楼上疏烟楼下路，正招余、绿杨深处”，以为又是一篇描绘纳兰与恋人相爱点滴的温婉柔情之作。看到“惊回残梦”才恍然，那个看似美好的开头，不过是梦中情景。而这样零乱不整的梦，却也要被西风夜雨惊断，醒来时只听得窗外秋雨声。

下片“雁”字一出，词人的满腔愁意也汹涌而来。

在古诗词中，鸿雁多与失意、孤苦、凄凉联系在一起，纳兰词中的雁自然也不例外，这首词中在夜雨里独飞的雁，便负载着词人深重的忧虑与凄惶情怀。

午夜梦回，与词人一样被惊醒的是鸿雁。鸿雁受惊在雨中凄飞，这苦境正暗合了词人苦闷愁怨的心境：他们同是黑夜中寂寞凄苦的“伤心人”。

而前人诗词中鸿雁意象的象征意义多相对单一，纳兰词则不同。在他的笔下，“雁”之一字，表现了忧伤、孤独、恐惧、失望及相思之苦等多种情感，而且各种情感往往交织在一起，浑融一片，难分彼此。这种融合交织，自然不是几种象征意义的简单拼接，而是通过词人笔触化作一个整体。

词人之“愁”何止一端，可以是故园之思，可以是怀人之苦，可以是悼亡之痛，也可以是人生家族之忧，等等。鸿雁意象成了纳兰情感世界的复合器，碰触到其中任何一端，都会牵引出其他，百转千回，绵绵不绝。因而致使在他的同一首词中，往往纠结着思乡怀归、相思怨别、恐惧凄惶、寂寞寥落诸种情绪，难以断然分开，从而也形成了纳兰词缠绵往复、恍惚迷离的特色，让人只觉浑茫茫一片感伤落寞，但又不是心衰气丧的，而是有一股无法压抑的巨大的悲哀、恐惧、愤懑、沉痛甚至激昂涌流其中，并与对个体、家族、人生的思索连在一起。这种复合性，也使得纳兰词常常笼罩着一种不易言喻的氛围。

正是夜深不寐时，听雁掠东檐，砧杵声声，更令人增愁添恨。

“赤憎是、断魂砧杵”，砧杵是捣衣石和棒槌，借指捣衣，意谓最令人生憎的是那使人断魂的捣衣之声。李白有诗《子夜吴歌》：“长安一片月，万户捣衣声。秋风吹不尽，总是玉关情。何日平胡虏，良人罢远征？”

从字面来看，“捣衣”是为了远方征人能够尽早换上干净衣服，实则是表达思妇对征人之思念，对征战之怨愤。而夜晚的捣衣声则又有另一层含义：为什么要在晚上捣衣？是因为白天还有其他事情，于此更见思妇生活之艰辛，亦可见思妇感情的强烈。

“捣衣声”在诗词中已逐渐化为了一种刻骨相思的代名词，在这样的断魂声里，纳兰自斟自饮，想要借酒忘忧。纳兰又岂不明白“举杯消愁愁更愁”的道理？风霜与往事不是一坛酒，一杯饮下醉过之后便可以全然地当成一场荒唐，那些都是实实在在存在的事情，轻拢慢捻奏出他命中的一曲离殇。快不得，慢不成。

“梦阑酒醒，愁思知何许”，纳兰词末句一问总是令人黯然，孤苦无告之伤情全在其间。这时才觉得那句评语恰当，纳兰词，的的确确令人“不忍卒读”。

# 满江红

为曹子清题其先人所构楝亭，亭在金陵署中。[①]

**籍甚平阳[②]，羡奕叶、流传芳誉[③]。君不见、山龙补衮，昔时兰署[④]。饮罢石头城下水，移来燕子矶边树[⑤]。倩一茎黄楝作三槐[⑥]，趋庭处。**

**延夕月，承晨露。看手泽[⑦]，深余慕。更凤毛才思[⑧]，登高能赋。入梦凭将图绘写，留题合遣纱笼护[⑨]。正绿阴青子盼乌衣[⑩]，来非暮。**

## ◇注释

①曹子清：曹寅，字子清，清文学家，号荔轩，又号楝亭，先世为汉族，原籍丰润（今属河北），自其祖父起为满洲贵族的包衣（奴仆），隶属于正白旗，为小说家曹雪芹祖父。楝亭：曹寅之先人所建，亭边植楝木，故以“楝”名亭。金陵：古邑名，今南京市的别称。

②平阳：地名，在今山西境内，相传古帝尧时为都。这里指金陵。

③奕叶：累世，代代。芳誉：美好的名声。

④山龙：指古代绘于衮服或旌旗上的山、龙图案。兰署：即兰台，指秘书省。

⑤石头城：古城名，又名石首城。故址在今江苏南京清凉山，本楚金陵城，汉建安十七年孙权重筑改名，城负山面江，南临秦淮河口，当交通要冲，六朝时为建康军事重镇。

⑥黄楝：落叶乔木，树皮味极苦，紫褐色，有灰色斑纹，羽状复叶，小叶卵状披针形，花小，绿黄色，树皮可入药，有祛湿热的作用，也叫苦树。三槐：相传周代宫廷外种有三棵槐树，三公朝天子时，面向三槐而立，后因以三槐喻三公。

⑦手泽：先辈存迹，此处指皇帝的题字。

⑧凤毛才思：比喻子孙有才似其父辈者。

⑨纱笼：谓以纱蒙覆贵人、名士壁上题咏的手迹表示崇敬。王定保《唐摭言》：“王播少孤贫，尝客扬州惠昭寺木兰院，随僧食飧，诸僧厌怠，播至，已饭矣。后二纪，播自重位出镇是邦，因访旧游，问之，题已皆碧纱幕其上，播继以二绝句曰：‘……上堂已了各西东，惭愧黎饭后钟。二十年来尘扑面，如今始得碧纱笼。’”

⑩青子：指梅实，泛指尚未黄熟的果实。乌衣：指燕子。

## ◇赏析

当俞伯牙遇见钟子期，一曲《高山流水》流传于世，汩汩之流水，巍峨之高山，仿若天籁之音与心灵之沟通，响遏行云，天地万物宛若一体。

当旷世奇才李白遇见汪伦，蒙其恩，望着千尺之深的桃花潭水，留下了千古绝句“桃花潭水深千尺，不及汪伦送我情”，长亭外，都门帐饮无绪，无尽的是那脉脉的离人的泪。

而当天性哀愁、情思抑郁的纳兰性德，遇见自幼颖慧，四岁能辨声律，十几岁时，“即以诗词经艺惊动长者”，诗词曲通晓的曹寅，又岂是一曲《高山流水》能奏尽两人间的绵绵情谊？同是深宫院内人，相逢何必曾相识。

曹家与清室有着特殊关系，曹寅的祖父曹振彦为满洲贵族之包衣，属正白旗。而自曹振彦之子曹玺始至其子曹寅、孙曹颙等连续三代为江宁织造。曹寅比康熙皇帝小五岁，其母又是康熙皇帝的乳母。康熙二十三年（1684年）冬季康熙南巡，而在康熙南巡前六个月，曹玺死在江宁织造任上。十一月康熙巡幸到南京，特往曹府抚慰吊念。纳兰在陪同康熙南巡期间，专程来曹府，看望曹寅。

康熙二十四年五月初，曹寅至京，纳兰病殁之前，作此词相赠。纳兰与曹氏关系如此，且对曹氏了解甚深，因此在词中不免颇多盛赞语，但决不能简单看成逢迎之作。

一眼望去，这首《满江红》多处用典，然而细读便可发现，在典雅中不乏纳兰词一贯的清新自然之感，在蜿蜒曲折里不失流畅生动。

开篇起笔便称颂曹氏自祖上起声名显赫，方誉盛大，享有高官厚禄。“石头成下水”是化用李德裕的故事。据《中朝故事》记载：

李德裕居廊庙日，有亲知奉使于京口，李曰：“还日，金山下扬子江中零水，与取一壶来。”其人举棹日，醉而忘之。泛舟止石城下，方忆。乃汲一瓶于江中，归京献之。李公饮后，叹讶非常。曰：“江表水味，有异于顷岁矣。此水颇似建业石城下水。”其人谢过不隐也。

这故事记载的似乎只是一个传说一般的故事，想要表明的也不过是建业即石头城旧时繁华，连水质也与别处不同。词人由远处潺潺的石头城下水，描写至庭外布满岁月之痕迹的高大黄楝树。“三槐”则是相传周代宫廷外种有三棵槐树，三公朝天子时，面向三槐而立，后世因此以三槐喻三公。纳兰在这里假想，定是曹氏的先人栽种了一株黄楝于庭外，极为委婉地赞颂了曹家的鼎盛，有三公之功高位显者在。

“延夕月，承晨露。看手泽，深余慕”，承袭昨日的夕月，而俯身拾取今日的晨露，时光流逝，接着转而说看到题字，词人深深钦慕。手泽，本指手汗，后指先人之遗物或遗墨等。《礼记·玉藻》有言：“父没而不能读父之书，手泽存焉而。”

此处作为皇帝的题字或是单纯指曹氏先辈的题字，都并不影响词意的理解。在言语间，词人流露出的真挚钦佩之情。

继而用“凤毛”两字极尽描写曹寅承袭祖上的过人才华。《世说新语·容止》有：“王敬伦风姿似父。桓公望之曰：‘大奴固有凤毛。’”晁瑞礼也在《永遇乐》中说过：“龙阁先芬凤毛荣继，当世英妙。”

紧接着锦上添花，“入梦凭将图绘写，留题合遣纱笼护”，“纱笼”指宰相纱笼，典故来自唐五代王定保《唐摭言》中故事，后世以此作为世态炎凉，以势取人之典。但纳兰在这里反用其意，说曹家祖上自是显赫，即便是今日也是地位不同一般。

“正绿阴青子盼乌衣，来非暮。”乌衣意为名门望族子弟，此处是词人自指。词章到了这里，在奢华笔墨极尽之时笔调一转，借问你我何时聚，最是青梅结子时。由景至情，而能将情凌于景上，显得更为真切而婉丽。犹令人想到那句，“钟期既遇，奏流水以何惭”。

情到深处自是真，华美辞藻典章故事之下字句间流露的是一片真切。透过这一首《满江红》的浮华颂赞，能看到的，是纳兰、曹寅间说不尽的几多情谊。

# 浣溪沙 郊游联句

**出郭寻春春已阑（陈维崧），东风吹面不成寒（秦松龄）。青村几曲到西山（严绳孙）。**

**并马未须愁路远（姜宸英），看花且莫放杯闲（朱彝尊）。人生别易会常难（纳兰性德）。**

**◇赏析**

康熙十八年（1679年）三月清王朝为汉人专设了博学鸿词科会试，录取的限数五十人里，朱彝尊、严绳孙、陈维崧、秦松龄等皆入选。唯独姜宸英本已经拟定受荐鸿博，不想却因失期而罢，心情颇为沮丧。这篇联句正是作于当时。

会试使得散居各地的名流们难得有机会聚到了一起。一行六个人中，除了享誉盛名的纳兰，其余五人也算是占尽了清初的人杰地灵。江南四布衣来了三个，再加上秦松龄和陈维崧，康熙年间的文坛大人物们可以说是凑齐了。

纳兰喜好交友，没有门第观念，且友人多是汉族才子。难能可贵的是，他以满族贵公子身份得到了大家的认同。纳兰仗义助友的事迹也是不胜枚举。这首词的几位作者个个与纳兰性德交情深厚，无锡人秦松龄因奏销案被斥革十余年，纳兰性德荐举博学鸿词开科录取一等；浙西词派创始人朱彝尊与他也是交谊终生，阳羡词派领袖宜兴人陈维崧曾填《贺新郎·赠成容若》有“昨夜知音才握手”的感佩之言；还有姜宸英和严绳孙与纳兰性德更是莫逆之交。因此这好友联词才会显得如此珠联璧合。

这一群人热热闹闹的，出城赏春，并马看花。陈维崧首作开卷语“出郭寻春春已阑”，出郭寻春却寻得春意已阑珊。意境稍显怅然，不像往昔阳羡领袖的大势磅礴、气吞河山。

也有人说，陈维崧曾经的豪放是装出来的，比不得朱彝尊的大气是自然流露。这样说的原因没有明挑，但大家彼此心照不宣。其年，他有断袖之癖，且用情至深，一首《贺新郎·云郎合卺为赋此词》更是写得令人垂泪。但这并不影响他在文学史上的地位，更不影响后人对他的欣赏与肯定。相反，他的真性情，他冷眼旁议的坚持，也为他博得后人不少赞赏。挚情在我，情理便在我，那么，虽千万人吾往矣。

本以为从此神仙眷侣，五湖泛舟。然而，时间，又是时间。也并非誓言有意挨不过时间，只是世事多变，人在世事中往往身不由己。心中堆积太深太久的故事总让人不敢触碰，稍一触及，往事便纷纭跌至，压抑得不容人喘息。

年少时的家道中落让他早早学会泰然面对不如意的人生。会试的列一等授翰林院检

讨虽姗姗来迟，但也毕竟不易，可算是老天对他的补偿了。他倚马缓步，轻轻说了句“出郭寻春春已阑”。

身边的秦松龄接口便道“东风吹面不成寒”。秦松龄这个人应该算是早年得志，顺治十二年十八岁便成为进士，授国史馆检讨。仕途虽有坎坷也还得意，在这一年与朱、严、陈等人共举鸿博。

走在严绳孙身后的姜宸英联句“并马未须愁路远”。六个人里，姜宸英是落寞的。听说那无锡的严绳孙本无意为官，应试纯属是应付，只写了首七律，还语句不通，却硬被授予翰林检讨，入馆编纂明史。还有那秦松龄，他在卷中书狂语，说朝廷是“牢笼豪杰”，而后竟也进了翰林院。姜宸英心里愤愤不平，为什么有人只是清清宁宁地站着便能赢了举世推崇，而有些人就是粉身碎骨也换不来功德圆满。

名士的怪诞气并非是常人所能容忍的。姜宸英的屡试不第不能全推说朝中有所阻挠，亦不能说朝廷没有给他机会。多次的应试文章不按要求作文，让纵使想他高中并借以收为门生的考官们也无可奈何。康熙二十七年礼部会试，他可算按着规矩写了一次，可却又因为典故的事抢白了主考官。

“并马未须愁路远”，还是喜欢和这群朋友们信马闲游，联诗饮酒。并马不愁路远，可总有“形影空酬酢”的时候，心里还是孤独的吧。这样的人怎么去鱼目混杂的官场生活？纳兰一再劝他放弃，可他不是纳兰，他放不下，功名心至死不衰。

在姜宸英看来，纳兰是个凌驾于世俗尘名之上的超脱之人。由他撰写的纳兰君墓表中就有“不愿仕，退而学经读史”这样的句子。

的确，纳兰总给人一种淡泊郁郁的感觉，但仔细想想，他的“山泽鱼鸟之志”也许并非与生俱来。他劝姜宸英“五湖料理，扁舟一叶”，而这种隐逸思想或许只是种无奈。父亲明珠权倾一时，以康熙的谨慎，恐怕自己在仕进道路上再难有为。眼见前途无望，仰天哀声“叹光阴，老我无能”，然后转身拂袖而去，利落洒脱。立功未可预必，且休矣，从此择志立言，往事至此尘封。

赋向忧愁句便工。纳兰的愁，愁出了词家的柔肠百转；纳兰的叹，叹出了词家的格高韵远。联句结尾的“人生别易会常难”，性情中人脱口而出的性情之句，不经雕琢，如璞玉，却浑然成器。

# 附录

## 纳兰性德行年录

### 顺治十一年甲午（公元1654年）

农历腊月十二日，纳兰成德生于京师，是日为公历1655年1月19日。

成德字容若，满洲正黄旗人。

成德父明珠是年二十岁，任銮仪卫云麾使。

成德母觉罗氏，英亲王阿济格正妃第五女，顺治八年归明珠。

是年三月，清圣祖玄烨生，以旧历计，与成德同龄。同月，陈名夏以倡“留发复衣冠”等罪被处死。

是年，吴伟业、龚鼎孳、吴绮俱在京。

### 顺治十二年乙未（公元1655年） 1岁

秦松龄成进士，授检讨。

### 顺治十三年丙申（公元1656年） 2岁

春，吴伟业任国子监祭酒；岁暮，以奉嗣母丧南归。

七月，龚鼎孳谪广东。陈维崧父陈贞慧卒。

### 顺治十四年丁酉（公元1657年） 3岁

卢兴祖以工部启心郎迁大理寺少卿。（《满洲名臣传》三十六）

冬，顺天、江南等五闱科场案发。

### 顺治十五年戊戌（公元1658年） 4岁

吴兆骞以科场案逮赴刑部狱。

陈之遴流徙盛京，秦松龄罢归。

曹寅生。

### 顺治十六年己亥（公元1659年） 5岁

闰三月，吴兆骞出京；秋七月，抵宁古塔戍所。吴伟业作《悲歌赠吴季子》。

叶方蔼、徐元文中进士。

五月，郑成功、张煌言大举北上，克瓜洲、镇江等数十州县，进围江宁，东南震动。七月，败，郑、张走海上。毛晋卒。

### 顺治十七年庚子（公元1660年） 6岁

春，王士禛抵扬州任推官，是年，王与邹祗谟合辑《倚声初集》。

徐乾学中顺天乡试举人。

宋琬官绍兴，与朱彝尊、屈大均、叶燮等会。

顾贞观在江阴会查继佐。

是年，以给事中杨雍建奏，清廷下令严禁结社订盟。

### 顺治十八年辛丑（公元1661年） 7岁

正月，清世祖卒。皇太子玄烨即位，是为清圣祖。以内大臣鳌拜等四人为辅政大臣。

一月，罢十三衙门，复设内务府。是年，明珠改任内务府郎中。

二月，吴兆骞妻葛氏抵宁古塔。（吴桭臣《宁古塔记略》）

春，通海案发，魏耕、钱瓒曾等被处死。

五月，卢兴祖擢广东巡抚。

夏，奏销案起，苏南、浙东士绅以欠赋黜革者达万三千余人。秦松龄削籍，叶方蔼以欠一钱被黜，韩菼、翁叔元几被迫自杀。

七月，哭庙案结，金圣叹等十八诸生被杀。

是年秋，顾贞观入京，以诗得龚鼎孳赏识。

冬，明永历帝为吴三桂擒获，残明政权终至灭亡。

### 康熙元年壬寅（公元1662年） 8岁

春，王士禛、陈维崧等有扬州红桥倡和事，王撰《浣溪沙》三阕。

冬，吴兆骞于宁古塔得顾贞观致书。

宋琬以邓州事下狱。

是年，张煌言编写《奇零草》，黄宗羲撰《明夷待访录》。

郑成功卒于台湾。

### 康熙二年癸卯（公元1663年） 9岁

吴兴祚就任无锡知县。

徐乾学游闽粤。

曹玺任江宁织造。

丁澎自戍所还。

庄廷鑨明史案发，牵连致死七十余人。

### 康熙三年甲辰（公元1664年） 10岁

三月，明珠升内务府总管。（《圣祖实录》）

春，顾贞观奉特旨考选中书，授内秘书院中书舍人。七月初八陛见，赋《满江红》词。

冬，吴兆骞子桭臣生于宁古塔。

朱彝尊游晋，于大同会阎尔梅。（《白耷山人年谱》）

高士奇入京，卖文自给。（《独旦集》自述）

是年五月，钱谦益卒。九月，张煌言殉节。

### 康熙四年乙巳（公元1665年） 11岁

三月，卢兴祖迁广东总督，寻裁广西总督，命兴祖兼制。

龚鼎孳在刑部任。九月，吴绮出守湖州，龚以诗送之。

十月，山东道御史顾如华上疏言，纂修《明史》，宜广搜稗史，以备考订；及开设史局，尤宜择词臣博雅者，兼广征海内弘通之士，同事纂辑。

吴兴祚在无锡惠山建二泉亭。

王士祯解扬州任。冬，至京。

吴兆骞与张晋彦等结七子诗社。

徐釚、叶舒崇同读书于苏州。

王又旦、吴嘉纪、姜宸英、汪懋麟会于扬州。

### 康熙五年丙午（公元1666年） 12岁

四月，明珠由侍读学士升内弘文院学士。（《圣祖实录》，《八旗通志》三百十一回）按，明珠由内务府迁内院及任侍读学士之时日不详。

顾贞观举顺天乡试第二，寻擢内国史院典籍。

陈之遴死于沈阳。

### 康熙六年丁未（公元1667年） 13岁

成德自是年起，得董讷教授，学业大进。（《通志堂集》十九附董讷诔词）按，董讷，平原人，康熙六年进士，官编修。康熙四十年卒，年六十三。有《柳村诗集》。

七月，圣祖亲政。

九月，纂修《世祖章皇帝实录》，以明珠等为副总裁。

九月，顾贞观扈从东巡，作七言绝句六十首。归，又为赋《六州歌头》一阕。

十一月，卢兴祖以不能屏息盗贼，革职。同月卒。

是年，陈维崧客燕。（《亦山草堂遗稿》二）

朱彝尊编成《静志居琴趣》。

顾有孝等编定钱谦益、龚鼎孳、吴伟业之诗为《江左三大家诗抄》，施闰章、吴绮、余怀、叶方蔼等参阅。

## 康熙七年戊申（公元1668年） 14岁

九月，明珠升刑部尚书。冬，明珠及工部尚书马尔赛往阅淮扬河工，至兴化白驹场。

是年，南怀仁与吴明烜有历法之争，为汤若望、杨光先争论之延续。从杰书议，命明珠等二十余人同往测验。

三月，吴绮、吴伟业、徐乾学等十人集湖州，有爰山台修禊事。宋琬为吴绮序《艺香词》。

七月，京师大水，漂没人畜甚众；卢沟桥圮，行人断绝数十日。陈维崧在京，为作《大水行》（《湖海楼诗抄》）。

九月，吴兴祚、姜宸英、严绳孙、顾湄、秦松龄等集秦氏寄畅园。

张纯修之父张滋德卒。顾贞观丁外艰归。

## 康熙八年己酉（公元1669年） 15岁

三月，钦天监监正杨光先革职，比利时人南怀仁为钦天监监副。

五月，辅政大臣鳌拜褫职，禁锢终身。

六月，诏止旗人圈占民地。

六月，明珠及兵部侍郎蔡毓荣等奉诏往福建招抚郑经。（《台湾外纪》）

七月，明珠解刑部任。九月，改任都察院左都御史。

冬，徐乾学赴会试入京。

是年，陈维崧离京，游少室山。

吴绮以风雅好事罢湖州知府之任。

高士奇入太学。

蒋超督顺天学，翁叔元冒永平籍投考，为超所录。

王士祯于吴门刻《渔洋集》。

朱彝尊始号竹垞。

董以宁卒。

## 康熙九年庚戌（公元1670年） 16岁

内院复为内阁，复翰林院官属，始举经筵日讲。

三月，徐乾学、蔡启僔中进士，徐授内弘文院编修，蔡为内秘书院修撰。同榜进士尚有孙在丰、叶燮等人。

是年，张纯修承荫入监读书。

朱彝尊、陆元辅等在京，于孙承泽处观《九歌图》。

吴兆骞失馆职，窘甚，幸得龚鼎孳、宋德宜、徐元文等有所寄赠，仅得免死。

邹祗谟卒。

## 康熙十年辛亥（公元1671年） 17岁

成德补诸生，贡太学。时徐元文为祭酒，深器重之。结识张纯修，如异姓昆弟。

成德在太学，每徘徊石鼓间；其《石鼓记》之作，或后于此年，亦在数年之内。

二月，左都御史明珠、国子监祭酒徐元文充经筵讲官。

八月，明珠疏请停止盐差御史巡历地方，从之。

八月，设起居注官，命日讲官兼摄。

十月，圣祖东巡至盛京，谕宁古塔将军巴海："罗刹虽云投诚，尤当加意防御，操练兵马，整备器械，毋堕狡计。"

十一月，调左都御史明珠为兵部尚书。

是年春，顾贞观服阕赴补，为忌者排斥，因告病南归。有《风流子》词记其事，词序称"自此不复梦入春明矣。"是年秋，曹尔堪、龚鼎孳、周在浚、纪映钟、徐倬、梁清标等集京师孙承泽别墅秋水轩，赋"剪"字韵《金缕曲》，是为秋水轩倡和词。南北词家随而和者不可胜数,为词坛一时盛事。

是年，陈维崧还江南，辑刊《今词苑》三卷。

朱彝尊南还。

吴伟业卒。

是年，吴三桂等三藩自为政令，形成割据势力。清廷每岁负担三藩军饷二千余万,矛盾日益尖锐。

## 康熙十一年壬子（公元1672年） 18岁

八月，成德应顺天乡试，中举人。正、副考官为蔡启僔、徐乾学。其同榜有韩倬、翁叔元、王鸿绪（榜名度心）、徐倬、曹寅等。

是年五月，姜宸英以父丧南归。

六月，王士祯典四川乡试离京。

秋，严绳孙入京。

冬，马云翎入京。朱彝尊入京，客居潞河漕总龚佳育幕，同年编成《江湖载酒集》。按，朱氏词集再刻时有增补。

## 康熙十二年癸丑（公元1673年） 19岁

正月，阅八旗兵于南苑晾鹰台，明珠先期布条教，俾众演习，及期，军容整肃。圣祖谕："今日陈列甚善，可著为令。"（《圣祖实录》四十一）

二月，成德会试中式。会试主考官杜立德、龚鼎孳、姚文然、熊赐履。

三月，成德忽得寒疾，未与廷试。韩菼、王鸿绪等于此年中进士。马云翎、翁叔元落榜。

五月起，成德每逢三六九日，至徐乾学邸讲论书史，日暮始归。旋致书徐氏云"承示宋元诸家经解，俱时师所未见，某当晓夜穷研，以副明训。"

五月，得徐乾学、明珠支持，始着手校刻《通志堂经解》。是月，成德撰《经解总

序》初稿。按：《经解总序》署时“康熙十二年夏五月”，但《序》云：“余向属友人秦对岩、朱竹垞购诸藏书之家，间有所得。”而康熙十二年夏成德尚未识秦松龄，与朱亦未曾谋面，因知《总序》是年只是初稿。《经解》徐乾学序署时于康熙十九年，成德改定《总序》也当不早于十九年。另，《徐序》称辑刻经解自癸丑始，“逾二年迄工”，亦不可信，实至成德故世时尚未全竣。朱彝尊为成德《合订大易集义粹言》作序云“乍发雕而容若溘焉逝矣”，即可证。《经解总序》又云：“座主徐先生乃尽出其藏本示余小子，余且喜且愕，求之先生，钞得一百四十种，请捐资经始，与同志雕版行世。”实际一百四十种之数并非康熙十二年所定，在刻经解过程中，选目曾有更改、增补。

七月，吴三桂、耿精忠疏请撤藩，著议政王大臣等会同户、兵二部议奏，诸王大臣俱言不可撤，惟户部尚书米思翰、兵部尚书明珠、刑部尚书莫洛以为撤亦反，不撤亦反，不如从其所请，为先发制人之计。帝从之，遂下徙藩之诏。是年，明珠兼佐领。

秋，给事中杨雍建劾去年顺天乡试取副榜不及汉军，九月，蔡启僔、徐乾学坐是降级，归江南。成德以诗词送之。

冬，成德为翁叔元治行，使得归江南。翁氏常熟人，以奏销案破家出逃十余年，幸得成德拯助，方获归里。

十一月二十一日，平西王吴三桂反。

是年，成德始撰辑《渌水亭杂识》。

是年春，结识严绳孙。《通志堂集》十九附绳孙《哀词》：“始，余以文字交于容若，时容若方举礼部，为应时之文。”

是年夏，结识姜宸英。姜氏《纳兰君墓表》：“君年十八九，举礼部，当康熙之癸丑岁。未几也，余与相见于其座主东海阁学公邸。而是时，君自分齿少，不愿仕，退而学经读史，旁治诗歌古文词。”按，徐乾学九月回南，成德见姜当在初夏。秋，姜氏随徐乾学南还。

是岁，投书朱彝尊。《通志堂集》十九附朱氏《祭文》：“曩岁癸丑，我客潞河，君年最少，登进士科。伐木求友，心期切磋。投我素书，懿好实多。”

与马云翎相识，或在是年。按，云翎此年赴京应礼部试，不第。

是年九月，龚鼎孳卒于京。（董迁《龚芝麓年谱》）

本年内成德其他作品：

文：《与韩元少书》。

诗：《幸举礼闱以病未与廷试》，《通志堂集》，《秋日送徐健庵座主归江南》，《即日又赋》。

词：《临江仙》（谢饷樱桃），《摸鱼儿》（送座主德清蔡先生）。另，《采桑子》（冷香萦遍）、《采桑子》（桃花羞作）、《虞美人》（黄昏又听）亦疑为此年之作。

## 康熙十三年甲寅（公元1674年） 20岁

春，吴三桂等势炽，湖湘、四川等地沦于战火。

南怀仁任钦天监监正，所用仪象均依西法新造，传统漏刻计时改为自鸣钟。前此数年内，明珠数次奉命往钦天监验勘，成德或曾随观，因作《自鸣钟赋》。是后，钟表渐入贵家，圣祖出巡亦以毡车载自鸣钟计时。

五月，皇子保成生，即后之胤礽。

是年，成德娶夫人卢氏。卢氏为两广总督卢兴祖女。又纳庶妻颜氏，颜氏家世不详，其归成德或略早于卢氏。（叶舒崇《卢氏墓志铭》、赵殿最《富格神道碑文》）

仲弟揆叙生。

正月，朱彝尊访成德于第。

徐釚刻《菊庄词》。

徐乾学、姜宸英、汪懋麟同游扬州，禹之鼎为绘《三子联句图》。（胡艺《禹之鼎年谱》）

本年内成德其他作品：

诗：《挽刘富川》。

词：《浣溪沙》（谁道飘零）。

## 康熙十四年乙卯（公元1675年） 21岁

十月，明珠转吏部尚书。

十二月十三，皇子保成立为皇太子。成德避太子嫌名，改名性德。

是年，成德长子富格生，为颜氏夫人出。

成德与张纯修交益密，每有郊猎。《风流子》（秋郊即事）或作于是年。

成德与严绳孙过从甚密，绳孙移居成德邸中，叠有唱和。《眼儿媚》（咏红姑娘）、《满庭芳》（题元人芦洲聚雁图）或作于此年。

是年，秦松龄从军湘楚，以严绳孙介绍，成德致书问候。《通志堂集》十九附严、秦合撰祭文："嗟余两人，先后缔交。绳孙客燕，辱兄相招，下榻高斋，情同漆胶。迄今十年，不望久要。松龄客楚，惠问良厚，谓严君言：子才可取。虽未识面，与子为友。"

是年十一月，复设詹事府官，高士奇补录事，叶方蔼为左庶子、翰林院侍读。

徐乾学还京，复原官。吴兴祚擢福建按察使。

九月，朱彝尊丁外艰，奔丧回里。

冬，马云翎复入京。

## 康熙十五年丙辰（公元1676年） 22岁

三月，性德中二甲第七名进士，翁叔元、叶舒崇、高琯等同年及第。主试官为吴正治、李霨、宋德宜、田六善。马云翎再次落第。

年初，皇太子保成更名胤礽。《进士题名录》性德榜名已作"成德"，知"成"字不必再避。嗣后容若手书、印章及友朋书文俱称成德，不再称性德。

性德中进士，久无委任。时盛传将与馆选，然迄无确信。

马云翎归江南，性德送之以诗。

春夏间，顾贞观入京，经徐、严等相介，识性德，遂互以知己目之。性德为题其“侧帽投壶图”《金缕曲》词，一时传写京师。

是年，性德以诗词才藻大获称誉，似与王士祯有关。春，士祯入京，初识马云翎，（康熙十一年云翎至京，王士祯方在四川）盛称云翎诗（《香祖笔记》），致云翎名噪京师，文士争相延接。今存士祯文集，绝不一及性德名，是因士祯后与明珠有隙，而不愿见礼于性德。方此年，士祯实曾以性德、云翎一并称赏。陆肯堂撰性德挽诗（《通志堂集》二十附）云：“例从文选起，语自衍波传”，即为明证。性德集中有《为王阮亭题戴务旃画》诗，亦作于此年，为性、王曾有交往之痕迹。

初夏，严绳孙回南，性德作《送荪友》诗、《水龙吟》（再送荪友）词以赠之。时南方战事方炽，性德有立功疆场之愿，故诗中有所言及。

秋，吴县穹隆山道士施道源入京设醮，旋还山。性德作《送施尊师归穹隆》、《再送施尊师归穹隆》赠之。

是年，徐乾学迁右赞善。十一月，徐母顾氏卒，徐乾学兄弟奔丧南归。

冬，顾贞观作《金缕曲》（寄吴汉槎）二章，性德见之，遂以“绝塞生还吴季子”为己任。

是年，郑谷口在京行医，朱彝尊赠以诗。性德识郑谷口当在此年。秋，谷口南还。

《侧帽词》或刻于此年。始与顾贞观合编《今词初集》。

是年，朱彝尊复客潞河。

是年，谢彬为徐釚绘《枫江渔父图》。

秦松龄在楚，定《然竹集》。董元恺编定《苍梧词》十二卷。

是年，东南战局渐明朗，三藩已呈败势。

此年内性德其他作品：

文：《拟设东宫官属谢表》。

诗：《记征人语》十三首，《长安行赠叶讱庵庶子》（按：叶方蔼任庶子在康熙十四至十七年，姑置此年），《送马云翎归江南》，《又赠马云翎》，《暮春别严四荪友》。

词：《金缕曲》（赠梁汾），《金缕曲》（简梁汾），《眼儿媚》（手写香台），《南乡子》（烟暖雨初收），《菩萨蛮》（新寒中酒），《念奴娇》（绿杨飞絮），《金人捧露盘》（净业寺），《天仙子》（梦里蘼芜），《浪淘沙》（红影湿幽窗），《生查子》（鞭影落春堤），《生查子》（东风不解愁），《瑞鹤仙》（丙辰生日）。另，《河传》、《苏幕遮》（枕函香）、《疏影》（芭蕉）、《忆王孙》（西风一夜）、《雨霖铃》（种柳）等五阕作期当不晚于此年。

## 康熙十六年丁巳（公元1677年） 23岁

四月，圣祖制《大德景福颂》，书锦屏，进太皇太后。成德撰《拟御制大德景福颂贺表》。疑此文为代明珠拟。

四月末，卢氏生一子海亮。约月余，卢氏以产后患病，于五月三十日卒。叶舒崇《卢氏墓志铭》：“产同瑜珥，兆类罴熊，乃膺沉痼，弥月告凶。”性德哀甚，“悼亡之吟不少，知己之恨尤深。”卢氏灵柩暂厝双林禅院。

七月甲辰（二十九），以吏部尚书明珠、户部尚书勒德洪为内阁大学士，且谕诸臣：“人臣服官，惟当靖共非（原文为‘匪’，百度令改之）懈，一意奉公，如或分立门户，私植党与，始而蠹国害政，终必祸及身家。历观前代，莫不皆然。在接纳植党者，行迹诡秘，人亦难于指摘，然背公营私，人必知之，凡论人论事间，必以异同为是非，爱憎为毁誉，公论难容，国法莫逃。百尔臣工，理宜痛戒。”（《圣祖实录》六十八）按，明珠、勒德洪俱为武英殿大学士。

八月初一，圣祖赐大学士明珠《文献通考》等书，并谕曰：“卿才能素著，久任股肱，特简丝纶重地，赞理机务。因卿夙稽典史，晓古今责难陈善之理，《文献通考》等书，皆致君泽民至道所录，特以赐卿。退食之暇，可时观阅，以副朕虚怀求治之意。”（《圣祖文集》六）

八月，明珠充《太宗文皇帝实录》总裁官。

性德撰《合订大易集义粹言》成。朱彝尊《合订大易集易粹言序》云：“吾友纳兰侍卫容若，以韶年登甲科，未与馆选，有感消息盈亏之理，读《易》渌水亭中，聚《易》义百家插架，于温陵曾氏《粹言》、隆山陈氏《集传精义》，十八家之说有取焉，合而订之，成八十卷，择焉精，语焉详，庶几哉有大醇而无小疵也乎。”

秋冬间，性德始任乾清门三等侍卫。按：姜宸英《纳兰君墓表》云：“今上重器君，不欲出之外廷。置名二甲，久之，授三等侍卫。”韩菼《纳兰君神道碑文》亦云：“以二甲久次，选授三等侍卫。”皆示性德中进士后，有较长一段时间未定其职司。徐乾学《纳兰性德墓志铭》、翁叔元《纳兰君哀词》均言性德丙辰登第后，闭门扫轨，益肆力于诗歌古文辞，亦可见尝有较久“待业”生活。正为有较长赋闲时日，方可成八十卷之《合订大易集义粹言》。初及第，有从戎意，不得；又期入观选，仍不得。天意难测，中颇怏怏。最后任侍卫，实非其愿。徐乾学《纳兰性德墓志铭》又云：“未几，太傅入秉钧，容若选授三等侍卫，出入扈从，服劳惟谨。”则始任侍卫，在明珠擢大学士之后。《渌水亭杂识》编定。

腊月，成德作书致严绳孙。

是年春初，顾贞观携《今词初集》稿南返，至开封，逢毛际可。毛为《今词初集》作序，并次容若韵作《金缕曲（题梁汾佩剑投壶图）》，是词亦收入《今词初集》。

三月，蔡启僔为日讲起居注官，旋以足疾辞官。

三月，吴兆骞于宁古塔收到顾贞观寄《金缕曲》词二首。

四月，梁汾在江南，复作书寄吴兆骞，并以其《弹指词》附书以寄。（吴兆骞《戊午二月十一日寄顾舍人书》）按：徐釚《词苑丛谈》、阮葵生《茶余客话》载：吴兆骞在宁古塔，行笥有《菊庄词》、《侧帽词》、《弹指词》二册，会朝鲜使臣至，以金购去，三人之词遂流誉外邦。然汉槎致梁汾书仅言及《弹指》，未云《侧帽》，盖缘《弹指》、《侧帽》为合刻钞一册。《词苑丛谈》称三家为“二册”，即由此。

秋，顾贞观复至京，与性德增选《今词初集》。

冬，鲁超为《今词初集》作序。

十一月，以大学士择荐，令张英、高士奇为内廷供奉，高士奇加内阁中书衔。

是年，徐乾学在南，请陈维崧校订吴兆骞《秋笳集》。

龚佳育擢江宁布政使。朱彝尊随龚南返江宁，刻成《竹垞文类》二十六卷。

陈维崧、朱彝尊等聚会于南京瞻园。

此年内性德其他作品：

词：《点绛唇》（一种蛾眉），《浣溪沙》（伏雨朝寒），《金缕曲》（再赠梁汾），《南歌子》（翠袖凝寒），《南歌子》（暖护樱桃），《眼儿媚》（手写香台），《菩萨蛮》（晶帘一片），《清平乐》（凄凄切切），《清平乐》（麝烟深漾），《临江仙》（寄严荪友），《鹧鸪天》（十月初四），《沁园春》（丁巳重阳），《大酺》（寄梁汾），《唐多令》（金液镇心），《浣溪沙》（寄严荪友），《忆江南》（双林禅院），《青衫湿遍》，《鹧鸪天》（握手西风）。

## 康熙十七年戊午（公元1678年） 24岁

是年圣祖出行情况：

闰三月初三至十七，畿南霸州、赵北口一带。

五月十五至十九，碧云寺、石景山、南苑。

九月初十至二十六，遵化。

十月初三至十一月二十四，遵化、沿边。在滦河阅三屯营兵。

岁初正月十七，顾贞观回南，所携有性德付编之《饮水词》。三月，在吴趋客舍会吴绮，绮为《饮水词》作序。是年，顾刻《饮水词》成。

正月，下征博学鸿儒诏。夏秋间，应征文士多至京。十一月起，供应征文士食宿。施闰章、曹禾、汪琬、陈维崧、尤侗、朱彝尊、秦松龄、汤斌、徐釚、彭孙遹、陆元辅、徐嘉炎、毛际可、黄虞稷（后以丁忧归）、严绳孙、周清原、吴雯、毛奇龄、阎若璩、潘耒、李因笃、叶舒崇等至京。

春，陈维崧过昆山，在徐乾学家小住。时释大汕亦作客徐舍，为其年绘《迦陵填词图》。夏秋间，其年至京，一度居性德宅中，继顾贞观编《今词初集》，年内定稿。（陈维崧《寄吴汉槎书》）

夏，朱彝尊入京，《词综》编成付梓；又编《藩锦集》成。

五月，吴兴祚升福建巡抚。

七月，吴三桂称帝。八月，三桂死。清军全线转入反攻。

七月，葬卢氏于皂荚村，叶舒崇为作墓志铭。按叶舒崇为叶燮之子。性德自号楞伽山人，在此年或稍后。性德以楞伽名，与卢氏卒及任侍卫之无奈情绪有关；除取楞伽经义外，亦似由李贺、白居易诗生发。李贺《赠陈商》诗：“长安有男儿，二十心已朽。楞伽堆案前，楚辞系肘后。”白居易《见元九悼亡诗因此为寄》：“夜泪暗销明月幌，春肠遥断牡丹庭。人间此病治无药，唯有楞伽四卷经。”

性德始筑茅屋。

秋，马云翎卒于江南。

冬，叶方蔼升翰林院掌院学士、礼部侍郎。

岁暮，姜宸英入京，性德使居千佛寺。韩菼、叶方蔼谋荐姜应鸿博试，不及。

是年，徐釚《词苑丛谈》编定。

蒋景祁在京，编次《梧月词》。

徐乾学刻《秋笳集》于年内。

此年内所作词：《如梦令》三首，《齐天乐》（洗妆台怀旧），《浣溪沙》（抛却无端），《浣溪沙》（大觉寺），《画堂春》，《蝶恋花》（辛苦最怜），《荷叶杯》（帘卷落花），《荷叶杯》（知己一人），《寻芳草》（萧寺记梦），《菩萨蛮》（为陈其年题照），《菩萨蛮》（宿滦河），《虞美人》（凭君料理），《虞美人》（春情只到），《鹊桥仙》（七夕），《望江南》（宿双林禅院），《菩萨蛮》（过张见阳山居赋赠），《青衫湿》（悼亡），《渔父》。另，《忆桃源慢》、《临江仙》（长记碧窗）二阕作期当不晚于此年。

## 康熙十八年己未（公元1679年） 25岁

是年圣祖出行情况：

二月十二至十五，南苑。

三月初二至十四，保定、十里铺。

五月初九，西山潭柘寺。

十二月初六至十七，南苑。

二月，遣大学士明珠祭孔子。

三月初一，试内外诸臣荐举博学鸿儒一百四十三人于体仁阁。三月二十九，谕吏部，取中彭孙遹、秦松龄、陈维崧、朱彝尊、汤斌等二十人为一等，施闰章、潘耒、徐釚、尤侗、毛奇龄、曹禾、严绳孙等三十人为二等。严绳孙本不期中，仅赋“省耕诗”一首即退场。圣祖知绳孙名，以为“史局中不可无此人”，取为二等榜末。五月，秦、朱、陈、严等俱授检讨，著纂修《明史》。

叶舒崇临试病逝；陆元辅考试未中。

暮春，性德与朱、陈、严、姜、秦等人游张见阳山庄，作联句词《浣溪沙》。

夏，邀诸友渌水亭观荷。茅屋筑成，又称花间草堂。

秋，张见阳南行，赴湖南江华县令。

姜宸英丁内艰归。

八月二十八，京师地震，毁伤甚重。魏象枢藉地震劾明珠。

是年，顾贞观在南，刊成《今词初集》，收性德词十七首。同年，卓回刊《古今词汇》

选性德词十二首，多与《今词初集》重。

是年冬，顾贞观在福州，作客吴兴祚幕。

曹寅编定《荔轩草》，顾景星为作序。

性德本年内作品：

文：《渌水亭宴集诗序》

诗：《早春雪后同姜西溟作》，《送张见阳令江华》。

词：《点绛唇》（别样幽芬），《点绛唇》（小院新凉），《忆江南》（新来好），《蝶恋花》（散花楼送客），《河渎神》（风紧雁行高），《金缕曲》（姜西溟言别），《金缕曲》（慰西溟），《琵琶仙》（中秋），《菊花新》（送见阳），《虞美人》（绿荫帘外），《潇湘雨》（送西溟归慈溪），《鹧鸪天》（小构园林），《踏莎行》（倚柳题笺），《满江红》（茅屋新成），《浪淘沙》（闷自剔残灯），《凤凰台上忆吹箫》（除夕得梁汾闽中信）。

## 康熙十九年庚申（公元1680年） 26岁

此年内，圣祖行踪仅及西山、巩华、南苑，未远行。

约在是年，性德由司传宣改经营内厩马匹，圣祖出巡用马，皆由拣择。又常至昌平、延庆、怀柔、古北口等地督牧。姜宸英《纳兰君墓表》："尝司天闲牧政，马大蕃息。侍上西苑，上仓促有所指挥，君奋身为僚友先。上叹曰：此富贵家儿，乃能尔耶!"

继娶官氏，在此年或稍后。官氏，即瓜尔佳氏，图赖之孙，朴尔普之女。

二月，以徐元文荐，征姜宸英入史馆，姜氏因丁忧未赴职。

四月，高士奇特授翰林；五月，又加詹事府詹事衔。五月，董讷、王鸿绪任侍读学士。

秋，顾贞观返京。

冬，徐乾学兄弟服阕还京，乾学复原职，徐元文升都察院左都御史。

徐乾学撰《通志堂经解序》，性德《经解总序》或同时改定。

是年，禹之鼎始入京，任鸿胪寺序班。

性德本年内作品：

诗：《寄梁汾并葺茅屋以招之》，《茅斋》。

词：《金菊对芙蓉》（上元），《浣溪沙》（庚申除夜），《金缕曲》（亡妇忌日），《秋千索》（渌水亭春望），《一丛花》（咏并蒂莲），《水调歌头》（题岳阳楼图）。

## 康熙二十年辛酉（公元1681年）27岁

是年圣祖出行情况：

二月十八至三月十二，遵化。

三月二十至五月初三，遵化、沿边。

八月二十五至九月十七，近南，南苑、雄县、任丘、霸州。

十一月十四至十二月初三，遵化。

二月，增汤斌、秦松龄、徐乾学、曹禾、王顼龄、朱彝尊、严绳孙、潘耒八人为起居注官。

三月下旬，明珠等扈从至遵化温泉，圣祖召群臣观温泉，群臣各赋诗。于时明珠亦上《汤泉应制》五言二十二韵。（《熙朝雅颂集》）四月初，明珠因病先行回京。四月二十二日，圣祖自喜峰口外致书问候，且谕明珠留心京畿大旱事。（《圣祖文集》卷十一）

六月，秦松龄为江西乡试正考官。七月，严绳孙为山西乡试正考官，朱彝尊为江南乡试副考官。

七月，圣祖驻瀛台，赐群臣太液池鱼、藕等物。

七月，顾贞观丁内艰南还，临行致书吴兆骞，约杪冬或早春晤于京师。七月，吴兆骞得赐还诏书。八月，为其子吴桭臣纳叶氏妇。九月二十日，自宁古塔起行。十月，抵京师。是冬，吴兆骞合家居徐乾学馆中。

十月二十八日，清军入云南省城，吴世璠自杀，云南平。

十一月，叶方蔼转刑部侍郎。

十二月初，姜宸英入京，投宿慈仁寺。

十二月，吴兴祚擢两广总督。

岁暮，顾贞观入京。

是年，梁佩兰离京南还。按，梁氏何时入京未悉。

是年，禹之鼎入值畅春园。

本年内性德作品：

文：《万年一统颂》。

诗：《汤泉应制》四首，《赐观汤泉十韵》、《喜吴汉槎归自关外次座主徐先生韵》、《咏柳偕梁汾赋》、《柬西溟》、《送梁汾》。另，《秋夜》、《寄朱锡 》、《桑榆墅同梁汾夜望》、《雄县观鱼》等或亦作于此年。

词：《青玉案》（人日），《念奴娇》（宿汉儿村），《点绛唇》（寄南海梁药亭），《剪湘云》，《木兰花慢》（立秋夜雨）。

### 康熙二十一年壬戌（公元1682年） 28岁

是年圣祖出行情况：

二月十五至五月初四，奉天、吉林。

八月初三至十一，玉泉。

十月十九至十一月初九，遵化。按，性德时方出使唆龙，未随扈。正月初，朱彝尊还京。

正月十四日，圣祖于乾清宫宴群臣，罢，夜已二鼓。十五日晨，在太和殿赋柏梁体诗，圣祖制首句，明珠等以次赋九十三韵。

正月十五上元夜，性德与朱彝尊、陈维崧、严绳孙、顾贞观、姜宸英、吴兆骞、曹寅等共集花间草堂，饮宴赋诗。（姜宸英《题蒋君长短句》）堂上列纱灯绘古迹，各指图作诗词。性德赋《水龙吟》（题文姬图）词，《赋得柳毅传书图次陈其年韵》诗。曹寅作《貂裘换酒》词。是夜恰逢月食，性德有诗词数首咏之。

元宵节后旬日间，顾贞观离京南还。

年初，以明珠疏救，陈梦雷得减死，戍尚阳堡。

年初，吴兆骞入性德宅，为教授其弟揆叙。汉槎与顾有孝等共编《名家绝句抄》，性德为作序。

四月十三，东巡返程经叶赫故地，圣祖赋诗，高士奇赋《南楼令》一阕。是日，圣祖驻跸叶赫河屯。

五月，陈维崧以头痈卒。叶方蔼卒。

六月初三，赐群臣后苑赏花钓鱼。

严绳孙作《西苑侍直》诗二十首，性德和之，题为《西苑杂咏和荪友韵》。按此二十绝句非成于一日，当作于夏秋间。其第十五首有“几日乌龙江上去”句，作于得知将赴唆龙信之后。另，第十一首云：“马曹此日承恩数，也逐清班许钓鱼”。似言已解“马曹”之职司，复入内廷。疑性德晋升二等侍卫，即在赴唆龙前后。

七月，明珠等为纂修《明史》监修总裁官。

禹之鼎为徐乾学、王士祯、陈廷敬、王又旦、王懋麟绘《城南雅集图》（又名《五客话旧图》）。

八月，汪楫离京出使琉球，禹之鼎随行。

秋，吴兆骞南归省亲。顾贞观作客苕上。

八月十五日，遣副都统郎坦、公彭春等率兵往打虎儿、索伦。将行，圣祖口谕郎坦等：“罗刹犯我黑龙江一带，侵扰虞人，戕害居民，昔发兵进讨，未获剪除，历年已久。近闻蔓延益甚，过牛满、恒滚诸处，至赫哲、飞牙喀虞人住所，杀掠不已。尔等此行，除自京遣往参领、侍卫、护军外，合毕力克图等五台吉率科尔沁兵五百名，宁古塔副都统萨布素等率乌喇、宁古塔兵八十名，谕以捕鹿之故，一面详视陆路近远，沿黑龙江行围。经薄雅克萨城下，勘其居址形势。度罗刹断不敢出战，若以食物来馈，其受而量答之。万一出战，姑勿交锋，但率众引还，朕别有区画。尔等还时，须详视自黑龙江至额苏里舟行水路；及已至额苏里，其路直通宁古塔者，更择随行之参领、侍卫，同萨布素往视之。”按，打虎儿、索伦，即达呼儿、唆龙。是行，即《通志堂集》所谓“觇唆龙”，意为侦察。性德及其友人画家经纶（字岩叔）亦随往唆龙。郎坦等于八月二十五陛辞，起行当在八月内。性德出发似较晚。性德有《沈尔璟进士归吴兴，诗以送之》一诗，沈尔璟中进士即是年，然此年因东巡而改殿试至八月二十日，九月初四发榜。性德诗有“成名方得意，几日问归舟”语，则其动身在九月初四之后。

十月十五日，经纶自唆龙与性德别，先行返京。性德有《蝶恋花》（十月望日与经岩叔别）词送之。前此数日，曾有《唆龙与经岩叔夜话》诗。

十月，明珠为《太祖实录》、《三朝圣训》、《平定三逆神武方略》总裁官。

十一月，明珠加赠太子太傅。

十二月二十七，副都统郎坦等自打虎儿、索伦还，以罗刹情形具奏。（《圣祖实录》一百六）据此，性德还京已在腊月下旬。

是年，高士奇整理随从东巡日记，成《扈从东巡日录》二卷。

本年内性德其他作品：

诗：《柳条边》，《松花江》（五律），《盛京》，《山海关》，《兴京陪祭福陵》，《松花江》（七绝），《塞外示同行者》，《上元月蚀》，《早春雪后同姜西溟作》，《上元即事》，《塞垣却寄》，《宿龙泉山寺》。

词：《采桑子》（严宵拥絮），《采桑子》（九日），《采桑子》（塞上咏雪花），《一络索》（雪），《浣溪沙》（身向云山），《浣溪沙》（万里阴山），《浣溪沙》（小乌喇），《浣溪沙》（姜女祠），《蝶恋花》（又到绿杨），《蝶恋花》（尽日惊风），《南歌子》（古戍饥乌），《一络索》（过尽遥山），《一络索》（野火拂云），《一斛珠》（元夜月蚀），《长相思》（山一程），《太常引》（自题小像），《菩萨蛮》（问君何事），《菩萨蛮》（荒鸡再咽），《清平乐》（上元月蚀），《临江仙》（卢龙大树），《临江仙》（永平道中），《南乡子》（何处淬吴钩），《沁园春》（试望阴山），《忆秦娥》（龙潭口），《满庭芳》（堠雪翻鸦），《青玉案》（宿乌龙江），《浪淘沙》（望海），《唐多令》（塞外重九），《如梦令》（万帐穹庐）。

## 康熙二十二年癸亥（公元1683年） 29岁

此年内圣祖出行情况：

正月二十七至三十，南苑。

二月二十至三月初六，五台山。

四月二十一至五月初一，玉泉山、潭柘寺。

六月十二至七月二十五，古北口、近边。

九月十一至十月初九，五台山。太皇太后同行。

十一月二十一至十二月初七，遵化、近边。

二月，蒋景祁自京南还，初编《瑶华集》。

三月，官氏父朴尔普以一等公为蒙古都统。

春，朱彝尊入直南书房，赐居黄瓦门左。

四月，陈廷敬、张玉书为礼部侍郎。翁叔元以右春坊赞善充日讲起居注官。梁佩兰客吴门。

七月，施琅平台湾。

夏秋间，吴兆骞返京，仍为揆叙塾师，并与性德研习《昭明文选》。

十月，升江西按察使章钦文为江宁布政使。

十二月，高士奇充日讲官。王鸿绪迁内阁学士、礼部侍郎。左都御史徐元文以荐举非人免。

冬，圣祖作《松赋》。

是年，秦松龄、严绳孙迁中允，并为《平定三逆方略》纂修官。

顾贞观在南，得东林诸人与顾宪成书札，辑为一帙，题《东林翰墨》，请黄宗羲等作跋。

是年，施润章卒。朱鹤龄卒。蔡启僔卒。

本年内性德作品：

诗：《驾幸五台恭纪》（作于九月出巡时，诗有“亲侍两宫来”句），《咏笼鹦》。

词：《齐天乐》（塞外七夕），《菩萨蛮》（寄顾梁汾苕中），《虞美人》（银床淅沥），《月上海棠》（中元塞外），《满江红》（代北燕南）。

## 康熙二十三年甲子（公元1684年） 30岁

本年内圣祖出行情况：

正月十五至十七，南苑。

二月十七至三月初二，近南霸州、赵北口。

四月初六至十一，玉泉山。

五月十九至八月十五，古北口、近边。

九月二十八至十一月二十九，南巡。经泰山、扬州、苏州、无锡、镇江、江宁、曲阜等地，并阅淮扬河工。

十二月二十五至二十八，遵化。

正月，朱彝尊以辑《瀛洲道古录》，私钞宫内各地进书，被逐出内廷，移居宣武门南。彝尊既罢，始董理出仕以来诗，由姜宸英删定之，即后之《腾笑集》。是年，潘耒亦缘“浮躁”降调。

二月，调江宁巡抚慕天颜为湖广巡抚。

春，禹之鼎自琉球还。八月，在昆山为徐元文庭蕉作图；在江宁为曹寅作楝亭图（曹寅父曹玺卒于是年六月）。禹之鼎是年未入京，故不可能为性德作“三十小像”。

六月，明珠兼《大清会典》总裁官。

八月，秦松龄为顺天乡试正考官。

九月，余国柱任户部尚书。余与明珠结党，势甚张，引起物议喧喧，渐被圣祖注意。徐乾学等承圣祖意旨，渐由亲明转为倒明。

九月，顾贞观携沈宛赴京。

十月，严绳孙为顺天武乡试副考官。

十月，南巡至扬州，时张玉书适奔丧至扬，性德问慰之，揖别于江干。

十月，吴兆骞病卒于京师。

十一月初，南巡至江宁，性德会曹寅。在江宁，得汉槎凶问。南巡中，性德得明人《竹垆新咏卷》，为惠山听松故物。回京，以此卷归梁汾，作《题竹垆新咏卷》诗，并为梁汾书“新咏堂”三字。

冬，秦松龄因顺天乡试事下狱，徐乾学力救之，得放归。十二月，徐乾学由侍讲学士升詹事府詹事。韩菼以侍读兼日讲起居注官。十二月十二日，姜宸英为性德作《三十初度》诗。

岁暮，性德纳沈宛为妾。

是年，性德作书梁佩兰，邀梁至京共编词选。

是年夏，查慎行至京。

本年内性德其他作品：

文：《金山赋》，《与梁药亭书》，《与顾梁汾书》（见《通志堂集》十三），《灵岩山赋》，《祭吴汉槎文》。

诗：《扈跸霸州》，《题赵松雪鹊华秋色图》，《圣驾临江恭赋》，《虎阜》，《江行》，《平原过汉樊侯墓》，《扈从东岳礼成恭纪》，《金陵》，《病中过锡山》，《泰山》，《曲阜》，《秣陵怀古》，《平山堂》，《江南杂诗》。

词：《梦江南》十首，《采桑子》（那能寂寞），《采桑子》（谢家庭院），《浣溪沙》（欲问江梅），《浣溪沙》（十里湖光），《浣溪沙》（脂粉塘空），《浣溪沙》（十八年来），《浣溪沙》（红桥怀古和王阮亭韵），《金缕曲》（寄梁汾），《眼儿媚》（林下闺房），《菩萨蛮》（白日惊飙），《虞美人》（彩云易向），《雨中花》，《临江仙》（塞上得家报），《金缕曲》（未得长无谓）。

## 康熙二十四年乙丑（公元1685年） 31岁

本年一至六月内圣祖出行情况：

正月十五至十七，南苑。元夕于南海子大放烟火，朝臣有诗。

正月二十九至二月初五，玉泉山。

二月十五至三十，近南霸州、雄县。

四月初十至十五，玉泉山。

六月初一至初九，古北口、近边。

二月，徐乾学充《会典》副总裁官。王鸿绪、董讷为户部侍郎。

三月，徐乾学、韩菼升内阁学士，兼礼部侍郎。

三月，谕大学士等："凡为大学士者，以进贤退不肖为职，不可稍存私意。必休休有容，知无不言，言无不尽，方可称为大臣。其他朕亦不须尽言。"按，此谕有儆戒明珠意。

三月十八日圣祖诞辰，书贾至《早朝》诗赠性德。四月下旬，又令性德赋《乾清门应制》诗，译《松赋》为满文，称旨。时皆知圣祖将大用性德，性德升一等侍卫或即在此时。

春，梁佩兰抵京。

四月，严绳孙请假南归（实为弃官），与性德别。性德作书寄秦松龄，倩绳孙为邮。五月初，曹寅至京，性德作《满江红》词为题其《楝亭图》。

五月，明珠充《政治典训》总裁官，王鸿绪、董讷为副总裁官。

五月二十二日，梁佩兰、顾贞观、姜宸英、吴雯集性德庭，饮酒，各赋《夜合花》诗。次日，性德得疾。

五月三十日，性德因七日不汗病故。时圣祖方出塞，特准明珠不必随行。及罗刹捷报至，又命宫使就几筵哭告之，以性德有奉使唆龙之功。

六月初四，圣祖出古北口。途次，理藩院奏："都统、公彭春等五月二十二日抵雅克萨城，二十五日黎明，并进急攻，城中大惊。罗刹城守头目额里克舍等势迫，诣军前稽颡乞降。恢复雅克萨城。"

性德本年作品：

诗：《题赵松雪水村图》（据朱彝尊题该图跋文），《暮春见红梅作简梁汾》（据张见阳刻本《饮水诗词集》注），《别荪友口占》，《夜合花》。

词：《满江红》（为曹子清题其先人所构楝亭图），《菩萨蛮》（乌丝画作），《菩萨蛮》（惜春春去）。

秋，沈宛生遗腹子富森。

### 康熙二十五年（公元1686年）

性德葬京郊皂荚村。

徐乾学撰《墓志铭》、《神道碑文》，韩菼撰《神道碑铭》，顾贞观撰《行状》，姜宸英撰《墓表》。

董讷撰《诔词》。

张玉书等六人撰《哀词》。

严绳孙等十八人撰《祭文》。

徐元文等二十七人撰《挽诗》。

蔡升元等五人撰《挽词》。

### 康熙二十六年（公元1687年）

严绳孙旅端州，见容若小像，题诗二首。按，小像为禹之鼎所绘。

### 康熙二十七年（公元1688年）

明珠罢相，旋任内大臣。

### 康熙二十九年（公元1690年）

顾贞观入京展性德墓。（《楚颂亭诗》卷二）

### 康熙三十年（公元1691年）

徐乾学刻《通志堂集》，收性德作品十八卷，附录二卷。词四卷，居卷六至卷九，收词三百首。同年，张纯修刻《饮水诗词集》三卷，收词三百零三首。

徐、张二本词由顾贞观阅定。

### 康熙三十九年（公元1700年）

性德长子富格卒，年二十六岁。次子富尔敦中进士。

### 康熙四十七年（公元1708年）

明珠卒。

### 乾隆二十六年（公元1760年）

性德第三子富森参与太皇太后七十寿宴。时富森七十六岁。

### 道光十二年（公元1833）

汪元治刊结铁网斋本《纳兰词》，五卷，三百二十六首。

**光绪六年（公元1880年）**

许增刊娱园本《纳兰词》，五卷，三百四十二首。

**民国二十五年（公元1936）**

陈乃乾刊《清名家词》，收性德词名《通志堂词》，三百四十七首。开明书店版。

**民国二十六年（公元1937年）**

李勖撰《饮水词笺》，是为性德词第一个注本。正中书局版。

**1979年**

上海古籍出版社影印出版《通志堂集》。

**1984年**

冯统校《饮水词》出版，是为性德词第一个校本。广东人民出版社。此本又称“天风阁本”。

**1995年**

张草纫撰《纳兰词笺注》出版，是为校注合一本。其注文较李勖本有增益，沿用李注者均补出篇名。所凭借之人校本较少，不及天风阁本。上海古籍出版社。

**1996年**

张秉戍撰《纳兰词笺注》出版。北京出版社。

**2000年**

赵秀亭、冯统一撰《饮水词笺校》出版，校注合一本，辽宁教育出版社。收词三百四十七首。校文较天风阁本有订补。以通志堂本为底本，对底本之夺误参考它本有所订正。附录有姜宸英《纳兰君墓表》、《纳兰性德行年录》及《纳兰性德手简》三十七件。

## 纳兰性德传记资料

### 《清史稿·文苑一》

性德，纳喇氏，初名成德，以避皇太子允礽嫌名改，字容若，满洲正黄旗人，明珠子也。性德事亲孝，侍疾衣不解带，颜色黧黑，疾愈乃复。数岁即习骑射，稍长工文翰。康熙十四年成进士，年十六。圣祖以其世家子，授三等侍卫，再迁至一等。令赋《乾清门》应制诗，译御制《松赋》，皆称旨。俄疾作，上将出塞避暑，遣中官将御医

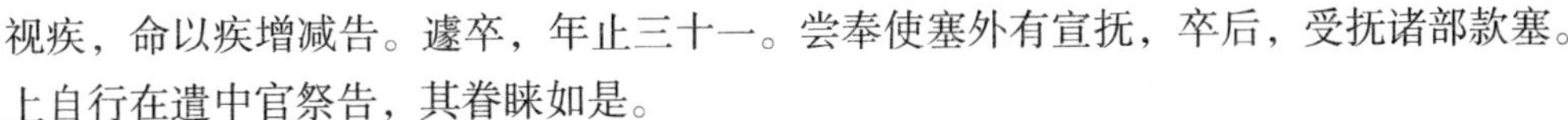

视疾，命以疾增减告。遽卒，年止三十一。尝奉使塞外有宣抚，卒后，受抚诸部款塞。上自行在遣中官祭告，其眷睐如是。

性德乡试出徐乾学门。与从研讨学术，尝裒刻宋、元人说经诸书，徐为之序，以自撰《礼记陈氏集说补正》附焉，合为《通志堂经解》。性德善诗，尤长倚声。遍涉南唐、北宋诸家，穷极要眇。所著《饮水》、《侧帽》二集，清新秀隽，自然超逸。尝读赵松雪自写照诗有感，即绘小像，仿其衣冠。坐客期许过当，弗应也。乾学谓之曰："尔何似王逸少！"则大喜。好宾礼士大夫，与严绳孙、顾贞观、陈维崧、姜宸英诸人游。贞观友吴江吴兆骞坐科场狱戍宁古塔，赋《金缕曲》二篇寄焉。性德读之叹曰："山阳《思旧》，都尉《河梁》，并此而三矣！"贞观因力请为兆骞谋，得释还，士尤称之。

……清世工词者，往往以诗文兼擅，独性德为专长，仁和谭献尝谓为词人之词。性德后，又得项鸿祚、蒋春霖三家鼎立。

## 《清史列传》卷七十一

性德，原名成德，字容若，纳兰氏，满州正黄旗人。康熙十五年进士，授乾清门侍卫。少从姜宸英游，喜为古文辞。乡试出徐乾学之门，遂授业焉。善诗，其诗飘忽要眇，绝句近韩偓。尤工于词，所作《饮水》、《侧帽》词，当时传写，遍于村校邮壁。生平淡于荣利，书史外无他好。爱才喜客，所与游皆一时名士。晚更笃意经史，嘱友人秦松龄、朱彝尊购求宋元诸家经解。后启于乾学，得钞本一百四十种，晓夜穷研，学益进。尝延友人陆元辅合订删补《大易集议萃言》八十卷、《陈氏礼记集说补正》三十八卷。又刻《通志堂九经解》一千八百余卷，皆有功后学。精鉴藏。书学褚河南，见称于时。尝奉使觇唆龙诸羌。二十四年卒，年三十一。殁后旬日，适诸羌输款，上时避暑关外，遣中使拊其几筵哭而告之，以其尝有劳于是役也。著有《通志堂诗集》五卷、词四卷、文五卷、《渌水亭杂识》四卷，又有《全唐诗选》、《词韵正略》。

## 徐乾学《通议大夫一等侍卫进士纳腊君墓志铭》（康熙刻本《通志堂集·附录》）

呜呼！始容若之丧，而余哭之恸也。今其弃余也数月矣。余每一念至，未尝不悲来填膺也。呜呼！岂直师友情乎哉。余阅世将老矣，从我游者亦众矣，如容若之天姿之纯粹、识见之高明、学问之淹通、才力之强敏，殆未有过之者也。天不假之年，余固抱丧予之痛。而闻其丧者，识与不识，皆哀而出涕也，又何以得此于人哉？太傅公失其爱子，至今每退朝，望子舍必哭，哭已，皇皇焉如冀其复者，亦岂寻常父子之情也。至尊每为太傅劝节哀，太傅愈益悲不自胜。余闲过相慰，则执余手而泣曰：惟君知我子，惠邀君言，以掩诸幽，使我子虽死犹生也。余奚忍以不文为辞。顾余之知容若，自壬子秋榜后始，迄今十三四年耳。后容若入侍中，禁廷严密，其言论梗概，有非外臣所得而知者，太傅属痛悼，未能殚述。则是余之所得而言者，其于容若之生平，又不过十之二三而已。呜呼！是重可悲也。

容若，姓纳兰氏，初名成德，后避东宫嫌名，改曰性德。年十七补诸生，贡入太

学，余弟立斋为祭酒，深器重之，谓余曰：司马公贤子非常人也。明年，余忝主司，宴于京兆府，偕诸举人青袍拜堂下，举止闲雅。越三日，谒余邸舍，谈经史源委及文体正变，老师宿儒有所不及。明年，会试中式，将廷对，患寒疾。太傅曰：吾子年少，其少俟之。于是益肆力经济之学，熟读通鉴及古人文辞。三年而学大成。岁丙辰，应殿试，条对凯切，书法遒逸，读卷执事各官咸叹异焉。名在二甲，赐进士出身。闭门扫轨，萧然若寒素。客或诣者，辄避匿。拥书数千卷，弹琴咏诗自娱悦而已。未几，太傅入秉钧。容若选受三等侍卫，出入扈从，服劳惟谨。上眷注异于他侍卫。久之，晋二等，寻晋一等。上之幸海子、沙河，及西山、汤泉，及畿辅、五台、口外、盛京、乌剌，及登东岳，幸阙里，省江南，未尝不从。先后赐金牌、彩缎、上尊、御馔、袍帽、鞍马、弧矢、字帖、佩刀、香扇之属甚夥。是岁，万寿节，上亲书唐贾至《早朝》七言律赐之。月余，令赋《乾清门》应制诗，译御制《松赋》，皆称旨。于是外庭佥言上知其有文武才，非久且迁擢矣。呜呼！孰意其七日不汗死也。容若既得疾，上使中官侍卫及御医，日数辈络绎至第诊治。于是，上将出关避暑，命以疾增减报，日再三、疾亟，亲处方药赐之，未及进而殁。上为之震悼，中使赐奠，恤典有加焉。容若尝奉使觇唆龙诸羌，其殁后旬日，适诸羌输款，上于行在遣宫使拊其几筵哭而告之，以其尝有劳于是役也。于此亦足以知上所以属任之者非一日矣。

呜呼！容若之当官任职，其事可得而纪者止于是矣。余滋以其孝友忠顺之性，殷勤固结，书所不能尽之言，言所不能传之意，虽若可仿佛其一二，而终莫能而悉也，为可惜也。容若性至孝，太傅尝偶恙，日侍左右，衣不解带，颜色黝黑，及愈乃复初。太傅及夫人加餐，辄色喜，以告所亲。友爱幼弟，弟或出，必遣亲近兼仆护之，反必往视，以为常。其在上前，进反曲折有常度，性耐劳苦，严寒执热，直庐顿次，不敢乞休沐自逸。类非绮襦纨绔者所能堪也。

自幼聪敏，读书一再过即不忘。善为诗，在童子已出句惊人，久之益工。得开元、大历间丰格。尤喜为词，自唐五代以来诸名家词皆有选本。以洪武韵改并联属，名《词韵正略》。所著《侧帽》集，后更名《饮水》集者，皆词也。好观北宋之作，不喜南渡诸家。而清新秀隽，自然超逸。海内名为词者皆归之。他论著尚多，其书法摹褚河南，临本《禊帖》，间出于《黄庭内景经》。当入对殿廷，数千言立就。点画落纸，无一笔非古人者。荐绅以不得上第入词馆为容若叹息。及被恩命，引而置之珥貂之行，而后知上之所以造就之者，别有在也。容若数岁即善骑射，自在环卫，益便习，发无不中。其扈跸时，雕弓书卷，错杂左右。日则校猎，夜必读书，书声与他人鼾声相和。间以意制器，多巧倕所不能。于书画评鉴最精。其料事屡中，不肯轻为人谋，谋必竭其肺腑。尝读赵松雪自写照诗有感，即绘小像，仿其衣冠，坐客或期许过当，弗应也。余谓之曰："尔何酷类王逸少！"容若心独喜。所论古时人物，尝言王茂弘阑阇阑阇，心术难间，娄师德唾面自干，大无廉耻。其识见多此类。间尝与之言往圣昔贤修身立行，及于民物之大端，前代兴亡理乱所在，未尝不慨然以思。读书至古今家国之故，忧危明盛，持盈守谦，格人先正之遗戒，有动于中，未尝不形于色也。呜呼！岂非大雅之所谓亦世克生者耶，而竟止于斯也，夫岂徒吾党之不幸哉。君之先世，有叶赫之地，自明初内附中国。讳星恳达尔汉，君始祖也。六传至讳养汲弩，君高祖考也。有子三人，第三子讳金

台石，君曾祖考也。女弟为太祖高皇帝后，生太宗文皇帝。太祖高皇帝举大事，而叶赫为明外捍，数遣使谕，不听，因加兵克叶赫，金台石死焉。卒以旧恩，存其世祀。其次子即今太傅公之考，讳倪迓韩，君祖考也。君太傅之长子，母觉罗氏，一品夫人。渊源令绪，本崇积厚，发闻滋大，若不可圉。配卢氏，两广总督、兵部尚书、都察院副都御史兴祖之女，赠淑人，先君卒。继室官氏，某官某之女，封淑人。男子子二人，福哥。女子子一人，皆幼。君生于顺治十一年十二月，卒于康熙二十四年五月己丑，年三十有一。君所交游，皆一时俊异，于世所称落落难合者。若无锡严绳孙、顾贞观、秦松龄、宜兴陈维崧、慈溪姜宸英尤所契厚。吴江吴兆骞久徙绝塞，君闻其才名，赎而还之。坎坷失职之士走京师，生馆死葬，于赀财无所计惜。以故，君之丧，哭之者皆出涕。为哀挽之词者数十百人，有生平未识面者。其于余绸缪笃挚，数年之中，殆日以余之休戚为休戚也。故余之痛尤深，既为诗以哭之，应太傅之命，而又为之铭。其葬盖未有日也。铭曰：

天实生才，蕴崇胚胎。将象贤而奕世也。而靳与之年，谓之何哉。使功绪不显于旂常，德泽不究于黎庶，岂其有物焉为之灾。惟其所树立，亦足以不死矣，而亦又奚哀。

## 徐乾学《通议大夫一等侍卫进士纳兰君神道碑文》（康熙刻本《通志堂集·附录》）

侍卫纳兰君容若之既葬，太傅公复泣而谓余曰：吾子之丧，君既铭而掩诸幽矣，余犹惧吾子之名传之弗远也，揭而表诸道，庶其不磨，然非君无与属者。余固辞不可。在昔蔡中郎为人作志铭，复为之庙碑者不一而足；韩退之于王常侍弘中厚也，既志其墓，又为隧道之碑，情至无已也。况余于容若师弟谊尤笃，是于法为得碑，于古为无戾，乃更撰次其辞以复于太傅。惟纳兰氏旧著姓为金三十一姓之一，望载图史，代产英隽。君始祖讳星恳达尔汉，据有叶赫之地二百余年，中国所谓北关者也。数传至高祖考讳养汲弩、曾祖考讳金台石。女弟作嫔太祖高皇帝，实生太宗文皇帝。而叶赫世附中国，当国家之兴，东事方殷，甘与俱烬。太宗悯焉，乃厚植我宗，俾续其世祀，以及其次子讳倪伢韩者则太傅之父，而君之祖考也。太傅娶觉罗氏一品夫人，生君于京师。钟灵储祉，既丰且固。君自髫龀，性异恒儿，背讽经史，常若夙习。十七补诸生，贡太学有声，十八登贤书，十九举礼部试。越三年，廷对，敷事析理，谙熟出老宿儒上。结字端劲，合古法，诸公嗟叹。天子用嘉，成二甲进士。未几授以三等侍卫之职，盖欲置诸左右，成就其器而用之。而上所巡幸南北数千里外，登岱幸鲁，君常佩刀鞬随从，虔恭祗栗。每导行在上前骑前却视恒不失尺寸，遇事劳苦必以身先，不避艰险退缩。上心怜之，其前后赉予重叠视他侍卫特过渥已，进一等侍卫。值万寿节，上亲御笔书唐贾至《早朝》诗赐之。后月余，令赋诗献，又令译御制《松赋》，皆称善久之。然君自以蒙恩侍从无所展效，辄欲得一官自试。会上亦有意将大用之，人皆为君喜。忽以去年五月晦得寒疾卒，卒之日，人皆哀君，而又以才不竟用死为君深惜云。君自少无子弟过，天性孝友，黎明起趋太傅夫人所问安否，朝退复然。友爱二幼弟，与之嬉游，同其嗜好，怡怡庭闱间，日以至夜，暇则扫地读书。执友四五人，考订经史，谈说古今，吟咏继作，精工乐府，时谓远轶秦柳，所刻《饮水》、《侧帽》词传写遍于村校邮壁，海内文士竞所摹仿。然君不以为意，客来上谒，非其愿交屏不肯一觌面，尤不喜接软热人，所相知心，款款吐心腑，倒囷囊与为酬酢不厌，或问以世事，则不答，间杂以他语，人谓其慎密，不知其襟怀雅旷固如是也。当君始得疾，上命医数辈来，及卒，上在行宫，闻之震悼。后唆龙诸羌降，命宫使就几筵哭告之，以君前年奉使功故。君有文武才，每从猎射，鸟兽必命中，卒有成功于西方亦不为无所表见。殁时年仅三十有一。余既序而又系之以辞曰：

绵绵祚氏，著于上京。巍巍封国，叶赫是营。惟叶赫之祀，施于孙子。既绝复完，天子之恩。笃生相国，补衮是职。蓄久而丰，发为文章。宜其黼黻，为帝衣裳。帝谓汝才，爰置左右。出入陪从，刀鞬笔橐。匪朝伊夕，自天子所。亦文亦武，惟天子是使。生于膏腴，不有厥家。被服儒士，古也吾徒。何才之盛而德之静。我勒其封，谁曰不永。

## 姜宸英《通议大夫一等侍卫进士纳兰君墓表》（光绪勿自欺斋刊《姜先生全集》卷十八）

君姓纳腊氏。其先据有叶赫之地，所谓北关者也。父今大学士、宫傅公；母一品夫人，觉罗氏。君初名成德，字容若，后避东宫嫌名，改名性德。以今年乙丑五月晦卒。卒而朝之士大夫及四方知名士之游于京师者，皆为君叹息泣下。其哀君者，无问识不识，而与君不相闻者，常十之六七。然皆以当今失君为可惜，则君之贤以才可知矣。君年十八九联举礼部，当康熙之癸丑岁。未几也，予与相见于其座主东海阁学士邸，而是时君自分齿少，不愿仕，退而学经读史，旁治诗歌古文词。又三年，对策则大工。时皆谓当得上第，而今上重器君，不欲出之外廷，置名二甲，久之，授三等侍卫，再迁至一等。自上所巡幸西苑、南海子、沙河及登医巫闾山，东出阁至乌喇，南巡上泰岱，过祀阙里，渡江以临吴会，君鲜不左橐鞬右橐笔以从。遇上射猎，兽起于前，以属君，发辄命中，惊其老宿将。所得白金绮绣、中衣袍帽、法帖佩刀、名马香扇之赐，前后委属。间令赋诗，奉诏即奏稿，上每称善。二十一年八月，使觇唆龙羌。其地去京师重五六十驿，间行或累日无水草，持干粮食之。取道松花江，人马行冰上竟日，危得渡。仅抵其界，卒得其要领还报，上大喜。君虽跋涉艰险，归时从奚囊倾方寸札出之，叠数十纸，细行书，皆填词若诗，略记其风土方物。虽形色枯槁不自知，反遍示客，资笑乐。性雅好读书。日黎明间省毕，即骑马出，入直周庐，率至暮，虽大寒暑，还坐一榻上翻书观之，神止闲定，若无事者。诗萧闲冲淡，得唐人之旨，然喜为长短句特甚。尝言："诗家自汉魏以来，作者代起，姓氏多澌灭。填词滥觞于唐人，极盛于宋，其名家者不能以十数，吾为之易工，工而传之易久。而自南渡以后弗论也。"其于词，小令取唐五代，宗晏氏父子；长调则推周、秦及稼轩诸家。以为其章法转换、顿挫离合之妙，正与文家散行体何异，而世故薄之，何耶？故即第左葺茅为庐，常居之，自题曰"花间草堂"。视其凝思惨淡，终合天巧，真若有自得之趣者。今年五月辛巳，君将从驾出关，连促予入城。中夜酒酣，谓予曰："吾行从子究竟班马事矣，子谓我何如？"予笑曰："顷闻君论词之法，将无优为之耶？"是时，窃视君意锐甚。明日予出城，君固留，愿至晚。予不可。送予及门，曰："君此行以八月归，当偕数子为文字之游。如某某者，不可

以无与，君宜为我遍致之。”先是万寿节，上亲书唐贾至《早朝》诗赐君；月余，令赋《乾清门应制》诗及译御制《松赋》，皆称旨。于是复契予手曰：“吾倘蒙恩得量移一官，可并力斯事，与公等角一日之长矣。”意郑重若不忍别者。然不幸以明日得疾，七日，遂不起。年止三十一。以君之才与志，使假之天年，古人不难到。其终于此，命也。居闲素缜密，与人交，遇意所不欲，百方请之不可得谒。及其所乐就，虽以予之狂，终日叫号慢侮于其侧，而不予怪。盖知予之失志不偶，而嫉时愤俗特甚也。然时亦以此视予，予辄愧之。君视门阀贵盛，屏远权速，所言经史外绝不及时政。所接一二寒生罢吏而外，少见士大夫。事两亲，退食必在左右。遇公事必虔，不避劳苦。尝司天闲牧政，马大蕃息。侍上西苑，上仓卒有所指挥，君奋身为僚友先。上叹曰：“此富贵家儿，乃能尔耶！”其感激主恩深厚，思所图报，日不去口。然视文章之士，较长絜短，放浪山水，跌宕诗酒，而无所羁束，常恨不得身与其间，一似以贫贱为可乐者。于世事如不经意，时时独处深念，则又愁然抱无穷之思。人问之，不答。以此竟死，其施不得见，其志未就也。而吾辈所区区欲为君不朽之传者，亦止于此而已。悲夫！君始病，朝廷遣医络绎，命刻时以状报。及死数日，唆龙外羌款书至。上时出关，即遣宫使就几筵哭而告之，以前奉使功也。赙恤之典，皆溢常格。呜呼！君臣之际，生死之间，其可感也已。君所辑有《词韵正略》、《全唐诗选》，著诗若干卷；有集名《侧帽》、《饮水》者，皆词也。书行楷遒丽，得晋人法。娶卢氏，继官氏。其中外世系，详载阁学所撰墓志铭及顾舍人辈华峰所次行述。副室以某氏。生子二人，女子一人。子长曰福哥，次某。

# 纳兰性德书简

## 致张纯修二十九简

第一简

前求镌图书，内有欲镌“藕渔”二字者。若已经镌就则已，尚未动笔，望改篆“草堂”二字。至嘱至嘱！茅屋尚未营成，俟葺（葺）补已就，当竭诚邀驾作一日剧谈耳。但恨无佳茗共啜也。平子望致意。不宣。成德顿首。初四日。

“卿自见其朱门，贫道如游蓬户。”容兄因仆作此语，构此见招，有诗刻《饮水集》中。适睹此札，为之三叹！贞观。

第二简

前来章甚佳，足称名手。然自愚观之，刀锋尚隐，未觉苍劲耳。但镌法自有家数，不可执一而论，造其极可也。日者竭力构求旧冻，以供平子之镌，尚未如愿。今将所有寿山几方，敢求渠篆之。石甚粗粝，且未磨就，并唏细致之为感。叠承雅惠，谢何可言！特此，不备，十七日成德顿首。石共十方，其欲刻字样，具书于上。又拜。

第三简

德白：比来未悟，甚念。平子兄幸嘱其一二日内拨冗过我为祷。此启，不尽。初四日，德顿首。并欲携刀笔来，有数石可镌也。如何？

第四简

正因数日不见，怀想甚切，不道驾在津门也。海上风烟，想大可观，有新作，归来既望示我。来笺甚佳，乞惠我少许。尊使还，草此奉复。不尽不尽。十月五日。成德顿首。

第五简

前托济公一事，乞命使促之。夜来微雨西风，亦春来头一次光景。今朝霁色，亦复可爱。恨无好句以酬之，奈何，奈何！平子竟不来，是何意思？成德顿首。

第六简

前正以风甚不得相过为憾，值此好风日，明早准拟同诸兄并骑而来。奈又属入直之期，万不得脱身。中心向往，不可言喻。另日奉屈过小圃，快晤终日，以续此缘，何如？见阳道兄。成德顿首。

第七简

连日未晤，念甚。黄子久手卷借来一看，诸不一。期小弟成德顿首。

第八简

日晷望即付来手，诸容另布，不一。期弟成德顿首。见阳道长兄。

第九简

日晷不佳，望以前所见者赐下，否则俱不必耳，恃在道义相照，故如是贪鄙也。平子已托六公，如何竟有舛谬？俟再订之。诸不悉。成德顿首。

第十简

一二日间，可能过我？张子由画三弟像，望转索付来手。诸子及悉，特此。成德顿首。七月四日。

第十一简

素公小照奉到，幸简入之。诸容再布，不尽。成德顿首。七月十一日。

第十二简

天津之行，可能果否？斗科望速抄出见示。聚红杯乞付来手。三令弟小照亦望检发，至感至感！特此，不一。成德顿首。

第十三简

令弟小照可谓逼肖，然妆点未免少俗耳。吾哥似少不象，而秋水红叶，可无遗憾也。一两日可能过我？特此，不尽。成德顿首。

第十四简

姚老师已来都门矣，吾哥何不于日斜过我。不尽。成德顿首。三月既日。

第十五简

两日体中大安否？弟于昨日忽患头痛，喉肿。今日略差，尚未痊愈也。道兄体中大，或于一二日内过荒斋一谈，何如，何如？特此，不一。成德顿首，更有一要语，为老师事，欲商酌。又拜。

第十六简

花马病尚未愈，恐食言，昨故令带去。明早家大人扈驾往西山，他马不能应命，或

竟骑去亦可。文书已悉，不易。成德顿首。

第十七简

来物甚佳，渠索价几何？欲倾囊易也。弟另觅鳅角，尚欲转烦茂公等再为之，未审如何？先此覆，不尽，不尽。初四日。成德顿首。

第十八简

箭决二，谨遣力驰上。其物甚鄙，祈并存之为感！所言书幸于明朝即令纪纲往取。晤期俟再订。不尽。弟成德顿首。见阳道兄足下。

第十九简

箭决原付小力奉上，因早间偶失检察，竟致空手往还，可笑甚矣。今特命役驰到，幸并存之。书祈于明后日即取至，则感高爱于无量也。晤期再报。不一。成德顿首。见阳道兄足下。

第二十简

倪迂《溪山亭子》乃借耿都尉者，顷已送还，俟翌日再借奉鉴耳。四画若得司农慨然发览，当邀驾过其赏也。率覆，不一。弟德顿首。

第二十一简

周、伊二人昨竟不来，不知何意？先生幸促之。诸容面悉，不尽。七月七日。成德顿首。见阳足下。

第二十二简

久未晤面，怀念甚切也，想已返津门矣。奚汇升可令其于一二日间过弟处，感甚，感甚！海色烟波，宁无新作？并望教我。十月十八日。成德顿首。

第二十三简

庭联书上，甚愧不堪。昨竟大饱而归，又承吾哥不以贵游相待，而以朋友待之，真不啻即饱以德也。谢谢！此真知我者也。当图一知己之报于吾哥之前，然不得以寻常酬答目之。一人知己，可以无恨，余与张子，有同心矣。此启，不壹。成德顿首。十二月岁除前二日。因无大图章，竟不曾用。

第二十四简

明晨欲过尊斋，同往慈仁送下，未审尊意如何？特此，不易。成德顿首。

第二十五简

倚斜一径入，门向夕阳边。何必堪娱赏，凋零自可怜。松寒疑有雪，僧老不知年。只合千峰上，长吟看月圆。《戒坛》。

第二十六简

亡妇柩决于十二日行矣，生死殊途，一别如雨。此后但以浊酒浇坟土，洒酸泪，以当一面耳。嗟夫，悲矣！澹庵画册附去。宋人小说明晨望送来。成德顿首。

第二十七简

此日未奉教诲，何仁思慕。前所云表贴张庆美，幸致其过荒斋。奚汇升以遣其过我。秋色满阶，忽有讯雷，斯亦奇也，不知司天者亦有占验否？此上。不尽，不尽。九月十三日，成德顿首。《从友人乞秋葵种》一绝呈教：空庭脉脉夕阳斜，浊酒盈樽对晚鸦。添取一般秋意味，墙阴小种断肠花。

第二十八简

成德曰：渌水一樽，黯然言别，渐行渐远，执手何期？心逐去帆，与江流俱转，谅知已同此眷切也。衡阳无雁，音问久疏。忽捧长笺，正如身过临淄，与我古人琴酒相对。乡心旅况，备极凄其，人生有情，能不惆怅。念古来名士多以百里起家者，愿足下勿薄一官，他日循吏传中，籍君姓名，增我光宠。种种自当留意，乃劳谆嘱耶？鄙性爱闻，近苦鹿鹿，东华软红尘，只应埋没慧男子锦心绣肠，仆本疏慵，那能堪比。家大人一下，仗庇安和，承念并谢。沅湘以南，古称清绝，美人香草，犹有存焉者乎？长短句固骚之苗裔也，暇日当制小词奉寄，烦乎三闾弟子，为成生笃壹瓣香，甚幸。匯便率勒，不尽依驰。成德顿首。

第二十九简

四月二十一日成德白：朝来坐渌水亭，风花乱飞，烟柳如织，则正年时把酒分襟之处也。人生几何，堪此离别？湖南草绿，凄咽同之矣。改岁以还，想风土渐宜，起居安适。惟是地方兵灭之后，与除利弊，劝费贤令壹番精神。古人有践历华要，犹恨不为亲民之官，得展期志愿者。勿谓枳棘非鸾凤所栖也。最尔荒残，料无脂腻可点清白。但一从世俗起见，则进去既急，逢迎必工，百炼钢自化为绕指柔。我辈相期，定不在是。兄之自爱，深于弟之爱兄，更无足为兄虑者。至长安中，烟海浩浩，九冲书昏，元规尘污，非便面可却。以弟视之，正复支公所云，卿自见其朱门，贫道如游蓬户耳。诗酒琴人，例多薄命，非为旷达，妄拟高流。顷蒙远存，聊悉鄙念。来扇并粗笃写寄，笔墨无率，不足置怀袖间。穆如之清，藉此奉扬。楚云燕树，宛然披拂，或暂忘其侧身沾臆也。努力珍重！书不仅言。成德顿首。

## 致顾贞观一简

前附一缄于章藩处，计应御览。弟比日与汉槎共读《萧选》，颇娱岑寂，只以不对野王为招怅耳。黄处捐纳事，望立徒以竣，不可以泄泄委之也。顷问峰泖之间颇饶佳丽，吾哥能泛舟一往乎？前字所言半塘、魏叟两处如何，倘有便匯，即以一缄相及。杪夏新秋，准期握手。又闻秦川沈姓有女颇佳，亦望吾哥略为留意。愿言缕缕，嗣之再匯。不尽。鹅梨顿首。

## 致严绳孙五简

第一简

成德白。前有一字，托郑谷口寄去，想先后可达台览，种种非片言可尽。未审起居如何？家严病已渐差，辱吾哥垂虑，敢并附闻。弟今于闲中留心《老子》，颇得一二人开悟，未敢云有得也。马云翎不及另字，幸道思念之意。别后光阴，不觉已四越月，重来之约，应成空谈。明年四月十七，算吾咏正是去年今日别君时也。吴伯老不专启，幸道意。赵声伯若进偈时，并往周旋之。不尽。八月六日，成德顿首。

第二简

中秋后曾于大恩僧舍以一函相寄，想已入览矣。弟秋深始归，日值驷苑，每街鼓动后，才得就邸。曩者文酒为欢之事，今只堪梦想耳。兹于二十八日又扈东封之驾，锦帆

南下，尚未知道天涯何处，如何言归期邪！汉兄病甚焉，未知尚得一见否？言之涕下。弟比来从事鞍马间，益觉疲顿，发已种种，而执没如昔，从前壮志，都已堕尽。昔人言，身后名不如生前一杯酒，此言大是。弟是以甚慕魏公子之饮醇酒、近妇人也。行前得吾哥手书，知游况不佳，甚为悬念，然人之常情，毋足深讶。东巡返驾，计吾哥已到都亭，当为弹指画谋生之计。古人谓婭官不过多得金耳，吾哥但得为饱暖闲人，又何必付前宦情邪？吾哥所识天海风涛之人，未审可以晤对否？弟胸中块垒，非酒可浇，庶几得慧心人以晤言消之而已。沦落之余，方欲葬身柔乡，不知得如鄙人之愿否耳。乘辇南往，恐难北上，如尚未发棹，须由中州从路。以岁前为期，便当别置帷房，以禄茗相待也。此札到日，速以答书见寄，必附章藩乃能速达。九月二十七日午刻，饮水弟顿首白。

第三简

成德顿首。前有一函托汤商人寄去，想入览矣。近况已略悉前柬，兹不复具。惟乞吾哥于八月间到都，以慰我愁思也。华山僧鉴乞转达鄙意，求其北来为感。留仙事今已大妥，不必为念，特此附闻。余情缕缕，不宣。七月二十一日，成德白。

第四简

十二月十五日成德白：荪友长兄足下，慕大哥去，曾附一信，想已入览矣。闻已自浙中来，家囊橐不知如何？息影之计可能遂否？前有新词四十余阕附去，未审得细加删定否？华封在都，相得甚欢，一旦忽欲南去，令人几日心闷。数年之间，何多离别！订在明年八月间来都，若吾哥明春北来则已，否则秋间即促其发轫，以吾哥之大慧也。前吾哥在浙时，江烟湖鸟，景物自佳，但恐如白香山所云“诚知老去风情少，见此争无一句诗”耳。江南风景如何？伯老身后事已嘱料理，想不有误。新令韩君，觅人转致。邳仙尚留滞京中，颇见不妥。留仙亦一淹蹇人也。有新诗即寄我。贰郎读书如何，并示为慰。家大人皆无恙。几年以来，吾哥意中人想俱已衰丑零落，亦大凄凉也。呵呵。阔怀如缕，捉管顿不能言，奈何，奈何。诸惟鉴，不尽。成德顿首。

第五简

分袂三日，顿如十载。每思清夜酒阑，残星凉月，相对言志，不禁泣下。前者因行李匆遽，为得把臂一送，深为歉仄。驰恋之心，尽彼此同之也。至叮嘱之言，以吾兄高明人，故不敢琐琐。然此种愁肠，正不知有几千结也。稍俟绿肥红瘦，即幸北来，万勿以寻旧约，作当日轻薄态，留滞时日，以负弟望也。至恳。慕鹤老处嘱其照拂，留老相会时唏致意。诸草草不一。成德顿首。左至。正月二十日。

## 致阕名一简

成德白：不见忽已二十余日，重城间隔，趋侍每难。日夕读《左氏》、《离骚》，余但焚香静坐。新法如麻，总付不闻，排遣之法，推此为上。来言尽悉，俟面布。再宣。初三日，成德顿首。谨状。伏惟鉴察。

## 致颜光敏一简

成德谨禀太夫子台下：前接手谕，因悉起居佳胜，翘首南天，益增怅望。悠悠梦想，愿飞无翼，种种并志之矣。使旋，布侯不宣。成德顿首。

# 纳兰性德评议汇编

容若读书机速过人，辄能举其要。诗有开元丰格。作长短句，跌宕流连以写其所难言。有集名《侧帽》、《饮水》者，皆词也。（韩慕庐）

冯金伯《词苑萃编》卷之八　见《词话丛编》第2册

容若自幼聪敏，读书过目不忘，善为诗，尤工于词。好观北宋之作，不喜南渡诸家，而清新秀隽，自然超逸。海内名人为词者，皆归之。（徐健庵）

同上

容若词，一种凄惋处，令人不能卒读，人言愁我始欲愁。（顾梁汾）

同上

《饮水词》，哀感顽艳，得南唐二主之遗。（陈其年）

同上

国朝词人辈出，然工为南唐五季语者，无若纳兰相国明珠子容若侍卫。所著《饮水词》，于迦陵小长芦二家外，别立一帜。其古今体诗亦温雅。本名成德，乾隆中奉旨改性德。登康熙十二年进士。时相国方贵盛，顾以侍卫用，趋走螭头豹尾间，年未四十，遽亡。后相国被弹罢黜，侍卫之墓木拱矣。往见蒋氏《词选》录吴兴女史沈御蝉宛《选梦词》，谓是侍卫妾。其《菩萨蛮》云：“雁书蝶梦都成杳。云窗月户人声悄。记得画楼东。归骢系月中。　醒来灯未灭。心事和谁说。只有旧罗裳。偷沾泪两行。”闺中有此姬人，乃诗词中无一语述及，味词意，颇怨抑也。

丁绍仪《听秋声馆词话》卷十七　见《词话丛编》第3册

纳兰容若（成德）深于情者也。固不必刻画花间，俎豆兰畹，而一声河满，辄令人怅惘欲涕。情致与弹指最近，故两人遂成莫逆。读两家短调，觉阮亭脱胎温、李，犹费拟议。其中赠寄梁汾《贺新凉》、《大酺》诸阕，念念以来生相订交，情至此，非金石所能比坚。仆亡友侯官张任如（仁恬），才高命薄，死之日，仆挽之云：“本是肺腑交，已矣，似此人间谁识我。可怜肝肠断，嗟乎，从今地下始逢君。”戊申，仆寓居宁德，寒食怀人，凄怆欲绝，填《百字令》云：“春光似箭，看莺娇蝶懒，清明又到。梨树阴阴闻故鬼，如诉如啼如祷。南国家山，杜鹃滴血，绿遍王孙草。满城苦雨，柳条檐际飞扫。　却忆张籍当时，酒边戏语，百样添烦恼。寒食西风吹点泪，此际才为情好。一别六年，夜台无雁，幽信何从讨。孤游已屡，个人曾否知道。”盖仆曾与君泛论交际，君笑曰：“清明肯流几点泪，方见好也。”心怪其语不祥，越一年，而君竟殁。今读容若“后生缘恐结他生里”句，山阳闻笛，愈增腹痛矣。

汉槎梁汾友耳，容若感梁汾词，谋赎汉槎归，曰：“三千六百日中，吾必有以报梁汾。”厥后卒能不食其言，遂有“绝塞生还吴季子，算眼前此外皆闲事”句。嗟乎!今之人，总角之友，长大忘之。贫贱之友，富贵忘之。相勖以道义，而相失以世情，相怜以文章，而相妒以功利。吾友吾且负之矣，能爱友之友如容若哉。容若尝曰：“花间之词如古玉器，贵重而不适用。宋词适用而少贵重。李后主兼有其美，更饶烟水迷离之致。”又曰：“词虽苏辛并称，而辛实胜苏，苏诗伤学，词伤才。”（渌水亭杂识）此真不随人道黑白者。集中警句，美不胜收，略举一二，以与解人共赏：“语密翻教醉浅”，“心事眼波难定”（如梦令）。“花骨冷宜香”，“远梦轻无力”，“总是别时情，那得分明语。判得最长宵，数尽厌厌雨。”（生查子）“一种蛾眉，下弦不似初弦好。”（点绛唇·感旧）“逗雨疏花浓淡改，关心芳字浅深难。”（浣溪沙）“妆罢只思眠，江南四月天。”“人在玉楼中，楼高四面风。”“休近小阑干，夕阳无限山。”“只是去年秋，如何泪欲流。”（菩萨蛮）“雨歇春寒燕子家”，“桃花羞作无情死，感激东风。吹落娇红。飞入闲窗伴懊侬”，“冷逼毡帷火不红”，“不辨花丛那辨香。”（采桑子）“萧萧落木不胜秋，莫回首、斜阳下。”（一落索）“天将妍暖护双栖。”（山花子）“惜花人共残阳薄。春欲尽，纤腰如削。新月才堪照独愁，却又照梨花落。”（拨香灰）“天将愁味酿多情。”（鹧鸪天）“不恨天涯行役苦。只恨西风，吹梦成今古。”（蝶恋花）“谁翻乐府凄凉曲，风也萧萧。雨也萧萧。瘦尽灯花又一宵。　不知何事萦怀抱，醒也无聊。醉也无聊。梦也何曾到谢桥。”（采桑子）容若词有《饮水》、《侧帽》两种，其刻本有《通志堂集》、顾梁汾合刻两种。后袁兰村（通）复梓《饮水词》，附小仓山房合刻中。而最备者，莫如镇洋汪仲安（元治）之《纳兰词》，凡五卷三百二十三阕，比之袁本多百余阕，可谓搜罗无遗憾矣。然其中颇有失考。毛稚黄尝有自度曲名《拨香灰》，其句法字数与《忆王孙》俱同，但平仄稍异，容若《渌水亭春望》即填此调，因其中有“扬一缕秋千索”句，故自名《秋千索》。《琵琶仙》系白石自度腔，容若中秋阕即填此调，因第六句比原作少一字，原作载《词律》第十六卷一百字类，仲安皆以为谱律不载，疑其为自度曲，非也。仲安刻是书竟，曾填《齐天乐》一阕，镌板分同人索和，真好事者。词云：“骖鸾返驾人天杳，伤心尚留兰畹。艳思攒花，哀音咽笛，当日更番肠断。乌丝漫展。认蠹粉芸烟，旧痕凄惋。拥鼻微吟，怎禁清泪暗承眼。终惭替人过许，只为蕊落甚，重为排卷。白氊晨书，青灯夜校，忍记三生幽怨。蓉城梦远。倘梦可相逢，此情深浅。传遍词坛，有愁应共浣。”仲安填词有纳兰再世之目，替人句谓此也。

余德水（金）云：容若，大学士明珠子，十七为诸生，十八举乡试，十九成进士，（康熙癸丑）二十二授侍卫，拥书万卷，萧然自娱，人不知为宰相子也。《熙朝新语》丁药园云：容若填词，多于马上尊前得之。吴园次序《饮水词》末云：非慧男子不能善愁，唯古诗人乃云可怨，公言性吾独言情，多读书必先读曲。嗟乎，若容若者，所谓翩翩浊世佳公子矣。亡友芑川最爱此词，尝手录数十阕，并以《百字令》题其后。有云：

“为甚麟阁佳儿，虎门贵客，遁入愁城里。此事不关穷达也，生就肝肠尔尔。”既教谕台阳，携以渡海，辛亥台乱，勤劳殁王事，其棺附舟南下，中途遇盗，遗稿秘钞，俱付之洪涛巨浸中，悲夫!芑川又素爱李后主，每读其词，辄太息。尝与余立题分咏，余颇訾南唐之失政，芑川见之，愠曰：“若此多情人，岂可不从末减乎。”乃以自填《黄金缕》示予曰：“重瞳又见江南李。垓下悲歌，变出柔肠里。懊恼小楼风又起。天涯何处黄花水。撮襟题遍澄心纸。好个翰林，可惜为天子。流水落花春去矣。断肠犹说鸳鸯寺。”组织往事，意在言表，真咏古之妙则，甚愧余之褊且腐也，牵连书之，以俟后之续《词苑丛谈》者。容若所著，又有《大易集成粹言》八十卷、《陈氏礼记集说补正》三十八卷、《通志堂集》二十卷。

容若妇沈宛，字御蝉，浙江乌程人，著有《选梦词》。述庵《词综》不及选。《菩萨蛮》云：“雁书蝶梦皆成杳。月户云窗人悄悄。记得画楼东。归骢系月中。　醒来灯未灭。心事和谁说。只有旧罗裳。偷沾泪两行。”丰神不减夫婿，奉倩神伤，亦固其所。检集中悼亡之作，不下十数首，其《沁园春》自序云：丁巳重阳前三日，梦亡妇淡妆素服，执手呜咽，语多不复能记，但临别有云：“衔恨愿为天上月，年年犹得向君圆。”觉后感赋长调：“瞬息浮生，薄命如斯，低回怎忘。自那番摧折，无衫不泪，几年恩爱，有梦何妨。最苦啼鹃，频催别鹄，赢得更阑哭一场。遗容在，只灵飙一转，未许端详。　重寻碧落茫茫。料短发、朝来定有霜。信人间天上，尘缘未断，春花秋月，触绪堪伤。欲结绸缪，翻伤漂泊，两处鸳鸯各自凉。真无奈，把声声檐雨，谱入愁乡。”容若颇多自度曲，《玉连环影》三十一字、《落花时》五十二字、《添字采桑子》五十字，与《促拍采桑子》字同句异，《秋水》一百一字、《青衫湿遍》一百二十二字，一日《青衫湿》，《湘灵鼓瑟》一百三十二字，一曰《翦字梧桐》是也。若《踏莎美人》六十二字、《翦湘云》八十八字，则梁汾所度，取而填者。容若所与游皆知名士。震泽赵函曰：“惠山之阴，有贯华阁者，在群松乱石间，远绝尘轨。容若扈从南来时，尝与迦陵、梁汾、荪友信宿其处，旧藏容若绘像及所书阁额，近毁于火，甚可惜也。”（纳兰词序）而稗官《红楼梦》一书，或传为容若而作，虽无左证，然相其情事，颇相类也。若随园以为记曹通政，殆不然欤。

谢章铤《赌棋山庄词话》卷七　见《词话丛编》第4册

国初诸老之词，论不胜论。而最著者，除吴、王、朱、陈之外，莫如棠村。秋岳、南溪、珂雪、蘅香、华峰、饮水、羡门、秋水、符曾、分虎、晋贤、覃九、蘅圃、松坪、西堂、莘野、紫纶、奕山诸家、分道扬镳，各树一帜。而饮水、羡门、符曾、分虎，尤为杰出。

陈廷焯《词坛丛话》　见《词话丛编》第4册

有明以来，词家断推湘真第一，饮水次之。其年、竹垞、樊榭、频伽，尚非上乘。

谭献《复堂词话》　见《词话丛编》第4册

戴园独居，诵本朝人词，悄然于钱葆馚、沈遹声，以为犹有黍离之伤也。蒋京少

选《瑶华集》，兼及云间三子。周稚圭有言：“成容若、欧、晏之流，未足以当李重光。”然则重光后身，惟卧子足以当之。

同上

文字无大小，必有正变，必有家数。《水云楼词》（珂谨按：即蒋春霖著）。固清商变徵之声，而流别甚正，家数颇大，与成容若、项莲生二百年中，分鼎三足……三家是词人之词。

同上

依声之学，国朝为盛，竹垞、其年、容若鼎足词坛。陈天才艳发，辞风横溢。朱严密精审，造诣高秀。容若《饮水》一卷，《侧帽》数章，为词家正声。散璧零玑，字字可宝。杨蓉裳称其骚情古调，侠肠俊骨，隐隐奕奕，流露于毫楮间。玉津少年所写《铁笛词》一卷，刻羽调商，每逢凄风暗雨、凉月三星，曼声长吟，时恨不与容若同时耳。

胡薇元《岁寒居词话》见《词话丛编》第5册

性容若填词诗云：“诗亡词乃盛，比兴此焉托。往往欢娱工，不如忧患作。冬郎一生独憔悴。判与三间共醒醉。美人香草可怜春，凤蜡红巾无限泪。芒鞋心事杜陵知，只今惟赏杜陵诗。古人且失风人旨，何怪俗眼轻填词。词源远过诗律近，拟古乐府特加润。不见句读参差三百篇，已自换头兼转韵。”愚按：容若词与顾梁汾唱和最多，“往往欢娱工，不如忧患作”两语，则容若自道甘苦之言。然容若词幽怨凄黯，其年词高阔雄健，犹之晋侯不能乘郑马，赵将不能用楚兵，两家诣力，固判然若别也。

张德瀛《词徵》见《词话丛编》第5册

纳兰容若以自然之眼观物，以自然之舌言情。此由初入中原，未染汉人风气，故能真切如此。北宋以来，一人而已。

王国维《人间词话》见《词话丛编》第5册

容若与顾梁汾交谊甚深，词亦齐名，而梁汾稍不逮容若，论者曰失之脆。

同上

“如鱼饮水，冷暖自知。”道明禅师答庐行者语，见《五灯会元》。纳兰容若词命名本此。

同上

纳兰容若为国初第一词手。其饮水诗《填词》古体云：“诗亡词乃盛，比兴此焉托。往往欢娱工，不如忧患作。冬郎一生极憔悴，判与三间共醒醉。美人香草可怜春，凤蜡红巾无限泪。芒鞋心事杜陵知，只今惟赏杜陵诗。古人且失风人旨，何怪俗眼轻填词。词源远过诗律近，拟古乐府特加润。不见句读参差三百篇，已自换头兼转韵。”容若承平少年，乌衣公子，天分绝高，适承元明词敝，甚欲推尊斯道，一洗雕虫篆刻之讥。独惜享年不永，力量未充，未能胜起衰之任。其所为词，纯任性灵，纤尘不染，甘受和，白受采，进于沉着浑至何难矣。慨自容若而后，数十年间，词格愈趋愈下。东南操觚之士，往往高语清空，而所得者薄。力求新艳，而其病也尖。微特距两宋若霄壤，甚且为元明之罪人。筝琶竞其繁响，兰荃为之不芳，岂容若所及料者哉。

况周颐《蕙风词话》卷五　见《词话丛编》第5册

梁汾营救汉槎事，词家纪载綦详。惟《梁溪诗钞·小传》注："兆骞既入关，过纳兰成德所，见斋壁大书：'顾梁汾为吴汉槎屈膝处'，不禁大恸。"云云，此说他书未载。昔人交谊之重如此。又（宜兴志·侨寓传》："梁汾尝访陈其年于邑中，泊舟蛟桥下。吟词至得意处，狂喜，失足堕河。一时传为佳话。"说亦仅见，亟附著之。

同上

《香海棠馆词话》及《薇省词钞》梁汾小传后，载顾、成交谊綦详。阅武进汤曾辂先生（大奎、贞愍之祖）。《炙砚琐谈》一段甚新，为他书所未载，亟录如左。"纳兰成德侍中与顾梁汾交最密。尝填《贺新凉》词为梁汾题照，有云：'一日心期千劫在，后身缘、恐结他生里。然诺重，君须记。'梁汾答词亦有'托结来生休悔'之语。侍中殁后，梁汾旋亦归里。一夕，梦侍中至，曰：'文章知己，念不去怀。泡影石光，愿寻息壤。'是夜，其嗣君举一子。梁汾就视之，面目一如侍中，知为后身无疑也，心窃喜甚。弥月后，复梦侍中别去。醒起，急询之，已卒矣。先是侍中有小像留梁汾处，梁汾因隐寓其事，题诗空方。一时名流，多有和作。像今存惠山草庵贯华阁。云自在龛藏《天香满院图》，容若三十二岁像也。朱邸峥嵘，红阑录曲，老桂十数株，柯叶作深黛色，花绽如黄雪。容若青袍络缇，伫立如有所忆，貌清癯特甚。禹鸿胪之鼎笔。"

同上

易祓《喜迁莺》云："记得年时，胆瓶儿畔，曾把牡丹同嗅。"语小而不纤。极不经意之事，信手拈来，便觉旖旎缠绵，令人低徊不尽。纳兰成德《浣溪沙》云："被酒莫惊春睡重，赌书消得泼茶香。当时只道是寻常。"亦复工于写情，视此微嫌词费矣。《喜迁莺》歇拍云："强消遣，把闲愁推入，花前杯酒。"由"举杯消愁"意翻变而出，亦前人所未有。

况周颐《蕙风词话续编》卷一　1960年人民文学出版社

辛卯、壬辰间，余客吴门，与子苇、叔问，素心晨夕，冷吟闲醉，不知有人世升沉也。某夕，漏未三滴，招子苇宴集，不至。叔问得《浣溪沙》前四句，余足成之。"样词人天样遥。翠衾贪度可怜宵。（苇姬人名翠翠）未应笺管换钗翘。　破面春风防粉爪（问）。画眉新月恋香豪。柳颦花笑奈明朝（笙）。"异日有怡园之约，故歇拍云云。今子苇墓木拱矣。王逸少所谓"俯仰之间，已成陈迹。"成容若所谓"当时只道是寻常"也。

况周颐《蕙风词话续编》卷二　1960年人民文学出版社

郑骞《成府谈词》："容若骨秀才清，而天资不厚，享年不永；竹垞亦病才弱气短，且矜持过甚；故二人长调均鲜佳者。竹垞小令如《桂殿秋》、《解佩令》之类，未尝不卓绝千古，但仅此数首；容若小令佳制甚多，时有前人所无之境界，朱氏不得不让其出一头地。若夫其年之粗犷叫嚣，则词中之天魔夜叉也。予尝以庾子山《咏怀诗》二句评之曰：'索索无真气，昏昏有俗心。'"

1992年《词学》第十册

寒酸语，不可作，即愁苦之音，亦以华贵出之，饮水词人，所以为重光后身也。

《蕙风词话附录·夏敬观<蕙风词话诠评>》见《词话丛编》第5册

作词至于成就，良非易言。即成就之中，亦犹有辨。其或绝少襟抱，无当高格，而又自满足，不善变。不知门径之非，何论堂奥。然而从事于斯，历年多，功候到，成就其所成就，不得谓非专家。凡成就者，非必较优于未成就者。若纳兰容若，未成就者也，年龄限之矣。若厉太鸿，何止成就而已，且浙派之先河矣。

绝少襟抱，无当高格，又自满足，不善变，不知门径之非，乾嘉时此类词甚多。盖乾嘉人学乾嘉词者，不得谓之有成就，尤不得谓之专家，况氏持论过恕。其下以纳兰容若、厉太鸿为喻，则又太刻。浙派词宗姜、张，学姜、张亦自有门径，自有堂奥，姜、张之格，亦不得谓非高格，不过与周、吴宗派异，其堂奥之大小不同耳。

同上

纳兰小令，丰神迥绝，学后主未能至，清丽芊绵似易安而已。悼亡诸作，脍炙人口。尤工写塞外荒寒之景，殆扈从时所身历，故言之亲切如此。其慢词则凡近拖沓，远不如其小令，岂词才所限欤。

蔡嵩云《柯亭词论》见《词话丛编》第5册

清初词家，尤以纳兰成德为最胜……集中令词妙制极多，而慢词则非擅，偶学苏辛，未脱形迹。周之琦云："容若长调多不协律，小令则格高韵远，极缠绵婉约之致，能使残唐坠绪绝而复续，第其品格，殆叔原、方回之亚。"

王易《词曲史》

人谓其出于《花间》及小山、稼轩，乃仅以词学之渊源与功力言之，至其不朽处，固不在于此也。梁佩兰祭先生文曰："黄金如土，惟义是赴。见才必怜，见贤必慕。生平至性，固结于君亲，举以待人，无事不真。"夫梁氏可谓知先生者矣。先生之待人也以真，其所为词，亦正得一真字，此其所以冠一代排余子也。同时之以词名家者如朱彝尊、陈维崧辈，非皆不工，只是欠一真切耳。

张任政《纳兰性德年谱·自序》

先生笃友谊，生平挚友如严绳孙、顾贞观、朱彝尊、姜宸英辈，初皆不过布衣，而先生固已早登科第，虚己纳交，竭至诚，倾肺腑。又凡士之走京师，傺而失路者，必亲访慰藉；及邀寓其家，每不忍辞去，间有经时之别，书札、诗、词之寄甚频。韩菼撰“神道碑”……惟时朝野满汉种族之见甚深，而先生友俱江南人，且皆坎坷失意之士，惟先生能知之，复同情之，而交谊益以笃。

同上

陈其年《湖海楼词》卷一有《点绛唇》和成容若韵。卷十九《金缕曲》赠成容若，词云：“丹凤城南路，看纷纷崔庐门第，邹枚诗赋。独炙鹍笙潜趁拍，花下酒边闲谱。已吟到最销魂处。不值一钱张三影，尽旁人拍手揶揄汝。何至作，温韦语。　总然不信填词误。忆平生几枝红豆，江南春暮。昨夜知音才握手，笛里飘零曾诉。长太息钟期难遇。斜插侍中貂更好，箭髇鸣从猎回中去。堂堂甚，为君舞。”

张任政《纳兰性德年谱・丛录》

吴天章送顾梁汾南归云：“谷帘泉好曾参谒，夜合花开罢赋诗。金马才名狂客散，斜川风景酒人知。”盖伤乙丑五月事也。（《莲洋集》卷十一）

同上

余旧有《菊庄词》为吴孝廉汉槎在宁古塔寄至朝鲜，有东国会宁都护府记官仇元吉题余词云：“中朝买得菊庄词，读罢烟霞照海湄。北宋风流何处是，一声铁笛起相思。”故王阮亭先生有“新传春雪咏，蛮徼织弓衣”之句。益都相国冯公有“记载三长衿虎观，风流一调动鸡林”之句。皆一时实录也。同时有以成容若《侧帽词》、顾梁汾《弹指词》寄朝鲜者，朝鲜人有“谁料晓风残月后，而今重见柳屯田”句，惜全首不传。（徐釚《词苑丛谈》卷五）阮葵生《茶馀客话》所载有吴汉槎戍宁古塔，行笥携《菊庄》、《侧帽》、《弹指》三词之语。按汉槎出塞，容若年仅五岁，安有携其《侧帽词》之理？徐釚《词苑丛谈》则云：有以成容若《侧帽词》、顾贞观《弹指词》寄朝鲜。则非汉槎携去明矣。《茶馀客话》又云：“有朝鲜使臣仇元吉、徐良畸以一饼金购去。”《词苑丛谈》则云：“寄至朝鲜”，此篇系徐氏记载本人事实，当无不确，特录之以正阮氏之误。

同上

顾梁汾登黄鹤楼赋《大江东去》末云：“等闲孤负第三层上风月。”附注云：“呜呼！容若已矣！余何忍复拈长短句乎？是日狂醉，忆桑榆墅有三层小楼，容若与余乘月去梯，中夜对谈处也。因寓此调，落句及之。”（《弹指词》卷下）

同上

姜西溟跋《同集书》后：往年容若招余与荪友、梁汾集《花间》、《草堂》，剧论文史，摩娑书画云云。而梁汾晚年于端文公祠后，构室三楹，南窗对惠山，颜曰“花间

草堂”，其惓惓于耆游如此。（毛际可《安序堂文钞》卷十四《花间草堂记》）

同上

姜西溟跋《同集书》后：“往年容若招予往龙华僧舍，日与荪友、梁汾诸子集《花间》、《草堂》，剧论文史，摩挲书画，于时禹子尚基亦间来同此风味也。自后改葺通志堂，数人者复晨夕相对，几案陈设，尤极精丽，而主人不可复作矣。荪友已前出国门，梁汾羁栖荒寓，行一年所，今亦将妻子归矣。落魂而留者，惟予与尚基耳。阅荪友、容若此书，不胜聚散存殁之感！而予于容若之死，尤多慨心者，不独以区区朋游之好而已也。此殆有难为不知者言者。若余书偶然涉笔，不知尚基何缘收此，然亦足以见姓名于其间，志一时之胜概云尔。”（四库本《湛园未定稿》卷八）

同上

“尝读吕汲公杜诗年谱，首开元辛巳，年已三十，盖晚成者也。李长吉未及三十，已应玉楼之召，若比少陵，则毕生无一诗矣。然破锦囊中，石破天惊，卒于少陵同寿，千百年大名之垂，彭殇一也。犹昙之花，刹那一现。灵椿之树，八千岁为春秋。岂计修短哉。”此成容若书《昌谷集》后语也。容若较昌谷多四岁耳。其《侧帽》、《饮水》之篇，在当时已有“井水吃处，无不争唱”。今又自六七十年，倚声家直耸为李煜后一人，虽阳春、小山不能到，其书昌谷殆若自道，岂非谶哉。咸丰己未，腊月读此集一过，漫书其后，邵亭眲叟。（见北平［按：即今北京］图书馆藏莫友芝旧藏《通志堂集》）

同上

陈聂恒《栩园词弃》录顾梁汾书云：“国初辇毂诸公，尊前酒边，借长短句以吐其胸中。始而微有寄托，久则务为谐畅。香严、仙圃领袖一时。惟时戴笠故交，担簦才子，并与游宴之席，各传唱和之篇。而吴越操觚家，闻风竞起，选者作者，妍媸杂陈。渔洋之数载广陵，实为斯道总持。二三同学，功亦难泯。最后吾友容若，其门第才华，直越晏小山而上之。欲尽海内词人，毕出其奇。远方，颇有应者。而天夺之年，未几辄风流云散。渔洋复位高望众，绝口不谈。于是向之言词者，悉去而言诗古文辞。回视《花间》、《草堂》，顿如雕虫之见耻于壮夫哉。虽云盛极必衰，风会使然，然亦颇怪习俗移人，凉燠之态，侵淫而入于风雅，可为太息。”

同上

丁药园澎曰：“容若填词，有《饮水》、《侧帽》二本，大约于尊前马上得之。读之如名葩美锦，郁然而新。又如太液波澄，明星皎洁。宋初周待制领大晟乐府，比切声调十二律，柳屯田增至二百余阕，然亦有昧于音节，如苏长公，犹不免铁绰板之讥。今容若以侍卫能文，少年科第，间为诗余，其工于律吕如此，惜乎不能永年，悲夫！”

同上

聂晋人曰："容若为相国才子，少工填词，香艳中更觉清新，婉丽处又极俊逸，真所谓笔花四照，一字动移不得者也。惜乎早赴修文，所谓'天雨粟，鬼夜哭'果有之耶。"

同上

容若构一曲房，属藕渔书额曰"鸳鸯社"。顾梁汾有《桃源忆故人》词云："千金一刻三春夜，转眼水流花谢。已觉都成梦话，只是伤心也。　分明有恨如何写，判得今生暂舍。还拟他生重借，领袖鸳鸯社。"玩此词语气，当作于容若去世之后。（《弹指词》卷下）

同上

忍草庵旧藏纳兰容若遗像，并所书贯华阁额，重九后二日，偕钟士奇访之，额与像俱已毁弃。慨然题壁："中酒才过裂叶风，寻秋乱踏四山空。贯华阁子梦边鹿，饮水词人天外鸿。变灭浮岚攒紫翠，萧森老树碎青红。销魂绝代佳公子，侧帽风流想象中。"（赵函《乐潜堂集》卷一）

同上

边袖石《十汊海诗》五绝句录三："平泉花木翠回环，相国楼台占此间。二百年来人事改，夕阳青映隔城山。""饮水新词制最工，乌丝格调宛相同。笛床琴荐清歌夕，犹有平原结客风。""鸡头池涸谁能记，渌水亭荒不可寻。小立平桥一惆怅，西风凉透白鸥心。"（《健修堂集》卷十一）

同上

纳兰容若工书，妙得拨镫法，临摹飞动。晚乃笃志于经史，且欲窥性命之旨（《八旗文经》）。其书法摹褚河南临本《禊帖》，间出入《黄庭内景经》（《憺园集》）。所与游皆一时名士，尝集宋元以来说经之书，刻为《通志堂经解》。精鉴藏、善书、能诗、尤工于词。（《昭代名人尺牍小传》曼殊震钧《国朝书人辑略》卷二）

同上

梁任公《渌水亭杂识跋》："容若小词，直追李主。其刻《通志堂经解》为经学家津逮。其纪地胜，摭史实，多有佳趣。偶评政俗人物，见地超绝。诗文评益精到，盖有所自得也。卷末论释老，可谓明通。其言曰：'一家人相聚，只说得一家话，自许英杰，不自知孤陋也。'可谓僧儒辟异端者当头一棒。翩翩一浊世公子，有此器识，且出自满洲，岂不异哉。使永其年，恐清儒皆须让此君出一头地也。戊午八月病中读竟记。"（《饮冰室文集》卷七十七）

同上

纳兰容若者，北门相国公之子也。负轶才，不永年。有弟纳兰恺功，方求知名士为

师，而先生（按：指唐孙华）方客常洲宋文恪所。会文恪薨，北门相公遂礼先生而致之宾馆。恺功年富志锐，慧辨过人，每举史传僻事疑义，以相责难，先生引端竟绪，答无留滞，恺功心厌气折。后位至六卿，久长翰林，其视诸翰林，莫先生若。先生解组后，存问不绝，为刻诗集若干卷。晚年寄草堂资，而先生始有息庐之筑。（顾陈垿《唐孙华传》）

同上

论有清一代词人，向以太清与容若并称，余尝以为容若词自秀雅，而太清之真淳本色，则非容若所及。

齐燕铭·见《一氓题跋·西泠印社木活字本东海渔歌》

成容若雍荣华贵，而吐属哀怨欲绝，论者以为重光后身，似不为过。所作《饮水》、《侧帽词》，皆非全稿。自来有徐健庵、张纯修、袁兰村、周稚圭、张诗舲、汪珊渔、伍崇曜、许迈孙诸刻本，互有异文，亦互有阙略。伍刻据汪刻校订，共三百四十二阕，最为完备。然余尚补得五阕，其一阕为《渔歌子》，风致殊胜。词见徐虹亭《枫江渔父图》。当时题者颇众，如屈大均、王阮亭、施愚山、彭羡门、严荪友、李劬庵、归孝仪及益都冯相国，皆有七绝咏之。惟容若题小令云："收却纶竿落照红。秋风宁为剪芙蓉。人淡淡，水蒙蒙。吹入芦花短笛中。"一时胜流，咸谓此词可与张志和《渔歌子》并传不朽。

唐圭璋《词学论丛·成容若<渔歌子>》

王渔洋诗主神韵自然，于词为近。

纳兰容若，清词中之南唐；朱竹垞，清词中之北宋。

蒋鹿潭、项莲生，为有清词人之词，然以家数论，余以为蒋为大。

张伯驹《丛碧词话》　见《词学》第1辑

清初的词家如钱谦益、吴伟业、宋琬、曹溶等人的作品，虽也深杂以兴亡离乱之感，但仍未摆脱明词的庸弱风气，并无特殊成就。比较出色的是满族词人纳兰性德。他的《饮水》、《侧帽》二集宗尚李煜，情致深婉，小令尤为清丽。王国维以为："此由初人中原，未染汉人风气，故能真切如此，北宋以来，一人而已。"（《人间词话》）可谓评价甚高了。

周笃文《金元明清词选序》

词与文章，历代各有其风格……若再断代言之，同时竞爽，自各极其胜场。十国蕃艳之中，南唐二主独以至情见著。北宋柳缛贺疏，周雅秦秀。南宋吴密姜苍，张俊周丽。元则遗山天颖，惟以雄胜。明仅二陆沈著可诵。清初饮水华贵，清末疆村、蕙风并师半唐，而一尚学力，一兼天分，此则不可以断代持分野之论矣。

赵尊岳《填词丛话》　见《词学》第3辑

纳兰的悼亡词不仅拓开了容量，更主要的是赤诚淳厚，情真意挚，几乎将一颗哀恸追怀、无尽依恋的心活泼泼地吐露到了纸上。所以，是继苏东坡之后在词的领域内这一题材作品最称卓特的一家。王国维《人间词话》说“北宋以来，一人而已”，“以自然之眼观物，以自然之舌言情，此由初入中原，未染汉人风气”云云，如以之论纳兰悼亡词是确切的。

严迪昌《清词史》

纳兰塞外行吟词既不同于遣戍关外的流人凄楚哀苦的呻吟，又不是卫边士卒万里怀乡之浩叹，他是以御驾亲卫的贵介公子身份扈从边地而厌弃仕宦生涯。一次次的沐雨栉风，触目皆是荒寒苍莽的景色，思绪无端，凄清苍凉，于是笔下除了收于眼底的黄沙白茅、寒水恶山外，还有发于心底的“羁栖良苦”的郁闷。

同上

从某种角度看，纳兰不但不是“未染汉人风气，故能真切如此”，恰恰是受汉儒文化艺术的熏陶甚浓重，才感慨倍多，遥思腾越。如《蝶恋花·出塞》（今古河山无定据，略）几乎是孤臣孽子的情绪了……

同上

纳兰性德的生平行径颇多奇特的矛盾现象……对此，或有揣度性德因先代部族为爱新觉罗氏所灭，故怀隐憾于清王朝；或认为其与汉族著名文人结交是奉有“密旨”之类，意在笼络监视。诸如此类均属推测，尚无确凿的佐证材料。

同上

纳兰天资聪颖，富情感，又深受汉族传统文化薰陶，故他厌苦鞍马扈从，鄙视宦海倾轧，转而“甚慕魏公子之饮醇酒近妇人”（《手简·寄张纯修》）的清狂通脱生涯。加之早丧爱妻，凄苦由衷，于是益多厌倦尘俗的心绪。至于与江南最著名的文豪们的交接，原与其座师徐乾学兄弟有关。徐氏为顾炎武之甥，孚声望，江浙文士大都有往来。纳兰之结识顾贞观等，徐乾学为中介者。同时，纳兰能仗义解囊，更重要的是他才情富艳，颇为狷狂如姜宸英辈赏识，所以缔为深交。康熙十七年下旨征召“鸿博”之前，所谓满汉之防亦已渐弛，时势为纳兰的处世行事提供了机缘。

同上

如果说，以上手足情、骨肉谊的抒述大抵仍属“生离”，那么，“悼亡”词则是亲情词中“死别”永诀的苦哀之吟。在中国古代诗歌中，“悼亡”诗应属爱情诗的补充部分，这种诗创作现象及特定题材的形成，是与长期封建礼教及宗法制度有关。倘单以狭义的儿女情的恋唱的爱情诗来看，诚如当年朱自清先生所说过的那样，并不发达，然而一旦将视线扩展，将包括“悼亡”之作在内的有关题材纳入爱情诗题材，情况的估衡显然就不同了。悼亡诗最早可推溯到《诗经》中的《绿衣》，而自潘岳《悼亡诗》传世

后，代有名篇，唐宋之间，李商隐、陆游的悼亡之作尤见动人心弦。词则自苏东坡《江城子》及贺铸的《死梧桐》即《鹧鸪天》外，佳篇不多，即真挚地追念哀悼夫妻伉俪的生死之情的作品极少。只是到了清初纳兰性德出，悼亡词始成词创作的一个重要题材，并获得卓越的成就。差不多在这同时，阳羡词人的“悼亡”词足堪与纳兰并驱，于是开清词题材的又一大宗。

严迪昌《阳羡词派研究》

清初各大家词（尤其如纳兰）皆明白可诵可懂，盖皆习《花间》、北宋名作，取法乎上，此开国现象也。清末学梦窗、碧山则取法乎下矣，其所品大都不知所云，自谓艰深，实则不通而已。此国家将亡之朕兆也。文章若可以觇世运，此其适例矣。盖此彼学南宋，非颓靡难解，即文理错乱，梦窗其尤劣者也。

吴世昌《词林新话》

亦峰以容若为才力不足可见有眼无珠。

同上

蕙风论作词之成就，曰：“凡成就者，非必较优于未成就者。若纳兰容若，未成就者也，年龄限之矣。若厉太鸿，何止成就而已，且浙派之先河矣。”下应续：然不及纳兰远甚，则天分限之也。

同上

……资本主义因素在清初被全面打了下去，在那几位所谓“雄才大略”的君主的漫长统治时期，巩固封建小农经济、压抑商品生产、全面闭关自守的儒家正统理论，成了明确的国家指导思想。从社会氛围、思想状貌、观念心理到文艺各个领域，都相当清楚地反射出这种倒退性的严重变易。与明代那种突破传统的解放潮流相反，清代盛极一时的是全面的复古主义、禁欲主义、伪古典主义。从文体到内容，从题材到主题，都如此。作为明代新文艺思潮基础的市民文艺不但再没发展，而且还突然萎缩，上层浪漫主义则一变而为感伤文学。……

所以，很有意思的是，这种由于具有社会历史内容的人生空幻的时代感伤，甚至也可以出现在纳兰词里。就纳兰词的作者本人说，皇室近亲，贵胄公子，少年得志，世代荣华，身为满族人，不应该有甚么家国哀、人生恨，然而其所品却是极其哀怨沉痛的：（举例略）

……应该说，本没有也不会有甚么痛苦忧愁，然而却总感风雨凄凉，不如还睡，是那样的抑郁、烦闷和无聊。尽管富贵荣华，也难逃沉重的厌倦和空幻。这反映的不正是由于处在一个没有斗争、没有激情、没有前景的时代和社会里，处在一个表面繁荣平静、实际开始颓唐没落的命运哀伤么？“一叶落而知秋”，在得风气之先的文艺领域，敏感的先驱者们在即使繁华富足、醉生梦死的环境里，也仍然发出了无可奈何的人生空幻的悲叹。这其实也正是一种虽看不见具体内容却仍有深广含义的“有意味的形式”，内容已积淀、溶化在情感形式中了。

李泽厚《美的历程》

最擅小令，誉其为清代令词之冠亦不为过。其长调亦情辞俱美、格韵高远，然未如小令之独步一时。容若为纯情词人，词以情取胜。纳兰词内容比较单薄，基本上局限在个人抒情的狭小天地里：爱情、友情、乡情等。范围既狭窄，纳兰词之影响面广、感人程度深，固然有赖于其艺术，更重要的在于它据有一种内美——感情真挚。正是这种内美，使纳兰词生命之树长青。

许宗元《中国词史》

纳兰词艺术性极强，有四个主要特色。其一，作为婉约名家，融浓重的感伤情绪于清新婉丽之中，是他的艺术个性。它同时具有雄健郁勃之风，如《金缕曲·赠梁汾》，曾得徐釚佳评："词旨嵚崎磊落，不啻坡老、稼轩。"（《词苑丛谈》）其二，擅长白描手法。纳兰词均不事雕饰，纯任性灵。其三，追求并达到骚雅、高古的意境。其四，语言自然、生动，语出丹田，如出水芙蓉。

同上

唐邦治《清皇室四谱》卷三："皇二子、废太子赠理密亲王允礽，孝诚仁皇后赫舍里氏出，小名保成"。成德避东宫讳，遂改"成"为"性"。其独取"性"字，盖以"性德"为辞有所典出。《礼记·中庸》："诚者，非自成而已也，所以成物也。成己，仁也；成物，智也，性之德也。"又《易·系辞》："一阴一阳之为道，继之者善也，成之者性也。"以……"性"代"成"，由此。太子旋改名允礽，性德亦复名成德。

赵秀亭《纳兰丛话》见1992年第4期《承德师专学报》

容若初成进士，本拟有清华之任。杜臻《哀词》云："丙辰廷对高第，方且陟清华，领著作矣。"董讷《诔词》云："为名进士，余方与同馆诸公，抃手庆快，为玉堂得人贺"皆可证也。原期翰院之选，竟充虎贲之列，执戟庙堂，岂容若初衷哉!《饮水》怨抑之词，率由此出。《听雨丛谈》云："文武易途而进，益见不次用人之盛"，所谓昧于苦乐也。

同上

容若葬京郊皂荚村，已为近年发掘所证实。然皂荚非北产，疑村不当以皂荚名。询之村民，乃造甲村，或云赵家村。杜诏《云川阁诗》卷三《同梁汾先生登贯华阁，观成侍中三十绘像》诗云："只是伤心皂荚村"，杜诏南人，故以音近误为皂荚。又宋晁无咎《扬州》："皂荚村南三四里，春江不隔一程遥"，或以有此典而致误也。

同上

《文艺杂志》，松江雷晋编，1914年刊于上海，扫叶山房发行。该刊多载逊清掌故，其有关性德之文四则如下：

第二期 真公《懒窝笔记》“通志堂经解”一则。

第五期 金武祥《粟香随笔》“纳兰性德诗与宝黛之关系”一则。

第六期 丁国钧《荷香馆琐言》“成容若安麓村两像”一则。

第六期 未署名《赁庑剩笔》“潇湘妃子入宫之异闻”一则。”

同上

《渌水亭杂识》云：“元时海子岸有万春园，进士登第恩荣宴后，会同年于此。”容若《幸举礼闱以病未与廷试》诗云：“晓榻茶烟揽鬓丝，万春园里误春期。”即切此条。

同上

菩提达摩以《楞伽》四卷授慧可，曰：“我观汉地，惟此有经，仁者依行，自得度世。”楞伽，即《伽回阿跋多罗宝经》，或译《大乘入楞伽经》。楞伽宗，即南天竺一乘宗，其义多乖释家教义而近老庄，故文士易受之。又玉泉山有楞伽洞，地近渌水亭，性德取以为号，意或兼此二者。”

同上

徐乾学人品，在姜西溟之上，见其与容若执谊终始如一可知。韩菼撰徐氏行状，论乾学功过最为允当。乾学于明珠，固嫌反复，实皆帝王旨意，为人臣者，不得不然耳。乾学尝言其“做官时少，做人时多；做人时少，做鬼时多”，后人当会其不得明言之苦焉矣。

同上

容若见顾梁汾《金缕曲》，曰：“河梁生别之诗，山阳死友之情，得此而三。”昭连《啸亭杂录》则记作“都尉河梁之作，子荆楚雨之吟，并此而三矣。”“子荆楚雨”颇费解。《学林漫录》九集载王同策文，谓乃“子荆零雨”之笔误。子荆，晋孙楚字也，其《征西官属送于陟阳侯作》诗：“晨风飘歧路，零雨被秋草。”沈约《谢灵运传注论》：“子荆零雨之章，正长朔风之句子，并直举胸情，非傍诗史，正以音律调韵，取高前式。”沈德潜注孙楚《征西属官……》诗曰：“隐侯谓子荆零雨之章，指此。”按“子荆零雨”连辞，又见钟嵘《诗品》卷中及释空海《文镜秘府论》天卷四声论。”

同上

《渌水亭杂识》云：“韵本休文小学之书，以为诗韵已误，今人又作词韵，谬之谬也。”词起自酒楼歌肆，按拍唯求谐耳，原不藉韵书始倚声。今人王力云：“词韵严则从诗，宽则从语可也。”最为通脱。容若之论，差近于此。然又自著《词韵正略》，何哉？

赵秀亭《纳兰丛话》（续）1994年第4期《承德民族师专学报》

《渌水亭杂识》论诗韵，以为东、冬可通押，不必强分二韵，颇讥唐人之斤斤相守，自为得论。人又云：“人之作诗必宗三百篇，而用韵反不宗之，岂非颠倒！”胶柱鼓瑟，大与前论抵牾，亦不可解。

同上

纳兰词比于温李，深切绵至相类，论词境，则阔于温而浅于李。后主眷系家国，故重；容若萦思私谊，故轻。

《饮水》短制如《蝶恋花》诸阕，颇近欧柳，清雅过之而蕴藉不及。

容若、小晏皆写情圣手，然小晏如歌，容若似泣。

容若豪宕之作，往往只得半阕，后半即衰飒气弱。如《长相思·山一程》、《采桑子·丁零词》皆如是。

同上

梁汾云：“容若词一种凄惋处，令人不能卒读。人言愁，我始欲愁。”“人言愁”以下七字，久未得其确解。及读《晋书》，始知其所自。按《晋书·王承传》：“承寻去官，东渡江。是时道路梗涩，人怀危惧，承每遇艰险，处之夷然。虽家人近习，不见其忧喜之色。既至下邳，登山北望，叹曰：‘人言愁，我始欲愁矣’”。梁汾引此语，谓容若之工于言愁，足以动移人情，令人生愁情于不自已。“人”谓容若，“我”梁汾自谓也。

同上

《渌水亭杂识》云：“三教中皆有义理，皆有实用，皆有人物。若不读其书，不知其道，唯恃一家之说，冲口乱骂，只自见其孤陋耳。大抵一家人相聚只说得一家话，自许英杰，不自知孤陋也。”此语全然无羁缚，视传统之终极真理为蔑如，大有冲决一切思想网罗之气概。矩行轨步之庸夫，岂可想见其心胸哉！人动以镂红刻翠手论纳兰公子，几曾望得公子踵尘！

同上

海外学人叶嘉莹，自谓读纳兰词尝历三阶段：少时，以其真切自然、清新流利而赏之；既成年，历经忧患，遂觉其浅白不耐咀嚼，缺乏人生历陈，殊少余味；近年，复悟其幽微深隐，具“即浅为深”、“即浅为美”之品质（见叶著《论纳兰性德词》，载《词学古今谈》，岳麓书社1993）。且引青原惟信之禅语喻之云：“老僧三十年前见山是山，见水是水；及至后来亲见，知识有个悟处，见山不是山，见水不是水；而今得个休息处，依前见山只是山，见水只是水。”盖赏纳兰词，无历练者似入实不入；专历练者不得入，历练而后得休息处者，始真入焉。故赤子之笑啼，少年父母不深赏，中年无心赏，至皤然翁妪，则复赏之矣。然其情深重，已非少年夫妇可理会。又，叶氏之第二阶段，自身历练而外，亦必受之其师顾羡季先生，观其屡用“不耐咀嚼”四字可证。

同上

吾国往古，南北异俗。大率北人骁健而野，南人典藻而弱。南北才人相忌相轻之事，多见载籍。宋人董弅《闲燕常谈》云：“李端行字圣达，昆陵人，屡中魁选，声名籍甚。大观岁，与诸路贡士群试，李士英作魁，圣达第二，意不中之。尝曰：‘天下清气无南北之异，但吴中清气十分锺于人，河朔清气为鹅梨占了八分。’以士英河内人也。士英衔之。”纳兰性德别署“鹅梨”，或用此。性德幼善骑射，既成年，力学不辍，笃志斯文，以风雅为性命，以立言为不朽，窥其志，自未肯久逊吴越名宿之下也。鹅梨之称，尤足见其雄世之概。鹅梨，今称鸭梨，华北之佳果。李端行言“吴中清气十分锺于人”，乃矜吴中之多士；所谓“河朔清气为鹅梨占了八分”，则诋北土佳品但有鹅梨，以北方人物无足道也。其言倨傲，南鄙菰芦儿陋态，原不足论。性德取鹅梨自命，锋棱毕现，有睥睨南国群彦之概，壁垒峥嵘，实欲与角一日之短长也。“北人固少通者，而不通者未必是小生；南国固多通者，然通者亦未必是足下”。聊斋语亦自负，颇类性德。又，容若尝读宋人小说，见致张见阳第二十六简。

赵秀亭《纳兰丛话》（续）　1998年第4期《承德民族师专学报》

白居易《见元九悼亡诗因此以寄》诗：“夜泪暗销明月幌，春肠遥断牡丹庭。人间此病治无药，惟有楞伽四卷经。”李贺《赠陈商》诗：“长安有男儿，二十心已朽。楞伽堆案前，楚辞系肘后。”性德自号楞伽山人，除内典本义外，疑亦与此二诗有所关涉。

同上

纳 兰 词 全 解